Die Schätze des Bischofs

Übersichtshandriss von Paderborn, aufgenommen im Jahr 1830

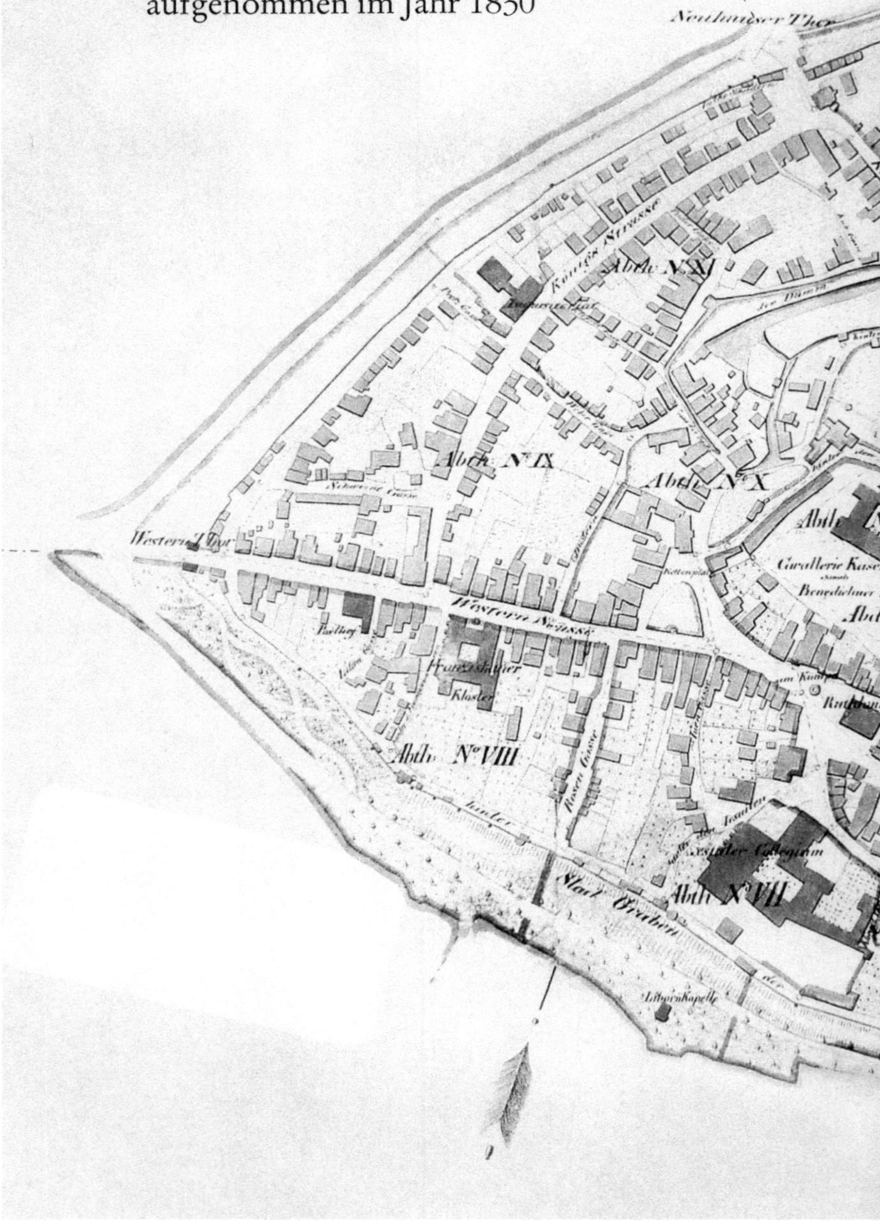

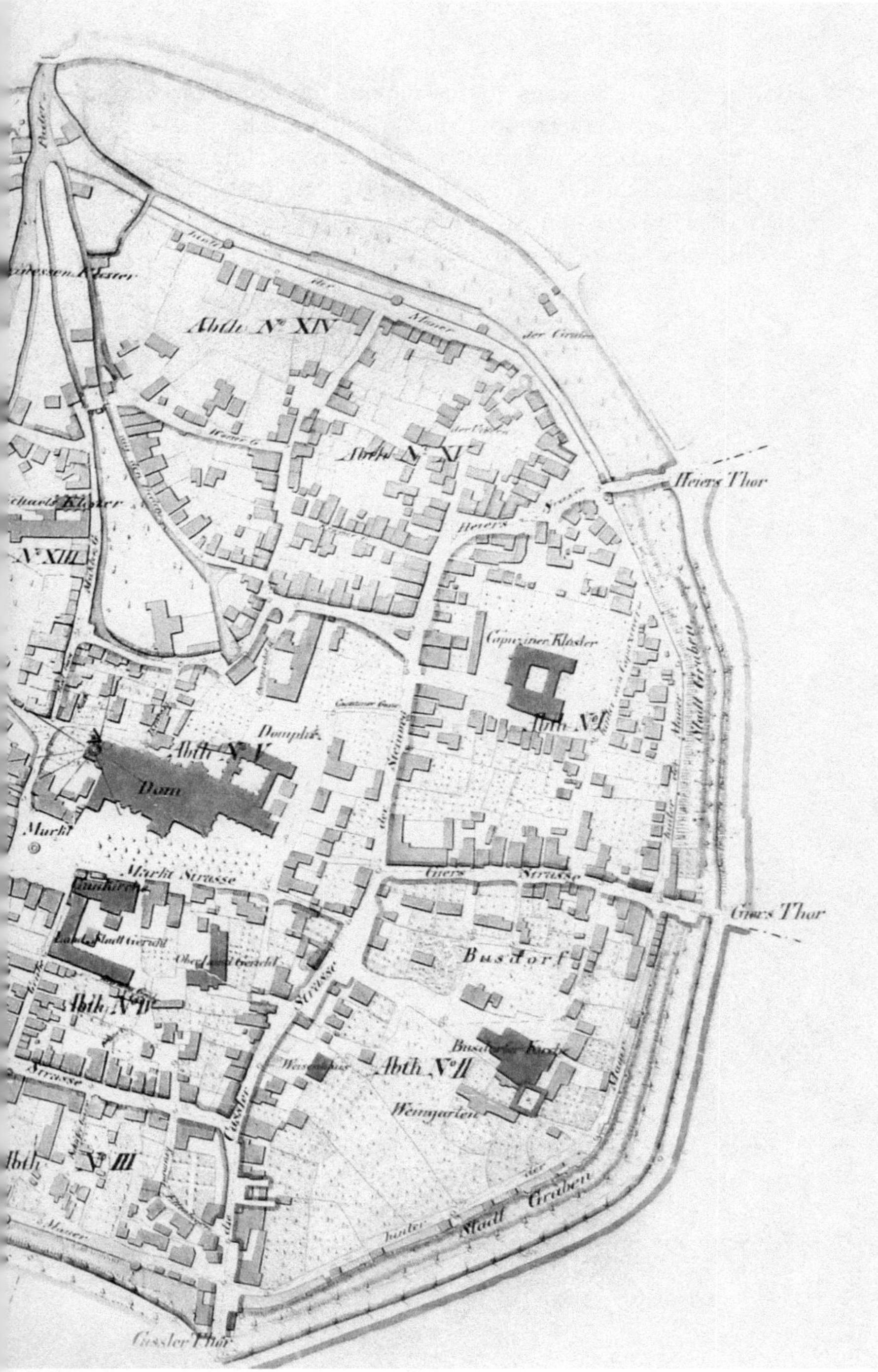

Abth. No XIV
Abth. No XI
Heiers Thor
Heiers
Capuziner Kloster
Abth. No V
Dom
Markt
Markt Strasse
Giers
Strasse
Giers Thor
Stadt Graben
Busdorf
Abth. No II
Weingarten
No III
Stadt
Graben
Cassler Thor

Barbara Meyer, Jahrgang 1948, ist in und um Paderborn herum aufgewachsen, studierte dort Mediävistik und Allgemeine Literaturwissenschaften und arbeitet heute als freiberufliche Autorin für Regional- und Familiengeschichte. Seit Jahrzehnten lebt sie in der historischen Altstadt in der Nähe des Doms, wo die Stadtgeschichte sozusagen auf der Straße liegt.

Dieses Buch ist ein Roman. Die Handlung ist frei erfunden, wenngleich im historischen Umfeld eingebettet. Einige Personen, Ereignisse und Orte sind historisch, einige sind es nicht. Ab Seite 364 finden Sie ein Personenverzeichnis und ein Glossar.

BARBARA MEYER

Die Schätze des Bischofs

HISTORISCHER KRIMINALROMAN

emons:

Bibliografische Information der Deutschen Bibliothek
Die Deutsche Bibliothek verzeichnet diese Publikation
in der Deutschen Nationalbibliografie; detaillierte bibliografische
Daten sind im Internet über http://dnb.d-nb.de abrufbar.

FSC www.fsc.org
MIX
Papier aus verantwortungsvollen Quellen
FSC® C083411

Umschlagmotiv: Creative Commons CC0 1.0 Universal
Public Domain Dedication
Umschlaggestaltung: Tobias Doetsch
Gestaltung Innenteil: César Satz & Grafik GmbH, Köln
Druck und Bindung: CPI – Clausen & Bosse, Leck
Printed in Germany 2013
ISBN 978-3-95451-169-3
Historischer Kriminalroman
Originalausgabe

Teil 1
Drachenfutter

Dan du dein Ampt, die Schaaf zuweyden,
Kanst andern Geringern bescheyden,
Vnd darneben mit Bann vnd Zwang
Den Gwissen machen Angst vnd Bang,
Kanst dise nagen, tringen, Zwingen,
Dern Almusen du thust verschlingen,
Kanst auß andrer Leut Schweys vnd Blut
Treiben dein Hofpracht vnd Hochmut;
Vnd andre, die dich müsen nehren,
Müsen als Heylig dich noch Ehren.
O wie eyn Heyligkeyt on That,
Die nur auff Müsiggang bestaht!

»Über die Bischöfe«;
Johann Baptist Fischart, 1580

1

Eines musste er Jesu Brüdern lassen: Sie fassten zu, wenn es nottat, und schienen völlig furchtlos obendrein.

Ganz anders Friedrich Baer. Er hatte Angst. Hundsgemeine Angst, die seine Knie zittern ließ. Funken stoben rings um ihn her, brannten sich übel riechend in sein Haar, stachen wie Mücken in Wangen und Hals. Aus Furcht vor den näher rückenden Flammen zitterten Friedrichs Arme, kaum konnte er den Wassereimer hochwinden. Hinter sich hörte er das Krachen berstender Balken und das Tosen der gefräßigen Glut. In den Häusern und in den mit Heu und Getreide gefüllten Scheunen fand sie reichliche Nahrung.

Als er den vollen Eimer über den Brunnenrand hob, bekam seine Kutte den nächsten Wasserguss ab. Vorn würde er nicht so schnell in Brand geraten, doch im Rücken fühlte er sengende Hitze. Das Wasser im Eimer war schlammig – bald würde auch dieser Brunnen leer sein. Sollte denn die ganze Stadt verbrennen?

Mit dem Handrücken strich Friedrich den Schweiß von seiner Stirn und sah dem beuligen Ledereimer nach, wie er sorgsam von Hand zu Hand weitergereicht wurde. Noch brannte Gödekes Haus nicht – doch ob das bisschen Wasser reichte, es zu retten? Sie hatten viel zu wenige Eimer, schon wieder musste Friedrich warten. Seine Kehle war wie ausgedörrt.

Immerhin – wiewohl mit weichen Knien – stand er auf sicherem Boden. Nie hätte er auf Gödekes Dach herumturnen wollen wie Georg Imhoff, Magister des Jesuitenkollegs, der zusammen mit ein paar Novizen dort oben Laken und Bettdecken ausgelegt hatte. Sie gehörten dem Busdorfstift; Friedrich selbst hatte sie aus den Kurien zusammengeholt, gemeinsam mit ein paar anderen Stiftsherren, die jetzt tatenlos wie er in der Eimerkette standen. Über schwankende Leitern weitergereicht, kam endlich der Eimer am Dachfirst an. Die Tücher dampften unter dem auf sie hinabrieselnden Wasser.

Friedrichs Beine hörten auf zu beben, als er sich an den kühlen Brunnenrand lehnte, sein Rücken brannte nicht mehr. Mit den Händen wehrte er den Funkenregen ab. Doch seine Angst steigerte sich noch angesichts der lodernden Feuerwand, die sich unaufhaltsam vom Ükern hinauf zur Giersstraße schob, an deren hinterem Ende, dort, wo das Gierstor lag, bereits Flammen aufstiegen. Ein Pferd wieherte, es hatte sich losgerissen und galoppierte mit erhobenem Schweif stadtauswärts. Ungeduldig sah er sich um. Noch immer war niemand in Sicht, der ihm leere Wassereimer brachte.

Lichterloh brannten die Fachwerkhäuser an der Busdorfmauer, auch die Laurentiusgasse, wo das Baer'sche Stiftshaus stand, schien vom Feuer erfasst. Friedrich starrte entgeistert in die Flammen, als ein Windstoß sie noch anfachte. Gleich streckten sie ihre funkensprühenden, gierigen Zungen nach den Stiftsgebäuden aus. Er schrak zusammen: und nach dessen Kirche, wo über der Sakristei – durchaus nicht feuergeschützt – das umfangreiche Archiv der Stiftsherren untergebracht war. Sein Archiv, denn er war der Archivar. Wieder fühlte Friedrich seine Knie weich werden. Unter den Urkunden waren zahllose Besitztitel …

Lähmende Hilflosigkeit stieg in ihm auf. Zum Auslagern der kostbaren Dokumente war es viel zu spät, bevor er oben war, konnte das Dach schon brennen. Er musste alle Hoffnungen auf die Jesuiten setzen.

Fassungslos hatten sie auf dem Steinweg gestanden und zusehen müssen, wie die Funken flogen und Qualm, bald auch Feuer aus den Dachluken drang. Doch dann waren mit Eimern und Leitern bewaffnet Patres, Magister und Novizen den Casseler Weg hinabgestürmt.

»Los, Ihr Herren, auf die Dächer«, hatte Pater Simon gerufen, sobald er die Gefahr für das Busdorfstift erfasst hatte.

Simon selbst war mit ein paar Novizen weiter in den Ükern gelaufen, doch die anderen hatten gleich die schwarzen Soutanen abgelegt, die jetzt ebenfalls durchnässt auf den Dächern lagen. In Kniehosen und Hemden, wie er die würdigen Herren vom Kamp nie gesehen hatte, verrußt und mit angesengtem

Haar, hockten sie auf den Dachfirsten und schrien nach mehr Wasser. Wenn es ihnen gelang, die benachbarten Häuser zu schützen, war auch sein Archiv gerettet.

Endlich wurden ein paar Eimer zurückgereicht, und Friedrich begann erneut zu kurbeln. Als er sich wieder einmal umwandte, um einen vollen Eimer weiterzugeben, sah er, wie aus Vonderbecks Deelentor eine Lohe herausschoss, die bis zum gegenüberliegenden Haus reichte. Gleichzeitig schlugen die Flammen aus Fenstern und Dach. Wie gebannt stand er, konnte sich von dem grausig flackernden Anblick nicht lösen.

Die dem Ükern zugewandte Seite der Giersstraße war eine einzige Feuerwand. Vieh blökte, als es aus zusammenbrechenden Ställen getrieben wurde. Eine Frau mit brennenden Röcken lief kreischend Richtung Gierstor, bis Nachbarn sie zu Boden rissen und die Flammen erstickten.

Neuer Schrecken durchfuhr ihn, als er nach rechts blickte. Durch die glühend heiße Luft wirbelten brennende Heubüschel und Holzstücke und fielen auf die Dächer der Busdorfkurien. Friedrich seufzte vor Erleichterung, als mit feuchten Tüchern beladene Männer der Bürgergilde ebenfalls Leitern anlegten und sie erklommen. Da hatte Pater Simon wirklich einen guten Einfall gehabt.

»Macht weiter, Baer«, rief Imhoff vom Dach herunter, »sonst brennt gleich Euer Stift!«

In aller Hast trank Friedrich selbst einen Schluck Wasser, das die Nonnen des Ulrichklosters verteilten, dann füllte er wieder Eimer um Eimer. Aus dem abgebrannten Ükern, wo Wasser nicht mehr helfen konnte, waren weitere Behältnisse hinzugekommen. Immer mehr Schlamm holte er aus der Tiefe.

Er nahm sich keine Zeit, um aufzusehen, doch schien ihm, als nähme das Getöse des Feuersturms allmählich ab. Weiterhin krachten Balken zur Erde, wo brennende Häuser eingerissen wurden, damit sie nicht andere in Brand setzten.

Ein paarmal hatte er schon verwundert auf seine verrußten Hände und den Brunnenrand geblickt, wo dicke Tropfen, die nicht aus dem Brunnen kamen, schwarze Flecken bildeten, bevor ihm endlich aufging, dass es regnete. Im gleichen Moment hörte er Jubelrufe, und auch er riss vor Freude seine Arme in die Höhe. Die Kette rasselte, als der volle Eimer wieder in der Tiefe verschwand.

Mit einem Mal hatte Friedrich das Gefühl, er müsse sich am Brunnenrand festklammern. Es gelang ihm nicht, sich zum Schlachtfeld des Feuers umzudrehen. Wie durch Watte gedämpft nahm er das Freudengeschrei wahr. Ein Schleier lag vor seinen Augen, als er auf die hin und her laufenden Leute starrte. War das wirklich Pater Simon, der mit einem Packen Bücher auf den Armen den Weg aus dem Ükern heraufeilte? Zwei Novizen schleppten so schwer an einer Kiste, als sei sie mit Steinen gefüllt. Der Regen prasselte auf sie nieder.

»Jesu irdische Brüder haben ein einnehmendes Wesen«, hätte sein Freund Diether Meschede dazu gesagt, »die können alles gebrauchen.« Aber Diether war nicht in der Stadt, der hatte von alldem nichts mitbekommen …

Friedrich nahm sich gerade vor, nie wieder ein schlechtes Wort über die Jesuiten zu reden – schließlich hatten sie sein Archiv beschützt –, da wurde ihm schwarz vor Augen. Er stützte die Arme fester auf den Brunnenrand, doch sie knickten einfach weg. Was war das nur? Auch die Beine gaben unter ihm nach. Ohne dass er sich dagegen wehren konnte, rutschte er mit dem Gesicht an der bruchsteinernen Umrandung des Brunnens hinab. Mit einem grässlich dumpfen Laut schlug sein Kopf auf den Boden.

2

Ja!«, sagten erst Leonore, dann Diether auf die Frage des Pfarrers, doch bei der Sache waren sie nicht. Ihre Gedanken beschäftigten sich mit den Gerüchten, die sie kurz vor der Trauung vernommen hatten. Diethers Miene war so angespannt und düster, dass der Priester meinen mochte, Leonore habe ihn an unsichtbaren Ketten vor den Altar geschleppt.

Eiserne Fesseln schnürten auch ihr die Freude ab. Ob wirklich die ganze Stadt abgebrannt war? Kaum bekam sie mit, wie der Pfarrer den Segen sprach.

Nach der schlichten Zeremonie fielen sie sich in die Arme, bestiegen dann aber sofort die von Henrich bereits angeschirrte Kutsche. Nur er, der alte Knecht des Hauses Meschede, und Vater Johann Meschede selbst waren als Zeugen mit in die evangelische Nachbarstadt gekommen. Leonore spürte Dankbarkeit, als sie ihnen vor der Abfahrt die Hand gab. Sie hatten in Lippstadt heiraten müssen, weil sie in ihrer Heimatstadt keinen Priester gefunden hatten.

Im katholischen Paderborn waren Leonore Theodor, Tochter des als irrgläubig verleumdeten Arztes Jakob Theodor, Hebamme und städtische Bademutter, sowie ihr langjähriger Freund Dr. Diether Meschede, Advokat und Ratsherr, als gottlose Ketzer verschrien. Ihrer Berufsausübung tat das keinen Abbruch, es gab genug Protestanten und unter den Katholischen viele, denen die Religion weniger wichtig war als Können und Unbestechlichkeit. Zu Leonores Patienten gehörte sogar Kaspar von Fürstenberg, der Bruder des Bischofs und sein engster Ratgeber, dem vor allen Glaubensfragen die Mehrung von Einfluss und Besitz der Fürstenberger am Herzen lag.

Henrich trieb die kräftigen Füchse an, die vor Meschedes Kutsche gespannt waren. Die letzten Häuser Lippstadts flogen vorbei, darunter viele Fachwerkhäuser, die allzu leicht brannten.

»Die Steinhäuser um den Dom herum werden die Flammen aufgehalten haben«, sagte Diethers Vater und nickte zur Bekräftigung. »Bis zur Westernstraße werden sie nicht gekommen sein.« Im tief zerfurchten Gesicht des betagten Salzhändlers war so viel Hoffnung nicht zu lesen.

Auch Henrich nickte und drehte sich um. »Und die Pader«, gab er zurück, wortkarg wie immer. Um seine Augen lag ebenfalls dieser angestrengte Zug; beiden war anzusehen, dass sie sich große Sorgen um den weitläufigen Besitz der Meschedes nahe dem Westerntor machten. Vor allem wohl um die eingelagerten Vorräte. Johann Meschede, der das allerfeinste weiße Salz feilbot, seufzte aus tiefstem Herzen.

Diether und Leonore saßen ihm gegenüber. Mit den Händen auf dem Sitz suchte Leonore die heftigen Stöße der Kutsche abzufangen, die jetzt durch ausgefahrene lehmige Spuren rumpelte. Diethers Blick unter den dunklen, in die Höhe gezogenen Brauen war besorgt. Er hatte mehr Angst um ihr ungeborenes Kind als sie selbst.

»Soll Henrich langsamer fahren?«, fragte er.

Leonore schüttelte den Kopf. »Mir geht es gut. Wir sollten zusehen, dass wir bald zurückkommen. Auch wenn unsere Häuser nicht betroffen sein sollten, wird es genug zu helfen geben.«

»Das fürchte ich auch.«

Um das steinerne Haus ihres Bruders Erik neben dem Jesuitenkolleg, wo sie bisher gelebt hatte, machte sie sich wenig Sorgen. Auch Diethers neu erbautes Haus nahebei in der Jühengasse, in das sie so bald wie möglich Einzug halten sollte, war gewiss stehen geblieben. Steinhäuser verloren bei einem Brand höchstens die Dächer. Doch gab es in den Hintergassen des Kamp und im Ükern genug Fachwerkhäuser Wand an Wand, die jetzt im trockenen Sommer, wo Heu und Stroh bis unters Dach gestapelt waren, brennen würden wie Zunder.

Diether wandte sich seinem Vater zu, der sich mit ausgebreiteten Armen an den Seitenwänden der Kutsche abstützte. Der weiße Spitzenkragen über seinem Wams leuchtete in der Sonne.

»Die Jesuiten werden schon aufgepasst haben, dass sich das Feuer nicht bis zu ihnen hinauf ausbreitet.« Das neu erbaute

Kolleg stand in ihrer Nachbarschaft. »Ich hoffe nur, dass unser schönes Rathaus standgehalten hat.«

Darum sorgte Diether sich mehr als um seine Kanzlei. Das prächtige neue Magistratsgebäude mit den hübschen grünen Fensterrahmen hatte die Stadt viel Geld gekostet und war, obwohl seit Jahren daran gebaut wurde, immer noch nicht ganz fertig. Niemand konnte stolzer darauf sein als Diether, auch wenn er – wie Margret Meschede meinte – die Würde des Hauses mit Füßen trat, indem er den sorgsam gefältelten Mühlsteinkragen und den pelzbesetzten, steifen Umhang, die sie seit Jahren für ihn hütete, einfach nicht anzog.

Leonore lächelte in sich hinein. Es würde zu komisch aussehen, wenn Diether nach Margrets Wünschen gekleidet, aber weiterhin, wie es seine Gewohnheit war, mit seinen langen Beinen in wenigen schnellen Sätzen die Rathaustreppe hinaufstürmte. Das blausamtene, federgeschmückte Barett, das ihm seine Mutter zu gern aufs weizenblonde Haar gedrückt hätte, läge dann schon längst im Staub. Sie hätte es wohl auch gern gesehen, wenn er das Haar kurz geschoren trüge wie die Kleriker, doch Leonore gefielen die schulterlangen Locken viel besser.

Sie durchquerten ein paar Weiler und ließen Geseke hinter sich. Henrich lenkte die Kutsche über abgeerntete Felder entlang des Hellwegs. Da es jetzt weniger holperte, lehnte sich Leonore entspannt an die Rückenpolster, und Diether legte den Arm um sie. Für einen – diesen – ersten Septembertag, der ihr als Hochzeitsdatum immer im Gedächtnis haften würde, wärmte die Sonne außerordentlich.

Es war Kaspar von Fürstenberg gewesen, der ihnen geraten, ja, sie geradezu gedrängt hatte, sich in Lippstadt vom lutherischen Prediger der Marienkirche trauen zu lassen.

»Tut mir den Gefallen«, hatte er gesagt. »Wenn die vierhörnigen Herren vom Kamp meinen frommen Herrn Bruder Euretwegen belagern und ich Euch wie üblich in Schutz nehmen muss, will ich wenigstens auf eine Eheschließung vor Gott verweisen können. Noch haben wir ja denselben, auch wenn Pater Röhrich alle Protestanten für Teufelsanbeter hält.« Kaspar war den Jesuiten nicht grün und tat alles, um sie zu ärgern.

Seit Leonore wusste, dass sie ein Kind erwartete, gab es einen weiteren Grund für die schnelle Heirat. Als offenkundiges Kebsweib Diethers wäre ihr die Ausweisung aus der Stadt sicher gewesen, da hätte wohl auch Kaspar nicht helfen können.

Johann Meschede wischte sich den Schweiß von der Stirn und knöpfte sein Wams auf. Von nun an würde Leonore ihn »Vater« nennen müssen, was ihr angesichts der würdevollen Erscheinung nicht leichtfiel. Sein Gesicht zierte ein Altväterbart, wie ihn kaum noch jemand in der Stadt trug. Aber er schaute sie aus warmen blauen Augen an, ganz anders als Margret Meschede, Johanns Frau und Diethers Mutter, die für Leonore nur abschätzige Blicke übrig hatte. Wo sie konnte, schwärzte sie Leonore bei den Jesuiten an, die der Bischof als Tugendwächter über die Stadt gesetzt hatte.

Auch Diether war es warm geworden unter dem engen, dunklen Wams aus feiner Wolle, das er jetzt auszog. Die weißen Hemdsärmel krempelte er auf, auf seinen braun gebrannten Armen glänzten helle Härchen.

»In Salzkotten sollten wir eine Pause machen«, sagte er. »Leonore muss ausruhen.«

Leonore winkte ab.

»Die Gäule auch«, rief Henrich vom Kutschbock herab, der sich wohl nach einem kühlen Bier sehnte.

Leonores Schwiegervater räusperte sich. »Aber vorher will ich euch noch etwas mitteilen.«

Henrich drehte sich um und nickte. »Jau, wird Zeit.«

»Es war noch gar keine Gelegenheit, euch zu eurer Eheschließung zu beglückwünschen«, begann Johann. »Ich für meinen Teil freue mich über eure Verbindung und hoffe, dass Gott sie segnet.« Das war es wohl nicht, was Henrich erwartete, denn er schüttelte den Kopf.

Leonore war überrascht über das freundliche Lächeln, das sie noch nie an Johann wahrgenommen hatte.

Dann wandte er sich seinem Sohn zu. »Was deine Mutter angeht …« Seine Miene verzog sich wie bei Zahnschmerz.

»Wir müssen es ihr bald sagen«, gab Diether zurück, mit dem gleichen Ausdruck im bartlosen Gesicht.

Leonore konnte sich den Streit lebhaft vorstellen, der demnächst im Hause Meschede ausbrechen würde. Eine Mutter würde sie in Margret so bald nicht finden.

»Mhm«, brummte Johann. Er räusperte sich erneut. »Was ich euch außerdem zu sagen habe, wird ihr ebenfalls nicht gefallen.« Wieder das Zahnwehgesicht. »Aber Henrich will das auch, und da wird sie nichts tun können.«

Henrich bekräftigte mit seinem üblichen »Jau«. Er hatte sich von Margret Meschede noch nie etwas sagen lassen.

Endlich rückte Johann Meschede damit heraus, was sie – Henrich und er – beschlossen hatten, nämlich, dass Henrich aus Johanns Diensten ausscheiden und in Zukunft bei Diether und Leonore leben werde. »Ihm wird das Säckeschleppen zu schwer, und ihr braucht jemanden, der sich ums Haus und die Pferde kümmert.«

Henrich sagte wieder »Jau«, doch Johann machte keinen glücklichen Eindruck. Es war ihm wohl nicht recht, den alten Freund zu verlieren.

Diether strahlte über das ganze Gesicht, und Leonore freute sich ebenfalls. Sie brauchten wirklich Hilfe, und Henrich war ein zwar knorriger, aber zuverlässiger und freundlicher Mensch.

»Ich hoffe, Ihr kommt uns oft besuchen, damit Henrich Gesellschaft hat«, sagte sie augenzwinkernd zu ihrem Schwiegervater.

Der zwinkerte zurück. »Solange mein Enkel noch nicht da ist …«

Leonore war sicher, dass sie Johann bis dahin längst »Vater« nennen würde.

»Noch etwas«, sagte Johann. »Bis zum Michaelstag im nächsten Jahr übernehme ich Henrichs Lohn. Das ist mein Hochzeitsgeschenk an euch.«

Wie ein mit Dornengestrüpp bewachsener Lindwurm schlängelte sich die Salzkottener Landwehr durch die vor ihnen liegende gerodete Flur. Am Schling machten sie halt. Die Wachleute verdienten sich ein kleines Zubrot mit dem Tränken und Abreiben der Pferde und indem sie den Reisenden

Erfrischungen anboten. Ihr selbst gebrautes Bier war weithin berühmt, deshalb wohl hatte Henrich angehalten. Leonore reckte unauffällig ihre Glieder und sah sich nach Bekannten um.

Wenn sie unterwegs die Leute auf der Straße gefragt hatten, was es mit dem Feuer in Paderborn auf sich habe, hatte niemand mehr zu sagen gewusst, als dass es eben gebrannt habe. Wo genau und mit welchen Folgen, hatten sie immer noch nicht erfahren. Hier, wo viele der auf dem Hellweg Reisenden Rast machten, sollte endlich jemand sein, der Bescheid wusste.

»Fragt den da«, sagte der Landsknecht auf Johanns Frage und wies auf einen jungen Jesuiten, der in schwarzem Talar, die vierhörnige Kappe auf dem Kopf, wie ein Prediger unter einem Apfelbaum stand. »Er kommt grad aus der Stadt.«

Ein neuer Magister vom Kamp, Leonore kannte ihn vom Sehen, wohl auf dem Weg ins protestantische Lippstadt, wo zu Ostern die katholischen Spanier eingefallen waren. Seitdem setzten die schwarzen Patres alles daran, dort Fuß zu fassen. Die ihn umstehenden Männer hatten ihre Mützen in der Hand, die Frauen machten fromme Gesichter.

Aber was redete der denn da? »Es war wieder einmal ein Beispiel, eine ernste Mahnung und Erinnerung, wie Gott die Menschen für ihre Sünden und Ungläubigkeit straft, sie aber auch aus allem Unheil errettet. Denn ausgerechnet im Ükern, wo die Gottlosesten unter den Paderbornern leben, ist der Brand ausgebrochen. Ganz deutlich haben die Nachbarn gesehen, wie in einer blauen Lohe der Gottseibeiuns erschien und den Brand entfachte. Doch dann erschien Gottes Engel, umgeben von strahlend weißem Licht, und verjagte den Bösen.«

Die Leute nickten mit ernsten Mienen.

Leonore brannte auf genauere Nachricht und stieß Diether an. Er hob die Hand. »Und war dann das Feuer gelöscht?«

»Keineswegs«, gab der Jesuit zurück. »Gott gefiel es, uns ein weiteres *exemplum* für seine allumfassende Macht zu geben. In seiner übergroßen Güte, die nur auf die Rettung unserer Seelen bedacht ist, ließ er es weiter brennen, bis die ganze Stadt von Angst erfasst wurde. Viele, die seit Jahren den Trost des

Allgewaltigen nicht gesucht hatten, fielen auf die Knie nieder, mitten auf der Straße, und beteten inbrünstig.«

»Hat denn niemand zu löschen versucht?«, fragte Johann ungeduldig.

»Oh doch.« Ein scharfer Blick unter gerunzelter Stirn. »Fromme Priester sind unter Einsatz ihres Lebens mit dem allerheiligsten Sakrament durch die brennenden Straßen gegangen und haben die Flammen zurückgedrängt. Ihnen und den Gebeten der Frommen ist es zu verdanken, dass nicht die ganze Stadt dem Feuer zum Opfer gefallen ist.«

Also nicht die ganze Stadt. Leonore sah, wie sich die Schultern Johanns strafften. Er nahm einen tiefen Schluck aus dem Bierkrug, den er seit ihrer Ankunft mit beiden Händen umklammert, sonst aber nicht beachtet hatte.

Henrich zog ein missmutiges Gesicht. »War da keiner mit Wasser?« Er brummte die Frage in seinen Bart, doch der Jesuit hörte ihn.

»Gegen Gottes Walten hilft kein Wasser«, behauptete der Vierhörnige. »Aber doch – versucht haben wir es. Gott hat es ebenfalls gefallen, die frommen Herren unseres Kollegs zum Brandherd zu schicken. Ich kann in aller Bescheidenheit behaupten, dass meine Mitbrüder es waren, denen die Rettung eines der größten Heiligtümer der Stadt gelungen ist.« Er nahm das Barett ab und wies auf seinen Kopf. »Ich selbst habe im Funkenflug auf dem Dachfirst gesessen und hätte dabei fast Feuer gefangen.« Auf einer Seite seines Kopfes war das Haar deutlich kürzer als auf der anderen. In der Sonne glänzten seine rosigen Wangen.

Er nahm Diether in den Blick. »Auch Euer Freund Friedrich Baer hat übrigens geholfen, Wasser herbeizuschleppen. Aber Euch habe ich nicht gesehen.« Er musterte die Reisegefährten und überlegte offensichtlich, mit dem Blick auf den Weg hinter ihnen, wo sie gewesen waren und zu welchem Zweck.

Es wird sich bald genug herumsprechen, warum wir nicht da waren, dachte Leonore. Dass der junge Magister Diether und seine Freunde kannte, wunderte sie nicht – die Jesuiten kannten jeden. Aber Friedrich und Wassereimer schleppen?

»Doch dann ist er einfach umgefallen, Euer Freund, und zwar genau in dem Moment, in dem Gott seinen erlösenden Regen schickte.« Der Pater hob die Augenbrauen. »Man muss sich doch fragen, warum.«

In Diethers Gesicht las Leonore Sorge, aber auch Belustigung, seine Mundwinkel zuckten. Ihr kleiner, eirunder Friedrich, Diethers bester Freund und inzwischen auch der Leonores, war ein Tollpatsch. Geschick bewies er nur im Umgang mit Tinte und Pergament.

Der Jesuit winkte seinem Pferdeknecht, und bevor sie sich nach Einzelheiten erkundigen konnten, sagte er schnell: »Meine Brüder erwarten mich«, saß auf und ritt davon.

Von den Umstehenden erfuhren Leonore und ihre Reisegefährten, was der Pater zuvor von sich gegeben hatte. Fast der ganze Ükern war abgebrannt, wenige Stunden hatte es nur gedauert, doch kurz vor dem Busdorfstift sei die Feuersbrunst wunderbarerweise aufgehalten worden. Wenn Friedrich wirklich umgefallen war, dann gewiss vor Erleichterung.

Sie bestiegen die Kutsche und setzten ihren Weg fort. Leonore dachte an ihre zahlreichen Patienten im Ükern, die ohnehin wenig zu beißen hatten und dazu jetzt ohne Obdach waren. Friedrich verfügte neben seiner Stiftsunterkunft über ein großes steinernes Haus an der Königstraße; nach dem Schreck würde er bestimmt bereit sein, obdachlosen Familien Unterschlupf zu gewähren.

»Wir müssen Friedrich aufsuchen, sobald wir in der Stadt sind«, sagte sie zu Diether, der ihr zunickte und sie fester in den Arm nahm. Auf beiden Seiten des Hellwegs erstreckte sich der Habrinkhauser Wald. Hoch aufragende Eichenstämme, die dem Unterholz viel Raum ließen, beschatteten den ausgefahrenen Weg.

Friedrich hatte Pech gehabt. Eigentlich hatte er mit nach Lippstadt fahren sollen, aber dann hatten sie ihn nicht dem Gerede aussetzen wollen, das sich unweigerlich erheben würde, wenn er als Stiftsherr sich so offensichtlich unter die Lutheraner begäbe. Schon mit der Freundschaft zu ihnen beiden lief er Gefahr, seiner Pfründe enthoben und vom gut gefüllten Tisch des wohlhabenden Stifts vertrieben zu werden. In der Flammenhölle hatte er sich bestimmt furchtbar hilflos gefühlt.

An der Warte hielt Henrich die Kutsche für einen Moment an. Wie immer war Leonore vom Anblick ihrer Stadt überwältigt, die sonnenbeschienen vor den sanft ansteigenden Höhen der Egge lag. Mittendrin der alles überragende Domturm mit der Laterne auf der welschen Kuppel, die sich wie ein steinerner Daumen in den Himmel reckte. Alles unverändert. Beklommen ließ sie den Blick über die Häuser streifen, bis sie heiß der Schreck durchfuhr. Im Osten des Doms erstreckte sich bis zur Stadtmauer hinab ein weites, leeres schwarzes Feld, hier und da stiegen aus formlosen Haufen graue Rauchsäulen auf. Sie klammerte sich an Diethers Arm. Nicht einmal vom Kapuzinerkloster war etwas übrig geblieben.

Je näher sie der Stadt kamen, umso mehr roch es nach kalter Asche. Henrich trieb die Pferde an. Graue Flocken bedeckten die Landwehr vor dem Westerntor, über dem abschreckend grinsend noch immer Wicharts Totenkopf hing. Die Uhr zeigte die vierte Nachmittagsstunde an. Henrich zügelte die Pferde vor der Durchfahrt, die Wachen winkten sie durch, die Kutsche raste über die menschenleere Westernstraße. Hier war alles heil geblieben.

»Gott sei Dank«, stieß Vater Meschede hervor, und Diether seufzte erleichtert auf. Das Anwesen der Meschedes war ebenfalls grau gesprenkelt, doch zerstört war offensichtlich nichts.

Was sie wohl im Ükern erwartete?

»Lass uns erst nach Friedrich sehen«, sagte Diether.

Hand in Hand liefen sie zur Königstraße, dann zum Busdorfstift – weit und breit von Friedrich keine Spur. War er doch ernsthafter verletzt, als der Jesuit ihnen verraten hatte?

Der kürzeste Weg zum Spital, wo sie nach ihm suchen wollten, verlief oberhalb des abgebrannten Stadtteils. Grauen erfasste Leonore, als sie darüber hinwegsah. Nicht einmal Ruinen waren stehen geblieben, die Wege mit verkohlten Balken übersät. Ungehindert ging der Blick bis zur Stadtmauer. Schwarz vom Ruß waren die Türme.

Tränen stiegen ihr in die Augen. Im weiten Umkreis sah sie nur unter Asche begrabene Trümmer und dazwischen umherirrende Menschen, deren rußbedeckte Gesichter ein Erkennen unmöglich machten. Sie schämte sich ihres sauberen Äußeren und hätte am liebsten gleich zugefasst.

Auf dem Steinweg kam ihnen Georg Löseken entgegen, den Diether, wie Leonore wusste, von der gemeinsam verbrachten Schulzeit her kannte. Heute war er der Kopfschatzeinnehmer des Bischofs und vertrat den Ükern im Magistrat.

Diether ließ Leonore los und hielt den Eilenden am Ärmel auf. »Warte, Georg. Hast du Friedrich Baer irgendwo gesehen? Wir haben gehört, dass er bei dem Brand verletzt wurde.«

Löseken winkte ab. »Ach, euer Friedrich – der lief heute Morgen schon wieder ganz munter herum. Allerdings gestreift ...« Sein Mund verzog sich zum Grinsen, das aber gleich wieder verschwand. »Viel wichtiger ist: Wo ist meine Truhe geblieben?« Jetzt erst sah Leonore, dass sein frisch gewaschenes Gesicht rot war vor Erregung.

Als Diether ihn nur verständnislos ansah, setzte er hinzu: »Klar, das könnt ihr nicht wissen. Ihr wart ja nicht da.« Er musterte ihre Festtagskleidung. »Wohl einen auswärtigen Besuch gemacht, was?«

Mit hastigen Worten berichtete Löseken, dass er seit dem Brand nach seiner Geldtruhe suche. Da sein Haus ohnehin nicht zu retten gewesen sei, habe er den Nachbarn an der Giersstraße geholfen. »Um meine Truhe hab ich mir keine Sorgen gemacht. Sie ist aus uraltem Eichenholz und rundum mit Eisen beschlagen. So schnell brennt die nicht, hab ich gedacht. Aber als ich zurückkam, war sie weg. Spurlos. Einfach weg.«

Löseken musterte das Nachbargrundstück, als könne er das Behältnis in dessen Trümmern entdecken. »Sie war voll mit Talern vom letzten Kopfschatz«, murmelte er. »Der Bischof wird toben, wenn er das hört.« Dann drehte er sich um. »Aber ich hab's schon dem Schultheiß gesagt«, rief er so laut, dass sich die Leute zwischen den Ruinen aufrichteten. »Wenn der Dieb erwischt wird, hängt er am Galgen.«

Friedrichs Kopf ruckte hoch. Verdunkelten schon wieder Rauchwolken den Himmel? Kaum noch konnte er erkennen, was er schrieb. Einen Moment lang erfasste ihn Angst, doch dann fiel ihm ein, dass es Herbst wurde.

»Libori nimmt das Licht mit«, murmelte er vor sich hin. Kein Grund zur Sorge. Gleich nach dem Fest zu Ehren des Domheiligen begannen die dunklen Tage.

Er streckte sich und musterte seine Gefährten, die ihre Köpfe tief über vergilbte Schriftstücke beugten. Ein Gutes hatte das Feuer mit sich gebracht: Es hatte Friedrich aufgerüttelt. Sachte betastete er die brennenden Kratzer in seinem Gesicht, wie gehäutet fühlte sich seine Nasenspitze an.

Gleich am Morgen hatte er mit der Arbeit begonnen, die er sich schon seit Langem vorgenommen hatte. Undenkbar, dass er zusehen müsste, wie der »Niedere Dom« – so nannten die Leute die Busdorfkirche im Gegensatz zum »Hohen Dom« des Bischofs – und mit ihm das kostbare Archiv des ehrwürdigen alten Stifts den Flammen zum Opfer fiel. Es wäre schade um die Stiftungsurkunden seiner Vorfahren aus der Familie Baer, die ihren nachgeborenen Söhnen ein sorgloses Dasein sicherten, aber viel schmerzlicher wäre der Verlust des Schenkungsbriefs des Bischofs Meinwerk, der den Wohlstand des Stifts begründet hatte. Dieses von Meinwerk selbst unterzeichnete Dokument hatte er als Erstes herausgesucht und in einer feuerfesten Truhe eingeschlossen, wo er auch die Kopiare unterbringen wollte, die anzulegen sie heute begonnen hatten.

Doch seine Sorge verflog nicht, als er sich im Raum umsah. Noch immer hielt er es für ein Wunder, dass die Flammen sein Archiv verschont hatten. Mit Holz vertäfelte Wände, Schränke und offene Regale voller Pergament, alles seit Jahrhunderten ausgetrocknet und der reine Zunder. Der Luftzug durch die vielen Fenster – sechs an den Außenwänden und noch eins nach innen zum Chorraum der Kirche – würde aus einem kleinen Funken schnell einen großen Brand machen. Er musste sich bald um eine sichere Unterkunft für die wertvollen Dokumente kümmern.

Die Urkundenberge, die sie am Morgen aus den Schränken

genommen und auf den Tischen aufgehäuft hatten, waren nur wenig geschrumpft. Ein paar jüngere Stiftsherren saßen neben Friedrich, ordneten die beschriebenen Pergamente und legten sie ihm vor, damit er sie im Kopiar verzeichne.

Zwischen den gesiegelten Urkunden befanden sich zahllose Zettel und abgerissene Randstreifen mit Aufzeichnungen über Kostbarkeiten im Eigentum der Busdorfherren, die jetzt als Leihgabe Dorfkapellen oder die Altäre der Adelshäuser schmückten. Friedrich hatte Andreas von Rostorp und Michael von Breckenberg aufgetragen, diese Leihscheine ordentlich zu verzeichnen. Die beiden nachgeborenen Söhne aus uraltem Landadel, wie Friedrich Stiftsherren aus alter Familientradition, hatten in der Schule des Kollegs am Kamp Latein gelernt und wiesen die sauberste Handschrift auf. Auch das musste man den Jesuiten lassen: Sie waren ausgezeichnete Lehrer.

Friedrich erhob sich und sah den beiden über die Schulter. Breckenberg richtete sich auf. »Das meiste Gold, das unsere Schatzkammern verlassen hat, ist in die des Bischofs gewandert.« Er wies auf lange Reihen im Buch, in deren letzter Spalte fast nur »Neuhäuser Kanzlei« zu lesen war. »Wir sollten im Schloss eine Niederlassung aufmachen.« Seine roten Bäckchen hüpften, als er vor sich hin kicherte, bis ihn Rostorp mit dem Ellbogen anstieß. In benachbarten Burgen groß geworden, waren sie seit ihrer Kindheit befreundet.

Sie hätten wohl unterschiedlicher nicht sein können. Rostorp war hochgewachsen, rothaarig und immer ernsthaft, doch das war es nicht, weshalb ihn niemand so leicht vergaß. Seine helle Haut war übersät mit ungewöhnlich großen Sommersprossen, manche so groß wie Pfennige, die seine kantigen Gesichtszüge verwischten. Friedrich schmunzelte in sich hinein. Im Stift nannten sie ihn hinter der Hand »der getüpfelte Rostorp«, worüber er selbst sicher nicht lachen konnte.

Äußerlich eher unscheinbar wie Friedrich war dagegen der quirlige kleine Breckenberg, der dem Lachen mehr zugetan war, als es – zumindest nach Rostorps Meinung – einem würdigen Stiftsherrn angemessen war. Emsig füllte er die Reihen des Kopiars, während er mit den Lippen lautlos Worte und Zahlen formte.

Einfach war die Aufgabe der beiden gewiss nicht. Die kleinen Pergamentabschnitte – größere waren für den profanen Zweck zu wertvoll – waren kaum leserlich mit winzigen Buchstaben beschrieben. Friedrich las einzelne Worte wie »Reliquiar« oder »Goldkreuz mit weißem Stein«, oft stand da nur »Kelch« oder »2 Leuchter«. Die Namen der Empfänger konnte er in den meisten Fällen nicht entziffern.

Den ganzen Tag über hatten Rostorp und Breckenberg, oft im Streit darüber, wie die kryptischen Zeichen zu deuten seien, über den Pergamentschnipseln gebrütet. Mehrere Buchseiten hatten sie mit langen Listen gefüllt, doch immer noch lagen Zettelberge herum. Der Bischof mochte im Gold schwimmen, doch in ihrer eigenen Schatzkammer musste gähnende Leere herrschen, zumal zu den Leihgaben noch wertvolle Schenkungen kamen, die zwei andere Stiftsherren zu verzeichnen hatten.

Aber für heute sollte es genug sein. Gemeinsam räumten sie die Urkunden, die sie immerhin geordnet hatten, in die Schränke zurück und verschlossen diese sorgfältig. Bei einem Feuer nützte das wenig, doch es würde nicht heute Nacht schon wieder ein Brand ausbrechen.

Friedrich verschloss auch die Pforte zum Archiv und stieg vorsichtig die ausgetretenen Stufen der steilen Wendeltreppe hinab. Diether und Leonore mussten längst aus Lippstadt zurückgekehrt sein, bestimmt warteten sie schon auf ihn. Sie würden Augen machen, wenn er ihnen von der verheerenden Feuersbrunst berichtete, deren heißen Atem er immer noch im Gesicht spürte, und von der dramatischen Rettung des Busdorfstifts, die ihm so viel abverlangt hatte.

»Auch hier so viele Soldaten«, murmelte Diether, als sie vom Schildern her das Rathaus erreichten. Jeder bewaffnete Aufmarsch war ihm unheimlich, seit der Bischof vor jetzt zwölf Jahren in der Stadt gewaltsam seine Macht durchgesetzt hatte. Aus den Gasthäusern drang kein Laut, sie waren wohl alle im Ükern.

Leonore nickte ihm zu, das Gesicht angespannt vor Sorge. Schon an der Brandstätte waren ihnen bischöfliche Landsknechte begegnet, einige halfen den Brandopfern beim Aufräumen, die meisten standen aber nur herum. Hier bewachten sie Gewehr bei Fuß die Rathaustür, der Marktplatz war voll von ihnen, und sogar vor dem Jesuitenkolleg lungerten die Rot-Weißen herum.

Mit einer verstohlenen Kopfbewegung machte Leonore ihn auf einen jungen Landsknecht aufmerksam. Den blitzenden Helm trug er in der Hand, der rot-weiße Umhang lag locker auf seiner linken Schulter. Beide kannten ihn als Feldwebel des Hauptmanns der bischöflichen Garde, Menke von Wewer, mit dem sie seit einiger Zeit befreundet waren. Redebrecht Storck, so hieß er. Wie Menke stammte er aus dem Nachbardorf Borchen.

Diether sprach den Soldaten an. »Ihr steht hier wohl auf Feuerwache?« Ein wenig zu spät, lag ihm noch auf der Zunge, doch das sprach er nicht aus.

Redebrecht ging mit ihnen ein Stück beiseite. »Nicht nur«, gab er zurück. »Wir sollen auch aufpassen, dass jetzt, wo alle im Ükern zum Helfen unterwegs sind, niemand die reichen Häuser ausplündert.«

Diether war verblüfft. Das war neu, dass sich der Bischof um das Wohl der Bürger und ihre Habe sorgte.

Nachdem ihnen Redebrecht mitgeteilt hatte, dass weder in der letzten Nacht noch heute etwas Derartiges vorgefallen war, setzten sie ihren Weg zur Jühengasse fort.

Heute war Diether besonders stolz auf sein Haus, an dem er jeden Stein kannte, weil er ihn selbst in den Händen gehalten und am richtigen Platz eingefügt hatte. In den bleigefassten Fensterscheiben seiner Kanzlei spiegelte sich das Abendlicht, und freundlich, wie es einem frisch vermählten Paar zukam, begrüßte sie die steinerne, von ihrer untergehenden Schwester rosa angestrahlte Sonne über dem Eingang. Auf der Treppe blieben sie stehen und küssten sich, draußen und öffentlich, wie sie es bisher nie gewagt hatten, dann traten sie eng umschlungen gleichzeitig durch die Tür.

In der Küche brannte Licht. »Da seid ihr ja endlich«, rief Friedrich zur Begrüßung und sprang auf. Hinter ihm fiel polternd die Sitzbank um.

Diether musste sich das Lachen mühsam verbeißen, als Friedrich ihm und Leonore Glück wünschend die Hände schüttelte. Das Gesicht seines ältesten Freundes war so rot und weiß gestreift wie die Fahnen der Landsknechte. Mittendrin ein dunkelroter Punkt, wo die Nasenspitze einen großen Teil ihrer Haut eingebüßt hatte.

»Was hast du bloß gemacht?« Leonore klang entsetzt, aber sie verbarg ihr belustigtes Gesicht, indem sie in ihrer Tasche kramte. Sie zog eine Salbe hervor, die sie dem widerstrebenden Friedrich auf die verletzten Stellen strich. Nun war sein Gesicht rosa und weiß gestreift wie Leonores seidenes Festtagsmieder, das Diether ganz besonders liebte, weil es die Bräune ihrer Haut hervorhob und das Rot in ihrem Haar verstärkte. Oft trug sie es nicht. Wie das blühende Leben sah sie neben dem gestreiften Friedrich aus, der noch dazu ein leidendes Gesicht zog.

»Hier hab ich außerdem eine fürchterliche Beule«, klagte er und zeigte auf eine gerötete Stelle über dem linken Ohr. »Da hat mich ein Stück Holz getroffen, als ich mit den anderen zusammen den Steinweg hinauf vor dem Feuer davonlief.«

Diether musste grinsen – davonlaufen, das hörte sich eher nach Friedrich an.

Der Freund warf ihm einen verdrießlichen Blick zu. »Es hätte ja auch ein Balken gewesen sein können, dann läge ich jetzt da …« Weit riss er die Augen auf, als habe ihn wirklich ein böses Schicksal ereilt. Leonore war wieder mit ihrer Salbe zur Hand.

Diether trat zum Tisch, wo er überrascht innehielt: Liebevoll auf einem weißen Tuch angeordnet warteten Fleisch- und Brotplatten, Obst und ein gefüllter Weinkrug auf sie.

»Das waren bestimmt Johanna und Gese«, meinte Leonore. Diethers Schwester war in ihre Hochzeitspläne eingeweiht, und Gese, der Hausmagd Margret Meschedes, die ihm treu ergeben war, entging ohnehin nichts. Ihre Plätze waren sogar mit Blumen umkränzt.

Wo Friedrich gesessen hatte, lagen Krümel. »Wenn du nicht ohnehin schon unser halbes Hochzeitsmahl verputzt hast, darfst du dich gern dazusetzen«, sagte Diether und nahm selbst neben Leonore Platz, die Friedrich einladend anlächelte. Diether drückte ihre Hand. Lieber wäre er jetzt mit ihr allein geblieben.

Friedrichs von Salbe unbedeckte Hautstreifen wechselten zu rot, doch hinderte ihn die Scham nicht, noch einmal zuzulangen. Schon immer hatte es ihm in Meschedes Haus gut geschmeckt. Zwischen den Bissen erzählte er erregt von den Erlebnissen des vergangenen Schreckenstages. Sein Bericht über die dramatische Rettung des Busdorfstifts hörte sich an, als sei ihm allein zu verdanken, wenn nicht alles lichterloh verbrannt war. »Stellt euch nur vor, mein Archiv hätte Feuer gefangen!« Wieder weiteten sich die hellblauen Augen, als Friedrich von der überstandenen Furcht erzählte.

»Dann müssten sich jetzt zwölf edle Herren von ihrer Hände Arbeit ernähren«, gab Diether zurück und nahm sich ein besonders großes Stück Schinken.

»Klar«, sagte Friedrich mit Empörung in Stimme und Blick. »Du würdest den Bauern sogar helfen, wenn sie den Verlust unserer Urkunden dazu nutzen wollten, sich von ihren Pflichten zu befreien.« Seine Angst, bald zu verhungern, zeigte er, indem er seinen Teller noch einmal belud.

Leonore stellte noch ein Stück Kuchen hinzu. »Bei uns können sich verarmte Stiftsherren immer ein Butterbrot abholen«, sagte sie mit einem Schmunzeln. Friedrichs dankbarer Blick ließ völlig vergessen, dass er auch ohne die Stiftspfründe zu den reichsten Bürgersöhnen der Stadt gehörte.

Vieles von dem, was Friedrich über den Brand erzählte, hatten Diether und Leonore schon auf ihrem Gang durch den Ükern vernommen. Das Feuer war in Müllers Haus am Tiggeplatz ausgebrochen, zu allen Fenstern gleichzeitig war es hinausgeschlagen, und einige hatten auch die blaue Lohe und den Teufel darin gesehen. Die Flammen sprangen von Haus zu Haus, nur hilflos zuschauen konnten die Leute. Die Tigge selbst, das morsche alte Ükernrathaus, hatte das Feuer verschont.

»Es war schrecklich«, stöhnte Friedrich noch im Nachhinein. »Überall stank es nach verbranntem Fleisch, und ich hab sogar Ratten gesehen, die brennend über die Straße rannten.« Kurz schaute er auf das Stück Braten in seiner Hand, bevor es in seinem Mund verschwand. »Dann sind alle nur noch gelaufen.«

»Und als alles vorbei war, bist du umgefallen«, stellte Diether fest. Auf Friedrichs erstaunten Blick hin erklärte er: »Das ist Stadtgespräch.«

»Nur, weil ich seit dem Morgen nichts gegessen hatte«, versicherte Friedrich und griff zu, als könne er das Versäumnis jetzt noch wettmachen.

»Wir haben am Nachmittag Georg Löseken getroffen.« Leonore erzählte von dessen verzweifelter Suche nach der verlorenen Truhe. »Hast du schon davon gehört?«

Friedrich machte mit der freien Hand eine abwiegelnde Geste. »Alle haben ihr Hab und Gut verloren, viele sogar mehr als Löseken.«

Diether hob den Kopf. Es sah dem Freund gar nicht ähnlich, den Verlust der bischöflichen Steuergelder, die ja auch seinem Stift zugutekamen, einfach so abzutun.

Als sei das Thema beendet, erzählte Friedrich jetzt vom waghalsigen Vorgehen der Jesuiten. »Auf die lasse ich nichts kommen«, erklärte er. »Ihr hättet sehen sollen, wie die Patres auf den Dächern herumgeklettert sind. Ihnen ist es zu verdanken – zum Teil wenigstens –, dass unser Stift stehen geblieben ist.«

»Sollte denn jemand etwas Schlechtes über deine neuen Freunde sagen wollen?«, erkundigte sich Diether.

Friedrich wurde rot. Diether beugte sich erwartungsvoll vor. »Na?«

»Ach, nur wegen Pater Simon.« Friedrichs Stimme war gepresst.

»Pater Simon?«, fragten Diether und Leonore zugleich. Mit dem ewig lächelnden Verwalter des jesuitischen Grundvermögens lagen sie im Streit um ein Stück Land in der Stadtheide, das Leonore von ihrem Vater geerbt hatte. Eines Nachts waren die Grenzsteine zum Nachbargrundstück versetzt worden, das den Jesuiten gehörte.

»Ja. Euer besonderer Freund. Aber er hat auch gute Seiten, das muss man ihm lassen. Simons Einfall war es nämlich, und dafür werde ich ihm immer dankbar sein, die qualmenden Dächer mit feuchten Tüchern zu behängen.«

Bevor Friedrich mit seinem Loblied auf die Brüder Jesu fortfahren konnte, fragte Diether: »Und was war nun mit Simon?«

»Ach, nichts.« Friedrich druckste herum. »Ich hab ihn doch kaum sehen können, so schwindelig, wie ich mich fühlte.«

»Kaum? Wo?«

»Auf dem Steinweg.«

»Und weiter?«

»Mit einer Truhe, ja. Aber das war bestimmt nicht die von Löseken.« Friedrich sah aus, als sei er selbst mit der Kiste ertappt worden.

»Bestimmt nicht.« Diether gelang ein völlig überzeugtes Gesicht.

»Wenn sie es wäre, hätte Simon sie längst zurückgegeben.«

Diether schüttelte den Kopf. »Du musst es dem Schultheiß sagen, Friedrich, das ist doch klar. Meinetwegen auch Löseken, dann kann er es ohne Aufsehen regeln.«

Friedrich drehte das Gesicht zum Fenster. »Ach was.«

Kurz danach brach er auf. Obwohl die Missstimmung noch im Raum hing, nahm Diether Leonore in den Arm. Heute war ihr Hochzeitsabend, und da hatte er anderes vor, als sich um Lösekens Geldkiste zu sorgen. Irgendwann kam Friedrich immer zur Vernunft.

»Haltet die Augen offen, Hauptmann.«

Umsorgt von zwei Lakaien, suchte sich Kaspar von Fürstenberg einen bequemen Platz in der Kutsche. Beleibt wie er war und mit seiner Gicht ging das nicht ohne Ächzen und Stöhnen ab. »Nehmt Euch ein Beispiel an dem da oben.«

Menke von Wewers Dienstherr wies hinauf zur Spitze des Zwerchhauses am Nordflügel des Neuhäuser Schlosses. Gegen den sich verdunkelnden Himmel zeichnete sich deutlich der Giebelkrieger ab, steinern, aber ständig bereit, die hoch erhobene Steinkugel auf Eindringlinge im Schlosshof zu schleudern.

Menke lachte. »Mit der einen Kugel käme ich nicht weit.« Er strich über das Säckchen Bleikugeln an seinem Gürtel und rückte das Pulverhorn zurecht. Das Gewehr trug er über der Schulter.

»Wer weiß, was den Paderbornern alles einfällt, jetzt nach

dem Brand. Aufsässig waren sie ja schon immer.« Trotz des warmen Tages ließ Kaspar sich in Felldecken einpacken.

War das der Grund für den eiligen Aufbruch des Fürstenbergers? Angst vor einem neuerlichen Bürgeraufstand? Der Bischof, Kaspars jüngerer Bruder, war schon am Vortag abgereist, gleich nachdem die Nachricht vom Brand eingetroffen war. Angeblich riefen ihn wichtige Geschäfte in seinen Amtssitz Dringenberg. Doch vorher hatte er noch sämtliche Wachsoldaten den Paderbornern zur Hilfe geschickt.

»Der Schultheiß hat den Auftrag, etwaige Unruhen in der Stadt aufzuspüren und mit unseren Männern sofort niederzuschlagen«, sagte Kaspar und gab dem Kutscher ein Zeichen. »Hier im Schloss solltet Ihr eigentlich sicher sein.«

Das Geräusch ratternder Räder und der donnernde Hufschlag der Pferde hallten von den Schlosswänden wider. Begleitet wurde Kaspar von den beiden letzten Landsknechten. Menke atmete tief ein. Jetzt standen nur noch die Torwachen auf der Brücke, drinnen im Schloss war er der Einzige, der für dessen Sicherheit zuständig war. Er und der Giebelkrieger.

Einen Moment lang blieb Menke vor dem Portal zu den Wohnräumen des Bischofs stehen. In der Dämmerung waren die farbigen Verzierungen kaum noch zu erkennen. Nur die weißen Löwenköpfe stachen heraus, und im Medaillon ganz oben der bleiche Leib der keuschen Lucretia. Den langen Dolch in ihrer Hand hielt sie auf die unbedeckte rechte Brust gerichtet. Menke schüttelte wie so oft den Kopf. Eine nackte Frau über der Tür des Bischofs.

Dann schüttelte er den Kopf über sich selbst. Statt hier zu stehen und zu glotzen, sollte er besser das restliche Licht nutzen und sich einen Überblick verschaffen. Er drehte sich um und schritt über den Schlosshof zum gegenüberliegenden Treppenturm, der mit zwei Stockwerken, die Bischof Dietrich ihm zusätzlich aufgesetzt hatte, über die Dächer des Schlosses hinausragte. Ganz oben saß oft der Bischof und schaute über die Schlossgärten hinweg zum Weinberg, den er im Osten der Ortschaft angelegt hatte. Aus dem anderen Fenster konnte man bis Paderborn sehen.

Älter und nur mit einer schlichten, winterlichen Ranke umgeben, diente dieses Portal als Dienstboteneingang zur Küche und zu den Wirtschaftsräumen. Menke hörte es rumoren und kichern hinter der inneren Tür.

Hierher hatte der Bischof noch nie einen Fuß gesetzt. Er betrat den Treppenturm erst weiter oben, von seinen Gemächern aus und begleitet von einem Kammerdiener. Aber auch wenn er zwei Stockwerke weniger zu bewältigen hatte als Menke, war das bischöfliche Ächzen bis ganz unten zu hören. Mit der engen Wendeltreppe und den unregelmäßigen Stufen hatte auch Menke, obwohl bald zwei Jahrzehnte jünger, seine Schwierigkeiten. Das Gewehr musste er vor sich hertragen, weil es überall anstieß.

Gestern, während des großen Brandes, hatte er ebenfalls hier oben gestanden, zusammen mit Kaspar und dem Hofmarschall. Der war am frühen Morgen auf seine Güter abberufen worden. Zu dritt – Menke als Einziger ohne dicken Wanst – hatten sie sich um das kleine Fenster gedrängt und wie gebannt die lodernden Flammen beobachtet, die sich immer weiter in die Stadt hineinfraßen. Inzwischen wusste er, dass die riesige Lohe, über deren Ursprung sie lange gerätselt hatten, das Kapuzinerkloster gewesen war.

Jetzt konnte er im Dämmerschein gerade noch den Domturm sehen, links davon ein schwarzer Fleck, der sich bis zum Paderbruch zog. Auf den offenen Wasserflächen glitzerte das letzte Licht. Niemand schien unterwegs zu sein, alles war friedlich. Die Wachen in ihren rot-weißen Umhängen lehnten am Brückengeländer.

Nachdem Menke sich auch von den anderen Turmfenstern aus überzeugt hatte, dass die Umgebung des Schlosses in abendlicher Ruhe lag, ließ er sich im Sessel des Bischofs nieder. Er musste wohl eingenickt sein, denn als er wieder aufschaute, war es völlig dunkel um ihn her.

Vorsichtig einen Fuß vor den anderen setzend, nahm er den mühevollen Abstieg in Angriff. Beim Blick durch die entlang der Wendeltreppe schräg angelegten Fenster schien es ihm, als nehme die Finsternis von Biegung zu Biegung zu. Keines der zum Innenhof gelegenen Fenster war erleuchtet, und weil niemand mehr erwartet wurde, brannten auch keine Fackeln.

Gerade wollte er die letzte Treppe zum Erdgeschoss hinabsteigen, da fiel sein Blick auf etwas Helles. Ein Licht. Nein, kein Licht – das war nur ein Widerschein. Eine Kerze vielleicht, die mit der Hand zum Fenster hin abgedunkelt wurde. Wer schlich da im gegenüberliegenden Treppenturm herum, der zu des Bischofs Gemächern führte? Von den Dienstboten hatte dort zu dieser Zeit niemand etwas zu suchen.

Das Licht – der Widerschein – wanderte aber nicht treppauf, sondern schwenkte nach links hinüber, wo es hinab in den Keller ging. Dort unten lagen des Bischofs Schatzkammern – hatte es jemand darauf abgesehen? Aber wie sollte ein Dieb hineingekommen sein? Das Tor war versperrt, und die Wächter hatten keinen Alarm geschlagen. Es würde doch niemand von der Dienerschaft die gute Gelegenheit nutzen wollen?

Menke lief zurück und betrat durch die schwere Eichentür den Wohnflügel des Bischofs. Nichts war zu hören. Leise klopfte er an die Türen der Kammerdiener, doch die hielten sich wohl unten in der Gesindestube auf.

Vielleicht sollte er die Torwache herbeirufen? Doch das würde den Eindringling nur warnen. Er musste ihn selbst stellen. Was war er für ein Soldat, wenn er die kostbarsten Güter seines Dienstherrn nicht sichern konnte? Als er durch ein Fenster des langen, zum Hof gelegenen Flurs schaute, lag der Lichtschein nur noch schwach auf der Wand zur Kellertreppe und verschwand dann ganz.

Menke lief so schnell, aber auch so leise er konnte, den Gang entlang bis zum nächsten Treppenhaus. Sein Gewehr, das er in den engen Räumen ohnehin nicht gebrauchen konnte, stellte er in einer Flurecke ab. Mit einer Hand an der Wand, in der anderen seinen Dolch, tastete er sich die Stufen hinab. Zur Bequemlichkeit des Bischofs waren sie nicht gewendelt, sondern verliefen gerade und in gleichen Abständen, sodass Menke kaum Gefahr lief zu stolpern. Doch er setzte die Füße umso vorsichtiger auf, je mehr Stufen er hinter sich brachte. Mit einem Überraschungsangriff konnte er den Kerl vielleicht fassen.

Zwischen den letzten Treppenstücken lag der jetzt leere

Wachraum. Gewöhnlich sicherte den Eingang zur Schatzkammer eine schwere, mit eisernen Riegeln und Schlössern bewehrte Tür, die nun aber offen stand. Vor ihm lag ein langer schmaler Raum, darin bis zur Decke gestapelt verschlossene Behältnisse. Aus einem Gang am hinteren Ende des Raums drang wieder – jetzt stärker – das Licht. Menke schlich darauf zu. Unter dem festen Lederwams fühlte er den Schweiß ausbrechen.

Vorsichtig schob er seinen Kopf um die Ecke herum in den hellen Schein. Kaum konnte er glauben, was seine Augen wahrnahmen. Auf einem der mitten im Raum stehenden Tische waren wie auf einem Altar in silbernen Leuchtern mehrere Kerzen befestigt. Ihr Licht blitzte und glitzerte auf goldenen Monstranzen und juwelengeschmückten Kleinodien.

Den Dieb sah Menke nicht, er hörte keinen Laut. Den ganzen Raum konnte er nicht übersehen, doch schien er leer zu sein. Oder hatte der Schurke ihn längst gehört und wartete jetzt – an die Wand gedrückt – am Ende des Gangs auf ihn? Wenn, dann nur zu seiner Linken; rechts schlug die Tür gegen die Wand.

Er nahm seinen Dolch in beide Hände und stach blitzschnell links des Durchgangs ein paarmal zu. Nur auf Luft traf die Klinge. Menke wagte sich weiter vor, streckte den Kopf in den Raum, um ihn ganz zu überblicken, da traf ihn von oben herab etwas Dunkles, Hartes, das seinen Kopf erdröhnen ließ. Unwillkürlich riss er den Arm hoch. Der Giebelkrieger hat den Falschen erwischt, dachte er in grimmiger Belustigung. Bevor er sich umdrehen konnte, kam schon der zweite, heftigere Schlag. Die Glitzersteine vor ihm zerbarsten zu tausend Sternen. Dann fiel er hinab in tiefste Dunkelheit.

3

Nun schlug es dreizehn. Heilige Maria, steh uns bei! Margret Meschede bekreuzigte sich. Da saß der Junge vor ihr und erzählte derartige Ungeheuerlichkeiten. Allzu nötig war jetzt die Hilfe des Herrn und aller seiner Heiligen.

Schwer atmend bemühte sie sich um Fassung. Vielleicht war es ja gar nicht wahr. »Ich kenne deine Späße, Diether.« Sie merkte selbst, dass ihrer Stimme die Zuversicht fehlte. »Du hast es doch nicht wirklich getan?«

Ihr Sohn nickte nur. Kein Zwinkern im Auge, kein zu einem halben Grinsen verzogener Mundwinkel, das sie hasste, seit sie es zum ersten Mal in seinem Gesicht entdeckt hatte. Allzu oft war sie Ziel seines Spotts gewesen. Was hätte sie jetzt darum gegeben!

Und daneben das schuldbewusste Gesicht ihres Johann, der ihren Blick mied. »Und du warst dabei?«

»Mit Henrich.« Den hatte er immer schon vorgeschoben.

»Na, dann hat ja wenigstens der seinen Segen dazu gegeben.« Immerhin gelang ihr der spitze Ton, den sie beabsichtigt hatte. »Aber du bist sein Vater, nicht Henrich. Du hättest es verhindern müssen!«

»Rede du dem Jungen mal was aus«, brummte Johann in seinen Bart.

Margret lehnte sich in ihrem Stuhl zurück und holte tief Luft. Es war also tatsächlich geschehen. Ihr einziger Sohn, ihr Junge, und diese Leonore. Pater Bodo hatte immer schon gesagt, dass sie eine falsche Schlange sei, eine Hexe vielleicht sogar …

Aber ganz gewiss eine Ketzerin, das war sie, und unverbesserlich, so viel Mühe die Jesuiten sich mit ihrer Bekehrung auch gaben. Sie las Pater Bodos Schriften und gab sie ihm mit frechen Bemerkungen zurück.

»Betet zur heiligen Mutter Maria, Frau Margret, dass sie Euren Sohn aus den Fängen dieser Irrgläubigen befreit«, das hatte der Pater ihr erst neulich ans Herz gelegt. Sie hatte seinen

Rat befolgt, hatte stundenlang vor der Marienstatue auf den Knien gelegen – und nun dies. Womöglich hatte jetzt auch ihr Diether sein Seelenheil verwirkt.

Einen solchen Wahnsinn konnte sie nicht hinnehmen. Ihre Brust wurde eng, Schweißperlen traten auf ihre Stirn. Sie stand auf und ging zum Fenster hinüber, um es zu öffnen. Im Hof war Henrich mit den Pferden beschäftigt, putzte und striegelte sie wie jeden Samstag. Er konnte ruhig hören, was sie zu sagen hatte.

Sie drehte sich zu Diether und Johann um, die nebeneinander am Tisch ihrer Wohnstube saßen und sie beobachteten. Beide mit dem gleichen besorgten Ausdruck in den dunkelblauen Augen. Die darauf warteten, dass sie sich äußerte. Dass sie zustimmen würde, vielleicht sogar dem jungen Paar Glück wünschte …

»Eine evangelisch geschlossene Ehe zählt sowieso nicht«, sagte sie in bestimmtem Ton. »Was sie in Lippstadt veranstalten, sind heidnische Zeremonien, sagt Pater Bodo. Ich jedenfalls werde diese Frau behandeln, wie es ihr zukommt – als Kebsweib.«

Diether fuhr auf. »Damit bezichtigst du deinen Sohn der Hurerei.«

»Das hab ich nicht gesagt.«

Johann hob die Hände. »Ruhe jetzt.«

Dass ihr Mann Streitereien nicht mochte, wusste Margret, klar war auch, dass er sich wieder einmal auf Diethers Seite schlagen würde.

»Diethers Ehe ist gültig«, sagte Johann.

Da hatte sie es schon.

Er stand auf und trat zu ihr. »So gültig wie jede, die im Dom geschlossen wurde.« Seine Hand, die er auf ihren Arm legte, schüttelte sie ab.

»Leonore ist jetzt Diethers Frau, Margret«, sagte er in eindringlichem Ton. »Und sie ist die Richtige für ihn, da kannst du sagen, was du willst. Die Heirat war lange abzusehen, aber du hast dich ja immer gesträubt, Leonore kennenzulernen.«

»Und das werde ich auch weiterhin tun. Mir ist Diethers Seelenheil nicht einerlei.«

»Mir auch nicht, keineswegs. Aber die Seele muss auch hier auf Erden ihr Glück finden.«

»Um den Preis der ewigen Glückseligkeit.«

Johann seufzte. »Ach, Margret.« Er sah über ihre Schulter hinweg in den Hof, wo sie Henrich mit Wassereimern hantieren hörte. Margret drehte sich um und schloss das Fenster. Dieses »Ach, Margret« kannte sie; als Nächstes würde Johann den Hausherrn herauskehren.

Und richtig. Johann straffte sich und baute sich vor ihr auf. »Ich habe Leonore und Diether für Sonntag an unseren Tisch geladen«, kündigte er an. »Und du, Frau, wirst sie so achtungsvoll behandeln, wie es unserer Schwiegertochter zukommt. Das bitte ich mir aus.« Er nahm neben Diether Platz, als sei alles gesagt.

Das fand Margret keineswegs. »Aber wisst ihr denn nicht, was ihr tut?«, rief sie. »Welches Unheil ihr auf uns herabbeschwört?« Sie machte ein paar Schritte auf die beiden zu und umklammerte mit den Händen eine Stuhllehne. »Es ist doch kein Wunder, dass der liebe Gott die Stadt dermaßen straft.«

»Die Stadt?«, fragte Diether. »Was hat die Stadt mit meiner Ehe zu tun?«

»Fast abgebrannt wäre die Stadt, das hat sie mit euch zu tun. Während ihr in Lippstadt euren ketzerischen Ritus vollzogen habt. Ihr hättet das Unglück als Warnung nehmen sollen, die euch Gott geschickt hat. Gerade noch rechtzeitig, sollte man meinen, denn als es brannte, war es noch nicht geschehen. Und erzählt mir nicht, ihr hättet vor der Trauung nichts davon gehört!«

»Das ist doch Unsinn.« Natürlich musste Diether ihr widersprechen. »Unseretwegen hat es bestimmt nicht gebrannt. Ein trockener Sommer, sich selbst entzündendes Heu, Funkenflug – da kann es schon mal zu einem solchen Unglück kommen. Besonders, wenn dann noch die Brunnen fast leer sind.« Er grinste. »Meinst du, auch dafür hat Gott gesorgt?«

»Mach es nicht noch schlimmer, Junge. Spare dir die Lästerungen. Es gab Vorzeichen genug, die uns gezeigt haben, dass unser Herrgott nicht mehr willens ist, den Abfall vom Glauben und die allgegenwärtige Sündhaftigkeit hinzunehmen.«

»Sagt Pater Bodo«, murmelte ihr Sohn so aufsässig wie eh und je.

»Das sagt nicht nur er, das sagen alle. Du hättest sehen sollen, wie voll heute Morgen die Johanneskirche war. Und wie die Patres haben die meisten Männer zu den Geißeln gegriffen, als das Miserere gesungen wurde.«

In Diethers Gesicht las sie nichts als Abscheu. Doch ihr selbst war auch flau geworden, als sie zusehen musste, wie das Blut spritzte. »Die wahre Gottesfurcht verlangt Opfer, aber dazu seid ihr ja nicht bereit.«

Margret spürte ihre Knie zittern und ließ sich wieder auf dem Stuhl nieder. Ihre wie zum Gebet gefalteten Hände legte sie so vor sich ab, dass sie auf ihren Sohn zielten. »Sündenhaus zieht Unglück an, Diether, so sagt man doch. Es sollte mich nicht wundern, wenn der Herrgott uns weitere Prüfungen schicken würde. Ihr werdet schon sehen …«

Aber Diether lächelte nur. Dann streckte er die Arme aus und umfasste ihre Hände, die sie ihm widerstrebend ließ. »Mutter«, sagte er, »mach dir nicht so viel Sorgen um mein Seelenheil. Ich verspreche dir, wenn ich mit Leonore in der Hölle schmore, werden wir nicht dich dafür verantwortlich machen.«

Margret zog ihre Hände weg und richtete den Blick auf die Madonna im blauen Umhang, die auf ihrem Bord über dem Betstuhl stand. Der Junge konnte es einfach nicht lassen, seine Mutter aufzuziehen.

»Hilf, Maria, dass ihn kein Unglück trifft«, betete sie lautlos. Aber diese Sünde war einfach zu groß.

Es fing schon wieder gut an. Stühle scharrten über den Boden, das Gemurmel wollte nicht abnehmen. Diether schaute sich im Ratssaal um. Mit Händen zu greifen war der Missmut der Ratsherren, in den Reihen der Gemeinheitsvertreter ballte sich so manche Faust.

Das Wort hatte der Schultheiß. »Selbstverständlich erwartet, verlangt und befiehlt unser Landesherr, unser durchlauchtigster Fürstbischof Dietrich, in diesen schwierigen Zeiten eine erhöhte Wachsamkeit und unablässige Sorge für die Sicherheit seiner

Stadt.« Wie sein Dienstherr, der Bischof, neigte Berning zu Wiederholungen. Während er mit eintöniger Stimme sprach, strich er mit langfingrigen Händen über den Spitzenkragen und zupfte an seinen Ärmeln herum. Den Blick hielt er auf die grün gerahmten Fenster gerichtet, die großzügig das Sonnenlicht einließen.

Seit dem letzten Jahr war Philipp Berning Schultheiß der Stadt, ein schlechter Tausch, fand Diether. Von 1604 an hatte Heinrich Westphal das Amt bekleidet, der – obwohl wie Berning ein Mann des Bischofs – nicht über Gebühr in die Angelegenheiten des Magistrats eingriff und die ewig zerstrittenen Stadtbürger zu nehmen wusste. Niemand hier hatte vergessen, welch verräterische Rolle Berning in den Auseinandersetzungen um Liborius Wichart gespielt hatte.

Wo die Ükern-Verordneten saßen, wurde es unruhig. »Wir haben Wichtigeres zu bereden als die Sorgen des Bischofs«, rief Georg Löseken, der seine Geldkiste immer noch nicht gefunden hatte.

»Jau, stopft dem Pfaffenbalg endlich das Maul!«, zischte Michael Steling, der in Sachen rüdes Mundwerk seinem Vater nicht nachstand. Die Zwischenrufe des Alten indes hatte niemand überhören können. Viele Ratsherren nickten beifällig – nicht nur Stelings hetzten gern gegen die »Gelehrten«, wie Wohlmeinende heutzutage die gut ausgebildeten Nachkommen hochrangiger Geistlicher nannten. Für das gemeine Volk, zu dem Diether sich zählte, waren sie nach wie vor die »Pfaffenkinder«. Niemand sah es gern, dass sie jetzt – mit bischöflicher Unterstützung – einen städtischen Posten nach dem anderen vereinnahmten.

Berning ließ sich nicht stören. »Ich erinnere an die Verfassung, die unser durchlauchtigster Herr im Jahr 1604 geruht hat, unserer Stadt zu verordnen. Ruhe und Frieden müssen gewahrt bleiben, deshalb ist darauf zu achten und dafür Sorge zu tragen, dass in den Bauernschaften jedwede Versammlungen und Zusammenkünfte unterbleiben.«

»Das soll er uns mal verbieten, jetzt, wo wir auf dem Ükern so viel regeln müssen.« Johann Rösings Gasthaus am Heierstor war vollständig niedergebrannt, Schweine und Kühe waren unter brennend herabfallenden Balken begraben worden.

Während sich Berning über die Pflichten der Ratsherren verbreitete und deren Murren nicht zur Kenntnis nahm, folgte Diethers Blick den Sonnenstrahlen, bis sie sich im goldglänzenden Wappen des Bischofs brachen. Es war gerade erst fertig geworden, die übrigen Wände waren noch kahl.

Das eigentliche Stadtwappen, überkommenes Zeichen einer freien Bürgerschaft, hatte Berning als Wandzier des neuen Ratssaals natürlich verworfen. Mit einem Anflug von Wehmut dachte Diether an die Darstellung der Paderquellen zurück, über denen die ehemals protestantische Marktkirche thronte. An der Wand des früheren Saals hatte das Wappen keine Goldverzierung gebraucht und doch – so schien es Diether jedenfalls – mehr geglänzt.

Nicht ungeschickt hatte der klein gewachsene Schultheiß seinen Sitz unterhalb des bischöflichen Wappens gewählt. Als stünde der Bischof überlebensgroß hinter ihm, erinnerte der Mittelteil des lorbeerumkränzten Bildes an Dietrichs ausladende Gestalt. Anstelle des Gesichts ein stählernes, grimmig geschlitztes Visier, darüber der Bischofshut in den rotgoldenen Farben der Fürstenberger. Blutgold nannten sie die Leute: Während die Schatzkammern der Fürstenberger sich füllten, blutete das Land aus. Im mächtigen Wappenschild tauchten sie neben dem Rot-Weiß des Hochstifts wieder auf.

Das riesige goldglänzende Bischofskreuz am Hals der Figur lag im Schatten. Seine Mutter hätte darin ein Zeichen gesehen, und Diether beschloss, ihr für dieses Mal zu folgen: Strahlende Frömmigkeit war es nicht, die Bischof Dietrich auszeichnete. Zum Kummer aller Katholiken in der Stadt und besonders Margret Meschedes hatte er, obwohl er seit dreißig Jahren ihr Bischof war, in seinem Dom nicht eine einzige Messe gelesen.

Bernings Rede floss träge, aber unaufhaltsam dahin. »In seiner gottgefälligen, väterlichen Sorge um die Sicherheit der Stadt verfügt unser ehrwürdiger und erhabener Fürst außerdem, dass am Abend die Stadttore, und zwar alle fünf, besonders sorgfältig verschlossen und verriegelt werden. Ich fordere deshalb alle auf, die zu deren Überwachung bestimmt sind, ob Ratspersonen oder Gemeinheitsvertreter, sich durch persönlichen Augenschein davon zu überzeugen, dass alles Wünschenswerte und Menschenmögliche zum Schutz der Bewohner unternommen wird.« Nur zwei Sätze, doch Diether schien es, als sei währenddessen die Sonne ein ganzes Stück weitergezogen.

Wieder erhob sich Unruhe. »Es ist doch Euer Gnaden selbst, der noch nie beim Auf- und Abschließen gesehen wurde.« Lubbert Wanmoth war Mitglied der Wachgilde, seine Hängebacken bebten vor Zorn. »Kein Wunder, dass die Pförtner alle Spitzbuben rein- und rauslassen, wenn sie nur genug bezahlen können.«

Berning streifte ihn mit einem kurzen Blick und sah weiter zum Fenster hinaus, als er die Namen derjenigen aufzählte, die für den Wachdienst an den Toren zuständig waren.

Niemand hörte ihm zu. Seine einschläfernde Stimme ging rettungslos im aufgebrachten Gemurmel unter. Ein ständiges Ärgernis im Rat war die Schlüsselgewalt über die Stadttore, die der Bischof nach der Entmachtung des Magistrats in die Hände des Schultheiß gelegt hatte. Nur mit ihm zusammen hatten die Ratsherren das Recht, die Tore zu öffnen und zu verschließen. Über die Schlüssel zum Neuhäuser Tor verfügte der Schultheiß sogar allein, damit sichergestellt war, dass der Bischof – oder eher seine Landsknechte – jederzeit Zutritt zur Stadt hatten. Doch schon Westphal hatte die Schlüssel morgens den Pförtnern übergeben und abends zurückgefordert, was aber, da er selten in der Stadt weilte, häufig unterblieb. Mit Berning war es nicht besser geworden.

»Ich selbst werde mich heute Abend davon überzeugen, dass alles nach Recht und Ordnung abläuft und durchgeführt wird«, sagte Berning zum Abschluss. Als wäre das nicht ohnehin seine Pflicht.

Mit einer wahrhaft kaiserlichen Gebärde machte der Schultheiß der lautstarken Empörung der Ratsherren ein Ende. Diether seufzte: Berning war immer noch nicht fertig. Lang und breit ließ er sich jetzt über das sattsam bekannte abendliche Ausgehverbot aus, das jeden Einwohner sommers um neun und winters um acht Uhr hinter den Herd verbannte. Dass zur nächtlichen Überprüfung der Gassen und der Schleichwege durch die Höfe die Landsknechte den städtischen Schüttern zur Seite gestellt werden sollten, rief neuerlichen Aufruhr hervor.

Berning hob wieder die Hände. »Zum Schluss möchte ich nicht verhehlen – und darin ist übrigens unser hochwürdiger Herr Bischof mit mir einer Meinung –, dass sich die Stadt in ihrer Aufsässigkeit, in ihrem Widerstand gegen den rechten, den römischen und katholischen Glauben das Unglück, das sie getroffen hat, selbst zuzuschreiben hat.« Aus schmalen hellgrauen Augen musterte er erst Bürgermeister Perlensticker, der bekanntermaßen hartnäckig am Protestantismus festhielt, und ließ dann seinen Blick am Tisch entlang, wo mehrere Ratsherren zweifelhafter Konfession saßen, bis zu Diether und seinen Nachbarn wandern. »Gott straft die Irrgläubigen und Abtrünnigen, waren die Worte seiner Durchlaucht. Dennoch hat er in seiner großen Güte und Fürsorglichkeit angeordnet, dass der Stadt für dieses Mal der Kopfschatz erlassen wird.«

»Ohne meine Truhe sieht's damit sowieso finster aus«, rief Löseken. »Also lasst uns endlich zur Sache kommen.«

Doch erst musste Perlensticker sich erheben und in wohlgesetzten Worten den Dank der Stadt für das hochherzige Geschenk des Landesherrn aussprechen. Berning mied seinen Blick, als sei er ansteckend.

Oft waren die Versammlungen des Magistrats so schlecht besucht, dass sich die paar Ratsherren im großen Saal verloren. So manche Sitzung war wegen Beschlussunfähigkeit vorzeitig beendet worden. Heute dagegen waren alle da, die Kämmerer und die Bürgermeister, die zwölf Ratsherren und doppelt so viele Vertreter der Bauernschaften. Kaum hatte sich der Bürgermeister gesetzt, wollte jeder der Anwesenden seine Meinung zum Verbleib von Lösekens Kiste kundtun. Alle riefen durcheinander, der eine verdächtigte finstere Elemente unter den Nachbarn, der andere die Juden, der alte Deies war nicht davon abzubringen, dass sie einfach verbrannt war, und Cordt Schonlau erklärte augenzwinkernd, er habe sie in der blauen Lohe gen Himmel fahren gesehen. Der Lärm musste noch am Westerntor zu hören sein.

Friedrich hatte Diether erzählt, er habe die Truhe gesehen – angeblich. Diether zögerte – sollte er hier zum Besten geben, was er nur aus zweiter Hand wusste? Noch dazu von einem, der – kaum seiner Sinne mächtig – gleich nach dieser Beobachtung ohnmächtig geworden war? Er beschloss abzuwarten. Friedrich sollte die Angelegenheit mit seinen neuen Freunden im Jesuitenkolleg selbst regeln.

Lange musste Perlensticker die Glocke läuten, bevor so etwas wie Ruhe eintrat. Die allerdings nicht lange anhielt, denn nun sollte herausgefunden werden, wie sich der Brand des Müller'schen Hauses zu einem solchen Unglück ausweiten konnte. Jetzt ging es gegen die Feuerherren, die Haken, Eimer und Leitern nicht wie vorgeschrieben in der Mühle aufbewahrt, sondern sie an jeden ausgeliehen hatten, der danach fragte. Auch die Wasserherren standen im Kreuzfeuer: Mehr Wasser als in die Kümpe hatten sie in die Häuser der Bierbrauer geleitet und dafür so manchen Fürstengroschen eingesackt.

»Wir brauchen eine Feuerordnung, wie man sie in Köln und Münster hat«, rief Johann Raden, der rechts neben Diether saß, in den Lärm hinein. Ihn hörte zumindest der Bürgermeister, der ihm gleich den Auftrag erteilte, sich in den genannten Städten danach zu erkundigen. Diether nickte Johann zu. Er stammte aus einer der alten Ratsfamilien und war mit allen versippt, die sich damals allzu reichlich aus der Stadtkasse bedient hatten. Ihm selbst konnte man nichts vorwerfen. Diether wusste, dass er als vom Rat bestellter Provisor des Siechenhauses erstmals Ordnung in dessen Finanzen gebracht hatte.

Diether wartete ab, bis das Geschrei abebbte, dann stand er auf. »Wir sollten nicht nur nach Schuldigen suchen, sondern dafür sorgen, dass die Geschädigten wenigstens keinen Hunger leiden müssen.« Sein Antrag, Bier und Brot an die Ükeraner zu verteilen, wurde einstimmig angenommen und darüber hinaus beschlossen, dass den Brandopfern für dieses Jahr Schoß und Schatzung erlassen wurden. Bei Johann Radens Vorschlag, hundert Wassereimer anzuschaffen, hoben sich ebenfalls alle Hände.

»Damit dürfte das Geld des Bischofs ausgegeben sein«, sagte Diether.

Johann wies mit einer knappen Kopfbewegung auf Dietrichs Wahrzeichen. »Wenn wir die Häuser wieder aufbauen wollen, werden wir wohl das Gold von der Wand kratzen müssen.«

Die Bürgerglocke im Turm der Marktkirche schlug viermal, als Diether die schwere Rathaustür hinter sich ins Schloss fallen ließ. Vom Sonnenlicht geblendet, blieb er auf den Stufen stehen. Im Ohr hatte er noch die dröhnenden Stimmen seiner Ratsgenossen, die das Streiten auch dann nicht ließen, als es nur noch um die Festlegung der Preise für Brot, Heringe und Käse gegangen war.

Wie Gold und Silber, als hätte jemand den Inhalt aus Lösekens Schatztruhe in den Kump entleert, glitzerte die runde Wasserfläche in der Mitte des Rathausplatzes. Nur halb voll war der Brunnen, obwohl das Pumpwerk an der Pader einwandfrei arbeitete. Die Wasserherren hatten es auf die alten Rohre geschoben, wenn auf dem Weg zum Liboriusbrunnen am Kamp und von da zu den städtischen Kümpen so viel Wasser versickerte. Diether hatte in seinem Garten selbst einen Brunnen gegraben und dafür viel Felsgestein beiseitegeräumt. Einfacher wäre es gewesen, wenn er ebenfalls die städtischen Leitungen angezapft hätte.

Ein rot-weißer Federbusch lag auf der Umrandung des Kumps, dahinter sah Diether die Umrisse zweier Menschen, die er, weil sie im Schatten des Hauses gegenüber standen, nicht erkennen konnte. Einer war groß, der andere klein.

Aus den offenen Fenstern des Ratssaals drang immer noch der Disput der Ratsherren. Nachdem Berning und der Bürgermeister gegangen waren, hatten die Stadtdiener mehr Wein bringen müssen. Johann Raden hatte gefeixt, als Diether sich verabschiedete, und ihm Grüße für seine Hausfrau aufgetragen. Neuigkeiten verbreiteten sich in dieser Stadt wie schlechte Gerüche im Haus.

Auch jetzt steckten auf dem Platz ein paar Leute die Köpfe zusammen. Natürlich musste der Ükernbrand in allen Einzelheiten beredet werden, doch war Diether sicher, dass sich das Thema ändern würde, sobald er aus dem Laubengang heraustrat.

Leonore hatte erwähnt, dass ihre Patienten längst Bescheid wussten, als sie ihnen von ihrer Heirat erzählen wollte. Sie konnte darüber lachen. Am Kump neigten sich die beiden Schattenrisse einander zu.

Er blieb zwischen den Pfeilern stehen und ließ sich von der Abendsonne bescheinen. Ganz ruhig war es auf dem Rathausplatz nie. Aus allen Richtungen liefen hier die Wege zusammen, auswärtige Händler und Bauern boten ihre Waren feil, von der Scharnegasse her lockten das Gackern schlachtreifer Hühner und quiekende Schweine hungrige Kunden an. Jetzt allerdings bereitete sich die Stadt auf den Sonntag vor. Die Kaufleute verriegelten ihre Läden und traten den Heimweg an. Ein paar tonsurierte Novizen des Kollegs strebten der Marktkirche zu, wahrscheinlich zu einer Andacht der Jesuiten, die jetzt dort die Gottesdienste abhielten.

Es war friedlich in der Stadt, nichts bedrohte ihre Sicherheit. Was wollten die Bischöflichen hier? Gemächlich schritten die Landsknechte auf und ab oder lehnten faul an besonnten Hauswänden.

Diether streckte seinen Rücken. Im Ükern hatten die Leute mit sonntäglicher Ruhe nichts im Sinn, dort war man noch am Aufräumen. Leonore wie immer mittendrin, und auch Diether hatte seine Hilfe versprochen. Über dreihundert Häuser sollten abgebrannt sein. Die Leifelds mit ihren vielen Kindern hatte Leonore gleich in ihrem Haus untergebracht, eine weitere Familie bei ihrem Bruder Erik in ihren früheren Wohnräumen. Margret Meschede hatte den Abgebrannten nur Schlafplätze im Stall angeboten. Man wisse ja, welch gottloses Gesindel auf dem Ükern lebe, hatte sie gesagt; das wolle sie nicht im Haus haben.

Aber zuerst musste er die Kleidung wechseln. Weil er neugierig war, wer sich da hinter dem Kump so angeregt unterhielt, ging er näher vorbei, als es auf dem Weg zur Jühengasse nötig gewesen wäre. Ach nein, dachte er, das ist doch unsere Gese! Ihr hellblondes Haar mit den aufgesteckten Zöpfen war jetzt gut zu erkennen. Und mit wem schäkerte sie da? Redebrecht Storck, ihm gehörte der Helm mit dem Federbusch. Ein Soldat des Bischofs. Nun, dagegen würde Margret Meschede nichts einwenden. Wenn Redebrecht allerdings nur ein wenig von seinem Hauptmann mitbekommen hatte, würde sie in ihren frommen Erwartungen wohl enttäuscht werden.

Diether lenkte seine Schritte zum Brunnen. Gese hatte ihn noch nicht bemerkt, sie hatte nur Redebrecht im Blick. Hochrot waren ihre Wangen. Die hat es erwischt, dachte Diether belustigt. Aber auch Redebrecht schaute sie wie verzaubert an. Sie boten einen schönen Anblick, die Helle neben dem Dunklen mit den überraschend blauen Augen, dem ohne Helm die Locken frech ins Gesicht fielen. Redebrecht konnte ihm sicher Auskunft über Menke von Wewer geben, den Diether seit Tagen nicht gesehen hatte.

»Ich störe nur ungern«, sagte er und schmunzelte, als die beiden tatsächlich zusammenfuhren. Gese stieg die Röte bis ins Haar.

»Sagt bloß Eurer Mutter nichts davon«, bat sie ihn. »Sonst kann ich mir zu Michaelis eine neue Stelle suchen.«

»Und wenn?«, fragte Diether. »Leonore hätte sicher nichts gegen eine fleißige Hilfe wie dich einzuwenden.« Er hatte sogar schon mit Leonore darüber gesprochen, wie sie Gese aus Margrets allzu strenger Obhut befreien könnten. Für Margrets Geschmack hatte das Mädchen aus dem calvinistischen Büren zu viele ketzerische Gedanken mitgebracht, die es trotz ständiger Ermahnungen nicht ablegte. Aber wenn er seiner Mutter nach Henrich auch noch Gese abspenstig machte, würde sie wohl gar nicht mehr mit ihm reden.

Gese nickte. »Jetzt, wo Henrich weg ist ... Aber da wird Eure Mutter nie zustimmen.«

Man wird sehen, dachte Diether. Bestimmt findet Leonore ein rechtgläubiges Mädchen, das eine Stelle in einem gut katholischen Haus wie das der Meschedes braucht und Gese ersetzen kann.

Gese drückte verstohlen Redebrechts Hand. »Ich muss sowieso zurück«, sagte sie zu Diether. »Euer Sonntagsessen soll doch besonders gut werden.«

Diether sah ihr lächelnd nach, als sie an der Marktkirche

vorbei die Westernstraße hinabeilte. Im Sonnenlicht leuchteten die um den Kopf geschlungenen Zöpfe silbrig wie das Wasser im Brunnen.

In Redebrechts Gesicht erkannte Diether seinen eigenen schafsähnlichen Ausdruck aus der ersten Zeit seiner Liebe zu Leonore wieder. Jetzt wandte er sich Diether zu, der mit dem Aufsetzen einer ernsthaften Miene seine Schwierigkeiten hatte. »Ich habe nichts Unehrenhaftes mit Gese im Sinn, falls Ihr das denkt.« Auch Redebrechts Gesicht war rot angelaufen.

»Nichts dergleichen habe ich gedacht«, sagte Diether beruhigend. »Gese ist alt genug, selbst zu entscheiden.« Nur zu gut war ihm bewusst, dass für Margret Meschede die Unehrenhaftigkeit nichts mit dem Alter zu tun hatte.

Diether wies auf die herumlungernden Landsknechte. »Habt ihr inzwischen die Übeltäter erwischt, die die Stadt angesteckt haben?«

Redebrecht grinste. »Da müssten wir wohl den Teufel persönlich gefangen setzen, nach allem, was man so hört.«

»Na, vielleicht findet ihr ihn ja, wenn ihr des Nachts die Gassen ablauft.«

»Nicht mit *den* Leuten«, meinte Redebrecht. »Die kennen sich kaum in den Hauptstraßen aus.« Der Bischof zog seine Soldaten aus dem ganzen Hochstift zusammen. »Da haben eure Jesuiten bessere Voraussetzungen, die schleichen ja sogar nachts um die Häuser.«

Sein etwas wehmütiger Blick hinter Gese her ließ vermuten, dass sein Versuch, sie in der Nacht zu treffen, daran gescheitert war. So hat die vierhörnige Schnüffelei doch ihr Gutes, dachte Diether. Gese sollte sich ruhig noch etwas Zeit lassen mit endgültigen Entscheidungen.

Bevor Diether das Gespräch auf Menke von Wewer lenken konnte, fragte Redebrecht selbst nach ihm. Er sei am Mittag in Neuhaus gewesen und habe nach Menke gesucht, weil er, wie verabredet, Bericht über die Situation in der Stadt erstatten sollte. »Aber er war nirgendwo aufzufinden. Dabei sollte er doch im Schloss bleiben und es bewachen, solange wir in der Stadt zu tun haben.«

»Ich habe ihn nicht gesehen«, gab Diether zurück. »Seit Tagen nicht. Ich wollte mich gerade nach ihm erkundigen. Aber wenn er im Schloss sein soll, dann ist er auch da. Habt ihr die Dienstboten gefragt?«

Redebrecht nickte. »Niemand hat ihn gesehen. Sie waren allerdings ziemlich verkatert. Muss wohl eine lustige Nacht gewesen sein …«

Wenn die Katze aus dem Haus ist … »Vielleicht hat Menke ja mitgefeiert und liegt jetzt schlafend in irgendeinem Bett.«

»Ich hab überall gesucht«, sagte Redebrecht. »In allen Gesindekammern, in den Gästezimmern, sogar im Schlafgemach des Bischofs.« Er grinste. »Da fanden sich auch welche, aber nicht der Hauptmann.«

Ähnlich sah Menke solch eine Vernachlässigung seiner Pflicht nicht. Auch wenn ihm an der Politik seines Dienstherrn manches nicht gefiel, hielt er doch auf Soldatenehre. Er befolgte die bischöflichen Befehle, die ihm durch den Mund Kaspars von Fürstenberg erteilt wurden, erlaubte sich aber eine hin und wieder großzügige Auslegung. Nie jedoch hatte Diether erlebt, dass er sich von seinem Posten entfernt hätte.

»Er wird schon wieder auftauchen«, meinte Diether. »Wie heißt es bei uns: Haus verliert nichts.« Er verabschiedete sich von Redebrecht und wandte sich der Jühengasse zu.

Leonore richtete sich auf und wischte sich mit ihrer verrußten Hand den Schweiß von der Stirn. Dauerte die Ratssitzung denn so lange? Diether hätte längst bei ihr sein wollen.

Mit erneutem Entsetzen schaute sie über die verkohlten Trümmer hinweg. Im Rücken hatte sie die angesengte Heiersmauer, vor sich bis hinauf zum Busdorf ein riesiges Aschefeld. Axthiebe schallten über die wüste Fläche. Kein Haus war stehen geblieben, nur ein paar schwarze Baumstümpfe hier und da und die Mauerreste der Kapuzinerkirche ragten aus den Trümmern hervor. Auch sie würde man abreißen müssen, hatte Pater Ewald gesagt, den sie auf dem Weg hierher getroffen hatte. Seine gesamte, sorgsam zusammengetragene Bibliothek war verbrannt. Leonore teilte seine Trauer.

Genauso schwarz wie die bei jedem Schritt emporwirbelnde Asche waren die Menschen um sie her. Blondes, braunes oder rotes Haar sah sie nicht, als wären alle über Nacht gealtert und grauhaarig geworden. Ihr eigenes Äußeres konnte sie sich vorstellen, wenn sie Hermann Leifeld ansah, der mit seiner Axt von rußigen Eichenbalken die verkohlten Stellen abschlug. »Kann man vielleicht noch retten«, hatte er gesagt. Das Weiß seiner Augen stach aus all dem Schwarz hervor. Ein paar kleinere Stücke hatte er bereits an der Stadtmauer gestapelt, Leonore und Angela, seine Frau, hatten tragen geholfen. Für die langen Balken brauchten sie Diether.

Angela Leifeld stellte sich neben Leonore. Graue Zotteln fielen in ihr grau verschmiertes Gesicht. Vom Sonnenaufgang an hatten sie zusammengesucht, was nicht restlos verbrannt war. Kochtöpfe, Pfannen, angeschlagenes Geschirr, Messer, Gabeln und Löffel hatten sie zur Pader getragen und geschrubbt. Den eisernen Herd hatten sie notdürftig geputzt, und Angela hatte mittags sogar eine Suppe darauf gekocht. Das Wasser dazu hatten sie aus der Pader holen müssen, weil der Hausbrunnen voller Asche war.

»Hier standen meine Stachelbeeren.« Angela wies auf ein paar verkohlte Strünke im Boden. »Sie waren spät dran, ich hätte sie erst nächste Woche pflücken müssen.« Leonore kannte die voll behangenen Sträucher gut, sie hatte seit Wochen davon genascht.

Um ihren Garten trauerte Angela am meisten. Ihre Augen suchten immer wieder den Boden ab, ob nicht doch ein Pflänzchen überlebt hatte. Sie bückte sich zu einem Baumstamm hinab, der hüfthoch aus dem Boden ragte, und fuhr mit der Hand durch den Ruß. »Meine Kirschen, Leonore, erinnerst du dich?« Es schnitt Leonore ins Herz, wie Angela da auf dem Boden hockte und ihr die schwarz verschmierte Hand entgegenhielt.

Sie half Angela auf und legte den Arm um sie, doch als sie sich ansahen, mussten sie beide lachen. Angela schniefte. »Wenigstens haben wir noch unseren Garten am Tegelweg.« Von dort hatte sie auch das Gemüse fürs Mittagessen geholt.

»Ich muss mal nach den Kindern sehen«, sagte sie und strich

sich die ehemals blonden Strähnen aus dem Gesicht. Leonore nickte und scharrte mit ihrer Schaufel weiter die Asche zusammen. Kaspar, Threschen, Mariechen und Tünnes, so hießen die Leifeld-Kinder. Pünktlich alle zwei Jahre hatte Leonore eins nach dem anderen auf die Welt geholt und sich dabei mit Angela angefreundet. Jetzt trug diese das fünfte Kind; es würde zur gleichen Zeit zur Welt kommen wie das ihre.

Leonore konnte den Kummer der jungen Frau nur zu gut verstehen. Auch sie liebte ihren Garten und war froh gewesen, als ihr Bruder Erik angeboten hatte, das Land und auch das Gartenhäuschen, in dem sie ihre Kräuter aufbewahrte, nach dem Umzug weiter zu nutzen. Er selbst, Mediziner wie ihr Vater, hielt nichts von Leonores Kräutermagie, wie er ihre Heilkunst nannte. In Ruhe und jetzt sogar mit Henrichs Hilfe konnte sie die verwilderte Fläche hinter Diethers Haus zu einem Garten umgestalten.

Angela hatte mit ihren selbst gezogenen Kohl- und Salatpflanzen, die sie auf dem Markt verkaufte, ebenfalls Geld verdient. Hermann war fleißig und immer um Arbeit bemüht, wurde als Tagelöhner aber schlecht bezahlt. Sie mussten vier Kinder ernähren, außerdem Großmutter Therese und Hermanns jüngere Schwester, die Tante, deren Namen Leonore nicht und auch sonst kaum jemand wusste. Sie hieß einfach Tante, Leifelds Tante. Oma und Tante waren mit den Kindern zum Waschen an die Pader gegangen.

Leonore wusste, dass die Gemüsezucht eine Wissenschaft für sich war. Die besten Samen sammeln, wissen, welche Pflänzchen man auszupfen musste und welche stehen lassen, gegen Schädlinge vorgehen und aufpassen, dass die Schnecken das zarte Grün nicht fraßen – Angela kannte sich bestens aus und pflegte ihre Beete mit Hingabe. Die Bürgersfrauen kauften nur die kräftigsten Pflanzen. Neben dem Stall, wo Hermann immer noch schabte und klopfte, war auch ein Blumenbeet gewesen. Der kleine Hof, den Leifelds bewirtschafteten, war dem Gaukirchkloster zinspflichtig, und Angela hatte einen Teil der Abgaben bezahlen können, indem sie den Altar der Ulrichskirche mit ihren Blumen schmückte.

Jetzt wohnten sie alle bei Diether und Leonore, schliefen auf Strohsäcken in Diethers Kanzlei und in ihrer Wohnstube. Leonore hatte bei den Nachbarn Decken und Kleidungsstücke erbettelt. Was nun werden sollte, wusste keiner. Der Winter kam, und keine der Familien hatte ein Dach über dem Kopf.

Als Leonore sich umsah, bog Diether gerade vom Steinweg ab, der im unteren Teil noch voller Trümmer lag, und bahnte sich einen Weg durch die Asche. Groß, stark und schön war ihr Diether und erschien es ihr noch mehr, seit sie verheiratet waren. Das weizenblonde Haar glänzte in der Sonne, doch in seiner strahlenden Sauberkeit wirkte er wie ein Fremdkörper. Nun, das würde sich ändern.

Leonore lächelte ihm entgegen und begrüßte ihn mit einer Umarmung. Diether machte sich frei und wischte sich den Schmutz von der Kleidung. Das hatte Leonore anfangs auch getan.

»Lass die Finger von mir«, sagte er. »Du siehst aus wie ein Schornsteinfeger.«

Leonore lachte nur.

Kurze Zeit nach seiner Ankunft war Diether so schmutzig wie alle ringsum. Er half Hermann mit den rußigen Balken, von denen die Asche stiebte, dann legten die Männer den Keller frei, über dem sich noch vor ein paar Tagen Leifelds Stube erhoben hatte. »Vielleicht können wir erst mal hier wohnen«, sagte Hermann und riss an der nur leicht versengten Tür.

Leonore warf einen Blick in den Raum. Durch die undichte Balkendecke war Wasser hineingelaufen, schmierige Asche bedeckte Wände, Säcke, Steinguttöpfe.

»Auf keinen Fall«, beschied sie Hermann. »Erst einmal bleibt ihr bei uns.« Ihr entging nicht sein erleichtertes Aufatmen, aber auch nicht Diethers unterdrückter Seufzer. Sie fasste seine Hand, als niemand hinsah. Mit der Heirat hatte er sich unvermutet eine große Familie eingehandelt.

Leonore drückte die Kellertür zu. »Das machen wir morgen.«

Die Männer räumten weiter Balken vom Gelände. Leifelds Haus musste geradezu geborsten sein im Feuer, verkohlte Holzsplitter und Lehmreste lagen überall herum. Als Hermann und

Diether ein rundgebranntes Balkenstück aufhoben und ein sogar noch grünes Fleckchen Gartenboden freilegten, kam Angela gerade mit den Kindern zurück. Sie fiel auf die Knie und zupfte ein paar Zweige aus dem zerdrückten Bewuchs. Tränen liefen aus ihren Augen und malten hellgraue Spuren auf ihre Wangen.

»Das war mein Rosmarinbusch. Uralt war er und so groß ...« Mit den Händen häufte sie einen kleinen Berg Luft an. »Bis das alles wieder wächst ... und ob überhaupt, bei all der Asche ...« Es war das erste Mal, dass Leonore sie weinen sah.

»Asche ist guter Dünger, das weißt du doch.« Leonore zog Angela in ihre Arme. »Du wirst sehen – wir graben alles um, dann wird es so schön wie früher.«

Angela schnäuzte sich in ihre Schürze. »Am liebsten würde ich draußen am Tegelweg neu bauen und das alles hier vergessen.«

Vielleicht war das eine Lösung.

Vor dem Heierstor blieb Friedrich stehen und entfernte ein paar Flöckchen Asche von seiner Soutane. Nur gut, dass er sie hatte – auf den seidenen Kniehosen hätte der Dreck mehr Schaden angerichtet. Der allgegenwärtige Ruß und die in den Gassen umherwirbelnde Asche waren schier unerträglich.

Alle Vorbeikommenden starrten auf die Verletzungen in seinem Gesicht, die er als Beweis seines tapferen Einsatzes beim Brand stolz durch die Gegend trug. Wenn sie nur nicht so höllisch brennen würden! Sachte befühlte er seine Nasenspitze, die ihm auf das Doppelte angeschwollen schien.

Am Rand des sonnigen, freien Platzes vor dem Tor reckte er unauffällig die Glieder. Rechtschaffen müde fühlte er sich, doch jetzt wusste er ein schönes Plätzchen zum Ausruhen. Verdient hatte er sich's. Gleich nach dem Frühstück in seinem Haus in der Königstraße hatte er sich zu Fuß ins Busdorfarchiv begeben, wo er nach dem weiten Weg schon ermattet angekommen war. Lange Stunden, unterbrochen nur vom Mittagsmahl im Stift, hatte er mit Rostorp, Breckenberg und den Novizen Urkunden geordnet und verzeichnet.

Obwohl ihn sein Rücken schmerzte, war er danach noch

zu seiner Kurie gegangen. Sie lag in der Laurentiusgasse, wo das Feuer nur kurzzeitig gewütet hatte. Die Stiftshandwerker hatten große Fortschritte gemacht, die Balken waren vollständig entrußt und ein großer Teil der Gefache geweißelt. Die bunten Schnitzereien leuchteten in der Sonne wie neu. Er hatte Glück gehabt: Nicht einmal die Fenster waren geborsten. Wenn er wollte, konnte er morgen wieder einziehen.

Auf dem Platz vor ihm stauten sich mit Baumstämmen und Ziegelsteinen beladene Wagen. Die wurden zum Wiederaufbau der abgebrannten Häuser gebraucht. Den Pferden troff der Schweiß von den Leibern, die Kutscher fluchten. Es ging nicht weiter, weil das Tor wieder einmal verstopft war. Nur seine Soutane hatte Friedrich den Weg freigemacht.

Sein müder Blick folgte Fahrzeugen voll verkohlter Trümmer, die auf dem Tegelweg stadtauswärts fuhren. Sie würden wohl in einem der zahlreichen Teiche versenkt werden. Das Gasthaus am gegenüberliegenden Rand des Platzes war brechend voll, aus den offenen Fenstern schallte der Lärm bis zu Friedrich herüber.

Er wandte sich nach links und ging am bischöflichen Zwinger vorbei, der wie sein eigenes Ziel außerhalb der Stadtmauer lag. Den Fahrweg musste er noch überqueren, einer Kutsche und ein paar Reitern ausweichen, dann hatte er den Eingang der Busdorfinsel erreicht. Eine kleine, geschwungene Steinbrücke führte über die Gräfte, das Tor quietschte so vertraut wie immer.

Gleich kam die Gärtnersfrau angelaufen, Liesel, mit hochrotem Kopf. Ihr Knicks geriet wackelig, weil sie gleichzeitig ihre Hände an der Schürze säuberte. Auch hier lag alles voller Asche, das hätte er nicht gedacht.

»Das Gartenhaus ist schon sauber«, versicherte Liesel und starrte in sein zerkratztes Gesicht. »Ich bringe Euch gleich eine kleine Vesper.«

Darauf hatte Friedrich gehofft, denn bis zum Abendmahl im Stift war es noch lange hin. »Sie darf ruhig größer ausfallen«, sagte er zu Liesels Freude, die sich in einem breiten Lächeln ausdrückte. »Mein Tag war äußerst mühevoll.«

In reinstem Weiß erstrahlten die Wände des Gartenhauses,

die Bank davor war frisch geschrubbt. Noch hatte kein Vogel seine Spur hinterlassen. Friedrich nahm Platz und freute sich auf Liesels Mahlzeit. Aus dem, was ihr Mann anbaute, zauberte sie die feinsten Köstlichkeiten.

Mit den Fingern malte er einen der Sonnenkringel nach, die durch das Blätterdach der Eichen auf den Tisch fielen. Die Bäume und dahinter die Gräfte umgaben den großen Garten, der den Stiftsherren seit jeher Früchte und Gemüse lieferte. Und natürlich den Fisch, freitags und an Fastentagen. Nichts schmeckte besser als die fetten Karpfen aus ihren eigenen, von Liesels Mann Erpo gut gepflegten Teichen.

Nach dem Mahl, das seinen Erwartungen voll und ganz entsprochen hatte, bettete Friedrich seinen Kopf auf die am Bankende bereitliegenden Kissen. Noch ganz erfüllt war sein Mund vom Geschmack des mit Beeren und Schlagrahm gefüllten Pfannkuchens, den ihm Liesel zum Abschluss gebracht hatte.

Vom Ükern schallten stetiges Klopfen und manch anderes Getöse herüber. Schlafen konnte er dabei nicht. Noch immer schauderte es ihn, wenn er an den Brand dachte. Um ein Haar wäre sein Stift verloren gewesen wie das Kloster der Kapuziner. Heute erst war ihm wieder einmal bewusst geworden, welch unersetzbare Schätze sein Archiv barg. Unwiederbringlich – wenn auch manchmal recht zweifelhaft.

»Die haben sie damals versteckt«, hatte Breckenberg behauptet, als sie in einem Schrank hinter dicken Folianten verborgen mehrere Reliquiare gefunden hatten. Damit mochte er recht haben: Zur Zeit des protestantischen Busdorfpfarrers Hermann Kersting war die Reliquienverehrung verpönt gewesen. »Aber da sind sowieso nur Hühnerknochen drin, hat mein Oheim gesagt.« Der war zu Kerstings Zeit Stiftsherr im Busdorf gewesen.

»Das sind heilige Reliquien!« Friedrich hatte noch Rostorps empörten Ausruf im Ohr. »Bestimmt sind sie ebenso erhaben wie der Kopf des heiligen Blasius.« Während die Kästchen vor ihnen schwarz angelaufen waren, wurde das silberne Kopfreliquiar als einziges regelmäßig zum Blasiustag herausgeholt und geputzt. Rostorp zählte die darin enthaltenen Überreste auf, darunter das Haupt einer der elftausend Jungfrauen von Köln sowie Knochen mehrerer Heiliger, die Friedrich vergessen hatte.

Angeblich befreite das Reliquiar von Kopfschmerzen. »Meint ihr, das könnten Hühnerknochen bewirken?«, fragte Rostorp.

»Du hast das Holz vom Stabe Aarons nicht erwähnt«, warf Breckenberg feixend ein. »Das hilft sicher besonders gut.«

Als Rostorp nur den mit Sommersprossen getupften Kopf schüttelte, fühlte sich Breckenberg bemüßigt, seiner Witzelei noch eins draufzusetzen. Von seinem Oheim wisse er, dass im Stift auch Fetzen vom Purpurgewand des Herrn und von den Kleidern der Gottesmutter verehrt worden seien. »Die hat sie wohl bei der Himmelfahrt angehabt.« Seine glänzenden Bäckchen tanzten vor Vergnügen.

Diether hätte am Disput der beiden seinen Spaß gehabt.

Friedrich schienen die Tropfen der Muttermilch Mariens oder der Zahn des heiligen Ambrosius ebenfalls fragwürdig. Wurden sie in diesen Behältnissen aufbewahrt? Sie hatten die Kästchen ungesäubert und so versiegelt, wie sie gewesen waren, zurück in den Schrank gestellt.

Er klopfte sich die Kissen zurecht und streckte die Beine aus. Das Licht spielte in den Eichenblättern über ihm. Wäre nicht der ewige Lärm aus dem Ükern gewesen, hätte es ein geruhsamer Nachmittag sein können. Aber den hatten die Ükeraner auch nicht …

Unbedingt mussten sie im Stiftskapitel darüber reden, wie ihren bedauernswerten Nachbarn beim Wiederaufbau ihrer Häuser geholfen werden konnte. Jesu Brüder waren ihnen darin voraus: Es wurde erzählt, dass sie schon wieder mit Hand anlegten. Propst Plettenberg würde nicht zurückstehen wollen und einen namhaften Betrag bewilligen.

An finanziellen Mitteln fehlte es ganz gewiss nicht. Friedrich hatte die über das ganze Hochstift verteilten Höfe gar nicht zählen können, die Bischof Meinwerk im Jahr 1036 mitsamt zahllosen zehntpflichtigen Bauern für *victum et vestitum* derjenigen gestiftet hatte, die hinfort an seiner Jerusalemkirche Gott dienen sollten. Zufrieden strich Friedrich über seinen gut gefüllten Bauch unter dem feinen Gewand und öffnete ein paar der vielen Knöpfe. Meinwerk hatte seine Sache gut gemacht; mit Speise und Kleidung waren die Stiftsherren bestens ausgestattet.

Und sie waren sogar in der Lage, noch etwas abzugeben: Weitere Kleriker lebten nicht schlecht von den für Altäre und Heilige gestifteten Benefizien. Auch die Jesuiten waren darunter, die vor zwanzig Jahren vom Papst das gut dotierte Benefizium der Heiligen Antonius und Sebastian – ein dem Busdorfstift zugedachtes Vermächtnis frommer, längst verstorbener Menschen – erbeten, erhalten und dem Kolleg einverleibt hatten. Das goldbebänderte Schreiben mit dem Siegel von Papst Clemens dem Dritten hatte Friedrich heute in der Hand gehalten. Eigenhändig unterschrieben hatte es der Papst.

Aus weiteren Schriftstücken ging hervor, dass es viel Streit gegeben hatte um den Besitz der beiden Heiligen, zu dem unter anderem das große Haus nordwestlich der Stiftskirche und etliche fruchtbare Ländereien bei Borgentreich gehörten. Vor ein paar Jahren erst waren die Auseinandersetzungen durch die hälftige Aufteilung der Einkünfte zwischen Busdorf und Jesuitenkolleg beigelegt worden. Das Domkapitel, dem der Busdorfpropst angehörte und dem die Benefiziensammelei der Jesuiten ohnehin ein Dorn im Auge war, hatte die Stiftsherren unterstützt.

Mit vorsichtigen Fingern strich er über die brennenden Streifen in seinem Gesicht. Wenn er es recht betrachtete, lag Diether gar nicht so falsch mit seiner Einschätzung der Patres vom Kamp. Man konnte es durchaus hinterlistig nennen, wie sie unter Umgehung von Bischof und Domkapitel die guten Beziehungen ihres Generaloberen zum Papst genutzt und das überaus einträgliche Benefizium an sich gebracht hatten. Ähnliches erzählte man sich über die Einkünfte der Bartholomäuskapelle und des Klosters Falkenhagen.

Vielleicht sollte er doch mit Diether über die Truhe reden, die Pater Simons Novizen so eilig aus dem Ükern heraufgeschleppt hatten. Die kleine Verstimmung vom vorigen Abend musste sich doch auflösen lassen …

Er fasste einen Entschluss. Später würde er Diether und Leonore aufsuchen. Nachdem er ein wenig geruht hatte, denn jetzt fielen ihm die Augen zu. Es war unbestreitbar ein harter Tag gewesen.

»Das ist mir ein schönes Eheleben«, sagte Diether und wandte ihr sein Gesicht zu. Besonders fröhlich war sein Lächeln nicht. »Abends sind wir zu müde, um das zu genießen, wozu uns der Ehestand endlich berechtigt.«

Leonore schmiegte sich an ihn. Seine Glieder fühlten sich stark an, doch den Anschein erweckten die ihren auch. Inwendig fühlte sie sich, als wären ihre Knochen geschmolzen. Vom dauernden Auf und Nieder tat ihr Rücken so weh, dass sie sich auf dem Bett kaum umdrehen konnte.

Bei ihrer Heimkehr war die Sonne längst untergegangen. Nur mit Mühe hatte sie den kleinen Anstieg vom Ükern zur Westernstraße bewältigt, den sie bis dahin kaum wahrgenommen hatte. Noch nie war ihr die Stadt so gebirgig erschienen. Da hatten Oma und Tante die Kinder bereits schlafen gelegt. Im Schein der Kerzen erschien ihr der fremde Schlafraum viel vertrauter als gestern noch, deshalb ließ sie das Licht brennen.

»Friedrich hat ja dann doch noch die Kurve gekriegt«, murmelte Diether, dem die Augen schon zufielen. »Hab ich doch gewusst …«

»Mhm«, machte Leonore. Friedrich war aufgetaucht, als Angela gerade die restliche Suppe vom Mittag aufwärmte. Er hatte mitgegessen, dann war er mit Diether in den Garten hinausgegangen.

»Was wird er denn nun tun?«, fragte sie.

»Wir wollen zusammen zu Pater Wippermann gehen. Morgen.« Das war Friedrich – allein hätte er sich nie getraut.

»Dann kannst du ihn als mein Advokat und Eheherr gleich noch mal auf die verschobenen Grenzsteine ansprechen.«

»Mhm.«

Diether hob seinen Kopf ein wenig und stützte ihn mit der Hand ab. »Berning hat heute im Rat bekannt gegeben, dass der Bischof die letzten Einnahmen aus dem Kopfschatz für den Wiederaufbau zur Verfügung gestellt hat.«

»Soso. Wie viel ist das denn?«

»Letztes Jahr waren es sechshundert Taler.«

»Dafür bekommst du kaum ein neues Haus.«

»Nein. Ohnehin haben wir das Geld schon für die nötigsten Feuerschutzgeräte und die Verköstigung der Ükeraner ausgegeben. Die Abgaben haben wir ihnen auch erlassen.«

»Könnt ihr den Bischof nicht um einen größeren Zuschuss bitten?«

Diether ließ sich auf den Rücken fallen. »Dann schenkt er uns auch den Kopfschatz des nächsten Jahres, aber was bringt das schon?«

Draußen war Wind aufgekommen, jetzt schlug Regen an die Fensterscheiben. Anders als in ihrem früheren Zuhause flackerten die Kerzenflammen kaum. »Hoffentlich regnet es die ganze Nacht«, sagte sie. »Dann ist morgen vielleicht die Asche weggewaschen.«

»Ja.« Diether drehte seinen Kopf zum Fenster, doch den Regen nahm er wohl gar nicht wahr. »Wenn ich daran denke, was für riesige Summen Dietrich denen da drüben auf den Altar legt …« Ihr Schlafzimmer lag zum Garten hin, der an den Kamp grenzte. Gleich daneben erhob sich – jetzt unsichtbar – wie ein Berg das Jesuitenkolleg mit seinem mächtigen viereckigen Turm. »Hier zwanzigtausend, da zehntausend, für die Universität allein fünfzehntausend Taler. Und beileibe nicht unsere wertlosen Ortstaler, die er selbst prägen lässt und die nirgendwo etwas wert sind. Steuern und Abgaben lässt er sich natürlich in Reichstalern bezahlen, und die bekommen dann die Jesuiten.«

»Oder er behält sie selbst«, sagte Leonore. »Immerhin muss er ja dauernd neue Landsknechte auftreiben.« Früher, als Dietrich an der Wewelsburg und dem Neuhäuser Schloss gebaut hatte, war sein Geldbedarf noch größer gewesen.

»Die kriegen auch Ortstaler. Menke hat oft genug darüber geklagt.«

»Stimmt. Wo ist er überhaupt? Bei den Soldaten habe ich ihn nicht gesehen.«

Diether wandte sich ihr zu und berichtete kurz von seinem Gespräch mit Redebrecht und wie er Gese mit ihm erwischt hatte. Doch sein Lächeln versiegte schnell wieder, die Geldsorgen gewannen die Oberhand. »Dabei könnte Dietrich allein aus den Überschüssen des Amts Neuhaus ein paar tausend Taler lockermachen. Barcholt sagt, dass die sich in den letzten zehn Jahren verdreifacht hätten. Unser gesamter Stadthaushalt weist nicht so hohe Summen auf. Aus dem Verkauf des Korns, das ihm die Bauern liefern, erzielt er ebenfalls immense Beträge. Ganz zu schweigen von den anderen Ämtern und fürstlichen Besitztümern.«

Leonore wusste, dass die Einkünfte aus dem Küchenamt Neuhaus, zu dem fast das gesamte westliche Hochstift zählte, dem Bischof allein für seine Hofhaltung zur Verfügung standen. »Er hat wohl Angst zu verhungern«, warf sie ein. Wahrscheinlich war das nicht angesichts der kräftigen Statur des Bischofs: Von seinem Fett konnte er lange zehren.

Diether lachte auf. »Er und die zahlreichen Würdenträger, die dein Freund Kaspar schmiert, damit sie ihn in den Ritterstand aufnehmen oder gar den Fürstenbergern die Grafenwürde verleihen. Das hast du mir selbst erzählt.«

Das hatte Leonore wohl. Kaspar erzählte ihr so manches, wenn sie ihm gegen seine Gicht Heupackungen auflegte. Sein Standesdünkel war nicht das Einzige, das sie an ihrem hochgestellten Patienten störte. Aber er hatte sich immer als väterlicher Freund erwiesen …

»Und denen bewilligen die Landstände noch dazu dauernd neue Kopfschatzerhebungen.« Diether hob eine Hand und ließ sie schwer aufs Bett fallen.

Leonore umfasste sie. »Es reicht, wenn du dich am Tag über die Politik aufregst, mein Lieber. Jetzt sollten wir schlafen.«

»Du hast recht«, sagte er, richtete sich auf und strich ihr durchs Haar. »Später …« Er küsste sie zärtlich.

Mit einem Mal fühlte auch sie sich wieder quicklebendig.

4

Redebrecht Storck stieg die Stufen zum Weinkeller hinab. Wie immer war der Boden mit übel riechendem Schlick bedeckt, auf dem seine Stiefel rutschten. Die Tür nach draußen, zur Gräfte hin, machte seit Jahren Schwierigkeiten. Feuchtigkeit sickerte hinein und trocknete auch dann nicht, wenn im Sommer viel Wasser verdunstete. Der saure Geruch verschütteten Weins vermischte sich mit dem modrigen Dunst. Der Kellermeister war nicht zu sehen.

Überall hatte Redebrecht nach dem Hauptmann gesucht, war treppauf, treppab durch die vier Flügel des bischöflichen Schlosses gelaufen, hatte in alle Kammern und Säle geschaut, doch Menke blieb verschwunden. Nur sein Gewehr hatte an einer Wand gelehnt. Wobei es ihn wohl gestört hatte?

Hier würde er ebenfalls nicht sein. Wasser tropfte aus den Gewölben und lief in kleinen Bächen am Mittelpfeiler hinab. Der große, quadratische Raum war voll mit übereinandergestapelten Weinfässern. Die untersten lagen auf Kufen, unter die wohl kaum ein Mensch kriechen konnte.

Redebrecht lief die Reihen ab und ging dann in den runden Kellerraum unter dem Nordwestturm, wo auf einem in Kopfhöhe umlaufenden Sims kleine Fässer mit Obst- und Kornbränden aufgereiht lagen. Er lauschte und sah sich um, dann drehte er an einem Zapfhahn, bückte sich und ließ die klare Flüssigkeit in seinen Mund laufen. Ein kleiner Sonntagstrunk, das war wohl erlaubt. Die Schärfe ließ seine Augen tränen, doch es schmeckte auch süß nach Himbeeren.

Menke hatte ihm gezeigt, wo der stärkere, aber weich mundende Apfelbrand stand, den der Bischof aus einem französischen Kloster holen ließ. Bestimmt hätte der Hauptmann nichts dagegen, wenn Redebrecht sich ohne ihn bediente. Schließlich verzichtete er seinetwegen auf sein sonntägliches Stelldichein mit Gese.

Wo Menke bloß war? Sein Pferd stand im Stall. Der Pferdeknecht hatte ihn nicht gesehen, ebenso wenig wie das Gesinde, die Kammerdiener und die beiden Wachsoldaten. Er musste irgendwo im Schloss sein oder nahebei. Redebrecht hob den schweren Riegel an und schob die Tür nach außen auf. Eine Stufe gab es nicht. Nur mit dem Boot war dieser Eingang zu erreichen. Jetzt war es dort, wo es hingehörte, doch gestern Morgen hatte man es schräg auf der gegenüberliegenden Böschung gefunden. Ein Pferdeknecht hatte es zurückgerudert und festgebunden.

Schwarz und glatt lag der Wasserspiegel vor ihm. Ein paar vollgefressene Enten dümpelten darauf herum. Nichts deutete darauf hin, dass jemand hier ertrunken war. Menke hatte wohl kaum sein Kettenhemd getragen, das ihn in die Tiefe gezogen hätte. Der Gestank des fauligen Wassers war unerträglich.

Jenseits des östlichen Walls floss die Lippe, doch um dahin zu gelangen, hätte Menke über den Staketenzaun klettern müssen. Redebrecht nahm sich dennoch vor, dort und auch im Westen an der Alme zu suchen. Wo die Flüsse sich trafen, war das Wasser tief und voll tückischer Wirbel; vielleicht hatte der Hauptmann ja beim Pinkeln einen Fehltritt getan.

Über den rutschigen Rand der schmalen Böschung, die sonst unterhalb der Wasserlinie lag, ging Redebrecht zum Nordostturm hinüber. Auf dieser Seite des Schlosses gab es auf gleicher Höhe wie die Tür zum Weinkeller eine zweite. Redebrecht blieb davor stehen. Der kurze Nordflügel war nur an den Ecken unterkellert, ohne Verbindung zwischen den Räumen. Mit zwei dicken, von innen verriegelten Eichentüren und einem Gang dazwischen war dieser Eingang besser gesichert. Das hatte seinen Grund, denn er führte zur Schatzkammer des Bischofs.

Aber dort konnte Menke nicht sein. Redebrecht hatte die schwere Innentür am Ende der Treppe ebenso fest verschlossen gefunden wie diese hier. Nicht mal den kleinen Finger bekam er in die Lücke zwischen Türblatt und Zarge.

Es gab noch eine Möglichkeit: die lange Ostseite mit den dunklen Nischen zwischen den Abortschächten. Die hatte er noch nicht eingesehen. Wenn Menke auf dem gleichen Weg wie Redebrecht um das Schloss herumgegangen war, mochte er – warum auch immer – ausgerutscht sein. Aber was hätte er dort zu suchen gehabt?

Geradezu schwindelig konnte einem werden, wenn man aus dieser Nähe an den himmelhohen Türmen hinaufsah. Die Wetterfahne ganz oben auf der welschen Haube zeigte Westwind an. Es würde wieder Regen geben.

Er umrundete den Nordostturm mit seinen Schießscharten im Kellergeschoss, das außer über eine Leiter vom Erdgeschoss aus keinen eigenen Zugang hatte. Erfolglos war Redebrecht hinab- und wieder hinaufgeklettert.

In der Nähe der mit zerzausten Efeustrünken bewachsenen Abortschächte nahm der widerliche Geruch zu. Der Ostflügel lag im Schein der Morgensonne, die das Wasser der Gräfte beinahe dampfen ließ. Hier war Menke auch nicht.

Auf dem Rückweg ließ Redebrecht seinen Blick über die fensterlose Kellerwand nach oben wandern. Im Erdgeschoss, da, wo einsam und allein Menkes Apfelschimmel stand, war ein Fenster wie oft im Sommer einen Spaltbreit offen. Er sollte es gleich schließen, bevor es jemanden auf den Einfall brachte, er könne über diese kaum einsehbare Wand ins Schloss einsteigen.

Redebrecht fand es ohnehin leichtsinnig, dass der Bischof fast alle Landsknechte zur Brandstätte in der Stadt geschickt hatte. Das spanische Heer hatte sich in Soest und Lippstadt festgesetzt, konnte aber jederzeit weiter ins Land ausschwärmen. Die schmale und mit dem Unrat aus Jahrzehnten angefüllte Gräfte stellte nur dann ein Hindernis dar, wenn sich die Landsknechte – was Redebrecht noch nie erlebt hatte – von Gestank und Dreck aufhalten ließen. In etwas größerer Entfernung umgaben Lippe und Alme das Schloss, auf deren Schutz man sich ebenfalls nicht verlassen konnte. Selbst er kannte die seichten Stellen, letzter Ausweg für diejenigen unter den Schlossbediensteten, die manchmal allzu spät aus der Stadt zurückkehrten.

Wieder blieb Redebrecht vor dem rundbogigen Türchen stehen, das zur Schatzkammer führte. Es hatte weder Schloss noch Knauf und war offensichtlich zu. Alle Winkel des riesigen Baus hatte er nun durchsucht, nur in diesem Keller war er nicht gewesen. Wie sollte Menke hineingekommen sein, wenn alle Türen verriegelt waren?

Dennoch – zur Sicherheit sollte er auch in der Schatzkammer nachschauen. Beim hastigen Aufbruch der Landsknechte mochte jemand Menke vergessen und eingeschlossen haben. Doch dazu brauchte er den Schlüssel, den Bischof Dietrich selbst verwahrte. Nur Heinrich Westphal und Rentmeister Barcholt wussten, wo er lag. Einen von beiden musste er auftreiben. Inzwischen machte er sich ernsthafte Sorgen um den Hauptmann.

Leonore blieb schon wieder stehen. Diesmal jedoch nicht, weil sie mit strahlendem Gesicht die Glückwünsche ihrer Bekannten entgegennehmen wollte, die sie auf dem Weg durch die Stadt zuhauf getroffen hatten. Diether wäre jedes Mal lieber weitergegangen, ihm gefielen die neugierigen Mienen der Leute nicht. Manch einer hatte ihm Grüße an seine Mutter aufgetragen und darauf gewartet, dass er das Gesicht verzog.

Jetzt galt das Strahlen ihrer goldgesprenkelten Augen, das er so liebte, einem Haus. »Sieh nur, Diether, es ist stehen geblieben!« Leonore breitete die Arme aus, als wolle sie es umarmen.

Diether stellte sich in ihren Rücken und umfasste seine Frau. Das durfte er nun; nach all den Jahren sogar vor Leonore versteckter Liebe fühlte er sich wie aus Ketten befreit. Kopf an Kopf schauten sie an der buntgeschnitzten Fassade hinauf, ihr krauses Haar kitzelte seine Wange. Adam-und-Eva-Haus nannten die Leute das Gebäude wegen der Vertreibung aus dem Paradies, deren Darstellung die Lücken zwischen den Halbrosetten des untersten Zierbalkens füllte. Mit hinterhältigem Ausdruck lugte die Schlange durch die Zweige des Apfelbaums, Adam und Eva hielten krampfhaft ihre Feigenblätter fest, und am Ende spreizte der Erzengel siegreich die Flügel. In der Mitte waren die Sinnbilder der vier Evangelisten abgebildet, und ganz oben der Mann, der auf alles schiss. An ihm sollte er sich ein Beispiel nehmen.

Verstohlen küsste er Leonore aufs Ohr, die immer noch wie verzückt hinaufsah. In katholischem Sinn war das alles nicht, ebenso wenig wie die Geliebte des Domherrn, die jahrelang in dem Haus gewohnt hatte. Jetzt stand es leer; Konkubinen waren im neuen Paderborn, dem Bischof Dietrich von Fürstenberg seinen Stempel aufgedrückt hatte, nicht mehr erwünscht. In Diethers Stadt, so wie er sie sich ausmalte, hätte sich niemand darum geschert. In der Liebe wie in Religionsfragen musste jeder seine eigenen Entscheidungen treffen.

Während Leonore vor dem Haus stand, als habe sie es noch nie gesehen, wandte er seinen Kopf. Hier an der unteren Krämergasse waren weitere Häuser unzerstört geblieben, deren Fachwerkbalken ebenfalls bunt verziert waren, wenn auch nicht so reich wie Leonores Lieblingshaus. Sie hatte ihm erzählt, dass ihr Vater, der Arzt Jakob Theodor, mit dessen Erbauer Cord Schepers befreundet und dass der protestantisch gewesen sei.

»Es lag nur am Wind, wenn die Häuser hier nicht verbrannt sind«, sagte Diether.

»Ach was.« Leonore drehte sich gar nicht erst um.

»Ja«, beharrte er. »Anfangs blies er von Süden und trieb das Feuer vor sich her über den Steinweg und den Heiersweg auf die Mauer zu. Doch bevor die Flammen auch hierherkamen, drehte er auf Nordwest und wehte sie zur Giersstraße hoch. Das habe ich gestern in der Ratssitzung erfahren. Hätte es Ostwind gegeben, wäre auch diese Ecke verbrannt.« Die Fachwerkhäuschen zwischen Dielenpader und Wassergasse waren ebenfalls unversehrt.

Leonore wandte sich um und nahm seinen Arm. »Wenn du Pater Simon fragst, war es das Walten Gottes, der sogar mit den Ungläubigen Mitleid hat.« Sie lächelte ihn an und zog ihn weiter. »Lass uns dort helfen, wo Simons Herrgott seinen Beistand verweigert hat.«

Doch Leonores Erwähnung des Jesuitenpaters hatte Diether einen Einfall beschert. Allzu erpicht auf den Schmutz bei Leifelds war er ohnehin nicht.

»Geh schon mal vor«, bat er Leonore. »Ich laufe noch schnell bei Löseken vorbei. Er soll mir mehr über seine Kiste erzählen.«

Leonore nickte. »Ja, gut. Vielleicht hat sie ein Merkmal, an dem du sie erkennst.« Sie drückte seine Hand. »Aber beeil dich. Wir sollten Angelas Keller abdichten, bevor noch mehr Schmutzwasser hineinläuft.« Er schaute ihr nach, bis sie am

Ükernplatz abbog, und genoss den Anblick. Bei all dem Dreck würde ihr Haar nicht mehr lange so leuchten.

Viel hatte der nächtliche Regen nicht gebracht, das sah er sofort, als die ersten verbrannten Häuser in Sicht kamen. Der gleiche schwarze Ruß überall, graue Asche bedeckte die über den Boden verstreuten Trümmer. Den darin arbeitenden Leuten war jede Farbe verloren gegangen.

Lösekens Grundstück am Heiersweg hätte er zwischen den Ruinen nicht ausmachen können, wäre jener nicht sonntäglich herausgeputzt und mit gewaschenem, aber ratlosem Gesicht zwischen den verkohlten Balken gestanden.

»Gut, dass du kommst, Meschede«, rief er. »Du musst mir sagen, was ich mit dem Mist hier tun soll.« Seine Armbewegung schien das Grundstück mit allem, was an verbrannten Resten darauf lag, in die Pader schieben zu wollen.

Fast tat er Diether leid. Er selbst hätte ebenfalls nicht vor der Aufgabe stehen wollen, hier aufräumen zu müssen. Anders als beispielsweise Hermann Leifeld hatte Löseken aber Geld genug, um nicht selbst arbeiten zu müssen, auch wenn er möglicherweise dem Bischof die Kopfschatztaler ersetzen musste.

»Spuck in die Hände und pack's an«, riet er ihm, obwohl ihm klar war, dass Löseken genau das nicht tun würde. »Du kannst doch ein paar Marienloher Bauern bezahlen, die dir helfen.« Die hiesigen Tagelöhner, die zumeist im Ükern lebten, waren jetzt selbst beschäftigt.

»Meinst du, ich will aussehen wie die hier?« Lösekens Blick in die Runde zeigte, dass er von seinen ärmeren Nachbarn nicht viel hielt, die selbst Hand anlegen und den Dreck ertragen mussten, wenn sie wieder ein Dach über dem Kopf haben wollten. Lösekens Frau hatte von ihren Eltern ein Haus am Weberberg geerbt, wo die Familie jetzt wohnte.

Diether spielte mit dem Gedanken, einfach davonzugehen. Sollte Löseken seine Kiste selbst suchen. Doch der Gedanke an Pater Wippermann, und dass er, falls er das Geld an sich genommen hatte, ungeschoren davonkommen sollte, ließ ihn bleiben.

»Hast du was von deiner Truhe gehört?«, erkundigte er sich.

Löseken schüttelte den Kopf. »Die ist weg. Niemand will etwas davon wissen.« Er trat ein verkohltes Stück Holz so heftig beiseite, dass die Asche bis auf sein blauseidenes Wams flog. Schnell wischte er die Flocken weg, als wären es immer noch Funken. »Verdammte Diebe«, rief er so laut, dass es weithin schallte. Niemand kümmerte sich mehr darum; an Georg Lösekens Ausbrüche wütenden Argwohns waren die Ükeraner seit Tagen gewöhnt.

Er zeigte auf den offenen Kellerraum im hinteren Teil des Grundstücks, worin die Truhe gestanden hatte. »Du siehst ja – die Kellerdecke ist weggebrannt, und jeder konnte sehen, was darin war. Als alles vorbei war und ich endlich hier ankam, war sie weg.« Er schüttelte seine Faust den Nachbarn entgegen. »Wer sonst, wenn nicht dieses Gesindel hier, sollte sie geklaut haben?«

Seinen Verdacht gegen Pater Simon wollte Diether – Friedrich zuliebe – erst einmal für sich behalten. »Vielleicht solltest du einen Zettel mit einer genauen Beschreibung an die Rathaustür heften. Damit man deine Truhe erkennt, meine ich, falls sie zufällig irgendwo auftauchen sollte. Hat sie denn ein besonderes Merkmal?«

Lösekens Hände malten den Umriss eines Kastens in die Luft, der in etwa die Ausmaße eines Fünfzig-Liter-Weinfasses hatte. »So groß. Und dicht an dicht mit Eisenbändern beschlagen.«

»So sieht jede Geldkiste aus.«

Der Steuereinnehmer fasste den Domturm ins Auge, der ohne die Häuser darunter noch höher wirkte als sonst. »Ein Merkmal, sagst du? Hm.« Er schaute Diether ins Gesicht, als könne er dort ein besonderes Kennzeichen finden, das dieser mit der Truhe teilte. Dann erhellte sich seine Miene. »Ein Merkmal könnte vielleicht sein, dass sie einen Kratzer hat.« Er musste an Friedrich gedacht haben.

Löseken berichtete, wie er vor Jahren das Schloss habe aufbrechen müssen, weil er den Schlüssel verloren hatte. »Da ist mir der Meißel abgerutscht. Lang runter, genau in der Mitte unter dem Schloss, hat er das Eisen tief eingeritzt. Heute sieht man die Schramme nicht mehr, aber fühlen müsste man sie noch.«

»Schreib das auf den Zettel«, empfahl ihm Diether und verabschiedete sich.

Ausgerechnet Menke.

Heinrich Westphal stand vor dem toten Hauptmann und kratzte sich mit der freien Hand am Kopf. In der Linken trug er das Barett mit der Reiherfeder, das er pietätvoll abgesetzt hatte. Es hätte nicht ihren wackersten Dienstmann treffen müssen. Kaspar, Westphals Oheim und des Bischofs Bruder, würde außer sich sein. Menke von Wewer hatte zwar seinen eigenen Kopf gehabt, war aber immer gewissenhaft und treu gewesen. Er hatte manch geheimen Auftrag für die Fürstenberger ausgeführt, zu deren Sippe Westphal sich ebenfalls zählte.

Er hatte gleich ein mulmiges Gefühl gehabt, als der Bischof die Landsknechte nach Paderborn beordert hatte. Dann hatte Kaspar ihn, den bischöflichen Hofrichter, nach Falkenhagen geschickt, wo sich der Verwalter wieder einmal mit den Bauern um die Holzrechte stritt. Was gingen sie die Auseinandersetzungen der Jesuiten an, denen das Gut gehörte? Wäre er hier gewesen, lebte Menke vielleicht noch.

Im Nachhinein war es ihm, als habe Kaspar das Schloss unbewacht wissen wollen. Westphal hatte schon unglaublichere Sachen mit ihm erlebt. Doch was sein Oheim auch geplant haben mochte – Menkes Tod hätte er sicher nicht in Kauf genommen.

Neben ihm stand, ebenfalls barhäuptig, der junge Redebrecht Storck, Menkes Feldwebel, der die Leiche gefunden und ihm Bericht erstattet hatte. Sein sonst so lebhaftes rosiges Gesicht war bleich und angespannt. Er würde wohl, obgleich kaum bewährt in Angelegenheiten des Hofes, Menkes Nachfolger werden. Kaspar wird ihn sich schon heranziehen, dachte Westphal. Man wird sehen, wie tüchtig er ist.

Er wies mit dem Barett auf den toten Landsknecht. »Fällt Euch etwas auf?« Er selbst hatte längst die Schrammen an der Kante des Wandvorsprungs bemerkt, auf dem lange, oberhalb der Tür verschobene Reihen ziegelsteindicker Folianten mit metallenen Schließen und Verzierungen standen. Einige hatten offensichtlich Menkes Kopf getroffen, ein in rot gefärbtes Saffianleder gebundenes Buch mit goldenen Beschlägen lag in dem angetrockneten Blut.

Redebrecht zeigte sofort auf die Kratzer im Putz. »Dort oben hat er gehockt. Seht her …« Er schob die offene, mit dicken hölzernen Querstreben verstärkte Tür näher zur Wand, bis sie dicht anlag. »Über die Balken konnte er schnell hinaufklettern, als er Menke hörte.«

Aufmerksam war der Junge jedenfalls. So weit hatte Westphal gar nicht gedacht. Aufrecht stand Redebrecht neben ihm, doch wie er unter dem Waffenrock seine Schultern bewegte, verriet, dass er sich unbehaglich fühlte. Wusste er etwa deshalb so gut Bescheid, weil er selbst seinen Vorgesetzten auf dem Gewissen hatte? Seit dem Mord war genug Zeit verstrichen, in der er seine Spuren hätte verwischen können.

Westphal wandte sich dem toten Hauptmann zu, der mit angezogenen Beinen gleich neben dem Eingang lag. Als sei er erst in die Knie gegangen und dann seitlich umgekippt. Ein Arm lag unter ihm, den anderen hatte er von sich gestreckt. Die Hand umklammerte immer noch den Dolch.

Er stellte sich vor, wie Menke auf der Suche nach dem Eindringling mit der bewaffneten Hand voraus in den Raum geschlichen war. Mit einem Angriff von oben hatte er nicht rechnen können, weil er diesen Teil der Schatzkammer mit dem umlaufenden Sims sicherlich nicht kannte. Der Bischof war misstrauisch; nur wenigen Gefolgsleuten – eigentlich nur ihm und dem Rentmeister – erlaubte er den Zutritt.

Wenn er sich umsah, konnte er sich den Grund denken. Während im ersten Raum nur geschlossene Truhen und versiegelte Säcke lagerten, erweckten die hier ausgestellten Schätze viel eher Begehrlichkeiten. Auf Tischen und Wandborden drängten sich goldene Monstranzen, Kreuze und anderes Kirchengerät. Kopf an Kopf reihten sich die silbergetriebenen Reliquiare, deren jeder ein Haupt der elftausend Jungfrauen enthielt. Andere heilige Überreste wurden in goldenen, mit Edelsteinen verzierten Kästchen aufbewahrt. Das Funkeln der Juwelen und der Glanz edler Gefäße warfen das Licht der Kerzen tausendfach zurück.

Ob es irgendwo eine Lücke gab, konnte Westphal nicht feststellen. Ein Dieb allein konnte wohl gar nicht so viele Kostbarkeiten hinaustragen, dass man ihr Fehlen bemerkte.

Es war ganz offensichtlich: Jemand hatte sich in der Hoffnung auf reiche Beute hier hereingeschlichen, Menke hatte ihn verfolgt, und der Dieb hatte ihn erschlagen. Damit war er zum Mörder geworden, was er gewiss nicht eingeplant hatte. Aus Habgier war er in die Schatzkammer eingedrungen, nicht aus Mordlust. Westphal seufzte. Jeder Einzelne vom Gesinde konnte als Täter in Frage kommen.

Aber er hatte den Schlüssel gebraucht, um die Eingangstür zu öffnen, und den bewahrte der Bischof in seinem Schlafgemach auf. Westphal hatte oft zugesehen, wenn Dietrich den Wandbehang anhob und den Schlüssel aus einem verborgenen Fach nahm, das zwar eine Tür hatte, aber kein Schloss. Am ehesten konnten die Kammerdiener darum wissen, die musste er sich bald vornehmen. Gesäubert wurden die bischöflichen Räume von den Nonnen des Ulrichklosters, die er wohl ausschließen konnte. Kaspar war nicht da, und sonst kannte nur Barcholt das Wandkläppchen. Barcholt der Ehrenhafte – aber was war mit seinem Sohn, Laurenz?

»Ist der Rentmeister im Schloss?« Dieser hatte dem Feldwebel den Schatzkeller geöffnet.

Redebrecht schüttelte den Kopf. »Er ist auf dem Weg in den Dom. Aber gleich nach dem Hochamt will er wieder herkommen.« Er sah zur gewölbten Decke hinauf. »Barcholt wird für Menke beten, hat er gesagt.«

Er sollte wohl auch für Laurenz eine Kerze anzünden. Der Junge hatte entschieden etwas Verschlagenes.

Eine beachtliche Esslust legte sie an den Tag, diese Bademutter, die jetzt ihre Schwiegertochter sein wollte. Margret reichte ihr schon zum zweiten Mal die Schüsseln, niemand sollte behaupten können, dass sie eine schlechte Gastgeberin sei. Ihr bestes Silbergeschirr, das aus dem Barcholt'schen Erbe, stand auf dem Tisch, aber nur, weil sie es Johann recht machen wollte. Gese hatte es geputzt, und Margret hatte sich über den anerkennenden Blick ihres Mannes gefreut.

Den anderen am Tisch schmeckte ihr Kalbsbraten mit den in Wein gegarten Apfelschnitzen ebenfalls. Das Mahl war Johanna und Gese ausgezeichnet gelungen. Sie hatten es ganz allein zubereitet, weil Margret die Abendandacht Pater Simons nicht hatte verpassen wollen. Es gab schließlich Grund genug zu beten.

Diether und seine Frau, wie Johann sie zu nennen beliebte – ihr selbst fielen ganz andere Namen für sie ein –, waren natürlich zu spät gekommen. Noch dazu mit Schmutzrändern unter den Fingernägeln, auf die Margrets Blick immer wieder fiel. Bestimmt hatten sie nicht rechtzeitig aus dem Bett gefunden, Frauen wie Leonore wussten einen Mann darin zu fesseln. Margret wollte gar nicht daran denken, was die beiden – im hellen Tageslicht womöglich – Sündhaftes getrieben hatten. Sicherlich waren sie schon verspätet bei diesen Leifelds eingetroffen, denen sie angeblich ihre Hilfe versprochen hatten. Die Zeit hatte gereicht, sich schmutzig zu machen, aber nicht mehr dazu, sich ordentlich zu waschen.

Ihre Tochter Johanna, die neben Leonore saß, bot einen viel erfreulicheren Anblick – heute, denn immer war das auch nicht so. Das weiße Brusttuch strahlte vor Sauberkeit, zu ordentlichen Zöpfen geflochten lag das braune Haar um ihren Kopf. Das Haar ihrer Nachbarin war noch feucht, immerhin hatte sie es gewaschen. Ungebärdig wie das Weib selbst kringelte es sich in alle Richtungen.

Am Haaransatz ihres Sohnes klebte noch Asche. Warum nur musste er im schmuddeligen Ükern selbst Hand anlegen? Dazu hatte ihn allein diese Leonore veranlasst, die sich ja, wie jeder wusste, mit allerlei Gesindel herumtrieb. Wenn es denn sein musste, hätte ihr Junge zum Helfen Henrich und den Jungknecht schicken können, Johann hätte sicher nichts dagegen gehabt. Doch die saßen jetzt in der Diele am Tisch und ließen sich zusammen mit Gese und Johannas Kindern ebenfalls den Sonntagsschmaus munden. Mit sauberen Fingernägeln – darauf wurde in ihrem Haus geachtet.

Die Männer unterhielten sich über Angelegenheiten des Magistrats, zu denen auch Sieghart, Johannas Ehemann, als Vertreter der Kaufmannschaft viel zu sagen hatte. Leonore konnte es nicht lassen, sich immer wieder einzumischen. Das kam einer Frau nicht zu, das wusste sogar ihre Johanna. Jetzt forderte das

Weib überdies, dass der Rat auch weiterhin Bier und Brot in den Ükern schicken solle.

»Die Leute brauchen jetzt jeden Pfennig zum Wiederaufbau«, tönte sie herum. »Und woher sollen sie die Zeit zum Backen und Brauen nehmen?«

Als hätte der Magistrat nicht genug Geldsorgen. Ihr Junge hatte oft genug erzählt, dass sie dieses oder jenes nicht bezahlen konnten, auch Wichtiges, das ihr aber jetzt nicht einfiel.

Wie heute wohl an jeder sonntäglich gedeckten Tafel in der Stadt kam dann das Gespräch auf die Gründe für den Brand. Als wären die nicht offensichtlich, tischte Diether eine lange Erklärung auf, in der die verschiedenen Windrichtungen eine Rolle spielten. Seine Frau nickte dazu. »Deshalb ist auch unser Adam-und-Eva-Haus stehen geblieben«, behauptete sie.

Margret war überrascht. Ausgerechnet dieses verlotterte Gebäude mit seinen heidnischen Abbildern? Kein Wunder, dass sich die Ketzerin freute. Sie selbst hätte erwartet, dass der Herrgott es als Erstes hinwegfegen würde.

Doch darauf würde sie gar nicht erst eingehen, auch wenn sie sich jetzt – aller weiblichen Demut ungeachtet – zur Einmischung verpflichtet sah. »Mit dem Wind magst du recht haben, Diether«, sagte sie. »So hat Pater Röhrich in seiner Predigt heute Morgen im Dom die schreckliche Feuersbrunst und ihre Ausbreitung auch verdeutlicht.« Sie legte die silberne Gabel beiseite. »Aber sicher ist doch, dass es der Herr war, der die Winde gelenkt hat. Gott hat ein Zeichen setzen wollen, das meinte auch Pater Röhrich, dessen Weisheit wohl niemand in Zweifel ziehen will.« Sie maß ihre sogenannte Schwiegertochter, die ihren Teller aber nicht aus den Augen ließ, mit einem langen Blick. Dann wandte sie sich wieder Diether zu. »Ich habe dir ja gestern schon erklärt, warum Gott uns straft.«

Diether musterte die Zimmerdecke, Johann schüttelte leicht den Kopf. Das hatte Margret nicht anders erwartet. Leonore sah immer noch nicht auf.

Ihre Tochter Johanna erhob sich und stellte die sauber geleerten silbernen Teller zusammen. Margret schob ebenfalls ihren Stuhl zurück und ging zur Tür. »Gese«, rief sie hinaus. »Du kannst die Mandelspeise auftragen.« Die gab es immer zum Nachtisch, wenn Diether da war. Dann nämlich machte es Gese nichts aus, stundenlang in der Mandelmilch zu rühren, bis sie endlich fest wurde.

Bevor Margret ihren Platz am Tisch wieder einnehmen konnte, kam aus der Diele ein nachhallendes Krachen. Sie erkannte die Ursache gleich, auch wenn sie es lange nicht mehr gehört hatte: Jemand hatte die in das große Dielentor eingelassene Eingangspforte so heftig aufgestoßen, dass sie hinten anschlug. Als die Kinder klein gewesen waren, hatte das Geräusch ihr Leben begleitet.

Wenn sie sich recht erinnerte, war es zuletzt Elmar gewesen, der städtische Ordnungshüter, der sich ähnlich laut und rücksichtslos Einlass verschafft hatte. Und der hatte ihren Diether ohne jedes Federlesen verhaftet. Noch immer hatte Margret die Trommeln im Ohr, die ihren Sohn auf seinem schmählichen Gang durch die Stadt begleitet hatten …

Mit aufgerissenen braunen Augen sah auch Leonore zur Tür, der Schreck war ihr deutlich anzumerken. Hatte sie ihnen die Schütter ins Haus gebracht? Oder gar ihren Diether in ihre ketzerischen Umtriebe hineingezogen?

Schwere, hastige Schritte hallten vom Tudorfer Pflaster der offenen Diele wider.

»Es ist der Herr Rentmeister«, kündigte Gese an, die gerade den Pudding hereintrug. Da stand Antonius Barcholt, Margrets älterer Bruder, auch schon hinter dem Mädchen und schob es beiseite. Gut, dass Gese die Schüssel mit beiden Armen umklammert hielt, denn sonst wäre sie ihr wohl entglitten.

Ein Blick in das Gesicht ihres Bruders stellte klar, dass aus dem Genuss der süßen Speise heute nichts werden konnte. Zum Erschrecken sah er aus, ganz grau im Gesicht, und das Haar hing ihm so wirr in die Stirn, dass Margret versucht war, es zurückzustreichen. Seine Kleidung war ebenfalls in Unordnung, der Hosenbund unter den Bauch gerutscht, ein Ärmel war sogar zerrissen, als hätte er mit jemandem gerauft. Antonius und Raufen? Etwas Furchtbares musste geschehen sein.

Diether sprang auf und schob seinem Oheim einen Stuhl

zurecht. Schwer ließ er sich darauf fallen. »Zu dir wollte ich, Neffe«, stieß er atemlos hervor. »Zum Glück bist du hier.« Er holte tief Luft. »Du musst mir jetzt helfen, unbedingt.«

Wäre der Anlass nicht so beängstigend gewesen, hätte Margret über Diethers verblüfftes Gesicht lachen müssen. Sie selbst war ebenfalls verwundert; bisher hatte ihr Bruder für seinen angeblich missratenen Neffen, der sich nicht einmal zu Ostern bei den Sakramenten blicken ließ, wenig gute Worte übrig gehabt.

Wenn Diether ihm helfen sollte und nicht sie, ging es wohl nicht um die Gesundheit von Antonius' Frau, die schon länger Anlass zur Sorge bot. Es musste sich um eine gerichtliche Angelegenheit handeln.

»Hat dich jemand angegriffen, lieber Bruder?«, fragte Margret in fürsorglichem Ton. »Soll unser Diether für dich beim Schultheiß Anzeige erstatten?«

»Anzeige?« Antonius sah sie mit leeren Augen an. »Ach was.« Er fuhr sich mit beiden Händen durchs graue, verschwitzte Haar, sodass es noch zerzauster vom Kopf abstand. »Nein, es ist Laurenz. Er …« Seine Stimme versagte.

Laurenz, ihr Patenkind, war schon immer ein Unglücksrabe gewesen.

Margret schaute von Diether zu Johann, doch die schienen genauso ratlos wie sie. Der Blick ihres Bruders war dem ihren gefolgt; jetzt erst nahm er wahr, wer noch alles am Tisch saß. Er räusperte sich und straffte seinen Rücken. »Ja, also, es geht um meinen Sohn Laurenz«, sagte er an Diether gewandt mit festerer Stimme. »Du musst mit mir nach Neuhaus kommen.«

Antonius stand auf und sah Diether auffordernd an. »Jetzt gleich.«

Diether erhob sich nur widerwillig, folgte seinem Oheim jedoch, nachdem er achselzuckend mit Leonore einen Blick gewechselt hatte.

Margret lief ihnen nach. »Warte, Bruder. Ich muss doch wissen, was meinem Neffen zugestoßen ist.«

Er wandte sich kaum um. »Westphal hat ihn verhaftet und ins Verlies gesteckt, das ist ihm zugestoßen. Aus dem Bett hat er ihn geholt!« Dann blieb er doch stehen und legte ihr die Hand auf den Arm. »Geh bitte zu meiner Frau, Margret, und kümmere dich um sie.«

»Selbstverständlich. Sie ist bei mir in guten Händen, das weißt du.« Wenigstens war sein Antlitz etwas weniger grau.

Henrich hatte schon Diethers geschecktes Pferd aus dem Stall geholt, Barcholts Kutsche stand vor dem Haus. Aus einem Fenster der Utlucht sah Margret ihnen nach, bis sie fast das Westerntor erreicht hatten.

Ihr Diether würde es richten, da gab es zur Sorge keinen Anlass. Aber ihr Bruder sollte ihr bloß nichts mehr von missratenen Söhnen erzählen.

Menke war also tot.

Diether richtete seine mit einem Mal brennenden Augen nach oben in die prächtigen Kronen der Linden. Vor langen Jahren hatte sie einer der früheren Bischöfe rechts und links des Fürstenweges anpflanzen lassen. Kleine braune Früchte mit fast durchsichtigen Flügeln hingen zwischen den hellgrünen Blättern. Wie Tänzerinnen drehten sie sich, wenn sie herunterfielen. Der unebene Boden war fast völlig von ihnen bedeckt. Unwillkürlich, als habe er Sand in den Augen, blinzelten seine Lider.

Menke war beinahe ein Freund gewesen, doch zum Trauern war jetzt keine Zeit. Er musste seinem Oheim zuhören, der neben ihm in der Kutsche fuhr. In abgehackten Sätzen berichtete er, wie sie den Hauptmann aufgefunden hatten. Heute, am heiligen Sonntag, lag der Fürstenweg still vor ihnen. Sonst wimmelte es hier von Bauern, Händlern, Dienstboten und Geistlichen auf ihren Wegen zwischen der Stadt und dem Bischofsschloss. Diether musste sein Pferd zügeln, denn lieber wäre es vorangaloppiert.

»Folianten?« Er war überrascht. »Bewahrt der Bischof in seiner Schatzkammer Bücher auf?«

Barcholts Gesicht entspannte sich ein wenig. »Nur, wenn sie mit Juwelen verziert sind und mit Edelmetall beschlagen«, sagte er fast lächelnd. »Sie sind so schwer wie Kanonenkugeln.« Der Mord an dem Hauptmann ging ihm offensichtlich nicht so nah wie das Schicksal seines Sohnes, der aus zweiter Ehe stammte und viel jünger war als Diether.

Menke war bestimmt sofort tot gewesen, nachdem ihn eins dieser literarischen Mordwerkzeuge getroffen hatte. Das wenigstens würde Leonore beruhigen. Beim Gedanken an ihre Trauer musste Diether seinen Blick wieder in die Baumkronen richten. Vögel hüpften darin herum.

»Westphal hat unseren Laurenz immer schon auf dem Kieker gehabt«, meinte Barcholt. »Schon seit damals, als in die Kirchen eingebrochen wurde.«

Diether erinnerte sich. Auch in der ihm benachbarten Johanneskirche der Jesuiten war ein goldener Kelch gestohlen worden. Die Täter, Söhne aus angesehenen Familien, waren mit Laurenz befreundet gewesen, dauernd hatten sie zusammengesteckt. Nicht nur Westphal hatte ihn seitdem schief angesehen.

Dennoch hätte Westphal, der jetzt an des Bischofs Hofgericht die Fäden zog, Laurenz nicht ohne triftigen Grund einsperren lassen. »Wie kam er denn darauf, dass Laurenz der Täter sein müsse?«

Barcholt gab keine Antwort. Eine vierspännige, mit Gepäck beladene Kutsche kam ihnen entgegen, darin ein einzelner, Diether unbekannter Kuttenträger, den Barcholt ehrerbietig grüßte. Erst jetzt schien er zu bemerken, dass sein Ärmel zerrissen war. Er zupfte daran herum, während er der Kutsche nachsah. »Ich hab doch versucht, die Schütter aufzuhalten«, murmelte er dem Klosterbruder hinterher.

Dann wandte er sich wieder Diether zu. »Zuerst hat Westphal ja mit mir gesprochen. Zusammen haben wir eine Liste derjenigen angelegt, die wissen können, wo seine Durchlaucht den Schlüssel zur Schatzkammer versteckt hat.« Er hielt inne, als überlege er, wie viel er Diether anvertrauen dürfe. »Ich selbst war an dem Abend auch im Schloss, oben in der Kanzlei, weil wir für das Boker Amt die Zehntabrechnung fertigstellen mussten. Als Westphal dann hörte, dass Laurenz mir geholfen hat, war er gleich misstrauisch. Dabei habe ich den Jungen doch keine Minute aus den Augen gelassen.«

»Hilft dir Laurenz denn öfter?«

Barcholt nickte. »Mit höchstpersönlicher Genehmigung seiner Durchlaucht. Mein Laurenz ist ja ein guter Junge, eigentlich, aber man muss ihn immer ein bisschen beaufsichtigen.«

Diether unterdrückte ein Schmunzeln. Der gute Junge mochte an den Kircheneinbrüchen nicht beteiligt gewesen sein, doch über seine anderen Streiche sprach die ganze Stadt. In letzter Zeit allerdings hatte Diether über seinen kleinen Vetter nur gehört, dass er jedem hübschen Mädchen nachstellte. Doch das war nur Gerede, darum ging es hier nicht.

»Ist bei Laurenz etwas sichergestellt worden, das er gestohlen haben könnte?«

»Westphal meint, ja.« Barcholt schüttelte den Kopf. »Die Schütter haben unser Haus durchsucht und ein paar goldene Kerzenleuchter und ein Kreuz mitgenommen. Aber die habe ich selbst gekauft, und das Kreuz ist sogar noch von meinen Eltern. Westphal meint, sie sähen genauso aus wie die in der Schatzkammer. Aber da steht so viel herum, wie will er das wissen?«

Diether machte ein paar eiligen Reitern Platz, die an ihm und der Kutsche nicht vorbeikamen. »Ihr werdet doch sicher ein Inventarverzeichnis haben, sodass sich feststellen lässt, was fehlt.«

Barcholt atmete auf. »Zum Glück haben wir das. Lange Jahre wusste kein Mensch, was überhaupt da war. Unser hochwürdiger Herr Dietrich hat ja immer nur gesammelt und nie etwas aufschreiben lassen.« Er winkte Diether näher an die Kutsche heran. »Ich sage dir etwas, was eigentlich noch niemand wissen soll.« Argwöhnisch sah er sich um, dann flüsterte er: »Der Bischof hat nämlich sein Testament gemacht.«

»Ach.« Es hatte sich längst herumgesprochen. Allgemein erwartete man, dass Dietrich bald das Zeitliche segnen würde.

»Ich darf ja nicht darüber reden, was alles in der Schatzkammer liegt.« Obwohl niemand sonst zu sehen war, sprach der Oheim so leise, dass sich Diether vom Pferd herab fast über ihn beugen musste. Der Kutscher lehnte sich so weit es ging zurück. »Aber glaub mir, Neffe: Das Vermächtnis wird die Fürstenberger auf Generationen zur reichsten Familie des Hochstifts machen.« Sein rundes Gesicht wirkte so zufrieden, als könne er selbst über die Reichtümer verfügen. »Zum Glück haben wir für das Testament alles gezählt und gewogen. Es wird allerdings einige Zeit dauern, bis man weiß, was fehlt. Es sind immerhin sieben Tonnen Goldes.«

Sieben Tonnen! Als Dietrich angetreten war, hatten die Fürstenberger kaum ihre Burgen halten können.

»Der ganze Reichtum war unserem überaus bescheidenen Fürsten aber völlig egal. Das Einzige, was er selbst sehen wollte, waren zwei uralte vergoldete Degen und ein besonders wertvolles und – wie er sagte – durch seine Herkunft geheiligtes Kreuz.« Er zuckte mit den Schultern. »Ich habe keine Ahnung, warum. Die Degen hat er nur andächtig geküsst und gleich zurückbringen lassen. Das Kreuz blieb in seinem Schlafgemach, er wollte vor ihm für seine Gesundung beten. Nachdem er – durch Gottes Hilfe – sein Krankenlager verlassen konnte, haben wir es zurückgebracht.« Diether stellte fest, dass Barcholts Hände nicht mehr zitterten. »Aber es ist alles im Inventar verzeichnet.«

Noch nie hatte er den sonst so bedächtigen Oheim dermaßen redselig erlebt. Es schien ihn zu beruhigen und von der Gefahr abzulenken, die seinem jüngsten und ihm wohl auch teuersten Sohn drohte. Wenn der Verdacht nicht entkräftet wurde, hing Laurenz unweigerlich am Galgen. Die Gelegenheit war da, würde Westphal sagen, das Motiv liegt auf der Hand, und dass der Vater die Hand über seinen Jungen hält, ist verständlich, aber nicht überzeugend. Auch wenn Westphal auf das Gerede der Leute so wenig gab wie Diether, war es bestimmt nicht hilfreich, dass Laurenz schon mehrfach mit ungesetzlichen Vorfällen in Verbindung gebracht worden war.

Barcholt redete sich geradezu in Begeisterung, als er weiter von den Schätzen erzählte, die sein frommer Dienstherr gehortet hatte. Diether schaute über das Paderbruch hinweg. Sicher gründelten dort ebenso viele Enten, wie der Bischof kostbare Monstranzen sein Eigen nannte. Sie hatten seinen Freund Menke das Leben gekostet.

Aber wenigstens sollte sein Mörder bestraft werden, nach Recht und Gesetz, wie Diether selbst es vertrat und Menke es vertreten hatte. An Laurenz' Schuld konnte er allerdings nicht glauben. Ganz gewiss würde er die Hände nach allen glitzernden Kostbarkeiten ausstrecken, die in seiner Reichweite standen. Wenn er sich in die Enge gedrängt fühlte, würde er auch mit wertvollen Folianten um sich werfen. Aber sie gezielt jemandem auf den Kopf schleudern, um ihn zu töten? Dazu war sein verwöhnter kleiner Vetter wohl doch nicht fähig.

Andererseits – was wusste er schon von ihm? Er hatte seit Jahren nicht mit Laurenz gesprochen.

Wo der Rothebach mit der Pader zusammenfloss, lag der Gräftengarten der Benediktiner vom Abdinghof, den die Leute Möncheinsel nannten. Bunte Blumen leuchteten hinter der Hainbuchenhecke. Leonore hätte sie alle beim Namen nennen können, doch Diether erkannte gerade mal die mannshohen Sonnenblumen. Die Apfelbäume hingen voller Früchte. Dann lag vor ihnen die lange, von weiteren Linden gesäumte Wegstrecke, die geradeaus auf das fürstbischöfliche Schloss zulief. Über den Baumwipfeln waren die Laternen auf den welschen Hauben so eben zu erkennen.

Barcholt, der wohl merkte, dass er zu viel redete, wies mit der Hand in die Richtung des Schlosses. »Vielleicht reitest du voraus, Diether, dein Pferd ist schneller als meine Kutsche. Westphal hat davon gesprochen, dass er zur Burg Schnellenberg reisen müsse, um dem hochwürdigen Herrn Landdrosten Bericht zu erstatten. Halte ihn auf jeden Fall auf, damit unser Laurenz nicht die Nacht in diesem modrigen Turmverlies verbringen muss.«

Obwohl Diether meinte, dass dem kleinen Schlingel ein paar ungemütliche Stunden zwischen Ratten und Mäusen nicht schaden könnten, folgte er der Aufforderung des Oheims. Mit einem Zungenschnalzen trieb er Feuerbein an, wie Henrich die rotscheckige Stute getauft hatte. Sie streckte den Kopf und galoppierte mit leichten Bewegungen. Menke von Wewers Andenken wurde er am ehesten gerecht, wenn er auf einem schnellen Ritt seiner gedachte. Diether sah ihn geradezu vor sich, wie in vollem Galopp der rot-weiße Federbusch auf seinem Helm hinter ihm herwehte. Der Hauptmann hatte immer die schnellsten Pferde geritten.

Ein junger Landsknecht mit braun gebranntem Gesicht wies Diether zum Pferdestall in der Mitte des Ostflügels, wo sich Westphal mit dem Feldwebel aufhalten sollte. Ein Knecht eilte herbei und nahm ihm Feuerbein ab. Niemand sonst war zu sehen.

Vor Diether lag der riesige Schlosshof mit seinen langen Reihen prunkvoll verzierter, im Sonnenlicht blitzender Bleiglasfenster. Am Ende der gepflasterten Fläche, die kein Pferdeapfel verunzierte, fiel sein Blick auf die beiden goldglänzenden, aufwendig gestalteten Portale der nördlichen Treppentürme. Sie rahmten einen hohen Ziergiebel ein, auf dessen oberster Spitze der vollbärtige Giebelkrieger thronte. Arme und Beine nackt, ein Kampfrock im griechischen Stil ließ Bauch und Knie frei, in den wurfbereiten Händen die steinerne Kugel. Nach Menkes Tod sollte man sie wohl durch einen juwelengeschmückten Folianten ersetzen.

Im linken, nach Westen gelegenen Flügel erhob sich ein Stockwerk höher der älteste Teil der Burg, den Heinrich von Spiegel vor fast zweieinhalb Jahrhunderten in den Sumpf zwischen Pader, Lippe und Alme gestellt hatte. Nach den Erzählungen der Alten war es ein wehrhafter Turm gewesen, in dem sich der Bischof verschanzte, nachdem ihn die Paderborner aus der Stadt vertrieben hatten. Die damals umkämpfte, aus uralter Zeit überlieferte Eigenständigkeit der Gemeinheit war erst 1604 verloren gegangen.

Nachfolgende Bischöfe hatten weitere Häuser errichtet, darunter den großen Südflügel hinter ihm mit den Speise- und Audienzsälen, wo der Bischof manchmal Abordnungen des Magistrats empfing. Den größten Teil der heute rundum geschlossenen Anlage hatte Dietrich von Fürstenberg erbauen lassen und dazu die mächtigen Rundtürme an allen vier Ecken. Nach allem, was sein Oheim erzählt hatte, war das Geld aus den ständig steigenden Abgaben der Bürger und Bauern gekommen.

Der Ostflügel lag rechts, hinter ebenerdigen, quergeteilten Toren waren die Pferdeställe. Die mittlere Tür stand offen, Gemurmel drang heraus. Im Gang vor einem Stallabteil, in dem Diether Menkes »Äppelken« – seinen dreijährigen Apfelschimmel – erkannte, standen Westphal in sonntäglichem

Prunk und Redebrecht in der schlicht-weißen, nur an Kragen und Aufschlägen rot abgesetzten Uniform der bischöflichen Landsknechte.

Beide drehten sich um, als Diether zu ihnen trat. Nicht zum ersten Mal fiel ihm auf, wie sehr Westphal dem Landdrosten Kaspar von Fürstenberg ähnelte. Das Gesicht des Bischofs wies die gleichen, aber gröberen Züge mit – gegenüber Westphals stolzem Zinken – deutlich abgeflachter Nase auf. Das war das Erbe derer von Westphalen, die Kaspars und Dietrichs Mutter und – als illegitimen Spross – auch Heinrich Westphal hervorgebracht hatten. Jedes Jahr wich das dunkelblonde Haar weiter zurück und bildete über der Stirn eine länger werdende Spitze, die der Spitzbart fortzusetzen schien. Eine Spitze, einen »Gansbauch«, hatte auch das wattierte Wams aus blausilbernem Brokat.

»Es ist abgemacht«, sagte Westphal über die Schulter hinweg zu dem Feldwebel. »Ihr nehmt das Pferd des Hauptmanns und kümmert Euch darum. Es braucht einen neuen Herrn.« In Redebrechts Miene stand nichts als Trauer, als er Äppelkens Nüstern streichelte und ihn mit einem rotbäckigen Apfel fütterte.

»Das hab ich mir gedacht«, dröhnte Westphal Diether entgegen. »Hatte doch der hochwohllöbliche Herr Rentmeister nichts Eiligeres zu tun, als seinen schlauen Neffen zur Hilfe zu holen. Aber eins sage ich Euch gleich, verehrter Herr Doktor: Den jungen Barcholt bekommt Ihr nicht frei, da werden Euch alle Spitzfindigkeiten nichts nützen.« Mit den langen, schmalen Händen – ebenfalls ein Erbe derer von Westphalen – wedelte er abwehrend hin und her, als wolle er eine zusätzliche Mauer um Laurenz herum bauen.

Diether vergaß die wohlgesetzten Eröffnungsworte, die er sich unterwegs zurechtgelegt hatte, und ging wie Westphal ohne Umschweife *in medias res.* »Eure Gnaden werden Laurenz Barcholt freilassen müssen. Sein Vater kann bezeugen, dass er an dem fraglichen Abend zu keiner Zeit die Kanzlei verlassen hat.«

Westphal verdrehte die Augen. »Zeigt mir den Vater, der nicht die Hand über seinen Sohn hält!«

»Wollt Ihr etwa meinen Oheim, den bischöflichen Rentmeister Antonius Barcholt, unglaubwürdig nennen?« Diether nahm die hochgereckte Haltung seiner Mutter an, die es überaus erboste, wenn ihre ehrenwerte Familie geschmäht wurde.

Westphal beeindruckte das keineswegs. »Nun mal langsam.« Er wandte sich Äppelken zu und kraulte ihn zwischen den Ohren. »Langsam mit die jungen Pferde, sagt man doch. Die Ehrbarkeit des Rentmeisters steht außer Frage – in dienstlichen Angelegenheiten. Doch hier geht es um seine Familie, seinen Sohn, da muss er zwangsläufig befangen sein.« Er klopfte dem Pferd leicht auf den Hals. »Machen wir uns nichts vor, Meschede, wir kennen Laurenz Barcholt doch beide. Der Junge ist Eurem Oheim misslungen, er ist sozusagen aus dem Ruder gelaufen, oder wollt Ihr etwas anderes behaupten?«

Ganz unrecht hatte er nicht. »Ihr wisst selbst, dass eine Vorverurteilung keine Beweise ersetzen kann. Und die habt Ihr nicht. Jeder andere im Schloss Anwesende hätte die gleichen Möglichkeiten gehabt wie Laurenz Barcholt.«

»Für niemanden wäre es so leicht gewesen, an den Schlüssel heranzukommen, wie für ihn. Er folgt seinem Vater ja auf Schritt und Tritt, bestimmt hat er ihn beobachtet.«

Das war durchaus wahrscheinlich.

»Und überhaupt«, fuhr Westphal fort. »Alle anderen haben zusammen gefeiert – wie anscheinend immer, wenn die sprichwörtliche Katze aus dem Haus ist. Sie haben bis in den Morgen hinein in der Gesindeküche zusammengesessen, die niemand für längere Zeit verlassen hat. Am Samstag, als der Feldwebel nach dem Hauptmann suchte – da war es bereits Mittag –, hat er kaum jemanden wach gefunden.« Redebrecht nickte dazu. »Er kann selbst erzählen, in welchem Zustand die Leute waren.«

Redebrecht sprach erst auf einen weiteren auffordernden Blick Westphals hin. »Nun ja, sie waren noch halb besoffen. Die meisten konnten kaum geradeaus gehen.«

Westphal machte ein zufriedenes Gesicht. »Von denen war keiner in der Lage, Menke – immerhin einen gestandenen Soldaten – zu überwältigen.« Er wandte sich Redebrecht zu. »Von nun an werden wir den Weinkeller fest verschlossen halten.« Die Angelegenheit Laurenz Barcholt war wohl für ihn erledigt. Ein unbestimmtes Nicken, dann wandte er sich dem Ausgang zu.

Diether – mit dem Bild seiner Mutter vor Augen – trat ihm in den Weg. »Ich möchte den Angeklagten in seinem Verlies aufsuchen und auch das gesamte Gesinde befragen.«

Westphal blieb stehen, runzelte aber unmutig die Stirn. Die linke Augenbraue setzte tiefer an als die rechte, sodass die scharfen Falten dazwischen die Haut wie Orgelpfeifen aufwarfen. »Meinetwegen«, brummte er. »Lasst Euch Zeit, ich werde Euch nicht in die Quere kommen. Der Feldwebel kann Euch begleiten.«

Mit einer leichten Verbeugung gab Diether dem Älteren den Weg frei.

Im Vorbeigehen sagte Westphal noch: »Aber es wird dem kleinen Tunichtgut nicht heraushelfen.«

Diether sah ihm nach. Das blausamtene Barett mit der weißen Reiherfeder in Westphals Hand schlug mehrfach gegen sein Bein.

Er wandte sich dem Feldwebel zu, der immer noch mit dem Apfelschimmel beschäftigt war. Mit einer Handvoll Weizenkörner, den anderen Arm über die Kruppe gelegt, tat er sein Bestes, sich mit Äppelken anzufreunden. Der Stall war sauber und durch zwei bleigefasste Fenster – eins zum Hof, eins zur Gräfte hin – hell erleuchtet. Durch eine Reihe offener Türen konnte Diether weitere, sämtlich leere Pferdeställe einsehen. Ganz hinten, nah bei des Bischofs Treppenturm, zäumte ein Pferdeknecht zwei Rappen auf, in denen er Westphals Kutschpferde erkannte.

In Diethers Kopf formte sich ein Gedanke. »Waren auch die Pferdeknechte bei dem Gelage in der Gesindestube dabei?«

Redebrecht sah auf. »Klar. Die Pferde waren ja – bis auf dieses hier – alle in der Stadt.«

Wie die Landsknechte. Und das Gesinde hatte gefeiert. Das Schloss musste leer und unbewacht gewesen sein.

»Gehen wir mal – versuchsweise – davon aus«, sagte er zu Redebrecht, »dass weder Laurenz noch jemand von den Bediensteten Euren Hauptmann getötet hat. Dann muss es jemand von außen gewesen sein. Seht Ihr einen Weg, unbeobachtet ins Schloss zu gelangen?«

»Unmöglich ist es nicht.« Das Gesicht des Feldwebels rötete sich, bis es die gleiche Farbe hatte wie sein Kragen. »Wir brauchen ja alle mal ein Schlupfloch.« Das war nur gemurmelt. Er scharrte mit dem Fuß ein paar Strohhalme zusammen. »Man muss sich aber gut auskennen im Schloss.« Dann hob er den Kopf. »Wenn es beliebt, kann ich Euch herumführen. Oder möchtet Ihr zuerst den Gefangenen sehen?«

»Der kann warten.« Diether wollte erst die anderen Möglichkeiten prüfen.

Redebrecht nickte und ging vor ihm den langen Gang mit den leeren Pferdebuchten hinunter. Durch die Fenster beobachtete Diether, wie Westphal seine Kutsche bestieg und davonfuhr.

»Ich zeige Euch zuerst den Eingang zur Schatzkammer, wo wir den Hauptmann gefunden haben. Die Tür ist natürlich wieder versperrt.« Redebrecht wandte sich einem Portal zu, dessen obere Kante ein in Rot und Gold bemalter Aufsatz zierte. »Das ist der Eingang des Bischofs, wenn er zu seinen Pferden will. Den benutzen wir sonst nicht.« Dahinter lag der viereckige Treppenturm. Redebrecht wies im Vorbeigehen nach oben. »Da geht's zu den fürstlichen Gemächern. Die Schatzkammer ist unten.«

Die Treppe führte hinab auf ein Podest, wo sie vor einer dicken, eisenbeschlagenen Eichentür haltmachten. Von der Treppe her fiel nur wenig Licht in den Raum. In einem Winkel stand ein Tisch, aber kein Stuhl. »Hier sollte eigentlich die Wache stehen. Doch wie Ihr seht …« Auf dem Tisch befanden sich ein Becher und ein leerer Krug. »Der Bischof hat ja alle Landsknechte in die Stadt geschickt.« Redebrecht entzündete eine Öllampe und grinste ein wenig. »Wahrscheinlich meint er, wenn er nicht da ist, kann ihn keiner bestehlen.«

Diether beugte sich zum Schloss hinab. Kein Kratzer war zu sehen. Die Kanten des Türblatts waren ebenfalls unbeschädigt. »Hat Menke hinter dieser Tür gelegen?«

»Nein. Nach diesem Keller kommt ein zweiter, mit noch einer Tür.« Redebrecht schilderte, wie sie Menke dort auf der

Seite liegend und von schweren Folianten umgeben gefunden hatten. Barcholt hatte die hier aufbewahrten Schätze eingehend beschrieben, doch Redebrecht erwähnte sie mit keinem Wort.

Sie verließen den Treppenturm durch die wieder reich in Rot und Gold verzierte Außentür des Bischofs. Wie kleine Wadenbeißer schnappten die Löwenmasken hinter ihnen her, die am Fuß des säulengeschmückten Portals lauerten. Am Nordflügel entlang gingen sie zum Nordwestportal, das in seinem mehrstöckigen Prunk, gekrönt mit dem glänzenden Wappen des Bischofs, geradezu überladen wirkte. Hier sahen die Löwenköpfe aber friedlicher aus.

»Das ist der Eingang für die Gäste«, erklärte Redebrecht. »Unten ist der Weinkeller, den will ich Euch zeigen.« Wieder ging es steile Stufen hinab. »Ich war ja schon am Morgen hier, als ich Menke gesucht hab.«

Diether staunte über den großen Raum, der mit Hunderten von Fässern gefüllt war. Der Boden war schlammbedeckt.

»Jedes Jahr kommen neue hinzu«, sagte Redebrecht, der seinen Blick bemerkt hatte. »Der Bischof hat viele Gäste …«

Am Ende des Mittelgangs führte eine niedrige Tür nach außen. »Dort ist doch die Gräfte?«, fragte Diether erstaunt.

»Ja. Wir brauchen die Tür für die Weinanlieferung.« Redebrecht hob den Balken an, der die Tür verriegelte, und zog am Griff. Er lachte, als Diether zurückwich. »Keine Angst, das Wasser kommt nicht rein.«

Vor der Tür lag ein Boot, das mit einem Seil an einem Haken in der Wand befestigt war. Diether stieß es mit dem Fuß an. »Liegt das immer hier?«

Redebrechts eben noch rotes Gesicht verlor die Farbe. »Ich Esel!«, rief er aus und schlug sich vor die Stirn. »Gestern hab ich ja nur nach dem Hauptmann gesucht und kein bisschen an ein solches Unglück gedacht. Aber es hätte mir trotzdem auffallen müssen.«

Diether wurde nicht klug aus seinem Gerede. »Was meint Ihr denn?«

»Na, das Boot«, gab Redebrecht zurück. »Es lag am gegenüberliegenden Ufer.«

»Dann ist dies wohl Euer Schlupfloch?«

Redebrecht nickte mit betretener Miene. »Es kommt ja kaum jemand auf diese Seite.«

Die Gräfte war nicht breit, ein paar Paddelschläge reichten. »Und dann wartet das Boot auf jeden, der hinüberwill.« Im Dunkeln war es aus den Fenstern nicht zu sehen.

Redebrechts Blick folgte dem seinen und kehrte zu ihrem Standort zurück. »Der aber nicht zurückgekehrt ist.«

Oder nach vollbrachter Tat geflohen war.

Die schlammige Gräfte umgab alle vier Flügel der Burg. Ein übler Geruch stieg aus dem Wasser auf. Niemand würde freiwillig hineinsteigen, und schon gar nicht, wenn er auf seinem Weg durch das Schloss keine Spuren hinterlassen wollte. Wer auch immer die Wachen vor dem Haupttor umgehen oder hineinwollte, nachdem die Zugbrücke hochgezogen war, brauchte auf jeden Fall das Boot. Aber wie war der Täter hergekommen, wenn es auf der Innenseite der Gräfte lag?

Redebrecht hangelte sich über einen schmalen Grat an der Schlosswand entlang auf den Nordostturm zu. »Da war noch was«, rief er Diether zu. »Kommt mal mit.«

Der Grat gehörte zur in die Gräfte hinabführenden Böschung und war glatt wie Seife. Den Rücken eng an die Wand gepresst, folgte er dem Feldwebel. Nach einer Weile berührten seine Finger eine glattere Fläche, anscheinend eine weitere Tür, doch er wagte es nicht, sich zu ihr umzudrehen. Jeden Moment sah er sich abrutschen und in der widerlichen Brühe landen. Er schien aus dem Dreck nicht herauszukommen, aber wenigstens stank es im Ükern nicht so abscheulich. Entlang der Turmrundung war der Grat kaum fußbreit.

Als er auf der Ostseite ankam, stand Redebrecht schon vor einem der efeubewachsenen Abortschächte und sah in die Höhe. Er wandte sich um, als Diether sich vorsichtig näherte, und zeigte auf eins der Erdgeschossfenster. »Das stand offen. Ich hab's dann zugemacht.« Er winkte Diether zu sich. »Und hier, seht, der Efeu …«

Armdicke, dicht belaubte Äste kletterten die Wand hinauf. Diether sah gleich, was Redebrecht meinte. Kleinere Zweige waren abgerissen, bei anderen war die Rinde verletzt. Einzelne Blätter lagen am Boden. Falls da Fußspuren waren, hatte Redebrecht sie zertreten.

»Ich hätte gleich sehen müssen, dass hier jemand hinaufgeklettert ist. Aber ich Dussel hab ja immer noch gemeint, dass ich den Hauptmann finde.« Er schüttelte langsam den gesenkten Kopf. »Lebend, meine ich.«

Auf dem Rückweg blieb Diether vor der kleinen Tür stehen, die er eben unter seinen Fingern gefühlt hatte. »Was ist das hier?«

Redebrecht wäre fast in ihn hineingelaufen. »Ach die«, meinte er. »Die führt in die Schatzkammer. Aber man kann sie nur von innen öffnen, und dazu braucht man den Schlüssel zu der Tür, die ich Euch drinnen gezeigt habe.« Mit einem großen Schritt trat er um Diether herum und ging weiter, als hätte er einen bequemen Weg unter den Füßen. »Ich hab sie überprüft, sie war zu.« Er verschwand schon im Weinkeller, als Diether noch nicht die halbe Wegstrecke zurückgelegt hatte.

Als er wieder sicheren Boden unter sich spürte, blieb Diether stehen und sah auf das dunkle Wasser zurück, dankbar, dass es ihn nicht verschlungen hatte. Ein paar Enten schwammen darauf herum. Er bedachte, was er gesehen hatte. Der Mörder mochte von innerhalb des Schlosses, von außen durch die Weinkellertür oder durch das Fenster im Pferdestall gekommen sein – den Schlüssel zur Schatzkammer hätte er in jedem Fall gebraucht. Barcholt hatte um dessen Aufbewahrungsort ein Geheimnis gemacht, doch Geheimnisse blieben nie lange unentdeckt.

Auf dem Schlosshof stand Barcholts Kutsche, er selbst kam gerade aus dem Pferdestall heraus. Endlich hatte er wieder Farbe im Gesicht, vielleicht sogar ein wenig zu viel. Auch sein Haar hatte er in Ordnung gebracht.

»Wo bleibst du denn?«, rief er Diether entgegen. »Ich denke, du kümmerst dich um meinen Sohn?«

Tat er das denn nicht? »Ich wollte gerade zu ihm.«

Barcholt fasste ihn am Arm. »Dann lass uns endlich gehen. Ich will den Jungen gleich zu seiner Mutter bringen.«

Er hatte zu seiner alten Form zurückgefunden: ein Mann

von Bedeutung, achtbar, ehrenwert und wichtig, der sich gern ähnlich aufplusterte wie seine Beinkleider, eine kaum knielange Puffhose, in deren Schlitzen sich nach längst vergangener spanischer Mode grüne Seide bauschte. Mit dem gleichen Stoff war der kurze Umhang gefüttert, der den Riss in seinem Ärmel verbarg. In der festen Überzeugung, dass er Laurenz mitnehmen könne, zerrte Barcholt Diether hinter sich her.

Doch Redebrecht stellte sich ihnen in den Weg. »Mit dem größten Respekt, Euer Gnaden, aber Euch muss ich den Zutritt zu dem Gefangenen verwehren.«

»Warum denn das? Er ist schließlich mein Sohn.« Barcholt versuchte, Diether um den Feldwebel herumzuschieben. Dass Laurenz immer noch gefangen saß, hatte er wohl gar nicht gehört.

Redebrecht gab keine Antwort, sondern drehte sich um und marschierte auf den Südwestturm mit den Kerkern zu. Vor dem Eingangsportal pflanzte er sich auf. Auch ohne Muskete und Bajonett war er eine eindrucksvolle Gestalt. Wenn Diether hineinwollte, musste er Barcholt loswerden.

Sein Oheim starrte erst den Feldwebel an, dann Diether. Fast konnte er hören, wie Barcholts Dünkel verzischte wie die Luft aus einer Schweinsblase. »Hat Westphal Laurenz denn nicht freigelassen?«, erkundigte er sich mit so brüchiger Stimme, dass er Diether mit einem Mal leidtat. Mutter würde sich ebenfalls um ihn sorgen, falls er je in Laurenz' Lage käme.

Bedauernd schüttelte er den Kopf. »Westphal hat sich nun mal an Laurenz festgebissen, Oheim. Er wollte wohl beim Landdrosten einen Erfolg vorweisen können.« Wie abfällig sich Westphal über Laurenz geäußert hatte, sagte er nicht. »Wir werden herausfinden, wer es wirklich war«, fügte er hinzu, obwohl ihm völlig unklar war, wie er das anstellen sollte.

Wie geschlagen stand der Oheim da. Jetzt hatte der würdevolle bischöfliche Rentmeister etwas von einem kleinen, runden Harlekin mit traurigem Gesicht, den ein wankelmütiges Schicksal über Gebühr gebeutelt hatte. »Wie soll ich das bloß seiner Mutter erklären?«, murmelte er.

»Laurenz ist jung und gesund, er wird es überstehen.« Diether fühlte selbst, dass sich das, was als Trost gemeint war, kalt anhörte. »Ich werde dafür sorgen, dass er gut untergebracht und versorgt wird.« Das war schon besser. »Man kann ihm ja wohl nichts nachweisen.«

Barcholt besann sich. Wie aufgepustet richtete er sich zu voller, wenn auch nicht beachtlicher Größe auf. »Sobald der Bischof zurück ist, werde ich mit ihm reden.«

»Gut«, sagte Diether. »Er wird dich sicherlich nicht abweisen.« Oft genug hatte er von seiner Mutter gehört, auf welch gutem Fuß ihr Bruder mit seinem Dienstherrn stehe.

Er legte Barcholt sachte die Hand auf die Schulter und führte ihn zu seiner Kutsche. Noch gestern hätte er Diethers Bevormundung empört zurückgewiesen. »Am besten fährst du in die Stadt zurück, Oheim. Deine Frau wartet auf dich, und Mutter will bestimmt auch erfahren, wie es um Laurenz steht.« Fürsorglich half Diether ihm, in der Kutsche Platz zu nehmen.

Mit fahrigen Bewegungen schob Barcholt den Umhang zurecht. »Und du kümmerst dich um Laurenz?«

»Wie versprochen.«

»Lass ihm etwas Gutes zu essen bringen.«

»Natürlich.«

Gerade hob der Kutscher die Peitsche an, da fiel Diether ein, dass er selbst längst in der Stadt zurück sein sollte. Leonore wunderte sich bestimmt, wo er blieb, und auch Friedrich würde bereits nach ihm Ausschau halten. Sie wollten zusammen Pater Simon aufsuchen. Aber Barcholt konnte er nicht gut bitten, in sein Haus zu gehen und Leonore Bescheid zu sagen.

»Darf ich deinem Kutscher etwas auftragen, Oheim?«, fragte er deshalb. Er kannte zwar dessen Namen nicht, wusste aber, dass er mit Henrich befreundet war.

»Von mir aus«, brummte Barcholt.

Diether sprach mit dem Mann, der sich schnell zu einem Besuch bei Henrich bereitfand.

Lösekens Kiste musste noch warten.

Diether kannte seinen Vetter Laurenz Barcholt als unbekümmerten jungen Mann, der immer nach der neuesten Mode gekleidet und überall dabei war, wo der Wein floss und Vergnügung zu erwarten war. Jetzt bot er ein noch traurigeres Bild als sein Vater. Sie hatten ihn in Ketten gelegt. In zerrissenem Nachtgewand lag er mit angezogenen Beinen auf einem Strohsack.

Diether brachte die letzten Leitersprossen hinter sich. Nur durch eine Falltür vom Erdgeschoss aus war das Turmverlies zu betreten. Dass sein Sohn anständige Kleidung gebraucht hätte, war Barcholt wohl entfallen. Als Laurenz sich aufrappelte, sah Diether, dass er nicht einmal Schuhe trug.

»Warum die Ketten?«, erkundigte sich Diether bei Redebrecht, der ihn in den Turmkeller begleitet hatte. Ein wenig Licht drang durch zwei gegenüber angeordnete Schießscharten hinein. Die Luft war feucht und roch muffig.

»Das hat Westphal angeordnet, weil er sich so gewehrt hat. Wir haben ihn kaum hier reingekriegt.« Laurenz ließ den Kopf hängen, die Stunden der Gefangenschaft hatten ihn sichtlich entmutigt.

Auf seine Schritte achtend, ging Diether auf den Jungen zu. Der Boden bestand aus feucht glänzendem Lehm, in Pfützen sammelte sich Wasser. Das Verlies befand sich unterhalb des Wasserspiegels der Gräfte. Nichts wies auf Ratten und Mäuse hin, aber Spinnen gab es zuhauf.

»Ach, Diether, du bist das.« Laurenz klang piepsig, als wäre er mitten im Stimmbruch. »Hat dich mein Vater geschickt?« Eine blutige Schramme zog sich quer über seine Stirn. Kettenrasselnd rückte er beiseite, damit Diether sich neben ihn auf den Strohsack setzen konnte. Redebrecht blieb an der Leiter stehen.

»Dein Vater macht sich große Sorgen«, begann Diether, weil er nicht wusste, was er anderes sagen sollte. Es bedrückte ihn, seinen Vetter hier in Ketten zu sehen. Dem Häuflein Elend vor sich traute er den Mord kaum zu, doch wenn Laurenz kaltblütiger sein sollte, als es schien, würde er Diethers Fragen sowieso mit Unwahrheiten beantworten.

»Und meine Mutter erst.« Laurenz schniefte. »Wo sie doch immer Angst hat, dass ich mich erkälte.« Sein leicht übermütiges Grinsen erinnerte Diether schon mehr an den gewitzten kleinen Jungen, der zusammen mit seinem Vater oft bei Meschedes zu Besuch gewesen war.

»Wir werden dir Decken besorgen und auch etwas anzuziehen.« Beim Sprechen sah Diether Redebrecht an, der nickte.

Laurenz' Augen weiteten sich. »Soll das heißen, dass du mich nicht hier herausholst?«

»Du musst Geduld haben«, gab Diether zurück. »Wir müssen erst klären, was geschehen ist.« Er behielt für sich, dass Westphal abgereist war und Laurenz wohl bis zu dessen Rückkehr im Kerker bleiben musste.

»Aber ich war es nicht«, rief Laurenz. »Frag meinen Vater – ich kann es gar nicht gewesen sein.« Ein paar Tränen liefen über seine Wangen.

Diether tat ungerührt. Laurenz musste sich zusammenreißen, alt genug dazu war er mit seinen fast zwanzig Jahren. »›Ich war es nicht‹ sagen alle, ob sie etwas auf dem Kerbholz haben oder nicht. Versuch, mich von deiner Unschuld zu überzeugen, dann gelingt uns das später vielleicht auch vor dem Hofrichter.«

»Der hat mir doch schon am Morgen nicht geglaubt.« Mit hängenden Schultern bot Laurenz ein Bild der Hoffnungslosigkeit.

»Wir werden sehen. Fang damit an, was ihr – du und dein Vater – am Freitagabend hier gemacht habt.«

Laurenz schaute zur Decke hinauf, wo fette Spinnen in ihren Netzen schaukelten. »Ich hatte Vater den ganzen Tag geholfen, weil die Abrechnung für das Amt Boke fertig werden musste.« Er sah zu Redebrecht hinüber und senkte seine Stimme. »Der Bruder des Bischofs hatte schon danach gefragt, und du weißt ja, wie Vater ist: Die hohen Herren darf man nicht verärgern.«

Das hatte er mit Diethers Mutter, Barcholts Schwester Margret, gemeinsam. Aus dem Augenwinkel nahm er in Redebrechts Gesicht ein Schmunzeln wahr.

Der Blick des Vetters wanderte über den matschigen Boden, als er berichtete, dass ihn Barcholt am späten Nachmittag in die Stadt geschickt habe, um seiner Mutter zu sagen, dass sie erst nachts zurückkommen würden. Beamte des Bischofs konnten sich das leisten, für sie galt die Ausgangssperre nicht.

Laurenz sah auf, ein wenig vom früheren Übermut lag auf seinen Zügen. »Ich weiß noch, dass ich auf dem Rückweg mit der Sonne um die Wette geritten bin. Aber sie hat gewonnen. Als ich bei der Torwache ankam, war sie gerade untergegangen.«

»Hast du jemanden gesehen, als du in den Schlosshof kamst?«

»Ja. Den Hauptmann.« Laurenz' Miene wirkte so zuversichtlich, als sei mit dieser Aussage alles geklärt. »Da lebte er noch, das kann der Landdrost bestätigen. Frag ihn! Der stieg nämlich gerade in seine Kutsche.«

»Haben sie *dich* gesehen?«

»Ich glaub nicht«, gab er kleinlaut zu. »Mit Kaspar kann es mein Vater ja nicht besonders, deshalb bin ich schnell durch den Dienstboteneingang geschlüpft und die Treppe raufgelaufen.«

Diether wusste, dass sich die Kanzleiräume unter dem Dach befanden, wo es im Sommer heiß wurde wie im Backofen. Die Treppe führte auch in die Gesindestube. »Ist dir unterwegs jemand begegnet?«

Er zögerte. »Ein Kammerdiener kam herunter. Aber die sind ja so hochnäsig, als wären sie der Bischof persönlich, mit einem wie mir reden die gar nicht.« Den Namen wusste Laurenz nicht.

Oben auf dem Flur, der zum Hof ging, war er auf seinen Vater getroffen, der am Fenster stand und nach ihm Ausschau hielt. »Wir haben noch zugesehen, wie der Landdrost abfuhr.«

»Und der Hauptmann?«

»Der blieb ein Weilchen stehen und ging dann zum Gesindeeingang rüber. Er hatte sein Gewehr dabei, also wollte er wohl Wache stehen.«

»Im Treppenturm?«

»Was weiß ich. Wir sind dann in die Kanzlei und haben weiter Abgabenlisten abgeschrieben. Erst kurz vor Mitternacht waren wir zu Hause und sind gleich zu Bett gegangen.«

»War denn in der langen Zeit keiner von euch mal auf dem Abtritt?«

»Doch, schon. Aber das geht ja schnell, weil er gleich nebenan ist.« Einer der Abortschächte ging bis hinauf zum Dach.

Diether beobachtete seinen Vetter, wie er unter Ausnutzung des geringen Spielraums, den die eiserne Fessel seinem Fuß ließ, mit dem Nagel seiner großen Zehe parallele, aufrecht stehende Linien in den Lehm zog. Vor jedem weiteren Strich bedurfte es einer kleinen Besinnungspause. Schuldbewusst wirkte Laurenz nicht, eher schon gelangweilt. Seine Erklärungen waren stichhaltig gewesen, keine Lücke wiesen sie auf, wo Diether hätte einhaken können. Bei Barcholt hatte sich alles ähnlich angehört, bis auf die Begegnung auf der Treppe, von der er wohl nichts wusste. Er musste die Kammerdiener fragen, wer von ihnen Laurenz gesehen hatte. Und auch das übrige Gesinde. Vielleicht hatte ihn jemand bei etwas beobachtet, das in seiner Geschichte fehlte.

Wie zum Beispiel der Weinkeller. So, wie Diether sich den Freitagabend vorstellte, musste zwischen ihm und der Gesindestube quer über den Hof ein reger Verkehr geherrscht haben.

Laurenz beobachtete seinen sorgsam zeichnenden Fuß. Braune Locken ringelten sich um sein Ohr, die er am Morgen offensichtlich nicht gekämmt hatte.

»Was ist denn mit dem Weinkeller?«, erkundigte sich Diether.

»Der Weinkeller?« Laurenz verwischte die Striche mit der Fußsohle. »Was soll mit dem sein?« Der Lehm unter seinem Fuß war nur noch ein Brei.

»Soweit ich gehört habe, hat sich das gesamte Gesinde am Freitagabend betrunken.«

»Und?«

Diether wartete, bis Laurenz ihn ansah. »Willst du mir erzählen, dass du dir nicht auch einen heimlichen Schluck Wein geholt hast? Von den hohen Herren konnte es ja niemand sehen.«

»Blödsinn. So lange hätte mich mein Vater gar nicht weggelassen.« Er begann, neue Zaunpfähle in den Dreck zu malen, gut überlegt jeder einzelne. Wenn er beim Schreiben ebenfalls so langsam war, hatte sein Vater wenig Freude an ihm.

»Na schön«, meinte Diether. »Du warst also unter Aufsicht. Wahrscheinlich weißt du auch gar nicht, wo der Schlüssel zur Schatzkammer liegt?«

»Nein.« Kam das nicht ein bisschen zu schnell? Nochmals wurde die Zeichnung mit dem Fuß ausgelöscht. »Mit mir zusammen ist Vater nie da hinuntergegangen.« Er hob den Kopf, sein Blick wirkte ehrlich wie der seines Vaters. Der Barcholt'sche

Blick, wie er auch Diethers Mutter eigen war. Zu keinerlei Ränken schienen sie fähig …

Nach ein paar aufmunternden Worten verabschiedete sich Diether. Redebrecht verriegelte die Falltür sorgfältig, versprach aber, für Kleidung, Decken und eine gute Mahlzeit zu sorgen. Wenn er es recht bedachte, hatte es der Junge hier ganz gemütlich. Westphal konnte ihn immer noch in die Wewelsburg mit ihren Folterkellern stecken.

»Hab noch nie erlebt …« Statt weiterzusprechen, schaute Henrich in den Walnussbaum hinauf, als hingen dort die nächsten Wörter. »… dass unser Diether freiwillig so lange im Schloss geblieben ist.«

Viele Worte für Henrichs Verhältnisse. Leonore merkte sich das Blattwerk als Quelle der Inspiration. »Er wird noch das Gesinde befragen wollen.«

»Mhm. Sagt Mattis auch.« Henrich kurbelte einen Eimer Wasser aus dem Brunnen herauf und trug ihn zum Stall. Die Sonne war bereits hinter den Häusern verschwunden, ein paar hellgraue Wolken verdichteten sich über dem Gierstor.

Leonore lehnte sich auf der Gartenbank zurück und sah Henrichs Rücken nach. Barcholts Kutscher Mattis hatte ihnen haarklein berichtet, was er auf seinem Bock mit angehört hatte. Nur ganz nebenbei hatte er den Tod Menkes erwähnt, ein Soldat, hatte er anfangs nur gesagt, und Leonore hatte zweimal fragen müssen, bis sie den Namen erfuhr. Menke von Wewer. Noch immer meinte sie den Schreck in ihren Gliedern zu spüren. In den beiden letzten Jahren war Menke Diether und ihr ein guter Freund geworden. Ein belesener Landsknecht, wo gab es das schon, dazu – anregend für Leonore – nach jahrelangem Leben im Feld mit vielen Kenntnissen in gesundheitlichen Fragen. Viele Abende hatten sie hier im Garten gesessen und Erfahrungen ausgetauscht, bis Diether das Gerede über Verstümmelungen, Krätze und Seuchen zu viel geworden war.

Viel spannender als Menkes Tod war für Mattis gewesen, was Barcholt darüber hinaus von sich gegeben hatte. Wie alle hohen Herrschaften meinte wohl auch der Rentmeister, Dienstboten hätten keine Ohren. Jetzt wussten Henrich, Leonore und wer weiß, wen Mattis noch alles traf auf seinem Weg durch die Stadt, genau über den Inhalt der bischöflichen Schatzkammer Bescheid und kannten außerdem jede Einzelheit des Verdachts gegenüber Laurenz Barcholt. Was Diether im Neuhäuser Schloss trieb, wurde vermutlich eben jetzt an jedem zweiten Abendbrottisch besprochen. Bei all den aufregenden Neuigkeiten fand wohl kaum jemand ein bedauerndes Wort für den toten Hauptmann.

Seufzend wandte sie sich dem Plan zu, der auf dem Tisch vor ihr auf weitere Einfälle wartete. Eingezeichnet hatte sie schon ihr Kräuterbeet, das schneckenförmig die sonnige Mitte von Diethers Garten einnehmen sollte. Noch war alles eine öde, verunkrautete Fläche, doch sie sah die Blumenbeete vor sich, die sie an den Rändern anlegen wollte. Im nächsten Jahr würden hier Zinnien, Dahlien und Astern blühen, und die Himbeerhecke am Zaun würde erste Früchte tragen. Sie legte eine Hand auf ihren Leib. Ihr Kind war dann schon ein halbes Jahr alt. Wie schön würde es sein, wenn sie ihm die ganze Pracht zeigen konnte.

Natürlich brauchten sie auch Bäume, die mit ihren Kindern um die Wette wuchsen. An der hinteren Mauer standen bereits dicht behangene Haselnusssträucher, und der Walnussbaum über ihr hing voll praller hellgrüner Kugeln. Obstbäume fehlten noch, ein paar Winteräpfel, Pflaumen, ein Kirschbaum und ein Pfirsichbaum, der aber eher zu medizinischen Zwecken, weil in den meisten Sommern die Früchte ohnehin nicht reiften. Für Henrichs Kopfschmerzpulver brauchte sie unreife Pfirsiche, auch die Rinde diente als Heilmittel.

Aber woher sollte sie einen Setzling bekommen? Ihres Wissens hatten nur die Jesuiten in ihrem Baumgarten an der Stadtmauer Pfirsichbäume. Von ihrem Platz aus konnte sie den hohen Turm des Kollegs nicht sehen, doch sie wusste, dass er über ihr Wache hielt. Über ihr und über allen Stadtbürgern, doch vor allem wohl über dem jesuitischen Besitz, der in gleichem Maße zunahm wie die Anzahl der Paderborner, die sie zum angeblich rechten und einzig zulässigen Glauben bekehrt hatten. Dass die Patres ihr, einer stadtbekannten Ketzerin, einen Schössling abtreten würden, konnte sie vergessen.

Leonore reckte ihren Rücken, der sie von ihrem Tagewerk schmerzte. Den größten Teil des Nachmittags hatte sie mit Henrichs Hilfe dazu genutzt, aus ihres Bruders Haus ihre Sachen zu holen und sich bei Diether einzurichten. Inzwischen wurde es eng im Haus, nachdem auch Leifelds bei ihnen wohnten.

Ihr Bruder Erik hatte nicht auf einen missgünstigen Spruch verzichten können, als sie den letzten Armvoll Kleider hinaustrug. »Glaub nicht, dass du wieder hier anklopfen kannst, wenn dich dein feiner Ratsherr aus dem Haus wirft. Deine Kapriolen wird er bald satthaben«, hatte er ihr nachgerufen. In seinem Rücken hatte Schwägerin Elisabeth den Kopf geschüttelt.

Ein Reiter bog in die Jühengasse ein, das Hufgetrappel näherte sich Diethers Haus, das jetzt auch das ihre war. Immer wieder musste sie sich das sagen; es würde seine Zeit brauchen, bis sie sich an ihr neues Leben gewöhnt hatte. Auch wenn ihr Diether freie Hand ließ bei allem, was sie ändern wollte. »Du bist jetzt die Herrin über das gesamte Anwesen«, hatte er gesagt. Sie hegte den Verdacht, dass ihr Gemahl die häuslichen Angelegenheiten nur zu gern ihr überließ.

Der Reiter war Diether, endlich, mit Feuerbein am Zügel kam er um das Haus herum. Henrich war schneller als Leonore; als sie bei Diether ankam, führte er schon die nass geschwitzte Stute zum Stall.

»Ich hab's eilig gehabt, zu dir zu kommen«, erklärte Diether und umarmte sie fest. Sie küssten sich, bis sie merkten, dass Henrich sie beim Abreiben Feuerbeins grinsend beobachtete.

»Ist bei uns wohl unterhaltsamer als bei Meschedes«, rief Diether ihm zu.

»Jau«, sagte Henrich voller Überzeugung.

Leonore zog Diether zum Tisch, wo sie Wein in die Gläser goss. Brot und Käse hatte sie ihm ebenfalls hingestellt.

»Du glaubst gar nicht, wie viele Dienstboten es im Schloss gibt.« Er ließ sich so schwer auf die Bank fallen, als habe er den ganzen Tag Steine geklopft. »Lakaien, Köche, Silberdiener, Hausmägde – sie standen geradezu Schlange … Aber erzähl du erst mal. Ich bin neugierig: Mutter hat dich ja offensichtlich nicht gefressen, als ich weg war.«

»Nein, ganz im Gegenteil. Als sie merkte, dass ich auch gehen wollte, hat sie geradezu gelächelt.« Sie zwinkerte Diether zu. »Jetzt wissen wir wenigstens, wie wir sie glücklich machen können.« Sie nahm das Tuch von einer Schüssel. »Vom Nachtisch hat dir Gese etwas eingepackt.«

Diether machte sich gleich darüber her. »Das hab ich verdient nach all der Mühe, die mir die Barcholts gemacht haben. Der junge so gut wie der alte.« Er hielt inne. »Obwohl ich es ja für Menke getan hab …« Der Löffel schwebte für einen kurzen Augenblick über der Schüssel, bevor er hineingesteckt wurde. »Schade. Dem hätte Mutters Götterspeise auch geschmeckt.«

Leonore nahm sich vor, Gese um die Rezeptur des feinen weißen Mandelpuddings zu bitten. Es konnte nicht schwieriger herzustellen sein als ihre Kräutersalben.

Als er zu Ende gegessen hatte, rutschte Diether näher an sie heran und umfasste ihre Hand. Mit der anderen streichelte sie seine Finger. Wie bestellt färbte die untergehende Sonne den Himmel rosa. Ein paar Schwalben jagten Mücken hinterher. Sie flogen tief, es würde Regen geben.

»Erzähl vom Schloss.« Leonore war ebenfalls neugierig. »Konntest du Laurenz helfen?«

Diether schüttelte den Kopf und schaute zum Stall hinüber, den Henrich gerade verließ. »Komm her, Henrich«, rief ihm Diether zu. »Es gibt Wein und Neuigkeiten.«

Henrich kam an den Tisch. »Will ja nich störn.«

»Aber wissen willst du's doch«, stellte Diether fest. »Barcholts Kutscher hat euch wohl erzählt, was im Schloss geschehen ist.«

»Und jedes einzelne Wort, das unterwegs gesprochen wurde«, sagte Leonore.

Zu ihrem Erstaunen grinste Diether. »Diesmal soll's mir recht sein. Die Leute können ruhig wissen, welche Schätze unser Bischof hortet.« Dann setzte er ein ernstes Gesicht auf. »Aber unser Laurenz sitzt ganz schön tief in der Tinte.«

»Meinst du denn, er war es, der Menke erschlagen hat?«

»Ich kann es nicht sagen. Er wirkt harmlos, aber man weiß nie, wozu jemand fähig ist, wenn er in die Enge getrieben wird. Und ganz sicher hatte er, wie übrigens auch sein Vater, die beste Gelegenheit. Sie waren angeblich den ganzen Abend beisammen, doch sonst hat sie niemand gesehen. Sie könnten auch lügen, um sich selbst zu schützen.«

»Du willst doch deinen Oheim nicht verdächtigen?«

»Ich nicht. Aber wer weiß, auf welche Einfälle Westphal kommt.«

Henrich schnitzelte an einem Stück Holz herum, das wohl eine Ente werden sollte. Bastelte er etwa schon Spielzeug für ihr Kind? »Dafür hamse beide kein Mumm«, brummelte er. »Ich kenn doch Barcholts.«

Diether nickte. »Schnell mit dem Wort und eifrig beim Beten, aber Taten ... Bis Mutter den Besen in die Hand nimmt, hat Johanna längst ausgefegt.«

»Beten tut der aber nich«, sagte Henrich.

»Nein. Aber auch Laurenz: Ehe der mit etwas wirft, zögert er sicherlich so lange, bis er entdeckt wird.« Diether schmunzelte. »Wenn ich daran denke, wie er da Striche in den Dreck gezogen hat ... Für jeden einzelnen hat er einen neuen Plan gemacht.« Er berichtete, wie es Laurenz in seinem Turmkeller erging und was er auf Diethers Fragen geantwortet hatte.

Leonore kannte seinen Vetter nur vom Sehen, aufgefallen war ihr eigentlich nur seine modisch eng anliegende Kleidung. Ein Jüngelchen, das jede Anstrengung scheute und ihrem zupackenden Diether nicht im Mindesten ähnlich war.

»Was war denn mit den Dienstboten?«, erkundigte sie sich. »Bei so vielen Menschen müsste doch jeder, der im Schloss herumlief, gesehen worden sein.«

»Ja, das hab ich auch gedacht«, antwortete Diether. »Aber niemandem ist Laurenz oder Menke oder sonst wer aufgefallen. Sie haben den ganzen Abend zusammengesessen, nicht mal im Weinkeller ist jemand gewesen. Neuen Wein mussten sie nämlich nicht holen, weil der Kellermeister gleich, nachdem Kaspar fort war, ein großes Fass über den Schlosshof gerollt hat.«

Einige hatte Diether nicht angetroffen, weil sie den Sonntag bei ihren Familien verbracht hatten. Die musste er noch befragen. »Aber sie werden auch nicht viel anderes zu erzählen haben.«

Henrich sah von seiner Schnitzerei hoch. »Warn se nich mal aufm Pott?«

Diether lachte. »Doch. Getrunken wurde ja reichlich. Aber wenn du das Schloss kennst, weißt du auch, dass der Abtritt gleich neben der Gesindestube liegt.«

»Ach ja, die Schächte«, murmelte Henrich vor sich hin. »Stinken tun se ja genug.«

»Wenn jemand länger weg gewesen wäre, hätten sie das gemerkt, meinten alle. Dafür würde ich allerdings – nach allem, was man über den Abend hört – meine Hand nicht ins Feuer legen.« Diether hob sein Weinglas, als wolle er es den Leuten nachtun. »Dann war da noch der Kammerdiener, den Laurenz auf der Treppe getroffen hatte. Zum Glück hat er sich gleich gemeldet. Er hat Laurenz gesehen, das ja, aber aus dem Fenster geschaut hat er nicht, sodass er nicht sagen konnte, ob Menke noch im Hof stand. Er hat aber Kaspars Kutsche gehört, das bestätigt den Zeitpunkt.«

»Dann ist Laurenz also der Letzte, der Menke vor seinem Tod in der Schatzkammer gesehen hat«, warf Leonore ein. »Ohne den Mörder, meine ich.«

»Und dein Freund Kaspar. Aber der reiste ja ab.«

»Vergiss nicht den Pferdeknecht«, meinte Henrich.

»Ach ja. Nelges, so heißt er. Er teilte mir mit, dass Menke säuerlich geguckt habe, als ihm der Landdrost auftrug, das Schloss zu bewachen. Er wäre ja ganz allein gewesen, alle seine Leute waren im Ükern. Der Knecht hat sich dann schnell verzogen, damit ihn der Hauptmann nicht zum Wachdienst verdonnern konnte. Später hat er sich natürlich Vorwürfe gemacht …«

»Das Schloss war nicht bewacht?« Leonore hätte nicht erwartet, dass Kaspar so wenig Umsicht zeigte.

»Nur von der Torwache und Menke.« Diether schüttelte ebenfalls den Kopf.

»Das hätte man wissen müssen.« Henrich zwinkerte ihr zu.

Als zähle er die Nüsse im Baum, schaute Diether nach oben. »Jeder hätte es sich denken können, der gesehen hat, wie viele Landsknechte in der Stadt herumliefen. Und vielleicht war es ja auch so. Es gibt da nämlich ein paar Spuren, die mir zu denken geben.« Sein Blick kehrte zu ihnen zurück, aber mit den Gedanken war er offensichtlich woanders.

Er berichtete, wie er mit Redebrecht auf der Außenseite des Schlosses unterwegs gewesen sei, von einem Boot, das am falschen Ufer gelegen hatte, und von abgerissenen Efeuranken, die nahelegten, dass jemand von außen in den Pferdestall eingedrungen war.

Leonore malte sich aus, wie ihr langbeiniger, aber etwas ungelenker Gemahl auf dem Rand der Gräfte herumgerutscht war. Wie er jetzt riechen würde, wäre er hineingefallen, mochte sie sich nicht vorstellen.

»Mag sein, dass es der Mörder war.« Diether trank einen Schluck Wein, vom vielen Reden war seine Kehle wohl ausgetrocknet. »Aber wie Redebrecht sagt, benötigen auch die Schlossbediensteten ab und zu ein Schlupfloch. Auf jeden Fall brauchte der Eindringling, wenn es denn einen gab, im Schloss einen Helfer. Außenstehende hätten wohl nicht so leicht erfahren können, wo der Bischof den Schlüssel zur Schatzkammer aufbewahrte.«

»Und der Helfer könnte ihm die Weinkellertür geöffnet und das Boot bereitgestellt haben.« Doch daran hatte ihr kluger Diether bestimmt schon gedacht.

»Genau«, sagte er wie erwartet. »Deshalb habe ich Laurenz gefragt, ob er im Weinkeller war. Aber sein Vater hat ihn wohl nicht so lange aus den Augen gelassen. Ich will jedoch noch mal bei Barcholt nachhaken.«

»Dieser Helfer hätte aber jeder im Schloss, nicht nur Laurenz, sein können. Jeder einzelne Bedienstete, ob Kammerdiener oder Spülmagd, könnte zufällig vom Versteck des Schlüssels erfahren haben.«

»Ja. Aber weise das mal jemandem nach, wo sie doch angeblich die ganze Nacht beieinandergehockt haben.« Diether sah ein paar Fledermäusen nach, die am Tag kopfüber in den Wachtürmen der Stadtmauer hingen. Es war nahezu dunkel geworden. Auch im Westen türmten sich jetzt Wolken auf, die der Wind auf die Egge zutrieb. Der Regen würde nicht mehr lange auf sich warten lassen.

Henrich erhob sich. »Mal sehn, was in der Stadt los ist«,

murmelte er und verschwand um die Hausecke. Diether zündete ein Windlicht an.

Gerade wollte sich Leonore an ihren Mann schmiegen, der einen Arm um sie gelegt hatte, da hörte sie von der Jühengasse her erneutes Gemurmel. Vier müde Gestalten schlurften heran, jede von ihnen trug ein schlafendes Kind auf dem Arm. Leifelds. Sie sah gleich, dass der Abend mit ihnen kurz sein würde. Offensichtlich hatten sie sich schon in der Pader gewaschen, wenn auch ihre Fingernägel noch schwarze Ränder aufwiesen. Ihre eigenen waren ebenfalls noch schmutzig; beim Mittagessen hatte Margret Barcholt die ganze Zeit darauf gestarrt.

Oma und Tante nahmen auch die älteren Kinder und trugen sie ins Haus. Angela und Hermann setzten sich zu ihnen. »Nur einen Augenblick«, sagte Angela. Ihre Haut war immer noch grau, aber Asche war das wohl nicht.

Diether goss beiden ein Glas Wein ein. »Habt ihr noch viel geschafft?«

Hermann nickte. »Der Keller ist sauber. Ein paar Fässer konnte Angela auch retten.« Vor Müdigkeit fielen ihm fast die Augen zu.

»Das ist gut«, sagte Leonore. »Morgen helfe ich wieder mit.«

Diether schüttelte bedauernd den Kopf. »Ich hab etwas anderes vor. Aber wenn du anfängst zu bauen, Hermann, bin ich wieder dabei.« Für Dreck war Diether nicht zu haben, da war er ganz der Sohn seiner Mutter.

»Georg Löseken war bei uns.« Angela stellte ihr Glas ab. Es war fast leer, die Erfrischung hatte sie sichtlich gebraucht. In ihr Gesicht kehrte die Farbe zurück. »Er wollte unbedingt in unseren Keller schauen. Aber Hermann hat ihn fortgejagt.«

»Jau«, bekräftigte Hermann. »Jetzt will er die Schütter holen.«

Angela wandte sich an Diether. »Kann er das so einfach? Ich meine, verlangen, dass wir ihm unseren Keller zeigen?«

Diether beruhigte sie. »Er darf ohne Genehmigung nicht einmal euer Grundstück betreten.«

»Und die Schütter?«

»Die werden ohne gerichtlichen Beschluss des Magistrats nicht tätig werden.«

Angela atmete auf. »Hab ich doch gleich gesagt«, sagte Hermann.

Als sie wieder allein waren, sah Diether, wie er es oft tat, zum dicken Turm des Jesuitenkollegs hinüber. Heute wusste Leonore, welche Gedanken ihn plagten. Es bereitete ihm wenig Freude, dass er sich wegen Lösekens Kopfschatztruhe mit Pater Simon herumstreiten musste. Nur Friedrich zuliebe hatte er sich überhaupt darauf eingelassen. Simon hatte sich schon in ihren Auseinandersetzungen um Leonores Stück Land als zäher Verhandler erwiesen, der sich in tausend Ausflüchte und Beschönigungen rettete.

Mit einem zärtlichen Kuss auf die Wange brachte sie sich ihrem Mann in Erinnerung. Gleich nahm er sie in den Arm und küsste sie mit Inbrunst. Doch irgendetwas stimmte daran nicht.

Leonore öffnete die Augen. Diethers Blick bohrte sich an ihr vorbei in die Haselnusssträucher. »Denkst du an Menkes Mörder?« Wenn Westphal mit Laurenz den Falschen eingesperrt hatte, lief er noch frei herum.

»Mhm.« Aus müden Augen schaute er sie an. »Er ist mir unheimlich. Einer, der ohne Bedenken für ein bisschen goldenen Glitzerkram ein Leben auslöscht …« Er seufzte leise. »Und anscheinend ist es an mir, ihn zu finden, denn sonst kommt Laurenz nicht frei.« Der nächste Seufzer kam aus tiefster Brust. »Hoffentlich muss ich nicht ihm den Mord nachweisen. Das würde Mutter mir wohl nie verzeihen.«

Leonore legte den Kopf auf seine Schulter. Über ihnen raschelten im auffrischenden Wind die Blätter des Walnussbaums. Bald, in längstens sechs Wochen, würde er seine Früchte abwerfen. Ihr schien es indes, als hätten sie in nächster Zeit genug Nüsse zu knacken.

Teil 2
Das Gottesurteil

Vernähet drein Abgötterei,
Verblendung vnd Verzauberei,
Den Teuffelslist im Paradyß,
Die Schmeychelwort, vergüfftet Süß,
Falsch Hertz, Falsch Sinn, Arglist, Betrug,
Scheinarmut, die vollauff hat gnug.
...
Auff alle Eck, darein ich steck,
All mein Vergifften Teuffelstreck.
Es bleibt eyn Chornucopia
Der Schelmerei recht propria,
Eyn Vberhaufft vnd Außgfüllt Horn
Voll Trug, List, Raach, Neid, Gifft vnd Zorn
O Quadricorn, O Widerhorn.

»Über die Jesuiten«;
Johann Baptist Fischart, 1580

5

Nun zog er selbst schon Linien in den matschigen Boden. Mit einer kreisenden Bewegung seines Fußes verwischte Diether die Striche, wie es Laurenz Barcholt in seinem Turmkeller getan hatte. Die Spitze seines Schuhs war voller Dreck. Es hatte die ganze Nacht geregnet, doch die Sonne war aufgegangen, als wüsste sie von nichts. Der Matsch unter seinen Füßen würde bald getrocknet sein, während Laurenz weiterhin im Feuchten saß. Bedauerlich, wenn er unschuldig war, aber nicht zu ändern.

Die Windfahne auf der Rathausspitze zeigte Ostwind an und damit einen weiteren sonnigen Tag. Freundlich grüßten seine drei Grazien herüber, wie er bei sich die drei Frauengesichter nannte, die er in den obersten Spitzen der Ziergiebel zu erkennen meinte. Dreimal ein offener, für Diether lachender Mund, ein wenig schräg gestellte Augen, das Gesicht von weichen Locken umrahmt. Wie seine Leonore. Der heidnisch anmutende Kopfputz – fremdländische, mit Hörnern versehene Pagoden – würde ihr wohl auch stehen.

Immer wieder fragte er sich, was Baumhauer, der Steinmetz, damit wohl im Sinn gehabt hatte, doch der rückte, obwohl ihn Diether mehrmals gefragt hatte, nicht mit der Sprache heraus. »Zufall«, hatte er gesagt. »Das ergibt sich so aus der Ornamentik.«

Leonore hatte gleich nach dem Hellwerden Leifelds in den Ükern begleitet, und Henrich war aus freien Stücken mitgegangen. Endlich einmal war es in Diethers Haus ruhig gewesen. Ein wenig zu rasch gekommen war der Wechsel von seinem beschaulichen Junggesellenleben zu dem Trubel, den eine große Familie mit sich brachte, die nicht einmal seine eigene war. Es war für alle schwierig, besonders für Leifelds, die sich in seinem Haus duckten wie unter durchhängenden Zimmerdecken. Natürlich musste man ihnen helfen, aber wenn Henrich an Diethers Stelle zur Schaufel griff, war ihm das recht.

Obwohl er nun schon eine ganze Weile untätig hinter seinem Haus im Sonnenschein stand, hatte er nicht geflunkert, als er von anderen Aufgaben gesprochen hatte. Zwar warteten in seiner Kanzlei nicht so viele Fälle auf Erledigung wie sonst, weil in der Erntezeit die Bauern wenig Zeit für Streitereien mit dem Grundherrn hatten. Das würde sich ändern, wenn es um die Höhe des Zehnten ging. Im Moment beschäftigten ihn ein paar Injuriensachen und Erbschaftsauseinandersetzungen zwischen zerstrittenen Stadtbürgern, die allesamt warten konnten. Den Besuch bei Pater Simon wegen Lösekens Kiste hatte er auf den Nachmittag verschoben, wenn Friedrich seine Arbeit im Archiv des Busdorfstifts getan hatte. Bis dahin wollte auch Leonore zurück sein.

Er säuberte seinen Schuh in einem Fleckchen Gras und sah zum Jesuitenkolleg hinüber. Über drei schmucklosen Fensterreihen erhob sich nur eine Andeutung von Ziergiebel, fast erdrückt vom machtvollen Turm mit dem riesigen Goldkreuz, das ganz oben auf der von einer goldenen Erdkugel gekrönten Laterne prangte. Mit den Jesuiten war nicht gut Kirschen essen, und ganz bestimmt nicht mit Pater Simon, der hinter verzückten Mienen das Wesen eines beutehungrigen Falken verbarg.

Und dann war da noch Laurenz Barcholt in seinem modrigen Verlies. Wie sollte er ihm da heraushelfen, wo doch alles gegen ihn sprach? Seine im Lachen versteinerten Grazien wussten ebenfalls keinen Rat.

Den zähen Schmutz an seinem Schuh hatte das feuchte Gras eher verteilt als beseitigt. Er fuhr erneut mit dem Fuß auf dem grünen Fleck hin und her. Grünes gab es genug auf seinem Grundstück, aber eher als einem Garten ähnelte es einer Wiese, die nie von Kühen abgefressen wurde. Der kahle, mit Kalksteinscherben besäte Streifen Land, der sich von der Jühengasse bis an die rückwärtige Mauer des Asseburger Hofs zog, stammte aus dem Barcholt'schen Erbe und hatte Mutter gehört. Voller Stolz hatte sie zugesehen, wie ihr Sohn sich hier, in nächster Nähe zum Rathaus und – für sie wichtiger – zum Jesuitenkolleg, ein seinem Stand als Advokat und Doktor der Rechte angemessenes Haus baute. Ein erster Wermutstropfen war gewesen, dass

Diether ihren Vorstellungen von einer prunkvollen Fassade und stuckumrandeten Kaminen nicht gefolgt war. Dass jetzt Leonore die Hausherrin war, wurmte sie ebenfalls, doch daran musste sie sich gleichermaßen gewöhnen.

Sein zukünftiges Leben mit Leonore stand Diether in rosigen Farben vor Augen, auch wenn das bedeuten sollte, dass er bei der Anlage des Gartens, wozu er nie Zeit gefunden hatte, mit Hand anlegen musste. Zum Glück konnte ihnen Henrich helfen. Eine Hausmagd brauchten sie ebenfalls, denn Leonore war als Hebamme und Bademutter viel gefragt. Gese war kein so schlechter Einfall. Heute Morgen hatte er sein Frühstück selbst zubereiten müssen.

Die Luft in seinem Garten roch so frisch, wie sie nur eben riechen konnte in der engen Stadt, wo immer Rauch aus den Schornsteinen quoll und es nach Pferdeäpfeln duftete wie jetzt von den Asseburger Ställen her. Feuerbeins Mist hatte Henrich bereits am frühen Morgen weggeschafft. Ein Fuhrwerk rumpelte über das Kopfsteinpflaster des Rathausplatzes, ganz ruhig war es in der Stadt nie.

Diethers Magen fühlte sich immer noch leer an, doch das war nicht Leonores Schuld. So viel Brot, wie sie derzeit brauchten, konnten die Frauen gar nicht backen. Ohnehin erwartete er nicht von Leonore, dass sie ihm eine ebenso hingebungsvolle Hausfrau war wie Johanna ihrem Sieghart. Leonore hatte Wichtigeres zu tun. Sie wurde vom Magistrat dafür bezahlt, sich um die Armen, die Alten und die Kranken in der Stadt zu kümmern, wie es bereits der alte Doktor getan hatte, ihr Vater Jakob Theodor, der darüber zur Legende geworden war. Alle wussten, was sie an Leonore hatten, auch wenn ihre Forderungen nach mehr Sauberkeit auf den Wegen, mehr Brunnen und Abfallgruben unbequem genug waren. Wie Sisyphos hatte schon Jakob diesen Stein immer wieder den Berg hinaufgerollt.

Am Rand des Gartens, wo der Bretterzaun ein Loch hatte, pickten ein paar Hühner im Gras herum. Diether ließ sie gewähren. Sobald Henrich Zeit fand, sollte er die fehlenden Latten ersetzen. Oder am besten gleich den ganzen Zaun. Leonore wollte bestimmt kein Nachbarsvieh in ihrem Kräuterbeet haben.

Wieder stand ihm Laurenz vor Augen, wie er am Boden seines Verlieses hockte und Linien zeichnete, er hörte geradezu, wie seine Fesseln klirrten, wenn er sie verwischte. Die parallel laufenden Geraden hatten Diether gleich an einen Staketenzaun erinnert, wie er hier – wenn auch mit schief stehenden Pfählen – vor ihm stand.

Laurenz hatte sich wohl nichts gedacht bei seiner Fußmalerei. Diether hatte allerdings oft beobachtet, dass Körperhaltung und unbedachte Bewegungen während eines Gesprächs mehr verrieten als beabsichtigt. Er selbst spürte, wie sein Körper erschlaffte und sein Blick umherwanderte, wenn er langweiliges Gerede anhören musste. Bei innerem Aufruhr ertappte er sich, wie er seine Finger knetete, was in der Regel sein Herz beruhigte. Friedrich ließ, wenn er Angst hatte, seine Augenlider flattern, während bei Leonore jeder, der nicht mit ihr befreundet war, schon genau hinsehen musste, wollte er in ihr Inneres blicken. Sie hatte schon von ihrem Vater gelernt, dass es sich nicht gern unterdrücken ließ und dazu neigte, einen zu verpetzen.

So beherrscht wie Leonore war Laurenz nicht. Was mochten seine Empfindungen während ihres Gesprächs gewesen sein? Hätte es – mit anderem Inhalt – in Meschedes Wohnstube stattgefunden, wäre Langeweile naheliegend. Dafür hatte Diether sein gedankenloses Zeichnen gehalten. Im feuchten Kerker jedoch und angesichts von Rad und Galgen, die ihn im Falle einer Verurteilung erwarteten, war wohl eher Angst im Spiel. Oder aber die Befürchtung, entdeckt zu werden, was Laurenz jedenfalls verbergen musste.

In aller Ruhe hatte Laurenz seine Striche gezogen, mit hektischen Bewegungen hatte er sie verwischt. Wenn man überhaupt aus einem Dreckgemälde Schlüsse ziehen konnte: Hatte vielleicht etwas seine Ruhe bedroht?

Das Stimmengewirr, das vom Rathausplatz her in seinen Garten drang, schwoll an, der Markt war in vollem Gange. Ein Pferd wieherte. Spatzen saßen auf dem Querbalken des goldenen Kreuzes auf dem Jesuitenturm, das in der Sonne funkelte. Einen Gedankenblitz löste das Blinken nicht aus.

Zweimal hatte Laurenz seinen Zaun eingerissen. Im Nachhinein meinte Diether, mit erschrockener Miene, doch das mochte er sich einbilden, weil er wollte, dass seine Theorie stimmte. Ihr zufolge hätte Diether an zwei Stellen ihres Gesprächs ins Schwarze getroffen. Aber an welchen?

Noch einmal vergegenwärtigte er sich den Ablauf. Striche wurden gezogen, wenn es um die strenge Aufsicht Barcholts über seinen Sohn ging. Darauf verließ sich Laurenz offenbar. Verwischt wurden die Linien zum ersten Mal, als Diether sich nach dem Weinkeller erkundigte. Das mochte nahelegen, dass die Aufsicht versagt und Barcholt ihn dort ertappt hatte. Und das zweite Mal?

Vom Kamp her hörte Diether singende Kinderstimmen und das Trappeln vieler kleiner Füße. Die Jesuiten führten ihre Zöglinge, ein Marienlied auf den Lippen, in die Johanneskirche. Erst als der Gesang verklungen war, fiel Diether die Antwort ein. Der zweite Zaun war bei der Erwähnung der Schatzkammer gefallen, oder nein – es war, als Diether nach dem Schlüssel fragte. Laurenz hatte behauptet, nicht zu wissen, wo er versteckt war. Mehr noch: Mit seinem Vater sei er nie im Schatzkeller gewesen. Aber allein? Er hätte Barcholt heimlich beobachten können …

Diether klatschte in die Hände, dass die Hühner auseinanderstoben. Er musste seinen Oheim sofort aufsuchen. Wenn der ihn wegen des Weinkellers belogen hatte, dann wohl auch, was den Ablauf des übrigen Abends anging. Was daraus folgte, mochte Diether sich kaum vorstellen.

»Ihr könnt jetzt nicht wegreiten!«

Diether wandte den Kopf, während er den Gurt unter Feuerbeins Bauch festzog. Gese, wie immer mit rot angelaufenem Gesicht.

»Und warum nicht? Wegen des Besuchs Eurer Durchlauchtigsten?«

Gese lachte. »Meine Durchlauchtigste ließe Euch ja gehen, aber Ihr wollt bestimmt nicht auf Euer Frühstück verzichten.« Mit verheißungsvoller Miene schwenkte sie den Korb an ihrem Arm. »Außer mir kommt gleich noch jemand.« Nahm die Röte in ihrem Gesicht etwa zu?

»Und wer ist das Wichtiges?«

»Redebrecht. Redebrecht Storck, der Feldwebel, Ihr wisst doch. Ich habe ihn eben zufällig getroffen.« Gese strich mit einer Hand über ihren Rock, eine Schürze trug sie heute nicht.

»Zufällig, aha.«

»Wie denn sonst? Denkt Ihr, Eure Mutter erlaubt, dass ich mich verabrede?« Ihre Miene war so fromm, dass ihr beinahe zu glauben war. »Er muss nur noch schnell die Landsknechte zurück ins Schloss schicken, dann kommt er her.«

Diether grinste. »Und er will natürlich mich sprechen.«

»Und keinen anderen.« Gese trug den Korb zum Gartentisch und packte ihn aus, als gäbe es keinen Zweifel daran, dass Diether ihr folgte. Die Farbe ihres Rocks schien ihm leuchtender als sonst, aber ganz bestimmt sah er an ihr das kornblumenblaue Mieder, das sie eigentlich nur sonntags trug. Johanna hatte es ihr genäht, weil der Stoff so gut zu Geses Augen passte.

Sein knurrender Magen gab den Ausschlag. Außerdem mochte Redebrecht Neuigkeiten haben. Dann ritt er eben später nach Neuhaus, wo er Barcholt vermutete.

Mutter schickte ihm also wie jeden Montag die Reste vom Sonntagsbraten. Diether war überrascht. »Ich dachte, das lässt sie jetzt, wo ich doch verheiratet bin.«

Gese lächelte verschmitzt. »Das meinte Eure Mutter auch, als ich anfing, den Korb zu packen. ›Mein Sohn hat eine Hausfrau, die soll für ihn kochen‹, hat sie gesagt und alles wieder rausgenommen. Aber dann kam Eure Schwester dazu …« Sie legte ein großes Bratenstück auf eine Scheibe Brot.

Diether nahm es ihr hungrig aus der Hand. »Und Johanna hat alles wieder eingepackt?«

»Nein, das war schon ich. Aber Johanna hat gesagt: ›Leonore kann doch gar nicht kochen. Am Herd rührt die höchstens ihre Kräutersalben zusammen.‹« Gese grinste in ihren Korb, aus dem sie weitere Köstlichkeiten holte. »Das hat sie nicht so gemeint, ich weiß das, weil sie mir zugezwinkert hat. Aber das Gesicht Eurer Mutter, das hättet Ihr sehen sollen! Hexensalben, hat sie gerufen, das hätte sie sich schon so gedacht. Und dann meinte sie: ›Bevor dieses Weib meinen Sohn vergiftet, soll er unsere

Reste haben.‹« Vor sich sah Diether die säuerliche Miene Margret Meschedes; Gese konnte sie nachahmen wie kein anderer. »Und dann durfte ich wieder einpacken.«

Diether stimmte in ihr Lachen ein. »Johanna hat mich gerettet, sag ihr das. Ich werde ihr ewig dankbar sein.«

Gese scheuchte die Hühner fort, nachdem eins sogar auf den Tisch geflogen war. »Der Zaun ist kaputt«, stellte sie fest. »Henrich soll ihn mal flicken.«

Gleich fiel ihm wieder Laurenz ein. Es mochte sein, dass Gese, die jeden Tratsch kannte, etwas über ihn gehört hatte und wusste, wie er einzuschätzen war.

»Laurenz Barcholt?«, gab sie auf seine Frage zurück. »Dem würd ich nicht von hier nach da trauen.« Ihr Zeigefinger hüpfte eine Handbreit über den Tisch. »Alle sagen, er wär ein Schlickenfänger, vor dem müssen sich die Mädchen in Acht nehmen. Schwertfegers Berta hat er erzählt, er würde sie heiraten. So ein Blödsinn, hat sie gesagt …« Mit vorgestülpter Unterlippe blies sie eine hellblonde Strähne aus ihrem Gesicht. »Glaubt doch keine, dass so ein junger Herr sie heiratet. 'ne Tagelöhnerstochter aus Kleinenberg!« Sie wischte die Krümel vom Tisch, die Diether hinterlassen hatte.

In diesem Fall schien Laurenz der Dumme gewesen zu sein und nicht das Mädchen, das er hereinlegen wollte. Diether kannte Schwertfegers Hausmagd vom Sehen, sie war ein dralles rothaariges Mädchen mit vielen Sommersprossen im hübschen Gesicht. Warum sollte ein junger Herr sie nicht heiraten? Sicher, für seine Mutter war eine nicht standesgemäße Ehe ihres Sohnes undenkbar. Da fand sie sich eher mit Leonore ab, die war wenigstens eine Arzttochter.

»Und dein Redebrecht?«

Wieder stand Gese blutübergossen da. »Der ist bestimmt kein Schlickenfänger!«

Den Eindruck hatte Diether auch.

Wie Menke war auch sein Feldwebel ein Pferdefreund. Mit einem Apfel in der Hand, den er aus den tiefen Taschen seiner Uniformhose gekramt hatte, begrüßte Redebrecht als Erstes

Feuerbein, die ihm leise entgegenschnaubte. Er war um die Ecke gebogen, als Gese gerade im Haus verschwunden war, wo sie ein wenig Ordnung machen wollte. Sie würde bald genug wieder auftauchen.

Diether stand auf, begrüßte den Feldwebel und lud ihn an den Gartentisch ein. »Gibt's im Schloss Neuigkeiten?«, erkundigte er sich, sobald der Besucher Platz genommen hatte.

Redebrecht nahm eine lederne Umhängetasche von der Schulter, legte sie neben sich auf die Bank und klopfte darauf. »Neuigkeiten werden hier drin sein, denke ich. Drei Schriftstücke aus Dringenberg, der Bote kam am späten Abend zurück. Mit dem Siegel des Bischofs. Ich soll sie zum Schultheiß, zum Propst des Busdorfstifts und zum Rektor des Jesuitenkollegs bringen.«

Diether war verblüfft. »Was haben die denn mit dem Tod des Hauptmanns zu tun?«

»Keine Ahnung.« Redebrecht zuckte mit den Schultern. »Ich führe nur Aufträge aus. Mein eigener kam übrigens mündlich: Ich soll den Gefangenen bewachen lassen, bis Westphal zurück ist und entscheidet, was mit ihm geschehen soll.« Er löste das Lederband seines Helms, der bisher in seinem Nacken gehangen hatte, und legte ihn neben die Tasche.

»Gese sagte, Ihr seid in der Stadt, weil Ihr die Landsknechte nach Neuhaus zurückbeordern sollt. Hat das auch der Bischof befohlen?«

Redebrecht nickte nur und sah sich im Garten um. Glaubte er, Gese verberge sich hinter den Büschen?

Den Grund des Befehls hatte man ihm, dem unbedeutenden Feldwebel, sicher nicht mitgeteilt, aber Diether meinte ihn zu kennen. Offenbar schätzte der Bischof die Gefahr, dass sein Schloss überfallen und ausgeraubt wurde, jetzt doch höher ein als die eines Aufruhrs der Stadtbürger. Denn diese Sorge war doch wohl der wahre Grund für den Aufmarsch der Soldaten gewesen, die der Bischof gewiss nicht zu ihrem Schutz und auch nicht zum Aufräumen in den Ükern geschickt hatte. Was wohl in dem Brief an Berning, den Schultheiß, stand? Erfahren würde man vermutlich nichts, doch Diether nahm sich vor, bei der nächsten Magistratssitzung auf dessen Worte genau zu achten.

Er sollte den jungen Mann erlösen, dessen Augen jetzt die Fenster absuchten. Trotz seines schwarzen Haars waren sie von so leuchtendem Blau wie die Geses. Ein Schmunzeln verbergend, ging Diether zur Hintertür. »Gese«, rief er hinein. »Wir haben einen Besucher. Bringst du uns bitte etwas Wein? Und für dich auch ein Glas.«

»Sie wird gleich kommen.« Diether blieb vor Redebrecht stehen und sah ihn eindringlich an. »Wenn Ihr mir Euer Wort gebt, Feldwebel, dass Ihr meine Abwesenheit nicht ausnutzt, lasse ich euch allein. Ich habe nämlich etwas Dringendes zu erledigen.«

Redebrecht stand auf und gab Diether einen festen Händedruck. »Versprochen.« Er schaute wieder zum Haus hinüber. »Aber Ihr solltet wissen, dass wir uns einig sind, Gese und ich. Sobald es geht, wollen wir heiraten.«

Diether nickte. Man konnte dem Mann wohl trauen. Er nahm Feuerbein am Zügel und führte die vor Eifer tänzelnde Stute vors Haus. Es wäre allerdings gut, dachte er, als er in die Westernstraße einbog, wenn Margret Meschede sich nicht gerade jetzt zu einem Besuch bei ihrem Sohn aufmachte.

Kaum ein Jahr gehörte Simon Wippermann dem Paderborner Jesuitenkolleg an, doch er hatte sich schon in dessen Annalen eingeschrieben. In der Stadt hieß es, er sei geradewegs von der Generalkurie in Rom gekommen, wo er zuletzt als Gehilfe des Cellerars das weltweite Vermögen des Ordens gemehrt und verwaltet habe. Wie aller jesuitische Besitz gehörte auch das Paderborner Kolleg dem römischen Generalat, und Wippermann schien fest entschlossen, dessen Wohlstand zu steigern.

Mit überwältigendem Erfolg: Durch seinen Einsatz waren der Gräftengarten am Rothebach und das angrenzende riesige Gelände den Patres vom Kamp zugefallen. Das benachbarte Feld Leonores gehörte ihnen keineswegs, was Pater Simon aber wenig scherte.

Um die Neuanlage der verfallenen Garteninsel kümmerte

er sich persönlich und sollte nach Auskunft des Pförtners auch jetzt dort Hand anlegen. *»Ad maiorem Dei gloriam«*, hatte er die Jesuitenlosung zitiert und gesagt, dass der ehrwürdige Vater erst zum Abendgebet zurückerwartet werde.

»Was machen wir jetzt?« Friedrich sah an der Fassade des Jesuitenkollegs hoch. Mit den verschorften Streifen im Gesicht sah er aus wie ein Strauchdieb, der sich mit grünseidenen Kniehosen und engem Wams mit Gansbauch für einen Besuch in der Stadt herausgeputzt hatte.

Diether erschien die Außenwand des Kollegs wie ein Gesicht, das nichts preisgibt. Viel besser gefiel ihm die Rathausfassade, deren Fensterreihen und Laubengänge hell und offen wirkten. In dunklen Ecken sollte nichts mehr verhandelt werden. Wenn das so wäre, dachte Diether. Unter den Angehörigen der alten Ratsfamilien, aber auch unter den erstarkten Pfaffenkindern gab es nach wie vor reichlich geheime Verabredungen.

»Wir suchen ihn dort auf«, beschied er Friedrich. »Und am besten nehmen wir Leonore mit, dann können wir gleich nach ihren Grenzsteinen sehen.« Er schlug den Weg zur Jühengasse ein. Wenigstens diese Angelegenheit wollte er geklärt haben.

Er trat nach einem Kieselstein, der bis an die Mauer des Asseburger Hofs flog. Dass er Wippermann verpasst hatte, war schon sein zweiter Misserfolg an diesem Tag. Auch Antonius Barcholt hatte Diether nicht angetroffen. Tante Käthe hatte ihm mitgeteilt, dass sein Oheim tatsächlich nach Neuhaus aufgebrochen sei, wo er Laurenz aus dem Kerker holen wolle. Also war Diether nach Neuhaus geritten, nur um zu erfahren, dass sich Barcholt, als der Wachhabende seinen Wünschen nicht nachkam, nach Dringenberg begeben habe. Er hoffte wohl, dass der Bischof seinem Zeugnis mehr vertraute als der Hofrichter.

»Ich muss sowieso nach meinen Herbstzeitlosen sehen«, sagte Leonore. »Sie sollten jetzt bald blühen.« Nach einem Blick auf Friedrich packte sie das, was von Mutters Sonntagsessen in Geses Korb geblieben war, in ein Bündel um und hängte es sich über die Schulter. Ihre nackten Füße in den Mönchssandalen zeigten immer noch Spuren vom Ükerndreck.

»Wollt ihr etwa zu Fuß bis zum Rothebach laufen?« Friedrichs erschrockener Blick machte deutlich, was er von der Aussicht hielt.

Diether musterte angelegentlich das, was vom runden Bauch seines Freundes zwischen den silbernen Wamsknöpfen hervorquoll.

»Schon klar«, murrte Friedrich. »Wer nicht arbeitet, soll auch nicht essen. Seit wann seid ihr so bibeltreu?«

Das Heierstor war wie immer verstopft. Bis fast zur Tigge zurück, die wie ein letzter Zahn unversehrt zwischen den Trümmern stand, stauten sich schuttbeladene Fuhrwerke, an denen sie sich zu dritt hintereinander vorbeischlängeln mussten. Jeder Windhauch wirbelte die Asche hoch.

Pferdewagen und Karren drängten sie auch auf dem Tegelweg an den Rand. Hainbuchenhecken umgaben die lang gestreckten Gärten der Ükeraner. Das Rumpeln der Fuhrwerke und die Rufe der Kutscher, Peitschenknallen und Gewieher machten jede Unterhaltung unmöglich.

Leonore blieb vor dem Tor zum Leifeld'schen Grundstück stehen. »Hier ist Platz für zwei Bauernhöfe«, meinte sie. »Und den Dom sieht man von hier aus auch.«

Selbst Diether hätte auf den Anblick nicht verzichten mögen. Dennoch … »Hermann soll sich gut überlegen, ob er hier draußen bauen will. Wenn die Spanier kommen, ist er ungeschützt.«

Leonore nickte. »Jedenfalls braucht er eine hohe Mauer.«

Die würde ihm nicht viel helfen.

Friedrich sah sehnsüchtig zu den Eichen hinüber, die den Busdorfgarten umgaben. »Wir könnten jetzt so schön da sitzen …«

Leonore lachte nur und ging voraus. In Diethers Rücken beklagte Friedrich sein Leid. »Wenigstens hätten wir meine Kutsche holen können.«

»Wenn Leonore läuft, kannst du das auch«, gab Diether über die Schulter zurück. »Sie hat im Ükern schwer gearbeitet. Du hast den halben Tag nur herumgesessen in deinem Archiv.«

Diether schmunzelte, als wie erwartet lauthals Widerspruch kam. »Ihr beide hättet sehen sollen, wie viele Urkunden wir verzeichnet haben!« Der Berg werde einfach nicht kleiner, Tausende müssten es sein. »Immerhin sind Rostorp und Breckenberg mit den Leihscheinen vorangekommen. Unsere Schatzkammer ist zwar leer, aber jetzt wissen wir wenigstens, wo die Sachen sind. Hoffentlich sind sie nicht aus des Bischofs Schatzkammer geklaut worden.«

»Eure Schätze liegen beim Bischof?«, fragte Diether erstaunt.

Friedrich schnaufte. »Die meisten. Du weißt ja, dass unser Propst mit den Fürstenbergern verwandt ist. Da hilft man sich schon mal aus.«

Redebrecht hatte auch Dietrich von Plettenberg, dem Busdorfpropst, ein Schreiben des Bischofs überbringen sollen. Diether erkundigte sich, aber Friedrich hatte es nicht gesehen.

Der Weg erweiterte sich, als sie zum Galgenbruch kamen. Die Gärten links und rechts des Wegs wurden von Sümpfen abgelöst. Binsen begrenzten flache, in der Sonne glitzernde Gewässer, auf kleinen Inseln wuchsen Gräser und violettes Heidekraut. Rechts lag die angeblich grundlose Mokenkuhle, von der die Leute behaupteten, dass sie nichts wieder hergab, was hineinfiel. Hier luden viele Fuhrleute den Ükernschutt ab.

Leonore wies hinüber. »Der Nöck wird sich freuen.« Sie war in der Stadt aufgewachsen und kannte die gleichen Kinderschreckgestalten wie Diether.

Nach weiteren mit Korn und Gemüse bebauten Flächen folgte wieder mooriges Gelände, das sich bis zum Rothebach erstreckte. Er war die Grenze, danach kamen die sandige Stadtheide und jenseits der Lippe die Senne. Wieder beschatteten dichte Hainbuchenhecken den Weg.

Hier begann das, was die Leute jetzt schon – obwohl der Besitzwechsel noch gar nicht beurkundet war – die Jesuiteninsel nannten. Früher Eigentum des Dompropsts, war sie bereits im vergangenen Jahrhundert aufgeschüttet worden. Inzwischen war der hinterste, an zwei Seiten von einer Bachschleife umspülte Teil abgetrennt und dem alten Dr. Theodor kurz vor seinem Tod aus Dankbarkeit für seine Heilkünste verehrt worden. Leonore hatte seitdem viel Arbeit hineingesteckt, denn die damals angelegten Gärten lagen seit Jahren brach. Einen Zaun aufzustellen hatte sie bisher nicht für nötig gehalten; außer ihr hatte niemand das Gelände betreten, und die Grenzsteine waren deutlich sichtbar gewesen.

Unvermutet jedoch hatten sich die Besitzverhältnisse geändert, und die Jesuiten waren auf den Plan getreten. Den riesigen Sumpf mit den großen Inseln, der sich entlang der Rothe bis hinab zur Lindenallee erstreckte, die zum Neuhäuser Schloss führte, hatte unlängst Dietrich Otterstädt gekauft. Drei Jahre vor der Hinrichtung Liborius Wicharts war der mit allen Wassern gewaschene Jurist selbst Bürgermeister gewesen und hatte zu den versippten Ratsfamilien gehört, deren Angehörige das Silber aus der Triesekammer verschleudert und eine Menge städtischen Besitz für sich vereinnahmt hatten.

Als Jesuitenfreund war Otterstädt wahrlich nicht bekannt. Warum also hatte er, bevor er nach Fritzlar abwanderte, dem Kolleg das Land geschenkt? Die ganze Stadt rätselte, wie Simon Wippermann ihn dazu hatte überreden können.

Die Hecke wurde von einem zweiflügligen Tor unterbrochen. »Hier geht's zu Pater Wippermanns Insel«, erklärte Leonore Friedrich im Vorbeigehen. Über dem Torbogen prangte bereits das strahlenumkränzte IHS der Brüder Jesu.

Das Gartentor mit dem schweren Schloss, das den Zugang zu Leonores Land versperrte, quietschte in den eisernen Angeln. Doch statt der gepflegten Beete, die Diether von früheren Besuchen her kannte, lag vor ihnen ein wahres Schlachtfeld.

»Oh nein«, rief Leonore erschrocken und fiel zwischen ausgerissenen Pflanzen und zermatschten rosa Blüten auf die Knie. »Das war mein Fingerhut!« Im Gesicht die reine Verzweiflung, hob sie mit jeder Hand eine entwurzelte Blattrosette hoch. Zerknickte grüne Stängel zeigten, dass die Pflanzen fast mannshoch gewesen waren.

Diether half ihr auf und nahm sie in den Arm. »Das wächst nächstes Jahr bestimmt wieder.«

»Eben nicht.« Sie schniefte und griff zu ihrem Taschentuch. »Fingerhut ist zweijährig. Jetzt muss ich wieder von vorn anfangen. Dabei war ich froh, dass er in diesem Jahr endlich Blüten ausbildete.« Mit bedrückter Stimme erklärte sie, dass die eigentlich hochgiftige Pflanze ein Mittel gegen Herzschwäche enthalte.

Friedrich hatte ein paar gefleckte Blüten aufgehoben, die er jetzt hastig von sich warf. Er sah auf seine Hände, als seien sie mit ekligen Pusteln übersät.

Leonore blinzelte ein paar Tränen weg, aber wenigstens lächelte sie wieder. »Vom Anfassen stirbst du nicht, Friedrich, dafür musst du schon ein paar Blättchen essen. Aber der Geschmack ist so bitter, dass du sofort alles ausspuckst, was du davon in den Mund nimmst.«

Diether ging an den zerstörten Pflanzen entlang auf den Bach zu. Die behauenen Grenzsteine, die früher aufrecht im Boden gestanden, bei seinem letzten Besuch aber verstreut herumgelegen hatten, waren jetzt ganz verschwunden. Bestimmt waren sie im Sumpf gelandet.

Ein gutes Stück entfernt stand auf einer kleinen Erhebung ein achteckiges Gartenhaus mit eingedrückten Fenstern. Daneben schlug Pater Simon, bis zu den Knien im Schlamm versunken, mit einem Holzhammer Pfähle in den Morast. Ein wenig unterhalb seines Standorts gruben ein paar Novizen entlang dieser Linie der Gräfte ein neues Bett.

Jetzt erst sah Diether, dass auch in Leonores Land Holzpflöcke steckten. Simon wollte seinen Fischteich wohl auf Kosten ihres Gartens erweitern.

Friedrich und Leonore standen an der Biegung des Rothebachs inmitten eines helllila Blütenfelds. Es schien unzerstört wie auch die Beete mit niedrigen Kräutern in der Mitte des Gartens. Nur der Fingerhut am ungeschützten südlichen Rand war der frevelhaften Hand – Diether vermutete, dass es die Pater Simons war – zum Opfer gefallen.

»Man sollte die Blätter im Frühjahr nicht mit dem Bärlauch verwechseln«, führte Leonore gerade aus, als Diether zu ihnen trat. »Die Herbstzeitlose ist zwar nicht ganz so giftig wie der Fingerhut, aber eine Handvoll im Salat kann dich auch umbringen.« Diether wusste, dass Leonore den mit aller Sorgfalt selbst hergestellten Extrakt aus den Blumen zur Behandlung der Gicht Kaspar von Fürstenbergs brauchte.

»Das ist der reinste Hexengarten hier«, rief Friedrich aus. »Wusstest du, Diether, dass dieses Blümchen sogar Erdbeeren vergrößert?« Er sah sich nach Leonore um. »Bei der Gelegenheit – was ist eigentlich in dem Beutel, den du hierher mitgeschleppt hast?«

Leonore schmunzelte und pflückte ein paar hellgrüne Äpfel von den Bäumen, die ihren Garten säumten. Dann breitete sie den Inhalt ihres Bündels auf dem Tisch unter dem bereits abgeernteten Kirschbaum aus. »Das kommt alles von Meschedes«, sagte sie zu Friedrich. »Nicht aus meiner Hexenküche. Du kannst also ruhig zugreifen.«

Sie selbst aß nur einen Apfel. Immer noch verdunkelten sich ihre Augen, wenn sie zu den verwüsteten Pflanzen hinübersah. »Als Erstes werde ich auf der Grenze eine Mauer anlegen«, kündigte sie an. »Die kann dieser quadricornische Jesuit mit seinem diabolischen Cornutschlappen nicht mehr so leicht versetzen.«

Diether lächelte sie an. In ihrem Ärger griff sie zu den Schimpfnamen, die der Mainzer Johann Fischart in seiner Posse über das »Jesuiterhütlein« für die Patres und ihre vierhörnige Kopfbedeckung gefunden hatte. Fischart zufolge hatte Lucifer die Kappen angefertigt und in die vier hochstehenden Ecken hinein alle Niedertracht genäht, die ihm und den verteufelten Heidengöttern zugeschrieben wurde. Auf Leonores Gesicht lag ein verständnisinniges, wenn auch schwaches Lächeln; sie hatte seine Gedanken immer schon lesen können.

Er nahm ihre Hand und drückte sie. »Dann werden wir auch gleich die Steine aus meinem Garten los«, sagte er. »Friedrich hilft dir bestimmt, sie hierherzutragen.«

Dessen entgeisterte Miene brachte sie beide zum Lachen. Diether war ohnehin klar, dass diese Aufgabe Henrich, ihm und Meschedes Pferdewagen zufallen würde.

Pater Simon stellte einen Fuß auf die wacklige Bank vor dem Gartenhaus und pflückte die Blutegel von Schienbein und Waden. Blutige Rinnsale vermischten sich mit dem schlammigen Wasser aus der Gräfte, das von den hochgekrempelten Hosenbeinen am Knie herablief. Er war ein groß gewachsener, massiger Mann; Diether hatte all seine Kraft gebraucht, als er die ausgestreckte Hand ergriffen und dem Pater aus dem Matsch herausgeholfen hatte. Dieser hatte Friedrichs Streifengesicht gemustert, aber nichts gesagt.

Seitdem redete Simon ohne Unterlass und mit für seine kräftige Gestalt erstaunlich hoher Stimme. Nachdem er Diethers bündiges »Guten Tag« mit »Gott zum Gruße« und einer tiefen Verbeugung beantwortet hatte, sprach er in fast jubelndem Tonfall von Gottes weiser Voraussicht. Sie habe dafür gesorgt, dass seine Mitbrüder am Kolleg – die Stätte der höchsten Freude des Herrn – ihn an Freitagen bald mit dem Verzehr eigener und zudem schmackhafter Karpfen, Schleien und Hechte ehren und lobpreisen könne.

»Jeder Fisch, den wir bisher hier gefangen haben, schmeckte so widerwärtig modrig, dass es dem Allerhöchsten ein Graus gewesen sein muss.« Seine Ös sprangen in eine noch höhere Tonlage.

Als höflicher Mensch neigte Diether nicht dazu, ältere Personen zu unterbrechen. Man musste aber auch nicht derart an ihren Lippen hängen wie Friedrich. Diether richtete seinen Blick auf die Kopfweiden am Ufer des Rothebachs. Ein blau gefiederter Vogel schoss über der Wasserfläche hin und her.

Während Simon ausführte, dass er zum Lobe des Allerhöchsten die Gräfte vertiefen, verbreitern und ihren Durchfluss verbessern müsse, verschwand er im Gartenhaus. Mit der vierhörnigen Kappe auf dem Kopf kam er wieder heraus. Seine Beine waren immer noch nackt, die rotgrauen Streifen getrocknet. Sorgfältig rückte er das vordere Horn auf seiner Stirn zurecht, er schielte nach oben und nach unten, als wolle er sicherstellen, dass die Spitze mit seiner zu einem schnabelähnlichen Zinken gebogenen Nase auf einer Linie lag. Für einen Moment vergaß er das Reden.

Diether ergriff die Gelegenheit. »Es gibt zwei Dinge zwischen uns zu besprechen, Pater.« Er beschloss, mit Leonores Land anzufangen. »Da wäre zum einen die leidige Angelegenheit mit den Grenzsteinen auf dem Feld meiner Gemahlin, das dem Euren benachbart ist. Heute sehe ich, dass nicht einer mehr vorhanden ist. Überdies habt Ihr den Verlauf Eurer Gräfte zu weit in ihr Grundstück hineingeschoben.« Er wies mit dem Arm auf die Stöcke, die von hier aus gerade noch zu erkennen waren. »Wir verlangen, dass der alte Grenzzustand wiederhergestellt wird.«

»Grenzsteine? Ich habe keine Grenzsteine gesehen.« Der Jubelton war aus seiner Stimme verschwunden.

Das hatte er schon in ihrem letzten Gespräch behauptet. »Ich habe sie Euch gezeigt. Sie lagen kreuz und quer am Boden.«

»Die? Aber das waren doch nur Trümmer.« Er überprüfte noch einmal den Sitz seines Vierhorns.

Diether zog mit der ausgestreckten Hand eine gerade Linie in Verlängerung des Rothebachs auf die Hainbuchenhecke zu. »Hier verläuft die Grenze, parallel zur anderen Seite, die vom Rothebach begrenzt wird. So steht es im Plan.«

Simon musste die Zeichnung, die der Schenkungsurkunde des Dompropsts beigefügt war, ebenso gesehen haben wie Diether. Immerhin lag das Dokument in dreifacher Ausfertigung vor, eins im Archiv des Rathauses, weil einer der Beteiligten ein Bürger der Stadt war, die anderen beiden, da alle Veränderungen des Kirchenbesitzes doppelt beurkundet wurden, beim Domkapitel und in der Neuhäuser Kanzlei. Diether hatte geprüft, ob sie übereinstimmten.

»Entlang dieser Linie werden wir eine massive Mauer bauen«, fügte er hinzu. »Und Eure Pflöcke werde ich gleich noch herausziehen.« Die zerstörten Pflanzen sprach er gar nicht erst an; Simon würde seine Beteiligung genauso bestreiten wie bei den Steinen.

Doch Simon überraschte ihn, indem er selbst den Fingerhut erwähnte. Einen Schuldigen für das Massaker an den armen Pflanzen hatte er schon gefunden. »Dem Allerhöchsten hat es gefallen, die Gewächse des Teufels, die unser Land fast überwucherten, und ihre obszönen Blüten zu vernichten. Gestern noch musste ich aus Angst um das Heil meiner unsterblichen Seele den Blick von den schamlosen Kelchen abwenden, und heute Morgen lagen sie am Boden wie geschlagene Krieger.« Er hob Hände und Augen zum Himmel. »Preiset den Herrn, denn er ist mächtig und groß.« Seine Stimme hatte zum jauchzenden Frohlocken zurückgefunden.

Auch Friedrich sah inzwischen zu den Kopfweiden hinüber; seine Bewunderung für den Retter seines Stifts verflog mit jedem seiner Worte. Am Schluss sah ihn Diether sogar die Augen verdrehen. Auf Leonore ließ Friedrich nichts kommen, auch wenn ihm ihre Künste manchmal unheimlich waren.

Simons Gerede plätscherte unaufhaltsam voran wie der Rothebach. Begeistert erzählte er von den vielen Beweisen, die er für Gottes Walten in den Annalen der Jesuiten gefunden habe, und von den sinnreichen Vorzeichen, mit denen der Herr die Paderborner vor dem Bösen bewahrt habe. Mit frommem Blick sah er zum Himmel hinauf.

Diether erinnerte sich keineswegs daran, dass es vor vier Jahren in Paderborn, aber auch in Soest, Anröchte und Erwitte Fische und Frösche geregnet hätte. Seines Wissens war der Johannistag des letzten Jahres trocken und warm gewesen, doch wieder sollten Frösche vom Himmel gefallen sein. Bei Simons Bericht über die hühnereigroßen Hagelkörner, in denen deutlich Frauengesichter mit schräg zulaufenden Haarzotteln oder herabhängenden Locken, jedenfalls mit eitel gefalteten Halsbändern, zu erkennen gewesen seien, schüttelte sogar Friedrich den Kopf.

»Das hat der Chronist selbst gesehen«, bekräftigte Simon, vergaß aber auszuführen, vor welchem Unglück die Vorzeichen die Paderborner warnen sollten.

Besondere Mühe hatte sich der Allgewaltige offenbar mit den Vorboten gegeben, die den Untergang Wicharts und seiner Anhänger ankündigten. Diether hatte zu der Zeit in Freiburg studiert und nur aus den Briefen Johannas erfahren, was in Paderborn vor sich ging. Als er zurück war, hatte er sich genauestens von den schrecklichen Ereignissen berichten lassen. Doch niemand hatte von blutigen Kriegsbildern in der Luft, vom Bellen schwarzer Hunde und einer aus der Pader schwefelgelb und blutrot hochschießenden Flamme erzählt.

»Und dennoch folgten die Feinde nicht den himmlischen Warnungen und dem Zorn Gottes«, schloss Simon in freudigem Tonfall seinen Bericht, anscheinend voller Genugtuung, dass Wichart und seine Genossen aufgrund ihres Abfalls vom rechten

Glauben und der Aufsässigkeit gegenüber dem Fürstbischof zu ewigem Höllenfeuer verdammt waren.

»Mit Verlaub, Pater –« Weiter kam Diether nicht in seinem Versuch, den Redefluss aufzuhalten.

Simon hob die Hand. »Lasst mich zu Ende sprechen, Advokat, denn Gottes Walten gilt auch Euch.« Zahllos seien die Beispiele für göttliche Strafgerichte, die unweigerlich auf Schmähungen der Diener Gottes und die Verweigerung des rechten Glaubens folgten. So habe eine schwangere Frau, die an der Grube wohnte, deren Namen er aber nicht nennen wolle, nach der Lektüre eines üblen Machwerks vorübergehende Jesuiten wegen ihrer Kopfbedeckung als »Krötenklauen« verlacht. Sie habe dann ein monströses Kind geboren, dessen Kopf wie eine viereckige Jesuitenkappe geformt gewesen sei.

Mit dem üblen Machwerk war bestimmt Fischarts »Jesuiterhütlein« gemeint, das inzwischen nicht nur Protestanten lasen. Sicher stand es auch in der jesuitischen Bibliothek häretischer Schriften. Sagte jetzt Simon Leonore ein ähnlich böses Schicksal voraus? Diether fühlte sich an die Reden seiner Mutter erinnert: Man musste sie einfach über sich ergehen lassen, denn aufhalten konnte man den gottesfürchtigen Wasserfall nicht.

»Und jetzt der Ükernbrand.« Das hörte sich doch nach einem nahenden Abschluss an. »Ein jeder Sünder in dieser Stadt muss sich fragen lassen, ob nicht er selbst es war, der das Unglück verschuldet hat, das ihn getroffen hat.« Allerdings hatte der Brand viele verschont, die nach Diethers Meinung Sünder waren, und viele aufrechte Leute wie die Leifelds getroffen.

Doch Simon hatte andere Sünder im Sinn und benannte sie ohne Scheu. »So wie Ihr, Advokat, und ich sage Euch auch, warum. Ihr nennt die ketzerische Baderin Eure Gemahlin, doch jeder weiß, dass die Ehe vor einem heidnischen Priester geschlossen wurde und somit vor Gott ungültig ist. Ihr selbst seid vom teuflischen Brei der Irrlehren befleckt und lasst es darüber hinaus zu, dass diese Frau in ihrem Garten Hexenkräuter zieht.«

Mit einer abfälligen Gebärde wies er zu Leonore hinüber, die zwischen ihren Herbstzeitlosen das Unkraut auszupfte. »Seht nur, welche Mühe sie den teuflischen Gewächsen angedeihen lässt, die doch, wie gelehrte Männer herausgefunden haben, ein Erbe der Giftmischerin und Zauberin Medea aus Kolchis sind.« Er zog ein so angewidertes Gesicht, dass man meinen konnte, jemand habe ihm die Pflanzen in den Mund gestopft.

Diether spürte, wie ihn die Langmut verließ und Ärger in ihm aufwallte. »Lasst meine Gemahlin aus dem Spiel, Pater, und lasst uns endlich zur Sache kommen. Wie gesagt haben wir, der Kanonikus Baer und ich, noch ein weiteres Anliegen.«

Friedrich unterstützte ihn mit mehrfachem Kopfnicken.

»Gemach, gemach.« Simon gebrauchte beide Hände zur Beschwichtigung. »Als jemand, der um das Seelenheil der Stadtbewohner besorgt ist – denn damit hat unser hochwürdiger Herr Bischof die irdischen Brüder Jesu beauftragt –, muss ich Euch die niemals endenden Qualen der Hölle vor Augen führen.« Sein Ton legte nahe, dass Höllenfeuer und mit glühenden Zangen zwickende Teufel ihn über alle Maßen entzückten. »Der Brand im Ükern war davon nur ein kleiner Vorgeschmack. Ich bitte Euch inständig: Verliert Euch nicht im Nebel der Irrtümer, sondern lasst Euch an die Hand nehmen und zur Seligkeit des Allerhöchsten führen.« Simon faltete die Hände und schaute verklärten Gesichts nach oben, als erwarte er von dort her eine Eingebung.

Offenbar mit Erfolg, denn mit einem Mal senkte er den Kopf und sah Diether ins Gesicht. Seinen Mund umspielte ein beglücktes Lächeln. »Tuet Buße mit gottgefälligen Werken, Advokat, dann wird Euch das Himmelreich sicher sein.« Höchste Höhen erreichte sein Jubelton. »Rettet Euch vor dem ewigen Höllenfeuer, indem Ihr Euch von dem Stück Land trennt, das die Bademutter mit ihren zauberischen Gewächsen verpestet hat, und gebt es in die Hände derer, die es dem Lobe des Allerhöchsten weihen werden.«

Diether hätte fast laut aufgelacht. So also hatte der fromme Pater Dietrich Otterstädt die Gräfteninsel abgeschwatzt.

»Ich werde meiner Gemahlin Euren Vorschlag unterbreiten«, gab er zurück und versuchte gar nicht erst, sein Grinsen zu verbergen. Sollte Simon es doch für den Ausdruck seines Glücks über die unvermutete Rettung aus höllischer Seelenpein halten.

Doch nun hatte Diether die Salbaderei des schwarzgehörnten Jesuiten satt. Als Simon erneut anfangen wollte zu reden, hob er abwehrend die Hand. »Wir haben nicht endlos Zeit, Pater. Ihr habt gesagt, was Ihr sagen wolltet …« Wieder überkam ihn ein Grinsen, als er an die vielen Worte über das angebliche Walten Gottes dachte, die Simons hanebüchenen Vorschlag eingeleitet hatten. Von dessen zielstrebiger Beredsamkeit konnte er als Advokat sich eine Scheibe abschneiden. »Nun hört einmal uns zu.«

Kurz und bündig – schließlich sprach die ganze Stadt darüber, und Simon musste es längst gehört haben – berichtete Diether, dass Georg Löseken seit dem Nachmittag des großen Brandes eine Kiste mit den Kopfschatztalern des Bischofs vermisse. »Eine Beobachtung des Kanonikus Friedrich Baer gibt uns nun Anlass zu vermuten, dass Ihr etwas über die Truhe wissen könntet.«

Simon nahm die viereckige Kappe vom Kopf und strich mit der Hand über das kurz geschnittene schwarze Haar, das trotz seines vorgerückten Alters keinerlei Grau aufwies. Unter den gleichen von Stirn zu Nase schielenden Augenbewegungen wie vorhin bedeckte er es wieder.

»So gern ich Euch helfen würde, verehrter Kanonikus«, sagte er darauf, indem er sich ausschließlich an Friedrich wandte, der ihm trotz seines zerhauenen Räubergesichts und der wenig frommen Kleidung wohl vertrauenswürdiger erschien als Diether. »Aber von einer Geldtruhe weiß ich nichts.«

Friedrich musterte den Staub zu seinen Füßen. Diether konnte geradezu sehen, wie er sich innerlich wand. Ein Schulterstoß war nötig, bevor er endlich von sich gab, wie er am Brunnen vor der Rückseite der von Westphalen'schen Kurie – er vergaß auch nicht zu erwähnen, dass sie mit der Vorderseite zum Domplatz schaute – gestanden und Eimer für Eimer mit Wasser gefüllt habe, mit dem die Herren Kollegiaten in äußerst dankenswerter Weise die Häuser der Giersstraße und vor allem das Busdorfstift vor den Flammen bewahrt hätten. Auch Friedrich beherrschte die Kunst klerikaler Geschwätzigkeit.

»Ja, und da habe ich Euch gesehen, verehrter Pater«, fügte er kleinlaut hinzu, ohne Simon anzusehen. »Ihr hattet ein paar Bücher im Arm, die Ihr offenbar vor den Flammen gerettet und sicherlich längst ihren Besitzern zurückgegeben habt. Hinter Euch gingen zwei Novizen, die eine schwere Kiste schleppten.« Er versteckte die abgeschabte Nase unter den Fingerkuppen seiner Hand.

»Ach, die meint Ihr!« Simon machte ein völlig unschuldiges Gesicht. »Die war doch nichts wert. Sie stand unbewacht in all dem Dreck und der Nässe, und weil ich dachte, es wären weitere Bücher darin, habe ich sie ins Kolleg tragen lassen. Ich hätte sie gern zurückgegeben, aber niemand hat sich gemeldet.«

Dem Klang des Inhalts hätte er entnehmen können, dass es sich nicht um Bücher handelte. »Habt Ihr sie denn nicht geöffnet?«, fragte Diether.

Simon schüttelte bedauernd den Kopf. »Das war leider unmöglich, weil wir keinen Schlüssel für das Schloss besitzen. Aber so armselig, wie sie aussah, war es ganz bestimmt nicht die Truhe mit den Geldern des Bischofs, da kann ich Euch beruhigen.« Er machte eine unwirsche Handbewegung zu zwei Novizen hinüber, die – von ihm bisher unbemerkt – schon seit einem Weilchen zusammenstanden und schwatzten. Gleich nahmen sie wieder die Schaufel zur Hand.

»Wir möchten die Truhe sehen«, forderte Diether.

»Nun …« Mit zwei Fingern seine Stirn reibend, tat Simon, als müsse er überlegen. »Wir haben sie dann wohl in den Raum gestellt, wo andere ungeöffnete Bücherkisten stehen. Ihr wisst sicherlich, dass seine Durchlaucht, unser hochverehrter Herr Fürstbischof, unserem Kolleg seine Bibliothek vermacht hat. Leider sind viele kostbare Werke noch nicht ausgepackt. Vor den mannigfachen Aufgaben, mit denen uns Hochwürden überhäuft hat, sind wir einfach noch nicht dazu gekommen.«

Löseken würde sich freuen. Wenn Wippermann die Truhe nicht aufbekommen hatte, obwohl er es sicherlich mit allen Kräften versucht hatte, konnte er auf die Rückgabe der bischöflichen Taler hoffen.

»Ihr werdet verstehen, Pater, dass wir die Truhe in Augenschein nehmen müssen«, sagte Diether.

»Natürlich ohne öffentliches Aufsehen«, beeilte sich Friedrich hinzuzufügen.

»Nennt uns einen Zeitpunkt, zu dem Ihr uns im Kolleg empfangen könnt.«

Simon hob die Augen zum Himmel, der ihn wieder nicht im Stich ließ. »Wie Ihr seht, habe ich viel zu tun.« Dort oben schien ein unerschöpflicher Vorrat an Ausflüchten zu hängen.

Wie umfangreich seine Aufgaben waren, zeigte die weit ausholende Gebärde, die nicht nur die an der Gräfte schaufelnden Novizen, sondern auch Leonores Land umfasste. »Und dabei ist die Neuanlage unserer Fischteiche nicht einmal alles.« Überdies habe er die »Engelsknaben«, wie er die jüngeren Schüler betitelte, zu betreuen und die neu eingerichtete Marianische Frauen-Sodalität.

Er schloss mit den Worten: »Ihr wohnt vom Kolleg nicht weit entfernt, Advokat. Fragt einfach an der Pforte nach mir. Wenn ich dann anwesend bin, werde ich Eurem Wunsch gern nachkommen.«

Diether fühlte sich auf den Sankt-Nimmerleins-Tag vertröstet. Kurz entschlossen kündigte er seinen Besuch für den nächsten Tag nach dem Abendgebet an. Die Glocken von St. Johannes konnte er kaum überhören.

Nach einem etwas frostigen Abschied ging er mit Friedrich im Gefolge zu Leonore zurück. So habgierig, wie sich Simon gezeigt hatte, sollte es ihn nicht verwundern, wenn der Pater und seine folgsamen Novizen es gewesen wären, die heimlich in des Bischofs Schatzkammer eingedrungen waren.

»Du musst sofort ins Rathaus.«

Henrich saß auf einem Hocker vor dem Pferdestall und sah nur kurz von seiner Schnitzerei auf. »Elmar war hier.« Ein paar schüttere, mehr graue als rote Haarsträhnen hingen ihm in die Stirn.

Elmar Bröckling, Nachbarssohn von Meschedes, war Stadtbote und Schütter zugleich, sein Erscheinen konnte Gutes und Schlechtes bedeuten.

»Warum?«

»'ne Sitzung.« Henrich war wie gewöhnlich wenig auskunftsfreudig.

»Hat Elmar nicht gesagt, worum es geht?«

»Nee. Kam von Berning.«

Innerlich widerstrebend machte sich Diether auf den Weg. Gerade erst waren sie von ihrem Ausflug zum Rothebach zurückgekommen, und Diether hatte sich auf einen ruhigen Abend mit Leonore gefreut. Bereits die zweite außerordentliche Magistratssitzung seit dem Brand, die diesmal der Schultheiß einberufen hatte. Bestimmt sollte über den Wiederaufbau gesprochen werden. Die Sonne stand schon über dem Westerntor, der Marktplatz und der Laubengang des Rathauses lagen im Schatten. Nur noch seine drei Grazien auf den Giebeln erleuchtete der Sonnenschein. Hoffentlich machte Berning es kurz.

Im Vergleich zur letzten Sitzung erschien der Ratssaal leer, offenbar waren lediglich die Ratsherren geladen. Vom Ükern kamen nur Löseken und Rösing. Hätten nicht auch die Gemeinheitsvertreter dabei sein sollen, wenn es um ihren Stadtteil ging?

Als Diether sich auf seinem Stuhl neben Johann Raden niederließ, sprach Bürgermeister Perlensticker gerade über die Pläne zum Wiederaufbau, die er zusammen mit den Wegeherren entworfen hatte. Er kündigte eine völlige Umgestaltung an, neue, breitere Straßen und Wege, geräumige Plätze mit Bäumen und jeweils einem Brunnen. Das sei aus feuerpolizeilichen Gründen dringend notwendig, außerdem bedeuteten weniger Enge zwischen den Häusern mehr frische Luft und ausreichend Wasser weniger Krankheiten. Leonore hätte ihm sicherlich zugestimmt.

»Alles gut und schön, Bürgermeister«, rief Johann Rösing. »Aber woher wollt Ihr den Platz für die viele Gesundheit nehmen?«

»Wir werden den Leuten ihre Grundstücke abkaufen und sie gut bezahlen.« Mit welchem Geld er das tun wollte, verriet Perlensticker nicht. »Notfalls müssen wir sie beschlagnahmen.«

Die beiden Ükeraner sprangen gleichzeitig auf und legten lautstark Widerspruch ein. Diether wurde klar, warum die Gemeinheitsvertreter nicht zur Sitzung gerufen worden waren.

Philipp Berning, der Schultheiß, schaute diesmal nicht zum

Fenster hinaus. Auf dem Tisch vor ihm lag ein umfangreiches Schriftstück, das nur in der Mitte beschrieben war. Oben und unten farbige Schnörkel, dazwischen eine raumgreifende Kanzleischrift. Diether beugte sich unauffällig vor, doch lesen konnte er nichts. An den hochstehenden Kanten waren Reste roten Siegellacks zu erkennen, ein stattlicher Wachsabdruck hing an einem Seidenband.

Ob es sich um das Schreiben des Bischofs handelte, das Redebrecht bei Berning hatte abliefern sollen? So große freie Flächen auf teurem Pergament konnten sich nur wenige leisten.

Berning las in dem Schreiben, dann sah er auf und musterte die Ratsherren, wie sie der Reihe nach am Tisch saßen. Wer gerade redete und was er sagte, kümmerte ihn auffallend wenig. Nach einer Weile versenkte er sich wieder in den vor ihm liegenden Text, um erneut seinen Blick über die Gesichter wandern zu lassen. Diether hätte viel darum gegeben, wie Stadtsekretär Dorbecher, der rechts neben Berning über seinem Protokollbuch saß, verstohlene Blicke auf den Brief werfen zu können.

Zu Bernings Linken saß mit Hermann Blasius einer der Kämmerer, der dem jeweiligen Redner aufmerksam zuhörte. Als der Disput verebbte, erteilte Perlensticker ihm das Wort. Wie immer wies Blasius gleich anfangs darauf hin, dass die Stadtkasse leer sei. »Wir werden nicht einmal die geplanten Arbeiten am Rathaus durchführen können, geschweige denn neue Straßen bauen.«

»Und was ist mit dem Gerichtsstuhl?«, fragte Georg Baer. »Den haben wir schon in Bruchhausen bestellt.« Der aus Basalt gehauene Sitz sollte im Laubengang vor dem Rathaus aufgestellt werden, wo der Magistrat über Streitigkeiten und Verfehlungen der Stadtbürger Gericht hielt. Georg legte viel Wert auf einen angemessenen Rahmen, das hatte er mit seinem Bruder Friedrich gemeinsam.

Blasius nickte Georg zu. »Den werden wir noch bezahlen müssen. Aber die Arbeiten an der Wandverkleidung im Obergemach müssen wie alles andere sofort eingestellt werden.« Diether war froh, dass sie im Frühsommer die restlichen Fenster verglast hatten.

»Doch da ist noch das hochherzige Angebot unseres Landesherrn, den Weinzapf wieder einzulösen.« Über die namhaften Erträge aus dem Weinverkauf verhandelte die Stadt seit Jahren mit dem Bischof, der sie seit 1604 für seine eigene Schatulle beanspruchte. Blasius wechselte einen Blick mit dem Bürgermeister. »Das Geld dafür sollten wir uns leihen. Ich habe mit dem Kanzler der Böddeker Chorherren gesprochen, sie wären unter Umständen bereit, uns mit tausend Talern auszuhelfen.«

Die Mehrheit der Ratsherren sprach sich für diesen Vorschlag aus, nur Georg Löseken und Diether stimmten dagegen. Er wusste, wie das lief. Die letzte klösterliche Anleihe hatte sie fast ein Drittel des Geldes für Trinkgelder und Geschenke an die vermittelnden Räte des fürstbischöflichen Hofes gekostet.

Berning strich mit spinnenbeinigen Händen das vor ihm liegende Pergament glatt und nickte dem Bürgermeister zu, der seine Glocke hob. Nun schaute Berning niemanden mehr an; er sah zum Fenster hinaus und wartete, bis alle aufhörten zu reden.

»Ich habe hier ein Schreiben seiner Durchlaucht, unseres hochedlen Fürstbischofs, das er auf seinem Amtssitz in Dringenberg verfasst hat und mir heute überbringen ließ.« Bernings Redeweise war so schläfrig wie eh und je. Er schaute lange auf das Dokument, als suche er etwas ganz Bestimmtes. »Unser wohlmeinender Herrscher und überaus gütiger Landesvater hat den Brief mit eigener Hand unterzeichnet.«

»Tatsächlich.« Diethers Nachbar Johann Raden gab sich ordentlich beeindruckt. Verstohlen grinsten sie sich an.

Wie immer war Bernings Rede mit vielen Wiederholungen und schwülstigen Lobesworten gespickt, als er den Inhalt des Briefes darlegte. Anfangs gab der Bischof seiner Bestürzung darüber Ausdruck, dass sein Schloss Ziel eines Einbruchs gewesen war. Von Menkes Tod war keine Rede. In seiner allumfassenden Weisheit, so Berning, habe Dietrich Zweifel an der Schuld des Gefangenen geäußert, der ja immerhin der Sohn seines hochgeschätzten Rentmeisters sei.

Mit seiner Reise nach Dringenberg rannte Barcholt also offene Türen ein. Diether gönnte ihm die Erleichterung, die

Laurenz' Freilassung mit sich bringen würde. Er nahm sich aber vor, da ihm die Zaunmalerei des Jungen immer noch zu denken gab, die ihn betreffenden offenen Fragen weiterzuverfolgen.

Den wahren Täter vermutete der Bischof in seiner Stadt, wo bekanntlich neben zahllosen frommen Katholiken, die zu einer so ruchlosen Tat nicht fähig seien, immer noch viele Feinde des wahren Christentums anzutreffen seien.

»Und deshalb sind wir gleich Mörder, was?«, murmelte Goddert Deies, der auf Diethers anderer Seite saß, so leise, dass ihn Berning nicht hören konnte. Wie viele andere, von denen alle wussten, dass sie noch dem protestantischen Glauben anhingen, ging der Alte jeden Sonntag in den Dom und gab so den Jesuiten Anlass, eine weitere »Bekehrung« zu bejubeln.

Der Bischof gehe davon aus, dass in einer Stadt, in der Gelder unterschlagen werden, die den Stellvertretern der göttlichen Macht zustehen – bei diesen Worten schaute Berning kurz auf Georg Löseken, als habe der selbst die Truhe mit den heiligen Talern gestohlen –, noch ganz andere Übeltäter herumliefen, die zu den schwersten Verbrechen fähig seien. Berning behielt den Himmel vor den Fenstern im Auge, als könnten die Strolche jederzeit vorbeifliegen.

Er – Berning – sei nun mit der Suche nach demjenigen beauftragt, der skrupellos genug war, das Unglück der Stadt auszunutzen und darüber hinaus die Weichherzigkeit des Fürsten, der ja bekanntlich seine Landsknechte den Abgebrannten zu Hilfe geschickt habe, obwohl er sie, wie man nun sehe, zur Verteidigung seiner bescheidenen Schätze dringend gebraucht hätte.

»Unser vortrefflicher Fürst und huldreicher Seelenhirte ist der Meinung, dass es an der Zeit sei, die Spreu vom Weizen zu trennen.« Wie Berning seinen Blick durch den Saal wandern ließ, konnte nahelegen, dass er mit dem Absondern bereits begonnen hatte. Diether und seine Nachbarn gehörten eindeutig nicht zum Weizen.

Berning kündigte an, dass er Listen aller Feinde des Bischofs anlegen werde, unterstützt vom Jesuitenpater Röhrich, der bekanntermaßen des Bischofs Beichtvater sei und außerdem als

Domprediger seine Schäfchen kenne. »Wir werden die faulen Früchte am Stamm des Christentums erst einmal sammeln und dann aussieben.« Jeder, der auf ihren Listen landete, musste in den nächsten Tagen mit einem Besuch der Schütter rechnen und nachweisen, wo er den Freitagabend verbracht hatte.

Mit einem kräftigen Glockenschlag brachte Perlensticker die aufkommende Unruhe zum Stillstand. Berning hatte Weiteres mitzuteilen. »Wenn sich der Schuldige bei dieser Befragung nicht selbst verrät, schlägt unser hochwohllöblicher Herrscher und gottesfürchtiger Gebieter nach alter, überkommener Sitte ein Gottesurteil vor. Der himmlische Herrgott selbst wird auf den teuflischen Widersacher zeigen.«

Ein Gottesurteil. Wie anno dunnemals, würde Vater sagen. Es wurde mit einem glühenden Eisen herbeigeführt, das jeder Verdächtige in die Hand nehmen musste. Wessen Haut Brandblasen davontrug, war schuldig, wer sich der Probe entzog, ebenfalls.

Diether lief es kalt den Rücken hinab. Wollte er sich nicht ganz gehörig die Finger verbrennen, musste er sich mit der Aufklärung des Mordes an seinem Freund Menke beeilen.

Von der Marktkirche her schlug es neun Uhr und damit zur Sperrstunde, als Diether die Jühengasse erreichte. Eben noch rechtzeitig hatte Bürgermeister Perlensticker die Ratssitzung geschlossen. Diether atmete auf. Eine Auseinandersetzung mit den Schüttern hätte heute noch gefehlt.

Ein Windlicht flackerte auf dem Gartentisch, Leonore gegenüber saß Friedrich. Sie hatten ihn nachmittags am Stift zurückgelassen, was wollte er jetzt schon wieder hier? Alles, was gesagt werden musste, war gesagt.

Als Diether näher kam, hörte er, dass sie über einen Pfirsichbaum im Busdorfgarten sprachen, wo Friedrich gern seine Nachmittage verbrachte. Seine Streifen im Gesicht und der runde Punkt in der Mitte waren wieder mit Salbe verkleistert.

»Ich frage Liesel, dann bekomme ich bestimmt einen.« Friedrich war bei allen Köchinnen beliebt.

»Ist dir nach Pfirsichen?«, erkundigte sich Diether bei Leonore, als er sich neben sie setzte. »Anderen Frauen in deinem Zustand ist nach sauren Gurken.«

Leonore lachte und erklärte ihm, dass es um einen Setzling für seinen Garten ging.

»Unseren Garten«, verbesserte er schmunzelnd. »Oder eher deinen. Ich kann höchstens graben.« Insgeheim setzte Diether darauf, dass Henrich ihm die Arbeit abnahm.

Er goss sich von dem badischen Rotwein ein und trank einen Schluck. Das war – neben der Befreiung von Schoß und Schatzung – der Lohn seines Einsatzes für die Angelegenheiten der Stadt; als Ratsherrn stand ihm zu allen Festtagen ein ansehnliches Weindeputat zu. Diesmal hatten die Weinherren, darunter neuerdings der Weinhändlerssohn Johann Raden, gut eingekauft.

»Ich fürchte, du wirst nicht glauben, was meine Aufgabe für den morgigen Tag ist«, sagte Friedrich, der heute seine Soutane trug. Darin konnte er sich, falls er auf seinem späten Heimweg auf die Nachtwachen traf, auf ein Gebet am Krankenbett herausreden. »Ich bin eigens hergekommen, weil ich annehme, dass du es sofort wissen willst.«

»Eine Aufgabe? Du willst mir doch nicht erzählen, dass dich Leonore zum Steineschleppen überredet hat.«

»Ich hätte gern geholfen«, behauptete Friedrich. »Aber dafür werde ich keine Zeit mehr aufbringen können.«

Besonders betrübt wirkte seine Miene nicht, eher schien es, als platze er gleich vor Stolz. Gleich nach seiner Rückkehr ins Stift habe ihn Propst Plettenberg zu sich gerufen. »Er hatte schon eine Weile nach mir suchen lassen. Was glaubt ihr, warum?«

Diether wollte nicht glauben, sondern wissen. »Nun mach es nicht so spannend, Friedrich, wir sind alle müde.« Er legte seinen Arm um Leonore; Friedrich sollte ruhig merken, dass er anderes vorhatte.

»Da sagst du etwas Wahres«, gab Friedrich zurück und gähnte so ausgiebig, als habe er sich seit Sonnenaufgang ununterbrochen abgemüht. »Und die nächsten Tage werden noch anstrengender.« Er stärkte sich mit einem großen Schluck Wein.

Diether räusperte sich vernehmlich.

»Du kannst mir den Wein ruhig gönnen.« Friedrich warf sich in die Brust, was dazu führte, dass sein gut gefülltes Bäuchlein in die Höhe ruckte. »Ihr seht vor euch einen wichtigen Mann, einen Vertrauten des Bischofs sozusagen.« Einen wichtigen Mann mit Dachsstreifen im Gesicht.

»In der kurzen Zeit kannst du den Bischof nicht getroffen haben.«

»Nein. Aber er hat einen Brief geschickt.«

»An den Busdorfpropst?« Das war nach Bernings Brief die Nummer zwei.

»Genau. Aber wenn du wissen willst, was drinstand, gib mir erst noch etwas Wein. Er ist übrigens ganz vorzüglich.«

Diether lachte und goss ihm großzügig ein. Nun war er doch neugierig. »Du sollst also zum Bischof kommen? Nach Dringenberg?«

»Nein, nicht zum Bischof selbst. Nur ins Schloss. In des Bischofs Schatzkeller, um genau zu sein. Wir sollen da nämlich Inventur machen.« Mit dem sachte kreisenden Zeigefinger verrieb er die Salbe auf seiner Nasenspitze.

Das war wirklich eine Neuigkeit. »Inventur?«

»Ja, zählen, was nach dem Einbruch übrig geblieben ist. Es soll da alte Inventarlisten geben, mit denen wir die Gegenstände abgleichen sollen.«

»Und wer ist wir?«

»Na, erst mal ich.« Friedrichs Bäuchlein hüpfte erneut. »Dann noch Andreas von Rostorp, der mir schon im Archiv geholfen hat. Den hat der Bischof ausdrücklich angefordert. Und zwei Magister aus dem Jesuitenkolleg. Rektor Bavingh hat der Bischof auch geschrieben.«

Der dritte Brief. Wahrscheinlich enthielt dieses Schreiben auch den Auftrag an Pater Röhrich, Berning bei seinen Namenslisten zu helfen. Zwar lag der Bischof mit den Jesuiten oft im Streit, doch von allen Klerikern in der Stadt vertraute er ihnen am meisten.

Dennoch war das eine merkwürdige Auswahl. »Den Auftrag an die Jesuiten verstehe ich ja, wahrscheinlich sollen sie aufpassen, dass ihr keine langen Finger macht. Aber warum du und dieser Rostorp?«

»Andreas ist über seine Mutter mit dem Bischof verwandt, wie gesagt wurde sein Name in dem Schreiben eigens genannt. Mich hat der Propst ausgesucht. Es sollte wohl jemand sein, der sich mit Verzeichnissen auskennt und zuverlässig arbeitet.« Friedrich schien um gleich zwei Handlängen zu wachsen.

»Wahrscheinlich hat Plettenberg dich auch deshalb benannt, weil du reich genug bist und von dem ganzen Glitzerzeug nur in Versuchung geführt würdest, wenn es essbar wäre.«

Ob das auch auf die Jesuiten zutraf? Diether wagte es zu bezweifeln.

6

Die Küche im Schloss des Bischofs erschien Diether so groß wie der Paderborner Marktplatz. Man hätte mit dem Pferdewagen darin herumfahren können, wären da nicht die vielen runden Pfeiler gewesen, die das Gewölbe trugen. Der ummauerte Herd nahm mehr Raum ein als sein für eine vielköpfige Familie geplanter Küchentisch, Töpfe und Kessel waren so gewaltig, als werde für Riesen gekocht.

Ein Küchenjunge stand auf einem Hocker und rührte mit einem Holzlöffel so lang wie ein Paddel eine blubbernde Suppe um. Das im Herd lodernde Feuer war teilweise mit einer gelochten Eisenplatte abgedeckt. Überall dampfte es, Fett spritzte, für Diether hatte niemand Zeit. Von einer Reihe größerer Vögel, die auf einem langen Drehspieß brutzelten, stieg ein verlockender Duft auf.

Am Tisch im hinteren Teil der Küche, an dem das gesamte Gesinde Platz fand, räumte eine ältere Magd in weißer Haube benutztes Geschirr zusammen. Es war ein Raum für sich, abgetrennt durch hölzerne Gestelle mit Tellern, Bechern und kupfernen Kochgeräten. Diether sprach die Frau an und fragte nach Agnes und Enneke, den beiden Küchenmägden, die als Letzte auf seiner Liste standen.

»Die sind in der Spülkammer.« Diether hatte die Frau schon am Sonntag nach ihrem Verbleib am Mordabend befragt, doch ihr Name fiel ihm nicht mehr ein. »Ich hole sie Euch her.« Sie hatte angegeben, dass sie nahe der Tür zum Abort gesessen und jeden gesehen habe, der hinein- und hinausging.

Die aufgereihten Vögel über dem Feuer sahen nach Enten aus. Wenn sie aus der Gräfte stammten, rochen sie nicht danach. Langsam und stetig drehte sich der Spieß, ohne dass ihn eine Menschenhand berührte. Ein Wunderwerk. Diether trat näher heran. Da war keine Kurbel, kein Griff, nur ein Zahnrad, das in die Kerben einer Walze griff. Unten stand sie auf dem Herd, oben ragte eine Stange in den Kamin hinauf.

»Da oben ist ein Windrad«, erklärte ihm ein Küchenjunge, der einen weiteren mit Enten bestückten Spieß herantrug. »Das dreht sich in der warmen Luft.«

Es gab sogar zwei dieser sinnreichen Vorrichtungen. Davon musste er Gese erzählen, die sich an Mutters Herd mit dem handbetriebenen Bratspieß oft genug Brandblasen holte. Henrich konnte so ein Windrad bestimmt nachbauen.

An einem für sich stehenden Backofen wurde eine Klappe geöffnet, Wolken würziger Düfte quollen heraus. Der Koch zog ein Blech mit Fleischpasteten heraus, die Diether das Wasser im Mund zusammenlaufen ließen. Schnell wandte er sich ab. Sein Blick fiel auf mehrere Wasserbecken, wo Wurzelwerk und Fische gewaschen wurden, und auf riesige Mörser, in denen Küchenmägde herumstampften. Auf einem Hauklotz lag ein ganzes Rinderbein, das mit wuchtigen Beilhieben zerteilt wurde.

Das Gesinde würde wohl – außer vielleicht von der Suppe – von all den Leckerbissen nichts abbekommen. Gebraten und gebacken wurde hier für die hochrangigen Beamten des Bischofs und ihre zahlreichen klerikalen Besucher. Wenn der Bischof selbst zum Gastmahl lud, mochten sich bedeutend köstlichere Düfte verbreiten. Dann ging es sicher noch weniger geruhsam zu als jetzt.

Agnes und Enneke wischten sich die aufgequollenen Hände an der Schürze ab, als sie durch die Tür traten. Mit den weißen Hauben auf dem Kopf, darunter je ein schmales, knochiges Gesicht, sahen sie sich ähnlich wie zwei Schwestern. Die eine war etwas kleiner, sie stellte sich als Agnes vor. Enneke ließ die langen Arme schlenkern, als sie vor Diether her zum Tisch ging.

Sie – wohl die Ältere – war es auch, die das Wort führte, Agnes beschränkte sich aufs Nicken. Den Freitagabend hatten sie wie alle Schlossbediensteten hier am Gesindetisch verbracht. Viel Spaß habe es gegeben, sie hätten gesungen und mit den Kammerdienern geschäkert, die sich sonst kaum zu ihnen herabließen. Doch der Kellermeister habe einen guten Wein ausgeteilt, und obwohl es reichlich zu essen gab, seien bald alle ziemlich betrunken gewesen.

»Wisst ihr noch, wo ihr gesessen habt und wer eure Nachbarn

waren?« Diese Frage hatte Diether allen gestellt. Zwischen den einzelnen Aussagen hatte er keine Widersprüche bemerkt; es hatte wohl auch wenig Bewegung am Tisch gegeben.

»So wie heute, hier an der Schmalseite. Da sitzen wir immer.« Gerold und Volkmar, zwei Kammerdiener des Bischofs, hätten übereck gesessen. Enneke kicherte und blinzelte mit den Augenlidern. »Später sind wir dann zu ihnen auf die Bank gerutscht.« Trotz ihres hageren Gesichts war sie richtig hübsch.

Von dieser etwas ungewöhnlichen Annäherung zwischen Küche und Bischofsgemächern hatten ihm schon andere Bedienstete erzählt. »Und vermisst habt ihr niemanden?«

Die beiden sahen sich an. »Doch«, wisperte Agnes, wurde rot und verstummte wieder. Diether fühlte Mitleid mit dem unscheinbaren Mädchen, das vor lauter Scheu kein Lächeln zustande brachte.

Enneke übernahm es zu erklären. Eigentlich hatten sie noch mit Nelges, dem Pferdeknecht, gerechnet, mit dem sie oft, wenn sie zum Wasserholen über den Hof gingen, ein paar Worte wechselten. »Er hatte zwar Stalldienst, aber das hat den noch nie gestört.« Ein Weilchen hatten sie ihm sogar einen Platz an Agnes' anderer Seite frei gehalten. Sie wurde wieder rot, als Enneke es erwähnte.

»Hat er denn gesagt, dass er kommen will?«

»Das nicht gerade. Wir haben es nur gedacht, weil doch alle da waren. Er kann aber auch im Ort gewesen sein, da hat er nämlich ein Liebchen.« Enneke warf Agnes einen strengen Blick zu, die, den Kopf gesenkt, an ihrer Schürze herumnestelte.

Diether verabschiedete sich und verließ die Küche samt ihren paradiesischen Wohlgerüchen. Im Pferdestall erwarteten ihn weniger himmlische Düfte, etwas dort stank sogar ganz gewaltig. Nelges hatte Diether erzählt, dass er mitgefeiert habe. Niemand log ohne Anlass. Sollte ganz am Ende seiner Liste doch noch ein Verdächtiger auftauchen? Er beschloss, sich den Pferdeknecht noch einmal vorzunehmen.

Der weite Schlosshof war wieder voller Leben. Wie vorher in der Stadt lungerten die Landsknechte nun hier herum und nahmen nur Haltung an, wenn – wie eben jetzt – eine Kutsche durch die enge Durchfahrt rumpelte. Diether erkannte das Schorlemer Wappen; die Herren des Domkapitels reisten natürlich vierspännig.

Nelges hatte alle Hände voll zu tun. Während er auf ihn wartete, ging Diether in den Teil des Stalles, wo er Äppelkens Standplatz wusste. Neben Menkes Apfelschimmel hatte Redebrecht, der ihn bei seiner Ankunft empfangen hatte, Feuerbein untergebracht. Diether griff in die bereitstehende Kiste und fütterte beide Pferde mit einem Apfel.

Redebrecht hatte den Ärger über die Freilassung seines Gefangenen nicht verbergen können. Noch am Montagabend war Barcholt mit der vom Bischof eigenhändig verfassten Anweisung aufgetaucht. »Westphal wird seinen Zorn an mir auslassen«, prophezeite Redebrecht. »Er ist der vom Bischof bestellte Hofrichter, da sollten seine Entscheidungen mehr Geltung haben.«

Wie Diether wusste auch Redebrecht nicht, was von Laurenz zu halten war. »Wenn er heute Abend in die Stadt zurückfährt, sollen ihn ein paar Landsknechte im Auge behalten.« Diether hatte ihm geraten, sie ohne Uniform auftreten zu lassen.

Nelges ließ sich ausnehmend viel Zeit, die Rappen des Domherrn zu versorgen. Konnte sie nicht ein anderer Pferdeknecht abreiben? Diether wollte auch noch zu Barcholt in die Kanzlei hinauf, wo ihn ein weiteres unangenehmes Gespräch erwartete.

Sein gelangweilter Blick fiel auf den Prunkeingang, den nur der Bischof benutzte. Sogar wenn er in den Pferdestall ging, brauchte er den Anblick seines goldstrotzenden Wappens. Friedrich saß jetzt im Schatzkeller und zählte die bischöflichen Monstranzen. Sollte Diether ihn dort besuchen? Er verwarf den Einfall, weil ihn die Landsknechte bestimmt nicht hineinließen. Friedrich sah er am Abend, wenn sie noch einmal zu Pater Simon wollten, so lange konnte seine Neugier warten.

Er ging zu Nelges hinüber, der eben den Lappen aus der Hand legte. Für die Art seiner Tätigkeit war seine Kleidung ziemlich sauber, nur an den Schuhen saß ein wenig Dreck. Niemand von den hohen Herren hätte wohl einen schmutzigen

Pferdeknecht an seine wertvollen Rösser gelassen. In einem Bottich wusch er sich sogar die Hände.

Allerdings verströmten seine Kleider deutlich wahrnehmbaren Pferdegeruch. »Ich war es nicht, Herr Advokat«, sagte Nelges zur Begrüßung, während er seine Hände mit einem Tuch trocken rieb.

Das hatte Diether im Verlauf seiner Befragungen schon mehrfach gehört. Am besten stieg er erst mal auf den lockeren Ton ein. »Du bist der Letzte auf meiner Liste, du musst es einfach gewesen sein.«

»Ja dann … Ihr habt den Strick sicher schon mitgebracht.« Nelges' Grinsen war so breit, dass Diether den Eindruck hatte, seine ohnehin schon abstehenden Ohren klappten sich noch mehr nach vorn. Schuldbewusst wirkte das nicht gerade.

Diether hob die Hände, um zu zeigen, dass sie leer waren. »Der findet sich dann schon.« Es war durchaus als Warnschuss gemeint. »Beispielsweise könnte man ihn aus dem knüpfen, was ich heute über dich erfahren habe.«

»So?« Das Grinsen verschwand. »Bestimmt habt Ihr mit Agnes und Enneke gesprochen. Sie haben mich auch schon gefragt, wo ich denn am Freitagabend war. Es ist nämlich so, dass Agnes mir schöne Augen macht …« Er warf sich in die breite Brust. »Aber die ist mir viel zu langweilig, die sagt ja kein Wort.«

»Und deshalb bist du nicht zu dem Gelage gegangen?«

»Nein. Nicht deswegen. Ich hatte doch Stalldienst.« Nelges nahm die Kappe ab und kratzte sich am Kopf.

»An dem Abend waren kaum Pferde hier. Die konnten sicherlich auch allein bleiben.« Diether schaute sich in dem großen Stall um, wo sogar jetzt ein paar Stellplätze frei waren. »Du hast bei anderen Anlässen doch auch mit ihnen zusammengesessen.«

»Nun ja. Manchmal schon.«

»Jedenfalls hast du mich am Sonntag mit deiner Behauptung, du hättest mitgefeiert, angelogen. Warum?«

Nelges' Segelohren färbten sich rot wie Hahnenkämme. »Ach …« Er sah zum Fenster hinüber. »Ja nun.« Er nahm seine Füße in den Blick. »Kann sein, dass ich mal kurz im Dorf war«, murmelte er, nachdem ein Weilchen vergangen war. »Das muss hier keiner wissen.«

Enneke hatte richtig vermutet. »Kann das jemand bezeugen?«

Der Pferdeknecht nickte und sah auf. »Schon. Aber ihr Vater wird sie schlagen, wenn das herauskommt.«

Der Verdacht gegen Laurenz war weniger begründet gewesen, dennoch hatte Westphal ihn eingesperrt. »Der Strick, an dem du baumeln wirst, mag ihr noch weniger lieb sein.«

Nelges schrak zusammen. »Nein! Fragt sie ruhig.« Er nannte den Namen des Mädchens und beschrieb den in der Elser Bauerschaft gelegenen Hof ihres Vaters.

»Was ist denn mit der Torwache? Die müsste dich doch auch gesehen haben.« Nelges brauchte nicht zu erfahren, dass Diether um die geheimen Schlupflöcher des Schlosses wusste.

»Glaub ich nicht. Ich bin durch den Weinkeller raus und dann über die Alme.« Wie Redebrecht gesagt hatte.

»Dann hast du das Boot genommen, das auf der Rückseite liegt?«

»Mhm. So machen wir das immer.«

Wollte er Nelges glauben, hatte während seiner Abwesenheit das Boot für jeden Eindringling bereitgelegen. »Sag mir noch, wann du gegangen und wann du zurückgekommen bist.«

»Nun, Menke war im Treppenturm verschwunden, da hab ich noch ausgemistet und mich umgezogen. Waschen musste ich mich auch noch, wollte ja nicht nach Pferdemist stinken. Ich war aber wohl nicht der Einzige, der sich verdrückt hat, denn die Weinkellertür stand offen. Und zurück …« Er schaute zur Stalldecke hinauf, wo nicht eine Spinnwebe zu sehen war. »Als ich zurückkam, stand der Mond schon hoch am Himmel. Mein Mariechen wollte mich gar nicht gehen lassen, weil er ihr so gefiel.«

»Und das Boot?«

Das hatte noch am Ufer bereitgelegen, doch die Tür des Weinkellers war verschlossen gewesen, sodass Nelges zurückrudern musste. Im Gebüsch verborgen hatte er die Nacht verbracht, bis das Tor geöffnet wurde. »Das war nicht so schlimm. Es war ja eine warme Nacht.«

Diether erinnerte sich lebhaft. Es war der Tag seiner Hochzeit gewesen, und Leonore und er hatten den aufgehenden Vollmond ebenfalls bewundert. Er würde den Anblick wohl nie vergessen. Mit größter Wahrscheinlichkeit war Menke in dieser Zeit seinem Mörder begegnet.

Den einzigen Zugang zu den im Dachgeschoss gelegenen Kanzleiräumen, wo auch Barcholt seine Schreibstube hatte, eröffnete der Treppenturm in der südwestlichen Ecke des Schlosses. Am obersten schrägen Fenster blieb Diether stehen und sah in den Schlosshof hinab. Am Brunnen stand Nelges, in der Hand einen ledernen Wassereimer, den er aber nicht benutzte. Die andere Hand ließ er ins Wasser hängen, während er wie gebannt zum Giebelkrieger hinaufschaute. Fürchtete er, dass ihn dessen Kugel treffen könnte?

Nelges konnte das Schloss durchaus verlassen haben, *nachdem* er den Einbruch begangen und dabei Menke getötet hatte. Die gestohlenen Gegenstände musste er sowieso hinausschaffen. Auch dann würde Mariechen seinen Aufenthalt bei ihr bestätigen. Aber woher sollte ein Pferdeknecht wissen, wo der Bischof den Schlüssel zum Schatzkeller verwahrte? In seinen dreckigen Schuhen hatte er die hochherrschaftlichen Schlafgemächer bestimmt nie betreten.

Ohnedies passte Nelges schlecht in Diethers Bild vom Ablauf des Mordabends. Die Spuren im Efeu, das offene Fenster sprachen dafür, dass der Täter von außen gekommen war. Die Kletterei hätten weder Laurenz noch Nelges auf sich nehmen müssen. Blieb noch die Möglichkeit, dass sie – einer von ihnen – die Tat mit einem Außenstehenden zusammen verabredet hatten. Wie auch immer derjenige vom Versteck des Schlüssels erfahren haben mochte – er hatte ihn wohl selbst geholt, bevor er in den unbewachten Keller hinabgestiegen war.

Diether nahm sich vor, Redebrecht von dem Gespräch zu berichten. Er sollte auch Nelges im Auge behalten.

Im letzten engen Treppenaufgang zum Dachgeschoss drängte sich ein junger Schreiber mit einem Arm voll Aktenstücken an Diether vorbei. Bei ihm erkundigte er sich nach dem Dienstzimmer des Rentmeisters und wurde den langen Gang hinab zum letzten Raum verwiesen.

Hier oben unter dem Dach befand sich die Schriverigge, wie die bischöfliche Kanzlei allgemein genannt wurde. Der Gang hatte nur wenige Türen, die in große Schreibsäle führten. Um die Ecke residierten die Staatssekretäre, hohe Herren allesamt, von denen Barcholt immer gern erzählte. Eine Bibliothek gab es ebenfalls. Über den anderen Flügeln lagen Schreiner- und Möbelkammern, aber auch der weitläufige Pockboden, wo Speck, Schinken und Würste geräuchert wurden.

Diethers Oheim saß auf einem erhöhten, mit rotem Samt gepolsterten Bänkchen vor einem Schreibpult, die weiß bestrumpften Beine in den schwarzen Schnallenschuhen baumelten in der Luft. Aus den schmalen Fenstern eines Zwerchhauses fiel Licht in den Raum.

Barcholt beendete das Wort, an dem er schrieb, mit einem ausladenden Schnörkel und wandte sich um. »Ach, Diether. Was willst du denn hier?« Er senkte die Schreibfeder wieder aufs Blatt.

Das war doch mal eine herzliche Begrüßung. Diether hatte sich wohl nicht genug für den teuren Sohn eingesetzt. Wo war er überhaupt? Nach Auskunft Tante Käthes hätte Laurenz hier sein sollen. Auf einem Stehpult lag ein aufgeschlagenes Kontorbuch, das Tintenfass war geöffnet. Bestimmt hatte er nur kurz den Raum verlassen.

»Zuerst einmal wollte ich mich nach deinem Ergehen erkundigen, werter Oheim. Wie ich sehe, bist du schon wieder bei der Arbeit. Hat dich die Reise nach Dringenberg nicht zu sehr erschöpft?«

Barcholt schnaubte nur und schrieb weiter.

Diether ging zum Fenster und schaute hinaus. In der Ferne erhob sich der Dom über dem abgebrannten Ükern. Den Lauf der in der Sonne glitzernden Pader konnte er bis zum Neuhäuser Lippetor verfolgen.

Er drehte sich zu Barcholt um, dessen rundes rosiges Gesicht immer noch über das Schriftstück geneigt war. »Und wie geht es meinem Vetter?«, fragte Diether. »Hat er die Nacht im Turmkeller gut überstanden?«

Mit einem Ruck hob Barcholt den Kopf. »Dass Laurenz befreit wurde, ist ja nun nicht dir zu verdanken.«

Damit hatte er recht. Diether war es auch jetzt noch wichtiger, Menkes Mörder zu finden, als seinem leichtsinnigen Vetter ein angenehmes Leben zu bereiten. Aber er wollte sich nicht streiten. »Nein, Oheim«, sagte er deshalb. »Das hast du ganz allein bewerkstelligt.«

Der Oheim reckte den fast haarlosen Kopf noch höher. »Ich habe schon immer das Wohlwollen unseres durchlauchtigsten Herrn genossen.«

Diether nickte. Deshalb war Mutter auf ihren Bruder so stolz. »Eigentlich bin ich ja gekommen, weil ich mit Laurenz reden wollte. Es sind da noch ein paar Fragen aufgetaucht, die ich gern klären würde.«

»Fragen? Was für Fragen?« Barcholt rutschte von seinem Sitz und baute sich vor Diether auf. Hinten platt gedrückt, bauschte sich die Pumphose mit den aufquellenden Schlitzen an den Seiten umso mehr. »Unser Laurenz ist wieder frei, um den musst du dich nicht mehr kümmern«, erklärte er.

»Es geht darum, ihn vom letzten Verdacht reinzuwaschen.«

»Das wird nicht nötig sein.« Barcholts Blick war so finster, als wolle Diether seinen Sohn geradewegs zum Galgen führen. »Laurenz kannst du getrost mir überlassen. Als sein Vater weiß ich am besten, was gut für ihn ist.«

»Zweifellos.« Irgendwann bekam er seinen Vetter schon in die Finger.

»Aber da du einmal hier bist, Junge …« Barcholt klopfte auf seine ausladenden Hüften, ohne dass sich der Hosenstoff besser verteilte. Jetzt sah die blaurote Pumphose einer Heerpauke, deren Namen sie trug, noch ähnlicher. »Du weißt ja, dass deine Mutter ihren einzigen Sohn ebenfalls gern bei Hofe sähe. Mein hochwürdiger Herr wäre nicht abgeneigt, dich anzustellen, sobald du dich als gläubiger Christ erweist. Ich habe bereits mit ihm gesprochen.«

Er drehte sich um und breitete seine Arme aus, als wolle er den Raum umgreifen. »Sieh dich nur um.« Die Wände unter der niedrigen, bäuerlich anmutenden Balkendecke waren mit dunkelblauem Brokat bedeckt. »In diesem angenehmen Rahmen könntest du ebenfalls dein Tagewerk vollbringen, zum Nutzen des gesamten Hochstifts.«

Hatte der Oheim »angenehm« gesagt? Je höher die Sonne stieg, desto heißer wurde es unter dem Dach.

Mit dem Finger fuhr Barcholt über die bemalten Schnitzereien eines der hohen Schränke, bevor er ihn öffnete und Diether die langen Reihen goldgeprägter Schweinslederbände sehen ließ. »Deiner Mutter wäre es eine große Erleichterung, wenn du nicht mehr in den Angelegenheiten fremder Leute durchs Land laufen müsstest.«

Laufen? Er hatte doch Feuerbein. Viel lieber ritt Diether mit ihr über die Dörfer, als in einer stickigen Dachkammer sein Leben zu fristen. »Man wird sehen, Oheim«, gab er zurück. »Vorerst habe ich noch viele Fälle zu bearbeiten.«

Als Diether gehen wollte, hielt ihn Barcholt am Ärmel zurück. »Ich habe auf dem Hof deinen Freund Friedrich Baer getroffen. Was macht er denn hier im Schloss?« Er strich über seine feisten, aber makellosen Wangen. »Besonders vertrauenerweckend sah er ja nicht aus, eher so, als hätte er sich geprügelt.«

Wusste der Oheim nichts von der Inventur? »Friedrich? Ach – der soll den beiden Jesuitenpatres bei der Arbeit helfen. Du weißt doch sicherlich, was sie hier tun?«

»Doch, doch. Natürlich. Sie haben mich mit einem Antrittsbesuch beehrt.« Das hatte Friedrich offenbar versäumt. Barcholt schaute zum Fenster hinaus, wo ein paar Wolken vorüberzogen.

Er schwieg noch, als Diether sich von seinem Rücken verabschiedete. Es wurmte ihn wohl ganz gewaltig, dass der Bischof ausgerechnet Friedrich das Zählen seiner Kostbarkeiten überließ und nicht ihm, seinem überaus ergebenen, treuen Rentmeister.

So schnell es eben möglich war auf den unregelmäßigen Stufen, brachte Diether die enge Wendeltreppe hinter sich. Er wollte seinem Oheim gewiss nicht erklären, dass der Verdacht gegen die Barcholts keineswegs ausgeräumt war.

Wie übergroße Ohrmuscheln beulte sich das Schnörkelwerk neben dem Kopf des Bischofs, dessen Statue in Lebensgröße über dem Eingangstor prangte. Das Bild erschien Diether sinnreich: Des Bischofs Ohren in der Stadt waren die Jesuiten.

Dunkelgraue Wolken hatten das Sonnenlicht geschluckt, ein Windstoß fegte den Kamp hinauf und fing sich im Innenhof des Gymnasiums, wo er auf Friedrich wartete. Es sah ihm ähnlich, dass er sich vor dem neuerlichen Besuch bei Pater Simon drückte. Diether hatte bis nach dem Abendläuten auf seine Ankunft gehofft, war dann aber zum Kolleg hinübergegangen, damit ihm der Pater nicht entwischte. Henrich würde Friedrich hierherschicken, falls er noch auftauchte. Vielleicht war er aufgehalten worden. Diether beschloss, bis zu den ersten Regentropfen auszuharren. Er krempelte die Ärmel herab und knöpfte sein Wams zu.

Niedliche Engelchen und nackte Putti umgaben den Bischof, der mit dem Hirtenstab in der Hand vor einer Wandnische stand. Wieder waren Rot und Gold die vorherrschenden Farben, und natürlich stand Dietrichs Wappen ganz oben. Die Fassade zierten Statuen der Gründer und Heiligen des Hochstifts.

Erst vor ein paar Jahren war das vom Bischof gestiftete Gymnasium gebaut worden, mit großen Klassenzimmern und genügend Licht. Sicher kamen die Schüler nicht jede Woche wieder mit einem neuen Schnupfen nach Hause wie Diether und Friedrich, die noch in den engen, feuchten Räumen am Pürting des Domklosters zur Schule gegangen waren. Danach hatte Diether in Freiburg studiert und den Doktorhut erworben, während Friedrich der Familientradition gemäß in Köln ausgebildet worden war. Erst vor Kurzem hatte Bischof Dietrich – Diethers Namenspatron, weil er im Jahr seiner Inthronisierung geboren war – die Paderborner Universität gegründet. Sie sollte noch in diesem Monat mit einem pompösen Festakt eingeweiht werden.

Diether sah vor sich, wie sein eigener, noch ungeborener Sohn, die Schülerkappe auf den braunen Locken, die ihm seine Mutter hoffentlich vererbte, durch den wappengekrönten Eingang schritt. Auch für Mädchen gab es Schulräume, aber die Universität besuchen durften sie zu Leonores Leidwesen, die selbst gern studiert hätte, immer noch nicht.

Doch ob Junge oder Mädchen – sie mussten achtgeben, dass die Jesuiten ihren künftigen Kindern nicht mit Geschichten vom Teufel und den Heiligen das Gehirn verkleisterten. Auf keinen Fall sollte Diethers Sohn – bestimmt ein kleiner Racker, wie er selbst es gewesen war – im Engelsgewand betend mit der Fronleichnamsprozession durch die Stadt ziehen, und dass der Junge keine Geißel in die Hand bekam, dafür würde er schon sorgen. Leonores Gesicht konnte er sich lebhaft vorstellen, wenn ihr geliebter Sohn mit blutenden Wunden auf dem Rücken nach Hause käme. Dann schon lieber mit einem Schnupfen.

Den würde er sich ebenfalls holen, wenn er noch lange hier herumstand. Die ersten Regentropfen waren bereits gefallen, und Friedrich war immer noch nicht da. Diether ging die Stufen zum Eingang hinauf. Auch der Bischof sollte, bevor sein rotgoldener Ornat nass wurde, besser in seine Nische zurücktreten.

Pater Simon hatte bereits auf ihn gewartet, die vierhörnige Kappe auf dem Kopf, die er wohl auch im Bett trug. Indem er – wieder im Jubelton – von der geplanten Einweihungsfeier berichtete, führte er Diether durch den Regen um das ganze Kolleg herum zur Rückseite, wo gegenüber der Stadtmauer zwei weitere Eingänge lagen.

Dies war das ehemalige Kloster der Minoriten, die wegen angeblich unzüchtiger Handlungen, wohl eher aber, weil sie dem falschen Glauben anhingen, die Stadt hatten verlassen müssen. Die früher einmal rundbogigen Türen hatte man begradigt und erheblich vergrößert, sodass sie die schlichte Harmonie des alten Gebäudes geradezu sprengten. Das unvermeidliche, viel zu große Bischofswappen war zwischen zwei Fenster gequetscht worden.

Sie stiegen eine knarrende Holztreppe hinauf bis fast unters Dach. Simon öffnete eine Tür und ließ Diether hineinblicken. Eine Mönchsklause war das nicht gerade, die hätte keine brokatenen Wandbehänge gehabt und statt des dicken Teppichs einfache Holzdielen. Am Fenster, an einem ähnlich bequemen Schreibpult wie Diethers Oheim, saß Pater Horrion und kaute auf dem Ende seiner Schreibfeder herum.

»Hier entsteht der unübertreffliche *panegyricus*, den unser guter Pater Johannes dem ungemein hochherzigen Gründer unseres Kollegs und jetzt auch der Universität bei unserem großen Fest vortragen wird.« Simon konnte sich vor Entzücken gar nicht fassen.

Nach Mutters Erzählungen pflegte Horrion in seinen gut besuchten Predigten den gleichen jubelnden Stil wie Simon. Diether trat von der Tür zurück, bevor der Pater ihm eine Kostprobe seines Werks anbieten konnte.

»Wo stehen denn nun Eure Bücherkisten?«, fragte Diether, als Simon ihn einen langen Gang hinabführte.

»Ihr werdet schon sehen«, war die – dem Ton nach – glückverheißende Antwort.

Das wollte Diether hoffen. Aus den Fenstern konnte er über abgeerntete Felder hinweg bis hinauf zum Bockfeld sehen. Die Regenwolken waren weitergezogen; es hatte gerade ausgereicht, Diether in seiner feuchten Kleidung ein klammes Gefühl zu bescheren. Früher, vor den ritterlichen Raubzügen und der Pest, hatten dort überall Weiler gelegen, deren Trümmer mancherorts noch aus dem Boden ragten. Ganz oben, wo sich der Frankfurter Weg über die Anhöhe zog, wachte der Quedener Turm über die Stadt.

Er hörte nur mit halbem Ohr hin, während Simon begeistert von seinem Mitbruder Jakob Lösing berichtete, der demnächst nach Brasilien abreisen sollte. Er sprach von der ehrenvollen Aussendung durch das Generalat in Rom, von der gefahrvollen Reise über das stürmische Meer und von gottgefälligen Werken zur Bekehrung der heidnischen Wilden.

»Manchmal denke ich, der Dienst in dieser Stadt bereitet am allerbesten auf das heilige Bekehrungswerk in den Ländern der Teufelsanbeter vor.« Er öffnete eine Tür und ließ Diether den Vortritt.

Das war eine Bibliothek. Der große Raum, der eine Hausecke einnahm und von zwei Seiten Licht bekam, war menschenleer. Diether sah lange Reihen ledergebundener Bücher in offenen Regalen, Stehpulte, auf denen aufgeschlagene Bände lagen, und hohe verschlossene Schränke. Truhen waren hier nicht.

Simon schloss die Tür hinter sich und blieb davor stehen. »Wie ich das meine?«

Diether hatte nicht gefragt. Dennoch wurde ihm eine Antwort zuteil.

»Ihr als Ratsherr wisst doch am besten, dass in der Stadt unseres frommen Landesherrn, obwohl wir schon so viele Ungläubige bekehrt haben, noch immer die Sendboten des Teufels am Werk sind. Sogar der Bürgermeister ist der bösartigen Krankheit des Irrglaubens verfallen.«

Das war auf Heinrich Perlensticker gemünzt. »Der Bischof hat seine Wahl bestätigt.«

Simon nickte mit grimmigem Gesicht. »Das hat er auch vor zehn Jahren getan, als der gottlose Ketzer zum ersten Mal zusammen mit dem ruchlosen Dr. Engelbert Klotz das satanische Gespann an der Spitze der Stadt bildete. Wer weiß, welch niederträchtiger Beeinflussung unser durchlauchtigster Fürst ausgesetzt war. Meine Mitbrüder haben sich übrigens nicht gescheut, ihn ihre Missbilligung spüren zu lassen.« Erst im letzten Satz erreichte Simons Stimme wieder die gewohnten Höhen.

Diether musste ein Grinsen unterdrücken. Er selbst hatte noch in Freiburg studiert, aber Johanna hatte den Vorfall in einem ihrer Briefe erwähnt, die getreulich jeden Klatsch in der Stadt aufgriffen. Die Schüler mussten einen Aufsatz über die beiden mit Häresie behafteten Bürgermeister schreiben, die durch Teufelskünste zu ihrer Würde gelangt seien. Dem Bischof hatte die ihm unterstellte Nähe zum Fürsten der Hölle nicht besonders gefallen.

Simon tat ein paar Schritte in den Raum hinein und wies mit weit ausgreifender Gebärde, ein beseligtes Lächeln im Gesicht, auf die Buchreihen. »Was Ihr hier seht, ist unsere Bibliothek. Unser großmütiger Herr Dietrich war so freundlich, uns einen großen Teil der Bücher zu schenken.«

Diether nickte, das war ihm alles bekannt. »Ihr habt gesagt, die meisten Bücher lägen noch unausgepackt in Truhen. Wo sind sie denn nun?«

»Gemach, gemach.«

Das hatte Diether schon einmal gehört.

Wohl um zu beweisen, dass er reichlich Zeit hatte, nahm Simon die Kappe vom Kopf und ordnete mit einer Hand sein kurz geschorenes Haar, das keine Ordnung nötig hatte. Zum Aufsetzen seiner vierhörnigen Kopfbedeckung nahm er wieder die höckerige Nase als Richtschnur. Ungeduldig sah Diether ihm zu.

Dann bedeutete er Diether, ihm zu folgen, und schlenderte an den Regalen entlang. Sämtliche Werke der Kirchenlehrer waren hier versammelt, ihre Namen standen in Gold geprägt auf den Buchrücken.

Simon zog einen Schlüssel aus der Hosentasche und öffnete einen der Schränke. »Dies ist ein Teil unserer häretischen Schriften«, erklärte er.

Der berühmte Giftschrank der Jesuiten. Diether trat näher heran, das wollte er sehen. Hier gab es kein Gold auf den Buchrücken, alle Namen waren schwarz geprägt. Luther, Melanchthon, Calvin und wie sie alle hießen, waren hier weggesperrt. Und siehe da – auch Fischarts »Jesuiterhütlein« war vertreten, sogar in mehreren Ausgaben.

Aber das war es offensichtlich nicht, was Simon ihm zeigen wollte, denn er bückte sich zu einem unteren Fach und zog einen dicken, abgegriffenen Wälzer heraus, den er zu einem Stehpult trug. Er schlug den Buchdeckel zurück und zeigte auf das Frontispiz, während er Diether aufmerksam beobachtete.

»Dr. Jakob Theodor«, las Diether zu seiner Überraschung. Das war Leonores Vater gewesen. Wie kam dessen Buch hierher?

Dann fiel es ihm wieder ein: Leonore hatte ihm erzählt – es war schon einige Jahre her –, dass die Brüder ihres Vaters, obwohl ebenfalls nicht katholischen Glaubens, nach dessen Tod einen Teil der medizinischen Bücher des Verstorbenen dem Jesuitenkolleg gestiftet hatten. Sie hatte den Werken damals nachgetrauert, sie inzwischen aber ersetzt. Allesamt waren es die wertvollsten Schriften aus Dr. Theodors Bestand, sie seien wohl an die zweihundert Reichstaler wert gewesen.

Diether blätterte weiter und las den Titel. Ein Werk von Philippus Theophrastus Aureolus Bombastus von Hohenheim, genannt Paracelsus. »Die große Wundarzney«. Wenn Menke bei ihnen zu Besuch gewesen war, hatte Leonores Ausgabe oft zwischen ihnen auf dem Tisch gelegen. Die Kirche hatte ihn verfemt – deshalb hatte Leonores Bruder Erik die Werke nicht haben wollen –, weil Paracelsus neben der Gotteserkenntnis das Wissen um die natürliche Beschaffenheit des Menschen als Grundlage seiner Lehre ansah.

Er ging zum Schrank zurück. Auch weitere Bücher des Schweizer Arztes und Philosophen standen hier, wie der »*Labyrinthus medicorum* – Vom Irrgang der Aerzte« oder das »*Liber de nymphis, sylphis, pygmaeis et salamandris et de caeteris spiritibus*«, das wegen seines Geisterglaubens Leonore oft zum Lachen brachte. Die verpönten Naturforscher Hieronymus Fracastorius und Andreas Vesalius waren ebenfalls mit ihren Werken vertreten.

Endlich wandte Simon seinen Blick von Diether ab und den Büchern zu. War da nicht ein wenig Enttäuschung unter dem Dauerlächeln des Paters? Simon hatte wohl erkannt, dass Diethers Miene ebenso wenig preisgab wie die ausdruckslose Fassade des Jesuitenkollegs.

»Ich zeige Euch diese Schriften, Advokat, weil ich Euch warnen will«, sagte Simon, die Stimme mit einem Mal düster, das Gesicht ohne jedes Strahlen. »Bedenket das Schicksal des vorigen Besitzers, der, weil er bis zu seinem Tod den wahren Gott verleugnete, im heidnischen Ausland begraben werden musste.«

Diether erinnerte sich gut an Leonores Grimm, als sie davon erzählt hatte. Die Jesuiten hatten ihrem Vater ein Begräbnis auf dem katholischen Friedhof verweigert. Seine Freunde mussten seinen Leichnam nach Schlangen bringen, das zum protestantischen Fürstentum Lippe gehörte.

»Schreibt es meiner Achtung vor Eurer verehrten Frau Mutter zu, wenn ich mir höchstpersönlich Sorgen um Euer ewiges Heil mache. Es ist in allergrößter Gefahr, wenn Ihr nicht von dem Weib lasst, das mit Euch in einer ketzerischen Gemeinschaft lebt.« Seine Stimme jubelte wieder, als habe er sein Ziel bereits erreicht.

Mutter hatte sich also mal wieder hinter die Jesuiten gesteckt. Musste er sich das anhören?

Diether beschloss, das Beste daraus zu machen. Wann bekam er schon einmal Gelegenheit, sich in der Bibliothek der Jesuiten umzusehen. Er wanderte an den Regalen entlang, zog hier einen juristischen Kodex, da ein historisches Werk heraus und blätterte darin. Trotzdem war ihm Georg Löseken etwas schuldig, sollte er dessen Kiste jemals finden.

Simon beobachtete ihn zwar, redete aber unbeirrt weiter. »Von ihrem Vater hat sie das ketzerische Gedankengut geerbt, schon als Kind hat sie es aufgesogen. Und jetzt als Frau …«

Er stellte sich neben Diether, der gerade die zerlesene Sammlung französischer Romane entdeckt hatte. »Amadis« – die freizügigen Ritter- und Feengeschichten las Leonore auch gern. Aber bestimmt liehen die Jesuiten sie nicht aus.

»Wir sind hier ja unter uns«, sagte Simon. »Ich kann es durchaus verstehen, wenn Männer den schmeichlerischen Verlockungen lüsterner Sirenen erliegen.« Dem Ton nach stellte sich Simon das Erliegen höchst beglückend vor.

Leonore würde ihren Spaß haben, wenn Diether ihr davon erzählte.

»Aber wie schrecklich ist das Erwachen, besonders wenn es dann zu spät ist! Denn wes Geistes Kind sind diese Frauen? Solche verbergen ihr Gift unter dem ehrenvollen Namen der Medizin und mischen sogar zauberischen Aberglauben planvoll hinein.« Er ging zum Schrank zurück und zog einen weiteren Band heraus, um ihn Diether zu zeigen. »Seht her – Nymphen, Elfen, Zwerge. Waldgeister, allesamt vom Teufel geschickt. Auch dieses Werk des auf ewig verdammten Paracelsus findet sich nicht nur hier, wo es sicher verwahrt ist und keinen Schaden anrichten kann, sondern auch im Bücherschrank der zauberischen Baderin, der jetzt in Eurem Haus steht und die Bewohner mit seinem verdorbenen Inhalt vergiftet.«

Woher wusste er das nun wieder? Die Jesuiten konnten zwar in ihre Gärten schauen, aber doch nicht in die Häuser und Schränke. Wie nebenbei schlenderte Diether zu dem Fenster hinüber, das auf den Jühenplatz hinausging. Mit Befriedigung stellte er fest, dass wenigstens sein Gartentisch unter dem Walnussbaum verborgen war. Henrich sammelte Steine auf.

»Ich kann Euch nur nahelegen, Advokat, Gott ein Sühneopfer darzubringen. Es mag helfen, Euch vor den schlimmsten Strafen zu bewahren. Es könnte auch die unsterbliche Seele Dr. Theodors retten, der ja eigentlich – wenn auch abtrünnig – ein guter Mensch war. Wer weiß denn, ob sie nicht im Fegefeuer herumirrt und auf Erlösung wartet?« Simon erzählte eine lange Geschichte vom Schatten eines Verstorbenen, der die Lebenden verfolgt hatte und nur mit einem Sühneopfer zur Ruhe gebracht werden konnte, was beweise, dass gute Taten im Jenseits wirkten.

Daher wehte also der Wind. Das Sühneopfer sollte wohl in Leonores Land bestehen.

Während er redete, bewegte sich Simon zur Tür hinüber.

Diether atmete auf, endlich ging es weiter.

Doch statt die Tür zu öffnen, stellte sich der Jesuit davor und drehte sich zu ihm um. »Ich rate Euch zur Umkehr, Advokat, bevor Eure Seele noch mehr Schaden nimmt. Bisher hat unser guter Bischof Gnade vor Recht ergehen lassen, doch wie man hört, will er vor der nahenden Heimkehr in die ewige Seligkeit sein Haus bestellen und seine Stadt endgültig von den gottlosen Ketzern befreien. Setzt ein Zeichen, dass Ihr nicht zu den Verdammten gehören wollt.« Simons Augen leuchteten vor hoffnungsvoller Glückseligkeit. »Der Tag des Gerichts ist näher, als Ihr glaubt. Übrigens auch für das Weib an Eurer Seite. Die Zeit, in der sie – vom Magistrat der Stadt gedeckt – unbehelligt ihre zauberischen Künste ausüben konnte, ist vorüber.«

Mit der Gefahr, wegen seines Unglaubens ausgewiesen zu werden, lebte Diether schon seit Jahren, damit konnte ihm Simon keine Angst machen. Jedes Jahr wieder kündigte der Bischof an – wie man wusste, steckte Pater Röhrich dahinter –, mit der Vertreibung der Irrgläubigen ernst zu machen. Geschehen war nie etwas.

Leonore drohte zusätzlich eine Anklage wegen ihrer angeblichen Hexenkunst. Doch sie konnte sich auf Kaspar verlassen, den Bruder des Bischofs, der bisher immer die Hand über sie gehalten hatte, weil sie seiner Meinung nach die Einzige war, die seine Leiden lindern konnte. Schon Leonores Vater hatte er seine Gesundheit anvertraut.

Aber auch Kaspar wurde alt, er war dem Bischof sogar zwei Jahre voraus. Die Jesuiten gewannen immer mehr Einfluss. Was sollte Leonore tun, wenn sie außer ihrem hochgestellten Patienten die Stellung als städtische Bademutter verlor? Diether konnte sie ernähren, das war es nicht, doch ohne ihre Arbeit wäre sie todunglücklich.

Simon schien die Aussicht eher zu beglücken. »Ich will Euch nicht verhehlen, dass ich selbst viel vom Kerker als Ort der Reinigung halte. Man weiß, dass seine Durchlaucht diese Meinung teilt. Eine Weile des Eingesperrtseins bei Wasser und Brot hat schon vielen verstockten Sündern zur Einsicht verholfen.«

Die Jesuiten hatten dem Bischof schon so manches eingeflüstert. Diether sah sich bereits, angekettet wie Laurenz, im tiefsten Keller der Wewelsburg schmachten. Oder wollte Simon ihn etwa im Turm des Kollegs festhalten, bis er endlich die Beichte ablegte? So breit, wie er da vor der Tür stand, lag der Gedanke nicht fern.

»Ich weiß Eure Sorge um mein Seelenheil zu schätzen«, sagte Diether, indem er einen Schritt auf Simon zumachte. »Und meine Mutter sicherlich ebenfalls. Aber jetzt möchte ich zum Zweck meines Hierseins kommen und die Truhe sehen, die Ihr aus dem Ükern mitgenommen habt.«

Simon wich nicht, sondern schenkte Diether ein weiteres aufforderndes Lächeln. »Bewegt meine Worte in Eurem Herzen, Advokat. Viel wichtiger als das irdische Gold ist der innere Reichtum.«

Diether nickte. Das hätte er ohne Weiteres unterschrieben.

Endlich drehte der Pater sich um und öffnete die Tür. Diether beeilte sich, hindurchzugehen, bevor sich's Simon anders überlegte. Der Lagerraum für die unausgepackten Bücher befand sich gleich nebenan, er war bis zur Decke voll mit eisenbeschlagenen Truhen. Auf den ersten Blick wirkten sie alle gleich.

Die meisten Kästen waren dick eingestaubt, sie waren offensichtlich seit Jahren nicht bewegt worden. Simon hatte also nicht, wie Diether befürchtet hatte, die gesuchte ganz hinten versteckt. Er beugte sich zu einem der vorderen Behältnisse hinab und fuhr mit der Hand über die Beschläge unterhalb des Schlosses. Da war ein Kratzer – konnte das sein? Gleich die erste Truhe sollte die richtige sein?

Simons triumphierendes Lächeln brachte Diether auf einen Gedanken. Tatsächlich – auch die Nachbartruhe hatte den Kratzer, ebenso die nächste und die übernächste. Wie hatte er nur annehmen können, dass den allwissenden Patres der Zettel mit der Beschreibung, den Löseken an die Rathaustür geheftet hatte, entgangen sein sollte? Jetzt musste Löseken mit seinem Schlüssel her. Die gefälschten Zeichen bewiesen, dass seine Truhe darunter war.

»Ihr habt recht«, sagte Diether und bemühte sich um ein mutloses Gesicht. »Man kann sie nicht unterscheiden.« Er würde Löseken sofort Bescheid geben. »Es tut mir leid, wenn ich Euch grundlos verdächtigt haben sollte.«

Endlich einmal verstand er, warum Simon vor Glück geradezu erstrahlte.

Es sollte wohl zur Gewohnheit werden: Wieder hatte sich's der gestreifte Friedrich unter dem Nussbaum am Gartentisch gemütlich gemacht, als Diether ermattet von des Tages Mühen in der Jühengasse anlangte. Bei einem Glas Rotwein ließ er es sich gut gehen, während Diether die Kämpfe ausfocht, die ihm sein Freund eingebrockt hatte.

Mit ein paar Schritten war Diether am Tisch. »Du Verräter! Warum hast du mich nicht zu diesem grässlichen Pater begleitet?«

Friedrich stieß vor Schreck sein Weinglas um. Es war fast leer gewesen, trotzdem starrte er betrübt auf die im Holz versickernde rote Lache. Er wollte nur Diether nicht ins Gesicht sehen.

»Es war schon so spät«, murmelte er vor sich hin. Dann hob er doch den Kopf. »Ich meine, als ich aus Neuhaus zurück war. Als ich im Stift ankam, läuteten eben von Johannes her die Glocken.« Zerknirscht war das richtige Wort für seine verzogene Miene.

»Da wäre noch Zeit genug gewesen.« Diether nahm einen Sommerapfel aus der Schale, die Leonore jedem Gast auf den Tisch stellte, und biss hungrig hinein.

»Ja, vielleicht. Aber dann fing es doch zu regnen an. Und gegessen hatte ich auch noch nichts. Im Schloss waren die Mahlzeiten so dürftig, dass mir regelrecht schlecht war.« Er griff ebenfalls zu einem Apfel.

Nach allem, was Diether in der Schlossküche beobachtet hatte, war das eine krasse Lüge.

Leonore kam aus dem Haus und stellte ein Holzbrett mit Brot und Käse auf den Tisch. Diether schob es gleich aus Friedrichs Reichweite, der sich rächte, indem er sich Wein nachgoss und Diethers Glas leer ließ.

Lachend reichte ihm Leonore den Krug. »Wie alt seid ihr eigentlich? Bei euren Kabbeleien kommt es mir vor, als hättet ihr noch die Schülermütze auf dem Kopf.« Kein bisschen Asche haftete an ihr, offenbar hatte sie heute wieder ihre Patienten besucht.

»Friedrich hat …«, begann Diether aufgebracht zu erzählen, musste dann aber selbst lachen. So hatte er schon als Kind Mutter gegenüber den Freund angeschwärzt. Er gab Leonore einen Kuss. Das rosa Abendlicht am Himmel färbte ihre Haut golden und verstärkte das Rot in ihrem Haar. Viel kälter als Leonores lebendige Farben kam ihm das Rotgold des Bischofs vor.

»Dieser vierhörnige Jesuit hätte mich beinahe eingesperrt!« Ein wenig musste er Friedrich noch zu einem schlechten Gewissen verhelfen. Doch der machte ein zufriedenes Gesicht, weil ihm die ausufernden Predigten erspart geblieben waren, von denen Diether zu berichten hatte. »Dumm und dusselig kann der einen reden, hätte Henrich gesagt.«

»Ich weiß nicht, was du willst«, warf Friedrich feixend ein. »Immerhin ist Pater Simon überaus freundlich.«

»Das ist es ja gerade.« Diether grinste ebenfalls. »Er droht einem mit dem ewigen Höllenfeuer, und man sieht ihm geradezu an, welch unbändigen Genuss es ihm bereitet, einen darin brennen zu sehen.«

Leonore nahm es leicht, als Diether von den Drohungen des

Jesuitenpaters erzählte. »Das haben sie schon oft versucht, aber an Kaspar sind sie nie vorbeigekommen.«

Bisher nicht. Diether richtete seine Augen zum Blätterdach des Walnussbaums, das ihm mit einem Mal weniger dicht erschien. Er spürte geradezu Pater Simons Blick auf sich. Irgendwann wären sie wohl doch gezwungen, in einer anderen Stadt unter einem toleranteren Herrscher eine neue Heimat zu suchen. Es überraschte ihn, wie wenig ihn die Aussicht schreckte.

»Jedenfalls ist es hoffentlich das letzte Mal, dass ich mich wegen Lösekens Kiste dem Geschwafel dieses betrügerischen Quadricorniten ausgesetzt habe.« Diether gab wieder, was er im Lagerraum der Bibliothek erlebt hatte. »Für den Rest braucht Georg mich nicht. Ich habe ihm geraten, die Schütter mitzunehmen.«

Friedrich nickte. »Du magst wohl recht haben mit dem einnehmenden Wesen, das die Jesuiten an den Tag legen. Die beiden, die mit uns Inventur machen, sind dahingehend wahre Prachtexemplare. Bei fast jedem Stück, das wir in die Hand nehmen, erheben sie Besitzansprüche. Sie haben ihr Verzeichnis der Leihgaben an den Bischof mitgebracht.« Er strich sachte über seine Nasenspitze, auf der sich eine dicke Borke zeigte.

»Ihr doch wohl auch?«

»Sicher. Das ist eine gute Gelegenheit, die Verzeichnisse abzugleichen. Aber die beiden würden am liebsten alles mitnehmen, was gut und teuer ist.« Friedrich stopfte sich ein Stück Käse in den Mund, das er an Diether vorbei erbeutet hatte. »Und davon gibt es genug, das kann ich euch sagen.« Er nuschelte mit vollem Mund.

Leonore schenkte Wein nach. »Ist es wirklich so viel?«

»Dietrich ist seit dreißig Jahren Bischof. Da kommt schon an sogenannten Geschenken einiges zusammen.« Friedrich nannte Zahlen, die in die Hunderte gingen. Allein achtzig edelsteinbesetzte Folianten hatte er gezählt. Ziborien, Reliquiare, Leuchter – man hätte wohl sämtliche Kirchen des Hochstifts mit ihnen ausstatten können.

Schon wieder grapschte seine Hand nach dem Käse. »Was wir bisher nicht gefunden haben, ist ein ganz bestimmtes Goldkreuz, das dem Bischof besonders am Herzen liegen soll. Und zwei alte Degen mit wertvollen Griffen, die waren auch nicht da.«

Zwei Degen? Davon hatte Diether bereits gehört. »Aber ihr könnt doch die Inventur noch nicht abgeschlossen haben?«

»Nein. Das wird noch dauern. Wenn ich allein an die vielen Säcke und Truhen denke … Wenn die alle voller Taler sind, werden wir noch wochenlang zählen müssen.«

Sicher würde Friedrich jemanden finden, der ihm die Arbeit abnahm. »Und wie seid ihr dann darauf gekommen, dass ausgerechnet diese drei Sachen fehlen?«

Friedrich lachte. »Ach, das war Barcholt. Er wollte unbedingt zu uns in den Schatzkeller vordringen, aber die Landsknechte haben ihn nicht hineingelassen. Dein Oheim hat einen ganz schönen Tumult entfacht.« Kurze Zeit danach sei Redebrecht gekommen mit einer handschriftlichen Beschreibung der Gegenstände. »Das Kreuz soll einen besonders schönen weißen Stein am Fuß haben.«

Das war das Kreuz, das der Bischof sich hatte ans Krankenbett bringen lassen, weil er wohl auf dessen besondere Heilkraft setzte. Barcholt hatte gesagt, sie hätten es, nachdem Dietrich gesundet war, zurück in die Schatzkammer gebracht. Auch die Degen, die er sogar geküsst hatte. Waren sie und das wertvolle Kreuz zur Beute des mörderischen Räubers geworden?

»Ursprünglich gehörte alles unserem Stift«, erzählte Friedrich weiter. »Rostorp hat den Eintrag im Verzeichnis gefunden. Aber was glaubt ihr: Auch die Jesuiten konnten so einen Vermerk vorweisen.«

Das konnte Diether sich vorstellen. Pater Röhrich war bestimmt am Krankenlager des Bischofs gesessen und hatte den andächtigen Kuss beobachtet. Vielleicht hatten die hochgeschätzten Utensilien ebenso seine Begehrlichkeit geweckt wie Lösekens Schatztruhe die Pater Simons? Inzwischen traute er den Jesuiten alles zu.

Friedrich warf einen weiteren abgegessenen Apfelbutzen zwischen die umherpickenden Hühner. Erst sollte Henrich sich um Leonores Mauer kümmern, dann kam der Zaun hier an die Reihe. Hühner waren weniger zerstörerisch als die vierhörnigen

Patres, die sich von ein paar anmutigen Kelchblüten zu wahren Vernichtungsorgien hinreißen ließen.

Der Blick auf den durchlässigen Zaun brachte ihm Laurenz wieder in den Sinn, der seinem Gefängnis glücklich entronnen war. Weder Leonore noch Friedrich erfuhren etwas Neues, als Diether die von Vater Barcholt erwirkte Freilassung erwähnte. Sie hatte sich längst in der Stadt herumgesprochen.

»Henrich meinte, Laurenz hätte gestern im Bären ausgiebig gefeiert«, sagte Leonore.

»Er soll sich nur in den Gasthäusern herumtreiben«, erwiderte Diether. »So macht er es den Landsknechten leichter, ihn zu beobachten.« Er berichtete von Redebrechts Vorsatz, Laurenz nicht aus den Augen zu lassen, und von seinem eigenen, vielleicht unbegründeten Verdacht gegen Nelges, den Pferdeknecht mit den Henkelohren.

»Nun, er kann es ebenso gewesen sein wie euer Laurenz.« Das hatte Schlaukopf Friedrich gut erkannt.

Leonore sah zu Henrich hinüber, der gerade Diethers Pferd zum Stall führte. Zu gern sorgte er für Feuerbeins Bewegung und ritt mit ihr über die Felder, wenn Diether in der Stadt zu tun hatte.

»Vielleicht wäre es besser …« Sie redete nicht weiter. Henrich rieb Feuerbeins Fell mit einem Lappen ab. »Ich meine«, erklärte Leonore, »die Landsknechte sind vielleicht nicht die richtigen Beobachter, wenn man etwas über Laurenz erfahren will. Sie sind doch meist fremd hier, und vor Fremden hält man sich bedeckt.«

Diether nickte. Leonore kannte die Paderborner so gut wie er selbst.

»Bei Dienstboten ist das etwas anderes. Sie sind fast immer allen bekannt, jeder weiß auch, dass sie jedes unbedachte Wort, das sie zu hören bekommen, weitererzählen, aber man vertraut ihnen doch und rechnet nicht damit, dass sie einen verraten. Eigentlich nimmt man sie gar nicht wahr.«

Das hatte Leonore gut beschrieben. Immer noch sah sie zu ihrem neuen Knecht hinüber. »Du meinst, wir sollten Henrich auf Laurenz ansetzen?«

»Genau.« Leonore winkte ihm zu, als er aufsah, weil sein Name gefallen war. »Zumindest kann er sich umhören, was seine Bekannten zu berichten haben. Und Gese auch. Sie kennt doch alle Mägde in der Stadt.«

»Von denen Laurenz die Finger nicht lassen kann.«

»Ja. Vielleicht verrät er sich ja, weil er vor jemandem angeben will.«

»Für eine lüsterne Sirene bist du ganz schön gewitzt«, sagte Diether.

Pater Simon hätte wohl tausend Kreuzzeichen geschlagen beim Anblick Leonores, die verführerisch mit den Augen blinzelte und die Lippen spitzte. Diether lachte sie an.

»Gese kommt übrigens morgen früh, dann kannst du mit ihr reden. Ich habe ihr erzählt, dass ich bei Sonnenaufgang ins Spital muss, und da meinte sie, jemand muss dir Frühstück machen.« Ihre Patienten im Abdinghofspital versorgte Leonore lieber selbst, weil sie den Mönchen nicht traute, die allzu schnell mit Aderlässen zur Hand waren und zudem das Trinkwasser gern aus der schmutzigen Pader schöpften.

Diether gab vor, widersprechen zu wollen. »Frühstück machen kann ich doch allein.«

Leonore schmunzelte. »Bestimmt. Gese hat sicher nur Langeweile.«

Henrich hatte Feuerbein in den Stall gebracht und setzte sich zu ihnen. Vom schnellen Reiten stand ihm immer noch das fahle Haar zu Berge. Diether erinnerte sich, dass es früher leuchtend rot gewesen war wie auch sein Bart. Er goss dem Knecht Wein ein und erklärte ihm, was sie gerade besprochen hatten.

»Mhm«, machte Henrich nur. Diether wusste, dass er sich auf ihn verlassen konnte.

Wieder fühlte er sich in den gestrigen Abend versetzt, als jetzt Leifelds einer nach dem anderen müden Schritts eintrudelten. Hermann und Angela ließen sich gern zu einem Glas Wein einladen.

Auch an diesem Tag hatte es im Ükern Aufregung gegeben, doch war diesmal nicht Georg Löseken schuld. Hermann berichtete, dass ein paar Jesuitenpatres von einer Brandstelle zur anderen gegangen seien. Allen Abgebrannten hätten sie ihre Hilfe zugesagt und aufgeschrieben, wie viel Holz jeder zum Wiederaufbau benötigte. »Sie wollen es aus Falkenhagen heranschaffen.«

»Das ist doch gut«, meinte Friedrich, der offenbar immer noch nicht von seiner unangebrachten Begeisterung geheilt war. »Die Patres kümmern sich wenigstens.«

»Ja, aber nicht um jeden.« Angela sandte einen wütenden Blick zum Kolleg hinüber. »Bei uns haben sie nur gesagt, uns wäre ja schon bestens geholfen, wenn wir auf den Beistand der …«, sie stockte und wurde rot bis unter den grau gesprenkelten Haaransatz, »tut mir leid, Leonore, aber das hat er gesagt, also wenn wir auf die gottlose Zauberin und ihren Buhlen setzen.«

»Die spinnen doch.« Friedrich fasste sich an den Kopf. Eine Weile sah er zum Walnussbaum hinauf, bis ihm die im leisen Wind raschelnden Blätter endlich die Lösung zuflüsterten. »Das Busdorfstift hat auch Wälder«, sagte er. »Ich werde sehen, was sich da machen lässt.«

Angelas Blick zufolge hatte Friedrich gerade eine weitere gute Köchin – wenn auch vorerst ohne eigene Küche – für sich eingenommen.

7

Eine Flöte spielte auf, ein kleiner weißer Hund drehte sich zur Musik. Aufrecht stand er mit den Hinterbeinen auf einer rot angemalten Tonne. Die Umstehenden klatschten im Takt, pfiffen und johlten.

Es ging zu wie auf der Kirmes.

Auf dem Marktplatz vor dem Rathaus hatte eine bunte Truppe fahrenden Volks das Heft in der Hand. Die Bürgersfrauen und auch die Markthändler umstanden die Gaukler in dichten Trauben, die sonst so umlagerten Obst- und Gemüsestände waren verwaist. Allzu bald konnte die unverhoffte Lustbarkeit ein Ende haben.

»Wie sind die denn in die Stadt gekommen?«, fragte Elmar. »Die Wachen haben doch strikte Anweisung, keine Fahrenden und Bettler durchs Tor zu lassen.«

Als Schütter und Stadtbote hätte er selbst eingreifen und die Leute verjagen müssen. Stattdessen stand er neben Diether und beobachtete wie gebannt einen Deckeler, der immer schneller seine Becher über dem Wachskügelchen hin und her schob. Jedes Mal, wenn jemand gewonnen oder – was häufiger vorkam – verloren hatte, erhob sich Geschrei.

Diether hatte es nicht besonders eilig, der dringenden Einladung Philipp Bernings aufs Rathaus zu folgen, die ihm Elmar eben überbracht hatte. Da hatte er noch über Geses ausgezeichnetem Schinkenrührei gesessen. Gar nicht überraschend war auch Redebrecht aufgetaucht. Sie hatten gerade besprochen, wie sie bei Laurenz' Beobachtung vorgehen wollten, da kam Elmar und setzte sich mit an den Tisch. Er würde ebenfalls ein Auge auf seinen lebenslustigen Vetter haben. Diether sah ihn vor sich, wie er von Spähern umgeben keinen Schritt tun konnte.

Mit dem leeren Einkaufskorb am Arm stand Gese in der Menge, die ein paar Kindern zusah. Sie warfen sich so kunstvoll bunte Bälle zu, dass sie in der Luft zu stehen schienen. Ein älterer Mann, dem ein Ohr fehlte, das ihm wohl der Henker abgeschlagen hatte, lief um sie herum wie ein Wachhund und hielt den Zuschauern seine Mütze hin. Redebrecht – er stand hinter Gese – kramte in seinen Taschen und warf unter Geses dankbarem Blick dem Mann einen kupfernen Pfennig zu.

Spaßmacher mit Schellen an den Kappen zogen unter allerlei Possen und Verbeugungen die Zuschauer zu den Deckelern und Drehwürfelspielern. Die Leute lachten und hielten ihre Geldbörsen fest. Eine junge Frau mit goldblonden Locken und unschuldigem Antlitz drehte geschickt einen Kreisel, der mal auf die, mal auf eine andere Zahl fiel.

»Wer möchte sein Glück versuchen?«, rief ihr Begleiter, dessen wieselähnliches Gesicht Diether wenig vertrauenerweckend erschien. »Hier geht alles ehrlich zu.«

Besonders Männer drängten sich, ihre Pfennige zu setzen. Doch jetzt zeigte der Kreisel hartnäckig immer die falsche Zahl. Die Blonde riss jedes Mal entsetzt die blauen Augen auf.

»Wahrscheinlich ist er hohl«, erklärte Elmar so leise, dass nur Diether ihn hören konnte. Ein Spielverderber war er nicht. »Mit einer Trennwand und einem Loch darin und einem bisschen Sand, der von einer Seite zur anderen rinnt. Siehst du, wie sie vor dem Drehen den Kreisel kurz festhält, damit der Sand in die richtige Kammer läuft?«

Diether sah nichts dergleichen, für seine Augen ging alles viel zu schnell. Neben ihm stand Schwertfegers Jüngster, der die Hand der blonden Frau nicht aus dem Blick ließ. In seinem Gesicht arbeitete es. Diether schmunzelte. Der Junge sollte sich nicht von seinem Vater erwischen lassen, wenn er heimlich versuchte, solch einen Wunderkreisel in dessen Tischlerei nachzubauen.

Elmar lachte mit den anderen, als wieder ein Händler seine Pfennige einbüßte. »Die Leute wollen betrogen werden. Und solange sie nur Kupfergeld setzen …« Er sah zum Schwarzen Bären hinüber. »Aufpassen müssen wir heute Abend, wenn die Männer betrunken sind. Dann verspielen sie Haus und Hof.«

Gemächlich schlenderten sie von einer Gruppe zur anderen. »Heute ist der Tag des heiligen Magnus«, rief ein wandernder Scholar in abgewetzter Mönchskutte. »Und ich habe hier seinen wundertätigen Stab, mit dem er Drachen, Schlangen und Bären besiegt hat.« Wenn es stimmte, was der Mann versprach, nämlich dass der ziemlich unscheinbare Stecken jeden unbesiegbar machte, schien Diether der Groschen, den das Berühren kostete, gut angelegt.

Er verzichtete dennoch und sah zum Rathaus hinüber, wo die Sonne gerade das Dach überkletterte. »Wie's Wetter ist am Magnus-Tag, es vier Wochen bleiben mag«, hatte Gese am Morgen prophezeit. Die schöne Aussicht auf weiteren Sonnenschein bekam er ganz ohne Groschen.

Das Licht brachte die goldenen Verzierungen zum Leuchten, die Meister Schurr im letzten Jahr an der Wetterfahne und den Zierknöpfen angebracht hatte. Wenigstens das hatten sie noch geschafft. Diether missgönnte den abgebrannten Ükeranern die Hilfe aus dem Stadtsäckel keineswegs, doch insgeheim bedauerte er, dass die letzten Arbeiten an seinem Rathaus – denn dafür sah er es an, nachdem er jahrelang mitgeplant und sogar selbst Hand angelegt hatte – dem Feuer auch noch zum Opfer fallen sollten. Nicht einmal die Holzeinbauten im Ratssaal – umlaufende Bänke und eine Galerie für Zuschauer – würden sie bezahlen können.

Die Gesichter seiner drei Grazien lagen im Schatten, ebenso die Fensterreihe, hinter der Berning ihn erwartete. Sein Vorgänger Heinrich Westphal hatte Diether noch ins Ükernrathaus befohlen, in die alte und nahezu baufällige Tigge, die während der Bauzeit des neuen Gebäudes als Rathaus gedient hatte. Elmar hatte sich seither tausendfach entschuldigt, dass er ihn zum Gespött der Leute unter Trommelschlägen durch die Stadt führen musste.

Es war nicht weiter dramatisch gewesen. Westphal hatte ihm mit der Verbannung aus der Stadt gedroht, wenn er am nächsten Osterfest nicht zu den Sakramenten ginge. Stand ihm heute Ähnliches bevor? Damals war nichts nachgekommen.

Diesmal hatte Elmar kein Gewehr und auch keine Trommler dabei. Sein rosiges Gesicht wirkte immer noch so kindlich, wie Diether es von früher her kannte. Durch die niedrigen Schweinepforten in der Stadtmauer waren sie ins Freie entwischt, hatten im Sundern Baumhäuser gebaut oder in der Alme Forellen gefangen, die sie wie die Zigeuner in Lehm eingepackt und im Feuer gebraten hatten. Immer hatte sich Elmar als der Gewitztere erwiesen. Heute kannte er sich in allem, was seine Stadt und ihre Sicherheit anging, hervorragend aus.

Sie blieben stehen, als sie die Rathauslauben erreicht hatten, und beobachteten das Treiben auf dem kopfsteingepflasterten Platz. Elmar wies Diether auf einen weiteren verkleideten Mönch hin, der mit einer grob geschnitzten Marienstatue die Leute segnete. Sein Singsang, der wohl lateinisch sein sollte, war völlig unverständlich. Er war bereits mit dem Henker in Berührung gekommen, der ihm als Strafe für was auch immer die Wangen durchlöchert hatte. Viele der Landfahrer mochten harmlos sein und sich mit Gaukeleien und Zauberstückchen ihr Geld verdienen. Doch war immer damit zu rechnen, dass sich unter ihnen Räuber befanden und anderes Diebsgesindel, das in der Stadt seine Gelegenheiten und die Schwachstellen der Bürger ausspähte. Diesen hier hätte Diether lieber nicht in der Nähe seines Hauses gesehen.

Eine Frau mit ausladenden Röcken verhielt neugierig ihren Schritt, und der vorgebliche Mönch erklärte ihr, das Standbild sei vom Papst in Rom gesegnet worden. Nachdem sie ehrfürchtig Mariens Füße geküsst hatte, zückte die Frau bereitwillig ihre Börse.

»Die Kerle passen sich an«, sagte Elmar. »In Kassel hätten sie mit den Heiligen wohl kein Glück.«

»Nein.« Angesichts des bunten Treibens beschloss Diether, dass Berning noch ein wenig länger warten konnte. »Wo du schon von Kassel sprichst – gibt es etwas Neues von Wolfgang Günther?« Der frühere Stadtsyndikus und Gefährte Liborius Wicharts war nach dessen Hinrichtung in die hessische Hauptstadt entwichen, wo er immer noch seinen Plan verfolgte, notfalls mit Gewalt Paderborn zum Protestantismus zurückzuführen. Landgraf Moritz von Hessen hatte Günther zu seinem Kanzleidirektor ernannt und schenkte ihm volles Vertrauen.

»Allerdings«, gab Elmar zurück. »Da war neulich ein Bote mit einem Schriftstück für den Schultheiß. Dorbecher hatte einen seiner gnädigen Tage und hat mir erzählt, was drinstand.« Dorbecher, der Stadtsekretär, war nicht gerade verschwiegen, teilte seine Auskünfte aber je nach Laune zu.

Natürlich hatte Philipp Berning, der 1604 auf der Seite des Bischofs gestanden hatte, seinen eigenen Zuträger am Kasseler Hof. Elmar erzählte, dass Günther vom Testament Dietrichs erfahren habe und nur auf dessen Tod warte, um endlich zuschlagen zu können. Allerdings war das kleine Heer, das er mit Hilfe der Generalstaaten und der Hansestädte aufgestellt hatte, längst auseinandergelaufen, und Günther selbst hatte sich in Kassel dermaßen unbeliebt gemacht, dass außer dem alten Landgrafen niemand mehr mit ihm zu tun haben wollte.

Diether wollte beileibe keinen Krieg, doch die Aussicht, weiterhin unter der katholischen Fuchtel leben zu müssen, erheiterte ihn keineswegs.

Zumindest hatte er aber wohl dem habgierigen Pater Simon eins ausgewischt. »Weißt du, was aus Lösekens Kiste geworden ist?«, erkundigte er sich bei Elmar.

»Jau«, sagte der und schaffte es tatsächlich, in das kleine Wort ebenso viel jauchzendes Frohlocken zu legen wie Simon in seine Sätze. »Ich war dabei, als er sie endlich gefunden hat. Das hättest du sehen müssen …«

Wie Diether es sich gedacht hatte: Simon hatte ein völlig unschuldiges Gesicht aufgesetzt und so getan, als habe er schon lange darauf gewartet, dass endlich jemand die Truhe abholte.

Elmar grinste. »Angeblich hat er nächtelang zur Muttergottes gebetet, damit sie dem Eigentümer in seiner Sorge um den vielleicht wertvollen Inhalt der Truhe beisteht. Und das alles in diesem fürchterlichen Jubelton. Löseken hat geschäumt vor Wut.«

Das konnte Diether sich vorstellen. Dreihundert Reichstaler waren für niemanden ein Pappenstiel.

Aus der Schankstube des Bären kamen ein paar Gäste gelaufen, die wohl jetzt erst den Trubel auf dem Markt gehört hatten. Diether wunderte sich nicht, als er Laurenz Barcholt unter ihnen erkannte. Die braunen Locken hingen ihm in die Stirn, sein Gesicht war bleich und angespannt wie nach einer durchzechten Nacht.

Er winkte Diether kurz zu und steuerte gleich den Deckeler an, der sein Spielbrett vor dem Rathausbrunnen aufgebaut hatte. »Bevor ich setze, will ich die Kugel sehen«, rief Laurenz. Er drehte die Wachskugel zwischen den Fingern und besah sie von allen Seiten, dann prüfte er noch die Becher. Elmar wurde aufmerksam, als Laurenz gleich einen Silbergroschen setzte.

Bisher hatte der Hütchenspieler fast jeden gesetzten Pfennig einstecken können, doch in Laurenz schien er seinen Meister gefunden zu haben. Stille breitete sich aus, wenn er blitzschnell die Kugel hin und her schnippte und sie mit den Bechern bedeckte. Stöhnen erhob sich, wenn Laurenz wieder einmal zunehmend gelangweilt auf das richtige Versteck wies. Der Deckeler schaute erst fragend, dann wütend auf Laurenz, der ihm einen Silbergroschen nach dem anderen abforderte, bis er keine Groschen mehr hatte und das Geld aus seinen Pfennigen zusammenklauben musste. Laurenz' Gesicht rötete sich, er schien fast zu platzen vor Stolz.

Diether konnte kaum glauben, dass sein saumseliger Vetter nach dem nächtlichen Gelage noch so geistesgegenwärtig sein sollte.

Gerade wollte er einen Schritt näher herangehen, da öffnete sich hinter ihm quietschend die Rathaustür, und ein paar Schütter – über der Schulter das Gewehr – traten heraus. Auf dem Platz pfiff jemand und rief »Iltisse«, und schon waren die Gaukler verschwunden, als habe es sie nie gegeben.

Diether erhaschte noch einen Blick auf ein paar blonde Locken, die um die Biegung des Kötterhagen verschwanden. Ein weißer Hund lief dem Mädchen kläffend nach.

Er sah Elmar fragend an.

»Das ist Rotwelsch«, erklärte er. »Iltis – so nennen sie uns. Frag mich nicht, warum. Bis wir in ihre Nähe kommen, sind sie längst weg.«

»Schade«, meinte Laurenz und grinste in die Runde. »Wo ich doch gerade so eine Glückssträhne hatte.« Er ließ das Silber in den Händen klimpern, als er mit seinen Kumpanen zum Schwarzen Bären zurückging.

Dorbecher wies Diether zum Ratssaal hinauf, wo der Schultheiß wieder unter dem Wappen des Bischofs Platz genommen hatte. Niemand sonst war anwesend.

Philipp Berning blätterte in den vor ihm liegenden Papieren. »Ich hatte den Stadtboten schon vor einer Stunde zu Euch geschickt, Advokat.« Er sah Diether nicht an. Wie immer trug er die schwarze Amtsrobe mit dem gefältelten schneeweißen Mühlsteinkragen.

»Ich hatte zu tun.«

»Soso.« Berning wandte ein Schriftstück um und besah die leere Rückseite. »Ihr musstet sicherlich Euren Oheim, den hochwohllöblichen Herrn Rentmeister unseres durchlauchtigsten Fürsten, beruhigen und besänftigen?«

Wieso das? »Keineswegs. Meines Wissens sitzt Antonius Barcholt hochzufrieden in der Neuhäuser Kanzlei.«

Berning hob den Kopf, streifte Diether mit dem Blick und wandte ihn dann dem Fenster zu. »Nun, man hört aber etwas anderes.«

»Ist er nicht in Neuhaus?«

»Doch, doch, sicher. Selbstverständlich kommt der Rentmeister seinen Aufgaben gewissenhaft und zuverlässig nach, auch wenn sein verehrter und frommer Herr und Gebieter nicht zugegen ist. Aber von Zufriedenheit kann wohl keine Rede sein.« Abermals dehnte er die Worte so lang es nur eben ging.

Hatte der Oheim erfahren, was sein Sohn in den Wirtshäusern trieb? Damit konnte er wahrlich nicht glücklich sein.

Doch darum ging es wohl nicht. »Der hochgeschätzte Herr Rentmeister hat – nicht nur mir übrigens – von der großen Enttäuschung berichtet, die Ihr, Advokat, ihm bereitet habt. Mit den höchsten Erwartungen, ja sogar in großer Hoffnung ist er zu Euch, seinem gelehrten Neffen, gekommen, die Ihr keineswegs und nicht im Geringsten erfüllt habt.« Er schien die Worte vom leeren Blatt abzulesen.

In seiner wie üblich gestelzten Ausdrucksweise gab Berning wieder, was Barcholt offenbar jedem erzählte, den er traf. Diether habe sich nicht gegen einen unbedeutenden Landsknecht durchsetzen können, weshalb er die Dinge selbst in die Hand nehmen und sich auf die überaus beschwerliche Reise zum Bischof begeben musste. Mit Erfolg, wie man sehe, den Diether gar nicht erst gesucht habe.

Berning richtete seine Augen tatsächlich einmal auf sein Gegenüber. »Ja, es hat sogar so ausgesehen und den Eindruck erweckt, als hieltet Ihr Euren braven und bedauernswerten Vetter selbst für einen arglistigen Dieb und niederträchtigen Mörder.«

Brav und bedauernswert hatte Laurenz nicht gerade gewirkt, als er dem Deckeler das Geld aus der Tasche gezogen hatte. Er hatte wohl noch ganz andere Kunststückchen auf Lager.

Diether hielt dem Blick aus blassblauen Augen stand, bis er wieder zum Fenster abschweifte. Von draußen drangen die üblichen Marktgeräusche herein, als seien Schellen und Flöten nur ein Traum gewesen. Er hatte nicht vor, dem Schultheiß gegenüber sein Vorgehen zu verteidigen. Seiner Meinung nach konnte es Laurenz nur nützen, wenn sein Kommen und Gehen an dem mit vielen Rätseln behafteten Freitagabend vollends aufgeklärt wurde. Denn Westphal hielt sicherlich an seinem Verdacht fest; er war anders gestrickt als Berning und ließ sich weder vom Bischof noch von den Jesuiten beeinflussen.

»Ihr habt mich wohl nicht wegen der Sorgen meines Oheims hergerufen«, stellte Diether fest. »Soweit ich sehe, haben sie mit den Angelegenheiten des Magistrats nicht das Geringste zu tun.«

»Sagt das nicht, Advokat. Immerhin handelt es sich um Bürger und Einwohner unseres Gemeinwesens, das in der Hand und unter der Obhut unseres sanften und nachsichtigen Herrschers normalerweise friedlich und sicher ruht. Jetzt habt Ihr, der Ihr ja immerhin der Versammlung der Stadtverordneten angehört, eine verstörende Unruhe hineingetragen.«

Fast verwunderte es Diether, dass über Bernings lang gedehnter Rede die Sonne nicht untergegangen war.

Mit spitzen Fingern, als klebe Kot an den Papieren, blätterte Berning sorgfältig den vor ihm liegenden Stapel durch, bis er zum allerletzten Blatt kam, das er eingehend musterte. »Ich habe hier die Aufstellung derjenigen, die von Rechts wegen in dieser Stadt zu den des ruchlosen Einbruchs Verdächtigen gezählt werden müssen.« Wieder kam Diether in den Genuss eines vorbeistreifenden Blicks. »Ich verrate Euch sicherlich nichts Neues, wenn ich darauf hinweise, dass Euer Name einen der ersten Plätze auf der Liste einnimmt.«

Dafür hatte Pater Röhrich ganz bestimmt gesorgt. »Von Rechts wegen?«, fragte Diether. »Von welchem Recht sprecht Ihr? Das Recht, das ich kenne, verlangt für eine Anschuldigung Beweise.«

Mit ehrfurchtsvoller Gebärde, Kopf und Augen nach hinten verdreht, wies Berning auf die Wand mit dem bischöflichen Wappen, das jetzt am Morgen kein Sonnenstrahl erleuchtete. »Selbstverständlich spreche ich vom Recht unseres erhabenen und überaus weisen Landesfürsten, der, wie Ihr wisst, bei der Beweisführung – wie könnte es auch anders sein – auf den höchsten Herrscher über alle Himmel setzt.«

Dietrichs hanebüchenes Gottesurteil. Als Jurist musste Berning doch wissen, wie zweifelhaft derartige Schuldsprüche waren. Gleich der Erste, der das glühende Eisen in die Hand bekam – nur zu leicht konnte Diether selbst es sein –, trug Blasen davon und wurde daraufhin verurteilt. Keiner der vom Bischof abhängigen Richter fragte danach, ob alle anderen sich nicht ebenfalls die Hände verbrannt hätten.

Bernings gesamte Aufmerksamkeit schien seinen Spitzenmanschetten zugewandt, die offenbar nach der – für ihn jedenfalls – ungestümen Armbewegung dringend zurechtgezupft werden mussten. Als jedes einzelne Fältchen zu seiner Zufriedenheit angeordnet war, legte er die Hände, deren lange Fingernägel den Spinneneindruck noch verstärkten, auf die Papiere vor sich. Hochgereckt saß er da, als wolle er in den rotgoldenen Bischofshut, der das Wappen hinter ihm krönte, hineinwachsen. Doch bis es so weit war, würde der eher kleine Schultheiß noch viele Butterbrote essen müssen, wie Mutter zu sagen pflegte, wenn ihre Kinder großtaten.

Für die Richtung seines Blicks wählte Berning diesmal die kahle Decke, die noch auf ihre Vertäfelung wartete. »Wir haben übrigens auch der gottlosen Bademutter, mit der Ihr seit Neuestem zusammenlebt, einen Platz in der Aufstellung zugewiesen.«

Leonore! Sie durfte das Brandeisen ganz bestimmt nicht in die Hand bekommen.

»Ich will Euch nicht verhehlen, dass der ehrwürdige Pater Röhrich und ich uns mit dieser Entscheidung nicht leichtgetan haben. Immerhin ist sie nur ein Weib. Ein schwaches Weib, sollte man meinen, doch wie man hört, steht sie durchaus ihren Mann. Außerdem kennt sie sich im Schloss aus und weiß, wie man heimlich hineingelangt.«

»Das ist doch aberwitzig. Meine Gemahlin würde nie –«

Mit der jähen Bewegung einer Ringelnatter, die aus ihrer Ruhe aufgestört wird, wandte Berning Diether den Kopf zu. »Sprecht mir nicht von Eurer Gemahlin, Advokat!« Wie eine Schlange zischte er auch. »Damit beleidigt und entehrt Ihr jede fromme Gattin und tugendhafte Ehefrau in dieser Stadt.« Der Mühlsteinkragen bebte bei jedem hervorgestoßenen Wort.

Diether konnte vor Ärger kaum an sich halten, bemühte sich indes um eine gleichmütige Miene. »Es wird Euch bekannt sein, dass Leonore Theodor und ich in einer rechtmäßig vor Gott und einem ihm geweihten Priester eingegangenen Ehe verbunden sind.«

»Eine Ehe, in Lippstadt vor einem verbrecherischen Diener des Satans geschlossen«, zischte Berning und sah zum Fenster, als habe der Teufel eben daran geklopft. »Der unseren allerhöchsten Herrn und Gott keinesfalls vertreten kann.«

Er faltete die vor ihm auf dem Tisch liegenden Hände. »Ihr mögt es vorziehen, Advokat, die wohlüberlegten und segensreichen Anweisungen seiner Durchlaucht nicht zur Kenntnis zu nehmen.« Wie vorher streckte er die Wörter wie eine arme Frau ihre Gemüsesuppe, wenn sie für mehrere Tage reichen musste. »Dennoch solltet Ihr wissen, zumal Ihr ja ebenfalls der Jurisprudenz kundig seid, was der jüngste diesbezügliche Erlass unseres hochverehrten Fürsten vorschreibt, nämlich dass ohne eine Beichte vor einem katholischen Priester und den Empfang des höchsten Sakraments keine Ehe als gültig angesehen wird.« Gestreckt oder nicht – in der Suppe schwammen immer noch dicke Brocken.

Was die Jurisprudenz des Hochstifts anging, hatte Berning

sicherlich recht. Diether bezweifelte allerdings, dass des Bischofs Ehevorschriften vor dem kaiserlichen Gerichtshof Bestand hätten. Doch Dietrich hatte jede Appellation an eine übergeordnete Justizstelle verboten.

»Selbstverständlich ist es undenkbar, dass unsere fromme und gottesfürchtige Bischofsstadt eine Bademutter bezahlt, die heidnischen Lehren anhängt und zudem in einer unzüchtigen Beziehung lebt.«

Das kam eindeutig von Pater Wippermann. Aber Berning als Pfaffenkind in einem öffentlichen Amt sollte ihm nicht von unzüchtigen Beziehungen reden.

»Die Bademütter werden vom Magistrat bestellt und aus den Steuermitteln der Stadt entlohnt«, entgegnete Diether, obwohl er wusste, dass seit zwölf Jahren der Schultheiß bei jeder Einstellung das letzte Wort hatte. Bisher jedoch hatte Berning wie vor ihm Westphal in derlei Fragen den Streit mit den Ratsherren vermieden, der bei einem Widerspruch unausweichlich war.

Berning nahm seine Worte nicht zur Kenntnis. »Wir werden Leonore Theodor also die Bestellung zur städtischen Bademutter entziehen. Sobald unser gnädiger Fürst von seiner Reise zurückkehrt, werde ich ihm die unselige Angelegenheit vortragen. Ich bin sicher, dass er im Sinne des Allerhöchsten die richtige Entscheidung treffen wird.«

Einem Einspruch des Bischofs musste der Magistrat allerdings Folge leisten.

»Obwohl ich ja zögere und davor zurückscheue, unserem betagten und von einer schwachen Gesundheit gequälten Oberhirten noch mehr Sorgen zu bereiten.« Mit jetzt matter Geste, als leide er selbst unter des Bischofs Beschwernis, wies Berning wieder hinauf zu Dietrichs goldstrotzendem Sinnbild an der Wand. Das stählerne Visier, die Insignien der Bischofsmacht, zeugten keineswegs von Schwäche. Solange es Männer wie Berning und die Jesuiten gab, blieb die Macht der Fürstbischöfe über Diethers Heimatstadt und ihre Bewohner bestehen. Er zwang sich, Bernings gedehnten Worten weiterhin geduldig zu lauschen. Leonore musste wissen, woran sie war.

»Viel lieber, das sei Euch gesagt, möchte ich unserem überaus geliebten Fürsten eine gute Nachricht überbringen.«

Jetzt war Diether doch gespannt, worin diese bestehen sollte. Berning hatte bestimmt einen Vorschlag auf Lager, bei dessen Ausarbeitung ihm die Jesuiten zur Seite gestanden hatten.

»Auch die größten Übeltäter können durch wahre Reue selig werden. Ich erlaube mir, Euch an die beiden Hebräer zu erinnern, die unter allergrößten Mühen von den frommen Brüdern Jesu aus der plumpsten Finsternis jüdischer Märchen zum Licht des wahren und allein selig machenden Glaubens geführt wurden.« Die Worte stammten sicherlich von Pater Simon, dessen Jubeltöne Diether geradezu vermisste. »Nachdem sie vom Schmutz des Irrglaubens gereinigt waren, gewannen sie den süßen Beistand der christlichen Lehre lieb und ließen sich mitsamt ihren Familien taufen.« Bernings gelangweilter Ton legte nahe, dass ihm das Schicksal Davids und Aarons völlig gleichgültig war.

Es mochte drei Jahre her sein. Diether erinnerte sich, dass der Taufakt der bekehrten Juden im Dom unter großem Gepränge gefeiert worden war. Der Bischof selbst, seine Schwester Odilia, die Äbtissin, und weitere fromme Adelsfrauen hatten Pate gestanden. Wie den meisten ehemaligen Protestanten hatte bei ihrer Konversion auch den beiden Tuchhändlern weniger ihr künftiges Seelenheil vor Augen gestanden als die irdischen Geschäfte, die sie weiterhin mit den katholischen Paderbornern und jetzt auch mit dem bischöflichen Hof zu tätigen gedachten.

Nun erwartete man also von Leonore eine ähnlich »fromme« Umkehr.

Aber da fehlte noch etwas. Diether sah Berning erwartungsvoll an.

Doch der ließ sich Zeit. Langatmig sprach er von der Marianischen Sodalität, der jetzt auch Frauen beitreten konnten, und dem Fest Mariae Geburt, das in zwei Tagen gefeiert werde und eine gute Gelegenheit sei, sich mit der Gottesmutter zu versöhnen. Leonore möge ihr Heil vertrauensvoll in die seelenkundigen Hände der Jesuitenpatres legen.

Und dann kam, worauf Diether gewartet hatte.

»Zu guter Letzt möchte ich Euch vor Augen stellen und ans Herz legen, Advokat, dass ein großmütiges Sühneopfer schon manchem zu einem gottgefälligen Leben und zu den ewigen Freuden verholfen hat. Auch die beiden Hebräer haben sich mit einem freigiebigen Geschenk für die Rettung ihrer Seelen erkenntlich gezeigt.«

Die vier Lautenspieler, die das Bischofswappen umrahmten, zwinkerten Diether zu. »Ihr solltet das mit meiner Gemahlin besprechen«, gab er zurück. »Sie pflegt ihre Entscheidungen allein zu treffen.«

»Ihr seid ihr Eheherr«, erklärte Berning, als habe er nicht eben das vorhin noch bestritten. »Sie wird tun, was Ihr sagt.« Er hatte Leonore noch nicht kennengelernt.

Diether verbiss sich das Lachen und erhob sich. »Wenn Ihr erlaubt – ich muss wieder meinem Tagewerk nachgehen.« Eilig verließ er den Saal.

In drei Sätzen sprang er die Treppe hinab. Im Schildern blieb er stehen und sah zurück. Sie mochten ihm mit Gottesurteilen drohen, ihn mit glühenden Eisen zwicken oder dem ewigen Höllenfeuer übereignen – wenn er es eben verhindern konnte, würde Pater Simon Leonores Stück Land am Rothebach niemals in die Finger bekommen.

Da war nur noch ein dunkler Fleck im graubraunen Lehm des ungepflasterten Kellerbodens. Nichts sonst erinnerte an das Blut, das hier geflossen war. Dennoch spürte Friedrich in seinen Haarwurzeln ein unbehagliches Prickeln, als er sich eng an die Wand gedrückt an der Stelle vorbeischob, wo Menke von Wewer den Tod gefunden hatte.

Über Friedrichs unwillkürliches Gruseln legte sich erneut die Trauer. Ein bisschen Blut, das längst versickert war, und ein Grab auf dem Schlossfriedhof – mehr war nicht von dem lang gedienten Soldaten geblieben, dem Friedrich oft fassungslos gelauscht hatte, wenn er an Diethers Gartentisch von grauenhaften Kriegserlebnissen erzählte. Die blutigsten Kämpfe hatte Menke überstanden wie die sprichwörtliche Katze mit den sieben Leben. Und dann starb er auf einem läppischen Wachgang. Friedrich vermied den Blick auf den Boden, wo er die verkrümmte Gestalt des Gefährten zu sehen glaubte.

Auf die gleiche Art wie er schoben sich Andreas von Rostorp, sein sommersprossiger Begleiter aus dem Busdorfstift, und die beiden Magister aus dem Jesuitenkolleg in den Raum. Selbst Redebrecht, der kriegserprobte Feldwebel, war davor zurückgescheut, auf die Stelle zu treten, die er ihnen gestern als Fundort Menkes bezeichnet hatte. Er presste seinen Rücken an die Tür, über deren Balken der Mörder auf den Wandvorsprung geklettert war. Den Helm trug er in der Hand, in der erhobenen anderen eine Öllaterne, die nur mattes Licht spendete. In den düsteren Tiefen des Raums funkelte es hier und da geheimnisvoll.

Möglichst weit von dem Blutfleck entfernt, an den Schmalseiten eines der Tische mitten im Schatzkeller des Bischofs, hatte sich jeder ein Plätzchen frei geräumt, das er jetzt wieder einnahm. Kerzen wurden entzündet. Getrennt durch ein ganzes Feld, aus dem glitzernde Kostbarkeiten herauswuchsen wie Leonores gefährlich giftige Blüten, saßen sich Jesuiten und Busdorfherren gegenüber. Lang, dünn und kurz geschoren waren der rothaarige Andreas von Rostorp hier und drüben der dunkle Martin Herting, blond und kleiner Wolrad Spiegel und Friedrich selbst. Die Brüder Jesu hatten die vierhörnigen Kappen neben sich abgelegt.

»Ich werde Euch Wein und einen Imbiss hinunterschicken.« Der Feldwebel setzte seinen Helm auf und verabschiedete sich.

Friedrich, den die Kutschfahrt nach Neuhaus ermüdet hatte, sandte ihm ein dankbares Nicken hinterher. Ihn juckte die Nase, doch er verbot es seinen Fingern, an der Borke zu kratzen. Die dicken Wände dünsteten Kälte aus und einen leichten Modergeruch. War er heute nicht stärker als gestern?

»Keinen Happen werde ich in diesem Mordkeller herunterbekommen«, jammerte Wolrad Spiegel.

Das hatte er gestern auch behauptet und Friedrich dann die leckersten Bissen weggeschnappt. Ein verwöhntes Adelssöhnchen mit einfältigem Gesicht und vorstehenden blauen Augen. Nach weltlicher Sitte, die seine Mitbrüder bestimmt nicht guthießen, hingen Wolrad die blonden Locken in die

Stirn. Neidvoll strich Friedrich mit einer Hand durch sein eigenes, schon recht gelichtetes Haar.

Dagegen entsprach Martin Herting, der aus einer Salzkottener Magistratsfamilie stammte, vollauf dem Bild, das man sich gemeinhin von den Jesuiten machte. Er hielt sein tonsuriertes Haupt leicht nach vorn geneigt und schaute einem niemals in die Augen. So hölzern, wie er daherkam, glaubte ihm Friedrich ohne Weiteres die Engelsreinheit des Geistes und des Leibes, die einen Bruder Jesu auszeichnen sollten. Ähnlich steif war Andreas, aber doch lebendiger als Herting. Wie Friedrich war Andreas nicht geweiht und führte neben seinem Dasein als Stiftsherr ein weltliches Leben.

»Ac si cadaver essent«, murmelte Magister Martin seinem Mitbruder zu. »Wir gehorchen dort, wo wir hingestellt werden.« Er hob seinen Blick nicht von den Einträgen in seiner Liste, die er mit dem Inventarbuch des Bischofs verglich.

Friedrich erkannte die Worte als Zitat aus den »Constitutiones« des Ordensgründers Ignatius von Loyola, der von seinen Mitbrüdern die Willenlosigkeit eines Leichnams forderte.

Wolrad riss die Augen auf, sein angstvoller Blick streifte den Fleck eingetrockneten Blutes. »Sprich mir hier nicht von Toten, ich bitte dich!«

Als Antwort schob ihm Martin eins der bischöflichen Verzeichnisse hinüber und wies ihn an, die an der Wand aufgereihten Folianten damit abzugleichen. Wolrad nahm einen Kerzenleuchter vom Tisch und begann an der Rückwand des Kellers, vom Schauplatz des Mordes an Menke so weit wie möglich entfernt.

»Ich suche noch einmal nach dem Kreuz mit dem weißen Stein«, sagte Andreas und erhob sich. »Es muss doch irgendwo sein.« Im Dämmerlicht verblassten die Sommersprossen, die Gesichtszüge traten kantig hervor.

Erneut nahm er sich eins der tiefen Regale nach dem anderen vor, räumte goldglänzende Gegenstände beiseite und schaute hinter jede Monstranz, hinter jedes etwas größere Reliquiar. Er legte sich sogar auf den Bauch und langte mit dem Arm unter die Regalböden. Das hatten sie alles gestern schon getan.

Seine Arbeitslust konnte Friedrich nicht teilen. Er wollte heraus aus dem muffigen Keller, draußen schien die Sonne, doch sie waren noch lange nicht fertig.

»Lasst uns weitermachen«, sagte er mit einem Seufzer.

Er nahm einen edelsteinverzierten Leuchter vom Tisch, wo sie gestern aufgehört hatten, und zeigte ihn Martin Herting. Der blätterte das Inventarbuch durch, bis er auf das Verzeichnis der Leuchter stieß, fuhr mit dem Finger die Rubriken entlang und konnte endlich hinter einem Eintrag einen Haken setzen. Auf diese Weise erfassten sie ein edles Kunstwerk nach dem anderen, bis Friedrich gar nicht mehr wahrnahm, welche Kostbarkeiten er in den Händen hielt.

Martin Herting räusperte sich, sah aber nicht von seinen Listen auf. »Ich hoffe doch sehr, dass wir das Kreuz noch finden.«

Andreas von Rostorp richtete sich auf und sah ihn argwöhnisch, aber auch erwartungsvoll an.

»Es zählt eindeutig zu den Schätzen, die Bischof Dietrich seinem Kolleg vermacht hat.« Martin beharrte auf seiner bereits geäußerten Meinung. »Unser Archivar hat mir gestern die von seiner Durchlaucht unterzeichnete Urkunde gezeigt.«

»Niemals«, widersprach Andreas. »Es gehört zweifelsfrei dem Busdorfstift, dessen großherziger Propst es vor einiger Zeit dem Bischof zur Verfügung gestellt hat. Als Leihgabe und als solche verzeichnet, daran gibt es nichts zu deuteln.« Er starrte den Jesuiten an, der ungerührt die Seiten des Inventarbuchs umwandte.

Jetzt ging der Streit schon wieder los. Friedrich hob den Blick zu den Gewölbebögen, die den Kellerraum überspannten. Auch wenn sie es fanden, würde der Bischof das Kreuz nicht wieder herausgeben. Er hatte es als eigenen Besitz ins Inventarbuch eintragen lassen, weil er es – so Barcholt – ganz außerordentlich liebte.

»Was ist denn so Besonderes an diesem Kreuz?« Wolrad Spiegel hielt einen schweren, in Saffianleder gebundenen Folianten in den Händen. »Ich meine, es gibt doch hier genug davon.« Mit dem Kopf wies er auf die vollgestellten Regale.

»Es ist wohl schon uralt«, murmelte Martin Herting in das

aufgeschlagene Buch hinein. »Noch aus der Zeit der Kreuzzüge, glaube ich.«

»Kreuzzüge? Wie sollte das denn nach Paderborn gekommen sein?« Wolrad stellte das Buch zurück und legte sein Verzeichnis neben Martin auf den Tisch. »Ich meine, die waren doch im Morgenland, und außerdem ist es Jahrhunderte her.« Er warf einen zögerlichen Blick auf die Reihe Folianten auf dem Wandvorsprung an der Türseite, die noch darauf warteten, dass Wolrad ihr Vorhandensein in seiner Liste abhakte.

Ganz anders als Friedrich und sein Freund Diether Meschede hatte der junge Magister offensichtlich zu den Schülern gehört, die den Geschichtsunterricht zum Schlafen genutzt hatten. Die Kreuzzüge waren eines der Lieblingsthemen ihrer jesuitischen Lehrer gewesen, die allesamt wie früher ihr Ordensgründer von einer Befreiung des Heiligen Landes träumten. Solange daraus nichts werden konnte, verlegten sie ihren Kreuzzug in die protestantischen Gebiete ihrer Heimatländer, wo sie in päpstlichem Auftrag die ortsansässigen Heiden auf ihre Weise überzeugten.

Von ihren Zweifeln am Vorgehen der frommen Bekehrer hatten sie damals noch nichts geahnt. Jahrelang hatten Diether und Friedrich, die hölzernen Steckenpferde zwischen den Knien, am liebsten Kreuzritter gespielt, waren in Ermangelung echter Ungläubiger mit den Holzschwertern aufeinander losgegangen und hatten sich wechselseitig zur Strecke gebracht. Ihr so laut es ihren Jungenstimmen eben möglich war gebrülltes »Nimm dies, schurkischer Barbar!« und der unweigerlich folgende markverzehrende Todesschrei mussten in der ganzen Stadt zu hören gewesen sein.

Der arme Wolrad hatte wohl nie Kreuzritter gespielt. »Das Morgenland war Ziel und Kriegsschauplatz, damit habt Ihr recht, Magister«, erwiderte Friedrich und bereitete sich auf längere Erklärungen vor. »Aber Ihr vergesst, dass die Kreuzritter von hier kamen, aus dem gesamten Abendland und sogar aus Paderborn.« Diether hatte immer schon gesagt, an Friedrich sei ein Lehrer verloren gegangen. »Ich glaube, man kann sagen, dass so gut wie jede hochgestellte Familie im Land, vermutlich auch die Spiegels, Rostorps und Hertings, unter ihren Vorfahren einen oder mehrere Kreuzzugsteilnehmer hat.«

Es wunderte Friedrich gar nicht, dass seine jesuitischen Zuhörer, als er von einem zum anderen sah, nur mit den Achseln zuckten. Andreas holte weitere Kerzenleuchter aus den Regalen und trug sie zu ihnen an den Tisch. Er sah gar nicht erst auf.

So viel Geschichtsvergessenheit brachte Friedrich erst recht in Fahrt. »Den Kreuzrittern folgten ihre Leibeigenen, die dazu befohlen wurden, aber auch viele Söhne des Bürgertums, die zur Rettung der heiligen Stätten sich und vor allem ihr Geld einbrachten. Unter ihnen war auch einer meiner Vorfahren, dessen Andenken die Familie noch heute in Ehren hält.« Dass er selbst auf den tapferen Baer in seiner Ahnenreihe, dessen Schwert vom Blut vieler Heiden troff, nicht besonders stolz war, behielt Friedrich für sich.

Magister Wolrad schaute wieder an den vor Gold und Juwelen glitzernden Folianten entlang bis zum Sims über der Tür, wo die wertvollen Bücher kreuz und quer durcheinanderlagen. Nach Menkes Tod hatte sie wohl jemand schnell hinaufbefördert, ohne auf die Ordnung zu achten. Friedrich folgte seinem Blick, der nur kurz den Blutfleck auf dem Boden streifte, bevor er hastig abgewandt wurde. Trotz des warmen Kerzenscheins schien es ihm, als sei Wolrads Antlitz erbleicht.

»Erzählt weiter, Kanonikus«, sagte Wolrad schnell. Lieber holte er wohl den versäumten Geschichtsunterricht nach, als dass er seine Arbeit fortsetzte und dabei womöglich auf die Stelle trat, an der Menke gestorben war.

Martin Herting nickte kurz und blätterte weiter in seinen Listen herum, während Andreas von Rostorp offensichtlich auf der Suche nach einem Ort, wo er noch nicht nach dem Kreuz gestöbert hatte, seinen Blick über die funkelnden Schätze auf den oberen Regalbrettern wandern ließ.

»Ich berichte Euch gern, was ich weiß.« Friedrich fuhr fort, einen goldenen Leuchter nach dem anderen Martin Herting anzureichen, damit er wieder Häkchen in des Bischofs Verzeichnis malen konnte. »Es steht wohl fest, dass unsere Stadt dem Heiligen Land besonders verbunden war. Gleich zwei Bischöfe fallen mir in dem Zusammenhang ein. Der eine ist Meinwerk gleich zu Beginn der Kreuzzüge, der andere – zweihundert Jahre danach – hieß Oliverus und kam ursprünglich aus Köln.«

Zumindest Wolrad hörte aufmerksam zu, als Friedrich von der Zerstörung Jerusalems und des Heiligen Grabes im Jahr 1009 durch den Kalifen El-Hakim berichtete und das grausame Wüten der Araberheere schilderte. »Als zwanzig Jahre später endlich mit dem Wiederaufbau begonnen werden durfte, ging ein Aufatmen durch die ganze Christenheit. In riesigen Pilgerzügen strömten die Menschen nach Palästina, um beim Wiederaufbau zu helfen und die Heiden endgültig von den heiligen Stätten zu vertreiben.«

»Ein gottgefälliges Werk, das immer noch nicht vollbracht ist«, warf Magister Martin mit düsterer Stimme ein, ohne den Kopf zu heben.

Friedrich ging nicht auf seine Worte ein. »Wie jeder Adlige damals gelobte auch unser Bischof Meinwerk in der Hoffnung auf seinen späteren Einzug ins himmlische Jerusalem eine Reise in die zerstörte irdische Stadt. Er hat es nicht mehr geschafft, schließlich musste er das Hochstift regieren. Weil er darüber alt und krank geworden ist, schickte er Abt Wino aus Helmarshausen als Stellvertreter, den zahlreiche Geistliche und Adelssöhne aus dem Paderborner Land begleiteten.«

Wino hatte von seiner Reise einen Aufriss und die Maße der Kirche über dem Heiligen Grab mitgebracht, die Meinwerk in Paderborn nachbauen wollte. »Das war der Vorgängerbau unserer Busdorfkirche, der aber, weil er in aller Eile hochgezogen wurde, bald in sich zusammenfiel. Neben den Kirchenplänen hatte Abt Wino aber noch etwas anderes im Gepäck.«

Friedrich wandte sich Rostorp zu, der schon wieder zwischen den sakralen Geräten herumfingerte. »Erinnerst du dich, Andreas, wie wir im Archiv die angelaufenen Silberkästchen gefunden haben?«

»Mhm.« Andreas wurde von der vergeblichen Suche wohl völlig in Anspruch genommen, denn sonst hätte er es sich nicht nehmen lassen, in seiner ernsthaften Art sein Wissen darzulegen.

Dann übernahm Friedrich es eben selbst, von Winos Mitbringseln zu berichten, die aus Reliquien von den heiligen Stätten bestanden, darunter Stücke vom Schweißtuch, das Veronika Jesus auf seinem Leidensweg gereicht hatte, oder von der Krippe in Bethlehem, in die er nach seiner Geburt gelegt wurde. Meinwerk überließ die Behälter mit den frommen Überresten dem Busdorfstift, das er gegründet hatte, damit die Stiftsherren seine Jerusalemkirche mit ihrem Gebet erfüllten.

»Natürlich haben alle anderen Teilnehmer an Abt Winos Reise sich ebenfalls ihre Reliquien mitgebracht. Ich kenne einige Burgen, wo sie einen Ehrenplatz in der Hauskapelle haben. Dort hängen auch die Rüstungen der Ritter und die blank geputzten Schwerter, mit denen ihre Vorfahren die Heiden geköpft haben.«

Wolrad schrak zusammen. »Geköpft?« Seine Stimme war piepsig wie die einer Maus.

Trotz des blutigen Bildes vor seinen Augen musste sich Friedrich ein Schmunzeln verkneifen. Sogar er, der kampfunerfahrene Stiftsherr, wusste, was die schweren Zweihänder anrichteten, mit denen die Ritter damals gekämpft hatten.

»Dann stammen das Kreuz und vielleicht auch die beiden Degen, die wir vermissen, aus dem Heiligen Land?« Wolrad schaute sich im Raum um, als könne er die Gegenstände doch noch finden.

»Mag sein«, antwortete Friedrich. »Aber außer, dass sie verschwunden sind, wissen wir nichts über sie. Wenn sie überhaupt mit den Kreuzzügen zusammenhängen, können sie ebenso gut mit Magister Oliver und seinem Gefolge hergekommen sein. Und dann nicht nur aus Jerusalem.«

»Nicht?«, echote Wolrad. »Ich dachte, dort waren die Heiden.«

»Die Heiden sind überall«, brummte Martin und hakte in seiner Liste ein Ziborium ab.

»Das sind sie«, bestätigte Friedrich mit allem Ernst, den er aufbringen konnte. Diether hätten die beiden Jesuitenmagister sicher ausnehmend gut gefallen.

Oliver der Sachse, wie er genannt wurde, hatte seine Heiden zuerst in Friesland gefunden. Er hatte ein Kreuzfahrerheer gegen die Stedinger Bauern angeführt, die gegen ihren Grundherrn aufgestanden und daraufhin von ihrem Bischof als Ketzer gebrandmarkt worden waren. Zwei Jahre lang hatten die Bauern die Kreuzritter in Atem gehalten. Wolrad hörte mit offenem Mund zu, als Friedrich von den fünfzigtausend Friesen erzählte, die Oliver in nur einem Winter für den Kreuzzug geworben hatte. Selbst Andreas wandte den Regalen jetzt den Rücken zu.

»Und wie kam dieser Oliver nach Paderborn?« Wolrads Neugier war offenbar geweckt.

»Er war Mitglied des Domkapitels«, erklärte Friedrich. »Das muss in den ersten Jahren des dreizehnten Jahrhunderts gewesen sein. Außerdem war er Domscholaster in Köln und ein Vertrauter des dortigen Erzbischofs Engelbert, der ihm später zum Paderborner Bischofsthron verholfen hat.« Um die Bischofswahl hatte es viel Tumult gegeben, an dem auch die Busdorfherren beteiligt gewesen waren. Papst und König hatten damals eingegriffen, um gegen den hiesigen Kandidaten Heinrich von Brakel, den Propst des Busdorfstifts, mit Oliver den kölnischen Einfluss im Paderborner Hochstift zu stärken. Propst Heinrich war wie der gesamte ihn unterstützende Klerus vom hilfreichen Papst exkommuniziert worden.

»Vor seiner Bischofszeit war Oliver als überaus erfolgreicher Kreuzzugsprediger unterwegs.« Von Bruder Martin erntete Friedrich immerhin ein beifälliges Nicken, als er die Wundertaten erwähnte, die man Oliver nachsagte. Bei mehreren seiner Reden sollte sogar ein großes leuchtendes Kreuz in der Luft erschienen sein. »Fünf Jahre lang hat er dann den Kreuzzug nach Ägypten angeführt, das war für ihn und Papst Innozenz die Wiege des Islam, den es mit Stumpf und Stiel auszurotten galt.«

»Da waren bestimmt auch wieder viele Ritter aus dem Hochstift dabei.« Dem kaum unterdrückten Leuchten in Wolrads Augen nach hätte er im ägyptischen Damiette, das Oliver eingenommen und zerstört hatte, am liebsten selbst mit dreingeschlagen. Alle Zimperlichkeit, die er angesichts des Blutflecks an den Tag gelegt hatte, war wie weggeblasen.

»Ihr solltet einmal Olivers Reisetagebücher lesen, die in Eurer

Bibliothek gewiss vorhanden sind.« Friedrich war ziemlich sicher, dass dem jungen Jesuiten das Strahlen vergehen würde angesichts zahlreicher Gräueltaten der Christen, die erbarmungslos die Mohammedaner abgeschlachtet hatten. Oliver hatte sie in allen blutigen Einzelheiten beschrieben.

Wolrad nickte mit begeisterter Miene. »Er war sicher ein guter Bischof, dieser Oliver.«

Das nun nicht gerade. Wolrad wäre vermutlich enttäuscht, wenn er hörte, dass Oliver gleich nach seiner Wahl ins sonnige Italien gereist und nie an die kalte Pader zurückgekehrt war. Sogar Schulden hatte der feine Kreuzritter hinterlassen, fünfundsechzig Mark in Silber, die das Domkapitel für ihn bezahlen musste. Doch das behielt Friedrich ebenfalls für sich. Immerhin hatte Oliver beim Papst noch einen vierzigtägigen Sündenablass für die Paderborner erwirkt, bevor – nach nur zweijähriger Amtszeit und lange vor seinem Tod – ein neuer Bischof gewählt wurde.

»Lest seine Vita, dann könnt Ihr Euch selbst ein Bild machen.« Immerhin verfügte das Kolleg über die reichhaltigste Bibliothek des ganzen Hochstifts.

Als Wolrad merkte, dass die Geschichte zu Ende war, erhob er sich und ging ein paar Schritte auf Rostorp zu, der immer noch vor den Regalen stand, als wolle er gleich weiterforschen nach dem wertvollen Kreuz.

Der junge Magister reckte den Kopf. »Ich werde Euch suchen helfen, Kanonikus.« Unter der Soutane bewegten sich tatendurstig seine Schultern, mit einem Mal machte er einen entschlossenen Eindruck. »Aber nicht hier, wo wir inzwischen jeden Stein umgedreht haben. Wir sollten uns den vorderen Raum vornehmen, auch wenn der Rentmeister versichert, dass es in den Säcken und Truhen nicht sein kann. Es mag irgendwie dazwischengerutscht sein.«

Der Einfall war nicht schlecht, das meinte wohl auch Andreas, der bedächtig nickte. »Wir werden sehen.« Er wandte sich dem Ausgang zu.

Wolrad war ihm voraus. Unberührt von jeglichem Grauen stürmte er über den Blutfleck hinweg in den engen Gang, der in den benachbarten Keller führte.

Magister Martin schaute ihm ebenso verdutzt nach wie Friedrich. Eine unverhoffte Wunderheilung. Sogar in Abwesenheit schien das Kreuz des Bischofs fabelhaft zu wirken.

Ein Wolkenbruch ergoss sich über der Stadt, doch das machte den Leuten nichts aus. In Mengen liefen sie die Westernstraße hinauf. Die Gaukler waren immer noch da, sie sollten im Schwarzen Bären aufgetreten sein, und jeder wollte sie sehen, bevor die Schütter sie verjagten.

Gese kam kaum nach, so schnell eilte ihr Berta voraus. Die Röcke geschürzt, die Holzschuhe in der Hand, sprang sie über Pfützen und Rinnsale, aus denen die Regentropfen zurückprallten. Die Sommersprossen verschwanden unter der Rötung ihrer Haut. Wenn Margret Meschede Berta sähe, spräche sie sicher wieder vom Bauerntrampel. Oft genug hatte sie Gese so genannt, wenn sie wieder einmal zu ungestüm gewesen war.

Betrübt sah Gese auf ihre durchnässten Schuhe aus feinem Leder, die Johanna ihr geschenkt hatte. Barfuß laufen war bei diesem Wetter schon das Richtige. Aus ihrer Kindheit kannte sie es nicht anders, zumindest im Sommer nicht, doch hier in der Stadt und ganz bestimmt im Haus ihrer Herrin galten feinere Sitten. »Kein Christenmensch läuft barfuß«, sagte ihre Herrin, erklärte aber nicht, warum.

Margret Meschede hatte feste Vorstellungen davon, wie sich Katholiken – nur die waren für sie Christenmenschen – zu benehmen hatten. Das galt auch für ihre Dienstboten. Wenn sie erfuhr, was Gese und die rothaarige Berta aus dem Haus nebenan – Schwertfegers Berta, so wie sie Meschedes Gese war – vorhatten, gäbe es wohl dicken Ärger. Gese hatte zwar gelernt, wie Henrich die Strafpredigten an sich abtropfen zu lassen. Aber der hatte anschließend im Stall verschwinden können, während sie es aushalten musste, wenn ihre Herrin wochenlang kaum mit ihr sprach.

Aber das war es sicher wert. Gese überholte ein paar Nachbarn und schloss zu Berta auf. Am Morgen hatte sie sich gar nicht sattsehen können an den Kunststücken der Gaukler. Ob der kleine Hund auch da war?

Vor dem Eingang des Bären drängten sich triefnasse Menschen. »Komm, wir gehen durch die Küche.« Berta goss das Wasser aus ihren Holzschuhen und schlüpfte hinein. »Baers Elseken hat sicher ein Handtuch für uns.« Bei jedem Schritt quietschten Geses Schuhe vor Nässe.

In der Küche war Hochbetrieb. Und wie es duftete! Elseken warf ihnen schnell ein Tuch zu und schnitt weiter Braten auf, den die Schankmägde eilig hinaustrugen.

»Jobst hat den großen Saal aufgemacht«, rief sie über das Töpfeklappern hinweg. »Es ist so voll, als wär Libori.« Ihr rundes Gesicht strahlte, Elseken blühte erst auf, wenn es richtig viel Arbeit gab. Sie verriet ihnen noch, dass ihr Dienstherr die Gaukler für ihre Darbietungen freihalte und sie ihnen deshalb nichts geben müssten.

Jobst Baer, der Wirt des Schwarzen Bären, wuchtete gerade ein neues Fass auf den Tresen, als sie die Schankstube betraten. Er schlug den Zapfhahn ein, Krüge wurden ihm entgegengereckt, das Bier sprudelte. Es war so laut wie immer, wenn es hoch herging, und wie gewöhnlich muffelte es nach schal gewordenem Bier.

Aber sonst war alles verändert. Voller Farben, voll sprühenden Lebens erschien Gese der Raum, wo an den meisten Abenden nur ein paar graue, müde Gestalten hinter ihren Krügen hockten. Zwischen den biederen Paderbornern fielen die Fahrenden auf wie stolze Hähne inmitten geduckter Hennen. Unter geschlitzten Ärmeln und Beinkleidern bauschte es sich, bunte Federn wippten auf Schlapphüten. Würfelspieler und Deckeler scharten ihr Publikum um sich. Von ein paar Schüttern umstanden, saß auch Elmar Bröckling mit an einem der Tische, wo Ruhe einkehrte, sobald das Spiel begann.

Er winkte Berta verstohlen zu, deren Sommersprossen gleich wieder vom Rot überdeckt wurden. Nicht nur Gese neigte zu blutübergossenem Gesicht. Als Einzige wusste sie, dass die beiden etwas miteinander hatten und heiraten wollten, sobald Elmar Mutter Bröckling davon überzeugt hatte, dass eine Schäferstochter in ihr gutbürgerliches Haus passte.

Gese beneidete die Freundin nicht, die mit der Bröckling'schen, einer engen Freundin Margret Meschedes, unter einem Dach leben sollte. Da gefiel ihr die eigene Zukunft schon besser, die ihr so farbig erschien wie die Kleider der Gaukler. Ihr Redebrecht sprach davon, dass er bald aus dem Bischofsdienst ausscheiden und sich als Getreidehändler in der Stadt niederlassen wollte. Gese war das Stadtleben inzwischen gewöhnt, und ihm war sein Dorf ebenfalls zu eng geworden. Sie würden ein eigenes Haus haben, zu dem Redebrechts Brüder etwas beisteuern würden, weil sie ihre Felderzeugnisse so leichter an den Mann bringen konnten. Sie selbst arbeitete dann für Leonore und würde von ihr alles lernen, was sie wusste …

Berta unterbrach ihre Träumerei mit einem Stoß ihres Ellbogens. »Dein Redebrecht kommt sicher noch«, flüsterte sie.

Gese nickte. Leider war er nicht hier, ihr Redebrecht, weil er im Schloss des Bischofs Wache halten musste. Aber vielleicht tauchte er ja später noch auf.

Durch die offene Tür zum Saal drangen Lachen und Gesang. Da ging es wohl lustiger zu als hier, wo Spieler und Zuschauer nur wie gebannt auf flinke Finger starrten und als einziges Geräusch ein Stöhnen von sich gaben, wenn der Einsatz verloren ging.

Gese nahm Bertas Hand und zog sie an den Spielern vorbei zum Eingang des Festsaals, den ein paar Reihen langer Tafeln kaum füllten. Dicht an dicht von Zuschauern umstanden, führten in den Zwischenräumen die Gaukler ihre Kunststücke vor. Über die Köpfe hinweg sahen Gese und Berta die Zauberbälle bis an die Decke fliegen und hörten die Flötenmelodie, nach der am Morgen der weiße Hund getanzt hatte.

Mit einer Schulter voraus schoben sie sich durch die Menge. Eine Weile lachten sie über den kleinen Kläffer, der jetzt ein federgeschmücktes Hütchen trug und sich zwischen den Tänzen vor ihnen verneigte und sogar einen Kratzfuß machte. Dann sahen sie den wirbelnden Bällen zu, bis ihnen fast schwindelig wurde, und bestaunten einen in wallende Gewänder gehüllten Zauberkünstler, der aus Nasen und Ohren der Umstehenden bunte Tücher zog.

Er hatte in jeder Wange ein Loch. Berta lachte, als Gese ihr erzählte, dass der Zauberer am Morgen noch als psalmodierender Mönch mit der Marienstatue im Arm über den Rathausplatz gelaufen war.

Als Gese sich an den Tischen umschaute, stellte sie fest, dass sie die meisten Männer kannte, aber keine der jungen und bunt gekleideten Frauen, die ihnen fast auf dem Schoß saßen. An Farbe konnte Gese in ihrem kornblumenblauen Mieder es mit ihnen aufnehmen, aber nicht eine hatte ihr langes Haar in braven Zöpfen aufgesteckt, und keine versteckte ihren Ausschnitt unter einem Brusttuch, ohne das Margret Meschede sie nicht aus dem Haus ließe. Diesmal gab sie ihrer Herrin recht: Die lüsternen Blicke der Männer hätte sie nicht auf ihrer Haut fühlen wollen. Einige von ihnen hatten Frau und Kinder zu Hause.

Weil ihnen vom langen Stehen die Füße wehtaten, nahmen sie an einem der hinteren Tische Platz und ließen sich von einer Schankmagd Wein und einen Krug Wasser bringen. Berta wies mit einer verstohlenen Geste zu den offenen Fenstern der rückwärtigen Wand hinüber, die an die Gärten des Abdinghofklosters stieß. Ein paar Mönche beobachteten aufmerksam das bunte Treiben im Saal.

Gese hatte etwas anderes entdeckt. Mit dem Rücken zu ihnen saß am Nachbartisch Laurenz Barcholt. Sie stieß Berta an, der sie von Diethers Bitte, sich nach Laurenz umzuhören, erzählt hatte. Ihr Herz klopfte. Jetzt hatte sie die Möglichkeit, ihn selbst zu beobachten. Sehnlichst wünschte sie sich, dass Laurenz etwas tat oder sagte, das dem Sohn ihrer Herrin weiterhelfen konnte. Er und seine Schwester hatten immer auf ihrer Seite gestanden.

Laurenz gegenüber saß das blonde Mädchen, das schon am Morgen mit ihrem treuen Blick Scharen von Männern verlockt hatte, ihr Glück im Spiel ihrem Drehwürfel anzuvertrauen. Sie ließ ihn offenbar gewinnen, denn er strich unter dem Johlen seiner Freunde einen Einsatz nach dem anderen ein und wurde immer größer dabei. Unter gesenkten Lidern schaute Berta ebenso gespannt zu wie Gese. Das Lächeln der Blonden bannte seinen Blick.

Doch dann wandte sich Laurenz' Glück von ihm ab. Die roten Lippen des Mädchens formten ein O, die blauen Augen riss sie erschrocken auf, es war wohl die falsche Zahl gefallen. Das Spiel wiederholte sich, doch Laurenz schob weiter, ohne hinzusehen, Münzen über den Tisch. Gese meinte, Silbergroschen blinken zu sehen.

Erst als Gese in kleinen Schlucken ihr Glas leer getrunken hatte, wurde Laurenz wach. Mit einem Mal riss er den Kopf hoch. »Der Kreisel ist gezinkt«, rief er so laut, dass jeder ihn ansah.

Nur Gese nahm wahr, wie die Blonde mit einer blitzschnellen Bewegung den Kreisel in ihrer Hand austauschte. Während sie den neuen, der die gleichen blauroten Seiten aufwies wie der vorherige, vor Laurenz' Augen hin- und herpendeln ließ, streckte sie die andere Hand nach hinten, wo ein wieselgesichtiger Mann wie zufällig ganz nah an ihr vorbeiging.

Laurenz schnappte sich den Drehwürfel und besah ihn von allen Seiten, schüttelte ihn, hielt sein Ohr daran, drehte ihn selbst. Vor Verwirrung ruckte sein Kopf hin und her. Das Mädchen lachte glockenhell, nahm ihm den Kreisel aus den Fingern und zog mit dem Wieselgesicht im Gefolge einen Tisch weiter.

Mit großspuriger Gebärde winkte Laurenz eine Schankmagd herbei und bestellte eine neue Runde Wein. Dann sah er sich im Saal um. »Da sind ja unsere Schönen von den Western«, rief er, als er Gese und Berta entdeckte.

Berta verdrehte die Augen, doch Gese zog sie mit sich, als Laurenz sie an seinen Tisch einlud. Auch wenn sie sonst nicht gerade den Umgang mit seinesgleichen suchte, wollte sie sich die Gelegenheit nicht entgehen lassen. Unter Laurenz' Gefährten erkannte sie Adelssöhne und solche von Pfaffenkindern, alle fein gemacht in dunklem Samt, deren Väter ebenfalls vom Bischof vergebene Ämter bekleideten. Ihre mit silbernen Litzen verzierten Barette lagen auf dem Tisch und nahmen fast mehr Platz ein als Krüge, Gläser und halb volle Teller.

Berta rückte ein Stück von Laurenz ab, als er seine Arme um sie legen wollte. »Schon gut«, murmelte er und goss Wein in ihre Gläser. Gese schien der Blick wehmütig, den er der Blonden zuwarf, die ihm eben noch schöne Augen gemacht hatte.

Doch dann hob er den Kopf und strich sich die dunklen

Locken aus dem Gesicht. »Die legen mich nicht herein«, stieß er zwischen den Zähnen hervor. »Die nicht. Dass ich schlauer bin als die, hab ich schließlich schon bewiesen.« Er schaute in die Runde. »Wisst ihr noch, wie ich dem Deckeler sein Geld abgenommen hab?« Er trank sein Glas in einem Zug leer.

Seine Gefährten verzogen gelangweilt ihre Mienen, sie hatten die Geschichte miterlebt und seitdem wahrscheinlich mehrfach gehört. Diether hatte gemeint, dass Laurenz wohl betrogen habe.

»Aber ja.« Gese nickte lebhaft und klapperte mit den Augenlidern. »Wie habt Ihr das gemacht? Die ganze Stadt spricht ja von Eurer Geschicklichkeit.«

Mit verschwommenem Blick, doch unter hübschen langen Wimpern hinweg schaute er sie geradezu verliebt an. So schnell ging das bei Laurenz.

Bevor er antworten konnte, wurde er abgelenkt. An der Stirnseite der Tischreihe stand der Mann mit dem Wieselgesicht und klatschte in die Hände. Die Blonde krempelte an ihrem Mieder herum und legte noch etwas mehr vom wogenden Schneeweiß ihres Busens frei.

Der Mann wies mit beiden Händen auf sie. »Meine schöne Gefährtin Dalila, eine Künstlerin von hohem Rang, die schon am kaiserlichen Hof aufgetreten ist, wird Euch, mein hochgeschätztes Publikum, jetzt ein paar Verse aus dem Glaubensbekenntnis der Vaganten vortragen. Ich bitte um Aufmerksamkeit.«

Die war der Blonden gewiss, als sie auf einen Hocker stieg und ihre Röcke schürzte. Wahrlich eine Dalila war sie – auch wenn sie in Wirklichkeit wohl Ännchen oder Käthe hieß –, deren Schönheit den biblischen Samson so verblendet hatte, dass er ihr seine Stärke opferte. Margret Meschede erzählte die Geschichte jedes Mal, wenn sie über Leonore herzog. Dalila schüttelte die goldenen Locken, die im Schein der Öllampen funkelten, rundete die Lippen und sang mit süßer, ein wenig lispelnder Stimme.

Das war wohl Latein, Gese verstand kein Wort. Dass es sich nicht um ein Kirchenlied handelte, entnahm sie dem Augenklimpern der Schönen, dem Johlen der Männer und den empörten Gesichtern der Mönche am Fenster.

»Ach, lasst die doch«, murrte Laurenz. »An der ist ja doch alles falsch. Nicht mal richtig Latein kann sie.«

Wie jeder sehen konnte, war das gar nicht nötig, damit die Männer an ihren Lippen hingen. Gese fragte sich, welchen Anblick sie selbst böte, wenn sie ihre Zöpfe auflöste und ihre Locken so zur Schau stellte. Margret Meschede würde wohl der Schlag treffen …

Laurenz schien auch ohne Locken Gefallen an ihr zu finden. »Du bist ein liebes Mädchen«, wisperte er mit schwerer Zunge. »Deshalb verrate ich dir jetzt ein Geheimnis.« Das letzte Wort hatte er laut genug gesprochen, dass sich ein paar seiner Freunde zu ihm umdrehten.

Mit verschwörerischer Miene begann Laurenz zu erzählen. Nur war das, was er zum Besten gab, nicht, wie es sich Gese erhofft hatte, ein Geständnis des Einbruchs in den bischöflichen Schatzkeller und des Mordes an Hauptmann Menke. Doch wie er den Hütchenspieler hereingelegt hatte, warf ein bezeichnendes Licht auf Laurenz. Das mochte wohl auch Diether meinen, wenn Gese weitergab, wie Laurenz, während er das Wachskügelchen prüfend zwischen seinen Fingern hin und her drehte, eins seiner eigenen Haare hineingedrückt hatte, das am Ende des Spiels unter dem Becher hervorragte und ihm die Lage des Kügelchens verriet.

»Potzblitz«, rief Burkhard Krewet, der Laurenz gegenübersaß. »Barcholt, du bist ein Teufelskerl.« Er meinte das Lob keineswegs ernst, das erkannte Gese an dem Augenzwinkern, das er mit Wilhelm von der Lippe tauschte.

Doch Laurenz schien wieder um einige Handspannen zu wachsen. Er warf einen triumphierenden Blick zu der goldlockigen Dalila hinüber, die sich immer noch durch ihre Verse lispelte.

»Das will ich meinen«, sagte er, den Mund hochmütig verzogen. Er schenkte Wein aus und trank mit gierigen Schlucken. Seine ohnehin glasigen Augen fielen ihm fast zu. »Und sowieso …«, lallte er, »bald bin ich reich wie Krösus. Ihr werdet schon sehen …« Seine Stimme wurde immer leiser, dann ließ er den Kopf auf die Tischplatte sinken.

Niemand außer Gese hatte ihm zugehört. Ihre Wangen brannten vor Aufregung. Erst jetzt nahm sie wahr, dass im Saal Unruhe aufgekommen war. Das Wieselgesicht hatte eine Fiedel hervorgeholt und drückte der Blonden einen Schellenkranz in die Hand. Die bunt gekleideten Frauen sprangen auf und zogen widerstrebende Männer mit sich. Gese wechselte mit Berta einen Blick, die sich mit ihr durch die mehr stampfende als tanzende Menge einen Weg nach draußen bahnte.

Andauernd gingen ihr Laurenz' Worte »reich wie Krösus« im Kopf herum. Was konnte er damit gemeint haben? Die Possen der Gaukler waren ihr jetzt einerlei. Sie musste sofort in die Jühengasse und ihrem jungen Herrn berichten, was sie erlauscht hatte. Diether wusste bestimmt, wer dieser Krösus war und was Laurenz mit ihm zu schaffen hatte.

8

Weiße Schleier lagen über dem Paderbruch. Wie abgeschnitten ragten Weiden und Apfelbäume aus der Nebelschicht hervor, als könnten sie jederzeit ihren Platz verlassen und über den wabernden Dunst hinwegwandern. Die Sonne ließ sich heute Zeit.

In aller Frühe hatte Kaspar von Fürstenberg – wie immer, wenn er ihrer Hilfe bedurfte – Leonore seine Kutsche geschickt. Ein böser Gichtanfall wahrscheinlich. Heinrich Westphal hatte seinen Oheim auf der Burg Schnellenberg besucht, und gewiss hatten sie sich wieder gegenseitig unter den Tisch getrunken. Kaspar war beinahe ihr ältester Patient und sollte vernünftiger sein, doch er wollte einfach nicht einsehen, dass seine geliebten Obstbrände die Schmerzen hervorriefen.

Abgesehen von dem hochherrschaftlichen Kutscher in rot-weißer Montur war sie fast allein unter den mächtigen Linden unterwegs, die den Weg zum bischöflichen Schloss säumten. Bisher waren ihr nur ein paar müde Markthändler in Delbrücker Tracht begegnet und – begleitet von einem fußlahmen Bauern – ein paar fette Schweine auf ihrem letzten Weg, der auf den Metzgertischen der Scharne hinter dem Rathaus endete. Heiser krächzende Krähenschwärme flogen aus den Linden hoch, sobald sich die Kutsche näherte.

Es musste dem alten Herrn schlecht gehen, wenn er es so eilig machte. Der Kutscher hielt die Pferde in schnellem Trab, von den Rädern spritzte der Sand zur Seite. Leonore fühlte nach dem Fläschchen mit dem Herbstzeitlosenextrakt. Es war noch da und gut eingepackt.

Sie lehnte sich behaglich in die weichen Polster zurück und genoss die Fahrt in Kaspars höchsteigener und höchst bequemer Kutsche mit dem rotgoldenen Fürstenberger Wappen an beiden Türen. An der Möncheinsel waren sie vorbeigefahren, doch die Schlosstürme verbargen sich noch im Dunst.

Sie musste lachen, als ihr einfiel, wie Gese am Abend noch

bei ihnen hineingeplatzt war. »Kennt Ihr einen Krösus?«, hatte sie Diether gefragt. Bei Margret Meschede hatte sie wohl nur biblische Geschichten gehört. Leonore war gespannt, was Diether aus Laurenz Barcholt herausbekam, mit dem er heute noch reden wollte.

Diether und sie hatten sich die Gaukler ebenfalls noch ansehen wollen, aber da war das Fest schon zu Ende gewesen. Ein paar Stammgäste saßen noch an den Tischen, darunter Henrich, der sich freute, dass er wieder seine Ruhe hatte. »Sind alles Betrüger«, sagte er.

Von einem wütenden Jobst Baer, Friedrichs älterem Bruder, erfuhren sie, wem die Ruhe zu verdanken war. In weißen Chorhemden, die vierhörnigen Kappen auf dem Kopf, waren Pater Röhrich und Pater Bodo zur Tür hereingekommen. Röhrich mit einem Kreuz in der Hand, Bodo mit dem Weihwasserwedel und einem silbernen Eimer. Unter lauten Rufen – »Hinaus, hinaus« und *»Apage Satanas«* hatte Jobst verstanden – waren sie durch sein Gasthaus gestürmt und hatten die Gaukler und alle, die ihren unheiligen Ränken zum Opfer gefallen waren, besprengt und davongejagt. Leonores und Diethers Belustigung hatte Jobst noch mehr erbost.

Von diesem Abend würden die Leute wohl noch lange reden.

Ein eiliger Reiter in rot-weißer Uniform kam ihr vom Schloss her entgegen. Ein Landsknecht auf dem Weg in die Stadt – mit einer dringenden Botschaft Kaspars? Sie durfte nicht vergessen, ihn auf die Drohungen anzusprechen, die Philipp Berning Diether gegenüber geäußert hatte. Bestimmt gelang es Kaspar, das grässliche Gottesurteil von ihnen abzuwenden, ohne dass sie Pater Wippermann ihr Stück Land abtreten musste.

Von zwei durchsichtigen Flügeln gehalten, tänzelten um sie her die braunen Früchte der Linden zu Boden. Endlich war auch die Sonne da, sie schien schräg durch die Baumkronen und malte der breit dahinfließenden Pader flirrende Muster auf die Oberfläche. Die goldenen Knöpfe auf den runden Kuppeln des Schlosses blitzten Leonore entgegen.

Der Kutscher ließ sie vor dem südwestlichen Treppenturm aussteigen, dessen Wendeltreppe sie so schnell es ging hinaufeilte. Die feuchtkalten Stuben auf dem Hohen Haus förderten Kaspars Gicht ebenfalls, auch wenn es die besten Räume des Gästetrakts waren, die er regelmäßig für sich beanspruchte. Im Hauptgeschoss angekommen, wandte sie sich nach rechts und lief über den langen Flur an der Kapelle vorbei. Das Hohe Haus – der älteste Teil des Schlosses – ragte ein ganzes Stockwerk über die angebauten Gebäude hinaus, die Kammern waren niedriger, weshalb Leonore noch ein paar Treppenstufen überwinden musste, bevor sie Kaspars herrschaftlich eingerichtetes Audienzzimmer betreten konnte.

»Da seid Ihr ja endlich«, dröhnte ihr der alte Mann entgegen, als sie die mit blauem Samt verkleidete Tür hinter sich schloss. Mit einem seidenen Hausrock angetan, unter dem stachelige Waden hervorsahen, stand er an seinem Lesepult und wirkte nicht im Mindesten krank. Im Gegenteil – munter wie ein junges Reh erschien er Leonore, als er ihr entgegenkam. Mit der Hand auf ihrem Arm schob er sie ungeduldig weiter in den Raum. »Ich muss Euch etwas zeigen, Jungfer Leonore.«

Er hielt inne und schaute sie an. »Das seid Ihr nicht mehr, ich weiß. Aber erlaubt einem alten Mann ein wenig Vergesslichkeit.« Den Schreiber, der ein Schriftstück mit letzten Verzierungen versah, schickte er hinaus.

Der alte Mann mochte vergesslich sein, aber die Gicht plagte ihn offenbar nicht. Er brauchte keine Heukissen, die angeblich nur Leonore ihm auf die allein wirksame Art zurechtstopfen konnte, und er nörgelte auch nicht wie sonst, weil sie den Herbstzeitlosenextrakt nicht aus der Hand gab, damit er sich selbst helfen konnte. Doch dazu war die Arznei – unbedacht angewandt – viel zu giftig. Warum hatte sie sich so beeilt?

Auf einem Tisch entdeckte Leonore Reste eines üppigen Morgenmahls. »Hat mir Euer Kutscher nicht mitgeteilt, dass Eure Gesundheit angegriffen sei?« Kaspars Haut war braun gebrannt und kein bisschen fahl.

»Hat er das?« Er sah zum Fenster hinaus. »Nun, mir war ein wenig unwohl, aber das verflog, sobald ich die Kutsche zu Euch geschickt hatte.« Er zwinkerte ihr zu. »Ihr könnt wohl doch zaubern, Jungfer.«

Wenn das wahr wäre, hätte sie nicht herkommen müssen. »Und Euer Podagra?«

»Ach, habt Ihr *daran* gedacht? Endlose Gelage mit Westphal, hm?« Er schaute auf seine knotigen Hände, die kaum noch greifen konnten, als überrasche ihn, wie deutlich sie die Gicht anzeigten. »Hm.« Er bewegte ein wenig die Finger. »Mag sein«, murmelte er, »dass Euer ewiges Gerede eines Körnchens Wahrheit nicht entbehrt.«

Sage einer, dass alte Männer nicht lernfähig seien! Schon Leonores Vater hatte sich an Kaspars Unvernunft in gesundheitlichen Dingen die Zähne ausgebissen.

Es habe an Heinrich Westphal gelegen, erzählte er, der beim Trinken nicht mitgehalten habe. »Je älter er wird, umso mehr kommt er auf die Westphalen'sche Seite heraus. Er ist eine Memme, genau wie mein bischöflicher Bruder.« Laut wie immer erdröhnte sein Lachen, wie eine Trommel erbebte sein Bauch.

Unverwüstlich schien der alte Mann, der zwanzig Jahre älter war als sein Neffe. Über die mangelnde Trinkfestigkeit seines zwei Jahre jüngeren Bruders hatte er sich immer schon lustig gemacht. Beide hatten keine Gicht, ohne deshalb gesünder zu sein.

Er warf einen Blick auf sein Pult und drehte sich um. »Dennoch – es waren schöne Tage da oben über dem Biggetal, wo immer ein wenig Wind weht, der die elenden Mücken vertreibt.« Wie zum Beweis, dass die modrige Gräfte unablässig neue Schwärme hervorbrachte, schwirrte eine Mücke durch das offene Fenster herein.

Er hatte Leonore etwas zeigen wollen, das auf dem Stehpult lag. So eilig war es ihm damit gewesen, dass er sie gleich bei ihrem Eintreffen in die Richtung geschoben hatte. Doch jetzt stellte er sich mit dem Rücken davor so auf, dass ihr die Sicht auf die Papiere versperrt war. Hatte er es vergessen, oder wollte er sie wieder einmal auf die Folter spannen?

Mit den Augen verfolgte Kaspar das Insekt. »Und die hohen Herren aus der Wetterau waren sehr beeindruckt von meiner neuen Burg.«

Diesmal bot ihm die Burg den Aufhänger für seine übliche lange Reihe von Klagen über die Widrigkeiten der hohen Politik. Er hatte wohl einige der Wetterauer Grafen zu einem Gastmahl geladen, deren Verbund er kurz nach dem Erwerb der Burg Schnellenberg beigetreten war. Zu seinem Verdruss hatten sich die damit verknüpften Hoffnungen bisher nicht erfüllt.

Viel Neues erfuhr Leonore nicht. Für beides – den Beitritt und den Kauf – hatte es nur einen Grund gegeben: Kaspar träumte seit Jahren davon, dass seine Familie die Reichsunmittelbarkeit erlangte. Damit wäre sie nur noch dem Kaiser untertan und nicht mehr jedem Wald- und Wiesenfürsten, wie er zu sagen pflegte, obwohl sein eigener Bruder, Fürstbischof des Paderborner Hochstifts, zu ihnen zählte. Über das Wetterauische Grafenkollegium, das der Reichsritterschaft angehörte, meinte er seinem Ziel näher zu kommen. Dass die Grafen allesamt Calvinisten waren und mit Moritz von Hessen, dem erklärten Feind des Hochstifts, im Bündnis standen, kümmerte weder ihn noch den Bischof.

Schnellenberg sei schon in alter Zeit eine Reichsburg gewesen, behauptete Kaspar. Einen Reichsadler hatte er bereits über dem Tor anbringen lassen, wartete aber immer noch darauf, dass ihn der Kaiser zum Reichstag einberief.

»Wozu entrichte ich seit zwanzig Jahren treu und brav meine Abgaben an die Wetterauer? Sie sollen meine Eingaben an den Hof gefälligst unterstützen.« Er reckte den Kopf so hoch er konnte. Nicht einmal die Grafenwürde, die ihm aufgrund seiner Verdienste längst zustehe, sei ihm bisher verliehen worden.

Die Mücke hatte wohl entschieden, dass Kaspar zu dickhäutig war für ihren zarten Stachel, und flog auf Leonore zu. Sie fing sie mit der Hand ein und zerrieb sie an ihrem Rock. Ihr Blut sollte nicht für weitere Mückengenerationen sorgen.

Kaspar nickte ihr anerkennend zu. »Immerhin können wir jetzt beweisen, dass unsere Familie zu den ältesten des Hochstifts gehört.« Wenn er die Nase noch höher hob, stieß sie an die Decke. »Bestimmt wusstet Ihr nicht, dass einer meiner Vorfahren Kreuzritter war?«

Sicher wusste sie das, seit ihrer Kindheit erzählte ihr Kaspar die gleichen Geschichten. Dennoch schüttelte sie den Kopf.

Er hätte sich ohnehin nicht aufhalten lassen. Mit vielen Worten berichtete er von einer wertvollen Reliquie aus der Zeit nach der ersten Zerstörung Jerusalems, die sein ritterlicher Ahnherr eigenhändig den ganzen Weg zurück ins Hochstift getragen habe. Auf wunderbare Weise sei sie, nachdem sie lange verschwunden war, in den bischöflichen Besitz zurückgekehrt. »Das wird Aufsehen erregen im Land.«

Leonore machte ein gebührend beeindrucktes Gesicht, obwohl ihr bekannt war, dass so gut wie jede adlige Sippe sich etwas auf die Heidenschlächter unter ihren Vorfahren einbildete.

»Aber was rede ich.« Endlich merkte Kaspar, dass sie an seinen Familienangelegenheiten nicht allzu viel Anteil nahm.

Er trat beiseite und gab mit einer einladenden Gebärde Leonore den Blick auf das Stehpult frei. »Ich wollte Euch doch etwas zeigen, nicht wahr?«

Ein handgezeichneter Plan lag obenauf. Leonore ging näher heran. Ein rot ummaltes Viereck leuchtete heraus, an zwei Seiten von einer blauen Linie umgeben. Sie sah Kaspar verblüfft an. »Das ist mein Kräutergarten am Rothebach!« Mit einem braunen Strich war der Tegelweg eingezeichnet, der geschweifte grüne Fleck war Pater Wippermanns Insel. »Wie kommt Ihr daran?«

Kaspar schmunzelte in seinen Bart und erzählte, dass Pater Wippermann die Zeichnung von einem Schreiben begleitet an den Bischof geschickt habe. Er kramte es unter dem Plan hervor und gab es ihr in die Hand. »Lesen könnt Ihr ja selbst.« Der Jesuit hatte wohl nicht bedacht, dass in Abwesenheit des Bischofs Kaspar dessen Korrespondenz oblag.

Es könne nicht mit rechten Dingen zugegangen sein, las Leonore, dass ein Stück Land, das früher einem kirchlichen Würdenträger gehört habe, heute in der Hand einer stadtbekannten Ketzerin sei. Sie pflanze dort Hexenkräuter an und sei eine Bedrohung für die unschuldigen Seelen der auf der Insel arbeitenden Novizen. Nun ja, das hatte er Diether schon alles erzählt. Der Bischof möge den Streit schlichten und das Land den Jesuiten zuschlagen, schrieb Wippermann noch.

Damit hätte sie rechnen müssen. Leonore schaute auf.

Kaspar studierte den Plan. »Wegen eines so winzigen Gärtchens wird sich der Bischof nicht noch einmal mit dem Dompropst anlegen.« Der Dompropst hatte Vater das Gelände geschenkt. »Wir werden Pater Simon abschlägig bescheiden.«

Leonore fiel ein ganzer Felsblock vom Herzen. Sie hatte so viel Arbeit in den vormals wüsten Acker gesteckt, und Henrich fuhr bereits Steine für die Mauer heran.

»Aber wie ich höre, ist das nicht alles.« Kaspar ließ sich in einem mit Brokat ausgekleideten Sessel nieder und winkte Leonore zu sich. »Setzt Euch ein Weilchen zu mir, Jungfer, und erzählt mir, was in Eurer Stadt los ist. Berning hat, so scheint es, in ein Wespennest gestochen. Eine Ketzerliste?« Er schnalzte mit der Zunge. »Nun ja. Und was ist das für eine Geschichte mit unserem Kopfschatz? Daran soll Euer Herr Gemahl beteiligt gewesen sein.«

Leonore begann mit Lösekens Geldtruhe und gab wieder, was Friedrich beobachtet und wie Diether nach langem Hin und Her die Kiste in einem Lagerraum des Jesuitenkollegs aufgespürt hatte. Kaspars Lachen dröhnte durch den Raum. Sie erzählte auch, dass Pater Simon das Gespräch genutzt habe, um Diether und sie zu einer religiösen Umkehr zu bewegen und vor allem ein Sühneopfer in Form ihres Gartens darzubringen. Berning hatte in die gleiche Kerbe gehauen.

»Tatsächlich.« Kaspar schüttelte den Kopf. »Bin gespannt, was ihnen als Nächstes einfällt. Simon scheint Euer Stückchen Land ja sehr ins Herz geschlossen zu haben.« Kaspar räusperte sich. »Aber fahrt fort. Was ist mit dieser Liste?«

»Das war ein Einfall Eures Herrn Bruders.«

»Des Bischofs?« Er war schon am Brandtag abgereist, und Kaspar hatte ihn seither nicht gesehen.

Leonore erklärte, wie Berning und Pater Röhrich in Dietrichs Auftrag mit Hilfe der Liste den an Menkes Tod Schuldigen finden wollten. Als sie vom Gottesurteil sprach, fuhr Kaspar auf.

»Mein Herr Bruder ist so ein Esel.« Er hob die Hände und ließ sie auf die goldüberzogene Armlehne fallen. »Wenn bekannt wird, mit welch widersinnigen Methoden wir hier Verbrecher jagen, kann ich jede Reichsunmittelbarkeit vergessen.«

Sonst hatte er wohl keine Sorgen.

»Und Ihr steht ebenfalls auf der Liste.« Das wusste er also schon. Wer es ihm wohl mitgeteilt hatte? Er war erst spät am gestrigen Abend zurückgekehrt. Redebrecht vielleicht – er mochte von der Liste erfahren, aber vom Gottesurteil, über das nur im Rat gesprochen worden war, nichts gewusst haben.

Leonore nickte. »Und mein Gemahl, Diether Meschede.« Sie berichtete, dass der Schultheiß ihr daraufhin mit der Entlassung gedroht habe.

»Das ist doch alles Quatsch«, rief Kaspar. Auf seiner Stirn stand die Zornesfalte, die das Hochstift fürchten gelernt hatte. »Ich werde mit Berning reden und ihn an unsere Gepflogenheiten erinnern. Der Rat soll in seinen Rechten nicht zu sehr beschnitten werden, das haben wir immer gesagt, weil es nur Unruhe hervorruft. Außerdem sollen die Stadtväter aufs Geld achten – auf das ihre und auf das unsere –, und Ihr zwei seid gute Steuerzahler.«

Der Bischof mochte das anders sehen, aber für Kaspar waren die Kopfschatzeinnahmen der Grund, warum die Irrgläubigen trotz aller Bemühungen der Jesuiten bisher nicht ernsthaft verfolgt oder ausgewiesen worden waren. Sie waren zumeist gut gestellte Bürger mit eigenem Geschäft und viel Grundbesitz.

Leonore lachte. »Aha. Darum geht es Euch also.«

»Nicht nur«, gab Kaspar schmunzelnd zurück. Er beugte sich vor und griff nach ihrer Hand. »Nachdem der alte Jakob mir altem krankem Mann großzügigerweise seine heilkundige Tochter vererbt hat, würde er es mir wohl nie verzeihen, wenn ich deren zarte Fingerchen einem Brandeisen aussetzen würde.« Er tätschelte ihren Handrücken und ließ sie los.

Leonore zeigte ihm die Innenseiten ihrer kräftigen Hände, deren Schwielen so dick waren, dass sie vielleicht sogar ein Gottesurteil überstanden. »Mit zarten Fingerchen würde ich Vater wohl keine Ehre machen.«

»Nein. Berning sollte wissen, was er an Euch hat.« Er schaute zum Fenster hinüber, vom Dorf her hörte man jemanden Holz hacken. »Aber wenn es hart auf hart kommt – Ihr wisst ja, dass Ihr in meinem Gefolge jederzeit willkommen seid. Für Euren

Diether wird sich auf der Burg Schnellenberg ebenfalls ein Platz finden.«

Dankbar lächelte Leonore, obwohl sie sich nicht vorstellen konnte, auf einer engen Burg eingesperrt zu leben. Und was sollte sie dort tun? Kaspars Zipperlein und die eingebildeten Krankheiten der Burgfräulein würden ihr bald langweilig werden.

Begleitet von den rhythmischen Axthieben begann Kaspar erneut zu reden. »Ich kann Euch gar nicht sagen, wie sehr ich den Tod unseres Hauptmanns bedaure. Natürlich wollen wir wissen, wer ihn getötet hat.« Er griff zu seiner Handglocke und wies den eintretenden Lakaien an, das Fenster zu schließen. »Wie ich höre, ist der Herr Advokat bereits dabei, den Fall zu lösen?«

»Von Lösen kann bisher keine Rede sein.« Auf dem gestickten Wandbehang hinter Kaspar waren der heilige Meinolf und sein Hirsch dargestellt, der zwischen den Geweihstangen ein goldenes Kreuz trug. So erleuchtet, sah er klüger aus den Augen als sein Entdecker.

»Na, wird schon«, sagte Kaspar. »Soweit ich mich erinnere, hat er sich schon früher recht findig gezeigt. Obwohl er ja dazu neigt, zu suchen, wo er nichts verloren hat.« Er lachte meckernd. »Aber egal – er soll sich mit der Aufklärung beeilen. Nicht nur des Hauptmanns wegen. Denn ich fürchte …« Er wischte sich mit einem Tuch die Stirn. »Ich fürchte, dieses Gottesurteil werden wir anders nicht vom Tisch bekommen.«

Als er sah, wie Leonore erschrak, nahm er wieder ihre Hand. »Keine Angst, Jungfer, wir werden schon einen Weg finden.« Aber es werde nicht einfach sein, den Bischof davon abzubringen, meinte er. Dietrich wurde mit jedem Jahr starrköpfiger, und weil er sein Lebensende nahen sah, war er umso mehr bestrebt, den Jesuiten zu gefallen.

»Sie könnten ja vergessen, nach seinem Tod für ihn zu beten.« Er ließ ihre Hand los. »Aber wenn er die braucht, um in den Himmel zu kommen …«

Leonore verbot sich jeden Gedanken an das Brandeisen. Noch hatte sie es nicht in der Hand. »Mein Gemahl wird sich über Euer Lob freuen.« Am Rand des Wandteppichs waren Häschen aufgereiht, die Sankt Meinolf anzubeten schienen, in den Bäumen saßen bunte Vögel. »Aber ob er etwas ausrichten kann …«

Kaspar drehte sich um, weil er sehen wollte, was Leonore so fesselte. »Was ist denn mit unserem Laurenz, Barcholts Sohn? Westphal sagte, er habe ihn eingesperrt, obwohl er dem Jüngelchen höchstens den Einbruch, aber keinen Mord zutraue. Mein Bruder scheint ihn gleich ganz für unschuldig zu halten. Aber wer weiß – mir schien er schon immer ein wenig hinterhältig.« Er wies auf den Wandbehang hinter sich. »Wie unser guter Meinolf – der hat seinen Hirsch vermutlich ebenfalls verspeist.« Wieder lachte er dröhnend.

Dazu bekam er noch mehr Grund, als Leonore ihm von Laurenz' Kunststückchen beim Hütchenspiel erzählte und wie er am Abend den Gewinn wieder verloren hatte. Dass Laurenz von viel Geld gesprochen hatte, behielt sie für sich. Erst einmal sollte Diether sein Glück versuchen. Kaspar würde es womöglich einfallen, im Folterkeller der Wewelsburg mehr aus Laurenz herausbekommen zu wollen.

Mit Daumen und Zeigefinger seiner Rechten strich Kaspar seinen Spitzbart zusammen. »Ich frage mich …« Mit den Fingerspitzen glättete er seinen Schnurrbart. »Mal angenommen …« Der Gedanke verbarg sich offenbar unter dem Barthaar. »Es könnte ja sein, meine ich, dass der Mörder gar nicht von hier stammt«, sagte er endlich.

»Nicht von hier?« Worauf wollte er hinaus?

»Nein. Obwohl – vielleicht doch. Es gibt gewiss Spitzel hier am Hof.« Sein Blick heftete sich auf die gepolsterte Eingangstür, als lauere gleich dahinter ein Spion.

Er machte es wieder einmal spannend. »Woran denkt Ihr?«

Kaspar wandte ihr den Kopf zu. »Nun, ich denke an unseren lieben Freund im hessischen Feindesland, den ehemaligen Stadtsyndikus Wolfgang Günther. Wie man hört, braucht er Geld, um das Hochstift von der katholischen Herrschaft zu befreien. Was liegt näher als der Gedanke, sich die nötigen Mittel vom Bischof selbst zu beschaffen? Zumal Dietrich sein Testament verfasst hat und viele daher wissen, wie gut seine Schatzkammer bestückt ist.«

Möglich war es. Ein Spitzel unter den Kammerdienern beispielsweise konnte durchaus vom Versteck des Schlüssels erfahren haben. Sie musste Diether von Kaspars Vermutung erzählen.

»Aber wie soll man herausbekommen, ob es so war?«

»Ach, Leonore.« Kaspar grinste jungenhaft. »Auch wir haben unsere Spitzel, meint Ihr nicht? Wir werden von jeder Kanonenkugel erfahren, die Günther in nächster Zeit beschafft, und von jedem Landsknecht, den er anwerben lässt.«

Wolfgang Günther war nicht der einzige Feind des Fürstbischofs. »Wenn Ihr den Täter auswärts sucht, kommen viele in Betracht.«

»Durchaus. Aber die haben Geld und Soldaten genug.« Er lehnte sich in seinem Sessel zurück und schloss die Augen.

Leonore wollte sich erheben und verabschieden, doch da war er schon wieder wach. Er hielt sie zurück. »Da ist noch etwas, Jungfer. Mir ist bekannt, dass sich unter Euren Patienten auch Juden befinden.«

»Ja und?« Kaspar hatte sich noch nie als Judenfeind hervorgetan, wenn auch weniger aus Edelmut. Der Bischof ließ sich deren Schutzbriefe teuer bezahlen.

»Es gibt da ein Gerücht, von dem mir der Feldwebel berichtet hat. Habt Ihr noch nichts davon gehört?«

Gerüchte gab es viele. Leonore schüttelte den Kopf.

»Es stammt wohl von unserem Rentmeister. Er hat sich daran festgebissen, dass angeblich eins der Kreuze aus Dietrichs Sammlung verschwunden ist. Und weil man ja wisse, was die Hebräer mit heiligen Gegenständen anstellen, könnten nur sie den Einbruch verübt haben. Er bringt sie sogar mit dem Ükernbrand in Verbindung – sie hätten das Feuer gelegt, um Unruhe zu stiften und im Schloss freie Bahn zu haben.« Kaspar strich wieder über seinen Bart. »Nun, ich denke, Ihr wisst, was ich von solchem Unsinn halte. Aber ich kenne meine Katholiken, und wenn die Brüder vom Kamp davon hören … Kurz gesagt, es wäre mir lieb, wenn Ihr Eure Patienten aufsuchen und sie vor möglichen Ausschreitungen warnen würdet.«

Das Gerücht musste ganz neu sein, Leonore hatte noch nichts davon gehört. Wenn es nicht die Protestanten waren, mussten die Juden für alles herhalten, was in der Stadt Böses geschah. Sie versprach, die Augen offen zu halten.

»Und bevor Ihr geht«, sagte Kaspar noch und streckte ihr die Hand entgegen, damit sie ihm aufhalf, »will ich Euch wegen Bernings Liste beruhigen. Mir kam da eben ein Einfall …« Er lächelte sie verschwörerisch an und legte eine Hand auf ihren Arm. »Das wird mein Geschenk zu Eurer Hochzeit sein, zu der ich Euch übrigens von ganzem Herzen beglückwünsche.«

Eigenhändig öffnete er ihr die Tür und sah ihr nach, bis sie den Vorraum durchquert hatte. Welcher Art sein Einfall war, verriet er Leonore nicht.

Genau das hatte er vermeiden wollen. Diether trat aus dem Schildern, und die Leute kamen aus dem Dom. War es schon so spät?

Gese hatte ihn an die Messe zum Namenstag des Bischofs erinnert, er hätte es als Warnung nehmen sollen. Mutter hatte natürlich die ganze Familie hingeschleppt. Der Bischof selbst weilte noch in Dringenberg.

Er war – außer Diether – vermutlich der Einzige, der bei der Feier seines Ehrentags gefehlt hatte. Unübersehbar war die Schar der frommen Paderborner, schwatzend kamen sie ihm entgegen. Weglaufen? Nie im Leben. Er musste hindurch. Was hätte er nicht um Siegfrieds Tarnkappe gegeben …

Wieder einmal würden sie sich das Maul zerreißen. Auch ohne das fand Mutter Anlässe genug, sich über ihn zu ärgern. Manchmal tat sie ihm geradezu leid …

Während er wünschte, er hätte den Weg zu Barcholts Haus durch den Kötterhagen genommen, grüßte er Nachbarn aus der Westernstraße und vom Jühenplatz, einige Herren aus dem Magistrat, Johann Dennen, den zweiten Bürgermeister, und natürlich auch die beiden Stadtkämmerer. Alle in Begleitung ihrer sonntäglich herausgeputzten Frauen, Kinder und Dienstboten. Sieh an, sogar Georg Löseken hatte dem Bischof die Ehre gegeben. Hatte er nicht neulich noch über ihn geschimpft?

Trotz des warmen Wetters in ihre pelzverbrämte Schaube gehüllt, jeder Zoll die achtbare Bürgersfrau, kam Margret Meschede an Vaters Arm dahergeschritten. Einen ebenso würdigen Eindruck machte Schwager Sieghart, doch Johannas Haar wirkte schon wieder zerzaust. Sie zwinkerte ihm an Mutter vorbei zu, die geradewegs auf Diether zusteuerte.

»Wie du nur wieder aussiehst!« Mit abfälligem Blick musterte sie das schlichte Alltagsgewand ihres missratenen Sohnes, das nirgendwo geschlitzt oder gebauscht war wie die Ärmel ihres Festtagskleids, die unter der Schaube heraussahen. Sein blondes Haar war ihr ohnehin zu lang.

Diether unterdrückte den Impuls, aus seinen Kniehosen nicht vorhandenen Staub zu klopfen. »Nun ja, ich arbeite«, gab er zurück.

»Du hättest besser daran getan, mit uns für unseren Bischof zu beten. Immerhin ist es ja auch dein Namenstag. Oder hast du das vergessen?« Ihr verletzter Blick legte nahe, dass er dann auch bald seine eigene Mutter vergäße. Vater zuckte mit den Schultern.

Wie könnte er. Diether sah zum Domturm hinauf, den schwarze Vögel umkreisten. Es war noch gar nicht so lange her, da hatte Mutter ihn an jedem siebten September in den Dom geschleift, dem Todestag des heiligen Bischofs Dietrich von Metz, Verwandter und Berater von Königen und Kaisern, Gründer von Klöstern und Sammler von Reliquien. Oft genug hatte er der Heiligenlegende lauschen müssen. Es war indes nicht klar, ob *er* nun Dietrichs Namenspatron war oder der Märtyrerbischof Dietrich von Minden, der in einer Schlacht gegen von Norden eingedrungene heidnische Wikinger gefallen war. Sein Festtag war im Februar, auch er wurde im Dom gefeiert. Den Bischof selbst hatte Diether an diesen Tagen nie gesehen, aber immerhin hatte es mittags sein geliebtes Mandelmus gegeben.

Mutter wartete nicht lange auf eine Antwort und erzählte begeistert von Pater Röhrichs Predigt über die Wundertaten des vor mehr als fünfhundert Jahren verstorbenen Würdenträgers. Kriegszüge nach Italien und die Gründung von wehrhaften Klöstern und Burgen, die weniger dem Lobe Gottes dienten als der Sicherung des Königreichs Burgund gegen Unruhen im eigenen Land, sollten glorreich und vorbildhaft sein?

Da lag ihm der Gedanke an den aufrechten Dietrich von Bern als Namenspatron schon näher. In einer Hinsicht passte er auch gut zum Bischof: Wie der Rächer der Nibelungen scheute er nicht vor vergossenem Blut zurück.

Hinter Mutters Rücken machte ihm Johanna Zeichen und wies mit dem Kopf zum früheren Bischofspalast hinüber. Da stand Vetter Laurenz. Im seidenen Wams mit bunten Ärmelschlitzen hätte er Mutter wohl mehr Freude bereitet als ihr eigener Sohn in seinem geradezu ärmlichen Zwirn. Laurenz lehnte mit dem Rücken an den bröckeligen Mauern und redete mit einem hoch aufgeschossenen Mann in unauffälliger, aber feiner Kleidung. Die lederne Kappe auf seinem Kopf war mit einer gelb gesprenkelten Fasanenfeder geschmückt. Diether kannte ihn nicht.

Oheim Barcholt war nirgendwo zu sehen. Dann ging Laurenz bestimmt zum Frühschoppen in Jobsts Gasthaus. Wenn Diether ihm nicht nachlaufen wollte, sollte er das Ende des Gesprächs abpassen.

Wie eine Schar schwarzer Hütehunde traten hinter den letzten Gläubigen die Jesuiten aus dem Paradiesportal und zogen am Gaukirchkloster vorbei die Grube hinauf. Mit ehrerbietig geneigtem Kopf nahm Mutter die großzügig verteilten Kreuzeszeichen entgegen.

Als Pater Bodo als Letzter vorbeiging, erhellte sich ihr Gesicht. Mit stolzem Lächeln wandte sie sich Diether zu. »Und unser guter Friedrich darf im Schloss helfen, die frommen Kostbarkeiten des Bischofs zu zählen?« Hatte sie das von Bodo? Seit Friedrich seine halbe Kindheit bei Meschedes verbracht hatte, gehörte er zur Familie, sein Glanz – wenn er denn mal glänzte – fiel auch auf sie.

Während Diether erklärte, wie es zu Friedrichs ehrenvoller Aufgabe gekommen war, beobachtete er Laurenz, der mit dem Fremden offensichtlich stritt. Laurenz hatte einen Fuß lässig an die Wand gestemmt und grinste hochmütig, der andere ließ seine Hände auf und nieder fahren und schüttelte heftig den

Kopf. Ging es um Spielschulden? Oder war dies der Mensch, der Laurenz zu dem angekündigten Reichtum verhelfen sollte? Sonderlich willig sah er nicht aus, aber Laurenz schien siegesgewiss.

»Was hat Friedrich denn erzählt, Junge, wie sieht es in der Schatzkammer aus?« Mutter hätte ihn wohl gern in den vor Gold strotzenden Mordkeller begleitet.

Angesichts ihrer Begeisterung wollte Diether nicht verraten, dass Friedrich bereits die Lust an der elenden Zählerei im muffigen Keller – so seine Worte – verloren hatte. »Das Gold in den Säcken können die Jesuiten sich allein vornehmen«, hatte er gestern Abend verkündet. Ab heute wollte er sich wieder um das Busdorfarchiv kümmern.

»Nun ja, es sind wohl viele Kreuze und Monstranzen da«, sagte er deshalb nur.

»Bestimmt auch viele heilige Reliquien«, setzte Mutter hinzu.

»Auch das.«

»Hat er nichts von dem Kreuz gesagt, das die Juden gestohlen haben?«

Was war das nun wieder für eine Geschichte?

Der Mann dort drüben, mit dem sich Laurenz herumstritt, ließ die Arme sinken und starrte sein Gegenüber an. Dann wandte er sich jäh ab und lief in großen Schritten die Eselsgasse hinab. Diether sah der Fasanenfeder nach. Laurenz stülpte das blausamtene Barett über die braunen Locken und strebte dem Schildern zu.

Vaters Blick war dem seinen gefolgt. »Der Junge hat sicher Wichtiges zu tun«, sagte er. »Bei Gelegenheit kannst du Friedrich selbst fragen.«

Diether nickte ihm dankbar zu, verabschiedete sich hastig von seiner Familie und ging Laurenz entgegen, bis sie sich am Marktbrunnen trafen. Als Diether zurücksah, fing er Mutters zufriedenen Blick auf. Es war ihr wohl recht, wenn ihr studierter Sohn sich um seinen in Schwierigkeiten steckenden Vetter kümmerte, zumal der sich den Hut wieder vom Kopf riss und seine Patin mit einer überaus höflichen Verbeugung grüßte.

Sein Empfang Diethers fiel weniger überschwänglich aus.

»Na, Vetter? Gibt's was Neues?« Zu erwarten schien er nichts Derartiges. Während er über den jetzt leeren Domplatz schaute, ließ er das Barett in seiner Hand sorglos hin und her schwingen, die am Hutrand befestigten Reiherfedern schleiften über den gepflasterten Boden. Er schien ausnehmend guter Laune zu sein, das hochmütige Grinsen hatte er nicht abgelegt.

Eine Antwort wollte er gar nicht hören. »Gestern Abend hast du etwas verpasst, Vetter, da hättest du im Bären sein sollen. Es gab da eine Frau …« Er schnalzte mit der Zunge und formte mit den Händen zwei volle Brüste, als habe er sie die ganze Nacht lang betatscht. Zu allem Überfluss gähnte er noch ausgiebig und erzählte, dass sein Vater ihn nach der turbulenten, aber viel zu kurzen Nacht gnadenlos aus dem Bett geworfen und in den Dom geschickt habe.

Diether schmunzelte. Bei Gese hatte sich die Geschichte ganz anders angehört. »Und dein Vater selbst – war er gar nicht in der Messe?«

»Doch, doch. Aber er ist hinten zur Roten Pforte hinaus, wo seine Kutsche stand, damit er gleich ins Schloss kann. Ich hätte ja mitgesollt …« Das Feixen verstärkte sich. »Aber wir wurden leider in der Menge getrennt.« Er hob bedauernd die Arme.

»Weil du hier vorn verabredet warst?«

Das Grinsen verschwand, Verständnislosigkeit breitete sich auf Laurenz' Gesicht aus. »Verabredet? Mit wem?«

Statt einer Antwort wies Diether mit dem Kopf zur Ecke des Bischofspalasts hinüber, wo Laurenz mit dem Fremden gestanden hatte.

Laurenz folgte seinem Blick. »Ach, der«, sagte er, als sähe er den Mann noch dort stehen. »Den hab ich nur zufällig getroffen.«

»Hilf mir auf die Sprünge, Vetter.« Diether ließ seine Hand durch das warme Brunnenwasser gleiten. »Ich meine, den Mann zu kennen, aber es fällt mir nicht ein, wer es ist.«

Mit der Spitze seines Schuhs scharrte Laurenz zwischen den Pflastersteinen herum. »Ach, das war nur eine Kneipenbekanntschaft. Den Namen weiß ich nicht.«

»Aber ihr habt euch gestritten, da musst du ihn doch kennen.«

»Gestritten? Davon weiß ich nichts. Wir haben ein wenig über die Gaukler geredet, das war alles.«

Der Junge log wie gedruckt.

»Die du ja ganz schön hereingelegt hast.«

»Ach, hat mich Gese verpfiffen? Hätt ich mir ja denken können …« Er grinste wieder übermütig. »Was ist schon dabei, wenn man seinem Glück ein wenig nachhilft? Sind doch nur Vagabunden …«

Diether runzelte die Stirn. »Ob Vagabund oder nicht – das war eindeutig Betrug. Auch beim Spiel gelten gewisse Regeln, für beide Seiten. Die Schütter würden dich sofort einsperren, wenn sie dich erwischen.« Das taten sie höchstwahrscheinlich nicht, aber es konnte nicht schaden, wenn Laurenz sich ein wenig ängstigte. »Und dann hast du noch von viel Geld gesprochen, über das du bald verfügen kannst. Was war denn damit gemeint?«

»Viel Geld?« Er riss die Augen auf, als wisse er gar nicht, was das sei. »Was hat Gese denn da nur gehört? Von meinem Glück im Spiel hab ich gesprochen, sonst nichts.«

»Du hast verloren an dem Abend.«

»Ja, aber nur dieses eine Mal. Es kommen noch viele Abende und viele Spiele …«

Damit mochte er recht haben. Die Gaukler waren nicht abgereist, sondern gingen in Hinterhöfen und Gartenhäusern weiterhin ihrem Gewerbe nach. Dennoch – »reich wie Krösus« hatte er laut Gese gesagt, das wurde man nicht im Spiel um Silbergroschen.

Diether hielt sich für einen geduldigen Menschen, doch jetzt hatte er die Lügenmärchen satt. Auf dem Domplatz sah er keine Menschenseele. Kurz entschlossen schnappte er sich Laurenz' kostbares Samtbarett und warf es in den Brunnen, drückte es noch mit der Hand unter Wasser. Blasen stiegen auf.

Mit der freien Hand packte er Laurenz am Kragen. »Das Gleiche mache ich mit dir, Bürschchen, wenn du mir nicht endlich die Wahrheit sagst.«

Laurenz wand sich, aber Diether ließ nicht locker und steckte lieber ein paar halbherzig ausgeführte Fausthiebe ein. So hatten sie schon als Kinder gerangelt, wenn Laurenz etwas weggenommen hatte, das Diether nicht hergeben wollte.

»Was den Abend des Mordes an Hauptmann Menke angeht, hast du mich auch angelogen. Jemand war im Weinkeller, und ich bin mir sicher, dass du es warst.« Er beobachtete Laurenz mit seinem finstersten Blick, der Friedrich immer nur zum Lachen brachte.

Erst nach einer Weile ließ er Laurenz' Kragen los. Der rieb sich den Hals und machte ein verdutztes Gesicht.

Diether setzte gleich nach. »Sag es mir lieber, Vetter, denn wenn Westphal herausfindet, dass du gelogen hast, landest du in der Wewelsburg. Du weißt ja, die Folterkeller …«

»Na gut.« Ganz leise kam das aus Laurenz heraus. Wieder scharrte sein Fuß im Dreck herum. »Ich war im Weinkeller, da hast du recht. Aber nicht im Schatzkeller, damit hab ich nichts zu tun, das musst du mir glauben.«

»Dir glaube ich gar nichts mehr«, gab Diether zurück. »Wer war denn bei dir?«

»Niemand.« Die Antwort kam zu schnell. »Nur Vater, der hat mich erwischt. Ich wollte nur kurz zum Abtritt, und weil ich nicht gleich zurückkam, hat er nach mir gesucht. Ich dachte doch, wenn alle feiern, kann ich mir auch einen Schluck genehmigen.«

Also hatte auch der alte Barcholt gelogen.

»Und für wen hast du die kleine Tür zur Gräfte geöffnet?«

»Ich?« Sein Gesicht war die reine Unschuld. »Ich hab die nicht aufgemacht. Die war schon auf, als ich kam. Aber nur einen Spaltbreit.«

Das mochte sogar stimmen. Nelges, der Pferdeknecht, hatte die Pforte ebenfalls offen vorgefunden.

Laurenz nickte eifrig. »Vater hat sie dann geschlossen und den Riegel vorgelegt.«

Wenigstens dieses Rätsel war gelöst. Deshalb hatte Nelges im Gebüsch schlafen müssen.

»Kann ich dann mein Barett zurückhaben?«, fragte Laurenz kleinlaut.

»Na gut. Aber wir sprechen uns noch.« Diether zog die Hand

aus dem Wasser, als Erstes tauchten die Reiherfedern auf, dann der blaue Stoff.

Laurenz griff danach und schlich mit dem triefnassen Barett in der Hand in Richtung seines Vaterhauses. Die tropfenden Federn zogen im Staub eine dunklere Spur hinter sich her.

Nachdenklich sah Diether ihm nach. War der Schluck Wein für Laurenz wirklich der einzige Grund gewesen, in den Keller zu gehen? Oder hatte er dort jemanden treffen wollen? Nach all den Ausflüchten und Unwahrheiten war Diether sich keinesfalls sicher, dass er diesmal die Wahrheit gehört hatte.

Eine dick verkrustete Schramme prangte auf Heinrich Westphals Aristokratennase. Ob er sich duelliert hatte? Richtig verwegen sah er damit aus.

Heute war er nicht höfisch herausgeputzt. In schlichtes dunkles Tuch gekleidet, stand er in der Tür und bat Diether herein. Von außen machte das steinerne, am hinteren Kamp gelegene Gebäude mit seinen drei Stockwerken, den Verzierungen und Erkern einen herrschaftlichen Eindruck, doch innen war es schlicht wie ein Bürgerhaus. Keine Spur von Marmor, Stuck oder goldenen Gefäßen auf Tischen und Gesimsen. Holzfußböden und solide Eichenmöbel erinnerten an Diethers Elternhaus. Ganz unauffällig hielt Westphal von hier aus immer noch die Fäden der Stadt in der Hand.

Durch Redebrecht war Diether die ausgesprochen höfliche Einladung in das Stadthaus des bischöflichen Hofrichters zuteilgeworden. Da waren sie gerade erst von Leonores Land am Rothebach zurückgekehrt, wo Diether mit Henrich Feldsteine zu einer Mauer aufgeschichtet hatte. Er hatte noch die Kleider gewechselt, doch sein Magen knurrte hungrig.

Westphal öffnete eine in die dunkle Täfelung eingelassene Tür. »Lasst uns in mein Arbeitszimmer gehen.« Es lag hinter einem Erker, der einen guten Blick bis hinab zum Jesuitenkolleg erlaubte.

Zu dieser späten Nachmittagsstunde war der Kamp eine der belebtesten Straßen der Stadt. Buchdrucker, Stoffhändler und Gasthäuser zogen Kunden an, feine Kutschen ratterten über das

Kopfsteinpflaster, Kleriker und Nonnen mischten sich in das Gewühl. Westphal hatte sie alle im Blick.

»Wie ich von meinem Feldwebel höre, habt Ihr, was den Tod des Hauptmanns angeht, allerlei herausgefunden?« Westphal ließ sich in einem ungepolsterten Sessel nahe dem Erker nieder und bedeutete Diether, sich ebenfalls zu setzen. Er hatte gut leutselig sein, wenn Diether für ihn die Arbeit tat. Weiter hinten im Raum, vor einem Fenster, das wohl in den Garten hinausging, standen zwei Stehpulte neben einem Sekretär, dessen offene Klappe mit gesiegelten Dokumenten übersät war. Weitere Papiere steckten in schmalen Fächern. Dicht an dicht bedeckten Gemälde und Kupferstiche die Wände.

Diether überlegte, was Westphal von Redebrecht erfahren haben konnte. Von seinem Gespräch mit Laurenz am Morgen sollte er besser nichts sagen, sonst sperrte ihn Westphal sofort wieder ein.

»Herausgefunden. Hm.« Diether sah auf die Bilderwand. »Genug jedenfalls, um sagen zu können, dass mein Mandant Laurenz Barcholt nicht allein verdächtig ist.« Er musterte einen Kupferstich des Neuhäuser Schlosses im Breitformat, der ihm bekannt vorkam. Man sah auf die Nordseite mit den beiden kleinen Gräftentüren, eine zum Weinkeller, die andere, besser gesicherte, zum Schatzkeller des Bischofs, und auf die Ostseite mit den Pferdeställen im Erdgeschoss. Dort war er mit Redebrecht herumgestolpert.

»Soso«, machte Westphal. »Das sagt Ihr doch nur, weil er Euer Vetter ist und Ihr Eurem Oheim verpflichtet seid.«

Diether ließ sich nicht beirren. »Er mag, weil er zufällig in der Nähe war, die Gelegenheit gehabt haben, doch die hatten andere auch.« Kurz berichtete er, was er von Agnes und Enneke, den Küchenmägden, über den Pferdeknecht Nelges erfahren hatte, und was der selbst ihm bei der zweiten Befragung erzählt hatte.

Obwohl er die Geschichte längst gehört haben musste, lauschte Westphal aufmerksam. Allerdings schien es Diether, als zögen sich seine kühn geschwungenen Augenbrauen noch höher in die Stirn hinauf. Hatte Redebrecht etwas anders dargestellt als er?

»Es mag noch weitere Bedienstete geben, die über den Ablauf des Abends nicht die Wahrheit gesagt haben.« Diether sprach von dem auf die Gräfte führenden Pförtchen des Weinkellers, das bereits Nelges offen vorgefunden hatte. Dass Barcholt es geschlossen hatte, erwähnte er nicht.

Westphal fuhr auf. »Diese verflixte Bande.« Vom Schlupfloch der Schlossbediensteten zu erzählen, hatte Redebrecht offensichtlich vergessen.

»Außer Nelges hat niemand von den Dienstboten sich dahingehend geäußert, dass er oder jemand anderes die Burg auf diesem Weg verlassen hat«, sagte Diether. »Vielleicht solltet Ihr sie selbst noch einmal befragen.«

Westphal nickte. »Und das Mauseloch werden wir mit dem größten Schloss zustopfen, das sich auftreiben lässt.«

Das würde Redebrecht nicht gefallen. Hoffentlich verübelte er es Diether nicht, dass er das Geheimnis verraten hatte.

Die weiteren Überlegungen, die er mit Redebrecht bei ihrem Schlossrundgang angestellt hatte, kannte Westphal sicherlich ebenfalls. Deshalb sollte er sie wohl erwähnen, obwohl sie Laurenz nicht helfen konnten. »Es ist auch möglich, dass jemand die Tür für einen Eindringling geöffnet hat.« Auf dem Stich, der seinen Blick immer noch anzog, war jedes Detail zu erkennen. »Als der sie dann geschlossen fand, musste er den mühsamen und gefährlicheren Einstieg über die Mauer in den Pferdestall auf sich nehmen.« Sogar die efeuumrankten Abortschächte waren zu sehen.

Jetzt erst begriff Diether, dass er auf den vergrößerten Ausschnitt aus einem Porträt Bischof Dietrichs starrte. Deshalb war es ihm so bekannt vorgekommen. Weiter oben entdeckte er eine kleinere, aber vollständige Kopie des Kupferstichs. Anton Eisenhoit, der Goldschmied des Bischofs, hatte vor einem ungemein reich verzierten Hintergrund mit zahlreichen Engeln, sämtlichen Familienwappen und dem gerade fertiggestellten Schloss mitten hinein ein wahres Raubrittergesicht gesetzt. Ein Wikingerbart hing zu beiden Seiten des verkniffenen Mundes herab, die einstmals scharfen Gesichtszüge des Fürsten waren gealtert und schwammig.

»Ich habe Eisenhoit gebeten, mir den Ausschnitt anzufertigen«, erklärte Westphal, als er Diethers Interesse bemerkte. An der Wand hingen in einfachen Holzrahmen weitere Abbildungen von Schlössern und Burgen. Trotz seines leeren Magens nahm Diether sich vor, den Raum nicht zu verlassen, bevor er sie in Augenschein genommen hatte.

Er löste seinen Blick von der Wand und sah Westphal ins Gesicht. Ein Trupp Landsknechte ritt draußen vorbei, klappernde Hufe übertönten jedes Geräusch. Erst einmal musste er Laurenz aus der Schusslinie bringen, das war er Mutter schuldig. »Aufgrund der frischen Kletterspuren im Efeu gehe ich davon aus, dass der Mörder von außen ins Schloss eingedrungen ist. Das hätte der junge Barcholt nicht nötig gehabt, er war ja schon darin.«

»Er kann immer noch derjenige sein, der dem Eindringling das Versteck des Schlüssels verraten hat.« Westphal sah an Diether vorbei und musterte seinerseits die Schlossansicht, als verfolge er den Weg des Mörders. Wo er sich wohl die Schramme auf der Nase zugezogen hatte?

»Könnte er. Aber was hätte er davon?«

»Eine Belohnung? Einen Anteil an der Beute?«

Westphal war nah dran. Von großem Reichtum hatte Laurenz gesprochen, »wie Krösus«. Oder war das nur geträumt?

»Mit Verlaub, werter Herr Hofrichter, aber ich fürchte, dass Ihr den Wagemut meines Vetters überschätzt. Er hätte viel zu viel Angst, verraten zu werden.«

Westphal lachte. »Damit mögt Ihr recht haben, Advokat. Aber er ist immerhin zu einiger Hinterlist fähig. Ihr kennt wohl die Geschichte mit dem Hütchenspieler und dem Haar in der Wachskugel? Sie geht ja schon durch alle Häuser.« Wie aufs Stichwort überzogen die Domglocken die Stadt mit dem Angelusgeläut. »Er möge sich vorsehen, Euer Vetter. Wenn die Gaukler von seinem Kunstgriff erfahren, werden sie ihm ordentlich das Fell gerben.«

Diether unterdrückte einen Seufzer. Laurenz war wirklich geschickt darin, von einer Notlage in die nächste zu stolpern.

»Mein Herr Kaspar«, sagte Westphal und strich mit einer

schmalen Hand über seinen Spitzbart, »hat mir den Auftrag erteilt, den Mörder Menkes zu finden. Ich lasse Euch freie Hand, Advokat, was Eure Bemühungen um die Entlastung des jungen Barcholt angeht. Aber ich erwarte, dass Ihr mich über alle wichtigen Erkenntnisse auf dem Laufenden haltet.« Er fasste eine weitere Burg an seiner Wand ins Auge. »Anscheinend gibt es ja noch weitere Verdächtige.«

Das war doch das Dringenberger Schloss, das der Bischof zurzeit mit seiner Anwesenheit beehrte. Dort war das Gottesurteil ausgebrütet worden. »Ihr meint aber nicht die vom Schultheiß und Pater Röhrich aufgestellte Liste?«

Westphal warf ihm einen prüfenden Blick zu. »Sie ist gar nicht so abwegig, wie Ihr meint. Ein frommer Katholik hätte gewiss die Heiligtümer des Bischofs nicht stehlen wollen.«

Das erschien Diether durchaus zweifelhaft. »Mit Laurenz verdächtigt Ihr auch einen Katholiken.«

»Ich sagte *frommer* Katholik. Nur weil ihn sein Vater regelmäßig in den Dom zerrt, gehört er noch lange nicht dazu.« Durchs Fenster sah Diether ein paar vierhörnige Kappen, die dem Jesuitenkolleg zustrebten.

Die Aussicht, das glühende Eisen in die Hand nehmen zu müssen, hätte Laurenz bestimmt zum Reden gebracht. »Aber das Gottesurteil kann nicht Euer Ernst sein.«

»Das nicht. Natürlich nicht. Ich kann Euch verraten, dass mein Herr Kaspar geradezu entsetzt war.« Westphal verschränkte die langen Finger vor der Brust.

Das wusste Diether bereits von Leonore, die aber auch gesagt hatte, dass Kaspars Bruder, dem Bischof, das Gottesurteil wohl nicht auszureden war. Kaspar ging es um sein Ansehen, und Westphal war immer schon das getreue Sprachrohr seines Herrn gewesen.

»Und wozu dann die Aufstellung?« Wer einmal darauf landete, war für immer gebrandmarkt.

»Zuerst müssen wir die Spreu vom Weizen trennen«, sagte Westphal, »damit hat der Bischof recht. Jedoch werden wir die Spreu gründlich nach der verdorbenen Spelze durchsuchen müssen. Es wird zwar lange dauern, aber es soll jeder nach seinem Verbleib am Mordabend befragt werden. Wie mir Berning mitteilte, wird Dorbecher bald mit dem Kopieren der Listen beginnen.«

Dorbecher war allerdings nicht der Schnellste. Diether war gespannt, wann bei ihm und Leonore die Schütter mit ihren Fragen auftauchten. Westphal hätte eigene Schreiber einsetzen können, doch war es offenbar nicht sein Anliegen, das Verfahren zu beschleunigen.

»Und die Juden?« Leonore hatte ihm erklärt, was es mit Mutters Worten auf sich hatte. »Stehen die auch auf Eurer Liste?«

»Sicherlich.« Westphal seufzte. »Röhrich war nicht davon abzubringen, auch wenn Berning es wegen des Geleits versucht hat.« Er schüttelte den Kopf. »Und jetzt kommt noch das Gerücht vom verschwundenen Kreuz hinzu, das Euer Oheim unbedachterweise in die Welt gesetzt hat. Mein Herr Kaspar ist sehr besorgt, deshalb hat er empfohlen – und sei's auch nur, damit sich die Leute beruhigen –, dass wir alle jüdischen Häuser, Scheunen und Warenlager durchsuchen.« Davon hatte Leonore nichts gewusst.

Aber das schützte die Juden nicht vor Anfeindungen. »Wenn das Kreuz nicht gefunden wird, werden die Leute sagen, sie hätten es anderswo versteckt.«

»Mag sein. Immerhin hat Berning den Schüttern gesagt, sie sollen ein Auge auf die Anwesen halten.«

Diether fühlte sich versucht, den *advocatus diaboli* zu spielen. »Die Juden, Eure sogenannten Irrgläubigen und, wie man hört, sogar die Hessen mit unserem Wolfgang Günther und dem Landgrafen an der Spitze – habt Ihr nicht eine weitere höchst verdächtige Gruppe übersehen?«

»Wen meint Ihr?« Westphals Blick irrte über seine Burgen.

»Nun, wenn Ihr wie Laurenz Barcholt auch die weniger zuverlässigen Katholiken berücksichtigen wollt, müsst Ihr die Jesuiten ebenfalls auf die Liste setzen. Zum Mindesten aber Pater Wippermann, dessen betrügerische Unehrlichkeit ich sogar beweisen kann. Ihr habt sicherlich gehört, was mit Georg Lösekens Kopfschatztruhe geschehen ist?«

Westphal machte ein ausgesprochen verblüfftes Gesicht.

Das hatte Diether beabsichtigt. Er sollte einsehen, wie unsinnig seine Liste war. »Ich erwarte, dass auch das Jesuitenkolleg nach diesem äußerst wertvollen Kreuz durchsucht wird. Ich weiß aus zuverlässiger Quelle« – nämlich von Friedrich, doch das sagte er nicht –, »dass auch sie es zu gern in ihrem Besitz hätten. Um das zu erreichen, greifen sie wieder einmal auf zweifelhafte Methoden zurück. Wenn dem Bischof so viel an dem Kreuz liegt, wie es mein Oheim überall herumposaunt, wird er es kaum, wie sie behaupten und angeblich belegen können, den Jesuiten vermacht haben.«

Während er noch sprach, lachte Westphal schon aus vollem Hals. »Der tapfere Ritter im Kampf gegen Windmühlenflügel«, stieß er hervor. »Ihr seid zu köstlich, Advokat.«

Diether verzog keine Miene. Es war ihm durchaus ernst mit seiner Anschuldigung, auch wenn ihm klar war, dass ihm wohl kaum jemand darin folgen würde. Doch schließlich lachte er ebenfalls. Obwohl es ein verlockender Gedanke war, hätte nicht einmal er Pater Simon das Brandeisen in die Hand drücken wollen.

Mit seiner Rechten fuhr sich Westphal durchs Gesicht und schrak zusammen, als er die Wunde berührte, die sich schräg über den gewölbten Sattel bis zur schmalen Nasenspitze hinabzog. »Ein kleines Missgeschick«, erklärte er und heftete seinen etwas unglücklichen Blick auf ein weiteres auf Leinwand abgebildetes Schloss. Ein mächtiger Turm mit welscher Haube erhob sich aus einem Burgviereck, eine weitläufige Vorburg zog sich den Hang hinab. Die beiden Ecktürme erinnerten Diether an das Neuhäuser Schloss.

Er wies auf die mit Bildern vollgehängte Wand. »Sammelt Ihr Burgen?«

»Nur gemalte«, gab Westphal zurück. »Die echten überlasse ich meinen hochwohlgeborenen Vettern.« Er stand aus seinem Sessel auf und zeigte auf einige Bilder. »Hier seht Ihr zum Beispiel die Burgen, die von den Rittern von Westphalen, die ja zu meinen Vorfahren zählen, gegründet wurden.«

Diether erhob sich und trat näher heran. Das hier musste die uralte Lippspringer Burg sein; dass sie einmal den von Westphalen gehört hatte, war ihm bisher nicht bewusst gewesen. Das prächtige Schloss in Fürstenberg erkannte er sofort, dort lebte die Familie immer noch.

Es überraschte ihn ein wenig, dass Westphal so viel Adelsstolz zeigte. Wenn Diether sich recht erinnerte, war es sein geistlicher Großvater, ein Domherr von Westphalen, gewesen, der die bürgerliche Nebenlinie begründet hatte. Sein Sohn Johann Westphal hatte zeitlebens als eines der geächteten »Pfaffenkinder« gegolten. Zu Zeiten eines unabhängigen Magistrats, vor der Machtübernahme des Bischofs, hatte auch Johanns Sohn Heinrich in der Stadt kein öffentliches Amt bekleiden dürfen. Heute sprach man davon, dass er sich demnächst zum Bürgermeister wählen lassen wolle.

»Zu unseren Hauptsitzen gehören außerdem Burgen in Heidelbeck an der Lippe, in Herbram und neuerdings Schloss Laer im Sauerland« – Westphal zeigte auf drei Kupferstiche –, »und hier lebt die Wünnenberger Linie.« Ein eher unscheinbarer Wohnsitz.

Weitere drei Fingerzeige auf wesentlich prachtvollere Paläste folgten, darunter das Neuhäuser Schloss. »Althergebrachte fürstliche Verbindungen meiner Familie: Sie sind Erb-Schenken beim Hildesheimer Fürstbischof, Erb-Oberjägermeister in Osnabrück und am Hofe unseres Bischofs Erb-Küchenmeister.« Er ließ jede Silbe genüsslich von seinen Lippen rollen.

Vor Diethers Augen entstand das Bild der riesigen, paradiesisch duftenden Küche des Bischofs. Ein adliger Küchenmeister, soso. Eine besondere Ehre konnte er in den Ämtern nicht entdecken, doch sie waren bestimmt mit hohen Einnahmen verbunden. Westphal konnte seinen Blick gar nicht von den Schlössern lösen. Er selbst war nur ein Laufbursche des Bischofs. Hingen hier seine Träume von einem glanzvollen Leben im eigenen Familienschloss?

»Eine wahrlich eindrucksvolle Sippe«, sagte Diether und ließ sich die Halbherzigkeit nicht anmerken. Er hatte genug Prozesse gegen adlige Grundherren geführt. Sie plünderten die Bauern aus und ließen sich von ihnen prächtige Burgen bauen.

»Nicht wahr?« Über Westphals kantiges Gesicht glitt ein Lächeln. »Wirkliche Macht hat sie aber erst erlangt, nachdem sich meine Tante Elisabeth mit dem Haus Fürstenberg verbunden hat. Einen Fürstbischof hatten wir bisher nicht.«

So etwas brauchte man natürlich. Ob es Kaspar wohl behagte, wenn sein bürgerlicher Neffe die mächtigen Fürstenberger als Anhängsel des Hauses Westphalen darstellte?

Westphal deutete auf das rotsilberne Wappen der Westphalen, das über den Burgen hing. »Übrigens stammt das Kreuz mit dem indischen Diamanten am Fuß, von dem Ihr eben spracht, ursprünglich aus dem Besitz meiner Vorfahren.«

Noch jemand, der Anspruch erhob? Dieses Kreuz musste ein wahres Wunderwerk sein.

Obwohl Diether ihn fragend ansah, ging Westphal nicht weiter auf das Kreuz ein, sondern wies auf weitere Burgen, die neben dem Neuhäuser Schloss hingen. »Das sind die Fürstenberger Sitze, seht her. Neuhaus, Bilstein, Dringenberg, Waterlappe und hier die Trutzveste Schnellenberg, wo mein Herr Kaspar und ich die letzten Tage verbracht haben.« Eine eindrucksvolle Sammlung.

Das letzte Bild zeigte die Burg mit dem dicken Turm, die Westphal eben noch so betrübt gemustert hatte. Hatte er sich den Riss auf der Nase dort zugezogen?

»Eine wahrhaft kostbar ausgestattete Burg, das kann ich Euch sagen.« Seine Augen schienen die Mauern zu durchdringen. »Ihr müsstet die Georgskapelle sehen, sie ist von wirklich erstaunlicher Opulenz. Der Bischof hat die Baukosten gestiftet und auch eine prachtvolle Silberausstattung an liturgischen Geräten.« Er lachte ein wenig. »Dafür hat er einen eigenen Thronsitz bekommen, aus farbigem Marmor und weißem Alabaster. Die übrigen Chorstühle und Einbauten sind aus Holz, aber mit den kostbarsten Intarsien eingelegt. Etwas so Prächtiges habe ich noch nie gesehen.«

Der Bischof hatte das Geld für solchen Schnickschnack, säckeweise stand es in seinem Keller. Bestimmt hatte er sein Wappen nicht vergessen.

Westphal wies auf den offenen Innenhof mit Springbrunnen

und Pavillons. »Ein herrlicher Sommersitz, und bequem dazu.« Mit einem Finger fuhr er vorsichtig die Schramme auf seiner Nase entlang. »Jedoch nicht ungefährlich, wie Ihr seht.« Er lachte ein wenig verlegen.

»Habt Ihr ein Ritterturnier bestritten?« Es mochte ja sein, dass auf den abgelegenen Burgen immer noch die alten Bräuche herrschten.

»Sieht es nach einem Schwerthieb aus? Nein, nein, so schlimm war es nicht. Nur ein Vogel. Ein Falke, genauer gesagt.«

Also doch alte Sitten. Wer hielt denn noch Falken?

Westphal erzählte, dass Kaspar die leer stehenden Käfige der Burg mit Jagdfalken aus arabischen Ländern wieder aufgefüllt habe. Einen besonders wilden Vogel habe er aus der Voliere holen lassen, und weil er ihn wegen seiner Gicht nicht selbst halten konnte, habe er ihn Westphal in die Hand gedrückt. »Ihr seht, was dabei herausgekommen ist. Das Biest hatte natürlich nichts Eiligeres zu tun, als mir mit seinem Schnabel die Nase zu zerhacken.«

Kaspar hatte sich da einen bösen Scherz erlaubt. »Ihr könnt froh sein, dass der Falke nicht Euer Auge ins Visier genommen hat.«

»Mhm. Mein Herr Kaspar fand das zum Lachen.« Das tat er nun auch, doch besonders heiter hörte es sich nicht an.

Diether fühlte sich wieder an Orgelpfeifen erinnert, als sich die in Stufen angeordneten Falten auf Westphals Stirn zusammenzogen. Orgelpfeifen aus Fleisch und Blut, die heute sogar ein wenig bebten. Wehmütig ließ er den Blick über die wehrhaften Türme der Burg wandern. »Trutzveste, ja, ja«, murmelte er. »Aber das ist vorbei.«

Er betrauerte wohl die Zeiten, in denen die Falken des Hochstifts – nach Westphals Meinung die Westphalen und die Fürstenberger – mit starker Hand andere Raubvögel und dazu ein ganzes Land zu bändigen wussten. Aber Kaspar war längst kein Falke mehr, und sein Adlatus Westphal hatte deutliche Blessuren davongetragen.

»Nun ja«, meinte er. »Nach uns kommen andere.« Er trat von der Wand zurück und musterte die Sammlung stolzer Burgen und Schlösser, die ihn überleben würden. Seine Miene entspannte sich.

Diether wandte sich zur Tür, ihm war nicht nach weiteren Zeugen adliger Macht. Der Hunger setzte ihm zu, und Leonore wartete auf ihn. »Ihr entschuldigt wohl, Herr Hofrichter, aber ich habe noch zu tun.«

Westphal seufzte. »Wer hat das nicht?« Er ging Diether voraus.

In der Eingangshalle drehte er sich noch einmal um. »Eins noch, Advokat.« Er wartete, bis der Lärm einer draußen vorbeirollenden Kutsche verklang. »Was dieses Kreuz betrifft – die Suche danach ist völlig nebensächlich. Ganz gleich, was Euer Oheim dazu sagt. Bemüht Euch um die Aufklärung des Mordes an unserem Hauptmann und richtet Eurem Vetter aus, dass er bis dahin die Stadt nicht verlassen darf. Noch spricht alles für seine Schuld.«

Mit dem sanften Klicken eines gut geölten Schlosses fiel die Tür hinter Diether zu.

Teil 3
Teufels Ernte

O Muckenfürst Beelzebub,
O Abdon auß der Heuschreckgrub,
O du Meerfürst Leuiathon,
Vnd du Verderber Apollyon,
O Ochssenghörnter Behemot,
O Legion vnd Astharot,
Auch du Vnbändiger Belial,
Vnd jhr Welt vnd Feld Theufel all,
Jhr wüßt, wie Vnser Reich vnd Macht
War vor der Zeit so Hoch geacht
In aller Welt, bei allen Heyden,
Die vns Dienten on Vnterscheyden.
Wir machtens Ernsthaft oder Schimpflich,
Wir fiengens an Grob oder Glimpflich,
So wars alls bei jhn angesehen,
Mußt alls ins Schöpfers Namen gschehen.

Johann Baptist Fischart, 1580

9

Triefend vor Nässe, das Gesicht ein einziger Vorwurf, stand Antonius Barcholt vor Diethers Tür. Laurenz war verschwunden? Jetzt sollte er wohl für alles verantwortlich sein, was sein kleiner Vetter anstellte.

Dicke Regentropfen platschten auf Barcholts unbedeckten Kopf. »Komm erst mal herein, Oheim.« Wie ihm von den Haaren herab das Wasser in die Augen lief und mit dem tropfenden Bart bot er einen erbarmungswürdigen Anblick. Die gebauschten Kleider schlotterten nass um seine Glieder, alles Aufgeplusterte war im strömenden Regen verloren gegangen. Hätte die Suche nicht Zeit gehabt? Laurenz war sicher nur irgendwo versackt.

Gese streckte den Kopf aus der Küche und kam sofort mit einem Tuch gelaufen. Um Barcholts Schnallenschuhe bildete sich eine Lache.

Noch während er sich abtrocknete, schimpfte Barcholt los. Gese wich erschrocken zurück. »Du bist schuld, Diether, du ganz allein! Wie kommst du dazu, dem Jungen solche Angst einzujagen?« Schrill vor Zorn war seine Stimme. »Nun siehst du, was du davon hast.« Wütend warf er das Handtuch zu Boden. Gese griff danach und verdrückte sich eilig.

Diether hob begütigend die Hände. Natürlich bin ich schuld, dachte er, wer denn sonst. Das war schon früher so gewesen, wenn Laurenz auf der Mistenmauer herumturnte und prompt in die Jauche fiel. Als der Ältere hätte er auf den Kleinen aufpassen müssen. Hörte das denn nie auf?

Er unterdrückte einen Seufzer und öffnete die Tür zu seiner Kanzlei, wo er gerade noch in aller Ruhe gesessen und Anklageschriften studiert hatte. Leonore hatte für Leifelds in Henrich Kochs Gartenhaus eine neue Bleibe gefunden, und am Morgen hatten sie die Strohsäcke weggeräumt. Endlich hatte er sein Arbeitszimmer wieder für sich. In der Ecke lagen noch Kleiderbündel, die wollten sie holen, wenn der Regen nachließ.

Barcholt stürzte sich gleich darauf. »Du hast ihm doch wohl nicht geholfen?« Er zerrte die Bündel auseinander und hielt eine von Hermanns verschlissenen Hosen in die Höhe. »Musste Laurenz sich etwa verkleiden?«

Verkleiden? Wozu? Diether fiel keine Erwiderung ein.

Hoffnungsvoll sah der Oheim sich um, als rechne er damit, dass Laurenz jeden Moment hinter einem Regal hervortrat. Als das nicht geschah, kam er mit der Hose in der Hand auf Diether zu. »Sag schon, Diether, ist es wegen Westphal? Hast du den Jungen in Sicherheit gebracht?«

Verdutzt schüttelte Diether den Kopf. Er hatte Westphal nicht so verstanden, dass er gegen Laurenz vorgehen wolle. Die Stadt hatte er nicht verlassen sollen, sonst nichts. Das hatte ihm Diether allerdings noch nicht mitgeteilt.

Die Beinkleider flogen in die Ecke, Asche stob auf. »Ich fahre sofort wieder zu seiner Durchlaucht.« Barcholt hatte Diethers Kopfschütteln gar nicht zur Kenntnis genommen.

Er sollte ihn einfach gehen lassen. »Warte, Oheim.«

Sein Kopf fuhr herum. »Wozu warten? Westphal muss einsehen, dass er nichts zu sagen hat.«

Hier brauchte es deutliche Worte. »Westphal hat nichts damit zu tun, Oheim. Setz dich und erzähl mir, was geschehen ist.« Er meinte, Vaters besonnene Stimme zu hören, wenn Mutter sich über die Maßen aufregte.

Nach einem Blick zum Fenster, an das immer noch der Regen trommelte, ließ sich Barcholt zu Diethers Lesesessel führen. Er selbst zog sich einen Stuhl heran. Gese brachte für jeden einen Krug erhitztes Bier.

»Du weißt also nicht, wo Laurenz ist?« Mit beiden Händen umklammerte Barcholt seinen Humpen.

»Nein. Seit wann vermisst du ihn denn?«

Laurenz hatte am Morgen nicht in seinem Bett gelegen. Sein Pferd stand im Stall.

Das war alles? »Er ist doch sicher schon öfter über Nacht weggeblieben, oder?«

»Aber er hat mir doch gerade erst geschworen, dass es nie wieder vorkommt«, jammerte Barcholt und erzählte, wie

Laurenz am gestrigen Morgen mit dem triefnassen Barett zu Hause aufgetaucht war. Dort hatte Barcholt nach der Messe noch gewartet, weil er den Sohn nach Neuhaus mitnehmen wollte. Aber daraus sei dann nichts geworden.

Ein abfälliger Blick traf Diether. »Deinetwegen musste er sich ja ein neues Barett kaufen!«

Man hätte es wohl auch trocknen können.

Eine grün schillernde Fliege flog brummend gegen die Fensterscheiben. Barcholt beobachtete sie argwöhnisch und fuhr in seinem Bericht fort. Natürlich hatte Laurenz kein Geld gehabt, und Barcholt hatte nur gegen die Zusicherung ewigen Wohlverhaltens die nötigen Taler herausgerückt. Laurenz hatte ihm wohl nicht zum ersten Mal das Blaue vom Himmel herab versprochen.

Diether öffnete das Fenster ein wenig und ließ die Fliege hinaus. Was wollte sie bloß in dem Regen?

Am Morgen hatte Barcholt den Kutscher in die Gasthäuser geschickt und war selbst trotz des Unwetters zu Laurenz' Freunden in die Stadt gegangen. Von dem Jungen keine Spur. Seit gestern Mittag hatte ihn niemand mehr gesehen. Und da hatte er im Bären gehockt, wo er vermutlich Vaters Geld vertrunken hatte. Der Oheim machte eine Pause und nahm einen Schluck Bier.

Diether tat es ihm gleich. Vielleicht war Laurenz ja dann zu einer Spielrunde mit den Gauklern weitergezogen und hatte das blonde Mädchen getroffen, dessen Kurven ihm so gefallen hatten. Doch von diesen Abenteuern seines Sohnes wusste Barcholt wahrscheinlich nichts, und Diether wollte ihn nicht anschwärzen. Die Gaukler konnte er selbst befragen, Elmar würde wissen, wo sie sich aufhielten. Es konnte natürlich auch sein, dass sie dem Jungen, wie von Westphal vorausgesagt, für seinen Betrug beim Deckeln das Fell gegerbt hatten und er jetzt, ohne sich rühren zu können, in irgendeiner dunklen Ecke lag. Das sollte er dem Oheim ganz bestimmt nicht erzählen.

Oder hatte Laurenz etwa das Weite gesucht, weil er genau davor Angst hatte?

Er hatte in der Jesuitenschule bestimmt auswärtige Schüler

kennengelernt. »Besucht er vielleicht einen Freund außerhalb der Stadt?«, fragte er Barcholt. »Und was ist mit den Vettern in Arnsberg? Da war er doch immer gern.«

»Das hätte er uns gesagt«, behauptete Barcholt, kündigte aber an, dass er Boten zu jedem schicken wollte, der ihm einfiel. »Du weißt ja nun auch nicht alles – vielleicht waren doch die Landsknechte hinter ihm her.« Immerhin schien er in dem Gedanken, dass Laurenz rechtzeitig entkommen war, Trost zu finden, denn er trank seinen Krug in einem Zug leer. »Ein Pferd hätte er sich leihen können.«

Diether nickte und versprach ihm, sich bei Westphal zu erkundigen, ob er doch noch die Landsknechte nach Laurenz ausgeschickt habe.

Barcholt sah hinaus, wo in langen Schnüren der Regen fiel und die Sicht auf die Nachbarhäuser verwischte. »Und wenn es nun die Juden waren?«

»Die Juden?« Wie kam er denn darauf?

»Kann doch sein.« Mit kläglicher Miene schaute er Diether an. »Sie wollten sich rächen, weil ich sie wegen des Kreuzes verdächtigt habe.«

Die Schütter hatten gestern Aarons Haus an der Dielenpader durchsucht und nichts gefunden. Leonore hatte es abends erzählt.

»Mit Verlaub, Oheim, aber das halte ich für Unsinn. Sie mögen dir die Anschuldigung verübeln, aber Laurenz hätten sie bestimmt nichts getan.« So friedlich, wie Diether die paar Händler jüdischen Glaubens kannte, hatte auch Barcholt nichts zu befürchten, obwohl ihm seiner Meinung nach für das Aufbringen des bösen Gerüchts eine Tracht Prügel gebührte.

Barcholts Blick war so finster, als hätte er Diethers Gedanken gelesen. »Jedenfalls durftest du den Jungen nicht so einschüchtern«, sagte er. »Wenn er weggelaufen ist und ihm etwas geschieht, bist du daran schuld.«

Diether verzichtete auf eine geziemende Antwort und trank sein Bier. Ohne die kleine Rangelei hätte er nie erfahren, was sich im Weinkeller abgespielt hatte. Aber wenn er davon berichtete und Barcholt jetzt auch noch der Lüge bezichtigte, hätte er sich's wohl völlig mit ihm verscherzt. Immerhin hatten die beiden nicht das Schlupfloch für den Mörder offen gelassen.

So grußlos, wie er gekommen war, verließ Barcholt Diethers Haus. Er sah dem Oheim nach, wie er die Jühengasse hinabschritt, würdevoll und trotz des Regens keinen Schritt schneller als sonst. Nicht einer Pfütze wich er aus. Viel kleiner als Mutter, hatte er doch dieselbe eiserne Haltung.

Mit einem Mal sah Diether einen anderen, deutlich schmaleren Rücken vor sich und darüber die Kappe mit der Fasanenfeder. Laurenz hatte sich vor dem Dom mit einem groß gewachsenen Mann gestritten. Konnte das etwas mit seinem Verschwinden zu tun haben?

Arbeiten konnte man das nicht nennen.

Diether streckte die Arme von sich und kippte seinen Stuhl nach hinten. Seit geraumer Zeit schob er nun die Dokumente auf dem Tisch hin und her. Sie fesselten ihn nicht mehr. Die frühere Ruhe, die Freude an seiner friedlichen Kanzlei wollten sich nicht wieder einstellen.

Er stand auf und trat ans Fenster. Der Regen prasselte nicht mehr, fiel aber immer noch stetig aus dunkelgrauen Wolken. St. Magnus hatte sein Versprechen guten Wetters nicht gehalten.

Es war einfach zu ruhig im Haus. Gese war gegangen, und Leonore half Leifelds beim Einrichten ihrer vorläufigen Behausung. Mit einem gemurmelten »Muss mal in die Westernstraße« war Henrich verschwunden und saß jetzt wohl gemütlich mit Vater im Pferdestall. Jahrelang hatte sich Diether in seinem leeren Haus wohlgefühlt, und jetzt ging es auf einmal nicht mehr.

Ziellos wanderte er durch den Raum, zog hier ein Buch aus dem Regal, schaute dort gedankenlos auf eine der Felslandschaften, zu denen seine Steinesammlung inzwischen gediehen war. Das andere Fenster ging auf die pfützenübersäte Einfahrt und den Stall hinaus, wo Feuerbein wohl ebenfalls ungeduldig auf ein Ende des Regens wartete. Auf dem Weg zu Meschedes wollte Henrich bei Elmar Bröckling vorbeischauen und ihm Diethers Bitte um einen Besuch ausrichten.

Auf der Fensterbank hatte Diether die Steine aufgereiht,

deren Quarzeinschlüsse bei Sonnenlicht funkelten. Das waren *seine* Juwelen, die ihm – auch wenn sie heute kein bisschen glitzerten – lieber waren als alle Schätze des Bischofs. Sie zogen wenigstens keine Einbrecher an. Er griff zu einem rundgeschliffenen Geröllbrocken, den er in seiner Freiburger Studienzeit auf einer Wanderung zum Kaiserstuhl gefunden hatte. Schon als Junge hatte er nach allen Ausflügen die Taschen voller Steine gehabt.

Warm und fest schmiegte sich der Findling in seine Hand. Noch immer war es ihm ein Rätsel, welche Urgewalt die roten Adern bewirkt haben mochte, die sich durch den grauschwarzen Granit zogen. Wie gestocktes, versteinertes Blut sahen sie aus …

Auf der Jühengasse hörte er schwere Räder rollen. Als er, neugierig geworden, am anderen Fenster ankam, hielt schon eine geschlossene Reisekutsche vor dem Haus, so groß, dass sie einen schwarzen Schatten zum Fenster hineinwarf. Auf der Tür prangte ein Wappen, das Diether nicht erkannte. Ein triefnasser Lakai sprang von einem der hinteren Trittbretter, öffnete die Tür, klappte ein paar Stufen aus und verbeugte sich tief.

Ein wichtiger Mann. Mit gebeugtem Rücken streckte er den Kopf, auf dem kein einziges Haar wuchs, aus der Kutsche und kletterte die kleine Treppe hinab. Unten angekommen, richtete er sich auf. Er war von beeindruckender Größe, über breiten Schultern hing ein schwarzer Reisemantel. Stahlgraue Augen schienen sich in die Diethers zu bohren. Er trat vom Fenster zurück. Das war Markus Schnarmann, seit dem letzten Jahr Sekretär des Bischofs. Wollte er etwa zu ihm?

Schwer dröhnte der Klang des Türklopfers durch das Haus. Ein Löwenkopf aus Messing, damit immerhin hatte sich Mutter durchgesetzt. Was wollte Markus Schnarmann von ihm? Diether hatte ihm noch nie persönlich gegenübergestanden, aber über ihn schon viel gehört. Er machte seiner Sippe alle Ehre, deren Angehörige sich aus der schnöden Zugehörigkeit zum Magistrat und über zahlreiche Bürgermeisterposten in den Kleinadel hinaufgeheiratet hatten. Von Markus sagte man, dass er die Stellung beim Bischof als Sprungbrett für höhere Ehren ansah und Aufgaben nur übernahm, wenn sie seinem

Vorwärtskommen dienten. Diether fiel nicht ein, wie das bei ihm der Fall sein konnte.

Er öffnete die Tür und bat den Besucher hinein. Anscheinend hatte ihn kein Regentropfen berührt. Unter dem vollkommen trockenen Mantel, den Diether an einen Haken hängte, kamen schwarzseidene Beinkleider, ein ebensolches Wams und ein breiter schneeweißer Spitzenkragen zum Vorschein. In seinem Gesicht waren die buschigen schwarzen Augenbrauen das Auffälligste, die zum haarlosen Kopf einen seltsamen Kontrast bildeten. Der Mann war kaum älter als er.

An der Tür zur Kanzlei warf Diether einen schnellen Blick durch den Raum. Nach Barcholts Wühlerei sahen die Kleiderbündel in der Ecke nicht gerade ordentlich aus. Den Lesesessel am Fenster, wo eben noch der klatschnasse Oheim gesessen hatte, sollte er dem Gast lieber nicht anbieten. Schnell schob er die auf dem Tisch verstreuten Papiere zusammen und zog zwei Stühle unter der Platte hervor.

Doch setzen wollte sich Schnarmann nicht. Mit langen Schritten durchmaß er den Raum und sah erst zum gegenüberliegenden Fenster hinaus, als befürchte er dort einen Hinterhalt, dann musterte er die Steinesammlung auf der Fensterbank. Erst jetzt merkte Diether, dass er immer noch den rot geäderten Findling in der Hand hielt.

Schnarmann drehte sich um und deutete auf den Stein. »Ich glaube nicht, dass Ihr den braucht, Advokat. Ich komme in friedlicher Absicht.« Der stählerne Blick seiner Augen ließ das Gegenteil vermuten, auch wenn um die schmalen Lippen ein Lächeln spielte.

Der Stein klapperte laut, als Diether ihn auf dem Tisch ablegte. Er verschränkte die Arme vor der Brust. »Was gibt mir die Ehre Eures unvermuteten Besuchs?« Mit einer Bewegung seines Kopfes wies er auf die Fensterbank hinter Schnarmann. »Meine steinernen Schätze werden es wohl nicht sein.«

»Die nicht.« Geringschätzig verzog er den Mund. »Aber Schätze sind es schon, die mich hergeführt haben.« Er machte eine bedeutungsvolle Pause. »Genauer gesagt, die Schätze unseres Fürsten, der ja, wie Ihr sicherlich wisst, derzeit an seinem

Dringenberger Amtssitz weilt. Mein Herr macht sich große Sorgen darüber, dass seine bescheidene Sammlung frommen Kirchengeräts einen gewissenlosen Mörder angezogen hat.« Jede einzelne Silbe ein Trommelschlag. An dieser Geschwindigkeit sollte sich Berning mal ein Beispiel nehmen.

Mit zusammengezogenen Augenbrauen machte Schnarmann deutlich, dass er die bischöflichen Sorgen mehr als teile. »Nun haben wir erfahren, dass Ihr, Advokat, mit der Aufklärung des gewaltsamen Todes unseres verdienten Hauptmanns befasst seid.« Wir, uns – er sprach, als sei er selbst der Bischof.

Schnarmann schwieg, bis Diether widerstrebend nickte. Bevor er nicht wusste, was Dietrichs Sekretär von ihm wollte, mochte er zu nichts seine Zustimmung geben. Draußen schnaubte ein Pferd, dem die Wartezeit im Regen wohl zu lang wurde.

»Ja«, sagte Schnarmann mit Nachdruck, als wolle er Diether die Antwort vorgeben. »Mein Herr, der Fürst, möchte sich durch mich nach Euren Erfolgen erkundigen.« Der erwartungsvollen Miene nach wollte er anderes als Erfolge nicht hören.

Bevor Diether antworten konnte, klopfte es an die Tür. Er öffnete und ließ Leifelds herein, die den Weg ins Haus wie immer durch die Hintertür genommen hatten. Mit einem angedeuteten Knicks – Angela – und einem Kopfnicken – Hermann – grüßten sie den feinen Besuch in Diethers Kanzlei, dem sie, während sie ihre Sachen zusammensuchten, neugierige Blicke zuwarfen.

Diether ersparte sich die gegenseitige Vorstellung und überlegte stattdessen, was er Schnarmann antworten sollte. Von Erfolgen konnte keine Rede sein …

Hermann nickte über ein Kleiderbündel hinweg Diether zu, als er der ebenso bepackten Angela die Tür aufhielt. »Bis später«, sagte er. Diether nickte ebenfalls. Nicht nur sie, auch Leonore würde alles über den Mann in der herrschaftlichen Kutsche erfahren wollen.

Schnarmann hatte sich zum Fenster umgedreht, wo er Diethers Steine in den Händen abwog, als wolle er deren Wert prüfen. Achtlos ließ er sie auf das Fensterbrett poltern und wandte sich um. »Wie gesagt: Habt Ihr bei der Suche nach dem Mörder Fortschritte gemacht?«

»Warum fragt Ihr das nicht den Hofrichter?« Westphal war für die Aufklärung des Falles verantwortlich. »Ich habe ihm alles mitgeteilt, was ich weiß.«

»Nun, wir fragen Euch, Advokat«, gab Schnarmann kühl zurück. »Den Hofrichter werde ich aber ebenfalls aufsuchen.«

Diether nahm seinen Stein wieder vom Tisch und ließ ihn von einer Hand in die andere purzeln, während er – nicht ohne Genugtuung – von den Schlupflöchern im angeblich so sicheren Neuhäuser Schloss berichtete.

»Von wem wisst Ihr das?« Schnarmanns Frage klang wie das Zuschnappen einer vielzähnigen Falle.

Westphal würde ihm die Namen sicher nennen. »Ihr werdet nicht verlangen, dass ich meine Kontaktpersonen angebe.« Vom Verdacht gegen Laurenz wusste der Bischof bereits durch Barcholt, und von seinem Verschwinden brauchte er vorerst nichts zu erfahren. Vielleicht tauchte der Junge ja bald wieder auf.

Schnarmanns Blick war so hart wie der Stein in Diethers Hand, doch er sagte nichts.

Diether zuckte mit den Achseln. »Ihr seht, viel haben wir noch nicht herausgefunden. Aber die Suche geht weiter.«

Wieder dieser kurze Blick aus stahlgrauen Augen. »Ihr habt allen Anlass zu eifrigen Ermittlungen, Advokat. Wie man hört, ist es Euer Vetter, dem der Galgen droht, auch wenn ihm der hochherzige Fürst vorerst die Freiheit geschenkt hat.«

Diether meinte, er müsse den Grund für die Großmut ins Spiel bringen. »Er ist immerhin der Sohn seines Rentmeisters, der das Vertrauen des Fürsten genießt.«

»Das ja. Aber sein Sohn ist dafür bekannt, dass er dauernd in Geldnöten steckt.«

»Was ihn noch nicht zu einem Mord befähigt.«

»Das kommt auf die Beute an.« Ein Räuberwort aus dem Mund des vornehmen Höflings. »Sicher habt Ihr von dem Reliquienkreuz gehört, das mein Herr schmerzlich vermisst.« Diesmal wartete er Diethers Nicken nicht ab. »Für den im Fuß eingelassenen Diamanten könnte man Eure ganze Stadt kaufen.« Kein Lächeln milderte die schamlose Übertreibung.

Diether schloss die Finger um seinen Stein vom Kaiserstuhl, als könne der den Wert seiner Stadt in die Höhe treiben.

Schnarmann heftete den Blick auf das andere Fenster, vor dem die schwarze Kutsche hoch aufragte. »Und was das Kreuz selbst angeht – allein für den Besitz der Reliquie in seinem Innern würde wohl manch adlige Familie eine ihrer Burgen geben.« Er lachte trocken. »Sie wollen ja alle Kreuzritter gewesen sein.«

Gemächlichen Schritts schlenderte Schnarmann im Raum umher und nahm Diethers Bücher in Augenschein. Nebenbei erzählte er in vorwärtsdrängendem Stakkato, was es mit der Reliquie auf sich hatte. Es sollte sich um ein großes Stück vom hölzernen Kreuz handeln, an dem Christus gestorben war. Angeblich hatte die heilige Kaiserin Helena das Reliquiar in Form eines überaus reich geschmückten Goldkreuzes anfertigen lassen, das ihr dann aber, bevor sie es nach Hause tragen konnte, von Heiden gestohlen worden sei. Ein Ritter des Paderborner Bischofs Meinwerk habe es gefunden und hierhergebracht.

Inzwischen hatte Schnarmann Diethers Felslandschaften erreicht. Er griff einen schweren Basalt heraus, warf ihn in die Luft und ließ ihn achtlos zu Boden fallen. Das laute Poltern leitete markige Worte ein. »Die Arabersippe, die das Kleinod seit Jahrhunderten jeden Tag aufs Neue entehrt hat, bekam, was sie verdiente: Unser Ritter hat sie vollständig ausgelöscht.« Er bückte sich nach dem Stein und legte ihn zurück ins Regal.

Nach all den Trommelwirbeln hatte Diether ein taubes Gefühl in den Ohren. »Und wer war dieser Ritter?« Seinem Eindruck nach stritt sich das halbe Hochstift um Helenas Erbe.

Schnarmann tippte mit dem Mittelfinger seiner Rechten auf weitere Steine, als prüfe er deren Festigkeit. »Das weiß niemand genau. Das Kreuz wurde Meinwerk verehrt und kam so in den Besitz der Paderborner Fürsten.« Die Aussage untermauerte den bischöflichen Anspruch, den Westphal zufolge auch die Familientradition stützte. Wer auch immer um den Besitz rangelte – den Jesuiten hatte Dietrich ein so wertvolles Kreuz bestimmt nicht geschenkt.

Diether wollte die Dinge klarstellen. »Ich suche nicht nach dem Kreuz, ich suche Menkes Mörder.«

»Richtig. Das sollt Ihr auch tun. Ich habe Euch all das nur erzählt, damit Ihr wisst, welchen Wert die Dinge in der fürstlichen Schatzkammer haben. Und welch gewaltigen persönlichen Wert für unseren geliebten Fürsten. Fangt den Mörder, alles andere ist unsere Sache. Herr Dietrich wird sich in jeder von Euch gewünschten Hinsicht erkenntlich zeigen.« Schnarmann wandte sich zum Gehen. »Und wenn Ihr Hilfe braucht, wendet Euch an mich.«

Das wäre das Letzte, was er täte. Diether begleitete den feinen Mann zum Ausgang und sah der davonrumpelnden Kutsche nach. Die Räder schleuderten den Schlamm nach allen Seiten.

Gegen Mittag hörte es endlich auf zu regnen. Diether setzte den letzten Punkt unter den Widerspruch, den er gerade zu Papier gebracht hatte, und ging auf die Gasse hinaus. Die Sonne stand hoch an einem tiefblauen Himmel, kein Windhauch bewegte die feuchtwarme Luft, die sich wie feines Gewebe auf seine Haut legte. Im matschigen Boden hatte Schnarmanns Kutsche tiefe wassergefüllte Furchen hinterlassen. Von Elmar war nichts zu sehen.

Zwischen den lehmigen Pfützen hindurch suchte er sich einen Weg um die Hausecke herum und besuchte Feuerbein im Stall, die ihm leise entgegenschnaubte. Auffordernd warf sie den Kopf hoch, doch auf einen Ausritt würden sie noch warten müssen. Ein Apfel versöhnte die Stute mit ihrem Schicksal.

Sein Garten war eine von Rinnsalen durchzogene Schlammwüste. Der Regen hatte eine neue Schicht Feldsteine freigelegt, wie Pilze schienen sie aus der Erde zu wachsen. Aus dem Walnussbaum tropfte es, abgeschlagene taube Früchte lagen auf dem Boden, wo Heithoffs eifrige Hühner nach Würmern scharrten. Nasse Schlieren zogen sich am Jesuitenturm hinab, obenauf blitzte das Goldkreuz in der Sonne. In Diethers Ohren hallte immer noch Schnarmanns getrommeltes »Alles andere ist unsere Sache« nach.

In der Küche aß er etwas von der Fleischpastete, die Gese von gestern für ihn gerettet hatte, und nahm ein paar Äpfel mit in sein Arbeitszimmer. Am Abend wollten Leonore und Angela zur Feier des Einzugs ins Gartenhaus ein Festmahl kochen, zu dem auch Friedrich geladen war. Es würde viel zu erzählen geben …

Mit einem Apfel in der Hand stand er vor der Fensterbank, auf der seine quarzgesprenkelten Glitzersteine lagen, die endlich wieder in der Sonne funkelten. Schnarmann hatte dort drüben am Regal gestanden und die Steine befühlt. »Alles andere ist unsere Sache.« Was hatte er damit gemeint?

Diether nahm einen gelb flimmernden Stein auf und drehte ihn nachdenklich zwischen den Fingern. Um das Kreuz war es gegangen, nach dem Diether nicht suchen sollte. Er öffnete das Fenster und sah hinaus. Die ihm zugewiesene Aufgabe war, den Mörder zu fangen, doch den erwarteten nicht nur Rad und Galgen. Wenn er seine Beute nicht freiwillig herausrückte, gab es noch die Wewelsburger Folterzangen. Das war wohl unter »unsere Sache« zu verstehen.

Da war es für Laurenz wohl besser, wenn er verschwunden blieb. Wie sollte er das nur dem Oheim klarmachen? Diether war weit davon entfernt, den Täter zu finden.

Immer noch hatte er das Gefühl, dass sein Vetter mehr über den Mörder wusste, als er zugab. Er hätte Laurenz stärker unter Druck setzen, ihn nicht so schnell davonkommen lassen sollen. Sicher kannte er den Namen des Mannes mit der Fasanenfeder – warum hatte er ihn nicht genannt? Diether nahm sich vor, Barcholt aufzusuchen und ihn nach Laurenz' Freunden zu fragen. Sowieso musste er sich erkundigen, ob Laurenz sich gemeldet hatte.

Draußen klapperten Pferdehufe. Henrich führte Meschedes Braunen ums Haus, der eine Karre hinter sich herzog. »'n paar Steine aufsammeln«, murmelte er im Vorbeigehen. Diether beschloss, ihm zu helfen, und zog festes Schuhwerk an. Schweigend warfen sie einen Armvoll langweiliger Kalksteinscherben nach dem anderen auf den Karren. Keiner war für Diethers Sammlung schön genug.

In seinem Kopf kreisten die Gedanken. Was konnte er tun, wenn Laurenz nicht wieder auftauchte? Er musste Menkes Mörder finden, und zwar möglichst bald, bevor Berning mit seinem Gottesurteil zur Hand war. Außer Laurenz war der Pferdeknecht Nelges der Einzige, den Diether bei einer Unwahrheit ertappt hatte. Ein Beweis für seine Schuld war das aber nicht. Zudem hatte Redebrecht erzählt, dass er sich unverdächtig verhalte und sein Mariechen die Angaben bestätigt habe.

Diether ging zum Brunnen und warf sich mit beiden Händen Wasser ins Gesicht. So kam er nicht weiter. Es musste doch noch andere Anhaltspunkte geben …

Henrich sah auf. Wie früher, wenn er Diether aufmuntern wollte, zeigte er ihm etwas. Diesmal war es ein Stein, der an einen sitzenden Vogel erinnerte. »Na?« Legte man ihn auf den Bauch, sah er aus wie eine gut geformte Nase.

»Mhm.« Wie Westphals Nase, sogar eine Furche zog sich hindurch. Diether legte den Stein auf den Gartentisch und arbeitete weiter.

Westphal und Schnarmann, zwei Männer vom bischöflichen Hof, mit denen er in jüngster Zeit ein belangloses Plauderstündchen verbracht hatte. Alles, was besprochen worden war, hatten sie schon gewusst oder von ihren eigenen Leuten erfahren können. Eine weitere Gemeinsamkeit fiel Diether ein, als im Jesuitenturm die Glocken läuteten und er einen Blick auf das Turmkreuz warf. Das verschwundene Reliquienkreuz. Westphal war es wichtig gewesen, Diether zu erklären, dass es völlig nebensächlich sei, und Schnarmann hatte sich ähnlich geäußert. Beide hatten gemeint, Diether solle den Mörder fangen, aber sich um das Kreuz nicht kümmern.

Er hätte gleich stutzig werden sollen. Alle sprachen über das Kreuz, jeder wollte es haben – und da sollte es nicht wichtig sein? Jedenfalls schien es der kostbarste Gegenstand zu sein, der bei dem Einbruch abhandengekommen war. Hatte es vielleicht sogar den Grund geliefert?

Bisher hatte Diether nach jemandem gesucht, der die Tat aus reiner Gewinnsucht geplant und die günstige Gelegenheit genutzt hatte. Sein Dieb hätte vielleicht nicht einmal gewusst, wie wertvoll das Kreuz war, und es nur deshalb eingesackt, weil es da stand. Aber warum sollte er die zwei sperrigen Degen mitgenommen haben? Sie waren dem Bischof lieb und teuer, jedoch bestimmt nicht wegen der Juwelen am Griff.

Diether richtete sich auf und fasste sich an die Stirn. Das konnte einfach kein Zufall sein. Wieso war er nicht eher darauf gekommen?

Der Einbrecher hatte nicht nach kleinen Dingen gesucht, die er leicht wegtragen konnte, sondern einen großen Sack mitgebracht. Den Raub der Degen hatte er ebenso geplant wie den des Kreuzes. Was hatte Friedrich erzählt? Mehrere edelsteinverzierte Kästchen und ein paar massiv goldene Leuchter seien außerdem gestohlen worden. Die mochte er dazugesteckt haben, um den eigentlichen Grund für den Einbruch zu verschleiern.

Mechanisch warf Diether weiter schlammige Felsbrocken auf den Karren. Um einiges kostbarer als diese hier war der weiße Stein am Fuß des Kreuzes, doch um den Marktwert ging es keineswegs. Der Stein zierte ein Reliquienkreuz aus Jerusalem, das angeblich die heilige Helena in der Hand gehalten hatte. Und die Degen hatten wahrscheinlich einem Kreuzritter gehört.

»Sie wollen ja alle Kreuzritter gewesen sein«, hatte Schnarmann gesagt. Wenn er recht hatte, standen sämtliche Adelsfamilien des Hochstifts unter Verdacht. War das der Grund, weshalb Diether sich mit dem Kreuz nicht befassen sollte? Ihre Angelegenheiten hatten die Herrschaften immer schon unter sich geregelt.

Ein Steinbrocken flog ihm aus der Hand und zerbrach einen anderen. Henrich schüttelte den Kopf. Diether richtete sich auf und streckte seinen Rücken. Wie hochrangig und unantastbar der Mörder auch immer sein mochte – er hatte nicht vor, Menkes gewaltsamen Tod auf sich beruhen zu lassen.

In dem Moment, als Henrich mit dem beladenen Wagen vom Hof fuhr, bog Elmar um die Hausecke. Diether saß noch am Gartentisch. Bei einem Krug Bier hatte er Henrich von den Ereignissen des Morgens erzählt und ihm auch erklärt, was ihn beim Steinesammeln umgetrieben hatte. Henrich hatte nur genickt. In Diethers Kindheit war das auf eine unumstößliche Bestätigung hinausgelaufen.

Elmars Kleidung war feucht, sein Gesicht erhitzt. »Eher konnte ich nicht kommen«, sagte er und ließ sich auf Henrichs Platz nieder. »Wir mussten die Vagabunden aus der Stadt treiben. Bin grad erst zurück.«

»Nein«, rief Diether erschrocken aus. »Sie sind weg?«

»Wieso denn nicht?« Elmar lachte über seine verdatterte Miene. »Wolltest du noch dein Glück mit dem Drehkreisel versuchen?«

»Quatsch. Es ist nur wegen Laurenz …«

Dass er verschwunden war, wusste Elmar schon, Barcholt hatte Wirbel genug gemacht. Er ließ sich aber trotzdem erzählen, was Barcholt gesagt hatte und dass er Diether wegen der kleinen Rangelei am Marktbrunnen die Schuld gab.

»Vor dir ist er sicher nicht weggelaufen«, sagte Elmar grinsend. »Da haben ihn schon ganz andere in die Mangel genommen.«

»Die Gaukler zum Beispiel. Hast du nichts von einer Schlägerei gehört?«

»Du meinst, der Hütchenspieler könnte sich gerächt haben? Wär ja nicht unverdient.« Elmar überlegte kurz. »Möglich ist es. Ich weiß ja auch nicht alles.« In seinen Augen blitzte sogar so etwas wie Hoffnung auf.

»Jedenfalls können wir sie jetzt nicht mehr fragen. Was müsst ihr denn so übereifrig sein?«

Elmar wehrte ab. »Auf meinem Mist ist das bestimmt nicht gewachsen. Beklag dich bei deinen Nachbarn.« Er wies mit dem Kopf zum Jesuitenkolleg hinüber. »Röhrich hat Berning unter Druck gesetzt. Ausgerechnet bei dem Regen mussten wir los.«

»Was meinst du«, fragte Diether, »könnte Laurenz mit den Gauklern gegangen sein? Vielleicht haben sie ja nicht erfahren, dass er den Deckeler betrogen hat. Und wie man hört, hatte er sich ganz schön in die Blonde mit dem Drehkreisel verguckt.«

»Dann müsste er sich außerhalb der Stadt mit ihnen verabredet haben. Ich hab selbst am Westerntor gestanden und aufgepasst, dass sie alle verschwinden.« Elmar kühlte am Brunnen sein Gesicht und trank. »Es hilft sowieso nichts. Sie können morgen wieder da sein. Bei uns ist anscheinend viel zu holen.« Er kam zum Tisch zurück und setzte sich. »Aber meinst du denn, die Blonde wollte ihn haben?«

»Immerhin hat er von viel Geld gesprochen, das mag er inzwischen bekommen haben.«

»Wer weiß. Viel Geld kann auch viel Ärger nach sich ziehen. Woher will er das denn kriegen? Bestimmt hat er jemand erpresst.«

Diether fiel wieder der Mann mit der Fasanenfeder ein. Es hatte ganz danach ausgesehen, als habe Laurenz etwas von ihm haben wollen, was der nicht herausrücken wollte. Hatte er vielleicht zu den Vagabunden gehört? Es mochte auch welche geben, die sich als feine Herren verkleideten …

Laurenz musste gefunden werden. »Weißt du etwas von einem Schlupfwinkel? Verbergen sie sich irgendwo?«

»Ein Bauer hat erzählt, er hätte einige von ihnen in den Albrocker Wäldern gesehen. Zum Beispiel den mit den Löchern in der Backe, den erkennt man ja leicht.«

»Mhm.« Man hörte immer wieder von Banden, die sich in den halb zerstörten Burgen und verlassenen Weilern der ausgedehnten Waldgebiete westlich Paderborns verbargen. Räuber, sagten die Leute. Doch obwohl viele es mit der Ehrlichkeit nicht allzu genau nahmen, waren sie nicht alle Gauner. In gut versteckten Lagern übten sie ihre Kunststücke ein und zogen dann über die Dörfer, wo sie den Leuten das Geld aus der Tasche zogen und nebenbei einsackten, was nicht niet- und nagelfest war.

Man durfte nicht alle über einen Kamm scheren, meinte Leonore. Sie hatte eine Freundin in Albrock, die sogar zwei Angehörige einer berüchtigten Bande – ein in Not geratenes Paar, das ein Kind erwartete – in ihrem Dorf aufgenommen hatte. Vielleicht ließ sich über Hermanna etwas erfahren.

Aber die Gaukler konnten noch nicht so weit gekommen sein. »Ich muss einen Ausritt mit Feuerbein machen, Elmar. Hast du Lust mitzukommen? Wir könnten unterwegs die Leute fragen, ob sie Laurenz gesehen haben.«

»Gut. Aber ich muss mich umziehen und mein Pferd holen.«

Diether sattelte seine Stute und begleitete Elmar die Westernstraße hinab. Er hatte wenig Hoffnung, dass sie Laurenz fanden. Aber ein Ritt über die Felder würde Luft in seinen Kopf bringen, was ihm dringend nötig erschien.

Wie immer nach einem heftigen Regen trat die Pader über die Ufer. Lehmgelbe Wassermassen umspülten die Pfeiler der kleinen Holzbrücke, die zu Kochs Gartenhaus führte. Friedrich saß bestimmt schon an Leifelds Tisch, Leonore mochte auf ihn warten. Diether blieb stehen und sah in die Fluten. Viel zu viel war heute auf ihn eingestürmt.

Es hatte ein ruhiger Arbeitstag werden sollen, doch der war schon durch Barcholt gestört worden, der ihm die Hiobsbotschaft von Laurenz' Verschwinden überbracht hatte. Dann Schnarmann mit seinem undurchsichtigen Anliegen und die neuen Fragen, die sich nach seinem Besuch vor Diether aufgetan hatten. Darüber musste er mit Friedrich und Leonore reden, aber Leifelds brauchten nicht unbedingt etwas davon mitzubekommen.

Unter ihm schwemmte ein kleiner Strudel ein paar Enten unter der Brücke hervor, die sich schnatternd vom Wasser stadtauswärts tragen ließen. Diether sah ihnen nach. So leicht müsste man reisen können, durch die Pader in die Lippe bis in den Rhein …

Am Nachmittag waren sie in großem Bogen über die Felder geritten, wo die Bauern das letzte Korn und Gemüse ernteten, bis Elmars Pferd kurz vor Salzkotten zu lahmen anfing. Niemand hatte etwas von Laurenz gesehen, doch an die Gaukler erinnerten sich viele: Sie hatten unterwegs noch so manchen Kupferpfennig eingesackt. Den Hellweg entlang waren sie langsam zurückgeritten.

Diether würde Leonore bitten, nach Albrock zu reiten, wenn Laurenz nicht bald wieder auftauchte. Vielleicht konnte Rötger bei seinen ehemaligen Waldgenossen herausfinden, ob jemand Laurenz eine Tracht Prügel verabreicht hatte. Er mochte verletzt in irgendeinem Gartenhaus oder hinter einem Gebüsch liegen. Rötger war ein zuverlässiger Mann, der nicht durch eigene Schuld zum Ausgestoßenen geworden war. Jetzt saß er mit Hildegunde, seiner Frau, auf Hagemeiers Hof, die keine eigenen Kinder hatten.

Die unteren Zweige der Uferbüsche hatten schmutzige Fetzen aus dem Wasser gefischt. Die Unterhosen des Nöck, hatten sie als Kinder gesagt. Irgendwie erinnerten sie Diether an den Oheim, wie er in traurig hängenden, klatschnassen Bauschhosen in seinem Flur gestanden hatte. Er war eben noch bei Barcholt vorbeigegangen, doch der war nicht zu Hause gewesen. Er suche noch einmal nach Laurenz, hatte Tante Käthe gesagt und geweint, als sie Diether erzählte, dass sie den ganzen Tag auf ihn gewartet hätten. Wenn Laurenz aus lauter Übermut die Stadt verlassen hatte, ohne seinen Eltern etwas zu sagen, sollte er Diether bloß nicht über den Weg laufen.

Kurz vor der Flussbiegung versammelten sich die Enten unter einem Gebüsch und watschelten ans Ufer. Fett, wie sie waren, landeten sie wohl bald in irgendeinem Kochtopf. Diether überquerte die Brücke und wandte sich dem Rauland zu. In einem der Gartenstücke an der Pader, die hier breit dahinfloss, erhob sich das Lusthaus des ehemaligen Bürgermeisters Henrich Koch, um das es viel Aufregung gegeben hatte. In den letzten Jahren war es still darum geworden, Koch – inzwischen ein alter, kranker Mann – hatte es kaum noch benutzt. Wie Kaspar von Fürstenberg litt er unter der Gicht, Leonore hatte ihn ebenfalls als Patienten von ihrem Vater übernommen.

Das schief stehende Gartentor quietschte, als er es aufschob. Die Fenster des Häuschens standen offen, im Näherkommen nahm er Essensgerüche wahr. Es roch nach Fisch. Am liebsten wäre er wieder umgekehrt.

Heute war Freitag, und freitags gab es Fisch. Kein Metzger verkaufte Fleisch von warmblütigen Tieren, kein Wirt, keine Hausfrau tischte es auf. Leonore hätte sich ihr Huhn schon selbst schlachten müssen, wenn sie am Freitag eines essen wollte. Zum Glück mochte sie Fisch.

Wie Angela es ihr gezeigt hatte, faltete sie die ausgenommenen Forellen mit der Haut nach innen. Halt – erst musste sie Kräuter und Gewürze dazwischengeben. Sie umwickelte den Fisch mit einem Faden, ölte ihn mit einem Salbeizweig ein und legte ihn auf den Rost. Die dort schon lagen, musste sie umdrehen und immer wieder einölen. Leonore wischte sich über die Stirn und griff zur nächsten Forelle.

»Lass sie nicht zu gar werden, hörst du?« Angela war eine katholische Hausfrau und hielt die Fastentage ein. Jeder Freitag gehörte dazu. Gut schmecken sollte es trotzdem.

»Mhm.« Diether würde enttäuscht sein, der aß nicht gern Fisch. Aber vielleicht machte er ja bei diesem eine Ausnahme. Es roch köstlich, und immerhin hatte Leonore ihn gebraten.

Friedrich hingegen mundete alles. Vom Tisch her, wo er bereits Platz genommen hatte, hörte sie nichts als zufriedenes Schmatzen. Er hatte wohl Angst gehabt, dass Leifelds ihn nicht satt bekämen, und sich vom Koch des Busdorfstifts einen großen Korb vollpacken lassen. »Der Propst beglückwünscht euch zu eurem neuen Heim«, hatte er augenzwinkernd gesagt und alles auf dem Tisch ausgebreitet. Jetzt naschte er mal hier, mal da. Leonore pinselte die Forellen ein, das Fett zischte im Feuer. Diether ließ mal wieder auf sich warten.

Angela rührte in der Eigelbsauce, die sie mit Ingwerpulver und Safran gewürzt hatte. »Ist das nicht schön, Leonore – so eine große Küche?« Das sagte sie nicht zum ersten Mal. Henrich Kochs bescheidenes Gartenhaus, wie er es nannte, bot einer ganzen Familie Platz. Die Kinder schliefen unter dem Dach, unten gab es außer der Küche noch zwei Räume, deren Wände mit freizügigen Wirtshausszenen bemalt waren. Oma Leifeld hatte erschrocken die Hände vor den Mund geschlagen.

Weiter hinten auf dem Grundstück stand noch ein Badehaus auf Stelzen, die in der Pader verankert waren. Leifelds sollten es nicht benutzen, hatte Koch verfügt; er sorgte sich wohl um die Sauberkeit seiner Bottiche. Doch das spielte keine Rolle, die Pader war nicht weit, und hinter dem Haus gab es einen Brunnen. Leonore und Angela hatten neugierig durchs Fenster geschaut und an den Wänden der Badestube gebrannte Fliesen entdeckt.

Sie erinnerte sich, dass Koch das Gartenhaus unter ziemlich anrüchigen Umständen hatte bauen lassen. Als Bürgermeister in der Zeit des allgewaltigen Magistrats konnte er es sich erlauben, das marode Spital vor dem Westerntor abzureißen und das Baumaterial für sein Lusthaus zu verwenden. Doch davon sprach heute niemand mehr. Vater hatte allerdings von gefährlicheren Unternehmungen des Alten erzählt …

Oma und Tante hatten die Kinder zu Bett gebracht. »Ihr könnt Leonore bei den Fischen ablösen, dann kann sie den Tisch decken.« Angela hatte wohl Angst, dass Leonore ihre kostbaren Forellen anbrennen ließ. Hier, in ihrer vorerst eigenen Küche, hatte sie gleich die Herrschaft übernommen, während sie in der Jühengasse vor Scheu kein Messer in die Hand zu nehmen wagte. Blondes Haar kringelte sich feucht um ihr Gesicht, mit aller Kraft zerstieß sie im Mörser Nüsse, Knoblauch und eingeweichtes Weißbrot zu einer weiteren Sauce. Ihre Rezepte kamen von den Gaukirchschwestern, die ihr am Morgen die Gewürze verehrt hatten, nachdem Angela für St. Ulrichs Altar einen großen Blumenstrauß aus Kochs verwildertem Garten gebracht hatte. Die fetten Forellen hatte sie auf dem Markt gekauft.

Leonore schnitt das Brot auf und stellte Teller auf den Tisch. Friedrich saß da und las in einer Druckschrift, während seine Finger ein Eigenleben führten. Ein Bröckchen nach dem anderen beförderten sie in seinen Mund. Beeindruckt ließ Leonore ihren Blick über den Tisch wandern. Da standen Schüsseln und Platten mit Hechtklößchen, Fischpasteten, Karpfen in Gelee und Räucherfisch von der Nordsee. Dazwischen frisches Gemüse und Obst. Angela brachte Leonores geröstete Forellen, die sofort stückweise ihren Weg zwischen Friedrichs Zähne fanden, ohne dass er hinsehen musste.

»Was liest du da Spannendes?« Leonore schob die Platte beiseite.

Friedrichs Finger tasteten in der Luft. »Hm?« Er sah auf. »Ach, nur eine Bischofsvita. Ist mir in unserer Bibliothek in die Hand gefallen.« Wie Diether las Friedrich alles, was über alte Zeiten Auskunft geben konnte.

»Von welchem Bischof denn?«

»Oliver. *Oliverus Saxonius* haben sie ihn in Rom genannt. Nachdem er hier zum Bischof geweiht worden war, ist er da noch zu Kardinalsehren gekommen. Paderborn war ihm dann egal, das wurde mit einem Ablass abgespeist.«

»Und wie kommst du ausgerechnet auf den?«

»Wir haben neulich im Schatzkeller über ihn gesprochen.

Vielmehr ich – die anderen kannten ihn gar nicht. Oliver war auch Kreuzritter …« Friedrich schaute zum offenen Kamin hinüber, wo immer noch Fische auf dem Rost brutzelten.

»Ja und?«

Er schielte auf die angerichteten Speisen. »Wir haben überlegt, ob dieses verschwundene Kreuz aus der Zeit stammen könnte.« Seine Finger fanden ihren Weg zum Fisch. »Ich hab eben noch an dich gedacht, Leonore.« Das reine Ablenkungsmanöver. Er wischte sich die Finger ab und blätterte in dem Buch. »Hier – das ist etwas für dich, ein Zitat aus einem Reisebericht Olivers. Er war ja nicht nur zum Heidenabschlachten in Ägypten, sondern ist auch herumgereist. In der Nähe von Kairo hat er einen Balsamgarten gefunden und beschreibt genau, wie das Zeug gewonnen wird und wie es die Händler verfälschen.«

Balsam war die biblische Myrrhe, eine Sorte – *boswellia sacra* – härtete zu Weihrauch aus. Hildegard von Bingen nannte es *olibanum*, sie empfahl es zum Beispiel gegen Schwerhörigkeit. Leonore setzte sich und las die Seite. Oliver der Sachse schrieb ein selten klares Latein. Natürlich war es ein Christ, der den Garten betrieb, heidnischen Balsam hätte der Kreuzfahrer sicher nicht so gelobt. In der Mitte stand ein Brunnen, an dem angeblich die heilige Maria die Windeln des Jesuskindes gewaschen hatte. Soso. Aber was Oliver über Ernte und Zubereitung schrieb, war aufschlussreich. Leonore hatte immer schon den Eindruck gehabt, dass der auf den Jahrmärkten verkaufte Balsam und die Salben, die sie daraus zubereitete, nach Fichtenharz rochen.

Sie gab das Buch an Friedrich zurück. »Schade, dass der Strauch hier nicht wächst.«

»Nein. Aber hier wachsen andere gute Sachen.« Er grinste und machte schon wieder lange Finger.

Leonore gab ihm einen Klaps. »Lass Diether etwas übrig.« Wo er wohl blieb? Sie war neugierig. Hermann und Angela hatten etwas von einem hohen Besuch erzählt …

»Diether mag keinen Fisch.« Friedrich legte das Buch neben sich auf die Bank. »Aber ich hab an ihn gedacht.« Er zwinkerte und wies mit dem Kopf auf seinen Korb. »Ganz unten liegen ein paar Stücke Entenbrust im Teigmantel. Du weißt ja, für uns Klosterbrüder sind Wasservögel auch Fisch.«

Leonore lachte. Angela würde das wohl anders sehen.

Diether und Hermann betraten das Gartenhaus gleichzeitig. Oma sprach das Tischgebet, dann langten alle zu. Erst als auch Angelas Apfelküchlein vertilgt waren, erzählte Diether von seinem aufregenden Tag. Dass Laurenz verschwunden war, hatten sie hier draußen gar nicht mitbekommen. Leonore konnte sich allerdings nicht vorstellen, dass er mit den Gauklern gezogen war. Das Leben unter freiem Himmel würde ihm wohl nicht lange behagen.

»Und wer war der Mann mit der Glatze?«, fragte Angela. »Muss ja 'n feiner Herr gewesen sein – für uns hatte er kaum einen Blick übrig.«

Diether lächelte sie an. »Du hättest sehen sollen, wie er meine schönen Steine angeguckt hat. Als hätte ich einen Haufen Dreck im Regal.« Er berichtete von dem unerwarteten Besuch des bischöflichen Sekretärs und dass er immer noch nicht wisse, was der von ihm gewollt habe. »Aber er hat mir einiges über das Kreuz erzählt, Friedrich, das ihr gesucht habt. Es stammt wohl wirklich aus Kreuzzugszeiten.«

»Aha.« Friedrich hielt sein Buch hoch. »Bestimmt hat es unser Oliver hier mitgebracht.«

»Oliver? Nein. Es ist viel älter. Nach Paderborn gekommen ist es wohl zu Meinwerks Zeit.« Diether gab wieder, was er erfahren hatte.

Angela staunte, als er vom Sterbekreuz Christi sprach, das die Kaiserin Helena vor mehr als tausend Jahren hatte ausgraben lassen. Sie strich sich über den Bauch. »Wenn's ein Mädchen wird, heißt es Lenchen.«

Alle lachten. Leonore nahm sich vor, Angela bei Gelegenheit über den Machthunger und die mörderischen Intrigen der heiliggesprochenen Kaiserin aufzuklären.

»Schnarmann meinte noch, dass der weiße Stein allein so wertvoll sei wie unsere ganze Stadt.« Diether schüttelte den Kopf, aber Leifelds machten große Augen.

»Schnarmann?« Der Name war Leonore geläufig. »Markus Schnarmann?«

»Ja. Kennst du ihn?«

Leonore nickte. »Er ist doch mit unserem Henrich Koch hier verwandt, weißt du das nicht?« Diether hatte immer schon weggehört, wenn es um Familientratsch ging. »Seine Frau heißt Edeling Schnarmann, und Markus ist ihr Neffe. Früher war er oft bei Kochs zu Besuch.«

»Ich denke, Koch ist Protestant?« Hermann schaute von einem zum anderen. Er kannte seinen neuen Hauswirt nicht, hatte Leonore aber schon nach ihm ausgefragt. Ein Katholik wäre ihm wohl lieber gewesen.

»Schon«, gab sie zurück. »Aber sie waren immer beste Freunde, fast wie Vater und Sohn. Heute noch, glaube ich. Dabei hätte Markus durchaus die Wahl gehabt. Der andere Heinrich Koch, der erst vor ein paar Jahren Bürgermeister war, Dr. Heinrich Koch, ihr wisst schon, ist sein älterer Vetter und gut katholisch. Er ist auch mit einer Schnarmann verheiratet, einer Base von Markus. Mit denen hat er sich aber nie verstanden.«

Diether zog die Augenbrauen zusammen, er schien sich ebenfalls zu wundern. »Aber der alte Koch hat doch immer gegen den Bischof gearbeitet. Hieß es nicht, er habe sogar mit dem dänischen König verhandelt, damit er Soldaten gegen Dietrich schickt?«

»Mhm. Henrich Koch ist schon ein Schlitzohr. Wer weiß, was er mit Markus im Sinn hat.« Leonore räumte die leeren Becher zusammen.

Im Aufstehen sah sie, wie sich Angela und Hermann einen Blick zuwarfen. Ganz wohl war es ihnen im Lusthaus des ketzerischen Haudegens nicht. Aber seit wann war Irrglaube ansteckend?

Nach dem Regen war die Luft dunstig gewesen, doch jetzt zog eine klare Nacht herauf. Über ihnen flimmerte die Schwanzspitze des Kleinen Bären, der Nordstern, den die anderen Sterne scheinbar umkreisten. Sie waren noch nicht zu sehen. Leonore nahm Diethers Arm und drückte sich eng an ihn. Etwas ging ihm im Kopf herum, er war auffällig schweigsam.

Das meinte Friedrich wohl auch. »Ich lade euch auf einen

Schlummertrunk ein«, sagte er, als sie das Neuhäuser Tor hinter sich gelassen hatten und in die Königstraße einbogen, wo das große Steinhaus seiner Großmutter stand. Seit ihrem Tod bewohnte er es allein. »Draußen im Garten ist es noch warm genug. Und wenn ihr dann zwischen den Häusern an der Pader hindurchschleicht, erwischen euch die Schütter nicht.«

Sie würden sich nasse Schuhe holen, aber die trockneten auch wieder.

»Das wollte ich eben vorschlagen.« Diether ging einen Schritt schneller, sodass Leonore ins Stolpern kam. »Ich muss mit euch über etwas reden.« Abbittend drückte er ihre Schultern.

Friedrichs mürrische Aufwärterin zündete Windlichter an und stellte Wein auf den Tisch, der unter einem mächtigen Eichenbaum stand. Die ersten Früchte hatte er schon abgeworfen.

Bei jedem Besuch erinnerte der Baum Leonore an die alte Goste, die sie lange gepflegt hatte und mit der sie oft hier gesessen hatte. Eine eindrucksvolle Frau war das gewesen, die heimliche Königin Paderborns, hatte Vater immer gesagt, von allen geachtet, obwohl sie mit Friedrichs klerikalem Großvater, dem bischöflichen Kanzler Heinrich von Köln und Propst des Gaukirchklosters, nicht verheiratet war. Er hatte sie geliebt und gut versorgt zurückgelassen. Eine ihrer Töchter hatte einen Baer geheiratet, die andere Antonius Barcholt. Das war Diethers Tante Käthe. Niemand hatte je gewagt, Gostes Nachfahren »Pfaffenkinder« zu nennen.

»Mir geht dieser Schnarmann nicht aus dem Kopf«, sagte Diether, als die Magd fort war. »Er hat so ganz anders gesprochen als Berning.«

»Wie meinst du das?« Leonore hatte den Schultheiß noch nie sprechen gehört.

»Nun ja, erst mal war er viel schneller, das ging immer nur tock tock tock, wie eine Trommel. Und dann kam auch nicht dauernd der Bischof hier, der Bischof da. Bei Schnarmann hieß es der Fürst oder mein Herr Dietrich, ganz weltlich, und keine langatmigen Ausschmückungen. Ich hab gedacht, endlich mal einer ohne die fromme Lobhudelei. Aber nach dem, was du erzählt hast, Leonore, kann auch mehr dahinterstecken.« Er legte den Arm um sie.

»Denkst du, er ist dem Bischof weniger treu ergeben als Berning?«, fragte Friedrich, der ein paar herabgefallene Eicheln hin und her schob.

»Das ganz sicher. Und wie er immer von ›uns‹ sprach, *pluralis majestatis*, ihr wisst schon. Als könne er es gar nicht erwarten, sich selbst den Bischofshut auf den Kopf zu setzen.« Mit der freien Hand verscheuchte Diether einen Nachtfalter, der einer Kerze gefährlich nahe kam.

»Kochs Erziehung wird nicht ganz spurlos an ihm vorbeigegangen sein«, sagte Leonore.

»Nein. Ich frage mich nur, wie weit das reicht.« Diether trank einen Schluck Wein. »Aber das war es eigentlich nicht, was ich euch erzählen wollte. Er hat mich nämlich auf einen Gedanken gebracht.« Er berichtete, wie Schnarmann ähnlich wie zuvor der Schultheiß das verschwundene Kreuz als nebensächlich bezeichnet hatte, und welche Schlüsse er daraus gezogen hatte.

»Merkwürdig.« Leonore fiel ihr Gespräch mit Kaspar von Fürstenberg ein. »Kaspar hat von einer Kreuzzugsreliquie gesprochen – ob er damit dieses Kreuz gemeint hat? Aber sie hätten sie gefunden, hat er gesagt, kein Wort von einem etwaigen Verlust. Als er dann später das verschwundene Kreuz erwähnt hat, war von Reliquien keine Rede.« Sie sah zum Dom hinüber, an dessen welscher Kuppel der Mond klebte wie eine gelb schillernde Eiterbeule. »Komisch fand ich ja auch, dass er an dem Abend nicht dafür gesorgt hat, dass genug Wachen im Schloss zurückblieben.«

Diether lachte bitter auf. »Du meinst, sie haben das Kreuz selbst geklaut? Und was ist mit Menke?«

»Mit dem hätten sie dann wohl nicht gerechnet.«

»Das ist vielleicht ein bisschen weit hergeholt«, meinte Friedrich. »Sie hätten doch nicht in ihre eigene Schatzkammer einbrechen müssen.«

»Nur, wenn sie etwas verschleiern wollten.« Nachdenklich schaute Diether in sein Weinglas. »Zum Beispiel, wenn das Kreuz eigentlich nicht ihnen gehörte.« Er wandte sich Friedrich zu. »Du siehst ja, wer alles auf den Besitz pocht. Dein eigenes Stift, die Jesuiten, Westphal, die Fürstenberger – sollte mich wundern, wenn da nicht noch mehr auftauchen.«

Mit seinen kurzen Fingern pulte Friedrich den Eicheln vorsichtig die Hütchen vom Kopf. »Rostorp ist sicher, dass es dem Busdorfstift gehört. Allerdings haben wir bis jetzt nur den Leihschein gefunden.« Er runzelte die Stirn. »Meinwerk hat dem Stift damals allerlei Güter überschrieben, darüber gibt es Urkunden. Wenn das Kreuz dabei war, sollte es dafür auch ein Dokument geben. Aber es existieren massenhaft Schriften aus Meinwerks Zeit, und alles ist furchtbar schwer zu entziffern.« Sein Seufzer kam aus tiefster Brust.

»Man wird sie durchsehen müssen«, stellte Diether ungerührt fest. »Hat euer Propst nicht gesagt, er will alles zurückhaben, bevor Dietrich stirbt? Mit dem Leihschein allein werdet ihr weder Barcholt noch den Hofrichter überzeugen.«

Friedrich nickte ergeben. »Mit ›man‹ meinst du natürlich mich.«

»Dein Freund Rostorp wird dir helfen«, sagte Diether begütigend. Dann lachte er. »Da fällt mir übrigens noch eine weitere Partei ein. Wenn Meinwerk das Kreuz damals geschenkt bekommen hat, dann wohl nicht als Privatperson, sondern als Bischof und Fürst des Hochstifts. Wir sollten also beim Landtag nachfragen, ob er nicht ebenfalls Anspruch erheben will.«

»Der kann gleich auf alle Schätze des Bischofs die Hand legen«, meinte Leonore. »Sie gehören bestimmt nicht ihm persönlich, und mit dem Anteil der Stadt Paderborn könnten wir gleich mehrere Ükern wieder aufbauen.«

»Die Herren des Hochstifts werden begeistert sein, wenn du ihnen mit dem Vorschlag kommst.« Diether grinste bei dem Gedanken, und Leonore wusste, warum. Im Landtag saßen die Vertreter zahlreicher Adelsfamilien, denen der heftigste Widerstand nichts genutzt hatte, als der Bischof ihre einträglichsten Güter für die seinen erklärt und eingezogen hatte. Nicht einmal die Herren von Westphalen, die Familie seiner eigenen Mutter, hatte er verschont.

Leonore rümpfte die Nase. Sie wusste selbst, dass sich die

Landstände nicht einmal beim Kopfschatz, dessen Genehmigung doch in ihre Zuständigkeit fiel, gegen den Bischof durchsetzen konnten.

Friedrich trank und drehte sein Glas zwischen den Fingern. »Nach deiner Theorie, Diether, dass uns das Kreuz zu Menkes Mörder führen wird, wäre dann also auch das Busdorfstift oder jemand, der ihm angehört, des Einbruchs verdächtig. Ich zum Beispiel. Meinst du wirklich, einer von uns klettert durchs Pferdestallfenster?« Er musste selbst lachen bei der Vorstellung.

»Nein, das nicht.« Diether lächelte Leonore an, als hätte er ebenfalls den Anblick eines gewissen, im engen Fenster feststeckenden Stiftsherrn vor Augen. »Euer Propst hätte den Bischof selbst angesprochen und, wenn er damit nichts erreicht hätte, den Rechtsweg beschritten. Mag sogar sein, dass er Dietrich das Kreuz überlässt, wo doch offensichtlich sein Herz daran hängt. Aber auch ohne das Stift gibt es Anwärter genug, und deshalb brauchen wir die Urkunde. Denn darin wird hoffentlich der Name des Kreuzritters verzeichnet sein, der das Kreuz mitgebracht hat. Ich meine, seine Nachfahren hätten den besten Grund, die Hand danach auszustrecken.«

»Nachfahren, hm.« Friedrich schenkte Wein nach. »Die meisten Stiftsherren – wie die Baers zum Beispiel – stammen seit Generationen aus den gleichen Familien. Heute sind es ja mehr Bürgersöhne, weil wir – anders als das Domkapitel – die Ahnenprobe über soundso viele adlige Vorfahren abgeschafft haben.« Namen murmelnd zählte er seine Finger durch. »Ein paar Blaublütige haben wir aber doch. Vielleicht sollte ich mal im Kanonikerverzeichnis nachsehen, bei wem die Reihe zu der Zeit begann, als Meinwerks Kreuzritter zurückkamen. Der ein oder andere von ihnen mag damals ins Stift eingetreten sein.«

»Gute Idee. Das zeigt uns zwar nicht den Schuldigen, gibt uns aber vielleicht einen Hinweis.« Jetzt war es Diether, der an den Eicheln knibbelte. Das hatten sie wohl schon als Kinder so gemacht.

Leonore meinte, dass die Männer sich nicht verzetteln sollten. Sie mochten den Namen finden, doch damit war der Täter nicht überführt. »Nach wie vor gilt aber, dass jeder Außenstehende, der in des Bischofs Schatzkammer wollte, im Schloss einen Helfer brauchte. Zumindest musste ihm jemand das Versteck des Schlüssels verraten. Ich denke, wenn wir den finden, kommen wir schneller zum Ziel.«

»Du hast recht, Leonore.« Diether drückte sie an sich. »Es wäre sowieso ein Glücksfall, wenn die Herkunft des Kreuzes auf jemand Bestimmtes weisen würde. Die vielversprechendste Spur ist immer noch Laurenz. Er weiß etwas, da bin ich mir sicher. Und dann ist da ja noch der Mann mit der Fasanenfeder …« Sorgsam stapelte er die Käppchen übereinander, die er den Eicheln abgenommen hatte. »Irgendwie habe ich den Eindruck, dass er mit der Sache zu tun hat.«

»Hast du nicht gesagt, er wäre groß und schlank?«, fragte Leonore. »So hab ich Markus Schnarmann in Erinnerung. Und unter der Kappe hätte man die Glatze nicht gesehen.«

»Kann sein«, erwiderte Diether. »Ich hatte gleich das Gefühl, dass sie etwas verbergen soll, dachte aber eher an eine auffällige Haarfarbe. Wer geht denn schon mit einer Jagdkappe in den Dom?«

»Wir sind also wieder bei Laurenz – heißt das, ich muss die Urkunden nicht durchsehen?« Die Hoffnung in Friedrichs Blick strahlte so hell wie der Mond am nachtblauen Himmel.

»Nein, nein, mein Guter.« Diether kannte kein Erbarmen. »Du suchst im Stift nach dem Besitzer des Kreuzes, und ich kümmere mich um Laurenz.«

»Frage mich nur, wo du ihn finden willst«, murrte Friedrich und wischte die Eicheln vom Tisch.

Diether grinste. »Da siehst du, dass du den besseren Teil erwischt hast. Deine Urkunden laufen dir wenigstens nicht weg.«

10

Sein Oheim plusterte sich auf wie ehedem. Auf den Fußballen wippend, die Hände zu Fäusten geballt, stand er vor Diether. Die Aufregung schien zusätzlich Luft in seine Pumphosen zu blasen und seine Ärmel noch mehr zu bauschen.

»Unser Laurenz ist jetzt zwei Tage weg!« So war Diether empfangen worden, mit so viel Missbilligung im Ton, als halte *er* den Jungen fest.

Wie immer verbarg er seinen Ärger und gab sich den Anstrich des aufmerksamen Zuhörers, während sich Barcholt über seine eigenen Anstrengungen auf der Suche nach Laurenz ausließ. Jeden Besuch, jeden Boten zählte er einzeln auf. Hinter allem vernahm Diether die vorwurfsvolle Frage: »Und was tust du?« Er war sicher, dass sie ihm nicht erspart blieb.

Ja, was tat er? Heute Morgen zum Beispiel: In aller Frühe hatte er bei Barcholts vorgesprochen, um sich nach Laurenz zu erkundigen. Nur Tante Käthe war da gewesen, der Oheim war zur Messe im Dom und wollte danach in die Kanzlei fahren.

Als Nächstes hatte Diether die beiden Freunde von Laurenz aufgesucht, die Gese im Gasthaus erkannt hatte. Sie hatten auch gestern gezecht, im Nachthemd standen sie vor ihm und blickten ihn aus rot geränderten Augen an. Beide erwähnten übereinstimmend Laurenz' weinselige Phantastereien: vom vielen Geld, das er sich bald holen werde, und von dem blonden Gauklermädchen, das ihn dann nicht mehr verschmähen werde. Barcholt hatten sie mit diesem Wissen verschont und ihm nur – wie es der Wahrheit entspreche – gesagt, dass sie nichts über Laurenz' Aufenthaltsort wüssten. Die Namen anderer Kumpane kannten sie angeblich nicht, den Mann mit der Fasanenfeder wollten sie noch nie gesehen haben.

In der Hoffnung, dass Barcholt ihm weitere Freunde seines Sohnes nennen konnte, war Diether nach Neuhaus geritten, war wieder die vielen Wendeltreppen hinaufgeklettert und stand jetzt in Barcholts mit Brokat ausgekleideter Schreibstube, die den stickigen Dachboden nicht verleugnen konnte. Über Schnarmann, das Kreuz und Laurenz' Besuch im Weinkeller mussten sie ebenfalls reden.

Nur seiner Mutter zuliebe brachte Diether dem Oheim alle Geduld entgegen, deren er fähig war, und hörte sich an, wie noch ein Kurier erfolglos zurückgekommen war. Zwischen den Dachbalken webten Spinnen ihre Netze.

»Der Eilbote nach Köln steht allerdings noch aus«, sagte Barcholt mit so viel Hoffnung im Blick, dass es Diether doch anrührte. In Köln war Laurenz ein paar Wochen zur Jesuitenschule gegangen, weil ihn sein Vater nach den Kirchendiebstählen aus der Schusslinie haben wollte. Aber er war bald zurück gewesen. »Vielleicht ist er bei seinen früheren Wirtsleuten untergeschlüpft, mit dem Sohn hat er nämlich die Schulbank gedrückt.«

Diether war weniger zuversichtlich, stimmte dem Oheim aber zu. Mutter hätte wohl seinetwegen ebenso Himmel und Hölle in Bewegung gesetzt. Doch während Diether sich nie ohne Abschied davongemacht hätte, wäre das Laurenz durchaus zuzutrauen. Aber das kam seinem Vater gar nicht in den Sinn.

Barcholt lockerte die Fäuste und entspannte sich ein wenig. »Sowieso müssen wir auf den Herrn setzen, das ist das Wichtigste. Deshalb war ich heute Morgen im Dom und habe Laurenz' Wohlergehen dem Allerhöchsten anempfohlen.« Er sagte nicht, dass er Diether vermisst habe, doch in seinen Augen war es deutlich zu lesen. Diether war sich ziemlich sicher, dass Mutter an seiner Stelle für ihr Patenkind gebetet hatte.

»Und du, Diether?« Jetzt kam es. »Was hast du unternommen, um deinen Vetter zu finden?« Der strenge Ton war ihm noch aus der Kindheit vertraut.

»Oheim –« Zu einem Bericht über Diethers morgendliche Besuche kam es nicht.

Mit einer brüsken Handbewegung schnitt Barcholt ihm das Wort ab. »Du hattest nichts Besseres zu tun, als hinter den Gauklern herzureiten!« Er wippte auf und ab, seine Kleidung blähte sich. Draußen flatterte ein Schwarm Krähen auf und nahm Kurs gen Süden.

Ärgerlich sah er den Vögeln nach. In dieser Stadt ließ sich

aber auch gar nichts geheim halten. Sollte er jetzt dem Oheim erklären, in welcher Beziehung sein geliebter Sohn zu den Vagabunden stand? Er würde Diether sowieso nicht ausreden lassen …

Barcholt ließ sich sogar zu einer Erklärung herab. Auf dem Markt hatte ein Bauer aus Tudorf zu Tante Käthe gesagt, er habe gestern im Feld ihren Neffen, den Advokaten, getroffen, wie sich dieser im Zusammenhang mit den Gauklern nach Laurenz erkundigt habe. Ob der Junge denn wieder zu Hause sei, habe der Mann wissen wollen.

»Als hätte mein Sohn etwas mit diesen Landstreichern zu tun!« Barcholts Gesicht lief puterrot an. »Wie kommst du nur auf diese Idee? Und reitest auch noch durch die Lande und erzählst Hinz und Kunz von deiner absurden Vermutung.«

Diether setzte zu einer Erwiderung an, doch Barcholt wehrte ab. »Ich will gar nichts hören. Du hast deinen kleinen Vetter immer schon angeschwärzt.« Die ausgetretenen Dielen knarrten, als er sein Schreibpult ansteuerte.

Eine Rechtfertigung konnte er sich sparen. »Oheim, ich verstehe ja, dass du dir Sorgen machst, und bin dir gern bei der Suche nach Laurenz behilflich. Aber lass mich bitte dort suchen, wo ich es für sinnvoll halte.«

Barcholt wandte ihm den Rücken zu. »Bei den Vagabunden, ja?«

»Sie kommen herum und mögen etwas beobachtet haben.«

Ein Schnauben war die Antwort.

Was Diether noch zu sagen hatte, würde ihm ebenfalls missfallen. »Außerdem möchte ich noch einmal Laurenz' Freunde in der Stadt befragen.«

Abrupt drehte sich Barcholt herum und starrte Diether ins Gesicht.

»Du warst schon bei ihnen, Oheim, das ist mir klar, aber mir sagen sie vielleicht mehr als dir. Du weißt ja, junge Leute haben ihre Geheimnisse …« Diether versuchte ein kleines Lachen, um die Situation zu entspannen. Vor der Tür erhoben sich Stimmen, Leute gingen vorbei.

Als müsse er sonst zerspringen, hielt Barcholt die Luft an. Sein

Gesicht färbte sich bedenklich. »Laurenz' Freunde?« Es zischte, als die Luft entwich. »Sie haben mir gesagt, was sie wussten, das kannst du mir glauben, Neffe. Geheimnisse, pffh! Mein Sohn ist verschwunden, da will doch jeder helfen.« Immer höher schraubte sich seine Stimme im Bemühen, leise zu sprechen.

Die Schritte auf dem Flur entfernten sich. Barcholt atmete tief ein. »Das sind alles wohlgeborene Herren!« Wie ein heraufziehendes Gewitter grollten seine Worte. »Wag es ja nicht, sie mit deinen ungebührlichen Fragen und Verdächtigungen zu behelligen!« Das Spinnennetz über seinem Kopf schien zu erzittern.

Diether nickte ergeben. Die Namen würde er auch anders herausbekommen, er musste nur ein wenig herumfragen. Der Tratsch konnte manchmal auch nützlich sein. Aber war es die Mühe wert? Der Oheim machte ihm die Hilfsbereitschaft nicht eben leicht …

Jetzt kletterte er auf sein rot gepolstertes Sitzbänkchen und nahm die Schreibfeder in die Hand. Diether ging zum Fenster und beugte sich hinaus. Für ihn war das Gespräch noch nicht beendet, auch wenn der Oheim das meinen mochte. Von einer müden Morgensonne beschienen, lagen unter ihm an einer Handvoll Wege aufgereiht die Häuser und Höfe des Fleckens Neuhaus. In den Gärten bückten sich Hausfrauen über ihr Gemüse.

»Ist noch was?«, fragte Barcholt in seinem Rücken.

Diether drehte sich um. »Ja, Oheim. Wenn du erlaubst – ich wollte dich noch um eine Auskunft bitten.«

Es mochte an seinen höflichen Worten liegen, wenn Barcholt jetzt gnädig nickte. Oder er hatte sich einfach ausgeschimpft. Sein Gesicht war rosig wie immer. »Frag, Junge. Aber mach schnell. Ich habe zu tun, wie du siehst.« Mit dem Federkiel klopfte er auf den einsamen Bogen Papier auf seinem Schreibpult.

Neugierig trat Diether näher heran und warf einen schnellen Blick darauf. Mit vielen Schnörkeln versehene Lettern bedeckten das Blatt zu drei Vierteln. Nur die Unterschrift fehlte noch. Am linken Rand konnte er zwischen all den ehrbezeugenden Kürzeln das Wort Dringenberg entziffern.

Eine Fliege umkreiste Barcholts Kopf. Er verscheuchte sie mit der federkielbewehrten Hand. »Nun mach schon, Junge!« Die Fliege nahm erneut Anflug auf das zwar schüttere, aber wohlriechend gesalbte Haar des Oheims. Aus einer Ecke heraus beobachtete eine fette Spinne aufmerksam das Geschehen.

Mit einem Mal zweifelte Diether an seinem Vorhaben. Man hatte ihn gewarnt: Um das Kreuz sollte er sich nicht kümmern. Durfte er Barcholt von seinem Verdacht erzählen? Vor ihm lag ein Brief an den Bischof, dem sein Oheim dann sicher noch ein *postscriptum* beigesellen würde.

Von Schnarmanns Besuch konnte er aber ruhig wissen. Diether erzählte, wie der glatzköpfige Sekretär in seiner hohen schwarzen Kutsche bei ihm aufgetaucht war. »Ich kannte den Mann gar nicht. Kannst du mir sagen, wer er ist und welche Stellung er bei Hofe bekleidet?« Er hoffte auf nichts als ein bisschen Hofklatsch, mit dem der Oheim Mutter so großzügig versorgte.

Jetzt schüttelte er den Kopf. »Ausgerechnet Schnarmann hat der Bischof zu dir geschickt?« Sein Blick flog zum Fenster hinaus. »Na, auf den Besuch brauchst du dir nichts einzubilden, Diether. Er ist ein ganz kleines Licht.« Wie er sich aufplusterte, zeigte, dass er sich selbst für eine mächtige, wenn auch kugelige Flamme hielt.

Ein bischöflicher Sekretär war nie ein kleines Licht. »Er ist aufgetreten, als wäre er der Bischof höchstselbst.«

»Das glaube ich unbesehen.« Barcholt lachte hämisch auf. »Im Auftreten waren Schnarmanns immer schon gut. Seit Ludolf in Fritzlar auf seiner Burg sitzt, tun sie, als wären sie schon den Kreuzzügen als Ritter vorangezogen.« Er runzelte die Stirn, als fiele ihm noch etwas ein. »Lass dich bloß mit dem nicht ein, Junge«, sagte er aber nur.

Das hatte Diether sicher nicht vor. »Er ist mit Kochs verwandt, nicht wahr?« Die Uhr des Neuhäuser Kirchturms schlug die volle Stunde. War es schon neun Uhr?

»Mmh. Henrich hat ihn ja fast großgezogen. Deshalb traue ich dem Burschen auch nicht. Weiß Gott, was der Alte ihm alles eingeflüstert hat.«

Ähnliches hatte auch Leonore geäußert. »Was meinst du denn?«

Mit schräg gelegtem Kopf musterte Barcholt seinen Neffen. Er überlegte wohl, wie viel er ihm erzählen solle. Doch dann siegte die Tratschlust. Diether kannte die alten Geschichten zur Genüge, hörte aber trotzdem aufmerksam zu. In seiner Glanzzeit hatte Henrich Koch mit seinem Bruder Hieronymus und Schwager Johann Otterjäger, die ebenfalls im Magistrat saßen, eifrig die städtischen Güter unter sich und ihren Freunden verteilt. Hieronymus war 1602 verstorben, doch Henrich zog immer noch an allen möglichen dubiosen Fäden, die bis in die Hansestädte, nach Dänemark und über Fritzlar in die hessische Hauptstadt reichten. Von der Spinne beäugt, vollführte die Fliege ihre Tänze um Barcholts Kopf.

»Ich will nicht behaupten, dass Markus da mitmacht.« Sein Nicken legte das Gegenteil nahe. »Aber es sagt ja schon alles, dass er nicht wie sein Vetter Heinrich bei den Jesuiten in Köln studiert hat, sondern seinem Oheim Hieronymus nach Marburg gefolgt ist.« Die Marburger Universität war in protestantischer Hand. »Aber was rede ich.« Er tunkte die Feder ins Tintenfass. »Wenn es das war, was du wissen wolltest, dann lass mich wieder arbeiten.«

Über Schnarmann hatte Diether wohl genug erfahren. Nachdenklich ging er zum Fenster zurück. Sollte er auch noch vom Weinkeller anfangen?

Er warf einen Blick hinaus. Rund um den Ort zogen sich die im Sonnenlicht glitzernden Wasser von Alme, Pader und Lippe, die nach dem Regen reichlich Wasser führten. Dennoch eine nur unzulängliche Grenze zur Außenwelt, ein zu allem entschlossener Bösewicht kam offensichtlich immer hindurch. Der Weinkeller war nur ein Weg von vielen.

»Ich gebe Euch gern den Schlüssel«, sagte Redebrecht, den Kaspar an Menkes Stelle zum Hauptmann befördert hatte. »Aber ich kann Euch nicht wieder herumführen. Wir müssen draußen Spalier stehen, weil gleich ein Domherr erwartet wird.« Manche Herren schickten ihre Boten voraus, damit der Empfang so glanzvoll ausfiel, wie es ihrem Rang gebührte.

Ein wenig erschöpft von einer wahren Odyssee treppauf, treppab durchs Schloss machte sich Diether auf zum Weinkeller, weil er den Weg des Mörders noch einmal nachvollziehen wollte. Vielleicht hatten Redebrecht und er etwas übersehen. Mit erhobenem Wurfgeschoss überwachte der Giebelkrieger seinen Gang über den betriebsamen Schlosshof.

Diether wich den platschenden Eimern zweier Wasserträger aus. Weil er das gute Einvernehmen nicht gleich wieder zerstören wollte, hatte er dem Oheim gegenüber die Sache mit dem Weinkeller auf sich beruhen lassen. Dass Barcholt Laurenz zuliebe gelogen hatte, spielte wohl keine Rolle. Er selbst hätte sicher nicht die Hand nach dem Gold seines Dienstherrn oder gar nach dem Reliquienkreuz ausgestreckt, und wenn doch, hätte er als Schlüsselverwalter unauffälliger vorgehen können. Soweit Diether die Barcholt'sche Familiengeschichte kannte, gab es in ihr adlige und sogar klerikale Vorfahren, aber keine Kreuzritter.

Begrüßt von den freundlichen Löwen am Fuß des Gästeportals, öffnete er die schwere Tür und stieg die Kellertreppe hinab. Er hätte die Stufen zählen sollen, die er heute schon hinter sich gebracht hatte. Von Barcholts Kanzlei unter dem Dach aus war er die Wendeltreppe hinabgestiegen und auf der gegenüberliegenden Seite wieder hinauf. Er hatte an mehrere Kammerdienertüren geklopft und nach Gerold und Volkmar gefragt, den beiden jungen Herren aus dem Rietbergischen, die bei ihrem ersten Gespräch den zugänglichsten Eindruck gemacht hatten. Ganz oben in einer Möbelkammer über dem Nordflügel hatte er sie schließlich entdeckt, bei einer gemütlichen Plauderei mit Agnes und Enneke, den weiß behaubten Küchenmägden, die erschrocken vom samtenen Prunksofa aufsprangen.

Die roh behauenen Stufen, die er jetzt unter den Füßen hatte, endeten in einem kurzen Gang. Links versperrte ihn nach ein paar Schritten eine Mauer. Diether warf einen Blick in leere, ungefliesste Kellergewölbe und wandte sich nach rechts. Von oben hörte er, wie die Außentür über den Boden schabte und leise zufiel. Den Laut hatte er heute mehrfach vernommen, immerzu wurde irgendwo im Schloss eine Tür geöffnet oder geschlossen. Auch tappten bisweilen leise Schritte über die Flure. Doch sooft er sich auch umsah – gesehen hatte er niemanden.

Auf dem langen Weg durch die Kellerräume bis in den Gang verlor sich das wenige Licht aus den Fensterchen an der Außenwand. Er hätte eine Laterne mitnehmen sollen. Vorsichtig setzte er einen Fuß vor den anderen, bis er die Weinkellertür erreichte. Das alte Schloss rasselte, als er es öffnete. Im Weinkeller war es so düster wie im Flur, nur ein kleines Fenster hinter den übereinandergestapelten Weinfässern spendete diffuses Licht, und das auch nur, weil draußen die Sonne schien.

Aber der Einbrecher war in der Nacht gekommen. Diether verhielt seinen Schritt. Auch wenn er letztendlich diesen Weg nicht gegangen war, hätte er ganz sicher eine Laterne gebraucht. Mit den Augen suchte Diether die Wandborde ab, sah aber weder Kerzen noch Öllampen. Wenn jemand eine Laterne bereitgestellt hatte, mochte sie am Morgen noch dagestanden haben. Danach musste er Redebrecht fragen. Ein selbst mitgebrachtes Licht hatte der Mörder aber sicher wieder mitgenommen.

Im Spundloch eines kleineren Weinfasses in der oberen Reihe steckte ein Zapfhahn. Sehr verführerisch, dachte Diether, für einen, der so viele Treppenstufen bewältigt hatte. Er hielt die hohle Hand darunter und trank durstig. Wie so oft an diesem Morgen hörte er im Gang ein Scharren. Eilig drehte er den Hahn zu. Auch wenn er meinte, den Schluck wohl verdient zu haben, wollte er nicht dabei ertappt werden, wie er sich am Eigentum des Bischofs vergriff. Er blickte zur Tür, doch niemand kam herein.

Vom glitschigen Ziegelboden stiegen saure Dünste in Diethers Nase, als er an den Weinfässern entlang den Raum durchquerte. Wie es sich gehörte, stand das kleine Boot aufrecht an der gegenüberliegenden Wand. Diether hob den Riegel an und öffnete das rundbogige Türchen, das auf die Gräfte führte. Obwohl die Nordseite im Schatten lag, flutete helles Licht herein.

Gleich sah er, dass er eine weitere Schlossumrundung wie am Sonntag mit Redebrecht vergessen konnte. Nach den ergiebigen Regenfällen war die Gräfte gut gefüllt, der ans Schloss angrenzende Böschungsrand war überflutet. Schwarz, still und stinkend lag das Gewässer vor ihm. Sein Blick fiel auf die mannshohe Wand, die weiter hinten die Schlossgärten umgab.

Diether war gewiss kein Feigling. Doch beim Gedanken an die finsteren Keller in seinem Rücken wünschte er sich, er wäre bei Gerold, Volkmar und den beiden Mädchen auf dem heimeligen Dachboden geblieben, wo im hellen Licht die Staubkörnchen tanzten statt der Mücken über der modrigen Brühe zu seinen Füßen.

Bei den Kammerdienern hatte er sich ebenfalls nach Schnarmann erkundigt, aber nicht mehr erfahren, als dass er sich bei geselligen Zusammenkünften der Schlossbediensteten vornehm zurückhielt. Das Reliquienkreuz kannten beide, es hatte lange genug an des Bischofs Krankenlager gestanden. Doch wer alles in dieser Zeit dem Bischof seine Aufwartung gemacht und vom Kreuz Kenntnis genommen hatte, daran erinnerten sie sich nicht mehr. »Bestimmt waren alle Domherren da, die kommen ja dauernd.« Natürlich auch einige adlige Verwandte, darunter der Busdorfpropst, dann Pater Röhrich und der Arzt Dr. Theodor. Leonores Bruder behandelte den Bischof schon seit Jahren mit Aderlässen und zermahlenen Geierschnäbeln.

Mit der Hand zerschlug Diether eine Mücke, die sich auf seinem Arm niedergelassen hatte. Ein Blutfleck blieb zurück. Außer seiner Erkenntnis, dass ihn das tief im Rachen rollende R Gerolds an die Sprechweise der Leute aus dem Delbrückschen erinnerte, war bei dem Gespräch nichts Neues herausgekommen.

Eine einsame Ente schwamm gemächlich um den Turm herum und zog eine keilförmige Spur durch die zähe, ölig schimmernde Tunke. Barcholt hatte da schon Wissenswerteres von sich gegeben. Ein ausgesprochen zwielichtiges Bild hatte er von Schnarmann gemalt …

Da war wieder dieses eigenartige Scharren hinter ihm. Diether wandte den Kopf, konnte im Halbdunkel des Weinkellers aber nichts erkennen. Bestimmt gab es im Schloss Ratten.

Über die Gartenmauer hinweg lachten ihn rotwangige Äpfel an. Leonore hatte ihn darauf aufmerksam gemacht, dass Schnarmanns Statur der des Mannes mit der federgeschmückten Kappe ähnelte. Konnte es wirklich sein, dass der Sekretär des Bischofs ein doppeltes Spiel trieb? Und wenn Barcholt das annahm, vielleicht sogar wusste – warum warnte er seinen Herrn dann nicht? Indes war es kaum denkbar, dass der Fürst über Schnarmanns protestantische Verwandtschaft nicht im Bilde war. Dazu brauchte er den alten Rentmeister nicht …

Ein Geräusch ganz in seiner Nähe ließ Diether aufmerken. War es von der Ente gekommen, die eben an ihm vorbeiglitt? Sie würdigte ihn keines Blicks.

Oder hatte sich im Weinkeller etwas bewegt? Er wollte sich umdrehen, doch da traf ihn schon ein Schlag am Hinterkopf. Die Mücken über der Gräfte zerbarsten zu leuchtenden Sternen. Benommen ruderte er mit den Armen in der Luft, konnte aber nicht verhindern, dass er den Halt verlor und vornüber fiel. Unter schrillem Schnattern flog die Ente auf, als Diether in die Gräfte plumpste und in den breiigen Fluten versank.

Warum nur biss das Kamel, ein Wüstentier, in die Äste eines blätterreichen Baumes, den es doch in der Wüste gar nicht gab?

Schon als Kind hatte Friedrich sich diese Frage gestellt, wenn er im Chor der Busdorfkirche vor dem riesigen Leuchter mit den sieben Ästen stand. Er war aus Messing, glänzte aber wie mattes Gold. Mit dem Finger fuhr er über einen der Knoten, die den Schaft unterteilten. Damals hatte er an ihnen sein Wachstum gemessen, stolz hatte er einen nach dem anderen überwunden. Doch noch immer überragte ihn die Kerzenreihe ganz oben um fast drei Kopflängen. Mit weiterem Wachstum konnte er wohl nicht rechnen. Es tröstete ihn, dass auch der lange Diether den Kopf heben musste, wenn er den obersten Knoten in Augenschein nehmen wollte.

Selbst durch die geschlossene Tür des Kapitelsaals drangen die Stimmen der Kanoniker, die sich in Hörweite des Allerheiligsten mal wieder um eine Erhöhung ihrer Pfründen und Benefizien stritten. Er mochte die Schacherei nicht und hielt sich heraus. Großmutter hatte dafür gesorgt, dass er auch ohne die Stiftspfründe sein Auskommen hatte.

»Wir helfen dir beim Suchen«, hatten der getüpfelte Andreas und sein rotbäckiger Freund Michael Friedrich versprochen. Es hatte schon zehn Uhr geschlagen, doch sie waren nicht da. Allein mochte er nicht anfangen; die staubigen Dokumente im Archiv konnten ruhig noch etwas warten.

Warum also nagte das Kamel am Baum? Friedrich ließ sich vor dem halbrunden Fuß des Leuchters in die Hocke nieder und zählte wie früher die Tiere, die allesamt ins filigrane Astwerk bissen: Da waren zwei Hirsche – Achtender, wie es schien –, der Löwe und seine Frau, ein Jagdhund und eben das Kamel. Hund und Löwe fraßen bestimmt keine Blätter und die anderen kein Holz. Aber alle hatten ihren Ast bis auf einen kleinen Stumpf abgenagt. Ächzend richtete er sich auf. Er würde das Rätsel auch heute nicht lösen.

Um den siebenarmigen Leuchter flammte ebenfalls häufig der Streit auf. Als vor gut dreihundert Jahren die Busdorfkirche neu erbaut wurde, hatten ihn die Domherren der Schwesterkirche zur Einweihung geschenkt, die Urkunde hatte Friedrich gesehen. Weil Löwe und Kamel, die fremdartigen Tiere des Orients, als Bewohner des Heiligen Landes angesehen wurden, waren sie in Meinwerks Jerusalemkirche am richtigen Platz. Überdies sollte in der echten Jerusalemer Grabeskirche ein ähnlicher Leuchter stehen. Dennoch streckten die Domherren immer wieder die gierigen Finger nach dem eindrucksvollen Messingbaum aus, dessen sieben dicke Kerzen dem ganzen Chorraum Licht gaben.

Ex oriente lux – das war ein Sinnbild für Christus. Wegen der heiligen Stätten, auf die er seinen Fuß gesetzt haben sollte, waren die Kreuzritter gegen die Heiden gezogen. Oliver der Sachse hatte sogar die Wiege des Islam zerstören wollen. Vielen war es in Wahrheit um die sagenhaften Reichtümer des Morgenlandes gegangen, von denen sogar das weit entfernte Busdorfstift seinen Anteil abbekommen hatte. Gold, Silber und Edelsteine aus der Zeit fanden sich im Kirchenschatz, ferner Reliquien in wertvollen Behältnissen.

Bestimmt hatte Andreas von Rostorp recht und das Reliquienkreuz gehörte dazu. Wo sonst sollte es seinen Platz haben als in der Jerusalemkirche und dort auf dem Opfertisch des heiligen Kreuzes und der Gottesmutter? Friedrich lenkte seinen Schritt in die Seitenkapelle, dessen Rückwand der Altar einnahm. Zwischen all dem Gold an Figuren und Schmuckwerk hätte sich das Kreuz gut ausgemacht.

Langsam ging er zum Chorraum zurück, wo hinter einem Pfeiler der Eingang zur Sakristei und dem darüberliegenden Archiv verborgen lag. Er warf einen Blick zum niedrigen Kreuzgewölbe hinauf. Das dickwandige, nur zimmergroße Viereck, in dem er auf abgetretenen Steinplatten stand, war der älteste Teil, der letzte Rest von Meinwerks achteckiger Jerusalemkirche, deren Chor sich nach Osten öffnete, wo das Heilige Land lag, und nicht wie heute westlich ausgerichtet war. Hatten hier die Kreuzritter in silbernen Rüstungen gekniet und Meinwerk ihre Gaben dargebracht?

Im Kapitelsaal wurde gemurmelt, es hörte sich nach allseitiger Zufriedenheit an. Er sollte mit der Arbeit beginnen. Friedrich öffnete die Tür zum Turm, erstieg die unregelmäßigen Stufen und betrat den Archivraum unter dem Gewölbedach, wo ihn stickige Luft empfing und ein leichter Geruch nach Schimmel. Schnell entriegelte er ein Fenster, prallte aber zurück, als er hinaussah. Wo sonst sein Blick auf rote Dächer gefallen war, erstreckte sich die schwarze Wüstenei. Von hier oben sah der verbrannte Ükern noch erschreckender aus als beim Gang durch die Ruinen. Auf einigen Grundstücken wurden bereits Balken aufgerichtet.

Gleich unter ihm lagen inmitten weitläufiger grüner Gärten und unter alten Bäumen die großen Kurien der Busdorfherren, seine eigene – kleiner und ohne Land drum herum – stand ganz am Rand. Völlig unverdient, so sagten einige, darunter Diethers Mutter, hätten die Flammen die von abtrünnigen Gottesmännern und ihren Kebsweibern befleckten Gebäude verschont. Das hatten die Jesuiten zum Glück anders gesehen: Kirchenbesitz durfte nicht zerstört werden. Um die Inhaber der Kurien war es ihnen nicht gegangen; für sie und die überfrommen Katholiken, deren sie immer mehr um sich scharten, waren die Kanoniker nicht weit von ewiger Verdammnis entfernt.

Offen zu sagen wagte es niemand, dafür waren die Stiftsherren von zu hohem Stand. Dabei wusste jeder, dass Bischof Dietrichs vor fünfzehn Jahren erlassene Vorschriften kaum eingehalten wurden. Sicher, einen Bart trug im Stift niemand mehr, was zu den schweren Vergehen gehörte, die seine Untersuchungskommission damals festgestellt hatte. Dietrich hatte den protestantischen Pfarrer Hermann Kersting entlassen und gemeint, dass damit das Stift für den rechten Glauben gerettet wäre. Doch immer noch hingen ältere Kanoniker den alten Lehren an; wenn sie überhaupt an den Gottesdiensten teilnahmen, murmelten sie die lateinischen Formeln nur halbherzig vor sich hin. Warum auch sollte man in der Kirche nicht Deutsch reden wie die Protestanten?

Mit dem Empfang der eigentlich vorgeschriebenen Weihen sah es ebenfalls schlecht aus, dafür war Friedrich das beste Beispiel. Einer muss die Kurie übernehmen, hatte Großmutter Goste damals gesagt, sie gehört nun mal den Baers. Davon, dass er Priester werden sollte, hatte niemand gesprochen. Propst Dietrich von Plettenberg, der nur bei Besuchen des Bischofs sein Prälatengewand trug, sah darüber hinweg, wenn die Kanoniker auf die Salbungen verzichteten und zumeist in weltlicher Kleidung herumliefen. Friedrich klopfte ein wenig Archivstaub aus seiner Kutte. Manchmal hatte sie ihre Vorteile.

Er lockerte die seine Mitte umgebende Kordel, damit das Morgenmahl Platz fand. In seinem Magen machte sich schon wieder Leere breit. Es war bald Zeit fürs Mittagsmahl, doch aus keinem Schornstein da unten drang Rauch. Die Kurien standen die meiste Zeit leer, seit die Stiftsherren nicht mehr mit ihren *famulae* zusammenleben durften. Sie hatten die Frauen anderswo untergebracht und verlebten dort ihre Tage. Er schrak zusammen, als St. Petrus und Andreas im Turm der Busdorfkirche erneut anschlugen. Seit Stunden hatte er nichts gegessen.

Gerade überlegte er sich, dass er die Wartezeit besser in der Stiftsküche bei einer kleinen Zwischenmahlzeit verbringen sollte, da hörte er auf der Treppe Schritte. Der lange Andreas von Rostorp musste sich unter der Tür ducken, doch Michael von Breckenberg passte wie Friedrich ohne Weiteres hindurch. Sie nahmen die Mönchskutten vom Haken und stülpten sie über ihre Köpfe.

»Du hast noch nicht angefangen?« Michael kam ans Fenster und sah ebenfalls hinaus. »Ich denke, es ist eilig.«

Er zeigte auf das abgebrannte Kapuzinerkloster. »So könnten wir jetzt auch dastehen. Hätte nie gedacht, dass ich den gehörnten Brüdern mal dankbar sein würde.« Da kam wieder der irrgläubige Oheim durch.

»Lästere nicht über die Jesuiten«, kam wie üblich von Andreas, der vor einem geöffneten Schrank stand und den Inhalt musterte. »Jetzt helfen sie sogar im Ükern beim Wiederaufbau.« Er trug einen dicken Stapel Urkunden zum Tisch und begann zu blättern.

Ein Aufbauwerk ganz eigener Art. Friedrich dachte daran, dass sie Hermann und Angela die Unterstützung verweigert hatten. Inzwischen hatte der Vogt des Stifts Leifelds Grundstück aufgemessen, die Stämme – gutes Eichenholz – wollte er aus Neuenbeken holen lassen. Er nahm sich ebenfalls einen Packen der noch nicht durchgesehenen Dokumente, das eifrige Hämmern und Sägen da draußen spornte geradezu zur Arbeit an.

»Ja. Aber wie«, erwiderte Michael und nahm neben Friedrich Platz. »Ich hab von einigen gehört, dass sie lieber auf das Holz verzichten.« Er nahm Friedrich die Hälfte seines Pergamentstapels ab. »Sie müssen dafür nämlich versprechen, von jetzt an regelmäßig zur Messe zu gehen und in die Marien-Sodalität einzutreten.« Er lachte auf. »So kaufen die sich ihre Bekehrungen.«

Michael würde sich mit Leonore und Diether sicher gut verstehen.

»Heilsam der Zwang, der zur Besserung führt.« Andreas zitierte den finsteren Wahlspruch der Jesuitenpatres. »Ich selbst«, fügte er hinzu, »glaube ja nicht daran. Zwang bewirkt eher das Gegenteil, das können wir im Ükern sehen. Nach Dietrichs Agenda, die immerhin mit Ausweisung droht, hat sich da nichts geändert, die Leute wissen ja nicht mal mehr, was eine Prozession ist. Gott sei Dank haben Jesu Brüder die alten Bräuche wieder eingeführt.« Er stand auf und schloss das Fenster, weil die Aufbaugeräusche der Ükeraner zu laut wurden.

Während Friedrich die Zurschaustellung nicht mochte, liebte Andreas die prunkvollen Umzüge durch die Stadt, zu denen die Stiftsherren in weißen Chorhemden über den seidenen Soutanen erwartet wurden. Erst die Jesuiten hatten sie wieder eingeführt. Das Stift hatte neuerdings sogar eine eigene Fronleichnamsprozession, die am Sonntag nach dem eigentlichen Fest durch Weiler und Feldfluren ihres Pfarrsprengels führte. Für viele Kanoniker war es das einzige Mal im Jahr, dass sie die ihnen anvertrauten Schäfchen zu Gesicht bekamen.

»Schaut euch nur an, wie die Leute mit den Heiligen umgehen.« Auch die liebte Andreas. Beim Reden hob er den Blick nicht vom Blatt, das vor ihm lag, wie verabredet suchte er nach dem Datum und ging zum nächsten über, wenn es nicht aus Meinwerks Zeit stammte. »Geht es um die Wetterregeln, sind die Heiligen in aller Munde, aber die Festtage halten sie nicht ein.« Das war sein bevorzugtes Thema. »Aus dem Ükern wie aus allen unseren Dörfern holt sich kaum jemand den Blasiussegen bei uns ab.« Und Sankt Blasius war sein Lieblingsheiliger.

»Ja, wenn wir den nicht hätten, bliebe uns wahrscheinlich jeden Freitag eine Gräte im Hals stecken.« Michael war ein Spötter vor dem Herrn. »Und bald wäre die Erde leer und wüst.«

Andreas schüttelte den Kopf und blätterte weiter. Er hielt nur inne, wenn ihm ein Dokument unterkam, dessen Jahresangabe mit einer Zehn begann. Doch bei keinem von ihnen war bisher eine das Kreuz betreffende Urkunde aufgetaucht. Dass es vor allem um den Namen des Ritters ging, der es hergetragen hatte, wussten die beiden nicht.

Friedrich leckte sich die Lippen, weil er meinte, wieder Angelas zart geröstete Forellen zu schmecken. Ihm war noch nie eine Gräte im Hals stecken geblieben – lag es daran, dass er sich seit seiner Kindheit an jedem dritten Februar den Blasiussegen verabreichen ließ? Im Busdorfstift wurde er mit einer reliquiengefüllten, goldverzierten Frauenbüste aus getriebenem Silber erteilt, die den Gläubigen aufs Haupt gestülpt wurde. Sie sollte außerdem Kopfweh heilen, was der einfache Segen mit zwei gekreuzten Kerzen nicht versprach. Deshalb pilgerten von weit her Scharen frommer Menschen am Blasiustag zum Busdorfstift und hinterließen so manche Spende. In den letzten Jahren waren es deutlich mehr Gläubige geworden, die aber zum Bedauern des Cellerars weniger Gaben zurückließen als früher.

Natürlich wurden weder Diether noch Leonore an St. Blasius in der Busdorfkirche gesehen, und auch Friedrich hatte seine Schwierigkeiten, an die Wirksamkeit der zweifelhaften Überreste längst verwester Körper zu glauben. Aber nicht sie hatten sich unter Husten und Würgen eine Gräte aus dem Hals entfernen müssen, sondern Angela Leifeld, die den Segen nie verpasste. Die Heiligen machten, was sie wollten.

Mit einem weiteren Packen Urkunden kehrte Michael vom Schrank zurück. »Was dieses Kreuz, nach dem wir suchen, wohl Besonderes bewirkt?« Er nahm Platz und blätterte weiter. »Wisst ihr, von welcher Krankheit es den Bischof geheilt haben soll?«

Andreas und Friedrich verneinten – das wusste niemand so genau. Leonore hatte erzählt, dass ihr Bruder, der ihn behandelte, von bösen Säften gesprochen habe, was Dietrich jedoch nicht hören wolle. Ein Bischof hatte keine bösen Säfte. Sie selbst glaubte nicht an die veraltete Lehre von guten und schlechten Säften, sie ging davon aus, dass er sich falsch ernährte und zu wenig bewegte, aber das durfte einem Bischof erst recht niemand sagen.

»Wir sollten ihm mal die Blasiusbüste aufs gesalbte Haupt drücken«, schlug Michael vor. »Bei den vielen Reliquien, die sie enthält, wird schon eine helfen. Als da wären …« – an den Fingern zählte er auf, was außer Friedrich jeder Busdorfkanoniker herbeten konnte – »der vollständige Kopf einer der elftausend Kölner Jungfrauen – die schwirren ja überall herum –, dann Überreste von den Gebeinen des Apostels Andreas, die aber nicht gegen rote Haare helfen …«, er sah Andreas an und kicherte, »dann Knochen von St. Christophorus, vom mit Pfeilen gespickten Sebastian, von unserem Blasius, der nach dem Abbild auf der Büste eher eine Blasia war, von der heiligen Jungfrau Felicula – wer immer das sein mag –, von König Widukind, dem alten Haudegen, vom heiligen Nikolaus, außerdem Teile vom Kreuz

Christi und Staub vom Grab des Herrn – seht ihr, da sind noch mehr Reliquien aus dem Heiligen Land – und zu guter Letzt das bestimmt nicht unwichtige Stück Holz vom Stabe Aarons.« Mit beiden Händen tat er, als schüttele er eine Büchse. »Ein heilloses Durcheinander dadrin – ob die immer wissen, wer gemeint ist?« Die roten Bäckchen hüpften, als er lachte.

»Mag sein, dass die eine oder andere Reliquie falsch ist«, sagte Andreas bedächtig. »Stücke vom Kreuz Christi beispielsweise kann man ja auf jedem Jahrmarkt kaufen. Aber unser Reliquienkreuz ist zusätzlich durch sein Alter geheiligt und dadurch, dass es die heilige Helena selbst in der Hand gehalten hat. Das bezeugt auf jeden Fall die Echtheit der Reliquie.«

Michael sah auf. »Was meinst du, Andreas – ob es einer unserer Vorfahren war, ein glanzvoller Kreuzritter, der das wertvolle Stück hergetragen und Meinwerk in die Hand gedrückt hat? So alt sind unsere Familien doch wohl.« Er legte den durchgesehenen Stapel beiseite.

Andreas nahm ihn auf und trug ihn zum Schrank. Mit einem weiteren Pergamentberg kam er zurück. »Sie gehen beide auf die Zeit Karls des Großen zurück, das weißt du doch.«

»Klar. War der vor oder nach Meinwerk?«

Diesmal waren sich Andreas und Friedrich im Kopfschütteln einig. Bei Michael wusste man nie, ob er es ernst meinte.

Schnelle Schritte kamen die Treppe hinauf. Propst Plettenberg trat ein, auch er musste sich unter der Tür bücken. Bei der Versammlung der Stiftskapitulare hatte er gefehlt.

»Einen gottgesegneten Tag, meine Herren.« Er trug seine schwarzseidene Soutane, das Zingulum um seine Körpermitte prangte im Prälatenviolett.

Michael sprang auf und schob dem Propst einen Stuhl zurecht. Bevor er sich setzte, nahm er den violetten Pileolus vom Kopf. Das wie aus Marmor gemeißelte Gesicht, sein welliges Haar – alles an dem Mann glänzte, als sei er gewachst.

Mit großer Geste wies er auf die Dokumente. »Eine Mühe, die ihren Lohn finden wird, meine Herren. Die Urkunden des Stifts sind von unschätzbarem Wert.« Beim Sprechen bewegte er nur den Mund, sonst regte sich keine Miene.

»Wir suchen nach dem wertvollen Reliquienkreuz aus Meinwerks Zeit«, sagte Michael eifrig. Sein kindliches Gesicht rötete sich. »Nein, Unsinn, nicht nach dem Kreuz selbst, nur nach der Urkunde, damit wir es zurückfordern können. Es gehört nämlich uns, dem Stift, meine ich. Ihr wisst sicher, dass es an die bischöfliche Schatzkammer ausgeliehen war und dort abhandengekommen ist.« Seine Worte schlugen Purzelbäume.

Plettenberg nickte gemessen. »Das Kreuz stand jahrhundertelang in unserer Schatzkammer, das ist richtig, Kanonikus Breckenberg.« Er wandte die steinernen Augen Friedrich zu. »Aber die Suche nach der Urkunde könnt Ihr einstellen, Kanonikus Baer. Wir werden das Kreuz nicht zurückfordern.«

»Nicht?« Michael machte große Augen. Hatte ihm die Schatzsuche so viel Vergnügen bereitet?

»Nein. Zumal da nichts mehr ist, das wir zurückfordern könnten.«

Die Domuhr schlug zwölf, dann erhoben sich alle Glocken der Stadt zum Mittagsgeläut. Wie immer riefen die nachhallenden Klänge im leeren Magen Friedrichs heftigen Aufruhr hervor.

Der Propst griff zu seinem Käppchen und erhob sich. »Die Mühen des Tages sind beendet, meine Herren. Unser gesegnetes Stift bereitet sich auf den heiligen Tag des Herrn vor.« Er wandte sich zur Tür. »Und am Montag hat Bruder Cellerar andere Aufgaben für Euch.«

»Der spinnt wohl«, sagte Michael, als Plettenbergs Schritte auf der Treppe verklangen. »Er kann doch nicht einfach unser Kreuz verschenken! Davon abgesehen, dass jetzt die ganze Sucharbeit umsonst war, hatte ich mich darauf gefreut, den Namen meines Ahnherrn in der Urkunde verzeichnet zu finden.« Er ließ den Packen Blätter, den er in der Hand hielt, auf der Tischplatte aufklatschen.

Andreas warf seinem Freund einen Blick zu, den Friedrich nicht deuten konnte. Erhob er selbst Anspruch auf die ungewisse Würde?

»Lasst uns aufräumen«, sagte Friedrich und schob seinen Stuhl zurück. Sein Werk war getan, bedauerlich fand er das nicht.

Nach dem fleischlosen Freitag freute er sich auf Kalbsbraten und Schinkenpastete.

Sicherlich fror sie nicht, die nackte Diana am Kamin des prunkvollen Schlafgemachs Kaspar von Fürstenbergs. Draußen war ein warmer Septembertag, aber hier flackerte ein Kaminfeuer. Der Raum war vollkommen überhitzt, die Luft beißend verräuchert.

Kaspar lag im Bett und war bis unter die Nase zugedeckt. Als er Leonore erblickte, richtete er sich unter Stöhnen auf. Das schüttere Haar war verklebt, der Bart zottig. Tiefe Furchen zogen sich von der Nasenwurzel zu den Mundwinkeln.

Mit ein paar Schritten war sie am Fenster und riss es auf. Konnten die feinen Kammerdiener nicht einmal ein Feuer ordentlich in Gang halten? In derartigem Qualm war schon mancher erstickt.

»Wollt Ihr mich umbringen, Jungfer?« Kaspars Stimme war matt, gleich ließ er sich wieder zurücksinken.

Wenn er nörgelte, konnte er so krank nicht sein. »Was fehlt euch denn, Herr Landdrost?« Leonore trat ans Bett und nahm seine Hand, deren Fingergelenke dick und gerötet waren. Auch sein Gesicht war rot, doch das kam von der Wärme im Raum. Der Puls war normal. »Hat Euch wieder die Gicht erwischt?« Ein wenig linderte Wärme seine Schmerzen in den Gelenken, während bei anderen Patienten Kälte besser war.

Kaspar stöhnte auf. »Ich konnte die ganze Nacht nicht schlafen.« Er hatte bestimmt am Freitag Räucherfisch gegessen. Unter dem am Hals offenen Nachthemd kräuselte sich graues, verschwitztes Haar.

Leonore nahm die mit Heublumen gefüllten Kissen aus dem Schrank und breitete sie auf dem marmornen Kaminsims, dessen Stirnseite das Bad der Göttin Diana zierte, zum Anwärmen aus. Heu zog die Krankheit aus dem Körper. »Ihr hättet mich rufen können.« Auf einem Tischchen bereitete sie seine Medizin vor.

»Ich wollte Eure Nachtruhe nicht beeinträchtigen. Immerhin seid Ihr jetzt verheiratet.« Der klagende Ton zeugte von nicht gerade tapfer ertragenem Martyrium.

Schmerzen sollte der alte Mann wegen ihrer Ehe nicht erleiden müssen. »Wie aufmerksam von Euch. Aber bei Vater hat Euch das nicht gestört.« So ungelegen kam ihr der Ruf nicht, sie hatte ohnehin mit Kaspar reden wollen.

Sie maß den Herbstzeitlosenextrakt ab, vermischte ihn mit süßem Saft und gab gegen die Schmerzen noch ein paar Tropfen ihres nach Vaters Rezept gebrauten Theriaks hinzu. Ein wenig Opium war auch darin. Kaspar verfolgte jede ihrer Bewegungen mit den Augen. Sie hätte ihn jederzeit vergiften können, und das wusste er auch. Doch er würde gleich so ruhig schlafen wie in Abrahams Schoß.

Nachdem Leonore ihm geholfen hatte, sich aufzusetzen, leerte er den Becher mit einem Schluck und lehnte sich mit zufriedenem Gesicht in die Kissen. »Und was macht Euer Gemahl? Ist er dem Mörder meines Hauptmanns schon auf der Spur?«

»Vielleicht.« Eine Spur war möglicherweise der Mann mit der Fasanenfeder, den Leonore – so unwahrscheinlich es auch war – mit Schnarmann in Verbindung brachte. Über ihn wollte sie mit Kaspar sprechen, aber ohne dass er ihren Argwohn gegen den Sekretär des Bischofs bemerkte. Sie holte die duftenden Heukissen vom Kaminsims und polsterte Kaspars Gelenke damit aus. »Immerhin hat er jetzt Unterstützung von ganz oben.«

»Den Herrgott meint Ihr damit nicht.« Kaspar schmunzelte.

»Aber nah daran.«

Als sie von Schnarmanns großspurigem Auftritt bei Diether erzählte, lachte er leise vor sich hin. »Er ist ein kleiner Gernegroß, unser glatzköpfiger Sekretär«, sagte er, als sie geendet hatte. »Ich halte jede Wette, dass er heimlich meines Bruders Mitra anprobiert.« Er wies auf einen Armstuhl in seiner Nähe.

Leonore nahm Platz und ordnete ihren Rock. »Sie wird ihn vorzüglich kleiden. Er ist ja ein gut aussehender Mann.«

»Oho! Woher kennt Ihr ihn denn?«

Mit dem Daumen strich sie eine Falte glatt. »Er hat oft seinen Oheim besucht, der einer meiner Patienten ist: Henrich Koch. Markus war oft wochenlang da …«

Kaspars Augen leuchteten auf. »Oh ja, der alte Koch. Ein Pfundskerl, mit dem ließ sich noch streiten. Ist geradezu langweilig geworden, seit er nicht mehr so kann. Dauernd fiel ihm etwas Neues ein …«

Er hielt inne und sah sie unter erhobenen Augenbrauen hinweg scharf an. »Es ist merkwürdig, Jungfer, aber irgendwie habe ich den Eindruck, dass Ihr den jungen Mann verpetzen wollt. Ihr werdet Euch doch nicht unsere Sorgen machen?« Von der Brücke her klangen Kommandos herüber, eine Kutsche rollte heran.

Leonore spürte, wie ihre Wangen sich röteten. Es war immer schon schwer gewesen, Kaspar in die Irre zu führen.

Sein Blick war nicht zu deuten. »Nehmt Ihr etwa an, Schnarmann hätte etwas mit dem Einbruch zu tun?« Fast übertönt wurden seine Worte vom Rumpeln der Kutsche, die erst im Schlosshof haltmachte.

Halbherzig schüttelte sie den Kopf. »Es war nur, weil Ihr neulich von hessischen Spionen spracht.«

»Ach, und da meint Ihr …« Er sah zum Kamin, wo ein dickes Scheit funkensprühend in sich zusammenfiel. »Aber ich verstehe schon, dass Ihr Euch fragt, wie er in unsere Dienste treten konnte.« Leise lachte er. »Ja, ja, die Wege des Herrn sind verschlungen …«

Die Kissen unter seinen Armen waren verrutscht. Leonore stopfte sie zurecht. »Ihr wisst ja, ich bin neugierig.«

»Das seid Ihr wahrlich.« Nachdenklich sah er sie an. »Wir kennen natürlich Schnarmanns zweifelhafte Verwandtschaft, und glaubt mir, er genießt unsere besondere Aufmerksamkeit.« Mit einer Kopfbewegung wies er auf Leonores Arzneiflaschen. »So ein Säftchen würde ich mir von ihm gewiss nicht einträufeln lassen.«

Ihr Säftchen hatte seine Wirkung nicht verfehlt, die Furchen neben seiner Nase hatten sich erkennbar geglättet.

»Es geht Euch zwar nichts an, Jungfer«, sagte er, »aber ein Geheimnis ist es nun auch nicht gerade. Man muss die familiären Verbindungen berücksichtigen, das ist Euch ja bekannt. Die Schnarmanns haben in Fritzlar geschickt geheiratet, aber sie waren ohnehin immer auf unserer Seite. Mit den Kochs ist es etwas anderes, da kommt erst jetzt ein neuer Wind auf. Und immerhin hat sich der jüngere Heinrich Koch, Euer vormaliger Bürgermeister, für Markus Schnarmann verbürgt. Bis jetzt hat er sich dem Fürsten treu ergeben gezeigt.« Er grinste boshaft. »Früher hätten wir gesagt, er sei ein Streber.«

Wie es seine Gewohnheit war, fuhr er sich mit der Hand durch den Bart. Die Schmerzen waren abgeklungen, was ihm selbst gar nicht auffiel. Leonore sammelte die Heukissen ein.

Aufrecht in die Polster gelehnt, blitzte Kaspar sie aus klaren blauen Augen an. »Und ich kann Euch noch etwas verraten, Jungfer: Es hat mir großen Spaß gemacht, dem alten Koch den Lieblingsneffen auszuspannen.«

Seit er im Dienst des Bischofs stand, mied Markus offenbar die Nähe seines ketzerischen Oheims, doch hatte Leonore nicht den Eindruck, dass sich das Verhältnis zwischen den beiden verschlechtert hätte. Kein böses Wort hatte Koch für den Neffen gehabt. Sie schloss die Schranktür und nahm wieder in ihrem Sessel Platz. Von draußen war gedämpft ein Platschen zu vernehmen, als sei etwas Großes in einen weiter entfernten Teil der Gräfte gefallen. Leonore lauschte, doch danach blieb es ruhig.

Eigentlich hatte sie nicht fragen wollen, aber nun tat sie es doch. Kaspar traute Schnarmann ebenfalls nicht. »Ist Euch zufällig bekannt, wo Schnarmann sich zur Zeit des Einbruchs aufgehalten hat?«

Sein Lachen dröhnte wie eh und je. »Mir hätte klar sein sollen, dass mehr hinter Eurer Neugier steckt. Aber nein, ich weiß es nicht. Der Bischof hat seinen Sekretär mit nach Dringenberg genommen, doch für ein schnelles Pferd ist das keine Entfernung.« Auf seiner Stirn glitzerten Schweißtropfen, es war immer noch zu warm im Raum.

Vom Neuhäuser Kirchturm her erklangen zehn Glockenschläge, dann setzte das Geläut ein, das zur Messe rief. Leonore ging zum Kamin und scharrte mit dem Feuerhaken die glimmenden Scheite auseinander.

»Schnarmann hat von einem Kreuz gesprochen«, sagte sie im Zurückgehen, »das dem Herrn Bischof besonders wertvoll sein soll. Hat es etwas mit den Reliquien zu tun, die Ihr neulich erwähntet?«

»Ihr meint, die uns die Grafenwürde beschaffen sollen? Nun, das werde ich wohl nicht mehr erleben. Darum sollen sich – ob mit oder ohne Reliquien – unsere Nachfahren kümmern.« Die Glockentöne verklangen.

Mit der mageren Auskunft konnte Leonore sich nicht zufriedengeben. »Wie man hört, sind die Fürstenberger nicht die Einzigen, denen an dem Kreuz gelegen ist. Mein Gemahl befürchtet, es könne der Grund für den Einbruch gewesen sein.«

»Soso, befürchtet er das.« Eine leicht beschädigte Rosette an der Kassettendecke zog seinen Blick an. »Ihr könnt Eurem Gemahl ausrichten, dass dieses Kreuz völlig nebensächlich ist.« Seine Stirn war gerunzelt, als er sie wieder ansah. »Euren Fragen entnehme ich, dass seine Nachforschungen bisher zu keinem Erfolg geführt haben. Es mag daran liegen, dass er die falschen Spuren verfolgt.« Eine Antwort auf ihre Fragen hatte er geschickt vermieden.

Er gähnte und ließ sich tiefer in die Kissen sinken. »Aber nun gönnt mir ein Nickerchen, Jungfer. Und schließt bitte das Fenster, bevor Ihr geht.« Seine Worte gingen in ein Murmeln über. »Wenn es nicht die Neuhäuser Bauern mit ihrem Getöse sind, dann klatscht bestimmt irgendetwas in die Gräfte und stört meinen Schlaf.«

Glocken dröhnten in seinem Kopf, jeder Schlag brachte ihn dem Bersten näher. Und doch – hatte er je schönere Musik gehört?

Ein widerlicher Geschmack erfüllte seinen Mund. Diether spuckte und prustete und nahm erst jetzt wahr, dass seine Arme ruderten und seine Beine strampelten. Ganz ohne sein Zutun hatten sie ihn wieder an die Oberfläche gebracht. Unter seinen Füßen hatte er Schlick gespürt, in den er immer tiefer versank, das Wasser war über ihm zusammengeschlagen …

Tief atmete er ein, obwohl wenig angenehme Düfte seine Nase umwehten. Der Nöck hatte ihn verschmäht. Auge in Auge mit Diether, aber in sicherer Entfernung, dümpelte die Ente auf schwerfälligen Wellen. Wie sandiger Brei fühlte sich das stinkende Gräftenwasser an, Schlieren setzten sich zwischen Finger und Zehen. Wo waren seine Schuhe geblieben?

Dort drüben, gar nicht weit entfernt, war das Ufer. Die Glockenschläge gaben seinen Schwimmbewegungen Kraft, dennoch dauerte es eine Ewigkeit, bis er die Böschung berühren konnte. Weit über ihm hingen Gräser über den Rand. Im gleichen Moment brach das Geläut ab. In der Stille breitete sich rasender Schmerz in Diethers Kopf aus, vor seinen Augen flimmerte es.

Mit letzter Kraft schob er sich auf dem Bauch liegend ein kleines Stück die schräge Böschung hinauf und krallte beide Hände in ein Grasbüschel. So leise war sein Hilferuf, dass nicht einmal die Ente den Kopf wandte.

Jetzt nur nicht loslassen, befahl er sich. Dann wurde es um ihn herum so finster, als befände er sich noch im modrigen Palast des Wassermanns.

Auf dem Schlosshof stand Redebrecht und sah sich suchend um. »Ach, Leonore«, rief er, als er ihrer gewahr wurde. »Ich suche Euren Gatten. Habt Ihr ihn nicht gesehen?«

Diether war im Schloss? Ach ja – er hatte Barcholt nach Laurenz' Freunden fragen und mehr über das Kreuz herausfinden wollen.

»Er ist wohl noch im Weinkeller«, sagte Redebrecht und erklärte ihr, was Diether dort gewollt habe.

Leonore schloss sich ihm an, als er das Nordwestportal ansteuerte. Der sagenhafte Weinkeller der Fürstenberger hatte sie immer schon neugierig gemacht. Doch das Dämmerlicht war viel zu schwach, als dass sie die mit Kreide geschriebenen Lagebezeichnungen und Jahrgänge hätte entziffern können. Der Fliesenboden war rutschig vom dicken, säuerlich riechenden Schmutz.

»Hier ist niemand mehr.« Redebrecht klirrte mit dem Schlüsselbund. »Er wird irgendwo im Schloss unterwegs sein.«

Hinten an der Wand erkannte Leonore ein aufrecht stehendes Boot und eine kleine Pforte. Es musste die Tür sein, die neben dem Nordwestturm auf die Gräfte führte. Leonore hatte sie bisher nur von außen und dicht verschlossen gesehen.

Im angetrockneten Matsch auf dem Fliesenboden sah sie

Fußspuren. Jemand hatte hier gestanden. Wenn er die Nase nicht gegen die Tür gedrückt hatte, musste sie offen gewesen sein.

Als Redebrecht ihren Blick wahrnahm, hob er den Riegel an und zog das Türblatt auf. Leonore trat auf die von öligem Wasser umspülte Stufe hinaus. Eine Ente flog schnatternd auf. An der gegenüberliegenden Böschung lag ein Bündel Kleider, ein weißes Hemd blähte sich. Die Ärmel hingen von einem Grasbüschel herab. Langes blondes Haar bewegte sich im Wasser hin und her …

»Diether!«

Sie wollte sich in die Gräfte stürzen, doch Redebrecht hielt sie fest. »Wir nehmen das Boot.«

Eilig ruderte er hinüber und sprang auf den Uferrand. Leonore legte vom Boot aus die Arme um Diether. Sein Leib war ganz kalt. Während Redebrecht oben an den Armen zog und ihn dann unter den Schultern fasste, schob Leonore von unten her Diethers Körper auf die Böschung. Redebrecht reichte ihr die Hand, damit sie ebenfalls hinaufsteigen konnte.

Sie kniete neben ihm nieder und legte ein Ohr auf seinen Rücken. Diether atmete, ertrunken war er nicht. Sein Herz schlug schwach, aber regelmäßig. Erleichtert richtete sie sich auf. Doch da sickerte Blut aus einer Kopfwunde. Sie schob das nasse, von grünlichen Schlieren durchsetzte Haar beiseite. Ein Riss zog sich über den Hinterkopf, den musste sie säubern und nähen.

Mit Redebrechts Hilfe drehte sie Diether vorsichtig um. Sein Gesicht war bleich, die Augen geschlossen. »Festhalten«, murmelte er. »Nur nicht loslassen.«

Glücklich sank Leonore zu Boden und schlang ihre Arme um ihn, so fest sie konnte. Flatternd hoben sich seine Augenlider. Ein seliges Strahlen breitete sich über sein Gesicht, dann wandte er abrupt den Kopf und erbrach sich.

Eine Gehirnerschütterung, das verging. Leonore lachte auf. Noch nie hatte sie sich über eine derart unappetitliche Begrüßung so sehr gefreut.

Schon am Jesuitenkolleg musste Diether zum ersten Mal haltmachen. Seine Knie waren so weich wie Geses Mandelmus, Schwindel erfasste ihn. Kurz lehnte er sich an die Wand, dann ging er langsam, wie schlendernd, weiter. Vielleicht hätte er doch auf Leonore hören sollen.

Wie durch Watte gedämpft erklang in seinem Kopf immer noch das Glockengeläut, das seine Schmerzen betäubt und ihn über Wasser gehalten hatte. Ohne die Glocken wäre er wohl nicht mehr am Leben. Er grüßte die Nachbarn so freundlich, dass sie sich verwundert nach ihm umsahen. In der Betriebsamkeit des abendlichen Kamp stand Diether – langsam, wie er war – überall im Weg.

Als fühle er sie zum ersten Mal, genoss Diether die warme Abendluft. In den nassen Kleidern hatte er gezittert vor Kälte. Nachdem Redebrecht und Leonore ihn an der Böschung aufgelesen hatten, waren sie mitsamt dem Dreck, der an ihnen klebte, in Kaspars Kutsche gestiegen. Keinen Augenblick länger hätte Diether in dem Mörderschloss verbringen wollen. Zu Hause hatte Leonore ihn gewaschen, ihm Pülverchen gegeben und ihn ins Bett gesteckt. Vorsichtig fuhr er über die genähte Wunde am Hinterkopf. Auch diese Schmerzen waren vergangen. Den ganzen Nachmittag hatte er verschlafen, sich dann aber – bis auf das dumpfe Dröhnen im Kopf – frisch und munter gefühlt.

»Ein kleiner Spaziergang kann nicht schaden«, hatte er gesagt. »Nur ein kurzes Stück den Kamp hinauf.« Leonore hatte ihn skeptisch angesehen, ihn aber gehen lassen. Sie hatte noch Patientenbesuche zu erledigen.

Sein Blick fiel auf den mächtigen Turm des Rickerswyk, früheres Bollwerk des Bischofs im Süden der Stadt. Er war schon lange an Stadtbürger verpachtet. Nur noch wenige Häuser lagen zwischen ihm und dem Heinrich Westphals. Diether hatte ihn ohnehin aufsuchen wollen, jetzt gab es einen weiteren Grund. Westphal kannte jeden bei Hofe und alle Verbindungen zwischen den Leuten.

Irgendjemand hatte ihn aus dem Weg räumen wollen. Barcholt hatte sich über Diether geärgert, aber einen Meuchelmörder hätte er ihm wohl nicht nachgeschickt. Hatten die

Kammerdiener damit zu tun? Enneke und Agnes hatten der Befragung still gelauscht, und Agnes war mit dem Pferdeknecht Nelges befreundet. Oder hatte einer der vier herumerzählt, dass sich Diether nach dem Kreuz erkundigt hatte? Wer auch immer ihn in die Gräfte gestoßen hatte – viel Zeit hatte er sich für den Anschlag nicht gelassen.

Auf wackeligen Beinen, mit beiden Händen am Geländer Halt suchend, erklomm Diether die drei Stufen vor Westphals Tür. Ihm oblag die Gerichtsbarkeit im Schloss, er sollte sich darum kümmern. Einen Mörder am Hofe des Bischofs, der vor weiteren Anschlägen nicht zurückschreckte, wollte er sicher nicht frei herumlaufen lassen.

Westphals erschrockenem Blick konnte Diether entnehmen, dass er immer noch einen erbarmungswürdigen Eindruck machte. Sofort bat er ihn herein und rückte ihm im Erker seines Arbeitsraums einen Polstersessel zurecht. »Was ist Euch widerfahren, Advokat?«, erkundigte er sich mit echter Sorge im Ton.

Mit einer vorsichtigen Drehung seines Kopfes ließ Diether ihn die nässende Wunde ansehen. »Das habe ich mir in Eurem Schloss geholt, schaut nur hin. Hätte der Schurke etwas fester zugeschlagen, wäre es mir so ergangen wie meinem Freund Menke.«

Immer verblüffter wurde Westphals Miene, als Diether von seinem endlosen Weg über Flure und Treppen des Schlosses berichtete. Er war beobachtet worden, das war ihm jetzt klar. Im Weinkeller hatte er den Täter ebenfalls gehört. Aber er hatte keinerlei Verdacht geschöpft, sich vollkommen sicher gefühlt, obwohl er doch wusste, dass bereits ein Mord geschehen war. »Übrigens müsst Ihr in Eurer Gräfte dringend das Wasser austauschen«, sagte er am Schluss.

»Normalerweise baden wir nicht darin.« Unter dem Schnauzbart kräuselten sich Westphals Lippen. »Aber im Ernst: Ich bin froh und erleichtert, dass Ihr so gut wie heil vor mir steht. Ich denke, wir werden im Schloss mehr Wachen aufstellen müssen, aber das hilft Euch nichts mehr.« Er musterte die Burgen an der Wand, als überlege er, woher er die Landsknechte für sie alle herbekommen solle. »Die Kammerdiener sind wahrscheinlich sofort zum Landdrost gelaufen und haben ihm erzählt, dass Ihr neugierige Fragen stellt.« Ein prüfender Blick glitt über Diethers Gesicht. »Ich weiß allerdings nicht, warum er Grund haben sollte, Euch etwas Böses anzutun.« Dann erheischten die welschen Kuppeln der Burg Schnellenberg seine Aufmerksamkeit. »Aber *wenn* Kaspar hinter dem Anschlag stecken sollte, werden wir – Ihr so wenig wie ich – es nie erfahren.«

Der Ansicht war Diether ebenfalls. Leonore, die doch wirklich gut mit Kaspar umgehen konnte, hatte ihm erzählt, wie wenig sie bei ihm ausgerichtet hatte. Immer wenn vom Kreuz die Rede war, bissen sie auf Granit.

Aus einem Schrank holte Westphal zwei Gläser und goss aus einer bereitstehenden Karaffe Wein ein. »Ja, und die Kammerdiener – falls einer von ihnen der Mörder ist, kann ihn das veranlasst haben, Euch nachzuschleichen. Wenn ihm bewusst wurde, dass Ihr nicht lockerlasst, hätte er wohl allen Grund, Euch auszuschalten.« Er ließ sein Glas unberührt stehen. »Gerold habt Ihr befragt, sagt Ihr. Er kommt ursprünglich aus Rietberg, daher seine Sprechweise. Aber da war noch etwas mit Ravensberg.« Zwischen seinen Brauen erschienen wieder die Orgelpfeifen. »Ach ja. Er hat dem Rietberger Grafen gedient, der weitläufig mit dem Ravensberger Herzog verwandt ist. Deshalb hat Gerold lange Zeit als Hofjunker in Bielefeld verbracht, bis vor ein paar Jahren, als die Herzöge ausstarben und die Grafschaft an Preußen fiel.«

Preußen war protestantisch, aber das waren die Ravensberger vorher schon gewesen. »Kann es sein, dass er noch mit Bielefeld in Verbindung steht?« Wie im Süden die Hessen streckten im Norden die Preußen ihre Finger nach dem Hochstift aus. Beide würden als Erstes den katholischen Zwang abschaffen …

»Durchaus.« Westphal lachte meckernd. »Ich sage es Euch im Vertrauen, Advokat: Gerold hat uns mit wertvollen Auskünften über die Ravensberger Bündnisse und Bestrebungen versorgt, und wahrscheinlich gilt das auch andersherum. Wir sind sehr wählerisch mit dem, was wir ihn erfahren lassen.« Er hob sein Glas und trank Diether zu. »Aber ich werde ihm auf den Zahn fühlen.«

Dieses Schloss war das reinste Schlangennest, aber an Westphals Wein war nichts auszusetzen. Wie kam er zu der Ehre? In all den Jahren, in denen Diether oft mit ihm – damals war er noch Schultheiß – zu tun gehabt hatte, war ihm kaum ein Stuhl, geschweige denn Wein angeboten worden.

Nachdenklich sah er auf den Kamp hinaus. Als Nächstes musste er auf das Kreuz zu sprechen kommen, das lange nicht so unwichtig war, wie Westphal vorgab. Am Nachmittag hatte Friedrich bei Leonore hinterlassen, dass er im Archiv des Stifts keine Urkunde, keinen Namen gefunden habe und vorerst auch nicht weiter danach suchen könne. Diether war gespannt, welche Ausrede sein bequemlicher Freund diesmal zur Hand hatte.

Jetzt fiel ihm nur noch Westphal ein, der mehr über das Kreuz wissen konnte. Er überlegte noch, wie er anfangen solle, da kam ihm Westphal zuvor. »Was dieses Kreuz angeht«, sagte er, »so habe ich mit Pater Wippermann gesprochen. Von Eurem hanebüchenen Verdacht, dass die Jesuiten beim Bischof eingestiegen sein sollen, habe ich natürlich nichts verlauten lassen. Aber ich wollte doch einmal das Dokument sehen, mit dem sie ihr Besitzrecht am Kreuz nachweisen wollen.«

Seinem Bericht nach war es eine Urkunde über eine Schenkung des Bischofs, die deutliche Schabespuren an der Stelle aufwies, wo das Kreuz mit dem weißen Stein erwähnt wurde. »Wippermann hat das Pergament dann vor meinen Augen verbrannt.« Dazu hatte es wohl nur eines scharfen Blicks aus Westphals tief liegenden grauen Augen bedurft.

»Da seht Ihr es. Das Kreuz verführt sogar fromme Gottesmänner zu üblen Taten.« Diether versuchte gar nicht erst, seine Genugtuung zu verbergen. »So weit hergeholt war mein Verdacht also nicht. Aber es müssen nicht unbedingt die Jesuiten gewesen sein, die sich die wertvolle Reliquie aus dem Schatzkeller geholt haben.« Zu Zugeständnissen war er durchaus bereit. »Doch dass sie und damit das Kreuz der Grund für den Einbruch und den nachfolgenden Mord an Menke war, wird mir immer klarer.« Auch er war zu scharfen Blicken fähig. »Das solltet Ihr nicht abstreiten, Hofrichter. Denn so kommen wir nicht weiter.« Diethers Ton war kühl und ließ jede Ehrerbietung vermissen.

Nach dem unfreiwilligen Bad in der stinkigen Gräfte sollte ihm niemand mehr mit Ausflüchten kommen.

In Westphals Augen glomm Überraschung auf. »Was meint Ihr denn, wie wir weiterkommen?« Von draußen drang vielstimmiges Gemurmel herein, die letzten abendlichen Besorgungen waren im vollen Gang.

Diether hielt sich den schmerzenden Kopf. »Nun, ich denke, wir sollten herausfinden, welchen Weg das Kreuz genommen hat. Mir scheint inzwischen, dass so gut wie jede Adelsfamilie die Hand danach ausstreckt.« Nun ließ er seinerseits den Blick über die gemalten Burgen wandern. »Aber den einzig begründeten Anspruch haben doch die Nachfahren desjenigen, der das Kreuz vom Heiligen Land hierhergebracht hat. Von allen sollten sie das größte Verlangen haben, es in ihren Besitz zu bringen, bevor es jemand anderes tut.«

Statt ihn anzusehen, genoss Westphal mit dem Weinglas in der Hand die Aussicht vor dem Erkerfenster. »Und Ihr meint, dann bricht einer der edlen Herren ins Schloss ein und tötet meinen Hauptmann?«

»Er mag erfahren haben, dass der Bischof die Hand auf das Kreuz gelegt hat, und keinen anderen Ausweg gesehen haben. Das Kreuz war ja in aller Munde, nachdem es den Bischof angeblich von seiner Krankheit geheilt hat.« Der Einbrecher mochte auch, weil er den leichtsinnigen und schwatzhaften Laurenz kannte, eine günstige Gelegenheit gewittert haben. Auf den Gedanken sollte er Westphal nicht bringen. »Den letzten Anstoß hat sicherlich gegeben, dass am Tag nach dem Ükernbrand das Schloss von allen Wachen entblößt war.«

Nachdem Westphal einen Schluck Wein getrunken hatte, wandte er sich Diether zu. »Ob Ihr recht habt oder nicht, Advokat – es wird nichts schaden, wenn Ihr erfahrt, wem das Kreuz ursprünglich gehörte. Aber ich fürchte, ich kann Euch da nicht helfen. Die Überlieferung in unserer Familienbibel beginnt mit Meinwerk, *miles meinwerci ac miles cruci* steht ganz oben beim ersten Namen, das habe ich selbst gesehen. Mein Vorfahr war also Ritter im Dienste Meinwerks und im Zeichen des Kreuzes. Alles andere ist mündlich weitergegeben worden, nämlich dass dieser Ritter Sankt Helenas Kreuz mit dem weißen Stein am Fuß aus Araberhand erobert und mit sich geführt hat. Was dann daraus geworden ist, wusste lange Zeit niemand. Wir waren nicht wenig überrascht, als wir hörten, dass es mein Oheim, der Bischof, im Busdorfstift ausgegraben hat, wo es wohl all die Jahrhunderte über stand.« Sein Blick irrte über die Bilderwand und blieb am Schloss Schnellenberg haften, so durchdringend, dass er dünnere Wände wohl durchlöchert hätte. »So, jetzt wisst Ihr, was ich weiß.«

Diether trank den Wein aus und verabschiedete sich. Doch den gesamten schönen Spätsommerabend über, während eines prachtvoll roten Sonnenuntergangs, den er auf der Gartenbank mit Leonore im Arm genoss, stand ihm immer wieder dieser stechende Blick vor Augen. Jedes Mal fragte er sich, was Westphal hinter den dicken Burgmauern gesucht und ob er es wohl gefunden hatte.

Blutrot stand der Himmel vor der Schießscharte oben an der Wand, die er mit den Händen nicht erreichen konnte. Nicht, dass er es nicht versucht hätte. Immer und immer wieder war er hochgesprungen, hatte sich an der Wand festgekrallt, bis seine Finger bluteten.

Schon zum dritten Mal ging die Sonne unter, und wieder hatte Laurenz den ganzen Tag über keine Menschenseele gesehen. Am schlimmsten war der Durst, Hunger hatte er schon gar nicht mehr. Auf Händen und Knien robbte er über den matschigen Boden und schaute erwartungsvoll hinauf zur Decke, wo er einen dicken Wassertropfen entdeckt hatte. Im Dämmerlicht verriet ihm nur der Glanz, wo sie hingen.

Am ersten Morgen seiner Gefangenschaft – das musste am Freitag gewesen sein – hatte es geregnet, so stark, dass an der Wand unter der Schießscharte das Wasser herabgelaufen war. Doch da hatte er noch darauf gehofft, dass ihm bald jemand frisches, sauberes Wasser brächte, und die kleinen Bäche verschmäht. Sie waren in schlammigen Tümpeln nutzlos versickert.

Inzwischen war er ein Meister darin geworden, herauszufinden, wann einer der Tropfen da oben reif zum Herabfallen war.

Laurenz legte den Kopf zurück und öffnete erwartungsvoll den Mund. Das Auffangen war schwierig. Nur mühsam hielt er sich aufrecht, schwankte vor und zurück, sah den Tropfen oft nur wie durch einen Schleier. Sein Kopf schmerzte immer noch von dem Schlag, der eine dicke Beule auf seinem Kopf hinterlassen hatte.

Da war der Tropfen, spritzend traf er neben seiner Nasenspitze auf. Ein wenig Nässe konnte er mit der Zunge retten. Erschöpft ließ er sich rücklings zu Boden sinken. Unter sich fühlte er kühlen, weichen Schlamm, hier trafen die Tropfen auf, wenn Laurenz sie nicht auffing. Keiner mehr durfte ihm entgehen, denn sonst lag er bald auf den Knien und schlürfte die feuchte Pampe unter seinem Rücken.

Wenn er nur einmal etwas anderes hörte als das Rauschen von Blättern, das Knarren alter Bäume im Wind. Schon das misstönende Krächzen der Raben war eine Erlösung, wie Musik erschien ihm jeder Vogelruf. Von Stunde zu Stunde hatte er gewartet, um Hilfe gerufen, bis er selbst nur noch krächzte. Er hatte sogar seine Schuhe durch die Schießscharte geworfen, was ihm erst nach vielen Anläufen gelungen war. Anscheinend ging draußen niemand vorbei, der sich über so teures Schuhwerk mitten im Wald wundern konnte.

Wieder und wieder hatte Laurenz überlegt, wie es gekommen war, dass er zum zweiten Mal innerhalb weniger Tage zwischen unbezwingbaren Mauern gefangen lag. In Neuhaus war er wenigstens gut versorgt worden, aber hier scherte es niemanden, ob er verdurstete, kein Landsknecht stand mit einer Decke bereit, wenn er fror. Vater suchte bestimmt nach ihm, doch ob er ihn hier fand? Mutters Sorgen wollte er sich gar nicht vorstellen …

Jetzt haben dich doch die Gaukler erwischt, war sein erster Gedanke gewesen, als er in dem feuchten Loch mit der Falltür an der viel zu hohen Decke aufwachte. Jeder wusste, dass sie zu den Räuberbanden gehörten, die sich im Wald verbargen. Diebereien, Betrug und Erpressung – das war ihr Geschäft, und sogar von grauenhaften Morden war die Rede. Ihn schauderte. Daran sollte er besser nicht denken.

Wieder sah er die hohe, dunkle Kutsche vor sich, die auf

dem Tegelweg ganz nah an ihn heranfuhr. Ein wenig betrunken war er gewesen, aber nicht sehr. Den Rest von Vaters Geld hatte er zu der hübschen Blonden tragen wollen, die in einem Gartenhaus am Behrenteich auf willige Spieler wartete. Doch mit einem Mal war ein Knüppel auf ihn herabgesaust, und dann war er hier. Dazwischen war nichts, nur ein schwarzes Loch. Sein erster wacher Blick war auf die Schießscharte gefallen mit dem kleinen Ausschnitt eines Sonnenuntergangs, der den Himmel ebenso rot gefärbt hatte wie heute.

Da – ein Tropfen, aber Laurenz war einfach nicht schnell genug. Was hatte sein Knie davon? Er schluchzte auf. Wie gut könnte er sich's jetzt gehen lassen! Heute war Samstag, da hätte er den ersten Teil seines Geldes bekommen sollen, von dem Mann, dem er versprochen hatte, seinen Namen zu vergessen. Das hatte Laurenz getan, restlos. Diether hätte noch so oft, als wär's eine räudige Katze, sein kostbares Barett ertränken können, er hätte ihn nicht erfahren. Wenn alles wie geplant verlaufen wäre, säße er jetzt im Bären und löschte seinen Durst mit Krügen edelsten Weins. Stattdessen lag er hier und lauerte auf den nächsten Wassertropfen. Als er endlich fiel, war immerhin sein Mund an der richtigen Stelle.

Nein, sein Freund hatte bestimmt keinen Grund, ihn hier einzusperren, das konnten nur die Gaukler gewesen sein. Warum auch hatte er seinen Mund nicht halten können? Nach dem Abend im Bären hatte sich sein Kunststückchen herumgesprochen, wie auch anders, und manch einer hatte ihm auf die Schulter geklopft. Es hatte ihn stolz gemacht, das ja, aber er hatte auch jederzeit damit gerechnet, dass der Deckeler ihm an einer dunklen Ecke auflauerte. Eine Kutsche hätte er allerdings nicht erwartet, die hatten sie bestimmt geklaut.

Er fing noch ein paar Tropfen auf, bis ihm die feuchte Kälte von unten schmerzhaft in die Knochen zog. Seine Kleider waren durchnässt und voll Schlamm. Langsam kroch er wieder zur Wand, wo zwar keine Tropfen fielen, wo aber der Boden halbwegs trocken war. Was hätte er um ein bisschen Stroh gegeben! Nichts war in seinem Gefängnis, kein Stück Holz, keine zusammengewehten Blätter in den Ecken, nur nackte

Bruchsteinwände, deren Dicke er am Schacht der Schießscharte abmessen konnte. Ganz oben in den Ecken saßen ein paar fette Spinnen und warteten auf die Mücken, die ab und an von draußen hereinflogen.

Seine einzige Bequemlichkeit war die Mulde im nackten Erdboden, die er mit den Händen gegraben hatte. Das war sein Bett, mehr hatte er nicht. Tief aufseufzend legte sich Laurenz hinein und beobachtete das Licht, wie es sich an der Wand über ihm brach und langsam schwächer wurde. Was hatten die Räuber nur mit ihm vor? Wenn sie Vater um ein Lösegeld erpressen wollten, mussten sie ihn am Leben lassen …

11

Was so ein bisschen Gefahr doch ausmachte. Die Luft schien Diether von rosarotem Licht erfüllt, sogar der Jesuitenturm hatte diesen besonderen Glanz. Wuchtige Glockenklänge schallten herüber. Musik, die der Wind davontrug. Waren die Töne ihm jemals lästig gewesen? Für alle Zeit sollten sie ihn daran erinnern, wie er den nassen Gefilden des Nöck entkommen war, dessen schlierige Froschhände er noch an seinen Beinen spürte.

Dennoch – kräftig wie eh und je fühlten sich seine Schritte an, als er über den Gartenweg zum Brunnen ging. Es hatte in der Nacht geregnet – auch daran mochte es liegen, dass an diesem frühen Sonntagmorgen, an dem er sich wie neugeboren fühlte, ein Schimmer über allem lag, was er ansah. Eine strahlend weiße Wolke segelte an einem tiefblauen Himmel entlang. Aus dem Gestrüpp leuchteten Blumen hervor, die er nie wahrgenommen hatte, im Brunnen funkelte das Wasser und blinkte ihm Lichter zu. Kein grüner Nöck grinste aus der Tiefe herauf.

Mit beiden Händen kurbelte Diether den Eimer hoch und tauchte den Kopf hinein. Erst als er wie üblich rubbelnd sein Haar trocknete, merkte er, dass er den Riss am Hinterkopf vergessen hatte. Vorsichtig tupfte er ihn ab und besah das Handtuch. Ein wenig Blut sickerte noch heraus, aber das war nur äußerlich. Leonore hatte recht, er hatte gutes Heilfleisch. Ihre Pülverchen hatten ihn ruhig schlafen lassen, den Rest machte sein Körper allein.

Sie war lange vor ihm aufgewacht und versorgte schon ihre Patienten. Später wollte sie zu Leifelds gehen und sehen, wie sie sich im Gartenhaus eingerichtet hatten. Er solle sich ausruhen, hatte sie ihm zugeflüstert, bevor sie ging. Geweckt hatten ihn erst wieder die Glocken.

In der Küche hatte Leonore Brot, Butter und Honig für ihn bereitgestellt. Zusammen mit einem Krug Milch trug er alles hinaus, ließ sich am Gartentisch nieder und genoss seine Mahlzeit. War nicht auch der Nussbaum grüner als sonst? Bestimmt aber war die Milch süßer, der Honig kräftiger als gestern. Im Gras scharrten ein paar braungefiederte Hühner und warteten auf seine Krumen.

Eins gab es allerdings, das wohl für immer seinen Glanz verloren hatte. Nie wieder konnte Diether unbefangen durchs Neuhäuser Schloss gehen und unterwegs nichts anderes im Sinn haben, als die stuckverzierten Fensternischen zu bewundern, vor einer Tür mit einer besonders schönen Supraporte stehen zu bleiben, die geometrischen Linien der Kassettendecken zu studieren. Stattdessen würde er auf jeden gedämpften Schritt lauschen und jedes Mal erstarren, wenn eine Tür aufging und sich sacht wieder schloss.

Wie angenehm friedlich war es dagegen in seinem Garten, wo ein warmer Wind mit den Blättern des Nussbaums raschelte, in dem sich außer ein paar Eichhörnchen nichts und niemand verbarg. Hatte Menke von Wewer sich an seinem letzten Abend im Schloss ebenso unsicher gefühlt? Laurenz hatte ihn den Treppenturm betreten gesehen, der dem bischöflichen gegenüberlag, sein Gewehr hatte Redebrecht im Flur vor den Bischofsgemächern gefunden. Er war also den Korridor dazwischen entlanggegangen.

Menke kannte das Schloss viel besser als Diether – vielleicht hatte er Schritte gehört, wo sie nichts zu suchen hatten? War er leise tappenden Füßen durch dunkle Flure gefolgt? Oder hatte er ein Licht gesehen, das Licht, das Diether im Weinkeller nicht gefunden hatte? Jedenfalls musste der Mörder sich im Schloss auskennen und genau gewusst haben, wohin er seine Schritte zu lenken hatte.

In prächtigen Grüntönen schillerten die Federn des Hahns, der zwischen den pickenden Hühnern herumstolzierte. Markus Schnarmann kannte das Schloss sicherlich, aber das traf auch auf Gerold zu, den Kammerdiener mit der markanten Sprache und der zweifelhaften Vergangenheit. Es war durchaus möglich, dass einer von ihnen Diether gefolgt war. Beide wiesen die Statur auf, die der des Mannes mit der Fasanenfeder entsprach. Aber groß gewachsen waren viele, das war Diether auch. Den Namen konnte er nur von Laurenz erfahren. Mit den Händen wischte er die Krümel zusammen und warf sie zwischen die gackernden Hühner. Die Glocken im Turm läuteten zur nächsten Sonntagsmesse.

Für Diether gehörten das Kreuz und der Mann mit der Fasanenfeder zusammen, doch das musste nicht so sein. Er konnte aus allen möglichen Gründen mit Laurenz aneinandergeraten sein. Den Einbruch und den Mord ausgelöst hatte das Kreuz, dessen war sich Diether sicher. Ein gewöhnlicher Einbrecher hätte das auffällige Schmuckwerk wohl eher stehen gelassen und sich mit den herumliegenden Edelsteinen begnügt. Nur ein Adliger hätte um die genealogische Bedeutung gewusst und es zur Aufwertung seines Stammbaums nutzen können.

Darauf war sicherlich auch Westphal gekommen. »Jetzt wisst Ihr, was ich weiß«, hatte er gesagt, doch das glaubte ihm Diether nicht. Natürlich hatten die Fürstenberger Angst, aus ihrer Sippe könne jemand der Mörder sein, und errichteten deshalb Mauern um ihr Wissen, die so dick und undurchdringlich waren wie die der Burg Schnellenberg. Westphal hatte sicher nicht ohne Grund auf genau diese Abbildung gestarrt.

Diether trank eben den letzten Schluck Milch, als Henrich aus der Hintertür trat. Er hielt sich den struppigen Kopf und schlurfte so schwächlich zum Brunnen, als sei er und nicht Diether gestern einem Anschlag zum Opfer gefallen. Für die außergewöhnliche Schönheit des Sonntagmorgens hatte er keinen Blick. Mit schwerfälligen Bewegungen kurbelte er den Eimer hoch und trank in langen Zügen, das übrige Wasser schüttete er sich über den Kopf. Gestern im Bären war es wohl hoch hergegangen.

»Diether«, sagte er zur Begrüßung, als er seiner endlich gewahr wurde. »Ich hab was für dich.« Er drehte sich zum Haus um. »Aber erst wach werden«, hörte ihn Diether noch murmeln.

Mit Brot, fettem Käse und einem Krug Bier kam Henrich zurück und setzte sich ebenfalls an den Tisch. Ein Huhn, das erwartungsvoll mit dem Kopf nickend seinen Platz ansteuerte, verscheuchte er mit einer matten Handbewegung. Schweigend verzehrte er sein Frühstück, mechanisch kauend, während er blicklos ins Gebüsch stierte.

Diether lehnte sich zurück und streckte die Beine von sich. Mit Henrich musste man Geduld haben, und am Morgen ganz besonders. In Vaters Haus hatte er dann kein einziges Wort von sich gegeben. Was er wohl für Diether hatte? Bestimmt wieder einen besonderen Stein für seine Sammlung.

Als er fertig war, fuhr Henrich mit seinem Sacktuch über den Bart. Seine Augen waren klar, allzu bierselig konnte es gestern nicht geworden sein. »Verdammtes Gebimmel«, sagte er. »Lässt einen nicht schlafen.« In Vaters Haus war es morgens ruhig, bis das Westerntor geöffnet wurde und die Fuhrwerke zum Markt rumpelten. Sonntags fuhren sie nicht.

»Du gewöhnst dich dran.« Am letzten Sonntag hatte Diether noch genauso geschimpft.

»An die nicht.« Mit dem Daumen wies er zum Jesuitenturm hinauf. Mit Jesu neugierigen Brüdern hatte es Henrich nicht.

»Nun sag schon, was hast du für mich?«

Diether erwartete, dass Henrich in seinen Taschen kramte, stattdessen legte er die Unterarme auf den Tisch und beugte sich vor. Das lief auf Worte hinaus, viele Worte, die ihm Diether wohl einzeln aus der Nase ziehen musste. »Augenblick«, sagte er und ging ins Haus, wo er zwei Krüge Bier abfüllte.

Henrich sah einer grünen Raupe nach, die sich buckelnd über den Tisch schob. »Hab mal rumgefragt«, begann er seinen Bericht. »Wegen Laurenz.«

In knappen, zwischen vielen Nachfragen Diethers verstreuten Worten erzählte er, dass er jemanden getroffen habe, der am Donnerstagnachmittag, dem Tag, als Laurenz verschwunden war, mit ihm im Bären gezecht hatte. Ein Pferdeknecht, den Diether nicht kannte. Laurenz hatte wohl keinen seiner Freunde angetroffen und den Erstbesten zum Trinken eingeladen. Jobsts besten Apfelbrand hatte er bestellt, da sagte niemand Nein.

»Und was ist das Besondere?«, fragte Diether. Dass Laurenz schon mittags Schnaps mochte, war nichts Neues.

»Wart's ab.« Mit einem Fingerschnipsen schoss Henrich die Raupe ins Gebüsch. »Er kann ja 's Maul nicht halten.«

Wieder hatte Laurenz mit schwerer Zunge von dem vielen Geld gefaselt, das er eigentlich schon längst sein Eigen nennen solle. Wenn er es nicht bald bekäme, werde er es sich holen, hatte er sich dickgetan, und das werde für den Kerl mit der blöden Fasanenfeder – so Laurenz – nicht eben glimpflich abgehen. Er hatte seinen Dolch gezogen und ihn mit der Spitze in den Tisch gerammt. Jobst hatte ihm den Dolch weggenommen, in seinem Gasthaus duldete er keine Waffen.

»Kommt noch besser«, kündigte Henrich an.

Laurenz hatte seinen Saufkumpan wohl ordentlich beeindrucken wollen und angegeben wie ein Sack Sülze. Diether schmunzelte. Henrichs Vergleich passte auf Laurenz, genauso bebte er vor angemaßtem Stolz. »Der soll sich bloß nichts einbilden«, hatte er angeblich geschimpft. Henrich suchte das Gehörte mühselig zusammen. »Als wär er was Besseres mit seinem ›von‹ und der ollen Burg. Wir werden auch bald geadelt, soll er mal sehen.«

»Ach was.« Diether hatte noch nicht gehört – und Mutter wohl auch nicht, denn sonst wüsste es die ganze Stadt –, dass Barcholt, auch wenn er ein noch so verdienter Rentmeister war, für einen Adelstitel vorgeschlagen worden wäre.

Henrich nickte. »Jau. Weiß der Alte wohl nichts von.« So kurz konnte man ausdrücken, was Diether eben wortreich durch den Kopf gegangen war. Henrich hob den Bierkrug zum Mund und trank. »Und dann das Kreuz.«

»Das Kreuz?« Jetzt war Diether wirklich gespannt.

»Mhm.« Ein weiterer Schluck Bier und ein langer Blick auf den Grund des Kruges. Henrich war ein Meister darin, Geschichten in die Länge zu ziehen. Sein Freund habe keine Ahnung gehabt, worum es ging, erzählte er, hätte sich aber alles gut gemerkt. Laurenz' Kapriolen hatten den städtischen Tratsch immer schon belebt.

»Was hat Laurenz denn nun gesagt?«

»Nicht viel.« Henrich kratzte sich am Kopf. »Nur noch, dass sich der Kerl sein blödes Kreuz – von dem hat er wohl viel geredet – an den Hut stecken könnte. Seinetwegen neben die Fasanenfeder. Und dass er jedenfalls sein Geld will.« Sein faltiges

Gesicht drückte Genugtuung aus, wohl eher, weil er einen so langen Bericht glücklich hinter sich gebracht hatte, als aus Stolz über die weltbewegende Neuigkeit.

Für Diether war sie die Bestätigung seines Verdachts. Das Kreuz hing mit der Fasanenfeder zusammen. Der Mann, an dessen Kappe sie gesteckt hatte und mit dem sich Laurenz gestritten hatte, war höchstwahrscheinlich der Einbrecher, der sich irgendwie mit ihm zusammengetan hatte. Er war von Adel, das passte ebenfalls zu seiner Theorie. Das Geld, auf das Laurenz so ungeduldig wartete, war die Belohnung für seine Beteiligung. War er deshalb verschwunden, weil er es gewaltsam eingefordert hatte?

»Hat er vielleicht gesagt, wann er sich das Geld holen will?«

Henrich schüttelte den Kopf. »War wohl nicht so eilig. Danach wollte er zum Behrenteich, zu dem blonden Lumpenstück.« Der Pferdeknecht hatte zu seinen Gäulen zurückgemusst.

Auch die Gaukler hatten ein Hühnchen mit Laurenz zu rupfen. Diether sah Henrich bittend an. »Könntest du vielleicht mal da rausreiten und nachsehen, ob Laurenz irgendwo hinterm Gebüsch liegt?«

»Klar.« Nichts tat Henrich lieber als ausreiten.

Wenn Laurenz drei Tage dort draußen gelegen hatte, war nicht viel Hoffnung, dass er noch lebte. Aber die Gaukler hatten ihn sicherlich nicht totgeschlagen; wenn er verletzt wäre, hätte er sich bemerkbar machen können. Der Behrenteich lag nicht weit vom viel befahrenen Tegelweg entfernt.

Laurenz musste anderswo sein. Diether sah zum Nussbaum hinauf, wo die Sonne durch die Blätter blitzte. Der Baum verbarg die unergründlichen Mienen seiner drei Grazien vom Rathausgiebel. Die Blonde fiel ihm ein – sie konnte etwas von Laurenz wissen.

Diether fasste einen Entschluss. »Und wenn nicht, reite ich nachmittags mit Leonore nach Albrock. Mal sehn, ob wir die Gaukler im Wald auftreiben können.« Wenn nichts dabei herauskommen sollte, wäre es bei dem Wetter immerhin ein schöner Ausflug.

Henrich tippte sich bedeutungsvoll an den Hinterkopf. »Da frag erst mal Leonore.«

Was sollte sie dagegen haben?

»Heute Nacht hab ich etwas plätschern gehört.« Angela flüsterte, damit die Kinder sie nicht hörten, die sich neben dem Gartentisch mit Sand bewarfen. Die sollte ein bisschen Plätschern beunruhigen?

Angela hatte wohl vergessen, dass Leifelds jetzt an der fischreichen Pader lebten. »Das war bestimmt der Nöck.« Leonore lächelte sie übermütig an. »Bei Diether hat er nichts erreicht, jetzt kommt er zu euch.« Vor Erleichterung über die Rettung ihres Liebsten war sie eher zum Scherzen aufgelegt, als Angelas nächtliche Ängste zu teilen.

»Nein, im Ernst. Das war kein Fisch, das war anders.« Wie auf der Suche nach dem Geräusch legte sie den Kopf schräg.

»Vielleicht ist jemand hineingefallen?«

Angela schüttelte den Kopf, heute trug sie sogar eine Haube darauf. »So laut war es nicht. Und es kam öfter.« Sie schauderte geradezu. Ein paar blonde Strähnen kringelten sich um ihr Gesicht.

Leonore sah zur Pader hinüber, die von der Sonne beschienen träge dahinschaukelte und ebenfalls die Sonntagsruhe genoss. Lautlos liefen kleine Wellen am Ufer aus. »Wo hast du das Plätschern denn gehört?«

»Hinten am Badehaus. Ganz unheimlich, sage ich dir.«

»Hast du nicht aus dem Fenster geguckt?«

»Doch. Aber es war ja finster.«

»Gesehen hast du also nichts?«

»Nein. Aber da war was, das weiß ich genau.«

Leonore stand auf. »Lass uns mal nachschauen.« Sie ging am Badehaus vorbei auf die Pader zu.

»Ihr bleibt da«, befahl Angela ihren Kindern und lief Leonore nach.

Unterhalb des Badehauses war das Ufer befestigt, ein breiter, zum Wasser hin abfallender Streifen war gekiest. Zu beiden Seiten ließen Büsche ihre Zweige in den Fluss hängen, der nach dem Regen wieder lehmgelb gefärbt war. An warmen, trockenen Sommertagen war dies ein hübscher Badeplatz.

»Hier ist nichts«, sagte Leonore und wollte zurückgehen.

Doch Angela lief den Kiesstreifen hinab bis an das flache Ufer. Wasser schwappte über ihre guten Schuhe. Sie starrte in den undurchsichtigen Fluss und musterte dann die Oberfläche. Der Saum ihres Sonntagsrocks wurde nass, als sie in die Hocke ging und zum gegenüberliegenden Ufer spähte.

»Da ist etwas!« Mit Triumph im Blick sah sie zu Leonore auf. »Guck selbst.«

Leonore hockte sich neben sie und sah an ihrem ausgestreckten Arm entlang. Auch da drüben überwucherte dichtes Gebüsch den Ufersaum. Was meinte Angela denn? »Ich sehe nur Äste und Blätter.«

»Dazwischen. Du musst genau hinsehen. Da sind nicht nur Äste, da ist noch anderes Holz. Sieht aus wie Bretter.« Sie bückte sich noch tiefer. »Das ist ein Boot!«

Sie machte Platz, damit sich Leonore an ihre Stelle hocken konnte. Jetzt sah sie es auch, vor der braunen Böschung war es kaum zu erkennen. Als sie sich so weit vorbeugte, dass sie fast ins Wasser fiel, konnte sie sogar die gekreuzten Ruder erkennen, die ein Stück über den Rand ragten. Es war ein kleines Boot für höchstens zwei Leute. Von Zweigen verborgen, dümpelte es leicht auf dem Wasser.

»Gut versteckt, was?« Angela strahlte über beide Wangen. »Damit ist letzte Nacht bestimmt jemand hierhergerudert.«

»Du hast gute Augen«, gab Leonore zu. »Ich hätte es nie gesehen.«

»Und gute Ohren. Du wolltest mir ja nicht glauben.«

»Tut mir leid, Angela. Aber wer kommt denn auf so was?« Leonore erhob sich. Ein Boot, um das Badehaus zu erreichen? Es gab doch eine Brücke … aber in der Hecke um das Grundstück auch ein Tor, das nachts verschlossen war.

Leonore sah zum Badehaus hinüber, das auf zwei dicken Stämmen zur Hälfte über dem Wasser hing. Koch hatte es abgesperrt. Wenn jemand es nachts benutzen wollte, brauchte er einen Schlüssel. Hatte er ihn von Koch bekommen? Oder war vielleicht irgendwo einer versteckt? Leonore juckte es in den Fingern, aber sie verbot sich, danach zu suchen. Das Badehaus gehörte Henrich Koch, er konnte hineinlassen, wen er wollte.

»Komm, lass uns mal durchs Fenster gucken«, sagte Leonore und ging voraus. Anschauen musste erlaubt sein.

Sie umrundeten das Häuschen und sahen hinein. Alles war wie neulich, die Bottiche leer und sauber, die Feuerstelle ohne jedes Ascheflöckchen. Jetzt erst nahm Leonore die großen Schränke an beiden Wänden des Vorraums wahr. Unter einem Vordach an der Seitenwand lagen Holzscheite aufgestapelt. Wo konnte der Schlüssel – wenn es ihn gab – wohl versteckt sein? Neugier kleidet Frauen nicht, pflegte Erik, ihr Sauertopf von Bruder, zu sagen. Aber hatte sie je etwas auf seine Meinung gegeben?

»Gebadet hat hier bestimmt keiner«, sagte Angela. »Er hätte das Wasser vom Brunnen holen müssen, und das hätte ich gehört.«

»Stimmt.« Das Quietschen und Rasseln der Kette zerriss weithin die Stille.

»Aber da war jemand.« Angelas Stimme klang immer noch besorgt. »Was er wohl gewollt hat?«

»Es hat sicher nichts zu sagen«, sagte Leonore, weil sie die Freundin beruhigen wollte. »Vielleicht war es Koch selbst, der etwas vergessen hat und euch nicht stören wollte.« Das ein wenig schief in den Angeln hängende Gartentor quietschte so laut wie die Brunnenkette. Leonore fielen die knotigen Hände des Alten ein. »Oder er hat seinen Knecht geschickt.« Früher – aber das war vor Leonores Zeit – sollte er wahre Orgien im Badehaus gefeiert haben.

»Mhm.« Überzeugt war Angela nicht.

Sie gingen zum Tisch zurück, den die Kinder inzwischen mit Sand überhäuft hatten, in den sie Kieselsteine drückten. »Wir backen Apfelkuchen«, krähte Mariechen mit dreckverschmiertem Mund. Angela trug sie zum Brunnen und wusch sie ab.

Leonore wollte sich gerade verabschieden, da quietschte das Gartentor. Beide sahen auf. »Wenn man vom Teufel spricht …«, murmelte Leonore. Henrich Koch kam auf einen Knotenstock gestützt den Gartenweg hinauf. »Sag besser nichts davon«, flüsterte sie Angela zu und verdrehte ihre Augen in die Richtung, wo das Boot am Ufer lag. Wenn es Kochs Geheimnis war, musste er nicht wissen, dass sie es aufgedeckt hatten.

»Wenn das nicht ein schöner Sonntagmorgen ist«, rief ihnen Koch entgegen. »Die Sonne strahlt, und dann noch zwei leckere Mädchen, die mich begrüßen.« Auf seinem kahlen Kopf saß ein speckiger Schlapphut, eine zerzauste Reiherfeder hing mehrfach geknickt hinab.

Leonore schmunzelte in sich hinein. Als Kochs Stimme noch nicht quäkte und seine Knie nicht so zitterten, hatte er den Schwerenöter überzeugender gegeben. Seit sie ihn zuletzt gesehen hatte, war er noch mehr geschrumpft. Angela wischte verstohlen den Sand von ihrem guten Rock, ihre Wangen färbten sich rot.

Mit der wackeligen Andeutung eines Kratzfußes begrüßte er erst Leonore, dann Angela, die er noch nicht kannte. »Wollte mich doch mal erkundigen, wie Ihr in dem Schuppen zurechtkommt«, sagte er. Seinen Hut legte er auf Mariechens Apfelkuchen.

»Gut«, gab sie zurück. »Wir sind Euch sehr dankbar, dass wir hier wohnen dürfen.« Sie bot ihm eine Führung durch das Haus an.

»Ein andermal.« Er sah zum Dach hoch und schien zufrieden, dass es noch ganz war. »Habt Ihr denn genug Platz dadrin? Ihr seid doch eine große Familie.«

Während Angela beschrieb, wie und wo alle untergebracht waren, musterte Leonore den Alten. Obwohl er in den letzten Jahren gewaltig abgenommen hatte, entdeckte sie immer noch kein neues Kleidungsstück an ihm. Die überweiten Kniehosen täuschten Fülle vor, wo keine mehr war, die weißen Strümpfe schlotterten um die dünnen Beine. Den kurzen schwarzen Umhang, den er schon getragen hatte, als Leonore ihn als kräftigen, lebensfreudigen Mann kennengelernt hatte, konnte er zweimal um sich schlagen.

Das war keine Sparsamkeit mehr, das war der reine Geiz. Koch hätte sich die feinsten Kleider leisten können. Er war der reichste Weinhändler der Stadt mit einem großen Haus gegenüber der Pankratiuskirche, das mit seinen sechs Fensterreihen so hoch war wie das neue Rathaus.

Wie kaum ein anderes der in den letzten Jahrzehnten entstandenen, prachtvollen Bürgerhäuser hatte es ihr bisheriges Leben begleitet. Bei jedem Gang die Westernstraße hinab hatte sie zur geschweiften Giebelspitze hinaufgeschaut und etwas bewundert, das in der Stadt einzigartig war. Das rot-weiße Ravensberger Wappen an der Hauswand, Wahrzeichen einer protestantischen Grafschaft, das Henrichs Vater Konrad zum Ärger vieler Katholiken als Erinnerung an die Herkunft der Familie angebracht hatte, machte allen klar, auf welcher Seite Henrich Koch stand. Er wäre über den Vergleich bestimmt nicht entzückt, doch Leonore hatten die drei roten, nach oben spitzen Winkel immer an die Mitra des Bischofs erinnert.

Eine Ente kam den Kiesweg zum Badehaus hinaufgewatschelt, von Koch genauso aufmerksam beobachtet wie von Leonore. Über die Ravensberger hatte auch Diether gesprochen, irgendetwas war da mit den Kammerdienern. Ob Koch immer noch Verbindungen nach Bielefeld hatte? Seit zwei Jahren regierten dort die Preußen.

»Schönen Frauen ist man doch gern behilflich«, erwiderte Koch auf Angelas abermalige Versicherung, dass sie und die Ihren sich in seinem Gartenhaus wohlfühlten. Ihren etwas ängstlichen Blick zum jenseitigen Paderufer bekam er nicht mit, weil er sich Leonore zuwandte.

»Und diese schöne Frau habe ich völlig vernachlässigt.« Er rundete den Arm, als wolle er ihn zum Tanz um sie legen. Der Knotenstock in der anderen Hand nötigte ihm eine gebeugte Haltung ab.

Leonore lachte über ihn. Koch war ein alter Schleimer, aber da war er nicht der Einzige. Am besten half, wenn man sie auslachte. Angela verschwand irgendetwas murmelnd im Haus.

»Aber es ist gut, dass ich Euch treffe, Baderin.« Er zeigte ihr seine Hände mit den geschwollenen Knoten an den Gelenken. »Kommt sicher daher, dass ich am Freitag Fisch gegessen hab wie ein Pfaffe.« Er kicherte ein wenig vor sich hin und wies dann nach unten. »An den Füßen ist es noch schlimmer.«

Leonore nickte und holte ihre Tasche. Die wichtigsten Arzneien hatte sie immer dabei. Als Patient war Henrich Koch anders als Kaspar von Fürstenberg. Von Heukissen hielt er nichts, dafür hatte er keine Geduld, aber er wusste genau, was seine Gichtanfälle hervorrief, und brauchte Leonores Hilfe nur selten. Bis auf die Gicht – und bis auf das Alter – war er gesund; sein Gewicht hatte er verloren, weil er nicht mehr trank und sich vorwiegend von Gemüse ernährte, wie sie es ihm geraten hatte. Indes war die Gicht eine der Krankheiten, die auch kleine Sünden nicht vergab.

Als sie zurückkam, hatte er sich – den Stock zwischen den Knien – an einer Ecke der Gartenbank niedergelassen. Leonore setzte sich ihm gegenüber und packte das Kästchen mit ihren Phiolen aus. »Wie geht es denn Eurem Neffen, dem Markus?« Ihr Finger, verfolgt von ihrem Blick, wanderte von einem Fläschchen zum anderen, obwohl sie längst wusste, welches sie brauchte. »Ich hab gehört, er ist jetzt Sekretär des Bischofs? Hätte ich ja eigentlich nicht gedacht …« Aus den Augenwinkeln beobachtete sie Koch.

»Ja, ja, unser Markus«, antwortete er mit einem Nicken, das sich vom Zittern seines Kopfes nicht sehr unterschied. »Hat der Kerl doch einfach die Seiten gewechselt. Wir haben ihn schon ewig nicht mehr bei uns gesehen.« Er schüttelte den Kopf. »Ihr habt schon recht, Baderin, erwartet hätte ich das auch nicht. Aber er ist eben doch ein Schnarmann, die waren ja immer katholisch.« Wieder dieses Altmännerkichern. »Er hat sich sogar den Blasiussegen geholt, stellt Euch das vor. Früher hat er über den Reliquienkram gelacht …« War das wirklich Wehmut in seinem Blick? Oder eher ein belustigtes Blinzeln? Sein Stock bebte unter seiner Hand.

Leonore zählte die Tropfen, die sie in einen Becher mit Angelas Johannisbeersaft rinnen ließ. Der Garten war verwildert, aber die Obststräucher trugen reiche Ernte. Anders als Kaspar, der ohne hinzusehen den Becher leerte, äugte Koch misstrauisch hinein und trank in winzigen Schlucken. Jedes Mal verzog er das Gesicht und sah Leonore vorwurfsvoll an. Das Spiel kannte sie schon.

Angelas Kinder tobten um den Brunnen herum. »Und wie laufen die Geschäfte?« Leonore behielt die lebhaften vier im Auge.

»Immer besser.« Koch stellte den halb vollen Becher ab. »Obwohl wir hier in der Stadt ja kaum noch etwas absetzen, seit die Jesuiten am Wühlen sind.«

»Früher habt Ihr viel Wein an die Ravensberger verkauft. Aber die Herzöge gibt's ja nicht mehr …«

»Man sollte es nicht meinen, aber auch die Preußen schätzen guten Wein. Und sie zahlen besser als die kniepigen Katholiken hier.« Er ließ sich darüber aus, dass Bielefeld zum Glück nicht voller Pfaffen sei, die ihren Wein ja doch nicht bei Hiesigen kauften, und dass die dortigen Bürger ohne die Herzöge besser dran wären und mehr Geld hätten. »Unser Wein ist gut, das sagen alle.« Den Rest aus dem Becher trank er, als sei es reiner Schierling.

Leonore nickte, obwohl sie Kochs Wein gar nicht kannte. Vater war Kochs Kunde gewesen, doch sein Sohn Erik kaufte nichts von Irrgläubigen. Diether bekam seinen Wein von der Stadt.

»Wir liefern sogar an den Kasseler Hof«, verriet ihr Koch mit sichtlichem Stolz.

Leonore machte ein gebührend erstauntes Gesicht. »Wie das?« Am Kasseler Hof saßen die den Katholiken feindlichen Hessen.

»Alte Verbindungen.« Er kniff eins seiner faltigen Augen zu. »Manchmal kann man sie wieder aufleben lassen.«

Sie fragte sich, ob es bei diesen Verbindungen nur um Wein ging.

Koch rückte seinen Stock zurecht und erhob sich mühsam. Leonore streckte die Hand aus, doch die verschmähte er. »Ich muss noch mal da rein.« Mit dem Kopf wies er aufs Badehaus und schlug die Richtung ein. Sein Stock tappte ihm voraus.

Zu gern wäre Leonore ihm gefolgt, doch sie wollte nicht neugierig erscheinen. Sorgfältig schloss er die Tür hinter sich,

Leonore meinte sogar, den Schlüssel zu hören, wie er sich von innen im Schloss drehte. Sie blieb sitzen und wartete ab. Auf der Pader schnatterten Enten, die hinter dem Gebüsch unsichtbar blieben, aus dem heruntergekommenen Kräuterbeet hinter dem Tisch drangen betäubende Düfte.

Als Koch aus dem Badehaus heraustrat, hatte er nur den Schlüssel in der Hand, mit dem er die Tür ebenso sorgfältig absperrte wie zuvor. Wenn er etwas herausgeholt hatte, war es so klein, dass es in seine Hosentaschen passte. Um das Haus gab es ein Geheimnis, doch das ging Leonore nichts an, und auch Angela brauchte sich darum nicht zu sorgen. Wer auch immer nächtens die Pader überquerte, hatte es nicht auf Leifelds magere Habe abgesehen.

»Auf gar keinen Fall kannst du reiten!«

So entsetzt war Leonore, dass ihre Stimme bebte. Was dachte sich der Mann nur? So ein fahles Gesicht, und dann wollte er reiten! Sie atmete durch und schlug einen ruhigeren Ton an. »Du hast eine Gehirnerschütterung, Diether. Wenn du sie nicht ausheilst, bleiben dir Schmerz und Schwindel lange erhalten.« Nach so vielen Jahren mit ihr sollte er das eigentlich selbst wissen.

»Dagegen helfen deine Pülverchen.« Männer waren wohl doch unbelehrbar.

Henrich hatte schmunzelnd den Disput verfolgt und verschwand zu einem Schläfchen in seiner Kammer über dem Stall. Seine Suche nach Laurenz war erfolglos geblieben. Von Diether hatten sie erfahren, was Henrich über Laurenz, die Gaukler und den Mann mit der Fasanenfeder gehört hatte. Leonore sah ein, dass sie den Jungen finden mussten, und das Lager im Albrocker Wald – vorausgesetzt, die Gaukler standen mit ihm in Verbindung – war ihr erster Ansatzpunkt.

Sie räumte die Teller zusammen, auf denen eben noch die duftenden Pasteten gelegen hatten, die sie auf dem Rückweg in Jobsts Gasthaus erstanden hatte. Sie hatte auch an Friedrich gedacht, der an schönen Tagen wie diesem gern in ihrem Garten auftauchte. Ein paar restliche Krümel warf sie den Hühnern vor. Friedrich sah ihnen bedauernd nach, doch seine Augen leuchteten auf, als Diether Wein nachschenkte.

Inzwischen war ihr Beschluss gereift. »Ich reite allein nach Albrock. Den Weg durch die Wälder kenne ich, und Hermanna wartet bestimmt schon lange auf meinen Besuch.«

Jetzt war es Diether, der Einspruch erhob. »Allein durch die Wälder? Nicht, wenn ein Mörder frei herumläuft. Außerdem mögen dir nicht alle Räuber wohlgesonnen sein.« Sein Blick fiel auf sein Gegenüber: Friedrich, der sich mit über dem Bauch gefalteten Händen gemütlich zurückgelehnt hatte. Heute war er mit blauseidenen Kniehosen sonntäglich herausgeputzt. »Nimm Friedrich mit, der will Hermanna sicher auch sehen.«

»Mich?« Friedrich setzte sich auf. »Hm. Eigentlich hatte ich mich auf einen geruhsamen Nachmittag gefreut. Aber warum nicht?« Er sah zum Himmel auf, an dem kein Wölkchen zu sehen war. »Lass uns meine Kutsche nehmen, da sind wir vor Regen geschützt.«

Das hatte er sich so gedacht. »Oh nein«, sagte Leonore bestimmt. »Bei dem schönen Wetter will ich nicht auf der langweiligen Straße bleiben.« Sie zankten sich ein Weilchen, während Diether belustigt zusah, schließlich gab Friedrich nach. Er hatte so einen prachtvollen Rappen, aber meist überließ er ihn dem Pferdeknecht. Leonore rutschte an Diethers Seite und schmiegte sich an ihn. Ein wenig wollte sie seine Gegenwart noch genießen.

Doch dem lag eher an Friedrichs Auskünften. »Erzähl, wie es kommt, dass du nicht weiter nach der Urkunde suchen kannst.«

Friedrich musste sich erst mit einem Schluck Wein stärken. Wie er sich dann die Augen rieb, zeigte, dass er ganz anderes im Sinn hatte, als Diether Rede und Antwort zu stehen. Endlich bequemte er sich zu den ersten Worten. Sie hatten lange in den Urkunden gewühlt, doch dann war Propst von Plettenberg aufgetaucht und hatte ihrer Suche ein Ende gesetzt. »Ausstaffiert war er, als käme er eben von einem Besuch beim Bischof.«

»Mit dem er ja, wie wir wissen, verwandt und außerdem eng befreundet ist. Die Fürstenberger haben ihm sicherlich gesagt, was sie von ihm erwarten.« Diether hielt inne. »Wenn er nicht selbst ein Auge auf das Kreuz geworfen hat.«

»Wohl kaum«, sagte Friedrich. »Er hat es dem Bischof geschenkt.« Empört hob sich seine Stimme. »Mir nichts, dir nichts, und ohne dem Stiftskapitel gegenüber das kleinste Wort verlauten zu lassen.«

»Er kann nichts verschenken, was nicht da ist.«

»Nein. Aber falls es wieder auftaucht, bekommen wir es nicht zurück. Breckenberg hat sich mächtig darüber aufgeregt, doch Rostorp hat es ganz gelassen hingenommen.« Friedrich zupfte am Spitzenbesatz seiner Ärmel herum. »Was mich ein wenig verwundert, weil er im Schlosskeller doch so hinter dem Kreuz her war.«

Mit den Fingern trommelte Diether leicht auf den Tisch. »Ich will ja nichts unterstellen, aber könnten deine beiden adligen Stiftsfreunde nicht etwas mit dem Raub zu tun haben? Wenn sie dem Domkapitel beitreten wollen, mögen ihnen zur Adelsprobe noch ein paar Generationen in ihrem Stammbaum fehlen.«

»Das haben sie nicht nötig«, meinte Friedrich. »Ihre Geschlechter gehen auf Karl den Großen zurück, das können sie nachweisen. Die edlen Säulen des Hochstifts, ihr wisst schon.«

Diether zuckte mit der Schulter. »Eine von den Herrschaften selbst in die Welt gesetzte Legende – was nur einmal mehr bestätigt, dass sie sich alle möglichst alt machen wollen.«

Leonore beendete das Streitgespräch, bevor es sich in historischen Spitzfindigkeiten verlor. Augenzwinkernd sagte sie: »Wenn es um alt geht, dann gewinnt sicher Henrich Koch den Preis. Ihr hättet sehen sollen, wie zittrig er in den Garten getapert kam und trotzdem den Gockel herausgekehrt hat.« Sie erzählte von Angelas nächtlicher Beunruhigung, dem Boot am Badehaus und den zweifelhaften Verbindungen Kochs zu protestantischen Mächten. »So klapprig er ist, hat er doch immer noch seine Geheimnisse.«

»Na, da bin ich aber froh, dass wenigstens er das Kreuz nicht gestohlen haben kann.« Friedrichs spitzer Ton ließ vermuten, dass er Diethers Argwohn gegenüber seinen eifrigsten Mitstreitern gegen die Unordnung im Busdorfarchiv nicht vergessen hatte.

»Er vielleicht nicht. Aber bei seinem Neffen bin ich mir nicht so sicher«, erwiderte Diether.

Friedrich nickte versöhnt. Auf Markus Schnarmann als Täter konnten sie sich einigen.

Laurenz schlug die Augen auf, sein Herz klopfte heftig. Nein, sie hatte sich nicht bewegt. Ein wenig entspannte er sich. Eben noch hatte er die haarigen Beine auf seinem Gesicht gespürt, einen Hauch giftigen Atems in seiner Nase. Doch so gelassen wie immer schaukelte die Spinne in ihrem Netz, das sie der Schießscharte gegenüber zwischen Wand und Decke ausgespannt hatte. Die Nahrung flog ihr einfach zu.

Durst. Wie ein vertrocknetes Stück Mausefell lag seine Zunge im Mund.

Er rollte sich aus seinem klammen Bett, kroch wie ein Maulwurf zu seiner Pfütze und legte sich rücklings hinein. Auf die Feuchtigkeit an der Decke war Verlass, stetig tropfte es herab. Inzwischen wusste er, wo sich die meisten Wassertropfen sammelten. In der Nacht hatte es geregnet; im Dunkeln hatte er sich an der Wand hinaufgereckt und mit der Zunge das fließende Nass aufgefangen. Köstlich war das gewesen.

Die Sonne war noch nicht um den Turm herumgewandert, aber lange konnte es nicht mehr dauern. Kurz schaute sie dann zur Schießscharte hinein und malte einen hellen Fleck auf die Wand. Den ganzen Tag wartete Laurenz auf dieses Licht, das ihm seinen Kerker beinahe in einen Palast verwandelte.

Wenn das Leuchten verblasste, ging die Sonne bald unter, und dann begann die Nacht, die ihm jedes Mal dunkler und endloser erschien. Am Tag dämmerte er in seiner Mulde an der Wand dahin, die er nur zum Auffangen der Tropfen verließ. Nachts war er hellwach. Sobald er die Augen schloss, stiegen die Spinnen an den Wänden herab, stakten mit immer länger werdenden Beinen über den Boden und spannen ihn vollständig ein.

Wie lange es wohl noch dauerte? Wenn es um das Lösegeld

ging, mussten Vater und die Räuber sich doch längst einig geworden sein.

Oder hatte Vater Schwierigkeiten, das Geld aufzutreiben? Laurenz hatte keine Ahnung, wie es um das Vermögen seiner Familie stand. Für ihn war immer genug da gewesen …

Am Morgen hatte er Kirchenglocken gehört, ganz fernes Gebimmel. Nur ein paar Meilen lagen zwischen ihm und dem nächsten Dorf. Er hatte sich vor die Fensternische gekniet und gebetet. Vater würde sich wundern, wenn er sähe, wie fromm sein missratener Sohn sein konnte. Bittere Tränen hatte er geweint bei dem Gedanken, dass seine Eltern jetzt allein in den Dom gingen und inbrünstig für ihn beteten. Jedes Kirchenlied hätte Laurenz mitgesungen, wenn er sie hätte begleiten dürfen, und nicht wie sonst die goldenen Leuchter am Altar gezählt und überlegt, wie viele Taler er dafür wohl bekäme. Noch im Nachhinein spürte er, wie ihm die Schamröte ins Gesicht stieg.

Wenn er je wieder hier herauskam, sollte Vater nur Freude an ihm haben, das schwor er sich und allen Heiligen. Jeden Tag wieder wollte Laurenz sich an der warmen und trockenen Schreibstube erfreuen und das Zahlenwerk unter seiner Feder nie mehr öde nennen. Sehnsüchtig sah er zur Schießscharte hinauf. Wenn er doch nur davonfliegen könnte!

Eng beieinander bildeten sich gleich zwei Wassertropfen an der Decke. Er brachte seinen Rücken in eine andere Lage, damit sein Kopf darunterlag. Zwei Tropfen, das war geradezu ein Geschenk. Sie zitterten, bevor sie herabfielen, mühelos fing er sie mit dem Mund auf. Bei jeder Bewegung schmatzte der Matsch unter ihm, als sei er dabei, ihn zu verschlingen. Nichts sonst hörte er, es war so still wie im Grab.

Ob die Blonde wusste, dass Laurenz hier gefangen gehalten wurde? Sie hatte ihn mit dem Drehkreisel hereingelegt, aber würde sie auch an einer Entführung mitwirken? So blaue, unschuldige Augen – er sah sie geradezu vor sich. Wie sie wohl zwischen die Gaukler geraten war? Sie hatte willig alles getan, was ihr das Wieselgesicht befahl.

Er musste wohl sehr betrunken gewesen sein, denn sonst hätte er eher gemerkt, was gespielt wurde. Die Frau gehörte zu der Bande und zog mit ihr herum. Wenn sie freundlich zu ihm gewesen war, dann nur, weil sie seine Silbertaler gesehen hatte. Sie waren alle Gauner, die den Leuten das Geld aus der Tasche zogen, sie ausraubten und sogar ermordeten. Ihre Schlupfwinkel hatten sie in den Wäldern, und in einem davon saß er jetzt fest. Auf die Blonde brauchte er nicht zu hoffen, die rettete ihn nicht.

Ein paarmal hatte er erlebt, wie die Bischöflichen mit dröhnenden Hufen über die Schlossbrücke geritten waren, um im Habrinkhauser Wald ein Räuberlager auszuheben. Gefangen hatten sie nie jemanden, die Räuber kannten sich in den Wäldern aus und die Landsknechte nicht. Auch Laurenz würden sie wohl nicht finden, selbst wenn sie nach ihm suchten.

Im Paderborner Land mit seinen ausgedehnten Wäldern hatte es schon immer furchterregende Räuberbanden gegeben, das wusste er aus Großmutters Geschichten. Da war der Schreiber von Haaren gewesen, der aus reiner Freude am Töten einen Schüler im Bach ertränkt hatte. Fröhlich habe er darüber gelacht, dass sich der Junge vor seinem Tod wie ein Wurm um seine Hand gewunden hatte. Seinen eigenen Lehrer, einen Mönch des Klosters Böddeken, hatte der Schreiber im Wald überfallen, ihm die Zunge herausgeschnitten, ihn geschändet und inmitten seines Blutes zurückgelassen. Kälte rieselte Laurenz' Rücken hinab, die nicht vom weichen Matsch kam, in dem er hier lag.

Aber der Schreiber besaß auch einen zauberkräftigen Federkiel, der ihn unsichtbar machte und mit dessen Hilfe er Schlösser und Ketten sprengen konnte. Ob er so dicke Mauern, wie sie Laurenz umgaben, ebenfalls zum Einsturz hätte bringen können? Die Bande des Schreibers hatte sogar schwangere Frauen getötet, weil ungeborene Knaben angeblich Zauberkräfte verliehen.

Wie ärgerlich – wegen des längst toten Räubers hatte er jetzt nicht aufgepasst, ein Tropfen war nutzlos auf seine Brust gefallen. Aber da oben wuchs schon der nächste …

Zur Strecke gebracht hatte den Schreiber die »schwarze Hanna«, ein Mädchen aus der Nähe der Stadt. Ein Rabe hatte die Hinrichtung beobachtet, das sollte des Schreibers Mutter gewesen sein, eine alte Zauberin, die nur darauf wartete, mit

Hilfe ihrer teuflischen Kräfte dem Sohn das Leben zurückzugeben. Man hatte ihn grausam zu Tode gefoltert: Zuerst war sein Körper mit glühenden Zangen zerfetzt worden, dann hatte ihm der Henker das Herz aus der Brust geschnitten und ihm ums Maul geschlagen.

Aber am gruseligsten war Laurenz immer der alte Franke aus Atteln erschienen. Ein leibhaftiger Teufel in Menschengestalt, hatte Oma geraunt, wenn sie von ihm sprach. Der hatte keine Bande um sich gehabt, ganz allein war er durch die Lande gezogen und hatte geraubt, gemordet, verstümmelt und geschändet. Auch er hatte sich unsichtbar machen können, ihm hatte eine Bohne des Teufels geholfen, die er vorher ins Auge eines ermordeten Mädchens gepflanzt hatte. Sogar in einen Wolf hatte sich Franke verwandeln können. Genau an dem Tag, an dem Laurenz zur Welt gekommen war, hatte Frankes Hinrichtung stattgefunden, auch ihm hatte man bei lebendigem Leibe das Herz herausgeschnitten und ums Maul geschlagen.

Die beiden waren gehenkt worden, doch die Leute erzählten sich, sie wären wiederauferstanden und hätten sich zusammengetan. Zauberkräfte – gab es die überhaupt? – hätten sie wiedererweckt und stünden ihnen weiterhin zur Verfügung. Von den Gauklern in der Stadt hatte keiner, nicht einmal die Blonde, zaubern können, die hatten einfach nur betrogen und die Leute – auch ihn selbst – erfolgreich eingeseift.

Aber wie auch immer – Räuber waren nie gute Menschen. Nur jemand, der seine Seele dem Teufel verschrieben hatte, konnte so grausam sein und ihn ohne Wasser, ohne das kleinste bisschen Brot in diesem feuchten Kerker verschimmeln lassen. Für die Räuber spielte es keine Rolle, ob er lebte oder jämmerlich verdurstete, sie waren imstande, das Lösegeld einzustecken und ihn einfach zu vergessen …

Das Licht war verschwunden, vor der Schießscharte stand grauer Himmel. War die Sonne untergegangen, ohne bei ihm hereinzuschauen? In der Ferne grollte Donner. Ein Gewitter, das sicher Regen mit sich brachte und einen ordentlichen Schluck Wasser für Laurenz. Auf den Knien rutschte er zur Wand unter dem Fensterloch, um ja keinen Tropfen zu verpassen. Ein

Windstoß brachte die Bäume zum Ächzen, dann prasselte der Regen hernieder. Mühsam stellte er sich auf die Füße. Den Kopf in den Nacken gelegt, mit offenem Mund und erwartungsvoll herausgestreckter Zunge, starrte Laurenz die Wand hinauf, wo bald das erste Rinnsal fließen musste.

Gierig schleckte er die ersten Tropfen auf, da erhob sich mit einem Mal Rabengeschrei. Die Blätter rauschten, als sie aufflogen. Laurenz hob den Kopf. Wegen des Regens hatten sich die Vögel noch nie aufgeregt – gab es da draußen etwas, das sie aufgestört hatte? Ein Tier, vielleicht auch Menschen …

Möglichst weit reckte er sich zum Fenster hoch und rief aus Leibeskräften um Hilfe. Gleichzeitig versuchte er, das kostbare Nass an der Wand mit den Händen aufzufangen. Er schrie und schrie, bis er nur noch krächzte wie die Raben, die sich ein Stück entfernt wieder niedergelassen hatten. Es hatte keinen Zweck. Jeder, der vorbeiging, musste seine Hilferufe für Rabengeschrei halten.

Ein wenig Wasser immerhin hatte sich in seinen Händen gesammelt. Er schlürfte es auf und presste von Neuem die Zunge zwischen die Ritzen der Steine. Allzu bald verstummte da draußen das Prasseln, und dann versiegten auch die Rinnsale an der Wand. Seinen Durst hatten sie kaum gelöscht.

Müde kroch er zu seiner Mulde zurück. Beim Hineinlegen stellte er sich vor, er sei daheim und kuschele sich tief in sein Federbett, bis nur noch die Nase herausschaute. Die Spinnen belauerten ihn wie zuvor, aber kriegen sollten sie ihn nicht.

Vom Blätterwerk der uralten Eichen verschluckt, verklang das Abendgeläut der kleinen Glocke der Albrocker Dorfkirche. Nur am Sonntagmorgen, wenn er die Bewohner der umliegenden Dörfer zum Hochamt rief, setzte Pastor Kruse St. Landolins große Glocke in Gang. Dann erbebte die Luft über Albrock, weithin schallten die Töne über den Wald hinweg.

»Pastor Kruse ist ein Fall für sich, was?« Wie Leonore hatte auch Friedrich dem Geläut so lange gelauscht, bis nichts mehr zu hören war. Stille breitete sich aus, kein Windhauch bewegte die Blätter. »Er muss schon mit diesem misstrauischen Gesicht auf die Welt gekommen sein.« Friedrichs Blick zwischen die dunklen Stämme stand dem des Pfarrers nicht nach.

Wäre es nach Friedrich gegangen, hätten sie für den Rückweg in die Stadt den breiten und belebten Hellweg genommen, doch Leonore wollte lieber im Schatten reiten. Wie immer hatte er bald nachgegeben und verbarg sogar seine Angst.

»Die Räuber werden hinterrücks angreifen, also bilde ich die Nachhut«, sagte er, als die Bäume näher heranrückten und ihre Pferde nebeneinander keinen Platz mehr fanden.

Das war nicht nur Tapferkeit. Leonore lachte. »Du traust dir wohl nicht zu, den richtigen Weg zu finden.«

Leicht war es tatsächlich nicht, bei dem Gewirr von Pfaden, die den Wald durchzogen. Sie mussten nach Osten reiten, also die Sonne im Rücken behalten, die noch ein gutes Stück über den Wipfeln stand und stauberfüllte Lichtbahnen in ihren Weg warf. Anfangs führte der Weg noch an der Albke entlang, die neben ihnen fröhlich durchs Gestrüpp gluckerte.

Es hätte ein schöner Nachmittag sein können, wäre nicht Pastor Kruse gewesen. Kein Besuch im Albrocker Herrenhaus verging, ohne dass er mit wehender Soutane, weil er zum Knöpfen keine Zeit gefunden hatte, aus dem gegenüberliegenden Pfarrhaus herbeieilte, um Hermannas Gäste in Augenschein zu nehmen.

Auf dem Weg zu Hermannas Schloss, wie es die Dorfbewohner nannten, hatten sie an Ortsvorsteher Hagemeiers von Linden umgebenen Hof angehalten. Rötger war sofort zu seinen ehemaligen Genossen in den Wald geritten, nachdem er erfahren hatte, worum es ging. »Ihr könntet Glück haben«, hatte er gesagt. Am heiligen Sonntag waren die Gaukler in den Dörfern nicht wohlgelitten und blieben zumeist im Wald. Leonore und Friedrich hatten noch ein wenig mit der kleinen Maria gespielt, der sie mit Hermannas Hilfe auf die Welt geholfen hatte.

Die Herkunft des Kindes musste im Dorf allerdings geheim gehalten werden. Rötger und Hildegund – er ein entlaufener Mönch, sie eine Paderborner Händlerstochter – hatte ihre unangemessene Liebe in den Wald geführt, wo sie auf die Räuber gestoßen waren. Doch dann war Hildegund schwanger geworden und hatte im Haus der mitleidigen Hagemeiers ihr Kind bekommen. Nach wie vor freuten sich Anton und Maria Hagemeier unbändig über ihr »Enkelkind«, dem sich bald ein weiteres hinzugesellen sollte. Leonore fragte sich oft, wie viele ehrbare, aber aussterbende Bauernfamilien auf die Art die Nachfolge auf ihren Höfen gesichert hatten. Rötger wuchs bereits in die Rolle des Ortsvorstehers hinein, die seit alters mit Hagemeiers Hof, dem größten des Dorfs, verbunden war.

Hermanna von Albrock, der Hagemeiers wie fast alle Bauern des Dorfs eigenbehörig waren, zählte zu den ältesten Freundinnen Leonores, die ihr vor ein paar Jahren in großer Gefahr beigestanden hatte. Der ermordete Menke von Wewer hatte ebenfalls eine Rolle gespielt, nur knapp war Hermanna einer Verhaftung durch seine Landsknechte entgangen.

Über die Schulter hinweg sah sie sich nach Friedrich um, dessen versonnener Blick den Lichtstreifen durch die Bäume folgte. Er hatte sich damals wohl ein bisschen in die schöne Hermanna verliebt, heute hatte er sie wieder kaum aus den Augen gelassen und sie meist sogar anbetend angestarrt. Hermanna bestand allerdings darauf, dass ihr Mann – wenn sie überhaupt heiratete – sie nicht heimführte, wie es hieß, sondern zu ihr ins Herrenhaus zog. Ob Friedrich dazu bereit war? Ein wenig unheimlich war ihm Albrock immer noch, seit er im nahen Moor fast versunken war …

Wie besprochen war Rötger nach seiner Rückkehr aus dem Wald zum Herrenhaus gekommen, wo sich's Pastor Kruse bei Kuchen und Wein wohl sein ließ und gar nicht daran dachte zu gehen. Er musste sich wie ein Spion Gottes gefühlt haben, der in Hermannas Pavillon gleich vier Menschen gegenübersaß, die seiner Meinung nach dem Herrn der Himmel nicht genügend untertan waren. Hermanna hatte er früher schon der Hexerei beschuldigt, Leonore war ihre Freundin, also beäugte er sie ebenfalls mit Argwohn. Und während Rötgers ungeklärte Herkunft ihm suspekt war, gefiel ihm an Friedrich nicht, dass er als Stiftsherr nicht einmal am Sonntag eine Soutane trug. Leonore sah den Pastor noch vor sich, wie er geringschätzig die feine Spitze an Friedrichs Hals und Handgelenken musterte.

»Du hast dich gut geschlagen, als Pastor Kruse dich ausgefragt hat«, rief Leonore dem hinter ihr hertrabenden Friedrich zu.

»So ein Dorfpastörken stecke ich immer in die Tasche«, rief er zurück. »Er tut so gelehrt, dabei kennst sogar du dich in der Bibel besser aus als er.« Kruse hatte ihn scheinheilig in theologische Gespräche über die Sakramente, das Fegefeuer und den altgläubigen Katechismus des Petrus Canisius verwickelt und auf einen falschen Zungenschlag Friedrichs geradezu gelauert.

Seit geraumer Weile war das von Sträuchern gedämpfte Murmeln der Albke neben ihnen verstummt. Zwischen den Bäumen wurde das Unterholz dichter, von Früchten rot gesprenkeltes, schwarz-grünes Eibengebüsch mischte sich hinein. Alles, was an der Eibe überwinterte, war giftig, an heißen Tagen sogar die Luft zwischen den umeinander gedrehten Hölzern, aber die saftigen roten Früchte ergaben eine gute Marmelade. Man musste allerdings höllisch aufpassen, dass die schwarzen Kerne nicht hineingelangten.

An einer Weggabelung blieben sie stehen. »Wie still es hier ist«, murmelte Friedrich. »Nicht einmal die Vögel zwitschern.« Er sah zu den unbewegten Baumwipfeln hinauf. »Kommt mir irgendwie vor wie die Ruhe vor dem Sturm.«

Den blauen Himmel – so weit sie ihn sehen konnten – trübte kein Wölkchen. »Wenn du den Sturm beschreist, lässt er sich vielleicht überreden.« Plötzliche Regengüsse waren nicht unwahrscheinlich, doch deutete nichts darauf hin.

Nach einem Blick auf die Sonne und vielen Handbewegungen Friedrichs, mit denen er die Richtung abmaß, entschieden sie sich für die rechte Abzweigung. Zur rechten Hand, jenseits des Habrinkhauser Walds, musste der Hellweg liegen, und wenn sie ihn verpassten, war da immer noch die Alme, auf die sie irgendwann stoßen mussten.

Als urwüchsiger Mischwald die dorfnahen Eichenbestände ablöste, wurde es im Wald lichter. Leonore sah glattstämmige Rotbuchen, hin und wieder eine Esche, riesige Ulmen, aus deren Fruchtbüscheln die ersten Früchte auf den Weg rieselten. Jede einzelne sah aus wie ein blassgrünes Blatt mit einem Käfer mittendrin. Hermannas Anwesen wurde von den im Dorf allgegenwärtigen Eichen beschattet, zwischen denen sie viel Platz für Fliederbüsche und Obstbäume geschaffen hatte.

Leonores Gedanken kehrten in den achteckigen Pavillon zurück, wo Lieseke, Hermannas Magd, frisch gebackenen Pflaumenkuchen aufgetischt hatte. Friedrich ließ sich gern ein paar Stückchen »für später« einpacken, während er sich im Gespräch mit dem Pastor einen ungemein durchgeistigten Anstrich gab. Hermanna und sie unterhielten sich in halblautem Ton, sprachen von Leonores Schwierigkeiten mit den Jesuiten und nun auch mit dem Schultheiß, und Hermanna erzählte ihr den neuesten Tratsch über die Dorfbewohner und von deren Krankheiten.

Kruse spitzte die ganze Zeit die Ohren und versuchte, ihre Worte aufzufangen, aber das gelang ihm wohl nicht. Wenn doch, war Leonore sicher, dass er alles Gehörte umgehend an die Herren des Domkapitels weitergab, die er zu seinen Freunden zählte. Sollte er – sie hatte keine Geheimnisse.

Was er allerdings nicht erfahren musste, war, in welcher Verbindung Rötger zu den Waldbewohnern stand. Erst als sie zu ihren Pferden gingen und Rötger sie begleitete, war Gelegenheit, ein paar Worte zu wechseln. Leonore hatte ihm die Gesuchten beschrieben, so gut sie es nach Geses und Diethers Beobachtungen konnte, und tatsächlich war er auf die Blonde und ihren Gefährten mit dem Wieselgesicht gestoßen und auf ein paar weitere Mitglieder der Bande. Sie kannten Laurenz und wussten gleich, was Rötger meinte, als er von einer möglichen Auseinandersetzung sprach.

Aber es hatte – soweit man den Vagabunden glauben konnte – keinen Streit gegeben. »Leider mussten wir ja ziemlich überstürzt die Stadt verlassen«, hatte der Hütchenspieler gesagt. »Sonst hätte der Kerl bestimmt noch gekriegt, was er verdient hat.« Und das Wieselgesicht hatte hinzugefügt, dass ja nicht aller Tage Abend wäre und sie sicherlich bald in die Stadt zurückkämen. Die Blonde hätte nur unschuldig geguckt und kein Wort von sich gegeben.

Nach einer weiteren Abzweigung verbreiterte sich der Weg, und Friedrich schloss zu Leonore auf. Waren sie schon auf dem Hinweg hier entlanggeritten? Der Boden war mit Hufabdrücken übersät. »Einer der Hauptpfade«, sagte Leonore. »Da sind wir sicher auf dem richtigen Weg.«

Begleitet von den um sie hertanzenden staubigen Lichtsäulen, ließen sie die erhitzten Pferde im Schritt gehen, unterhielten sich über Hermannas dörfliche Sorgen und lästerten über Pastor Kruses Hexenglauben. Bei jedem Eichhörnchen, das durchs Laub huschte, schnaubte Friedrichs Rappe und verdrehte die Augen, während Feuerbein gelassen einen Fuß vor den anderen setzte.

Undurchdringlich erschien der Wald um sie herum. »In früheren Zeiten gab es hier überall Weiler und kleine Dörfer, jedes mit einer Burg mittendrin«, sagte Leonore. »Wie die Dreckburg vor Salzkotten, die kennst du doch. Vater hat mir oft die alten Geschichten erzählt. Wenn man quer durchs Gebüsch geht, stößt man manchmal auf Ruinen, verfallene Burgmauern und Turmreste.«

»Und wie kam es, dass sie verfallen sind?« Friedrich war ein richtiger Stadtmensch; mit der Geschichte Paderborns und seiner Bischöfe befasste er sich, aber die Dörfer waren ihm so fremd, als lägen sie im fernen China.

»Zum einen ist die Pest schuld, die hat immer mal ganze Landstriche entvölkert. Aber viele Ansiedlungen sind auch den Streitigkeiten der Ritter zum Opfer gefallen. Sie mussten sich ja dauernd bekriegen und haben dabei Felder verwüstet, Bauern abgeschlachtet und sich gegenseitig die Burgen zerstört.« Leonore schien es, als flackerten von Schwerterklirren begleitete Feuersbrünste durch die Bäume.

»Dann sind also auch die Adelssippen ausgestorben?« Friedrich grinste. »Viele können es allerdings nicht sein, mir scheint, es sind noch reichlich da.«

Versprengte, verstörte Männer, Frauen und Kinder irrten durch den brennenden Wald … »Nein, gegenseitig haben sich die Ritter natürlich verschont. Sie haben sich dann anderswo neue, viel prachtvollere Wohnsitze gebaut, in irgendeinem Dorf, das ihnen ebenfalls gehörte. Das Land um die Ruinen herum blieb in ihrem Besitz und wurde weitervererbt.«

Hinter einer Wegbiegung sahen sie in einiger Entfernung

eine Gruppe von Leuten auf sich zukommen, Männer, Frauen und Kinder, als habe Leonore sie mit ihren Gedanken herbeigerufen. Als sie mit einem gemurmelten Gruß vorbeigingen, sah Leonore, wie abgerissen sie wirkten. Die Kinder waren barfuß, ungewaschen und hatten strähniges Haar, die Älteren trugen feine, aber zerschlissene Kleider, die ihnen nicht passten. Aber alle sahen wohlgenährt aus.

Eine Räuberbande war das eher nicht, doch Friedrich war anderer Meinung. »Was ist, wenn sie jetzt ihre Kumpane rufen und die uns ausrauben oder Schlimmeres?« Sein ängstlicher Blick zwischen die Bäume verriet, dass er sich schon in einem verrotteten Burgkeller vor sich hin modern sah.

»Ich hab meinen Stein«, sagte Leonore beruhigend, obwohl sie das Granitplättchen mit den eingeritzten geheimen Zeichen, das ihr Rötger damals zum Dank für ihre Hilfe verehrt hatte, wie immer zu Hause vergessen hatte. »Die Zinken erkennt jeder Räuber«, hatte Rötger gesagt. »Damit bist du überall sicher.«

Friedrichs Gesichtszüge entspannten sich. »Dann ist es ja gut.« Er schnalzte mit der Zunge und ließ sein Pferd voraustraben.

Leonore hatte auch ohne den Stein keine Angst. Alle Vagabunden, denen sie bisher begegnet war, darunter durchaus auch Spitzbuben, hatten keinerlei Ähnlichkeit mit den teuflischen Gestalten gehabt, als die sie gemeinhin dargestellt wurden. Ja, sie hegte sogar den Verdacht, dass Figuren wie der bestialische Franke oder Scribonius, der mordlüsterne Schreiber, von den Jesuiten erfunden worden waren. Zauberkräfte, sich unsichtbar machen, von den Toten auferstehen – das war doch alles der gleiche Unsinn wie der böse Blick und der Tanz mit dem Teufel, die den angeblichen Hexen unterstellt wurden. Aber der Unsinn half, den Glauben an das allgegenwärtige Böse wachzuhalten, der zur Zeit der lutherischen Reformation seine Kraft verloren hatte.

Von Rötger hatte Leonore erfahren, dass die Leute keineswegs deshalb in den Wald gingen, weil sie ihre Seele dem Teufel verschrieben hatten. Es waren entlaufene Mönche wie er, junge, aus Soldatendiensten entflohene Männer, wegen angeblicher Ehrlosigkeit geächtete Frauen, Familien, die von ihren Höfen vertrieben worden waren. Sie stahlen von den Feldern und raubten das Vieh, überfielen manchmal auch Reisende, aber sie richteten weniger Schaden an als die regelmäßig durchs Land ziehenden Trupps feindlicher wie freundlicher Landsknechte.

Die Mordtaten der letzten Jahre, an die sich Leonore erinnerte, hatten ganz normale Leute begangen wie der Borchener Bernd Kreggenmeyer, der bei Roms Kapelle vor der Stadt ein Mädchen vergewaltigt und umgebracht hatte, oder die Jesuitenschüler, die, nachdem sie einen Wanderdoktor erstochen hatten, von ihren vierhörnigen Ziehvätern aus der Stadt geschafft worden waren, bevor die Schütter sie ergreifen konnten. Menke von Wewer hatte das alles ebenfalls gewusst und die Räuber nur verfolgt, wenn eine Bande zu dreist wurde.

Erst als sie den Donner hörte, schreckte Leonore aus ihren Gedanken auf. Der Himmel hatte sich grau bezogen, das Licht zwischen den Bäumen nahm ab. »Wir reiten einfach geradeaus weiter«, rief sie Friedrich zu, als der sich mit besorgter Miene zu ihr umdrehte. Sie hatte viel zu lange nicht auf den Weg geachtet.

An der nächsten Weggabelung hielten sie sich wieder rechts, irgendwann musste der Hellweg doch auftauchen. Aber erst einmal verengte sich der Pfad vor ihnen. Der Donner kam näher, und dann begann es zu regnen, was nicht weiter schlimm war, weil sie – dank Friedrichs ängstlicher Vorsorge – Umhänge in ihre Satteltaschen gepackt hatten. Sie stiegen ab, schlugen sich die Kapuzen über den Kopf und führten die Pferde am Zügel.

Von beiden Seiten her drängte sich Brombeergestrüpp in den Weg, der bald so schmal wurde, dass sie vor den Pferden hergehen mussten. Jetzt prasselte der Regen nur so auf sie nieder, ein Blitz warf seinen Widerschein zwischen die Bäume. Die Köpfe gesenkt, kämpften sie sich mühsam durch den Schlamm, in den sich der Weg inzwischen verwandelt hatte.

Nach einer Wegbiegung blieb Friedrich mit einem Mal stehen und hielt sein unruhiges Pferd an der Trense fest. »Es geht nicht weiter«, rief er Leonore zu. Unter Blätterrauschen flog vor ihnen ein Schwarm Raben auf, empörtes Krächzen erfüllte die Luft. Manchmal hörten sich die Vogelschreie geradezu menschlich an.

An seinem scheuenden Pferd vorbei drängte sie sich zu ihm. »Wieso nicht weiter?« Sie standen vor einem dichten, den Weg weithin überwuchernden Gewirr von Brombeerranken mit dicken reifen Früchten, die Friedrich nicht einmal aufgefallen waren.

Mehr als die schmale Lücke zwischen den Bäumen, durch die Friedrich angestrengt spähte, war vom früheren Weg nicht übrig geblieben. »Da hast du deine Ruinen.«

Jetzt sah auch Leonore die fast schwarzen, gezackten Mauerreste. »Bestimmt haben da die Raben ihr Nest.«

»Oder die Räuber.«

»Egal. Wir müssen jedenfalls zurück.«

Mit einiger Mühe brachten sie die Pferde dazu, sich zwischen den stacheligen Ranken umzudrehen. Die zweite Abzweigung der Weggabelung führte sie lange nach links, doch dann bog ein Seitenweg rechts ab. Bald hörte es ganz auf zu regnen, die Sonne kam heraus, und erleichtert stellten sie fest, dass sie wie vor ihrem Abenteuer an der rabenumflogenen, verwunschenen Burg auf dem richtigen Weg waren.

Leonore hatte gut reden. Sie musste nicht draußen vor der Stadt, wo niemand ihre Hilferufe hörte, in einem Gartenhaus wohnen, das nicht einmal Läden vor den Fenstern hatte. Die Augen weit offen, lag Angela seit Stunden auf ihrem Strohsack und lauschte auf alles, was sich da draußen regte.

Seelenruhig schnarchte Hermann neben ihr, obwohl sie ihm doch erzählt hatte, dass sie sich wegen des Boots in der Pader Sorgen mache. Immerhin hatte er einen dicken Knüppel neben sich gelegt, weil, was er wieder einmal beklagt hatte, sein gutes Gewehr beim Zusammensturz der brennenden Hauswände unbrauchbar geworden war. Er sollte froh sein, dass sie alle ihr Leben gerettet hatten.

Eine Ente schnatterte verschlafen und hörte bald wieder auf. Aufs Neue summte ihr die Stille in den Ohren. Zum Glück regnete es nicht, denn sonst hätte Angela das leise Plätschern, das sie in der vorigen Nacht geweckt hatte, sicher nicht hören können.

Gerade wollten ihr die Augen zufallen, da fuhr sie auf. Oder hatte sie schon geschlafen und das Plätschern geträumt? Ihr Herz klopfte so laut, dass es jedes Geräusch übertönen musste. Doch nein, da war es: Ganz sachte wurde das Ruder eingetaucht und fast geräuschlos aus dem Wasser gezogen. Leise, aber für Angelas Ohren nicht leise genug.

Sie rüttelte an Hermanns Arm. »Da draußen sind sie«, flüsterte sie. Auf dem Kies knirschte ein Schritt, nur einer, dann war es wieder still.

Hermann erhob sich verschlafen, griff zu seinem Knüppel und ging leise zur Tür. Angela lief zum Fenster. Mondlicht spiegelte sich in den Scheiben des Badehauses, davor sah sie zwei Gestalten, die gebückt auf die Tür zuschlichen. Die Gesichter wandten sie der Hauswand zu. Als sich der Vordere aufrichtete, stand er voll im Mondschein, der sich auf einer polierten Glatze spiegelte.

Angela drehte sich um. »Warte«, flüsterte sie Hermann zu, der gerade die Hand auf die Klinke legte. »Ich glaube, das ist der Neffe unseres Hauswirts, mag sein, dass er das Häuschen benutzen darf.«

»Aber nicht in der Nacht«, sagte Hermann. »Sie müssen dich nicht so erschrecken.« Er öffnete die Tür und drückte sich an der Hauswand entlang.

Angela folgte ihm. Der mit der Glatze bückte sich nach etwas, das wohl unter dem Holzstapel verborgen war, dann beugten sich beide übers Türschloss.

Den Knüppel hoch erhoben, stürmte Hermann quer durch den Garten auf die Männer zu. »Heda«, brüllte er. »Verschwindet.«

Blitzartig hoben sie die Köpfe. »Zurück«, rief der andere, dann rannten sie zur Pader hinab, dass der Kies nur so spritzte, sprangen ins Boot, der mit der Glatze ruderte aus Leibeskräften. Im Mondlicht sprangen glitzernde Wassertropfen hoch.

Hermann lachte. »Die kommen so schnell nicht wieder.«

»Und wenn doch? Gestern Nacht waren sie auch da.«

»Soll ich mich etwa die ganze Nacht auf die Lauer legen?«

»Ja.«

Er ließ sich tatsächlich auf der Gartenbank nieder. Angela ging hinein und holte ihm eine Decke.

»Weiß Gott, was die beiden wollten«, sagte sie, als sie zurückkam. »Hätten sie ein gutes Gewissen gehabt, wären sie stehen geblieben und hätten es uns erklärt.«

»Kann sein«, knurrte Hermann.

Sie blieb noch ein wenig im Mondschein neben ihm sitzen, dann kehrte sie auf ihren Strohsack zurück. Gleich morgen früh musste sie Leonore und Diether von dem nächtlichen Besuch berichten. »Wie ein Delbrücker«, murmelte sie vor sich hin, als ihr – kurz bevor sie einschlief – mit einem Mal aufging, woran sie das »Zurück« des einen erinnert hatte. Das durfte sie nicht vergessen.

12

Der Schlüssel steckte noch im Schloss, wie es Angela beschrieben hatte, Leonore musste ihn nur drehen, dann bekam sie Zugang zu Kochs gut gehütetem Heiligtum. Sie streckte die Hand aus, wandte sich aber noch einmal zu Diether um. Koch war es bestimmt nicht recht, wenn sie einfach in sein Badehaus eindrangen.

»Nun mach schon.« Diether hatte sofort, als Angela den Schlüssel erwähnte, darauf gedrungen, dass sie das Gartenhaus besichtigten. »Ich will wissen, was die dadrin verstecken.« Angela hätte sich allein nicht hineingetraut.

Leonore drehte den Schlüssel und zog die schwere Tür auf, die keinerlei Quietschen von sich gab. Der geflieste Vorraum war leer bis auf ein paar unbenutzte Haken und die beiden Schränke an den Wänden. Dass hier oft gebadet wurde, glaubte sie nicht, kein Handtuch lag herum, die Ecken waren zugestaubt.

»Pfui!« Angela hatte das halbrunde Wandgemälde über dem Eingang zur Badestube entdeckt. »Was ist das denn?« Sie schob ihren Hermann zur Tür hinaus. »Du kannst aufpassen, dass Koch nicht kommt.« Selbst kam sie zurück und besah das Bild genau. »Gut, dass man das von draußen nicht sieht.«

Es war eine recht hübsche Darstellung der Susanna im Bade, die lüsternen Greise kauerten im Gebüsch. Leonore ging näher heran. Der Graukopf am Rand sah Koch ziemlich ähnlich. Humor hatte der Alte ja.

Nach einem Blick auf das Bild zog Diether mit beiden Händen die Schranktüren auf. Alle Fächer waren leer, und so war es auch im zweiten Schrank.

Angela stellte sich neben ihn und fuhr mit dem Finger über ein Brett. »Hier müsste mal Staub gewischt werden.«

»Tatsächlich.« Diether hatte den Staub wohl gar nicht gesehen. Er spähte über jedes Brett und malte Kringel darauf. In diesen Schränken war lange nichts versteckt worden.

Den Eingang zum eigentlichen Baderaum versperrte ein

rotsamtener Vorhang, den Leonore beiseiteschlug. Braunrot gebrannte Fliesen bedeckten die Wände, gesprenkelt von hellen Flecken, wo das Sonnenlicht durch die zartgrünen Butzenscheiben fiel. Zwei riesige ovale Bottiche aus dunklem Holz nahmen die hintere Wand ein, wo ein weiteres Fenster hinaus auf die Pader ging. Zwischen den Zubern war ein Brett angebracht, auf dem wohl so manches Festmahl gestanden hatte.

»Koch hat es sich gut gehen lassen, was?« Diether stand hinter Leonore und legte die Arme um sie. Er hatte mit Henrich schon über ein eigenes Badehaus gesprochen, doch in Italien gebrannte Fliesen konnten sie sich bestimmt nicht leisten.

»Mhm. Aber das ist lange her.« Seit Koch die Gicht hatte – bei Wärme wurden seine Schmerzen unerträglich –, benutzte er die Badezuber nicht mehr. »Und ohne das macht mir der ganze Garten keinen Spaß«, hatte er gesagt und das Gartenhaus auf Leonores Bitte hin leichten Herzens hergegeben. Hatte er vergessen, dass sein Neffe wusste, wo der Schlüssel lag, und das Badehaus für irgendetwas nutzte?

An einem Schwenkarm, der bis über die Bottiche reichte, hing ein fassgroßer eiserner Kessel über der Feuerstelle. Angela zog ihn zu sich und kippte ihn. »Der ist leer«, stellte sie fest.

Diether ging zu ihr und prüfte mit den Fingern, wie dick der Staub war. »Und das schon lange.« Er untersuchte die Feuerstelle und ging dann zu den Fliesen über.

Die Zuber hatten sogar jeder einen Ausfluss, die mit hölzernen Stöpseln verschlossen waren. Leonore umrundete die Wannen und überstieg das erste Rohr, das in die Außenwand mündete. Ob sich die Enten wohl gewundert hatten, wenn warmes Wasser auf sie herabrauschte? Sie öffnete das Fenster, das mit dem Bottichrand auf einer Höhe lag. Es musste schön sein, hier zu baden, wenn sich wie jetzt die Strahlen der Morgensonne funkelnd in den Wellen brachen, oder wenn abends das letzte Licht die Pader rosarot färbte.

Hier auf der Rückseite waren die gemauerten Podeste, auf denen die Bottiche standen, nicht gefliest, man sah die roten Ziegelsteine. Unter dem zweiten Abflussrohr stand einer ein wenig hervor, Mörtelstaub lag am Boden. Leonore bückte sich und rüttelte an dem Stein, der sich ganz leicht löste. In der Wand tat sich ein flacher Hohlraum auf, darin kleine, bucklige Beutel, unter denen ein gefaltetes Schriftstück lag. Leonore zog es heraus – war das nicht Kochs Siegel? Eine Ecke der Rückseite bedeckte unleserliches Gekritzel. Bevor sie groß darüber nachdachte, hatte sie das Schreiben schon in ihre Rocktasche gesteckt.

Angela und Diether klopften die Wände auf Hohlräume ab. Schnell zog Leonore die Kordel eines der Säckchen auf, schaute kurz hinein, band es wieder zu und legte es zu den anderen.

Gerade schob sie den Ziegelstein zurück, da schaute Diether in den schmalen Gang hinter den Bottichen. »Hast du etwas gefunden?«

Sie legte kurz den Finger auf den Mund und richtete sich auf. »Nein. Hier ist nichts.« Er wollte an ihr vorbei weitergehen, doch sie zog ihn am Ärmel zurück. »Wir haben alles abgesucht, ich glaube nicht, dass wir etwas finden.« Es brauchte ihr heftigstes Augenzwinkern, bis Diether endlich, wenn auch widerstrebend, nickte und sich abwandte.

»Komisch«, sagte Angela, »ich hätte schwören können, dass die etwas anderes im Sinn hatten als baden.« Sie schob den Vorhang zur Seite und ging zu Hermann hinaus.

Leonore schloss das Badehaus sorgfältig hinter sich ab und steckte den Schlüssel ein, als Angela nicht hinsah. Kochs Geheimnisse mussten nicht breitgetreten werden.

Auf der Paderbrücke vergewisserte sich Leonore, dass die Hainbuchenhecke, die Kochs Garten umgab, sie vor Angelas neugierigen Blicken verbarg, und blieb am Geländer stehen. Wenn sie nicht bald Diether den Brief zeigen und erzählen konnte, was sie gesehen hatte, platzte sie.

Und er offensichtlich auch. Er baute sich vor ihr auf, vor Ungeduld ruckte sein Kopf. »Du *hast* etwas gefunden, nicht wahr?« Bisher hatte sie auf seine Fragen keine Antwort gegeben. »Nun sag schon. Ist es das Kreuz?«

»Das Kreuz? Ach was. Dafür war das Versteck viel zu klein.« Mit den Händen zeigte sie die Ausmaße des Hohlraums.

»Das Versteck war unter dem Bottich?«

»Mhm.« Leonore beschrieb den losen Stein und was sie hinter ihm gefunden hatte. Goldene Reichstaler hatten aus dem Säckchen heraus geleuchtet, die zweifellos gestern in Kochs ausgebeulten Taschen gesteckt hatten und für Schnarmann bestimmt waren, mit dem er angeblich keinerlei Verbindung hatte. Der Alte hatte sie nach Strich und Faden belogen.

»Und dann war da noch dies hier.« Sie zog den Brief aus der Tasche.

Er griff danach, doch sie gab ihn nur zögerlich ab. »Wir sollten ihn wohl nicht lesen, oder? Es ist Kochs Siegel, wahrscheinlich ist er für seinen Neffen bestimmt.«

Diether drehte den Brief in seinen Händen, wog ihn, als könne er so dessen Bedeutung herausfinden, und hielt die bekritzelte Ecke dicht vor seine Augen. »Das Einzige, was ich lesen kann, ist das Wort Osnabrück. Wenn alles andere ebenso schlecht geschrieben ist, brauchen wir den Brief gar nicht erst zu öffnen.« Er steckte ihn trotzdem in die Tasche.

Nebeneinander lehnten sie sich übers Geländer und sahen den Wellen zu, wie sie sich gegenseitig aus dem Weg schubsten. »Wenn du im Badehaus nach dem Kreuz gesucht hast«, sagte Leonore, »meinst du also, dass Markus Schnarmann und dieser Gerold den Einbruch und den Mord an Menke zu verantworten haben?« Angela hatte ihnen erzählt, dass der zweite Eindringling das R gerollt habe, und Diether hatte gleich an den rietbergischen Kammerdiener gedacht.

»Ich bin mir nicht sicher, aber möglich ist es.« Er starrte in das wieder klare Wasser, wo farbige Kiesel und rote Ziegelbrocken vom Grund heraufblinkten. »Die geraubten Gegenstände können ja auch anderswo versteckt sein. Oder längst außer Landes gebracht, was Koch mit seinen Verbindungen nicht schwerfallen dürfte. Dann wären die Reichstaler, die du gefunden hast, so etwas wie Hehlergeld.«

»Mag sein«, sagte Leonore. »Aber bei ihrer Vorgeschichte sind die beiden wohl in erster Linie protestantische Spitzel. Wer weiß, wie Koch es geschafft hat, Markus am Hof unterzubringen. Wenn sie in den Schatzkeller eingebrochen sind, dann war die

Beute sicher für Wolfgang Günther in Kassel und seine Genossen bestimmt.«

Diether lachte. »Man könnte mit dem Geld wohl Besseres anfangen, als Krieg zu führen, aber sonderlich stören würde es mich nicht, wenn die Fürstenberger das Hochstift abgeben und auch noch selbst dafür bezahlen müssten.« Er richtete sich auf. »Doch auf keinen Fall hätten die Einbrecher Menke töten dürfen, und mich in die Gräfte zu werfen war auch völlig unnötig.« Mit den Fingerspitzen tastete er die Naht an seinem Hinterkopf entlang. Die Wunde heilte bestens.

Das Riedgras am Paderufer teilte sich und entließ eine Ratte, die gemächlich auf die andere Seite schwamm. Diether holte Kochs Brief aus seiner Tasche und schlug ihn in Gedanken mehrmals leicht auf das Brückengeländer. Kleine Siegelbröckchen trudelten ins Wasser hinab.

Bevor sich das Wachs ganz löste, hielt er inne. »Lass uns Henrich Koch aufsuchen«, sagte er. »Wenn er uns nicht sagt, was da los ist, gehe ich zu Westphal.«

Nicht von ungefähr hatte Henrich Koch seinen Wohnsitz gegenüber der Marktkirche gewählt und nicht in einem der großen, ebenfalls familieneigenen Häuser im Schildern, am Kamp oder in der Rosenstraße. Noch in Diethers Kindheit hatte hier ein protestantischer Pfarrer gepredigt, und am Sonntag war St. Pankratius besser besucht gewesen als der Dom und alle anderen Kirchen der Stadt. Heute gingen hier die Jesuiten ein und aus und hatten Kochs Umtriebe und seine Besucher bestens im Blick.

Ihn selbst fanden sie in seiner leeren Weinstube, wo sich früher nach den Gottesdiensten halb Paderborn getummelt hatte. Auch Vater war hier ein und aus gegangen, bis er irgendwann Mutters endloser Nörgelei nachgegeben hatte. Dass Diether keinen Wein kaufen wollte, sah Koch wohl sofort, denn er schickte den Gehilfen hinaus, der nach Kochs Angaben Kreidezeichen auf große Fässer gemalt hatte. Beide Hände auf den Knotenstock gestützt, stand er gebeugt vor ihnen, ein gebrechlicher alter Mann in viel zu großen Kleidern, der seine beste Zeit hinter sich hatte.

»Ihr habt meine Frau angelogen, Koch«, sagte Diether weniger heftig, als er geplant hatte. »Wir wollen wissen, warum.« Er gab wieder, was Angela über die nächtlichen Eindringlinge erzählt hatte und was sie im Gartenhaus gefunden hatten. Leonore zog den Schlüssel aus der Tasche und legte ihn auf den runden Tisch an Kochs Seite. Diether verfuhr mit dem Brief ebenso. »Was hat das zu bedeuten?«

Koch nahm den Brief auf und betrachtete ihn. »Habt Ihr ihn gelesen?«

»Nein. Das wollten wir in Eurer Gegenwart tun.« Diether griff nach dem Schreiben.

Schneller, als man ihm zutraute, zog Koch seine Hand weg. »Warum sollte ich Euch das gestatten? Wie Ihr richtig vermutet habt, ist das ein Brief an meinen Neffen. Was wir zu bereden haben, geht Euch nichts an.«

»Euer Neffe – und sein Begleiter übrigens auch – stehen im Verdacht, den Einbruch im Schloss begangen zu haben.« Dass bisher nur er den Verdacht hegte, behielt er für sich. »Und nicht nur den Einbruch, ebenso den Mord an Menke von Wewer, der ein Freund von mir war.« Diether wies seine Verletzung am Hinterkopf vor. »Wenn Euer Neffe auch dafür verantwortlich ist, hat er bei mir persönlich noch etwas gut. Aber wie auch immer – auf jeden Fall wird Heinrich Westphal wissen wollen, wozu Ihr das Badehaus heimlich nutzt.«

Bei der Erwähnung des Hofrichters zuckte Koch zurück. »Der Mord im Schloss? Warum sollte Markus den begangen haben?«

»Weil er vielleicht mehr Geld brauchte, als Ihr ihm hinterlegt habt?«

»Unsinn. Markus kriegt von mir, was er haben will.«

»Für einen bestimmten Zweck mag das nicht gereicht haben.«

»Bestimmten Zweck?« Koch schaute verblüfft von Diether zu Leonore und dann zum Fenster hinaus, das auf den Vordereingang der Marktkirche ging. Wenn ihn die Jesuiten im Auge hatten, galt das umgekehrt ebenso. Er kicherte freudlos vor sich hin. »Ach, diesen Zweck meint Ihr?« Sein eingefallenes Gesicht wurde ernst. »Nun, darüber sollte man nicht allzu laut reden.«

»Ihr wisst also, was ich meine?«

»Ja, ja, sicher. Aber da irrt Ihr euch gründlich, Advokat. Was hätte so ein Einbruch denn nützen sollen? Das bisschen Glitzerkram, das man dabei wegtragen kann – so viel habe ich doch selbst im Haus, und mit Fuhrwerken kann man da ja schlecht vorfahren. Und überhaupt …« Koch warf einen Blick nach draußen, wo eben ein paar Novizen die Marktkirche betraten. »So ein Risiko ist doch viel zu groß. Ich bin schließlich ein Kaufmann, der zu rechnen weiß. So eine Tat, und dann noch einen Mord, kann sich nur jemand von Adel erlauben, den richten sie nicht hin, wenn er erwischt wird. Aber ein kleiner Schnarmann oder ein noch kleinerer Koch werden genüsslich gevierteilt, so, wie ich unseren Bischof kenne.«

Koch hatte recht, bei dem Einbruch war nicht viel gestohlen worden. So wertvoll der Diamant am Fuß des Reliquienkreuzes auch sein mochte – ein ganzes Heer konnte man damit nicht bezahlen, schon gar nicht über Jahre hinweg, die ein Krieg gemeinhin dauerte. Es war wohl doch um das Kreuz selbst gegangen.

Dennoch – Diether wollte wissen, was in dem Badehaus los war. »Beweist mir das, indem Ihr mich den Brief lesen lasst.«

Als überlege er, was er geschrieben hatte, musterte Koch den gefalteten Bogen in seiner Hand. Doch dann fasste er einen Entschluss. »Nun, warum nicht. Ihr habt ohnehin schon alles erraten.« Er zerbrach das Siegel und reichte Diether das Schreiben. »Ihr seid der Sohn Eures Vaters und werdet damit nicht gleich zu Westphal laufen.«

Nach einem Blick auf die krakeligen Zeilen gab Diether den Brief zurück. »Eure Schrift kann kein Mensch entziffern. Lest es mir vor.«

»Das ist die Gicht.« Koch wies seine knotigen Hände vor. »Aber Markus hat damit keine Schwierigkeiten.« Stockend, weil er seine eigenen Worte nicht erkannte, und mit gedämpfter Stimme gab er wieder, was in dem Brief stand. Es ging um einen Kölner Domherrn mit weitreichenden Verbindungen auch in protestantische Länder, den Koch in einer Winzerei am Rhein auf einer Weinprobe kennengelernt hatte. »Mir scheint, er ist unserer Sache nicht abgeneigt. Du solltest bald nach Köln reisen und die Angelegenheit regeln. Was dazu nötig ist, findest du anbei«, las er vor und sah auf. Das war offenbar alles.

So viele Reichstaler, wie Leonore im Badehaus gesehen hatte, brauchte man nicht für eine Reise nach Köln. »Das Geld ist für den Domherrn bestimmt?«, fragte Diether.

Koch nickte. »War es jedenfalls.« Er drehte das Schreiben um und wies auf sein Gekritzel, das sie nicht hatten lesen können. »Aber in unserem Versteck lag ein eiliges Schreiben von Markus, das muss er in den letzten Tagen hineingelegt haben. Daraufhin habe ich als *postscriptum* hinzugefügt, dass er sich erst um diese andere, viel wichtigere Angelegenheit in Osnabrück kümmern soll, von der er geschrieben hat.«

»Am Samstag war das«, warf Leonore ein. »Da hat Angela schon einmal das Plätschern der Ruder gehört.«

»Möglich. Markus weiß, dass ich sonntags zum Badehaus gehe.« Sie hätten das Versteck ausgemacht, sagte er, weil es außerhalb der Stadttore liege, die nachts geschlossen wurden, und Schnarmann sich in Kochs Nähe nicht blicken lassen sollte. »Er wollte wohl, dass ich den Brief bald lese.«

»Und was hatte er so Eiliges mitzuteilen?«, fragte Diether.

Einen Moment lang überlegte Koch. »Am besten hole ich ihn Euch. Wartet hier.« Er schloss die Tür zu einem Nebengelass auf und ging, während Diether ihn durch den Türspalt beobachtete, zu einem Sekretär an der hinteren Wand, an dessen Seite er sich zu schaffen machte. Wahrscheinlich hatte er dort ein Geheimfach.

Mit einem ähnlichen Schriftstück wie das vorherige kam er zurück. »Das könnt Ihr wenigstens selbst lesen.« Er gab es Diether in die Hand.

Große, steile Buchstaben – so hatte sich Diether Schnarmanns Schrift vorgestellt. »Liebwerter Oheim«, stand obenan. Dieser Brief war länger als Kochs Schreiben. Diether hielt ihn Leonore hin, damit sie mitlesen konnte. Schnarmann war im Auftrag des Bischofs in Fritzlar gewesen, wo er heimlich einen Vertrauten Wolfgang Günthers getroffen hatte.

»Mir war nicht bekannt, dass Ihr auf so vertrautem Fuß mit

Günther steht.« Im Gegenteil wusste Diether, dass sie früher – wenn auch beide protestantisch – auf verschiedenen Seiten gestanden hatten. Die Leute um Liborius Wichart hatten den verfilzten Magistrat mit Koch als Bürgermeister abgesetzt.

»Man kann sich mal streiten, aber dann muss man sich wieder vertragen«, meinte Koch und kicherte. »Heute ziehen wir am gleichen Strang – was bleibt uns andres übrig?«

Leonore wies auf eine Textstelle in Schnarmanns Brief. Die Rede war von ernsthaften und aussichtsreichen Bemühungen, den Schmalkaldischen Bund wiederzubeleben.

Diether hob den Kopf. »Den Schmalkaldischen Bund?« Er flüsterte, man konnte nie wissen, wer zuhörte. »Das ist mehr als siebzig Jahre her!«

»Egal«, sagte Koch ebenso leise. »Die Mächte wühlen immer noch gegen die Katholiken, das müssen wir uns zunutze machen.«

Nur noch der Osnabrücker Fürstbischof müsse überzeugt werden – so stand es weiter in dem Brief –, sich dem Bündnis anzuschließen, das aber unter einem anderen Namen, der noch nicht feststehe, auftreten solle. Man müsse am Osnabrücker Hof hohe Beamte bezahlen, damit sie den Plan vorantreiben, habe Günthers Bote gesagt.

»Bestechungsgelder?«, fragte Diether. »Darum geht es also?« Insgeheim fragte er sich, ob Schnarmann das Geld wohl in die eigene Tasche steckte. Das Vorhaben eines neuerlichen Bündnisses der protestantischen Fürsten und Städte, wie es zu Beginn der lutherischen Reformation bestanden hatte, schien allzu aussichtslos.

Koch vergewisserte sich mit einem Blick, dass niemand vor dem Fenster lauschte. »Botschaften von meinem alten Freund Günther laufen immer darauf hinaus, dass irgendwohin Geld geschickt werden muss.« Nach seinen Worten war Fritzlar, die katholische Enklave im Hessenland, der heimliche Treffpunkt zwischen den nach Kassel entwichenen und den in Paderborn zurückgebliebenen Protestanten, die jetzt, wo Dietrichs letzte Tage anbrachen, Morgenluft witterten. Auf wackligen Beinen ging Koch zu einem Armstuhl und ließ sich nieder.

Diether blieb vor ihm stehen. »Nun, es ist Eure Sache, was Ihr mit Eurem Geld macht.«

»So läuft Politik, mein Junge, es braucht viele geheime – und teure – Vorbereitungen, bis ein großer Schlag getan werden kann, den dann andere bezahlen.«

»Und Euer Neffe ist der Geldbote?«

»Nicht nur das. Er – er und sein Freund Gerold, jeder an seinem Platz – werben auch selbst Verbündete an, an allen Höfen, wo sie mit dem Bischof zu Besuch sind. Das ist der eigentliche Grund, warum Markus in seinem Dienst ist. In Dietrichs Begleitung lassen sich gut Verbindungen aufbauen, und Verbindungen sind das Wichtigste. Oft wird er auch zu Verhandlungen an andere Höfe geschickt.« Koch schmunzelte. »Und wenn gerade kein Besuch bei einem für uns interessanten Fürsten ansteht, ist Markus sehr geschickt darin, sich einen dringlichen Grund einfallen zu lassen.« Der Stolz auf den wohlgeratenen Neffen war unübersehbar.

»Hat Euer Markus vielleicht auch Laurenz Barcholt angeworben?«, fragte Diether, obwohl er – so unzuverlässig, wie der Junge war – den Gedanken für ziemlich unwahrscheinlich hielt.

Erstaunt schüttelte Koch den Kopf. »Laurenz? Ach was. Der ist doch unwichtig.« Das kam noch hinzu.

Trotz dieser Bestätigung fühlte Diether sich unwohl, die Wände der weitläufigen Weinstube wurden ihm zu eng. Für Henrich Koch mochte die längst verlorene »Sache« der Protestanten heimliche Schliche und sogar Lügen rechtfertigen, doch Diether waren sie zuwider.

Er trat zum Fenster, wo sich Leonore neben ihn stellte. Gemeinsam sahen sie zu den ehrwürdigen Mauern der Marktkirche hinüber, wo sich die Jesuiten bis in alle Ewigkeit festgesetzt hatten. Den kompakten Turm zierte neuerdings eine der vom Bischof so geliebten welschen Kuppeln, deren aufgesetzte Laternen Diether immer an einen tadelnd erhobenen Zeigefinger erinnerten, auf den er gut hätte verzichten können …

Und dennoch – wie das Spiel kleiner Jungen mit dem Feuer, das ein harmloser Windstoß zu einem gefährlichen Brand entfachen konnte, erschienen ihm die Bemühungen der versprengten

Protestanten. Angela und Hermann machten sich Gedanken über die Vorfälle am Badehaus, und wenn sie zwei und zwei zusammenzählten, kamen sie bald darauf, was dahintersteckte. Ohne Böses im Sinn zu haben, würden sie es weitererzählen, und wenn Diether und Leonore ihnen sagten, dass sie schweigen sollten, weckten sie erst recht ihren Argwohn. Zu spät bedauerte er, dass sie das Badehaus überhaupt betreten hatten.

Was sollten sie nun tun? Dem alten Koch wollte Diether gewiss nichts Böses, aber jetzt konnte er die Angelegenheit nicht mehr einfach unter den Tisch fallen lassen. Auf wessen Seite er selbst stand, tat nichts zur Sache. Von den eigenen Skrupeln ganz abgesehen – immerhin handelte es sich um einen Umsturzversuch im Hochstift, der ohne Blutvergießen nicht möglich war –, musste er an seine Familie denken. Leonore und er waren gesehen worden, als sie frühmorgens in aller Eile Kochs Haus betraten; wenn es Tratsch um die nächtlichen Vorgänge in seinem Badehaus geben sollte, brächte man ihren Besuch sicher damit in Verbindung. Pater Wippermann wäre es ein Vergnügen, daraufhin ihre Ausweisung – und vor allem die damit verbundene Enteignung ihrer Ländereien – zu betreiben.

Was Schnarmann und Gerold im bischöflichen Gefolge trieben, spielte die geringere Rolle. Er sah es keineswegs als seine Aufgabe an, die Fürstenberger vor dem Ausspionieren zu schützen, zumal Kaspar ohnehin mit Spitzeln am Hof rechnete. Aber Leonore würde ihrem altvertrauten Patienten, dem Freund ihres Vaters, nie wieder in die Augen sehen können …

Sicher, dass Leonore die gleichen widerstreitenden Gedanken bewegten, wandte er sich zu ihr um. Es schien ihm, als streichelten ihre warmen braunen Augen sein Gesicht, aufmunternd nickte sie ihm zu. Wenn Diether als Ratsherr und Advokat sagte, was zu sagen war, hatte das mehr Gewicht als ihre Worte.

Gemeinsam drehten sie sich um. Koch sah ihnen erwartungsvoll entgegen und wies auf zwei Armstühle neben sich. Leonore setzte sich, doch Diether blieb stehen.

»Wir wollen mit dieser Geschichte nichts zu tun haben, Koch«, sagte er. »Das müsst Ihr verstehen. Euer Neffe ist aufgeflogen, und das habt Ihr Eurer eigenen Unvorsichtigkeit zu verdanken. Ihr könnt nicht von uns verlangen – und von Leifelds schon gar nicht –, dass wir Euer gefährliches Geheimnis bewahren.«

»Wollt Ihr damit zu Westphal gehen?«

»Nur, wenn es sein muss.« Koch sollte sich überlegen, was er tun konnte, um das zu verhindern. Und er sollte es bald tun. »Aber lange warte ich damit nicht.«

Der Alte holte tief Luft. »Das ist ein saurer Apfel, den Ihr mir da auftischt, Advokat, aber ich muss wohl hineinbeißen. Ich werde Markus und Gerold also ins Ausland schicken, noch heute, reicht Euch das? Es gibt überall Verbindungen zu pflegen …« Vor der Tür hielt ein Pferdefuhrwerk an, Weinfässer rumpelten gegeneinander. Koch sah zum Fenster. »In ein paar Jahren wird mich Markus sowieso hier ablösen müssen«, murmelte er.

Auf seinen Stock gestützt, erhob er sich und begleitete sie hinaus. Er musste sich wohl auch um die Weinlieferung kümmern. An der Tür blinzelte er Leonore zu, sein Kopf zitterte merklich. »Und alles nur, weil ich einer schönen Frau nicht Nein sagen kann.«

»Henrich Koch kann allerdings lügen, ohne rot zu werden«, sagte Leonore, als sie in die Jühengasse einbogen. »Wenn ich daran denke, was er mir am Sonntag alles erzählt hat …«

»Meinst du, dass Schnarmann doch an dem Einbruch beteiligt war?«

Sie wich einem Knecht mit einer Schubkarre aus. »Das vielleicht nicht. Koch hat schon recht, das hätte ihnen nichts gebracht. Aber der Mann mit der Fasanenfeder kann er immer noch gewesen sein. Grund zum Streit gibt es mit Laurenz wohl öfter, ob Schnarmann ihn nun angeworben hat oder nicht.«

Die Glocke der Marktkirche schlug neun. Diethers Magenknurren erinnerte ihn daran, dass sie noch vor dem Frühstück mit Angela zum Badehaus gegangen waren. »Ob Barcholt will oder nicht – jetzt muss er mit den Namen von Laurenz' Gefährten herausrücken. Vielleicht ist Schnarmann doch darunter.« Barcholt war sicherlich in Neuhaus; beim Gedanken an die düsteren Flure im Schloss stellten sich Diethers Nackenhaare auf. Einerlei. »Ich reite später zu ihm.«

»Reiten kannst du noch nicht.«

»Ach ja.« Seinen kranken Kopf hatte er wieder vergessen.

Am Gartentisch in der Jühengasse saß Friedrich in seiner Kutte und beteiligte sich gern an ihrem Morgenmahl. »Der Propst hat uns zum Rebenausputzen in den Weingarten geschickt«, berichtete er kauend. »Aber zum Glück kenne ich das Hinterpförtchen.« Andreas von Rostorp und Michael von Breckenberg hätten ebenfalls helfen sollen. »Aber für Arbeit, richtige körperliche Arbeit und dann noch im Freien, sind die nicht zu haben.« Rostorp habe sich mit seiner kranken Mutter herausgeredet und sei auf seine Burg entschwunden, Breckenberg habe in der Stadt dringend etwas erledigen müssen. Dem Propst sei es recht gewesen; er hatte sie wohl vor allem aus dem Archiv heraushaben wollen.

»Untätig musst du deshalb nicht sein«, sagte Diether. »Du kannst mich gleich nach Neuhaus begleiten.« Nach einem Blick auf Leonore fügte er gönnerhaft hinzu: »Wenn du möchtest, können wir deine Kutsche nehmen.« Diether wusste, dass sie ausnehmend gut gefedert war.

Friedrich ergab sich in sein Schicksal, und so schaukelten sie wenig später gemütlich den Fürstenweg entlang, bis die Schlosstürme in Sicht kamen und sie endlich über die Brücke polterten. Auf der Wendeltreppe stöhnte Friedrich zum Herzerbarmen. Hier half ihm die komfortable Kutsche nicht.

Barcholt trafen sie grübelnd an seinem Schreibpult an, auf dessen schräger Platte er vornübergebeugt die Ellenbogen aufstützte, die Wangen in den Händen vergraben. Als sie eintraten, richtete er sich auf. »Was wollt ihr denn hier?« Er sah sie an, als kämen sie wie früher um einen Zuckerkringel bettelnd zu ihm.

Als Friedrich ihn ehrerbietig begrüßte, wie es einem hochrangigen bischöflichen Beamten zukam, schien er versöhnt. »Aber da ihr schon mal da seid – vielleicht wisst ihr ja etwas darüber.« Eine Antwort erwartend, sah er von einem zum anderen.

»Worüber, Oheim?«, fragte Diether geduldig.

»Nun, über eine Verbindung zwischen Laurenz und dem Sekretär des Bischofs – falls es da eine gibt, meine ich. Ist euch darüber etwas bekannt? Ich überlege schon die ganze Zeit, aber ich kann mich nicht erinnern, sie je zusammen gesehen zu haben.« Sein Blick ruhte auf der Spinne, die in ihrem Netz an der Decke schlief.

Schon wieder Schnarmann. »Wie kommst du darauf?«

»Ach, weißt du das noch nicht? Schnarmann ist geflohen.«

Das ging aber schnell, dachte Diether. Koch musste sofort einen Boten losgeschickt haben. Vielleicht verfügten sie sogar über Brieftauben, das wäre ihrer Heimlichtuerei angemessen.

Barcholt erzählte, dass Schnarmann wie gejagt in den Schlosshof geritten sei und nach Gerold gefragt habe. Rein zufällig hatte der Oheim auf dem Flur am Fenster gestanden und alles beobachten können. Der Kammerdiener habe ein Bündel unter dem Arm getragen, als er mit Schnarmann aus dem Treppenaufgang getreten sei, sie hätten Gerolds Pferd geholt und seien eiligst fortgeritten. »Das sah mir doch sehr nach Flucht und schlechtem Gewissen aus.« Dass er Schnarmann nicht leiden konnte, zeigte sein Gesicht voller Genugtuung.

Welchen Grund sie wohl für den überstürzten Aufbruch angegeben hatten? »Vielleicht sind sie zu einem Ausflug ausgeritten.« Barcholt hatte sich bestimmt danach erkundigt.

»Ausflug? Unsinn. Sie müssten in einer dringenden Familienangelegenheit ins Ausland, haben sie den anderen erzählt. Die kommen so bald nicht zurück.«

»Und jetzt fragst du dich, ob sie Laurenz mitgenommen haben?«

»Mhm. Oder Schlimmeres. Vielleicht mussten sie ja verschwinden, weil sie ihm etwas angetan haben.«

»Mach dir keine Sorgen, Oheim, das hat sicher nichts mit Laurenz zu tun. Aber wenn es dich beruhigt, kann ich ja mal bei Henrich Koch vorsprechen. Vielleicht weiß er den Grund für die Abreise seines Neffen.«

»Das solltest du tun, Junge. Und frag ihn gleich, wo Schnarmann ist, dann kann ich ihn aufsuchen und nach Laurenz fragen.«

»Natürlich«, sagte Diether, obwohl er nichts dergleichen vorhatte.

Barcholts Luftholen hörte sich sehr nach einem erleichterten Seufzer an. Ein neuer Weg hatte sich aufgetan, er fasste wieder Mut. »Vielleicht sollten wir uns auch bei den Freunden meines Sohnes erkundigen, ob er mit Schnarmann in irgendeiner Beziehung stand.«

Wir? Wie kam denn das auf einmal? »Das sollten wir bestimmt, Oheim. Wenn du willst, nehmen wir dir die Lauferei ab.« Er wies auf Friedrich, der in seiner Soutane überaus vertrauenswürdig aussah.

»Ja, das wäre gut. Wie ihr seht, habe ich zu arbeiten.« Barcholts Armbewegung umfasste den ganzen Raum, in dem kein einziges Schriftstück herumlag. Die ersten Namen, die er nannte, kannte Diether, die beiden hatte er bereits aufgesucht. Dann kamen ein paar Schulfreunde, darunter zwei jesuitische Novizen, und ein paar Kopisten hier im Schloss, die Barcholt selbst befragen wollte.

Erst ganz zum Schluss sagte Barcholt etwas, das Diether und Friedrich gleichzeitig aufhorchen ließ. Er sprach von einem rothaarigen Stiftsherrn, mit dem sich Laurenz erst vor ein paar Wochen angefreundet habe. »Du müsstest ihn eigentlich kennen, Friedrich. Es ist ein Herr von Rostorp, ein sehr ordentlicher junger Edelmann aus guter Familie.«

Friedrich nickte mit verdattertem Gesicht. Vor Überraschung wusste auch Diether nichts zu sagen. Friedrich hatte Rostorp als ernsthaften Kanoniker geschildert, der nie beim Lachen erwischt wurde – wie passte das denn zu dem leichtlebigen Laurenz?

»Nicht wahr, Friedrich«, sagte Barcholt, »du stimmst mir zu, wenn ich sage, dass Herr von Rostorp einen guten Einfluss auf meinen Jungen ausüben kann?« Eine Antwort wartete er nicht ab. »Ich habe die Freundschaft gern gesehen und Laurenz mit ihm gehen lassen, sobald er angeritten kam. Sehr schneidig übrigens, in Reitkleidung und mit einer Fasanenfeder an der Kappe, die er selbst erjagt hat. Da sieht man doch, dass er aus einem guten Stall kommt.« Er kicherte über die Ungehörigkeit. »Immerhin – ich gebe zu, dass ich das gedacht habe – kann er dem Jungen beim Vorwärtskommen behilflich sein, wenn ich und der Bischof einmal nicht mehr sind.«

»Rostorp war oft hier?«, erkundigte sich Friedrich erstaunt. »Hier oben?«

Barcholt plusterte sich auf. »Herr von Rostorp war sehr wissbegierig, was das Schloss und seine Geschichte anging. Er hat mich zum Beispiel gefragt, welche Teile von früheren Bischöfen erbaut wurden und was aus der Zeit unseres Herrn Dietrich stammt, oder auch danach, wer die Kunstwerke in den bischöflichen Räumen geschaffen hat. Laurenz hat ihn dann herumgeführt und ihm alles gezeigt.«

»Ja, mit der Historie hat sich Rostorp schon immer gern befasst.« Friedrich wusste offenbar genauso wenig wie Diether, was er von der Geschichte halten sollte.

Unverändert hielt der Giebelkrieger die steinerne Kugel mit beiden Händen umklammert. Der halb nackte Mann da oben war nicht schuld, wenn sich Diethers Hirn benommen anfühlte. Barcholts Eröffnung hatte eingeschlagen wie eine Kanonenkugel.

So schnell wie Schnarmann auf der Flucht waren sie die Wendeltreppe hinabgesprungen und hatten erst auf dem Hof angehalten. In Friedrichs Gesicht las Diether die gleiche Verwirrung.

»Rostorp ist der Mann mit der Fasanenfeder, er ist mit Laurenz befreundet, und er kennt sich im Schloss aus – hast du nach so einem nicht die ganze Zeit gesucht?« Mehr als die Befriedigung über die neuen Hinweise, die sie endlich ein Stück weiterbrachten, sprach aus Friedrich die Sorge, was sie für seinen Stiftsgenossen bedeuteten.

Diether fiel es schwer zu nicken. »Erst hab ich gedacht, Barcholt hat ihn mit jemandem verwechselt, aber er hat ja von rotem Haar gesprochen.«

»Es kann doch nicht sein, dass Rostorp …« Friedrichs Blick irrte über die Schlosswände. »Ausgerechnet Andreas, der immer so heilig tut?«

»Dass er mit Laurenz befreundet ist, heißt ja noch nichts.

Wenn wir mit Rostorp reden, klärt sich bestimmt alles auf.« Diether hoffte es Friedrich zuliebe, obwohl ihn bei Barcholts Worten gleich ein Verdacht beschlichen hatte. Es war zu merkwürdig, dass sich der Busdorfkapitular ausgerechnet mit Laurenz angefreundet haben sollte.

Friedrichs Miene war so düster, als sehe er seinen Stiftsgenossen schon im Kerker schmachten. »Es kommt ja leider noch einiges hinzu, das nur zu gut ins Bild passt. Ich hätte schon am Samstag aufmerksamer hinhören sollen …« Mit monotoner Stimme berichtete er von Rostorps rastloser Suche nach dem Reliquienkreuz, als sie im Schatzkeller Inventur gemacht hatten, dass er sich aber im Busdorfarchiv die Urkunden kaum angesehen habe und ganz froh war, als der Propst ihn davon erlöst hatte. »Komisch fand ich auch seine Reaktion auf Plettenbergs Ankündigung, dass wir das Kreuz nicht zurückfordern werden. Irgendwie kam es mir vor, als hätte er es schon gewusst.«

»Er ist doch aus altem Adel, nicht wahr? Hast du nicht so etwas erwähnt?« Alles passte einfach zu gut …

Die Erkenntnis schien Friedrich nicht eben glücklicher zu machen. »Sie führen ihren Adel auf Karl den Großen zurück. Bestimmt hatten sie auch Kreuzritter in der Familie, aber davon hat er nie etwas gesagt. Dabei hat das Thema so oft auf dem Tisch gelegen …« Er schüttelte den Kopf über seine Unaufmerksamkeit. »Und da war noch etwas, das mich gleich hätte stutzig machen sollen. Als es am Samstag um das Kreuz ging, hat er von der heiligen Helena gesprochen, die es angeblich in der Hand gehalten hat. Ich hab kurz gedacht, dass er das doch gar nicht wissen kann, wir haben die Urkunde ja nicht gefunden, und auf dem Leihschein stand das nicht. Ich hab dann aber gemeint, dass er es irgendwo gehört oder gelesen hat.«

»Stimmt«, sagte Diether. »Ich hab nur von Schnarmann etwas über den Zusammenhang mit Helena gehört, der es natürlich vom Bischof hat. Ein Geheimnis war das aber wohl nicht. Rostorp kann es aus diesen Kreisen, aber auch anderswoher erfahren haben, wie du vermutet hast.«

»Zum Beispiel aus seiner Familienbibel, meinst du nicht?«

»Dann müsste es zwei Einträge geben. Westphal führt seine

eigene Bibel als Beleg dafür an, dass einer seiner Vorfahren das Kreuz aus dem Morgenland geholt hat.«

»Das wird die gleiche Geschichte sein, denn Rostorp ist mit Westphalens verwandt.« Friedrichs unheilvollem Ton zufolge hatte er gerade einem Freund den Todesstoß versetzt.

»Nein!«

Ein vorübergehender Landsknecht drehte sich nach Diether um.

»Ja.« Es peinigte Diether, wie bedrückt Friedrich klang. »Er bildet sich nichts darauf ein, weil seine eigene Familie viel älter sein soll.«

Diether sagte nichts, obwohl alles für Rostorps Schuld sprach. Friedrich musste es selbst aussprechen. Anteilnehmend legte er die Hand auf Friedrichs Arm.

»Es könnte also Andreas von Rostorp sein, der ins Schloss eingebrochen ist und Menke getötet hat?« Mehr als Diether fragte Friedrich sich selbst. »Und dann noch Laurenz beiseitegeräumt hat?« Sein Kopfschütteln verlangsamte sich und ging in einen kläglichen Blick zum Himmel über. Dann holte er tief Luft und sah Diether an. »Nie hätte ich unserem getüpfelten Andreas so etwas zugetraut.«

Unvorstellbar, dass er jemals um Regen gebetet hätte.

Schlechtes Wetter war Laurenz immer wie eine Zumutung erschienen, es hatte seine Pläne durchkreuzt und ihm langweilige Tage zwischen vier Wänden beschert. Nun lag er auf den Knien und flehte alle Heiligen um einen richtiggehenden Sturm an, der das Wasser nur so zur Schießscharte hineinströmen ließe.

Doch niemand erhörte sein Gebet. Hätte er nur besser hingehört, wenn von den Heiligen die Rede gewesen war! Jetzt fiel ihm kein einziger ein, den er um Regen hätte bitten können. Sein eigener Heiliger, Sankt Laurentius, den sie geröstet hatten, half gegen Feuersbrunst, Pest, Fieber und die Qualen des Fegefeuers – so viel hatte er sich gemerkt –, und wenn an seinem Festtag das Wetter schön war, blieb es so den ganzen Herbst über. An Laurenz' diesjährigem Namenstag hatte die

Sonne hell vom Himmel geschienen, wie hatte er sich damals gefreut …

Mit beiden Händen stützte er sich an der Wand ab, als ihn die Kräfte verließen, langsam sank er zu Boden. Seine Beine waren so schwach, dass er nicht mehr aufrecht stehen konnte. Auf dem Bauch rutschte er zur Schlammkuhle in der Mitte seines Kerkers und drehte sich mühsam auf den Rücken, um angstvoll die Tropfen an der Decke zu beobachten. Schien es ihm nur so, oder wurden es tatsächlich weniger? Der Durst brannte in seiner Kehle, doch da oben bewegte sich nichts.

Schon wieder fielen ihm die Augen zu. Wenn Vater nicht bald mit den Räubern ins Reine kam, dann …

Redebrecht Storck war das getreue Abbild Menke von Wewers, wie er da breitbeinig im Schlosshof stand, den Kopf etwas schräg legte und die Augenbrauen hochzog. »Seid Ihr sicher, dass der junge Freiherr den Einbruch begangen hat?« Die Familie Rostorp sei ihm gut bekannt, hatte er vorhin gesagt.

Eben noch war Diether sicher gewesen, doch jetzt kamen ihm ihre Argumente ziemlich windig vor. »Tja …« Mehr bekam er nicht zustande.

An seiner Stelle antwortete Friedrich. »Wir haben keinen Beweis, aber nach allem, was wir beobachtet und gehört haben, kann es kein anderer gewesen sein.« So klar, wie Diether es im Moment nicht vermocht hätte, führte er aus, was Barcholt gesagt hatte und was sie sonst über den Mann mit der Fasanenfeder wussten. Diether hatte den Eindruck, dass Friedrich sich selbst noch einmal von der Stichhaltigkeit ihres Verdachts überzeugen wollte. »Einen richtigen Beweis kann uns nur Laurenz liefern, aber wir befürchten, dass Rostorp ihn aus Angst, von ihm verraten zu werden, entführt oder vielleicht sogar umgebracht hat.«

»Hm.« Redebrecht überlegte. »Ihr sagt, Laurenz hat Rostorp im Schloss herumgeführt und ihm sogar die Bischofsgemächer gezeigt?«

»Das hat Barcholt gesagt.«

»Und wenn Laurenz zufällig gewusst haben sollte, wo der

Schlüssel zum Schatzkeller hängt, wird er sicherlich damit angegeben haben.« Diether sprach aus, was allen bekannt war.

»Westphal hat schon vermutet, dass Laurenz seinen Vater beobachtet haben könnte, wenn er den Schlüssel herausgeholt hat«, sagte Redebrecht. »Wenn Laurenz nicht so ein Weichling wäre, sollte man annehmen, dass er den Einbruch selbst begangen hätte.«

Diether gab dem widersinnigen Bedürfnis nach, seinen Vetter in Schutz zu nehmen. »Er ist nun mal, wie er ist.«

»Eben. Die Frage ist, was machen wir jetzt?« Redebrecht sah zum Giebelkrieger hoch, als bekäme er von ihm seine Anweisungen. »Kaspar hält sein Mittagsschläfchen, den sollten wir nicht stören.« Wieder ein Blick nach oben, ein Nicken als Bestätigung eines von dort erhaltenen Befehls. »Wir werden dem alten Barcholt den Gefallen tun und nach Laurenz suchen. Es mag durchaus sein, dass Rostorp etwas über ihn weiß, deshalb fragen wir ihn einfach mal.« Er wandte sich Friedrich zu. »Ist er im Stift?«

»Er wollte ein paar Tage bei seiner Mutter auf der Burg bleiben, hat er gesagt. Aber ich weiß nicht, wo die Burg ist.«

»Das weiß ich aber. Lasst mich ein paar Landsknechte zusammenrufen, mag sein, dass wir die brauchen.« Redebrecht pfiff nach einem in der Nähe stehenden Feldwebel.

Nach einem kleinen Disput mit Friedrich, der auf seine Kutsche nicht verzichten wollte, bat Diether Redebrecht um zwei Pferde für ihn und seinen Freund. Er hörte Leonore schon schimpfen, aber wenn er Laurenz retten konnte und den Mörder fangen, war ihm das ein paar Tage Kopfschmerz wert.

»Ihr könnt Menkes Apfelschimmel nehmen, der hat einen ruhigen Gang«, schlug Redebrecht vor. Friedrich suchte sich aus des Bischofs Marstall wieder einen Rappen aus.

Gefolgt von den Landsknechten trabten sie an Elsen vorbei Richtung Wewer. »Rostorps neue Burg liegt im Wald auf der anderen Seite des Hellwegs zwischen Wewer und Salzkotten«, erklärte Redebrecht. »Weil wir wegen Eurer Verletzung sowieso nicht schnell reiten können, nehmen wir den Weg quer durch den Wald und kommen dann auf den Hellweg.«

»Rostorps neue Burg?«, fragte Diether. »Gibt es auch eine alte?«

Mit ausgestrecktem Arm wies Redebrecht in die Richtung ihres Wegs. »Wir kommen fast daran vorbei. Aber es sind nur noch Ruinen.«

»Ruinen haben wir gestern gesehen, als wir aus Albrock zurückkamen«, rief Friedrich, der wegen der Enge des Wegs hinter ihnen ritt. »Vielleicht waren es ja die, von denen Ihr sprecht. Es war einfach schauderhaft, als die Raben auf einmal aufkreischten, ich hätte nie gedacht, dass sie so laut sind. Leonore haben sie sogar an Menschengeschrei erinnert.«

»Ihr habt die Raben gesehen?« Redebrechts Ton war erstaunt, als seien Raben etwas Besonderes.

»Nicht gesehen, nur gehört«, gab Friedrich zurück.

»Wieso Raben?«, fragte Diether.

»Ach, das ist eine alte Sage. Angeblich gehören die Raben seit ewigen Zeiten zur Rostorp-Burg. Kaiser Karls Raben, hieß es immer.«

»Dann war sie es also?« Sagenumwobene Burgen hatten Friedrich schon immer angezogen.

»Wie?« Redebrechts Blick bohrte sich in den Wald.

»Die Ruine. Die Rostorp-Burg.«

»Ach so. Ja, ja, das war sie wohl.« Irgendetwas lenkte Redebrecht ab.

Friedrich erzählte ihm dennoch, wie sie auf das verfallene Gemäuer gestoßen waren, aber wegen der Brombeerranken nicht zu ihm vorstoßen konnten. »Wir mussten ein ganzes Stück zurückreiten, im Regen!«

Diether hatte die Geschichte gestern schon gehört. »Woher kennt Ihr die Freiherren, Redebrecht?«

»Sie sind in Borchen begütert«, gab er abwesend zurück. »Auch der Storck-Hof ist ihnen abgabenpflichtig.« Dann hatte er als Kind gewiss die Zehntlämmer zur Burg getrieben. Ob er den jungen Freiherrn dort kennengelernt hatte? Sie mussten ungefähr gleichaltrig sein.

Redebrecht löste endlich seinen Blick von den Bäumen und sah Diether an. »Vielleicht sollten wir mal bei den Ruinen vorbeireiten«, sagte er. »Es ist kein großer Umweg. Wir müssen nur das letzte Stück zu Fuß gehen.«

»Durch die Brombeerranken?«, fragte Friedrich.

»Auf dieser Seite gibt es noch einen anderen Weg dorthin.«

Es mochte unterhaltsam sein, eine verfallene Burg zu besichtigen, doch eigentlich hatten sie Wichtigeres vor. »Warum meint Ihr, dass wir das tun sollen?« Diethers Kopfweh hatte sich zurückgemeldet und schien sich mit jedem Schritt des Apfelschimmels zu verstärken.

»Ach, es ist nur so eine Idee. Mag sein, dass sie abwegig ist, doch sie kam mir, als eben von Menschengeschrei die Rede war. Und dazu die Sage ...« Redebrechts Gesicht verzog sich skeptisch, als zweifle er an seinen eigenen Worten. »Ich bin ja nicht abergläubisch, aber wir sollten doch mal nachsehen.«

Jetzt hatte er Diether neugierig gemacht. »Was ist das mit der Sage?«

»Na ja«, sagte er mit einem schrägen Lächeln zu Diether hin, »die Leute erzählen, dass die Raben nur um die Burg fliegen, wenn jemand zu Hause ist.«

»Nach einem Zuhause sahen die Ruinen aber nicht aus«, rief Friedrich.

»Nein.« Redebrecht starrte zwischen den Baumstämmen hindurch, als könne er die Mauern erspähen. »Was Ihr gesehen habt, sind die Reste des Bergfrieds, die Burg ist völlig geschleift worden. Aber im Turm gibt es einen tiefen Keller, wohl das frühere Verlies, wo im Winter manchmal Räuber hausen. Rostorps lassen sie gewähren, doch wenn sie den Bauern zu viel Vieh stehlen, kann es vorkommen, dass die Landsknechte sie ausräuchern müssen.«

Rostorps Burg, ein tiefer Keller, Menschengeschrei – mit einem Mal ging Diether auf, was Redebrecht meinte. Die Raben hatten nichts damit zu tun. Es mochte durchaus sein, dass Rostorp Laurenz dort hineingeworfen hatte, um ihn aus dem Weg zu räumen. Hoffentlich hatte Leonore richtig gehört, denn dann lebte Laurenz noch.

»Lasst uns schneller reiten«, rief er und trieb Äppelken an.

Redebrecht überholte ihn und übernahm die Führung,

als sich der Weg verengte. Vor einem undurchdringlichen Eibenwäldchen, das sich unter hohen Bäumen ausbreitete, gab er ihnen ein Zeichen und saß ab. »Die Pferde müssen wir hierlassen.« Er winkte zwei Landsknechten und tauchte in das Gebüsch ein.

Diether und Friedrich schoben ebenfalls die Zweige beiseite und stießen auf eine von Menschenhand geschaffene Lücke im Gehölz. Als es endete, führte sie Redebrecht über weichen Waldboden auf einen Pfad, den nur er erkennen konnte. Die Landsknechte folgten ihnen mit den Musketen im Anschlag, als seien sie auf Hasenjagd.

Über herabgefallene Äste hinweg und durch stachliges Gestrüpp hindurch bahnten sie sich ihren Weg, bis mit einem Mal kurz vor ihnen die Baumwipfel mächtig rauschten.

»Die Raben«, rief Friedrich aus.

Gleichzeitig ertönte ein ohrenbetäubendes, wütendes Krächzen, in dem Diether aber nichts Menschliches entdecken konnte. Leonore musste etwas anderes gehört haben.

Als sie die letzten Baumreihen durchquert hatten, standen sie auf einer leicht ansteigenden Lichtung, an deren Ende sich die brandgeschwärzten Ruinen erhoben. Im Näherkommen erkannte Diether, dass es früher ein viereckiger Turm von beeindruckenden Ausmaßen gewesen sein musste. Schwere, längst zerbröckelnde Bruchsteinquader waren aufeinandergesetzt worden und bis über Kopfhöhe unzerstört geblieben. Darüber standen nur noch die Ecken des dicken, hier und da mit Efeu bewachsenen Gemäuers.

»Auf der Rückseite gibt es eine Schießscharte«, sagte Redebrecht. »Wenn wir eine Räuberleiter bilden, können wir hineinsehen.«

Sie kämpften sich durchs Unterholz um die Ecken herum, bis sie vor einem brusthohen Brennnesselfeld standen. Mit seinem Säbel hieb ihnen Redebrecht den Weg frei, doch auf einmal stolperte er und fiel auf die Knie. »Was ist das denn?« Als er sich erhob, hielt er einen Schuh in die Höhe und gab ihn Diether.

Er war durchweicht, aber aus feinstem Leder. »Der könnte gut von Laurenz sein.« Diether sah an der Wand entlang, bis er die Schießscharte erblickte. »Laurenz?« Keine Antwort, auch nicht, als er lauter rief.

»Kommt«, sagte Redebrecht und ging auf die Mauer zu. Dort stützte er sich mit dem Rücken ab und bot Diether die zusammengelegten Hände als Treppenstufe dar, damit er hinaufsteigen und sich auf Redebrechts Schultern stellen konnte. Zuerst sah er gar nichts. Das Licht verlor sich im schräg angelegten Schacht hinter dem winzigen Mauerloch, unten erblickte er nur graue Dämmerung. Allmählich schälte sich etwas Helleres heraus, das musste die gegenüberliegende Mauer sein. Der Boden darunter war lehmig grau, weiter vorn fast schwarz und glänzend vor Nässe. Am Rand von Diethers Sichtfeld lag ein länglicher Sack, vielleicht auch ein Berg Lehm, der einen Arm von sich streckte …

»Ich glaube, da liegt er«, rief er Redebrecht zu. »Aber er rührt sich nicht.« Mit Friedrichs Hilfe kletterte Diether wieder hinab. »Gibt es einen Weg hinein?«

Redebrecht lief schon voraus. »Die Falltür«, rief er über die Schulter zurück. Quer durch Brennnesseln und Gestrüpp eilten sie ihm nach. Im Inneren des Turms räumte er ein paar flache Steine beiseite und zog eine verrottete Strickleiter hervor. »Die liegt hier schon immer.« Einige Seilstücke waren erneuert worden, doch einen vertrauenswürdigen Eindruck machte das Gebilde nicht.

Gemeinsam trugen sie die Steinquader ab, die auf der eisernen Falltür lagen, als solle sie für immer versperrt bleiben. Die Tür kreischte in den Angeln, als Redebrecht sie anhob, Rost platzte ab. Mit vereinten Kräften wälzten sie einen Felsbrocken auf das eine Ende der Strickleiter, und Redebrecht bat Friedrich, sich zusätzlich daraufzusetzen. Gewandt kletterte er hinab, während Diether ihm Tritt für Tritt vorsichtig folgte. Als er unten war, kniete Redebrecht schon neben dem lehmverschmierten Bündel, hob dessen Kopf an und hielt ihm seine Wasserflasche an die Lippen, die wie das ganze Gesicht unter einer borkigen Dreckkruste kaum zu erkennen waren.

»Wasser«, krächzte es aus einem Mund, der auch innen lehmverschmiert schien. Vom Kopf bis zu den nackten Füßen bedeckte zäher, feuchter Schmutz die Gestalt, die in nichts an Laurenz erinnerte. Doch wer sonst sollte es sein?

Diether kniete an der anderen Seite nieder und strich ihm über den Kopf. »Laurenz! Hörst du mich?« Die Augenlider hoben sich zitternd, fielen aber gleich wieder zu.

Redebrecht träufelte ihm noch etwas Wasser in den geöffneten Mund, der sich schloss und der Feuchtigkeit nachschmeckte.

»Wasser.« Diesmal klang das Krächzen deutlich erleichtert. Nach einem tiefen Atemzug öffnete Laurenz endlich die Augen. Langsam wandte er den Kopf, sah erst Redebrecht an, dann Diether. »Habt ihr die Räuber gefangen?«, flüsterte er mit rauer Stimme. »Wo ist Vater?«

Ein Kloß verschloss Diethers Hals. Er schob seinen Arm unter Laurenz' Schultern und richtete ihn etwas auf, damit er ein paar Schlucke aus Redebrechts Flasche nehmen konnte. Laurenz' Körper zitterte wie Espenlaub.

»Wir müssen ihn hier herausbringen«, sagte Diether. »Aber wie? Er kann bestimmt nicht klettern.«

»Am besten binden wir ihn an die Leiter und ziehen ihn hoch.« Redebrecht stand auf und stieg nach oben. »Ich hole einen Strick.« Diether hörte, wie er einen Landsknecht zu den Pferden schickte.

Während er fühlte, wie ihm selbst die Feuchtigkeit in die Kleider kroch, hielt er den zitternden Laurenz im Arm und sprach ihm leise Mut zu. Wie ein Kind schmiegte er den Kopf an Diethers Brust und schluchzte lautlos – wie früher, wenn er sich das Knie aufgeschlagen hatte.

Als Redebrecht mit ein paar Riemen in der Hand zurückkehrte, trugen sie Laurenz unter die Falltür, richteten ihn auf und banden ihn an den Tritthölzern fest. Redebrecht schwang sich an ihm vorbei die Leiter hinauf und zog Laurenz mit Friedrichs Hilfe nach oben. Dann ließ er die Strickleiter für Diether wieder herab. Wie Rostorp Laurenz wohl hier hereinbekommen hatte? Er musste ihn bewusstlos geschlagen haben, denn sonst hätte er sich gewehrt.

Oben angekommen, sah er, dass sich Friedrich bereits um Laurenz kümmerte. Er hatte den Landsknechten die Wasserflaschen abgenommen und sein Sacktuch befeuchtet, mit dem er jetzt Laurenz' Gesicht abwischte. Sie hatten ihn auf einen von der Sonne erwärmten Mauerrest gelegt und ihm Wams und Kniehosen ausgezogen. Sein Unterzeug hatte nichts Weißes mehr an sich.

Nach einer Weile ergriff Laurenz Friedrichs Schulter und zog sich daran in die Höhe, sah sich um und lehnte sich an ein paar neben ihm aufragende Steine. »Gib mir das Wasser lieber zu trinken«, sagte er immer noch ein wenig krächzend. »Waschen kann ich mich zu Hause.«

Diether warf den Kopf zurück und lachte befreit. Das hörte sich doch schon wieder ganz nach Laurenz an.

»Ich muss dir jetzt ein paar Fragen stellen«, sagte Redebrecht und setzte sich zu Laurenz auf die Mauer. »Als Erstes: Wie bist du da reingekommen?« Er wies mit dem Kopf auf die offene Falltür.

»Das waren die Räuber«, erwiderte Laurenz mit matter Stimme. »Sie haben mich auf dem Tegelweg erwischt. Ein Schlag auf den Kopf, und schon war ich hier.« Er strich das verklebte Haar auseinander und zeigte eine dicke Beule vor.

»Hast du niemanden erkannt?«

»Nein. Da war nur eine große schwarze Kutsche und plötzlich ein Arm mit einem Stock.« Er zog schaudernd die Schultern zusammen. »Mehr hab ich nicht gesehen.«

Diether dachte an Schnarmanns Reisegefährt, aber so etwas hatten wohl alle großen Herren. Friedrich nickte ihm zu, was wohl bedeuten sollte, dass auch Rostorp so eine Kutsche besaß.

»War es nicht Andreas von Rostorp, der dich entführt hat?«, fragte Redebrecht.

»Andreas? Wie kommt Ihr denn darauf?« Auch das war der alte Laurenz: Er konnte so unschuldig blicken wie kaum einer.

»Du hast dich mit ihm gestritten, Laurenz«, sagte Diether in sanftem Ton. »Weißt du das nicht mehr?«

»Ach, das war doch nichts. Wir sind beste Freunde. Andreas würde mir nie etwas Böses tun.«

»Du hast im Zusammenhang mit Rostorp von einem Kreuz gesprochen.« Redebrechts Tonfall war deutlich härter. »Das war am Tag deines Verschwindens. Es war nicht zufällig das Kreuz, das bei dem Einbruch gestohlen wurde?«

»Kreuz? Was für ein Kreuz? Davon hab ich nie etwas gesagt.«

Diethers Mitleid verflog, Ärger stieg in ihm auf. Laurenz konnte sich kaum auf den Beinen halten, aber im Lügen war er so standfest wie immer. Sie hätten ihn im Keller lassen sollen. Im Sonnenschein hatte er überaus schnell zu seiner alten Form zurückgefunden.

»Wenn Laurenz bei seiner Aussage bleibt, haben wir keinen Beweis gegen Rostorp«, sagte Diether zu Redebrecht, als sie vom Hellweg abbogen. »Wir können ihm nicht mit der heiligen Helena kommen.« Begleitet von hohen Eichen folgten sie einem breiten Pfad, hinter ihnen ritten die Landsknechte.

»Immerhin haben wir Laurenz in Rostorps Ruine gefunden.« Redebrecht starrte, wie es wohl seine Gewohnheit war, in den Wald.

»Da kann er sich mit den Räubern herausreden.«

»Hm.« Ob er zwischen den Stämmen einen Ausweg suchte?

Diether richtete seinen Blick auf den vor ihnen liegenden Weg. Vielleicht hatte Laurenz Angst vor seinem Peiniger und stritt deshalb alles ab, was mit Rostorp zu tun hatte. Er war immer noch geschwächt gewesen, als sie ihn zu einem Landsknecht aufs Pferd gesetzt und mit Friedrich zurück ins Schloss geschickt hatten. Friedrich hätte ohnehin nicht gern seinem Stiftsgenossen gegenübergestanden, das hatte Diether seinem erleichterten Blick angemerkt.

Laurenz mochte sich besinnen, wenn er sich erholt hatte, und doch noch Rostorp die Stirn bieten. Menke von Wewer war ihm wohl einerlei, aber er konnte nicht wollen, dass der Freiherr ungestraft davonkam, nachdem er ihn, der doch sein Freund sein wollte, ohne Bedenken hätte verdursten lassen.

Doch was half es, wenn Laurenz später redete – sie waren *jetzt* unterwegs zu Rostorp, den sie kaum zu einem Geständnis bewegen konnten, wenn sie nichts gegen ihn in der Hand hatten.

»Wir biegen gleich rechts ab«, sagte Redebrecht. »Dann wird

der Weg schmaler.« Er führe zur Rückseite der Burg, erklärte er, die nur durch einen im Sommer trockenen Bach gesichert sei. Auch die Bauern nähmen meist diesen Weg. »Die Tore in der Burgmauer werden wie immer zu sein, und wenn der Wächter unsere Uniformen sieht, öffnet er gar nicht erst.«

Ein einfacher Landsknecht konnte einen adligen Herrn ohnehin nicht in Ketten schlagen und davonschleifen wie einen Bauern, das wusste auch Diether. Im Ernstfall brauchten sie den Hofrichter, und der würde Rostorp als Verwandten höchstens auf seiner Burg festsetzen. Das allerdings konnte Redebrecht vorwegnehmen, wenn er eine Flucht befürchtete.

Als sie am steinigen Bachbett ankamen, zügelte Redebrecht sein Pferd und schickte die Landsknechte voraus. Sie sollten sich auf dem Weg zur Burg außer Sicht halten und alle Eingänge besetzen.

»Wartet noch«, sagte er zu Diether. »Ich denke, Menke zuliebe können wir uns eine kleine Lüge erlauben. Rostorp wird vielleicht geneigter sein, den Mord zuzugeben, wenn wir ihn glauben machen, dass Laurenz alles ausgeplaudert hat.«

Diether nickte. Der Einfall war Redebrecht vermutlich gekommen, als er in den Wald gestarrt hatte, aber das rechte Augenmaß hatte er von Menke gelernt.

Rostorps Burg war ein vielfenstriges Schloss mit zwei dicken runden Türmen an den Seiten, auf denen blaugelbe Fahnen wehten. Sie ritten durch einen Baumgarten und entlang akkurat angeordneter Blumenbeete zur Vorderseite, wo sie eine geschwungene Freitreppe hinaufgingen. Der Türklopfer war wie bei Diether zu Hause ein Löwenkopf, aber so groß und schwer, dass sein Widerhall im Haus wie Donnergrollen klang.

Ein in Blaugelb gekleideter Hausdiener öffnete das Portal und führte sie nach kurzem Zögern über schwarze und weiße Marmorplatten zu einer zweiflügeligen Tür. Mitten in der Eingangshalle schwang sich eine breite Treppe auf eine Galerie zu, an den dunkel getäfelten Wänden hingen Gemälde ernsthafter Männer mit weißen Mühlsteinkrägen und Prälatenkappen.

Die Tür führte in eine Bibliothek, die an Größe der Bücherstube der Jesuiten durchaus das Wasser reichen konnte. Buch an Buch reihte sich in den Regalen, viele davon in uralten, vergilbten Pergamenteinbänden, die neueren in einheitlich rotem Saffianleder. Hatte Friedrich nicht etwas von mittellosen Burgherren erzählt?

In einem seidenen schwarzen Hausrock, dessen weite Ärmel er zurückgeschlagen hatte, beugte sich ein rothaariger, groß gewachsener Mann über ein Stehpult. Mit der Feder in der Hand drehte er sich um, als sie eintraten. Der Statur nach – schneidig, hatte Barcholt gesagt – konnte er der Mann mit dem Fasanenhut sein. Das Licht aus einem der Fenster, die zur Vorderseite gingen, fiel auf eine mit pfenniggroßen Sommersprossen gesprenkelte Wange. »Der getüpfelte Andreas«, so hatte ihn Friedrich genannt. Auch seine Hände waren mit rötlichen Flecken übersät.

»Ach, Redebrecht«, rief er ihnen entgegen. »Seit wann bist du bei den Bischöflichen?« Sein Gesicht war scharf geschnitten, das Kinn kantig, aber der Mund rosig und voll. Diether beachtete er nicht. »Früher hätten dich die Landsknechte nicht erwischen dürfen.« Er legte die Feder in eine silberne Schale, die vor einer Reihe verschiedenfarbiger Tinten stand.

»Ich bin der Hauptmann der bischöflichen Garde, Rostorp, und stehe hier als Vertreter der fürstlichen Macht. Wir sollten uns eines ernsthaften Tones befleißigen.« Diether lernte an Redebrecht ganz neue Seiten kennen. Im gleichen förmlichen Ton stellte er ihn als Advokat Meschede vor. »Wir sind in einer dienstlichen Angelegenheit hier.«

»Soso.« Rostorp zog die Augenbrauen in die Höhe und sah von einem zum anderen. »In einer dienstlichen Angelegenheit. Ich kann mir allerdings nicht vorstellen, was für eine Angelegenheit das sein könnte.« Er lächelte nicht gerade, wirkte aber auch nicht so verkrampft, wie ihn Friedrich beschrieben hatte.

»Das will ich dir sagen, Rostorp.« Redebrecht straffte seinen Rücken. »Wir haben soeben Laurenz Barcholt, den Sohn des Rentmeisters, aus dem Verlies eurer alten Burg befreit, wo er nahe am Verdursten war. Kannst du mir erklären, wie er dahin gekommen ist?«

Rostorp machte erst ein verblüfftes Gesicht, dann lachte er tatsächlich. »Der kleine Barcholt in meinem Verlies? Das können nur die Räuber gewesen sein. Du weißt doch, dass sie es manchmal als Unterschlupf nutzen.«

»Das widerspricht aber dem, was ich von Laurenz erfahren habe.«

»So? Er wird kaum etwas anderes sagen können.«

»Oh doch.« Redebrecht legte die Hand auf den Griff seines Säbels und stellte sich in Positur. »Zum Beispiel redet er von einem Mann mit einer Fasanenfeder, der ihm bald viel Geld verschaffen wird, weil Laurenz weiß, was er getan hat. Außerdem hörte ich von einem Mann, der sich von ihm im Schloss herumführen ließ und alles genau ausgekundschaftet hat. Kurz danach wurde ein Einbruch im Schatzkeller des Bischofs begangen, bei dem mein damaliger Hauptmann Menke von Wewer zu Tode gekommen ist.« Er tat einen Schritt auf Rostorp zu. »Du siehst, wir legen dir nicht nur die Entführung des jungen Barcholt zur Last.«

Respekt, dachte Diether, Redebrecht Storck gäbe einen guten Advokaten ab. Er hatte kaum gelogen und nur angeführt, was sie – wenn auch über andere – von Laurenz gehört und aus seinem Verhalten geschlossen hatten.

Rostorp war weniger beeindruckt. Einen Unterarm locker auf das Pult gestützt, nahm er mit der anderen Hand die Schreibfeder auf und drehte sie in den Fingern. »Was nicht war, kann Laurenz nicht wissen«, sagte er in geradezu gelangweiltem Ton. »Er mag erzählen, was er will.«

»Hat er dich nicht im Schloss herumgeführt?«, fragte Redebrecht.

»Ja, sicher. Zeig mir den Schlossbesitzer, der nicht jede Gelegenheit ergreift, sich andere Paläste anzusehen. Wir hegen für unsere Burg schließlich auch Ausbaupläne.«

»Und wofür willst du Laurenz Geld zahlen?«

»Das ist Unsinn. Ich habe Laurenz nie Geld versprochen. Er hat mir aus reiner Freundschaft das Schloss gezeigt.«

Diether hatte den Eindruck, dass er sich einmischen müsse. »Entschuldigt, Herr von Rostorp, aber Laurenz ist mein Vetter, den ich sehr gut kenne. Ich sehe keinerlei Veranlassung für irgendwelche Räuber, ihn zu entführen und gar verdursten zu lassen. Was hätten sie davon? Wenn sie ihn wirklich entführt hätten, dann, um Lösegeld zu erpressen, und dazu brauchten sie ihn lebend.« Er machte eine Pause und fuhr in weicherem Ton fort. »Ihr wart doch mit Laurenz befreundet. Ihr hättet ihn sehen sollen, als wir ihn aus Eurem Turmverlies geholt haben, so armselig, so geläutert … Ich habe ihn kaum wiedererkannt.« Laurenz würde ihm die Darstellung nie verzeihen, aber Rostorp machte immerhin ein betroffenes Gesicht.

Redebrecht ergriff sein Stichwort. »Du magst ihn wie auch immer zum Schweigen verpflichtet haben, Rostorp, aber du hättest ihn nicht einsperren dürfen, denn das hat ihm die Augen geöffnet.« Diether sah, wie Redebrecht seine Finger auf dem Rücken kreuzte. »In diesem Moment steht Laurenz Barcholt mit seinem Vater vor dem Hofrichter und beichtet ihm seine Beteiligung an deinen Taten.« Er wies zum Fenster hinaus. »Ich habe die Befugnis, dich auf deiner Burg festzusetzen. An allen Türen stehen Landsknechte so lange, bis der Hofrichter verfügt, was mit dir geschehen soll.«

»Der Hofrichter …« Rostorp trat zum Fenster, öffnete es und sah hinaus. »Der Hofrichter ist mein Verwandter«, sagte er, als er zurückkam. »Er wird dem kleinen Barcholt keinen Glauben schenken.«

»Das denke ich schon«, erwiderte Redebrecht. In ihrem Rücken öffnete sich leise eine Tür. »Nämlich wenn Laurenz das Reliquienkreuz erwähnt, das du unbedingt haben wolltest.«

Diether sah sich um, während Rostorp antwortete. »Das Kreuz? Das gehört doch dem Bischof! Was sollte ich damit anfangen?«

Eine alte Frau mit gebieterischem Gehabe kam auf sie zu, die den Stock mit dem Silberknauf in ihrer Hand gar nicht zu benötigen schien. »Natürlich gehört das Kreuz *nicht* dem Bischof, Junge. Was redest du denn da?« Wiederholtes Pochen ihres Stocks unterstrich die Frage.

Bei ihren Worten ruckte Rostorps Kopf mehrfach unwillkürlich, als habe ihn ein Wasserguss getroffen. Vom Hals her aufsteigend, tilgte eine rote Welle eine Sommersprosse nach der anderen. Während er zu schrumpfen schien, als er seiner Mutter entgegensah, versteifte sich sein Körper, alle Lockerheit verflog. Diether schmunzelte in sich hinein. Als kleiner Junge hatte er sich oft ähnlich gefühlt …

Im Vorbeigehen streifte die Baronin Redebrechts und Diethers lehmbeschmierte Kleidung mit einem abschätzigen Blick. Sie waren offensichtlich nicht von Adel und sofort vergessen. Als sie sich vor dem Schreibpult ihres Sohnes aufbaute, bemerkte Diether die Familienähnlichkeit – die gleiche Größe und aufrechte Haltung, das kantige Kinn, in ihrem weißen Haar immer noch ein rötlicher Schimmer. Krank, wie Friedrich gesagt hatte, war Rostorps Mutter mitnichten. Wie ihr Sohn war sie in schwarze Seide gekleidet, die auf den weißen, fast faltenfreien Wangen die bei ihr kleineren Sommersprossen hervorhob.

»Auch wenn mein fürstlicher Vetter das geheiligte Kreuz zu gern sein Eigen nennen möchte.« Sie nahm Rostorp die Feder aus der Hand und platzierte sie ordentlich auf dem Pult. »Wenn es endlich gefunden ist, dann leg unter allen Umständen die Hand darauf, das habe ich dir immer schon gesagt.« Ihre Stimme klang so stählern, wie es ihre Haltung war.

»Mutter!« Rostorp warf einen gequälten Blick auf Redebrecht.

»Nein, Junge. Hör mir zu.« Sie pochte mit dem Stock auf den Boden. »Das Kreuz gehört auf unseren Altar in der Busdorfkirche, wo es jahrhundertelang gestanden hat, bis es die protestantischen Ketzer in die hinterste Ecke der Schatzkammer verbannt haben.« Ein schmerzvoller Blick wanderte zum alabastergeschnitzten *Corpus Christi* am Kreuz über der Tür. »Wir müssen das Heiligtum wenigstens in Verwahrung nehmen, bis Pater Röhrich und die Seinen dafür gesorgt haben, dass die Reliquien wieder verehrt werden. Bischof Meinwerks Vermächtnis verpflichtet uns über alle Widerstände hinweg, das weißt du so gut wie ich. Unser Vorfahr hat sich für das Kreuz in einen blutigen Kampf gestürzt, und wir sind es ihm schuldig, seinen Kampf fortzusetzen.«

Wie Diethers eigene Mutter war auch die alte Baronin nicht aufzuhalten. Rostorps mäßigende Handbewegungen und sein nach jedem ihrer Sätze leiser werdendes »Mutter!« nahm sie gar nicht wahr. Verstohlen wies er mit der Hand auf die Besucher, aber Diether wusste, bevor er ihre Worte hörte, dass es zwecklos war. Man tat besser, was sie wollte. Er selbst hatte sich ein eigenes Haus bauen müssen, um Mutters Bevormundung und ihren fortdauernden Belehrungen zu entgehen.

»Wieso? Ein Rostorp hat keine Geheimnisse, und schon gar nicht vor einem Bauernsohn« – ein missfälliger Blick streifte Redebrecht –, »der sich als Abhängiger der stolzesten Familie im Umkreis aus deren Diensten fortstiehlt und vom Bischof bezahlen lässt.« Sie schritt auf das blaugoldene Wappen an der Rückwand der Bibliothek zu und stellte sich mit dem Rücken davor. Der grimmige Blick aus dem geschlitzten Helm über dem Schild hätte der ihre sein können. »Es kann jeder wissen, dass Sankt Helenas Kreuz seit Jahrhunderten der Stolz unserer Familie ist. Auch in Zukunft werden wir es schützen und ehren, wo immer es möglich ist.«

»Ihr habt also Eurem Sohn, dem Freiherrn, den Auftrag gegeben, das Kreuz in den Besitz der Familie zurückzuführen?« Redebrecht stand aufrecht und behauptete sich auch ohne Wappen.

Vor der Baronin half ihm das nichts. »Ich wüsste nicht, was dich das angeht, Storck«, fauchte sie.

Diether trat vor und machte sich bekannt. »Mich geht es etwas an«, sagte er. »Ich bin als Advokat mit der Suche nach dem Kreuz befasst.«

Die Baronin maß Diether mit einem prüfenden Blick, die abwehrende Geste ihres Sohnes beachtete sie nicht. »In wessen Auftrag?«

Diether gab Heinrich Westphal als Auftraggeber an, sagte aber nichts von dem Einbruch.

Sie gab ein dünnes Lachen von sich. »Westphal mag nach dem Kreuz suchen lassen, aber es steht unbezweifelbar der Familie meines verstorbenen Eheherrn und jetzt meinem Sohn zu. Das könnt Ihr ihm ausrichten, Advokat. Das Kreuz muss unter allen Umständen wieder herbeigeschafft und uns übergeben werden. Hier in unserer Familienbibel ist verzeichnet, dass allein die

Rostorps dafür verantwortlich sind.« Sie ging zu einem Tisch mit einem aufgeschlagenen Folianten und klopfte mit der Hand darauf. »Außerdem liegt höchstwahrscheinlich in der Kanzlei des Bischofs eine diesbezügliche Urkunde, die das Kreuz unauflöslich an unsere Besitztümer koppelt.«

Diether nickte, als fühle er das Gewicht ihrer Gründe, obwohl er sie keinesfalls verstand. Nur eines war klar: Friedrich hatte am falschen Ort nach der Urkunde gesucht. »Bischof Meinwerk hat also Euren Vorfahren das Kreuz geschenkt?« Wenn er mehr erfahren wollte, musste er ihren Widerspruch herausfordern.

»Doch nicht uns, Advokat.« Die Baronin sah Diether an, als zweifle sie an seinen Geisteskräften. »Es war umgekehrt. Unser Vorfahr hat das Kreuz aus dem Heiligen Land mitgebracht und es dem Bischof verehrt, der ihn zuvor zusammen mit Abt Wino von Helmarshausen dorthin ausgesandt hatte.«

In schnell aufeinanderfolgenden Worten erzählte sie die Geschichte des Kreuzes, wie Diether sie von Schnarmann gehört hatte, samt heiliger Helena und dem Abschlachten der Arabersippe. Diesen Heiden hätten auch die juwelenverzierten Degen gehört, die der Vorfahr ebenfalls mitgebracht hatte. Meinwerk hatte alles dem Busdorfstift für die Ausstattung des Heilig-Kreuz-Altars geschenkt, dessen Pfründe dem jeweiligen Kanoniker aus der Familie von Rostorp zukommen sollten. Außerdem hatte Meinwerk aus Dankbarkeit, wie sie sagte, die Rostorps mit umfangreichen Gütern und zwei Dörfern im Höxterschen belehnt. Angesichts des in der Rostorp'schen Burg zur Schau gestellten Reichtums mussten dort fleißige Bauern wohnen.

»Bei der Urkunde handelt es sich also um einen Lehnsbrief?«, fragte Diether.

»Sozusagen, aber mit einer Bedingung über die übliche Gefolgschaft hinaus.« Rostorps Mutter kannte sich ausnehmend gut in der Juristensprache aus. »Bischof Meinwerk hat die Familie von Rostorp als Wächter des Kreuzes eingesetzt, das für immer mit dem Busdorfstift verbunden bleiben soll.«

Wenn das die Bedingung war, hatte der heutige Bischof eine Handhabe, Rostorps Güter zurückzufordern. Er hatte schon schlechtere Gründe angeführt, wenn er den Adelsfamilien im Hochstift die Lehen entzogen hatte.

»Aber was viel wichtiger ist …« Sie warf ihrem Sohn einen Blick zu, dessen Gesicht jetzt so fahl war, dass auch die Sommersprossen verblassten. »… und schwerer wiegt«, sagte sie zu Diether, »ist Folgendes: Der Legende nach verliert unser Haus den Schutz des seligen Bischofs Meinwerk und der heiligen Helena, wenn das Kreuz nicht mehr dem Busdorfstift dient. Die ersten Anzeichen sind schon sichtbar …« Sie sprach von Missernten und Viehseuchen, die ihre Bauern heimgesucht hätten, und fügte hinzu, was der Verlust der heiligen Reliquie für das Seelenheil der Familienangehörigen bedeute, sei gar nicht zu ermessen.

Dann wandte sie sich ihrem Sohn zu, dessen Kopf wie in Erwartung des Wassergusses schon im Voraus zuckte. »Du weißt bei Gott, Junge, dass du es bist, der unsere altehrwürdige Familie im Busdorfstift vertritt und für das Kreuz verantwortlich ist wie alle deine Vorfahren bis zurück in Meinwerks Zeit, der den Rostorps für alle Zeiten die heilige Verpflichtung auferlegt hat.« Ihr Stock klopfte den Takt zu ihren Worten. »Dass du die beiden Degen aufgetrieben hast, reicht nicht.«

»Mutter!« Es war geradezu ein Schluchzen. Rostorp ging unsicheren Schritts zu einem Armstuhl und fiel schwer hinein. Er stützte den Kopf in die Hände und stöhnte auf.

»Übrigens erwarte ich, Storck, dass du die schmutzigen Landsknechte sofort daran hinderst, vor unseren Türen herumzulungern. Das war der Grund, warum ich gekommen bin.« Sie rauschte hinaus. Obwohl sie ihn gar nicht benutzte, hallte Diether das unerbittliche Pochen ihres Stocks noch lange in den Ohren.

Redebrecht zog sich einen Stuhl neben den Rostorps. »Du hast das Kreuz also nicht gefunden, als du in den Schatzkeller eingebrochen bist?« Seine Stimme war nicht gerade freundschaftlich, aber doch weniger hart als vorher.

Aus trüben Augen schaute Rostorp ihn an. »Nein. Alles war umsonst.« Wieder fraß aufsteigende Röte eine Sommersprosse nach der anderen, bis Rostorps Gesicht die gleiche Farbe hatte wie sein Haar.

Glücklich wirkte Redebrechts Blick nicht, als er Diether ansah. Er zuckte mit den Schultern und wandte sich wieder Rostorp zu. »Und was war mit unserem Hauptmann?«

»Ich konnte nur einen kurzen Blick in alle Regale werfen, da kam jemand durch den vorderen Raum geschlichen.« Rostorp hielt inne, sein Gesicht entfärbte sich. »Ich wollte ihn nicht töten, ganz gewiss nicht. Aber nachdem ich ihm einen der Folianten auf den Kopf geworfen hatte, der ihn nur ablenken und betäuben sollte, sind die anderen auch heruntergefallen.« Rostorp sank noch mehr in sich zusammen. »Als ich das Blut gesehen hab und dass sich der Mann nicht mehr rührte, bin ich Hals über Kopf geflohen …« Er sah zur Tür, hinter der seine ahnungslose Mutter verschwunden war. »Ich durfte doch keine Spuren hinterlassen.«

Immerhin, dachte Diether, hat er die Kaltblütigkeit besessen, den Schatzkeller abzuschließen und den Schlüssel ins bischöfliche Schlafgemach zurückzubringen. Aber das tat hier nichts zur Sache. Die Vorstellung des über Treppen und Flure schleichenden Mörders bescherte ihm allerdings einen anderen Einfall. Bisher hatte Rostorp den Anschein erweckt, als sei ihm Diether unbekannt, doch das musste keinesfalls so sein.

»Seht mich an, Rostorp«, sagte er. »Seid Ihr es etwa gewesen, der mir im Schloss aufgelauert und mich – nach einem Schlag auf den Kopf wohlgemerkt – beinahe in der Gräfte ertrinken lassen hat?«

Rostorps Kopf zuckte, als habe er selbst mit dem stinkigen Wasser Bekanntschaft geschlossen. Als er Diether ansah, war sein Blick schuldbewusst. »Ich habe Euch beobachtet, nachdem Friedrich erzählt hatte, dass Ihr hinter dem Mörder her seid«, gab er zu. »Und dann habe ich Euer Gespräch mit Barcholt belauscht. Er hat zwar meinen Namen nicht genannt, aber ich wollte verhindern, dass Ihr ihn irgendwann doch von ihm erfahrt.« Mit den Fingernägeln pulte er ein Stück Holz aus der Armlehne. »Daraufhin bin ich Euch durchs Schloss gefolgt und habe mitbekommen, dass Ihr die Leute nach dem Kreuz ausfragt.« Wieder ruckte sein Kopf in die Höhe. »Ich wollte das alles nicht, es ist einfach so gekommen«, sagte er in kläglichem

Ton. »Sie« – er wies mit der Hand zur Tür – »durfte doch nichts erfahren.« Seine Stimme hob sich vor Angst.

Er musste eine andere Frau meinen. Von der, die eben durch die Tür verschwunden war, hatte Diether durchaus den Eindruck gewonnen, dass ihr im Kampf um das Kreuz jedes Mittel recht wäre. Und ihr Sohn war um nichts besser, sosehr er jetzt auch jammerte. Nur wegen der Rostorp'schen Güter hatte er Menke umgebracht, wegen des Rechts, die Bauern weiterhin für sich arbeiten zu lassen; all das Gerede von hehrem Kreuzrittertum und Familienehre hatte keine Rolle gespielt. In zunehmender Wut trat Diether auf Rostorp zu und wollte ihn am Kragen seines seidenen Gewands packen, doch da stand schon Redebrecht neben ihm und fiel ihm in den Arm. »Damit wird sich der Hofrichter befassen«, sagte er.

Rostorp war zurückgeschreckt und sah nun furchtsam aus den Augen. »Ein Feigling, der sich heimlich von hinten anschleicht!« Diether hoffte, dass in seinem flammenden Blick zu lesen war, was er mit Rostorp tun würde, wenn er ihn allein erwischte.

Redebrecht schob Diether einen Armstuhl hin, bedeutete ihm mit dem Kopf, sich zu setzen, und nahm ebenfalls wieder Platz. Er hat ja recht, dachte Diether und beruhigte sich. Rostorp hatte noch viel zu erzählen, und wie er jetzt dasaß – das reinste Häuflein Elend –, war die Wahrheit am ehesten aus ihm herauszuholen.

»Wir waren einmal so etwas wie Freunde, Andreas. Jedenfalls haben wir viel zusammen unternommen.« Redebrecht legte sogar die Hand aufs Knie des Übeltäters.

Rostorp nickte so langsam, als tue es ihm wirklich leid um die Freundschaft. »Mutter hat geschimpft, aber das war mir egal.«

Redebrecht zog die Hand weg und rückte dafür mit seinem Stuhl näher heran. »Willst du mir nicht erzählen, wie es zu dem Einbruch kommen konnte und zu allem, was er nach sich zog?«

Ein tiefer, fast erlöster Atemzug war die Antwort. Mit der Beichte haben die Katholiken nicht so unrecht, dachte Diether, sie kann ungemein erleichtern.

Nach einem unsicheren Blick auf Diether begann Rostorp

zu sprechen. »Alles war in Ordnung, als das Kreuz noch in der Schatzkammer des Busdorfstifts verwahrt wurde. Ich habe es regelmäßig überprüft, und Mutter war zufrieden. Doch dann – es ist ein paar Wochen her – war es verschwunden …« Er sah zur Tür, als stünde seine Mutter noch dort. »Von da an hat sie mir in den Ohren gelegen, dass ich es unbedingt zurückholen muss.«

Als Erstes hatte er im Busdorfarchiv nach einem Leihschein gesucht und ihn auch gefunden, weil er gleich obenauf lag. Der Propst hatte das Kreuz an den Bischof ausgeliehen. Dann hatte er gehört, dass es den Bischof von seiner Krankheit geheilt hatte, und Angst bekommen, dass er es nicht wieder herausgeben werde. »So war es dann ja auch.« Er hatte Barcholt gefragt und erfahren, dass es mit der Zustimmung Propst Plettenbergs im Inventarbuch des Bischofs als dessen Eigentum verzeichnet worden sei. Das hatte er seiner Mutter nicht erzählt.

»Und wie bist du an Laurenz geraten?«

»Er lungerte im Pürting herum, als sein Vater etwas mit unserem Dechanten zu besprechen hatte. Da habe ich ihn angesprochen und ein wenig nach dem Schloss ausgefragt.« Laurenz sei gleich bereit gewesen, ihn durch die Räume zu führen, und habe ihm auch das Versteck des Schlüssels zur Schatzkammer gezeigt. »Er wollte wohl ein bisschen damit angeben, auf wie vertrautem Fuß er mit dem Bischof stand.« Aber das Kreuz, nach dem er eigentlich gesucht habe, sei nirgendwo zu sehen gewesen.

»Deshalb hast du Laurenz überredet, dir bei dem Einbruch zu helfen?«

»Nein, so war es nicht. Den habe ich ganz allein begangen.«

War das zu glauben?

Rostorps Bericht darüber, wie er ins Schloss gekommen war, bestätigte alles, was Diether bereits vermutet und herausgefunden hatte. Er wusste von dem Schlupfloch durch den Weinkeller und hatte in einem Versteck abgewartet, bis jemand das Boot über die Gräfte ruderte. Dann hatte er wohl zu lange gezaudert. »Als ich ankam, wurde die Weinkellertür gerade von innen verriegelt.« Das war Barcholt gewesen, der seinen Sohn im Weinkeller ertappt hatte. Rostorp war daraufhin durch den Pferdestall eingestiegen.

Diether atmete erleichtert auf. Laurenz' Unterstützung war am Mordabend gar nicht nötig gewesen. Er beugte sich vor. »Mein Vetter hat Euch nicht geholfen, sagt Ihr. Aber er hat sich gedacht, dass nur Ihr als Täter in Frage kommt, und hat Euch erpresst?«

»Ja. Er wollte einen Anteil. Ich hätte ihm ja gegeben, was er haben wollte, aber ich wusste doch, dass man sich auf Laurenz nicht verlassen kann. Nachdem ich gehört hatte, dass er im Suff sogar seinen Betrug an den Gauklern ausgeplaudert hat, musste ich mir etwas überlegen.«

»Warum habt Ihr ihn nicht gleich mundtot gemacht wie Menke von Wewer?«

»Das konnte ich nicht.«

»Aber ihn jämmerlich verdursten lassen?«

»Ich habe versucht, es zu vergessen.«

»Vergessen?« Diether fuhr auf. »Ihr hättet ihn sehen sollen!« Als ihm einfiel, wie Rostorp anfangs sogar darüber gelacht hatte, dass Laurenz in seinem Kerker festgesessen hatte, erfasste ihn noch mehr der Zorn, böse, aber angemessene Worte lagen ihm auf der Zunge.

Wieder hielt ihn Redebrecht zurück und wandte sich selbst an Rostorp. »Warum hast du denn nicht versucht, das Kreuz auf einem anderen Weg zurückzubekommen? Es gibt doch Gerichte, und ihr könnt offensichtlich euer Recht nachweisen.« Aus ihm sprach der einfache Bauernjunge, der mit den bischöflichen Richtern noch keine Erfahrungen gemacht hatte.

Rostorp nickte, doch man sah ihm die Zweifel an. »Daran habe ich auch erst gedacht. Aber sag doch selbst – welches Gericht würde denn gegen die Fürstenberger ein Urteil sprechen? Außerdem dauert es Jahre bis dahin, und dann könnte Dietrich längst tot sein. Er hat schließlich sein Testament verfasst. Wenn er stirbt, was jeden Tag geschehen kann, fallen alle seine Besitztümer – und darunter ist dann auch unser Kreuz – an seine Familie.«

Obwohl ihm Diether recht geben musste, was die Parteinahme der Gerichte und auch das Testament anging, konnte er an Rostorps Argumenten nichts entdecken, was den Einbruch oder gar Mord und Entführung entschuldbar gemacht hätte. Wenn man Rostorp glauben durfte, hatten sie ohnehin nicht zum Erfolg geführt.

Diether nahm Rostorp scharf in den Blick. »Habt Ihr das Kreuz wirklich nicht gefunden?«

»Nein.« Sein Kopf ruckte nicht, und er wurde auch nicht rot. »Ich hätte es doch sofort erkannt, aber es war nicht da. Nur die beiden Degen, die habe ich mitgenommen.«

»Aber dann habt Ihr bei der Inventur noch einmal überall gesucht.«

»Nun ja. Es war ein glücklicher Zufall, dass ich dabei helfen durfte. Es hätte ja sein können, dass ich es beim ersten Mal übersehen habe. Doch ich musste auch dann feststellen, dass von dem Kreuz keine Spur zu finden war.« Er schaute zum Fenster hinaus. »Seitdem frage ich mich, wo es wohl geblieben ist.«

Das fragte sich Diether ebenfalls. Konnte es sein, dass ihm Rostorp etwas vorspielte?

13

Die Stadt musste zum Bersten voll sein.

Diether richtete sich auf und wischte sich mit dem Unterarm den Schweiß von der Stirn. Über die Hecke hinweg hörte er Räderrollen, Pferdegetrappel und das unablässige Gemurmel zahlloser festlich gekleideter Bauern, die seit dem Morgen in hellen Scharen über den Tegelweg zogen. Freudig erregt klangen ihre Stimmen; weniger fromme Andacht lockte sie an als Schaulust und die Aussicht auf Lustbarkeiten abseits des prunkvollen, aber steifen Festakts, der sich jetzt um das Jesuitenkolleg herum unter weihevollem Getöse entfaltete. Zum Glück war er dem Rummel entkommen.

Die Geräusche verklangen, als Diether zum Rothebach hinüberschlenderte und sich am Tisch unter dem Apfelbaum niederließ. Das Wasser plätscherte über große und kleine Steine hinweg, Libellen schossen hin und her. Henrich stopfte noch ein paar Lücken in ihrer bis zur Brusthöhe gediehenen Mauer.

Nicht zum ersten Mal freute sich Diether über seinen Entschluss, den Tag fernab der Stadt auf Leonores idyllischem Gartenland am Bach zu verbringen. Sie und Henrich hatten sich seinem Vorschlag sofort angeschlossen, als vom Jesuitenkolleg das Hämmern und Rufen herüberschallte, das den Beginn des Tribünenbaus ankündigte. Heute war der große Tag, an dem endlich die von Bischof Dietrich gestiftete Universität eröffnet wurde, mit dem größtmöglichen Pomp und unter Beteiligung sämtlicher Herrschaften des Hochstifts. Der Trubel hatte auch die Gaukler wieder in die Stadt geschwemmt; Elmar hatte es erzählt, als er auf seinem üblichen Ritt um die Stadt vorbeigekommen war.

Den ganzen Morgen – wenn auch Diethers Kopfschmerz wegen mit mehr Pausen als üblich – hatten Henrich und er Steine zur Mauer aufgeschichtet. Anfangs hatte Leonore ihnen geholfen, doch dann war Kaspar von Fürstenbergs Kutscher aufgetaucht und hatte sie zu einem Krankenbesuch im Schloss abgeholt.

Offensichtlich schwänzte Kaspar unter dem Vorwand eines Gichtanfalls das große Fest seines Bruders. Bei seiner Einstellung den Jesuiten gegenüber konnte es ihm – wie Diether selbst – nicht recht sein, dass der Bischof die neue Universität ausgerechnet ihnen in die Hand gegeben hatte. Diether schmunzelte. Leonore hatte erzählt, dass er Jesu Brüder ebenfalls als »Vierhörnige« bezeichnet hatte. Auch er kannte seinen Fischart.

Jetzt stand die Sonne hoch am Himmel – hätte Leonore nicht längst zurück sein müssen? Der Mörder war gefasst, aber das Schloss war Diether immer noch nicht geheuer.

Er solle seinem Kopf Ruhe gönnen, hatte Leonore gesagt, und alle Gedanken an die Vorfälle der letzten Tage beiseiteschieben. Doch was konnte er tun, wenn immer wieder ein sommersprossiges Gesicht vor ihm auftauchte und das Pochen eines gewissen Stocks das Gemurmel des Bachs übertönte? Die von Leonore gepflegten, giftigen Herbstzeitlosen um ihn herum schienen ihm die falsche Antwort zu geben.

Von den Blättern des Apfelbaums gefiltert, schien die Sonne warm auf ihn hinab. Es war, als habe Sankt Magnus sein Versprechen guten Wetters nur gebrochen, um Laurenz den Regen zu bescheren, der ihm das Leben gerettet hatte. Diether hatte ihn gestern besucht, doch er hatte immer noch nicht von Rostorp sprechen wollen und war bei seinen Räubermärchen geblieben.

Henrich kam zum Tisch und goss sich aus dem Krug, den er am Morgen am Brunnen gefüllt und selbst bis hier herausgeschleppt hatte, den letzten Rest Wasser ein. »Wir müssen einen Brunnen graben«, murmelte er in seinen Bart.

Diether nickte. Mit dem Wasser des Rothebachs hatte Henrich schlechte Erfahrungen gemacht.

»Und ein Gartenhaus bauen.« Henrichs Hand zeigte in den an zwei Seiten vom Bach umflossenen Winkel. »Da.«

Es war ein guter Platz. Jenseits des Bachs erhoben sich helle Birken, auf dieser Seite wuchs niedriges Gebüsch, das ihnen die Abendsonne nicht nahm. Morgens und mittags lag das Häuschen, das Diether bereits vor sich sah, im vollen Licht, ein großer

Kirschbaum beschattete die Bank vor dem Eingang gegen die Mittagssonne. Leonore hatte gegen den Plan sicherlich nichts einzuwenden. An Sonntagen, wenn Pater Wippermann und seine eifrigen Novizen in den Kirchen der Stadt zu tun hatten, war es hier so friedlich wie heute.

Und wenn dann erst ihre Kinder am Bach spielten …

»Guck«, sagte Henrich. »Friedrich.« Er wies mit dem Kopf zur Gartentür, die sich von Diether unbemerkt geöffnet hatte. Auf Friedrich folgte sein Kutscher, der einen schweren Korb mit beiden Armen an die Brust presste.

»Ich hab das Festbankett geschwänzt und mir stattdessen vom Bruder Koch eine kleine Mahlzeit einpacken lassen.« Friedrich wies den Kutscher an, den Korb auf dem Tisch abzustellen, und schickte ihn zurück in die Stadt mit dem Auftrag, ihn beim Abendläuten abzuholen. »Es herrscht ein fürchterlicher Trubel, aber weil wir Busdorfkanoniker ohnehin in die letzte Reihe verbannt wurden, war es leicht, mich davonzustehlen.« Sein jungenhaftes Feixen ließ die würdevolle Soutane, die er jetzt aufknöpfte und auszog, fast vergessen. Darunter trug er seidene Kniehosen und ein weißes, spitzenverziertes, von seinem Bauch gewölbtes Hemd. »Wie kann ich jetzt schon wieder feiern?« Er packte den Korb aus. »Aber verhungern will ich Rostorps wegen nicht.« Die Streifen in seinem Gesicht – Erinnerungen an den Brand im Ükern – glänzten rosa, sie waren fast verheilt.

Diether hob den Deckel von einem Weinkrug. »Mit all dem Zeug hättest du deine sämtlichen Kanonikerfreunde satt machen können.« Aus dem Korb kamen auch Becher zum Vorschein.

»Die werden heute von den Jesuiten gefüttert. Es soll sogar gebratene Schwäne geben.« Friedrich schüttelte sich. Als Kind hatte er vor den angriffslustig zischenden Tieren eine Heidenangst gehabt. »Man sollte nicht meinen, dass sie ihnen schmecken, nachdem Pater Horrion sie – lebend, wohlgemerkt – in seinem unerträglich langen Loblied so gepriesen hat. Die Verse haben geholpert wie die älteste Kutsche da draußen.« Er zeigte auf den sich hinter der Hecke verbergenden Tegelweg.

Henrich und Diether, beide gleich hungrig vom Steineschleppen, stopften sich mit den guten Gaben aus der Stiftsküche voll. Friedrich hingegen vergaß überm Reden manchmal sogar das Essen.

Im Stehen, mit weit ausholenden Gebärden und verzücktem Gesicht, gab er jetzt die Worte des Paters wieder, die er Henrichs wegen gleich ins Deutsche übersetzte. »Welch ein Schauspiel, die Entchen zu beobachten und die Schwäne, wie sie erhobenen Schwanzes, mitten in den Fluten schwebend, die Füße gegen die Strömung gestemmt, mit gesenktem Schnabel fischen!« Friedrich hatte immer schon ein gutes Gedächtnis gehabt.

»Dabei gibt's hier gar keine Schwäne mehr«, warf Diether ein.

»Jau«, sagte Henrich, »die sind ausgerottet.« Dem Bischof gehörte alles Getier in und auf der Pader, und er machte fleißig Gebrauch von diesem Recht.

»Es muss sie geben«, behauptete Friedrich. »Horrion zufolge dient unsere ganze schöne Landschaft« – Friedrichs Handbewegung umfasste stellvertretend Leonores Garten – »einschließlich der Schwäne, der Paderquellen und der gesunden Winde dem einzigen Zweck, der neuen Akademie des erlauchten Fürsten Glanz zu verleihen.«

»Tote Schwäne, versumpfte Quellen und ein Jesuitenfurz.« Henrich grinste. »Das soll Glanz sein?« Ein paar Schlucke Wein hatten seine Zunge gelockert.

Friedrich lachte ihn an. »Jesuitenfurz, genau.« Henrichs Kraftausdrücke begeisterten ihn noch immer. »Noch so einer war das Theaterstück. Als ich den unbeholfenen Milchbart gesehen hab, der mit seinem piepsigen Stimmchen den weisen Salomon gab, bin ich geflohen. Sie hatten ihm tatsächlich das Gesicht mit Werg zugekleistert.« Als Schüler hatten sich Diether und Friedrich vor jeder Rolle in den Aufführungen ihrer jesuitischen Lehrer gedrückt.

Nachdem Friedrich sich wieder hinter den Tisch gezwängt und mit einem gebratenen Hühnerbein versorgt hatte, wandte er sich an Diether. »Übrigens hab ich deinen Oheim getroffen. Er war die Leutseligkeit selbst und überaus dankbar, dass wir seinen Sohn aus Räuberhand errettet haben.«

»Aus Räuberhand?« Diether hatte Barcholt mitgeteilt, wo sie

Laurenz gefunden hatten und was ihn in das Verlies gebracht hatte. Er hatte ihn nur ungläubig angesehen.

»Genau.«

»Und Rostorp?«

»Das habe ich ihn auch gefragt. Aber der hat deinen Vetter nur dazu benutzt, das Schloss für den geplanten Einbruch auszukundschaften. Vielleicht war der Junge zu vertrauensselig, hat Barcholt gesagt, und hat mehr ausgeplaudert, als guttat. Aber von den finsteren Plänen Rostorps und von seinem gottlosen Verbrechen hätten sie beide nichts ahnen können, warum also sollte der einen Grund haben, Laurenz einzusperren? Nein, nein« – Friedrich machte die abwehrende Geste Barcholts nach –, »entführt haben ihn die Räuber, nur die sind zu so etwas fähig.«

Diether lachte. Barcholts Glaube an seinen verzogenen Jungen war unbeirrbar.

»Aber die Räuber haben jetzt in deinem Oheim einen erbitterten Feind gefunden«, berichtete Friedrich, nachdem er seinen Hühnerschenkel abgenagt und zu einem weiteren gegriffen hatte. »Gegen die hat er einen wahren Kreuzzug entfacht. Er ist schon bei Westphal, Berning und unserem neuen Hauptmann Redebrecht Storck gewesen. Sie sollen endlich Schluss mit den Strauchdieben machen und ihre Schlupfwinkel gnadenlos ausräuchern. Der Bischof hatte bisher keine Zeit für seine Klagen, den will er sofort nach dem Fest aufsuchen.«

Die freie Hand als Zeichen dafür erhoben, dass er weiterhin das Wort beanspruche, nahm sich Friedrich ein wenig Zeit für sein Hühnerbein und spülte mit ein paar Schlucken Wein nach. »Das Beste kommt noch«, kündigte er an. Doch zuvor musste er die Vielfalt auf dem Tisch genauestens in Augenschein nehmen, bevor er den nächsten Leckerbissen auswählen konnte, sein Becher musste nachgefüllt werden, und er selbst musste den bequemsten Platz auf der Gartenbank finden.

Wenn Diether Ungeduld zeigte, dauerte es noch länger. Ein leiser Wind raschelte in den Blättern des Apfelbaums, Henrich schnitzte an einem Stück Holz herum. Bienen umsummten die violetten Blüten der Herbstzeitlosen. Ob der Honig giftig wäre? Er musste Leonore danach fragen. Wo sie nur blieb?

»Wenn du so gelangweilt in der Gegend herumguckst, willst du sicher gar nicht wissen, was ich noch mitzuteilen habe«, gab Friedrich gespielt beleidigt von sich.

Diether seufzte leise auf. »Nun sag schon.«

Endlich rückte er mit der Sprache heraus. »Barcholt hat sich für Laurenz eine ganz besondere Strafe ausgedacht« – beim Wort Strafe malte Friedrich Anführungszeichen in die Luft. »Er schickt ihn aber nicht zur Läuterung in ein verstecktes Kloster irgendwo in den westfälischen Wäldern, wie man hätte annehmen können und wie er es dringend nötig hätte.« Friedrichs verschmitzter Blick schien über die Heide in die Berge zu wandern. »Zumal er da ja auch vor den Räubern geschützt wäre, die dem guten Jungen angeblich immer noch nach dem Leben trachten.« Er vergewisserte sich, dass ihm Diether und Henrich zuhörten. »Nein, er schickt ihn nach Italien«, rief er aus. Zufrieden weidete er sich an ihren überraschten Gesichtern.

»Was soll er denn da?«, fragte Henrich.

»Ganz allein?«, wollte Diether wissen.

»Nein, nicht allein. Barcholt hat ihn einer Jesuitendelegation anvertraut, die von Pater Wippermann angeführt wird.«

Noch eine Überraschung. »Wippermann reist ab?«

Friedrich nickte. »Nach Rom. Aber Laurenz setzen sie in Venedig ab, wo er sich zunächst von seinem schrecklichen Erlebnis erholen und dann mit dem Bankwesen vertraut machen soll. Barcholt erträumt sich für ihn wohl eine Stellung als Kanzler am Fürstenhof. Wohnen soll er übrigens bei einem mit deinem Vetter Hermann befreundeten Kaufmann.«

»Wo viel Geld herumliegt, ist Laurenz immer am richtigen Platz.« Diether beschloss, sich über die Unvernunft seines Oheims nicht einmal mehr zu wundern.

»Kaspar war wieder einmal besonders redselig, deshalb hat es so lange gedauert.«

Erleichtert, weil Leonore endlich zurück war, drückte Diether ihre Hand.

»Aber dafür hab ich auch große Neuigkeiten«, kündigte sie an. »Ihr werdet staunen …«

»Mach es nicht so spannend wie Friedrich, dafür tut mir der Kopf zu weh.«

Leonore sah Diether besorgt an und kramte in ihrer Tasche nach dem Kopfwehpulver. »Du hättest eben nicht reiten dürfen.« Aus einem der beiden Krüge, die sie in Kaspars Kutsche mit hergebracht hatte, goss sie ihm Wasser ein und gab das Pulver hinzu. »Weidenrinde und ein getrockneter Extrakt aus den Kernen unreifer Pfirsiche«, erklärte sie Friedrich, der neugierig zusah. »Nur giftig, wenn man nicht auf die Mengen achtet.«

Aus den unergründlichen Tiefen ihrer Medizintasche kramte Leonore ein verschnürtes Bündel hervor, das sich beim Auswickeln als gebratenes Huhn und eine süße Pastete entpuppte. »Kaspar hat mir das in der Schlossküche für den Heimweg einpacken lassen.« Nicht zum ersten Mal ließ er ihr derartige Freundlichkeiten angedeihen.

»Und dann noch dies.« Sie zog ein Säckchen aus der Tasche, ließ den Inhalt klimpern und legte es vor Diether auf den Tisch. »Das ist deine Belohnung für die Aufklärung des Mords an Menke.« Sie lächelte ihn an. »Und eine kleine Entschädigung dafür, dass sie die Gräfte vor deinem Sturz nicht gesäubert haben, hat er gesagt.«

Als Diether das Säckchen umstülpte, purzelten mindestens hundert goldene Taler auf den Tisch.

Henrich biss gleich in einen hinein. »Echt.«

Was auch sonst. Ein Fürstenberger hatte es nicht nötig, wertlosen Tand wie ihre Ortstaler zu verschenken. Jeder Taler trug den Reichsadler. Damit konnten sie viele Gartenhäuser bezahlen …

»Ich will das Geld nicht.« Diether schob es von sich. »Wir können es meinethalben Leifelds geben.« Er wollte nicht an friedlichen Sonntagen in seinem Gartenhaus sitzen und an Mord und Entführung denken.

Leonore nickte, sie hatte wohl schon so etwas erwartet, schob aber Henrich ein paar glänzende Taler hin. »Für dich und Gese. Ihr habt schließlich mitgeholfen.«

»Ich auch«, krähte Friedrich. Niemand beachtete ihn.

»Und dann hat uns Kaspar noch ein ganz besonderes Hochzeitsgeschenk verehrt, das ich aber nicht mitbringen konnte, weil er es gleich vernichtet hat.« Leonore lächelte so rätselhaft, wie es ihre Worte waren.

»Sprich weiter. Für Denkspiele dröhnt mein Kopf zu sehr.«

Anders als Friedrich spannte sie Diether nicht auf die Folter, sondern erzählte bereitwillig von Kaspars Gabe. Er hatte tatsächlich Bernings Aufstellung aller ketzerischen Paderborner entwenden lassen mitsamt der Kopien, die Dorbecher inzwischen fertiggestellt hatte. »Nachdem er sie mir gezeigt hat – stolz wie ein kleiner Junge –, hat er sie eigenhändig im Kamin verbrannt.« Sie lachte erleichtert auf.

»Das Geschenk nehme ich gern an. So landen die Listen wenigstens nicht im Archiv.« Diether lächelte Leonore an. »Es wäre doch schrecklich, wenn eins unserer Kindeskinder in ferner Zukunft feststellen müsste, dass seine Vorfahren in finsterster Vergangenheit einem Gottesurteil ausgesetzt waren.«

Als Antwort setzte Leonore sich neben ihn und schmiegte sich in seinen Arm.

»Hast du auch etwas über Andreas von Rostorp erfahren?« Diether hatte sie gebeten, sich bei Kaspar nach ihm zu erkundigen.

»Mhm.« Das hörte sich müde an.

»Du kannst auch später erzählen.«

»Nein, nein, es geht schon.« Ein wenig schwerfällig richtete sie sich auf. »Ich will es ja selbst loswerden. Wie gesagt, ihr werdet staunen …« Sie goss sich einen Schluck Wein ein und nippte daran. »Also Rostorp zuerst.«

Kaspar hatte ihr erzählt, dass sie ihn wie erwartet auf seiner Burg festgesetzt hatten, nachdem Westphal ihn vernommen und er alles zugegeben hatte. »Die alte Baronin ist wohl stehenden Fußes nach Neuhaus gefahren, aber Kaspar hat sich mit der Gicht herausgeredet und sie auf später vertrösten lassen. Bis ich wieder gesund bin, ist der Kerl längst weg, hat er gesagt.«

»Ist Kaspar denn so krank?«

Leonore lachte. »Nein, keineswegs. Er hatte wohl nur keine Lust, den Jesuiten seine Aufwartung zu machen.«

»Also wollen sie Andreas fortbringen?«, fragte Friedrich.

Er hatte sich mit viel Mitleid für seinen ehemaligen Freund Diethers Bericht über dessen herrschsüchtige Mutter und die Gründe für Rostorps Tat angehört.

»Er geht von allein«, antwortete Leonore. »Mag sein, dass Pater Röhrich ein wenig nachgeholfen hat, meinte Kaspar.« Der Jesuitenpater schien im Hause Rostorp großen Einfluss zu haben.

»Und wohin?« Friedrich machte ein besorgtes Gesicht.

»Nach China.«

»China!« Friedrich ließ sich gegen die Banklehne fallen. »Wieso das denn?«

»Er lässt sich in einem spanischen Jesuitenkolleg zum Missionar ausbilden und zieht dann mit Jesu Brüdern los, die Heiden zu bekehren. Kaspars Worte.« Leonores Lippen verzogen sich zu einem Schmunzeln.

»Sind in China nicht die Mongolen?« Friedrich schüttelte den Kopf. »Die sind doch gefährlich!«

»Mir scheint es, als wolle Rostorp so viele Ozeane wie möglich zwischen sich und seine Mutter legen«, sagte Diether. »Das hätte er viel eher machen sollen.« Er spürte, wie der Zorn in ihm hochkochte. »Obwohl sie ja nicht schuld ist – er war es, der Menke erschlagen und Laurenz fast hat verdursten lassen. Meinetwegen können ihn die Heiden braten und aufessen.«

»Menschenfresser sind die Chinesen ja nun nicht«, sagte Friedrich mit erleichtertem Aufatmen. Er kannte seinen Marco Polo.

»Und jetzt kommt der Höhepunkt«, kündigte Leonore an. In ihren braunen Augen tanzten die gelben Pünktchen vor Belustigung.

Was fehlte denn noch?

Sie hatte Kaspar darauf angesprochen, dass der Einbruch aufgeklärt, aber das Kreuz nicht wieder aufgetaucht sei. Ob er denn keine Vermutung habe, wo es sein könne? »Was meint ihr, was er darauf geantwortet hat?«

Diether konnte es sich denken, aber er wollte ihr den Spaß nicht verderben.

»Erst hat er seinen erstauntesten Blick aufgesetzt. ›Das Kreuz?‹, hat er gefragt. ›Habe ich Euch das denn nicht erzählt? Das steht doch in unserer Burg Schnellenberg!‹« Sie brach in Lachen aus.

»Jau«, sagte Henrich, den nichts mehr überraschte.

Friedrich fiel fast von der Bank. »Das ist nicht wahr!«

»Doch«, sagte Leonore. »Es steht in ihrer Kapelle auf dem Altar.«

»Deshalb also haben sie die Suche danach für nebensächlich erklärt.« Diether hätte gleich darauf kommen sollen, dass es die Fürstenberger an sich genommen hatten. Westphal musste das Kreuz bei seinem Besuch auf der Burg gesehen haben, von der Kapelle und der vom Bischof gestifteten Altarausstattung hatte er ja besonders geschwärmt. Er hatte nichts gesagt, Diether aber vielleicht mit seinem die Mauern durchdringenden Blick auf die Burg einen Hinweis geben wollen.

Gerade wollte er in Leonores Lachen einstimmen, da schlug sie ihre Hand vor den Mund. »Oh nein!«, stöhnte sie.

»Was ist denn?« Doch wohl nichts mit dem Kind? »Geht's dir gut?«

»Ja, ja. Mir ist nur eben etwas eingefallen.« Ein beschämter Ausdruck glitt über ihr Gesicht. »Ich hab da über etwas gelacht, das der Grund für Menkes Tod und das alles war.«

Diether nahm sie in den Arm. Sie hatte recht. Wenn die Fürstenberger das Kreuz nicht auf der Burg versteckt hätten, könnte Menke noch leben, Rostorp müsste nicht nach China gehen, und er selbst hätte kein Gräftenwasser geschluckt. »Eine unglückliche Verkettung von Umständen«, sagte er, um Leonore zu beruhigen. »Kaspar konnte nicht wissen, was dieses Kreuz auslösen würde.«

»Nein. Aber sie hätten es da lassen sollen, wo es hingehörte.« Friedrichs Stimme klang bitter. »Nämlich ins Busdorfstift. Dann wäre das alles nicht geschehen.«

»Das isses nun mal.« Henrich konnte Kopfhängerei nicht ausstehen. »Nichts dran zu ändern.«

Leonore sah auf und nickte. »Aber Kaspar wird von mir noch etwas zu hören bekommen.« Sie wischte sich mit dem Rockzipfel über die Augen und schnäuzte sich.

»So«, sagte Henrich. »Und jetzt was anderes.« Er schob einen seiner goldenen Taler zu Leonore hinüber. »Davon könnt ihr eure Hochzeit feiern. Wird bald Zeit.« Wie früher blinzelte er Diether zu.

Henrich hatte Leonore ein Lächeln entlockt. »Das ist ein guter Einfall, Henrich, das machen wir.« Sie sah in die Runde. »Gleich am nächsten Samstag, was meint ihr?« Den Taler schob sie zu Henrich zurück und tat, als nähme sie einen von dem kleinen Berg in der Mitte. »Bezahlen kann Kaspar das Fest. Schließlich haben wir nur seinetwegen geheiratet.«

»Ich nicht«, widersprach Diether. Er wand ihr den unsichtbaren Taler aus den Fingern und legte ihn zurück. »Und von den Fürstenbergern nehme ich kein Stück Brot.«

»Genau.« Friedrich nestelte einen richtigen Taler aus seiner Börse und platzierte ihn auf dem Haufen. »Lieber lege ich noch was drauf.«

»Nichts da.« Henrich steckte seine Taler in die Hosentasche.

Leonore lachte, die Pünktchen in ihren Augen tanzten. Diether lächelte sie an. Das Leben erschien ihm viel heller, seit sie verheiratet waren. »Unser Hochzeitsfest bezahle ich von meinen letzten Groschen.«

Personenverzeichnis

Dr. lic. Diether Meschede – Advokat, Sohn eines Paderborner Salzhändlers

Leonore Theodor – Ehefrau Diether Meschedes, städtische Bademutter, Hebamme, Tochter Dr. Jakob Theodors*

Johann Meschede – Diethers Vater, Salzhändler, ursprünglich aus Salzkotten

Margret Meschede – Diethers Mutter, Schwester des bischöfl. Rentmeisters Antonius Barcholt*

Johanna, Sieghart – Diethers Schwester und Schwager

Gese, Henrich, Borius – Haustochter und Knechte der Meschedes

*Friedrich Baer** – Diethers Freund, Kanoniker und Archivar des Busdorf-Stifts

*Jobst Baer** – Friedrichs Bruder, Ratsherr und Gastwirt des Schwarzen Bären

*Goste von Köln** – Friedrichs verstorbene Großmutter

*Dietrich von Plettenberg** – Propst des Busdorfstifts

Michael von Breckenberg, Andreas von Rostorp – Kanoniker des Busdorfstifts

*Philipp Berning** – Schultheiß der Stadt Paderborn (ab 1615)

Elmar Bröckling – Stadtbote und Feldhüter, Jugendfreund Diethers

*Dietrich von Fürstenberg** – Fürstbischof von Paderborn (1585–1618)

*Kaspar von Fürstenberg** – Bruder und Ratgeber Bischof Dietrichs; Landdrost des Herzogtums Westfalen

*Heinrich Westphal** – bischöflicher Hofrichter, bis 1615 Schultheiß der Stadt Paderborn

*Antonius Barcholt** – Diethers Onkel, Rentmeister des Bischofs

Laurenz Barcholt – Diethers Vetter, Sohn des Rentmeisters

Markus Schnarmann – Sekretär des Bischofs

Menke von Wewer – Hauptmann der bischöflichen Landsknechte

Redebrecht Storck – Feldwebel, später Hauptmann der bischöflichen Landsknechte

Agnes, Enneke, Gerold, Nelges, Volkmar – Personal im Schloss Neuhaus

*Pater Bodo**, *Pater Röhrich**, *Pater Wippermann** – Patres der von Dietrich von Fürstenberg eingerichteten Jesuitenniederlassung am Kamp

*Georg Löseken**, *Johann Raden** *u. a.* – Paderborner Ratsherren

*Henrich Koch** – ehemaliger protestantischer Bürgermeister der Stadt Paderborn

Angela und Hermann Leifeld – Freunde Leonores, abgebrannte Ükernbewohner

Hermanna von Albrock – Erbin und derzeitige Verwalterin von Haus und Dorf Albrock (s. »Mord im Hochstift«)

Anton Hagemeier – Vorsteher der Gemeinde Albrock

Maria Hagemeier – seine Frau und Freundin Hermannas

Pastor Kruse – Pfarrer der Albrocker Kirche St. Landolin

Rötger, Hildegunde – ein entlaufener Kapuzinermönch und seine Frau

* historisch überlieferte Personen

Glossar

Albrock, Breckenberg, Rostorp – Fiktive Adelshäuser im Paderborner Umland.

Bademütter – Von der Stadt bezahlte Hebammen, die darüber hinaus als Kranken- und Altenpflegerinnen usw. tätig waren (Bader/-in).

Bauernschaft, Burschaft – Das Stadtgebiet war in ursprünglich vier, seit 1599 in fünf Bauernschaften aufgeteilt: Western-, Kämper-, Königsträßer-, Maspern- (Ükern) und Giers-Bauernschaft. Teilweise sind sie heute noch in den Kompanienamen der Schützenbrüderschaft vertreten.

Berning, Philipp (lic. iur.) – Berning wurde im Jahr 1603 als Nachfolger Johann Otterjägers als Stadtsekretär eingesetzt, verlor das Amt aber nach wenigen Monaten wegen angeblichen Amtsmissbrauchs an Dr. Wolfgang Günther. Als »katholischer Jurist« genoss er das besondere Vertrauen Bischof Dietrichs. 1604 fungierte er in dessen Auftrag als Rechtsbeistand Liborius Wicharts in dessen Hochverratsprozess. Im Jahr 1615 löste er Heinrich Westphal als vom Bischof eingesetzter Schultheiß ab.

Busdorfgarten – Das außerhalb des Mauerrings nördlich des Maspernplatzes gelegene vier Morgen große und von einer Gräfte umgebene Gelände gehörte früher dem Busdorfstift. Nach dessen Auflösung im Jahr 1810 ging es u.a. in den Besitz des preußischen Staates über, der es 1830 dem Paderborner Bischof als Sommerresidenz zur Verfügung stellte (»Bischofsteich«). 1907 erwarb die Stadt Paderborn das mit über 200 Pappeln, Fichten, Birken, Akazien und Weiden bestandene Gartengelände für den Neubau des Lehrerseminars. Heute befindet sich dort das berufliche Bildungszentrum des Kreises Paderborn.

Busdorfkirche, Busdorfstift – Bischof Meinwerk (Amtszeit 1009–1036) erbaute die kurz vor seinem Tod geweihte, ursprünglich achteckige Busdorfkirche, deren Maße nach der Jerusalemer Grabeskirche Abt Wino von Helmarshausen von einer in Vertretung seines Bischofs durchgeführten Reise ins Heilige Land mitgebracht hatte (»Jerusalemkirche«). Der Kirche gliederte Meinwerk das Busdorfstift für zwölf Kanoniker und ihren Propst an; beides stattete er mit den Einkünften von fünf Höfen aus Familienbesitz und 19 Herrenhöfen mit 72 Vorwerken aus »Königsgut« (Landbesitz des Hochstifts) aus, weitere Stiftungen kamen im Lauf der Jahrhunderte hinzu. Als Mitglied des Domkapitels spielte der jeweilige Propst eine bedeutsame Rolle im politischen Gefüge des Hochstifts. Der Kreuzgang des Busdorfstifts aus dem 13. Jahrhundert (»Pürting«) gehört zu den ältesten und stimmungsvollsten Sehenswürdigkeiten der Stadt. Im Hochchor der Kirche ist neben dem Sarkophag Meinwerks der im Text erwähnte siebenarmige, 2,15 Meter hohe Leuchter aus dem 13./14. Jahrhundert zu besichtigen. Nach wie vor wird am 3. Februar in der Busdorfkirche mit der reliquiengefüllten silbernen Kopfbüste der »Blasiussegen« erteilt.

Cellerar – Der für die wirtschaftlichen Belange eines Klosters bzw. Stifts Zuständige, vergleichbar mit dem Finanzvorstand und Personalchef in einem Wirtschaftsunternehmen. Seine Aufgaben umfassen u. a. die Vorratshaltung, die Ausgabe von Nahrungsmitteln und Bekleidung an die Mitglieder der Gemeinschaft, die Organisation und Verteilung der anfallenden Arbeit, der Handel mit den im Kloster und auf seinen Gütern hergestellten Erzeugnissen sowie die Eintreibung und Verwaltung der Geld- und Naturaleinkünfte. Als Leiter der Wirtschaftsbetriebe ist der Cellerar der Vorgesetzte der zivilen Bediensteten eines Klosters bzw. Stifts.

Diele, Deele – Mit Kopfsteinen oder Kalksteinriemchen (»Tudorfer Pflaster«) befestigter Innenbereich ländlich geprägter, im 17. Jahrhundert häufig auch noch der städtischen Anwesen. Direkt hinter dem großen Hoftor gelegen, diente die Deele als Schauplatz landwirtschaftlicher und händlerischer Tätigkeiten sowie als Aufenthaltsraum und Küche für Familie und Personal.

Dietrich von Fürstenberg – Paderborner Fürstbischof von 1585 bis 1618, gilt nach Hathumar (Amtszeit 806–815) und Meinwerk (Amtszeit 1009–1036) als dritter Begründer des Bistums, der es nach der Reformation zum Katholizismus zurückführte. Das Stammhaus der Fürstenberger ist die vor 1295 erbaute kurkölnische Landesburg Fürstenberg (Vorstenburg) bei Ense-Höingen im Kreis Soest. Den priesterlichen Weihen unterzog sich Dietrich erst vier Jahre nach Übernahme des Bischofsamts; dass er danach eine Messe gefeiert hätte, ist nicht überliefert. Dietrich erbaute u. a. die Wewelsburg, große Teile des bischöflichen Amtssitzes Schloss Neuhaus und das Jesuitenkolleg samt Gymnasium und Universität (»Academia Theodoriana«). Die in älteren Schriften vertretene Meinung, die dazu nötigen Mittel seien aus seiner Privatschatulle geflossen, ist nach Ausweis der neueren Literatur »irrig« (Jürgen Lotterer). Stattdessen sah Dietrich die Ressourcen des Hochstifts als »quasi persönlichen Besitz« an und machte sie in großen Teilen in Form umfangreicher Schenkungen und einträglicher Pfründen der Familie nutzbar, nicht zuletzt in seinem 1615 verfassten Testament, das wegen seiner Bedeutung für den vorliegenden Roman auszugsweise zitiert wird: »Kaspar von Fürstenberg und seine Schwester Ottilie [Äbtissin des Klosters Ölinghausen] erbten von Dietrich 50 Centner Silber bloß an Reichsthalern, 63 Säcke mit Gold, einen jeden mit 500 Reichsthalern, ein schoen vergulden Kruetze, zwei verguldenen Degens, item so viele sulvergeschires, so zu einer fürstlichen Taeffelen gehoeret – im gesamten geschätzt auf sieben Tonnen Goldes. Dieser gewaltige Schatz wurde im Dreißigjährigen Kriege zu Soest im Hofe des Klosters Ölinghausen geborgen, wurde aber am 5. April 1622 von Christian v. Braunschweig entdeckt und entführt.« (Wilhelm Richter) – Bis auf die Vorgänge um das Reliquienkreuz wurden alle Angaben zu den Fürstenbergern den unten angegebenen Quellen entnommen.

Domkapitel (lat. capitulum: kleiner Kopf) – Die 24 Domkapitulare (Domherren) bildeten als ständisches Mitglied des Landtags, als Gremium für die Wahl des Bischofs und mit ihren autonomen Herrschaftsbefugnissen das nach dem Fürsten zweite Machtzentrum des Hochstifts. Für die mit üppigen Gütern und Privilegien ausgestatteten Domherren war eine »Ahnenprobe« über 16 adlige Vorfahren obligatorisch. In seinen Dörfern übte das Kapitel über die eigenbehörigen Bauern die Blutgerichtsbarkeit aus und sorgte beispielsweise im späten 16. Jahrhundert für die Verfolgung von »Hexen« und »Zauberern«. Die eigentliche und noch heute bestehende Aufgabe des Domkapitels ist die Leitung der Bischofskirche in administrativen und liturgischen Angelegenheiten.

Droste – s. Schultheiß

famula, famulae f. (lat.) – Dienerin, Sklavin; im 16. und 17. Jahrhundert Bezeichnung für Klerikergeliebte, Konkubine.

Feuer-, Wasserherren – Ämter des Stadtregiments, deren Inhaber ehrenamtlich, aber gegen eine Aufwandsentschädigung in Naturalien (Wein) die Aufsicht über ihr jeweiliges Sachgebiet und die dafür bereitgestellten Gelder ausübten (auch Brot-, Fleisch-, Pfund-, Wege- und Weinherren). Alle Inhaber städtischer Ämter waren wie die Ratsherren von städtischen Abgaben, Wachdiensten und Einquartierungen befreit.

Fischart, Johann Baptist (1546–1591) – Unter dem Pseudonym Jesuwaltus Pickhart von Mentz (Mainz) Verfasser der als »Jesuiterhütlein« weithin bekannt gewordenen frühneuhochdeutschen Satire »Die Wunderlichst Vnerhörtest Legend vnd Beschreibung Des Abgeführten/Quartirten/Gevierten vnd Viereckechten Vierhörnigen Hütleins Samt Vrsprungs derselbigen Heyligen Quadricornischen Suiterhauben vnd Cornutschlappen« (1580).

Gemeinheit, Gemeine – Gesamtheit der Einwohner der fünf Paderborner Bauernschaften sowie deren nach genossenschaftlichen Prinzipien organisierte Vertretung auf der Grundlage von Gewohnheitsrechten und mittelalterlichen Privilegien, die 1570 von Kaiser Maximilian II. bestätigt worden waren. Die Gemeinheit kontrollierte den Rat, der seit 1327 vom Bischof unabhängig gewählt wurde. Durch Ausweitung ihrer Privilegien und Abspaltung von der landesfürstlichen

Religion war die Stadt im Lauf des 16. Jahrhunderts weitgehend autonom geworden. In einer Zeit der Ausbildung absolutistischer Herrschaft war es dagegen das Ziel der Paderborner Bischöfe, insbesondere Dietrich von Fürstenbergs, die Landesherrschaft und als deren wichtigstes Mittel die obrigkeitshörige Religionsausübung auch in den Gemeinwesen zu konstituieren. Die gegenläufigen Ansprüche von Stadt und Bischof mussten kollidieren. Gegen die mittlerweile korrupte und untereinander versippte Magistratsclique formierte sich um 1600 eine bürgerliche Opposition mit Liborius Wichart als Sprecher. Den Zwist unter den Stadtbürgern machte sich Dietrich zunutze, und es kam zur Katastrophe des Jahrs 1604. Danach waren die Institutionen der Gemeinheit entmachtet. Rat und Bürgermeister waren nur noch Vollzugsorgan der vom Landesherrn eingesetzten Beamten Droste und Schultheiß, die jede Ämterbesetzung zu genehmigen hatten. Das Gerichtswesen, das der von Bischof und Bürgern bedrängte Magistrat schon 1601 Dietrich in die Hände gespielt hatte, blieb in dessen Hand. Hatten früher Verträge zwischen Stadt und Landesherrn die Verwaltungsangelegenheiten geregelt, war nun Erlassen, Rezessen und Mandaten zu gehorchen, die auch in die Religionsausübung hineinregierten. Manchem Einwohner wird es in der Folge schwergefallen sein, den Bürgereid zu leisten, der faktisch zum Untertaneneid geworden war.

Gräfte – Wassergefüllter Schutzgraben einer Burg, eines Gutshofs oder eines Gartens, auch Bestandteil städtischer Wallanlagen. Die Gräften wurden häufig als Fischteiche genutzt.

Günther, Dr. Wolfgang – Günther wurde um 1578 in Paderborn geboren, studierte u. a. in Marburg Jura und führte als Ratgeber und Sekretär Liborius Wicharts mit ihm zusammen die evangelische Bürgerschaft an. 1603 und 1604 war er Paderborner Stadtsekretär und Syndikus. In den jesuitischen Annalen wird er als »zweite Leuchte der Rebellen« bezeichnet. Nach der Hinrichtung Wicharts musste Günther die Stadt verlassen und durfte – anders als der Großteil der entwichenen Paderborner – zeit seines Lebens nicht zurückkehren.

Rechtskundig und gewandt in schriftlichen und mündlichen Verhandlungen, trat er in den Dienst des hessischen Landgrafen Moritz und stützte dessen antikaiserliche Politik. Von Kassel aus organisierte Günther die Bemühungen der protestantischen Kräfte zur Rückgewinnung Paderborns. Als Moritz 1627 zurücktreten musste, fiel auch Günther in Ungnade und wurde 1628 hingerichtet. Mit seiner 1604 verfassten *»Relatio historica«* hinterließ er einen authentischen Bericht der Vorgänge um Liborius Wichart.

Helena, heilige (um 249–329) – Die heidnische Tochter eines Gastwirts und selbst Herbergswirtin gebar dem römischen Kaiser Konstantin I. den illegitimen Sohn Konstantin (den Großen), der im Jahr 306 römischer Kaiser wurde und zeitweise in Trier residierte. Im Jahr 312 trat sie zum Christentum über und ließ zahlreiche Kirchen erbauen. Um ihrem Sohn den Thron zu sichern, ließ Helena, die im Ökumenischen Heiligenlexikon als »intrigant, autoritär und völlig bedenkenlos« charakterisiert wird, seine in legitimer Ehe geborenen Halbbrüder verbannen. Nachdem Konstantin im Jahr 326 seine Gattin Fausta hatte ersticken und seinen Sohn Crispus hatte vergiften lassen, unternahm die 77-jährige Helena, die an der Ermordung ihres Enkels »wahrscheinlich nicht unschuldig war«, eine Pilgerreise zum Heiligen Land. Der Legende nach fand sie dort – verraten von einem jüdischen Leviten, den sie zuvor für sieben Tage in einen trockenen Brunnen hatte werfen lassen – unter einem von Kaiser Hadrian errichteten Venus-Tempel drei vergrabene Kreuze, deren eines sie als das Kreuz Christi erkannte, weil es Tote zum Leben erweckte.

Hochstift – Heute nur noch ideelle Bezeichnung für eine Region, in der die weltliche Landesherrschaft durch einen Bischof in seiner Eigenschaft als Reichsfürst ausgeübt wurde. Während der erste Wortteil den Unterschied zu Klöstern und anderen Stiftungen ohne staatliche Souveränität bezeichnet, lässt sich der zweite darauf zurückführen, dass es sich um Stiftungen von Königen und Herzögen an geistliche Fürsten mit religiöser und ordnungspolitischer Zielsetzung handelt.

Hude – Unbebautes Wald-, Wiesen- oder Bruchgelände im Besitz der Allgemeinheit (»Allmende«), das von den Hudegenossen nach überkommenen Regeln genutzt werden konnte (Hudegenossenschaften).

Jerusalemkirche – s. Busdorfstift

Jesuiteninsel – Das von einer Gräfte umgebene Gartengelände südlich des Rothebachs blieb bis zur Säkularisation im Jahr 1802 im Besitz der Jesuiten. Um 1900 pachtete der Schützenverein das Gelände und bezog es nach der Anlage einer Brücke, malerischer Gärten, Grotten und Fischteiche in den Schützenplatz ein. Heute befinden sich hier die In-Via-Einrichtungen, die Edith-Stein-Schule und das Rolandsbad. Die Umstände der Besitzübereignung an die Jesuiten im Jahr 1617 wurden der Romanhandlung angepasst.

Jesuitenkolleg – Ehemaliges Minoritenkloster mit Johanneskirche am Kamp, das Dietrich von Fürstenberg 1592 den Paderborner Jesuiten schenkte. Bis 1605 wurde es zum Kolleg ausgebaut, ab 1614 diente es nach einer Zwischenlösung in einem Bürgerhaus gegenüber der Johanneskirche und nach einem an das Kolleg angrenzenden Neubau als Gymnasium. Am 13. September 1616 wurde die ebenfalls von Dietrich gestiftete »Academia Theodoriana« eröffnet. Die im Text erwähnten Patres Bavingh (Rektor), Herting, Horrion, Imhoff, Röhrich, Spiegel und Wippermann sind für das Jahr 1616 überliefert, aber nicht in jedem Fall die mit ihnen verbundenen Aktionen. Pater Wippermann wurden der authentischen Sprache wegen aus dem Lateinischen übersetzte, wörtliche Zitate aus den jesuitischen Jahresberichten (Annalen) in den Mund gelegt.

Kaspar von Fürstenberg (1545–1618) – Als Landdrost des Herzogtums Westfalen Vertreter des Kurfürsten (seit 1613) und Ratgeber seines jüngeren Bruders Bischof Dietrich von Fürstenberg. Kaspar war Jurist und verwaltete die ererbten Familiengüter der Fürstenberger, die nach dem Amtsantritt Dietrichs erheblich vermehrt wurden. Seit 1595 gehörte er der evangelischen »Ritterschaft der Wetterau« an, nachdem er im Jahr zuvor die Burg Schnellenberg erworben hatte, die als ehemalige Reichsburg zusätzlich seinen Anspruch auf Zugehörigkeit zur Reichsritterschaft stützte. Aus seinen von 1572 bis 1610 geführten Tagebüchern geht hervor, dass er ein lebenslustiger Mann und dem Spiel, dem Tanz und dem Alkohol zugetan war, aber auch, dass er die Fäden der fürstbischöflichen Politik in der Hand hielt. Mit seiner ersten Frau Elisabeth von Spiegel bekam er acht Kinder – ein uneheliches Kind hatte Kaspar schon vorher –, seine Haushälterin und spätere zweite Frau, die bürgerliche Anna Busse, die er 1598 in morganatischer Ehe heiratete, gebar ihm neun, allerdings erbrechtlich nicht gleichgestellte und auch nicht adlige Kinder. Die zunehmende Gicht beeinträchtigte Kaspar von Fürstenbergs letzte Lebensjahre.

Koch, Schnarmann – Die Familie Koch stammt ursprünglich aus Bielefeld (Grafschaft Ravensberg) und ist in Paderborn seit dem frühen 16. Jahrhundert bezeugt. Der »Stammvater« Johann Koch besaß neben dem Minoritenkloster am Kamp ein Anwesen, das bis zum Tod seines Enkels Hieronymus im Jahr 1606 im Familienbesitz blieb und dann an das Jesuitenkolleg verkauft wurde. Johanns Sohn Konrad erbaute ab 1558 das 1945 zerstörte, sechsgeschossige Renaissancehaus gegenüber der Marktkirche (Haus Levermann, Marienplatz 11, heute Herrenausstatter Kleine), das er mit dem Wappen der protestantischen Grafschaft Ravensberg verzieren ließ; außerdem gehörten ihm Häuser im Schildern und in der Rosenstraße. Er handelte mit Tuchen aus dem niederländischen Leiden sowie mit Butter, Fisch, Vieh und Getreide. Zu seinen Kunden zählten u. a. das Kloster Abdinghof und der bischöfliche Hof in Schloss Neuhaus. Konrad war einer der alten katholischen Bürgermeister Paderborns, während seine Söhne Hieronymus und Heinrich (Henrich) der protestantischen Seite zuneigten. Sie gehörten zu den Bürgermeistern, denen die Vertreter der Gemeinheit Nepotismus und Misswirtschaft vorwarfen. Henrichs »Selbstbedienung« am Heilig-Geist-Hospital, mit dessen Material er das »Lusthaus« an der Pader erbaute, ist historisch belegt. 1604 musste

Henrich Koch fliehen, kehrte aber noch im gleichen Jahr zurück. Überliefert ist, dass er einer der Gegenspieler Wolfgang Günthers war, sowie seine Bittschrift an den König von Dänemark und – ab 1622 – seine Zusammenarbeit mit dem evangelischen Heerführer Christian von Braunschweig. – Die Familie Schnarmann gehörte zu Kochs Nachbarn auf dem Kamp, ihr Hauptsitz befand sich auf dem Gelände des heutigen bischöflichen Wohnsitzes (Dalheimer Hof). Auch Schnarmanns waren kaufmännisch tätig und bestimmten als Bürgermeister die Geschicke der Stadt mit. Durch zwei Heiraten mit der kleinadligen Patrizierfamilie Katzmann in Fritzlar erlangten sie eine adelsgleiche Stellung, bevor sie im 17. Jahrhundert ausstarben. Zwischen den Familien Koch und Schnarmann gab es verwandtschaftliche Beziehungen, doch Markus Schnarmann ist eine Erfindung der Autorin.

Landstände – Die Vertretungen der Städte, des Domkapitels und der Ritterschaft des Hochstifts im Landtag.

Landwehr, Schling – Befestigungswerke zur Sicherung der Feldflur um eine Stadt oder ein Dorf herum. Sie bestanden aus ineinandergeknickten Dornenhecken (»Knick«), deren bewachte Durchlässe »Schling« genannt wurden und sich häufig zu Gaststätten und Ausflugslokalen entwickelten.

Lippstadt, Schlangen – Protestantische Orte im Paderborner Umland.

Löseken, Georg – Paderborner Ratsherr aus dem Ükern und bischöflicher Steuereinnehmer, der anlässlich des Ükernbrands des Jahrs 1616 Eingang in die jesuitischen Annalen fand: »Mit Gottes Hilfe« habe Pater Simon Wippermann Lösekens Geldtruhe gefunden. Der Chronist: »Damit sie nicht – verschüttet – in fremde Hände falle, hob Pater Wippermann sie auf, brachte sie in unser Haus und gab sie dem traurigen und ratlosen Herrn zurück«.

Marianische Sodalität – Von den Jesuiten für ihre Schüler und Studenten, aber auch die Bewohner und Bewohnerinnen Paderborns zur Verehrung Mariens eingerichtete Bruderschaft.

Marktkirche – Seit dem Mittelalter war die St. Pankratius geweihte Marktkirche die Kirche der Paderborner Bürgerschaft, deren Präsentationsrecht (Bestellung des Pfarrers) der Magistrat ausübte. Sie war mit den Predigern Martin Hoitband (bis 1569) und Hermann Tünnecken (Amtszeit 1580–1604) das reformatorische Zentrum der Stadt. Nach dem Dreißigjährigen Krieg wurde die Marktkirche abgerissen, um jede Erinnerung an den Protestantismus auszulöschen. Ihre Funktion übernahm die Jesuitenkirche, die bis heute Mittelpunkt der Marktkirchgemeinde ist. Der Standort der Kirche war der heutige Marienplatz.

Maspern, Ükern – Für den gleichen Stadtteil, der auch die Giersbauerschaft umfasst, parallel gebrauchte historische Namen. Während »Maspern« sich von der ältesten Paderborner Ansiedlung Aspedere herleitet (im Aspern), kann »Ükern« auf den »ückerigen«, also sumpfigen Boden oder auf ein mundartliches Wort für Kröte (Ucke, Unke) zurückgeführt werden. Aus Vereinfachungsgründen wird im Roman durchgehend vom Ükern gesprochen.

Meinwerk – Der seliggesprochene Paderborner Bischof (Amtszeit 1009–1036) gilt nach dem Gründerbischof Hathumar (Amtszeit 806–815) als zweiter Begründer des Bistums. Meinwerks Bautätigkeit sind u. a. der Dom, das Abdinghofkloster, die Bartholomäuskapelle und das Busdorfstift mit der »Jerusalemkirche« zu verdanken. Seine Gebeine liegen seit 1807 im Hochchor der Busdorfkirche, ein Teil ruht in seiner Bischofsgruft im Dom.

Möncheinsel – Am Fürstenweg gelegener, von Rothebach und Pader begrenzter Gräftengarten der Mönche des Abdinghofklosters. Auf dem Gelände befanden sich sechs Quellen. Im Jahr 1856 wurde auf dem heute vom Westfalen-Kolleg genutzten Grund die »Curanstalt Inselbad« mit dem ersten Paderborner Freibad eingerichtet, das nach der Schließung des Kurbetriebs 1912 bis in die Nachkriegsjahre genutzt wurde. Das Schwimmbecken wurde zur Anlage der Ottilienquelle umgestaltet, deren Wasser bis heute als Kurmittel gebraucht wird.

Paracelsus, Fracastorius, Vesalius – Humanistische Ärzte und Naturforscher des 16. Jahrhunderts mit neuzeitlichem, auf Beobachtung und Erfahrung beruhendem Medizinverständnis, das die Säftelehre nach Hippokrates (5. Jahrhundert v. Chr.) und Galen (129–199 n. Chr.) ablöste. Paracelsus (Philippus Theophrastus Aureolus Bombastus von Hohenheim, 1493–1541) setzte an deren Stelle die Erhaltung und Pflege der natürlichen Lebenskraft sowie die chemische Krankheitslehre und -behandlung. Er erkannte als Erster die chemischen und physikalischen Grundlagen des Lebendigen und gilt als Begründer der pharmazeutischen Chemie. Hieronymus Fracastorius führte 1546 das Wesen der Ansteckung auf lebende Keime zurück. Andreas Vesalius (1514–1564), Leibarzt Karls V. und Philipps II., forderte die Erforschung der menschlichen Leiche und schuf die neuzeitliche Anatomie.

»Pfaffenkinder« – Umgangssprachlicher, historischer Name für die zahlreichen, gut ausgebildeten Nachkommen hochrangiger katholischer Geistlicher und Domherren des 16. Jahrhunderts, die um 1600 die den protestantischen Ratsherren oppositionelle Gruppe der »Gelehrten« (so Wolfgang Günther) oder »Katholischen Juristen« bildeten. Bis 1604 war ihnen jedes städtische Amt verwehrt, doch nach der Entmachtung des alten Rats öffnete ihnen der Bischof die Türen.

Pürting – Kreuzgang des Busdorfstifts (s. dort).

Rathaus – Nachdem das 1473 errichtete Paderborner Rathaus baufällig geworden war, wurde auf Anstoß Bischof Dietrichs und auf der Grundlage beträchtlicher Haushaltsüberschüsse 1613 mit dem Abriss begonnen und bis 1615 das Rathaus zur heutigen Form und Größe auf- und bis 1620 ausgebaut (s. »Im Schatten des Doms«).

Räuber – Die Sagen der berüchtigtsten Räuber des Paderborner Landes sind ausführlich nachzulesen in: »Haaren – 1000 Jahre«, Paderborn 1975 (Scribonius, der Schreiber) und »1100 Jahre Atteln«, 1997 (Der alte Franke). Von ihnen und anderen Übeltätern berichten auch die Darstellungen der Geschichte Paderborns.

Rauland – Wortbedeutung: rohes, raues Land. Aus Rauland – dem Gelände zwischen Bischofsteich und Paderbruch – entwickelte sich Roland, das sich im Rolandsweg und Rolandsbad wiederfindet.

Scharne – Verkaufsstände der Metzger an der Ecke Rathaus/Kötterhagen (Scharnegasse).

Schatzung, Kopfschatz – Landständische Steuer auf Grundbesitz und Vermögen, die ursprünglich selten und anlassbezogen erhoben wurde. Vom Ende des 16. Jahrhundert an nahm aufgrund fürstbischöflicher Forderungen deren Häufigkeit zu, ab 1615 wurde die Schatzung als regelmäßig zu entrichtende Steuer etabliert. Von ihr befreit waren der Adel, die Geistlichkeit, die fürstlichen Beamten und die Magistratsmitglieder. Klagen aus der Bevölkerung über zu hohe Schatzungen wurden vom Landesherrn als unberechtigt zurückgewiesen, deren Armut wurde auf Verschwendungssucht in Form von »freßen saufen und unnutzlichen aufwenden« zurückgeführt, was mit einer neuen Polizeiordnung eingedämmt werden sollte.

Schmalkaldischer Bund – Im Jahr 1531 in Schmalkalden gegründeter Zusammenschluss zahlreicher und bedeutender protestantischer Fürsten und Städte, die sich im Fall eines katholischen Angriffs zu gegenseitiger Hilfe verpflichteten. Im Schmalkaldischen Krieg 1546–47 gelang es Kaiser Karl V., den Bund zu zerschlagen. Wiederbelebungsversuche, wie im Roman dargestellt, sind denkbar, aber nicht überliefert.

Schoß – Städtische Steuer auf den Grundbesitz.

Schloss Neuhaus – Auf der Halbinsel am Zusammenfluss von Lippe und Alme stand schon in alter Zeit ein bischöflicher Oberhof, den die mit den Paderborner Bürgern wegen deren Unabhängigkeitsbestrebungen im Streit liegenden Fürstbischöfe im 13. Jahrhundert zu ersten, von den Untertanen bald wieder zerstörten Burganlagen ausbauten. Der älteste Teil des heutigen Schlosses stammt aus der Regierungszeit des Bischofs Heinrich von Spiegel und wurde um 1370 erbaut. Es handelte sich um einen dreigeschossigen Wohn- und Wehrturm, der innerhalb des Westflügels bis 1883 das übrige

Schloss um ein Stockwerk überragte (das »Hohe Haus«). Die Geschosse waren so hoch, dass man beim Übergang zum Haus Fürstenberg wie auch zum Haus Köln mehrere Stufen überwinden musste. Erst von den Bischöfen des 16. Jahrhunderts wurde der Ausbau zu einer vierflügligen Burganlage in Angriff genommen, die von Dietrich von Fürstenberg in den Jahren 1591–97 vervollständigt wurde. Da nur wenige Informationen über die Raumbelegung zu seiner Zeit vorliegen, folgt der Roman der Wahrscheinlichkeit. – Noch heute bewacht der Giebelkrieger auf dem nördlichen Zwerchhaus den Innenhof des Schlosses. Auf der gut gesicherten Westseite liegt auf dem Giebel des Nordflügels (Haus Fürstenberg) ein weiterer, schlafender Giebelkrieger, den die Neuhäuser den »abgeschossenen Dachdecker« nennen.

Schriverigge – Kanzlei (Schreiberei) des Fürstbischofs im Schloss Neuhaus.

Schultheiß, Droste – Von Bischof Dietrich 1604 eingesetzte Beamte, die in seinem Auftrag die Beschlüsse und Geschäfte des Stadtrats zu überwachen hatten.

Schütter (Feldhüter) – Ordnungsbeamte der Stadt Paderborn, die auch die Funktion der Stadtboten übernahmen.

Senne – Sandlandschaft nördlich Paderborns (heute britischer Truppenübungsplatz).

Tigge, Thy – Versammlungsstätte, Richtstuhl, Rathaus. Seit dem Mittelalter Sitz des Burgerichts für Aspedere (Maspern/Ükern), eine der beiden Keimzellen der Stadt vor Karl dem Großen. Ein zweiter Burrichter mit Sitz am Markt war für das übrige Stadtgebiet zuständig. Die Burrichter entschieden über Schuldklagen, Vermögensstreitfragen und in Beleidigungssachen. Das städtische Gerichtswesen des 16. Jahrhunderts bestand aus vom Fürsten unabhängigen Kriminal-, Go-(Gau-) und Freigerichten mit der Appellationsmöglichkeit an den Oberhof in Dortmund. Nach 1601 bzw. 1604 ging alle Gerichtsbarkeit auf den Bischof über, dessen Hofgericht auch als zweite Instanz fungierte. Appellationen an auswärtige Gerichte waren verboten.

Ükern, Ükernbrand – Der Ükern, damals noch Teil des sumpfigen Paderbruchs unterhalb des Doms, wurde im 11. Jahrhundert von Bischof Meinwerk trockengelegt und mit teils ausländischen, an seinen Kirchenbauten beschäftigten Handwerkern besiedelt. An die Eigenständigkeit des ehemaligen Dorfs Aspedere, zu dem der Ükern gehörte, erinnert das eigene, »Tigge« genannte Rathaus, das südlich der Thisaut an der Heiersstraße (früher Steinweg) stand. Den Bewohnern des traditionell eher armen, bäuerlich geprägten Ortsteils haftete jahrhundertelang der Ruf besonderer Widersetzlichkeit an, was beispielsweise zur Zeit Liborius Wicharts bestätigt wurde. Immer wieder wurde der Ükern mit seinen strohgedeckten Fachwerkhäusern durch Brände zerstört, die wie zuletzt im Jahr 1875 und nach 1945 zu einer völligen Umgestaltung führten. Auch nach dem im Roman dargestellten, historisch überlieferten Brand vom 31. August 1616 wurden Straßen neu angelegt und neue Plätze geschaffen. Eine weitere Folge war eine bessere Feuervorsorge, wenn auch die geplante Feuerverordnung bis weit in den Dreißigjährigen Krieg (1618–1648) hinein aufgeschoben wurde. Obwohl sich der Brand bis zur Giersstraße hinaufzog und damit die Giers-Bauerschaft berührte, wird in der Literatur vom »Ükern-Brand« gesprochen. Überliefert ist neben weiteren, im vorliegenden Roman verwendeten Details, dass die Jesuiten mit nassen Tüchern die Dächer geschützt und damit u. a. das Busdorfstift gerettet haben.

Ulrichskloster – Der Gaukirche angeschlossenes Zisterzienserinnen-Kloster (Domplatz/Grube).

Utlucht, Auslucht – Erkerähnlicher, im Erdgeschoss zur Straße hin liegender Vorbau der Stadthäuser.

Weinzapf – Städtische Einnahmen aus dem Weinverkauf.

Westphal, Heinrich – 1604 von Bischof Dietrich eingesetzter Schultheiß (bis 1615) und bischöflicher Hofrichter. Heinrich und sein Vater Johann waren illegitime Nachkommen eines Domherrn von Westphalen und wurden vor 1604 als »Pfaffenkinder« zu keinem städtischen Amt zugelassen. Ihr Wappen zeigte den fünflätzigen Turnierkragen derer von

Westphalen, verzichtete aber auf den roten Balken darunter. Heinrichs Schwager war der Protestant Engelbert Klotz, der ab 1606 mehrfach das Amt des Bürgermeisters bekleidete. Von 1619 an konnte auch Heinrich Westphal mehrfach diese Würde erringen.

Westphalen, von – Zur Ritterschaft des Fürstbistums Paderborn und des Herzogtums Westfalen gehörendes altes ostwestfälisches Adelsgeschlecht, das urkundlich bezeugt erstmals in der Mitte des 13. Jahrhunderts auftritt. Aus der Familie von Westphalen stammte die Mutter Kaspar und Dietrich von Fürstenbergs. Noch heute sind die Grafen von Westphalen mit dem Hauptsitz in Fürstenberg im ehemaligen Kreis Büren die größten privaten Grundbesitzer im Paderborner Land.

Wichart, Liborius – Der 1576 und 1586 als Ratsherr bezeugte Gerber und Pelzhändler wurde 1586 wegen Nichterscheinens in einer Beleidigungsklage vor dem Freigericht verfemt. Ursprünglich wohl aus der Königsträßer-Bauernschaft, ließ er sich 1598 nach der Rückkehr in die Stadt im Ükern (Maspern-Bauernschaft) nieder, der als Brennpunkt des Protestantismus und des Widerstands gegen die Ratsoligarchie gilt. Zusammen mit dem protestantischen Stadtsyndikus Dr. Wolfgang Günther war er nach 1602 Sprecher der bürgerlichen Opposition gegen Magistrat und Bischof mit dem Ziel der Unabhängigkeit vom Landesherrn und der Autonomie als protestantische Stadt auf der Basis überkommener Rechte. Im Jahr 1602 war Wichart einer der Rechnungskontrolleure, die dem korrupten Magistrat erhebliche Unregelmäßigkeiten nachwiesen. Anfang 1604 wurde er als Galionsfigur der protestantischen Bewegung zum Bürgermeister gewählt. Nach Einnahme und Unterwerfung der Stadt ließ Bischof Dietrich ihn am 30. April 1604 kastrieren und vierteilen. Die vier Körperteile wurden über den Stadttoren angebracht, der Kopf hing über dem Westerntor. Erst viele Jahre später durften die sterblichen Überreste Wicharts abgenommen und beerdigt werden.

Quellen

Neben zahlreichen Aufsätzen und Monografien zur Regionalgeschichte des Paderborner Landes (insbesondere zum Busdorfstift und zum Schloss Neuhaus) vor allem: Rainer Decker, »Bürgermeister und Ratsherren in Paderborn vom 13. bis zum 17. Jahrhundert«, Paderborn 1977; Jürgen Lotterer, »Gegenreformation als Kampf um die Landesherrschaft«, Paderborn 2003; Andreas Neuwöhner, »Den Kampf um die Freiheit verloren? Verwaltung und Finanzen der Stadt Paderborn im Spannungsfeld von städtischer Autonomie und frühmodernem Staat«, Paderborn 2004; Wilhelm Richter, »Geschichte der Stadt Paderborn«, Bd. I+II, Paderborn 1899; Johannes Sander, »Geschichte des Jesuitenkollegs in Paderborn 1580–1659«, Paderborn 2011; sowie als Grundlage die dreibändige Stadtgeschichte »Paderborn. Geschichte der Stadt in ihrer Region«, hg. v. Frank Göttmann, Karl Hüser, Jörg Jarnut, Paderborn 1999.

Barbara Meyer
MORD IM HOCHSTIFT
Broschur, 368 Seiten
ISBN 978-3-89705-717-3

»Wie schon im Vorgängerband überzeugen die sorgfältig recherchierten historischen Details und das Zeitkolorit.« ekz

Barbara Meyer
MORD AUF LIBORI
Broschur, 240 Seiten
ISBN 978-3-89705-767-8

»Barbara Meyer hat für ein fesselndes Geschehen gesorgt.«
Paderborn am Sonntag

www.emons-verlag.de